dtv

»Der wird mal Apotheker«, bestimmt der Vater schon bei der Geburt Carl Spitzwegs im Jahr 1808. Und Carl fügt sich, obwohl er bereits als Kind auf jedes Stück Papier seine Bilder malt. Der Vater schickt seinen Sohn in die Lehre zum Apotheker Pettenkofer. Später studiert Spitzweg Naturwissenschaften. Nebenher malt er heimlich die Menschen in seiner Umgebung. Erst als er seiner großen Liebe Clara begegnet, beginnt er, seinen Traum vom Malen zu leben. Doch sein Glück ist nicht von Dauer. Als die geliebte Frau stirbt, zieht sich Carl Spitzweg zurück in seine Malerei, lernt bei anerkannten Malern, kopiert in der Alten Pinakothek und reist, um Bilder zu sehen. Er malt um sein Leben und wird ein produktiver, obsessiver Maler, ein Porträtist der schönen kleinen Welt und – ein malender Chronist des 19. Jahrhunderts.

Asta Scheib, geboren am 27. Juli 1939 in Bergneustadt/Rheinland, arbeitete als Redakteurin bei verschiedenen Zeitschriften. In den Achtzigerjahren veröffentlichte sie ihre ersten Romane und gehört heute zu den bekanntesten deutschen Schriftstellerinnen. Sie lebt mit ihrer Familie in München.

Asta Scheib

Sonntag in meinem Herzen

Das Leben des Malers
Carl Spitzweg

Roman

Deutscher Taschenbuch Verlag

Von Asta Scheib
sind im Deutschen Taschenbuch Verlag u. a. erschienen:
Beschütz mein Herz vor Liebe (21250)
Frost und Sonne (21183)
Das Schönste, was ich sah (21272)
Schwere Reiter (21420)
Das stille Kind (21530)

MIX
Papier aus verantwortungsvollen Quellen
FSC www.fsc.org FSC® C019821

Ungekürzte Ausgabe 2014
Deutscher Taschenbuch Verlag GmbH & Co. KG
München

Umschlagkonzept: Balk & Brumshagen
Umschlagbild: Der Sonntagsspaziergang (1841)
von Carl Spitzweg (Artothek/Blauel/Gnamm)
Satz: Dörlemann Satz, Lemförde
Druck und Bindung: Druckerei C.H.Beck, Nördlingen
Gedruckt auf säurefreiem, chlorfrei gebleichtem Papier
Printed in Germany · ISBN 978-3-423-21557-2

Für Herbert, Julia und Cosima Rosendorfer

Einmal lebt ich wie Götter, und mehr bedarfs nicht.
Friedrich Hölderlin

1

Es fröstelte ihn auf dem kalten Tisch, auf dem er abgelegt worden war. Sie hatten ihm nur flüchtig die Augen ausgewischt und ihn mit Tüchern bedeckt, doch die waren steif gestärkt und wärmten nicht. Carl begann zu brüllen.

»Der wird Apotheker«, sagte sein Vater Simon Spitzweg zu seiner ermatteten Frau, die ihren zweiten Sohn im Arm hielt. »Unser Ältester wird Kaufmann, und wenn du mir noch einen zur Welt bringst, soll er Arzt werden. So gehen die Geschäfte Hand in Hand.«

München, 5. Februar 1808. In der Haupt- und Residenzstadt von Bayern ging ein sonniger, eiskalter Wintertag zu Ende. Am Morgen hatte das Thermometer 21 Grad unter null gezeigt. Es waren einzelne Schneeflocken gefallen, die sich auf die weiße Decke legten, die seit Tagen die Straßen der Hauptstadt einhüllte. Es war Fasching. Besonders die Münchner Jugend feierte auf den Bällen und Redouten mit hoher Erwartung an die Magie der Musik, der Verkleidung, des Ausgelassenseins. Sie ergriffen Besitz von den Straßen und Festsälen. Die allgegenwärtige, mächtige Polizei hatte Not, sie zu bändigen, da sie im Schutz ihrer Maskierung über die Stränge schlugen.

Der Spezereigroßhändler Simon Spitzweg hatte seinen Hausburschen und den Kutscher bereits in aller Frühe angewiesen, die Straße vor dem Anwesen Kaufmann-Kapfer-Haus in der Eisenmannsgasse Nummer 14 sorgfältig von Schnee und Eis zu befreien.

»Den ganzen Tag muss der Schnee geräumt sein, hört ihr, den ganzen Tag.« Da besonders der Hausbursche gar so langsam schaute, rief ihm der Hausherr zu: »Und schlaf mir nicht ein.« Im

Weggehen befahl Spitzweg noch: »Und dass ja kein Eis liegen bleibt!« Hias murmelte etwas, das wie »Uhu« klang, und der Kutscher ermahnte ihn: »Tu fei ja nicht launenhaft sei.« Stolz über sein Herrschaftswissen, das er dem Kindermädchen Lisi verdankte, ahmte er deren Hochdeutsch nach: »Kann sein, dass heut der Doktor kommt und die Hebamme.«

Endlich, nach stundenlangem Zögern, hatte sich Carl Spitzweg entschieden, auf die Welt zu kommen. Er glitt in die Hände der Hebamme, ein dürrer Säugling, seine Hände fest auf die Augen gepresst, mit grämlichem Gesichtsausdruck. Seiner Verpflichtung, augenblicklich loszuschreien, kam er ohne besondere Ermunterung nach. Als wüsste er, was ihn erwartete. Sein Vaterland war durch Napoleons Machtstreben umgekrempelt worden. Versunken war das Heilige Römische Reich Deutscher Nation. Bayern war nun Königreich von Napoleons Gnaden, und die älteste Tochter des Königs, Amalie Auguste, musste den Stiefsohn Napoleons heiraten, Eugène Beauharnais, Vizekönig von Italien. Napoleon meinte, diese Heirat sei so viel wert wie der Sieg von Austerlitz.

Ulm. Austerlitz. Trafalgar. Carl lernte, dass es in der Welt immer noch nach Krieg roch, dass die Menschen Not litten. Städte waren jetzt Steinhaufen, in denen man zerborstene Dächer und Fenster sah, verschüttete Straßen, zerstörte Brücken, erloschene Laternen.

Doch Carls Mutter spielte auf dem Cembalo die Brandenburgischen Konzerte von Bach, und sie erzählte Carl einige Jahre später, dass ein Maler namens Caspar David Friedrich in seinem Geburtsjahr ein Bild begonnen hatte, das *Der Mönch am Meer* hieß.

2

Wenigstens hatte seine Frau ihm nach dem Stammhalter noch einen zweiten Sohn geboren. Simon Spitzweg wollte überhaupt nur Söhne. Mädchen machten Scherereien. Wenn er nur an seine Werbung um Franziska dachte. Sie hätte ins gesellschaftliche Abseits führen können. Ins Nichts. Immer wieder kamen die Bilder seiner Werbung um die Mutter seine Söhne zurück.

Sie hatte ihm an dem kleinen Tischchen gegenübergesessen. In ihrem weißen Tüllkleid mit den kurzen, stark gepufften Ärmeln, zu denen sie lange seidene Handschuhe trug, sah sie viel hübscher aus, als Simon Spitzweg sie in Erinnerung hatte. Ihre Halskette und der Gürtel schienen aus Stahl zu sein. Er hatte irgendwo gehört, dass solcher Schmuck jetzt von den Damen der Gesellschaft getragen werde. Das rötliche Haar Franziskas war zu Locken frisiert, sodass Simon Spitzweg Mut fasste. Warum war sie so aufwändig gekleidet und frisiert? Wollte sie trotz ihrer abweisenden Haltung möglicherweise doch Eindruck auf ihn machen? Ziemlich verwirrend war das alles.

In Tassen aus Porzellan stand duftender Kaffee vor ihnen. In einer Kristallschale war Bayerische Creme mit eingemachten Kirschen serviert worden. Eine Spezialität Franziskas, doch sie hatte offenbar vergessen, Simon davon etwas anzubieten. Himmel, dachte er, wahrscheinlich war hier im Haus alles vom Feinsten. Und er sollte außen vor bleiben? Das wollte er doch einmal sehen.

Als er auf dem Flur Schritte hörte, sprang er auf, riss Franziska in seine Arme, presste sie an sich und küsste sie, so vehement er nur konnte. »Vater«, rief Franziska hilflos und schaute auf Kaspar Schmutzer, der wie angenagelt in der Tür stehen blieb. Simon hielt Franziska wie in einem Schraubstock. Schmutzer musste es so vorkommen, als hätte er die beiden ertappt. Franziska konnte sich aus Scham ohnehin nicht rühren. Ihre Lippen brannten. Sie schmeckte Blut in ihrem Mund.

Ihr Vater wusste offenbar nicht, ob er lospoltern sollte und entweder seine Tochter oder den Spitzweg rauswerfen. Doch er besann sich darauf, dass er den vielversprechenden jungen Mann gern als Schwiegersohn hätte. Sehr gern sogar. Der passte in die Familie, war haargenau der gewünschte Nachfolger. So zielbewusst, wie er seine Karriere aufgebaut hatte, betrieb er wohl die Brautwerbung. Es imponierte Kaspar Schmutzer insgeheim und schmeichelte ihm, dass Spitzweg offensichtlich keine andere Frau wollte als Franziska. Er hätte in München die Wahl gehabt. Was allerdings das Benehmen des jungen Mannes anging, lag doch einiges im Argen.

Simon Spitzweg bemühte sich weder um eine Erklärung noch um eine Entschuldigung. Er beteuerte, er wolle unbedingt Franziskas Leben mit seinem verbinden, dieser Wille beherrsche ihn völlig.

Franziska schalt sich ungeschickt und blöde. Es sah ihr ähnlich, dass sie sich selbst die Schuld gab. Einen Ausweg, der nicht einen Skandal bedeutet hätte, wusste sie nicht. Simon Spitzweg begriff das schnell. Da sie jetzt schwieg, hatte er von ihr nichts mehr zu befürchten. Er schickte noch am selben Tag Blumen und Konfekt an Franziska und ihre Mutter, sogar an Franziskas Schwester Crescenz, und er beeilte sich, vor dem künftigen Schwiegervater von seinem Erbe zu sprechen, das sich sehenlassen könne.

Am 27. August 1803 hatte er an seinen Vater, den Posthalter in Unterpfaffenhofen, geschrieben:

Mein bester Vater! Empfangen Sie hiermit zum Namenstag den zärtlichsten Wunsch aus meinem Herzen von tiefer Liebe. Entziehen Sie mir Ihre Unterstützung nicht bei dem baldigen Schritte, der vielleicht über das Glück oder Unglück meines künftigen Lebens entscheiden wird. Sie werden mir diese bestimmt nicht versagen, wenn Sie meine Braut kennenlernen. Sie stammt aus einer der ersten Bürgerfamilien der Stadt. Man gratuliert mir schon überall zu meiner Wahl.

Simon Spitzweg wusste genau, dass in seinem Brief das Wort Liebe eigentlich nichts zu suchen hatte. Der süße Ton entsprach nicht seinen Gefühlen. Er hatte von seinem Vater schroffe Einschüchterung erfahren und strenge Befehle. Vor allem, als es um seine Jugendliebe Mali gegangen war. Dieser alte Schmerz würde ohnehin nie verheilen.

Doch jetzt ging es für ihn um alles. Er wollte heraus aus dem Schatten des Vaters, und er wollte so hoch hinaus wie möglich. Er malte den Eltern ein leuchtendes Bild von Franziska. Es gebe in München keine junge Frau, die aus so gutem Hause komme und so gebildet sei. Sie habe nichts von dem lächerlichen Stolz der anderen Bürgerstöchter. Sie tänzele nicht, wie die anderen, von einem Vergnügen zum nächsten. Sie gehe nur in Begleitung der Eltern aus. »Deren Zustimmung hängt natürlich auch von dem Gelde ab, das Sie, lieber Vater, liebe Mutter, mir zu geben willens sind.«

Wie es passieren konnte, dass sie mit einem Mal die Braut Simon Spitzwegs wurde, wusste Franziska später nicht mehr zu sagen. Ein Ereignis war dem anderen gefolgt, und alles lief auf eine Heirat hinaus. So zwingend, dass Franziska nicht mehr zurückkonnte. Sie war wie ein Pferd mit Scheuklappen und ließ sich in die Ehe mit Simon Spitzweg treiben. Sie hatte vieles gelernt in ihrem Leben: Sprachen, Geschichte, Religion, Klavier und Violine spielen, aber sie hatte nicht gelernt, einem Mann Widerstand zu leisten, der durch die Heirat mit ihr immer mehr Macht und Bedeutung in der Stadt München erlangen wollte.

Am 30. Juni 1804 führte Simon Spitzweg seine Braut Franziska Schmutzer im Dom zu Unserer Lieben Frau zum Altar. Bald darauf erfolgte von der hohen städtischen Behörde mit Schrift und Siegel die Verbriefung des eingebrachten Hochzeitsgutes, das jetzt sein Eigentum war. So stand es im Heiratsvertrag.

Crescenz spürte als Einzige, dass die Hochzeitsnacht für ihre Schwester eine Katastrophe gewesen sein musste. So brennend ihre Neugierde auch war – sie wartete, bis Franziska sie aufsuchte. Sie sah wirklich erbärmlich aus. Blass, mit Augenringen und einem Zug um den Mund, den Crescenz noch nie bei ihrer Schwester gesehen hatte.

»Mutter ist nicht da – ich hole uns einen Johannisbeerlikör«, entschied Crescenz, und Franziska hatte nichts dagegen. Endlich etwas Süßes, das ihr dennoch scharf durch die Kehle rann. Franziska hielt ihr wortlos nochmals das Glas hin.

»Ich hab die Augen fest zugemacht«, erklärte sie ohne Umschweife, »ich hab daran gedacht, dass im Leben alles vorübergehe – es hat nichts geholfen.«

Aha. Crescenz war so klug wie vorher. So ganz genau wusste sie auch nicht, was da los gewesen sein konnte in der Nacht nach der Hochzeit.

»Erklär mir doch mal, was war denn so schwierig?«, fragte Crescenz verunsichert, und nach dem dritten Likör sagte Franziska fast heiter: »Ich bin rein wie ein Glas Wasser. Es gab kein herzliches Wort zwischen mir und Spitzweg, schon gar nichts Vertrauliches. Er konnte nicht in mich hinein – es tat entsetzlich weh.«

Franziska wollte wieder nach der Likörflasche greifen, doch Crescenz stellte sie weg, bot ihrer Schwester stattdessen eine Schale mit Pralinen an. Doch Franziska winkte ab.

»Und was hat Spitzweg dazu gesagt?«, fragte Crescenz ratlos. Sie sah immer noch nicht ganz klar.

Franziska atmete tief durch. Dann zuckte sie mit den Schultern und schaute schwermütig aus dem Fenster. »Ach – der hat düster geschaut, und dann ist er aus dem Bett gestiegen und hat gesagt, er habe es sich ja denken können.«

»Wie sollte es anders sein«, stellte Crescenz sachlich fest, »der gibt dir die Schuld. Aber er hat nichts Besseres verdient. Mach dir nur ja keine Vorwürfe.« Crescenz ahnte, dass die Hochzeitsnacht für den ungeliebten Schwager auch eine Niederlage bedeutet hatte. Das gönnte sie ihm von Herzen.

Sie setzte sich zu Franziska und legte ihren Kopf auf die Schulter der Schwester. Nach einer Weile seufzten sie beide tief auf. Sie sahen sich an und mussten lachen. Sie fielen sich in die Arme und lachten, bis ihnen die Tränen kamen.

»Das Beste ist, du gehst zu Doktor Trautner«, entschied schließlich Crescenz.

Am nächsten Tag suchte Franziska den Hausarzt der Familie auf. Sie kannte Doktor Trautner seit ihrer Kindheit, und sie hatte zu ihm mehr Vertrauen als zu jedem anderen. Ohne Umschweife erklärte sie ihm, der als Gast an ihrer Hochzeit teilgenommen hatte, dass ihre Ehe ein Missverständnis sei. Eigentlich ein Albtraum.

Doktor Trautner räusperte sich, setzte sich hinter seinen Schreibtisch und beschäftigte sich sorgfältig mit seiner Pfeife. Franziska sah ein leichtes Lächeln in seinem Gesicht aufscheinen. Es gab ihr Mut.

»Ich bin nun mal verheiratet«, sagte sie, »und ich will auch nichts daran ändern. Könnte ich vermutlich auch gar nicht. Und ich will Kinder haben. Doch wenn es so weitergeht wie bisher, dann wird das nie klappen. So viel weiß ich.«

Das hatte sie nun schon mal heraußen. Erwartungsvoll schaute Franziska den Arzt an. Der hörte nicht zum ersten Mal, dass die Brautnacht ein Fiasko gewesen und die Braut ratlos war. Oft weinten die Frauen so, dass er kein Wort verstand von dem, was passiert war. Aber dass die Männer dabei eine wenig ruhmreiche Rolle spielten, hörte er immer heraus. Er suchte dann auch nach den richtigen Worten, nach einem Rat, der Erfolg versprach. Während seines Studiums hatte er nichts darüber gelernt, wie man katastrophale Hochzeitsnächte erfreulich wiederholen könnte. Doch Franziska, seine zarte Patientin, kannte er seit ihrer Kindheit. Sie schien zu wissen, wovon sie redete. Er konnte ihr offen begegnen. Schon bei der Hochzeit war ihm aufgefallen, dass die Eheleute offenbar keine Illusionen hatten. Sie schienen einander völlig fremd.

Wenn Doktor Trautner ihr nicht half, dachte Franziska, dann konnte sie gleich ins Kloster zu den Armen Schulschwestern gehen. Mit dem Gedanken hatte sie seit ihrer seltsamen Verlobung öfter gespielt, dieser Verlobung, die schlicht eine Zwangsverlobung gewesen war. Und nun war sie verheiratet, weil die Zwangsverlobung zur Zwangsheirat geführt hatte. Bis dahin hatte sie es ertragen. Aber was jetzt anstand, die Zwangsintimität, dem war sie nicht gewachsen. Ihr Körper spielte nicht mit, weil die Seele nicht wollte.

Franziska war erstaunt, wie logisch alles war. Aber das half ihr nicht. Sie schwieg ratlos.

Nach einigen medizinischen Ausführungen sagte Doktor Trautner, dass Franziska sich wahrscheinlich verkrampfe. Abhilfe könne sie dadurch schaffen, dass sie lerne, sich körperlich zu entspannen. »Erinnere dich, was du als Kind gemacht hast. Damals hast du dich mir auch anvertraut, und ich habe dir gesagt, dass es keine Sünde ist, wenn du dir schöne Gefühle machst. Das kannst du auch jetzt noch tun. Du bist kein Einzelfall, das darfst du mir glauben. Mache es regelmäßig, dann wird das Empfinden noch stärker. Auf diese Weise kannst du vielleicht lernen, dich zu entspannen. Das ist der einzige Weg, den ich dir raten kann.«

3

Bei der Geburt ihres ersten Sohnes hatte Franziska sich nicht an ihrem Kind freuen können, obwohl alle das erwartet hatten. Sie selber auch. Doch sie weinte stattdessen, lehnte das Essen ab, konnte sich nur schwer von der Geburt erholen. Und schon gar nicht von dem Gefühl, dass ihr Mann sie an seine Seite gezwungen hatte. Simon Spitzweg war stolz über den Stammhalter, aber er hatte den Eindruck, dass seine Frau auch zur Mutter nicht taugte.

Diesmal jedoch, bei Carl, ihrem zweiten Sohn, kam die Freude sozusagen mit auf die Welt. Inzwischen liebte Franziska auch ihren Erstgeborenen zärtlich, der ein unkomplizierter, fröhlicher Junge war. Wenigstens sagte das seine Großmutter, und sie sagte auch, dass ihre beiden Töchter sie als Kinder mit ihrem ständigen Gekreische fast um den Verstand gebracht hätten. Darüber lachten Franziska und Crescenz.

Mit der Geburt ihres zweiten Sohnes war alles anders geworden. Neu. Franziska war überzeugt von der Wichtigkeit dieses Neuen. Alles, was hinter ihr lag, zählte nicht mehr. Sie fühlte nur noch leisen Groll gegen ihren Mann. Er gehörte zu ihrem alten Leben.

Wenn sie allein war mit ihren beiden Kindern, tanzte sie mit ihnen herum. Sie sang übermütig alte Kinderlieder, und der kleine Simon versuchte begeistert, dabei mitzutun. Franziska teilte ihr unverhofftes Glück mit Crescenz und mit ihren Eltern, die beide Enkelsöhne stolz heranwachsen sahen. Sie wich den zuweilen prüfenden Blicken ihrer Mutter aus, und die ließ es gern dabei bewenden. Selbst Crescenz hatte verwunden, dass der Schwager sich mit Gewalt in die Familie gedrängt hatte. Immerhin war sie Tante geworden. Sie liebte es, ihre Neffen im Kinderwagen auszufahren. Manchmal wurde sie als die junge Mutter angesehen. Das gefiel ihr. Den Schwager nahm sie in Kauf. Ihre Eifersucht hatte sich gelegt, seit ihr klar geworden war, dass Franziska viel mehr ihrer Familie gehörte als ihrem Mann.

Franziska erinnerte sich gern an den Tag, an dem sie den zweiten Sohn zur Welt gebracht hatte. Mit erstem Namen hieß er Franz, nach ihr selbst. Sein zweiter Name war Carl. So sollte er gerufen werden.

Als man ihr Carl zum ersten Mal brachte, war er gebadet und gewickelt. Er hatte aufgehört zu brüllen, und Franziska fand, dass er schön war, obwohl er sich die langen dürren Fingerchen vor die Augen hielt und eher mürrisch dreinschaute. Sein mageres

Gesicht hatte für Franziska einen Liebreiz, der sie bis ins Innerste berührte. Die Augen, groß und von auffallendem Blau, waren Franziskas Augen. Das kleine Kinn war schon perfekt entwickelt. Sie ahnte, dass ihr zweiter Sohn viel Raum in ihrem Herzen einnehmen würde. Diese Liebe ging eigentümlich tief, sie überraschte Franziska.

Am Tag nach seiner Geburt wurde Franz Carl Spitzweg in der katholischen Kirche St. Peter getauft. Pate war auf Wunsch des Vaters ein Freund der Familie, der Branntweiner und wohlhabende Bürger Franz Xaver Lauterer, genannt Schuhbauernbrenner vom Promenadenplatz. Franziska hätte lieber ihre Schwester Crescenz als Patin gehabt, da sie jünger war als Lauterer und überhaupt. Doch ihr Mann hatte gemeint, Söhne bräuchten eine starke Hand.

In Wahrheit konnte Spitzweg seine junge Schwägerin immer noch nicht ausstehen. So eine vorlaute, ausgeschamte Weibsperson. Die gehörte in ein Kloster, damit sie lernte, was sich für ein junges Mädchen schickt. Er konnte Kaspar Schmutzer nicht verstehen. Alles ließ er dem kleinen Satan durchgehen. Er, als Schwager, fühlte sich von Crescenz ständig provoziert.

Franziska wusste das ebenso gut wie ihre Schwester, und beide kamen überein, dass sie diesmal Simon Spitzweg seinen Willen lassen wollten. Der gemütliche Pate Franz Xaver Lauterer würde sie ganz gewiss nicht dabei stören, den kleinen Franz Carl nach ihrer eigenen Façon zu erziehen.

Simon war schon drei Jahre alt, und er war stolz darauf, der ältere Bruder des Täuflings zu sein. Drei Jahre vorher hatte der Stadtpfarrer von St. Peter ihn selbst getauft. Hier, in dieser Kirche, die seine Taufkirche war. Das hatten sie ihm oft genug erläutert, damit er brav blieb und nicht brüllte. Es wurde ihm aber erst klar, als er im Samtanzug mit weißem Spitzenkragen durch das Kirchenschiff lief. Das war doch seine Kirche, allein seine. Er war hier getauft worden. Da musste für seinen Bruder eine andere Kirche her. Er sollte auch eine eigene haben. Simon verlangte sofort lauthals von seinen Eltern, dass man in eine andere

Kirche gehen solle. Diese hier sei seine Kirche. Da niemand Anstalten machte, das Gotteshaus zu verlassen, dafür aber einige Taufgäste tuschelten und lächelten, warf Simon seine Milchflasche, die ihm das Mädchen zur Beruhigung zugesteckt hatte, wütend auf den Steinboden, wo sie zerschellte.

Ja, so etwas. Was sollte man dazu sagen. Ausgerechnet der Sohn des Kaufherrn Simon Spitzweg. Der presste fast unmerklich die Lippen zusammen. Franziska und Crescenz sahen sich verstohlen an. Sie hätten gern über Simon gelacht.

Zum festlichen Essen gab es Samtsuppe aus getrockneten Waldpilzen, gedünstetes Rindfleisch mit Wirsingpüree, Hühnchenkeulen in Majoran, zum Schluss Cremetöpfchen mit Kaffee. Dazu Wein aus Franken und von der Mosel. Während des vorzüglichen Menüs wurde der Pate, der bislang ein ernstes und würdiges Gesicht zur Schau trug, immer fröhlicher. Schließlich stand er auf, löste die sorgsam geknotete bettlakengroße Serviette von seinem Hals und klopfte an sein Glas.

»Werte Eltern, werte Großeltern, werter Täufling, du trägst gleich mir den Namen Franz, man wird dich jedoch Carl rufen, genauso wie ich von allen Xaver genannt werde. Was uns beiden noch gemeinsam ist, ist unsere Geburtsstadt. Wir sind Münchner, lieber Carl, du bist ein Sohn der Stadt München. In deiner nächsten Nachbarschaft befinden sich das Pschorrbräu und die Akademie der Wissenschaften. Das verpflichtet.

Du wirst hoffentlich schnell merken, dass deine Stadt etwas Besonderes ist. Anders als das lustige Wien, das goldene Mainz, das heilige Köln oder das ewige Rom. Und was fesselt alle an München? Dass es gemütlich ist. Das gemütliche München. Wie wäre es sonst möglich, dass Hunderte hervorragender Männer sich hier einwurzeln? Weil deine Stadt vor allem eine gemütliche Stadt ist. Es muss also, wie es eine höhere Mathematik geben soll, auch eine höhere Gemütlichkeit geben. Sie ist unerreichbar für den einfachen Handwerker, für den schlichten Bauern. Doch sie wird von dem Mann der höheren Kreise geschätzt und am meisten von den Nordlichtern.

Der Bayer, lieber Carl, wird auch seltener Spezialist als der Norddeutsche. Der Bayer wartet lieber, ob es ihm der liebe Gott gegeben hat, und er lässt es laufen, wenn es ihm nicht gegeben ist. Fällt es ihm zu, dann wird er was Rechtes und redet nicht darüber. Außer wenn es nötig ist. Denn der Bayer, genau wie sein Bruder, der Österreicher, will nicht in seinem Beruf verkümmern.

Hier in München haben Berufe das Schöne, dass sie ihre Träger nicht alle Kraft kosten, sondern ihre Gesundheit bewahren. Dass sogar Könige hier Menschen bleiben, das zeigte uns unser Maximilian Joseph, damals noch Kurfürst von Bayern. Als er an die Regierung kam, vor nunmehr neun Jahren, waren die Münchner froh. Den Karl Theodor, den haben sie nicht mögen, die Bayern. Er war ein schlimmer Regent. Noch kurz vor seinem Tod wollte er ein Dekret unterschreiben, nach dem fünfzehntausend Bayern den Österreichern für den Krieg hätten überlassen werden sollen. Glücklicherweise hat der Schlag den Regenten noch rechtzeitig getroffen. Nach Karl Theodors Tod läuteten die Glocken bei den Theatinern, und die Münchner beteten um Vergebung seiner Sünden, die er gegen uns Bayern begangen hat.

Als dann am Abend der Kurfürst mit großem Gefolge in seiner Kutsche einfuhr in die Münchner Stadt, da brachen die Münchner in Jubelgeschrei aus, dass die Pferde scheu wurden. Und der Kaltenegger Wirt, manche sagen auch, der Pschorr sei es gewesen, er rannte der Kutsche entgegen. Überwältigt von seinen Gefühlen, ergriff der Wirt die Hand des Kurfürsten und sagte: ›Weilsd nur grad da bist, Maxl!‹ Die ganze Nacht hindurch riefen die Münchner ›Vivat Maximilian‹.

Jetzt bin ich ein bisschen abgeschweift, liebe Taufgäste. Wenn man vom Maximilian redet, läuft einem das Maul über.

Doch nun wieder zu meinem Patensohn:

Du, mein lieber Carl, wirst einmal Apotheker. Vielleicht kommst du in der Residenzapotheke unter, beim Apotheker Pettenkofer. Der betreibt sein Geschäft musterhaft. Als Apotheker und als Mann der Wissenschaft. Mache du es genauso, Carl. Große Männer können alles, was sie wollen. Und ich sage dir heute: Lieber Carl, werde ein bedeutender Mann, aber bleibe dabei ein Mensch.

Liebe Familie, dankbar ergreifen wir unsere Gläser; es lebe die Stadt, es lebe das gemütliche München. Es lebe unser neuer Bürger Carl!«

Die Gäste brachen in Vivatrufe aus und applaudierten dem Redner Lauterer, der sich lächelnd verneigte. Danach war es für einen Moment still im Salon, und daher vernahmen alle umso deutlicher die Stimme des dreijährigen Simon. Abgrundtiefe Langeweile musste ihn geplagt haben, denn er brüllte: »Aufhören, sappralott!«

Das war der zweite und letzte Protest, den Simon Spitzweg bei der Taufe seines Bruders vorbrachte. In der Folgezeit schleppte er Carl wie eine Schlenkerpuppe herum und wollte ihm von seinem Futter abgeben. Franziska ließ die beiden nicht aus den Augen, versuchte aber, Simon in seinem Eifer nicht allzu hart zu bremsen. Carl überstand problemlos jede Form der brüderlichen Zuwendung. Er war kein so hübscher Junge wie Simon, der ein feines Gesicht und dichtes blondes Haar hatte, das zum Pagenkopf geschnitten war. Carls frühere Magerkeit, sein eher mürrischer Gesichtsausdruck hatten sich gewandelt: Das knubbelige Mondgesicht mit den dicken Backen war mehr drollig als schön, und da man sein eher spärliches Haar zu einem Schippel bürstete, verstärkte das diesen Eindruck noch. Simon war ein ernster Junge, der mit seinen vier Jahren schon bei der Mutter am Cembalo sitzen und mitspielen wollte. Seine Kinderseele schien außerordentlich labil. Er spürte die Spannungen zwischen den Eltern, zwischen der Tante und dem Vater. Er nahm jedes eisige Schweigen, jeden scharfen Ton ernst und schwer. Nur mit dem kleinen Bruder lachte er kindlich und fröhlich, wie es sich für sein Alter gehörte.

Carl zeichnete sich in seinen ersten Lebensjahren durch ein heiteres Gemüt und unbekümmerte Faulheit aus. Obwohl er schon zwanzig Monate alt war, dachte er nicht daran, zu laufen.

Er liebte es, in seinem kleinen, mit Rollen versehenen Laufstall gegen die Möbel zu prallen. Da er dabei unschuldsvoll grinste und keinen Schaden anrichtete, ließ man ihn gewähren.

Von Anfang an waren die Brüder eng miteinander verbunden. Carl lernte zwar spät laufen, aber ungewöhnlich früh sprechen. Es war, als wollte er um jeden Preis mit seinem Bruder reden. Von seinem ersten Satz an sah man die beiden ständig miteinander tuscheln. Die Mutter und Tante Crescenz wurden nicht müde, ihnen unauffällig dabei zuzuschauen. Auch die Großeltern waren entzückt, mit welchem Aufwand von Mimik und Gesten das vor sich ging. Der dicke Carl verzauberte alle, und Crescenz fragte ihre Schwester, woher sie so ein Exemplar von einem Kind habe. »Du stilles Wasser und dein beinharter Spitzweg – wie kommt ihr bloß zu diesem Komödianten?«

Als im Jahre 1811 Eduard Spitzweg auf die Welt kam, war die Aufmerksamkeit der Familie naturgemäß auf den Jüngsten konzentriert, der ein zarter, kränklicher Säugling war. Dieser Umstand beschwerte vor allem das Kindermädchen Lisi. Sie war fünfzehn, die Tochter eines Gärtners aus Freising. Ihr Vater hatte sie nach der Elementarschule auf die Lateinschule geschickt, da Lisi sein einziges Kind war. Als er an Tuberkulose starb, übernahmen andere die Gärtnerei und behaupteten, der Vater habe nur Schulden gehabt. Lisi musste Arbeit suchen und war erleichtert, durch Vermittlung von Verwandten im Hause Spitzweg untergekommen zu sein.

Sie wollte alles richtig machen. Nur nicht auffallen, nur nicht eitel sein, hatte man ihr eingebläut. Ihr spärliches dunkles Haar trug sie festgezurrt als kleinen Knoten auf dem Kopf. Diese schmucklose Haartracht und das dunkle, hochgeschlossene Gewand ließen das Kindermädchen viel älter aussehen. Dazu kam die Sorge um Eduard, der ein Speikind war und jeden, der ihn auf den Arm nahm, unweigerlich mit seinem weißlichen Brei bespuckte. Hausarzt Doktor Trautner trichterte Lisi ein, dass Eduard immer aufrecht sitzen müsse. Morgens, mittags, abends, nachts. Anderenfalls würde er an seinem Erbrochenen ersticken. Diese Mahnung brachte Lisi fast um. Ständig war sie besorgt, den offenbar knochenlosen Säugling mit Kissen abzustützen. Man hätte sich durchaus am Anblick Eduards erfreuen können, wenn es nicht so ernst um ihn gestanden wäre. Damit er sich nicht auch noch verkühlte, trug der sechs Wochen alte Eduard stets eine weiße Zipfelmütze, was zusammen mit seiner ungewöhnlichen Sitzhaltung ziemlich bizarr aussah. Die Brüder Simon und Carl brachen bei seinem Anblick oftmals in Lachen aus, was außer Lisi auch die Mutter, die Tante und die Großeltern grob und unanständig fanden.

So war es verständlich, dass Lisi es nach Möglichkeit vermied, alle drei Spitzweg-Buben miteinander an die frische Luft zu bringen. Dazu musste sie Eduard im Kinderwagen mit Kissen fixieren, bei jedem Kopfstein seine Sitzhaltung korrigieren. Dabei noch den einfallsreichen Carl und den stillen, aber hintersinnigen Simon zu beaufsichtigen ging über ihre Kräfte. Doch die Buben pochten auf ihre Rechte.

»Lisi, wir wollen draußen spielen!«

»Heute nicht, es geht ein arger Wind.«

»Aber die anderen Kinder sind auch auf der Gassen«, beschwerte sich Simon.

»Das ist was anderes. Das sind andere Kinder.«

»Die Mutter sagt, wir sind alle von Erde gemacht«, meldete Simon stolz.

Doch Lisi kannte die sozialen Unterschiede. »Ja, schon, aber ihr seid von gesiebter Gartenerde!«

Die Mutter sah sehr wohl, dass Lisi mit dem kranken Eduard überfordert war und nicht auch noch Simon und Carl bändigen konnte. Diese Einsicht brachte den Brüdern willkommene Freiheiten. An Simons siebtem Geburtstag war Carl vier, und die beiden wünschten sich, allein auf den Markt zu dürfen, wenn Schranne abgehalten wurde. Es waren nur wenige Schritte bis dorthin, und man erlaubte es ihnen. Der große Platz hatte für die Buben etwas Anheimelndes, aber auch Abenteuerliches. Ringsumher zogen sich Bogen oder sogenannte Lauben an den Häusern hin. Dort konnten Simon und Carl mit den Nachbarsjungen Verstecken spielen. Laden reihte sich an Laden, in denen man merkwürdige Dinge feilbot, die von den Kindern kaum beachtet wurden. Barchent oder Leinwand konnte man kaufen, Knöpfe, Bänder, lederne Hosen und Jacken, Nachthemden und Schuhe. Schon stieg einem der penetrante Geruch nach Käse in die Nase, deren Laibe von den Käskäuflern ausgebreitet wurden. Schöne Kleider sahen die Spitzweg-Söhne auch, und sie gedachten, der Mutter davon zu erzählen. Die großen Bottiche mit Sauerkraut mieden Simon und Carl, denn sie konnten Kraut und Blutwürste, die es daheim einmal die Woche gab, nicht leiden.

Am unteren Ende des Marktes lag behäbig das Rathaus. Der Vater, der hier ein und aus ging, hatte seinen Söhnen berichtet, dass der hintere Flügel noch von einer stolzen Burg stamme, die hier einmal gestanden hatte. Heinrich der Löwe habe sie erbaut.

Bevor sie beim Rathaus ankamen, sprangen Simon und Carl erst einmal ausgelassen über den Eiermarkt. Es dauerte nicht lange, da hatte Carl eine Herrschaftsköchin, die eine Tüte mit Eiern trug, unabsichtlich angerempelt, sodass die Tüte hinflog und eine Menge Spiegeleier nebst Schalen das holprige Pflaster noch schlüpfriger machten.

»Hundsbankat, reidiger!«, rief die Marktfrau, und die Herrschaftsköchin »Saubande, dreckade!«. Simon fasste Carl bei der Hand, und sie rannten, immer zickzack zwischen den Mehlsäcken hindurch, zur Hauptwache. Hier beachtete sie niemand mehr. Zu viele Menschen schoben sich über den Platz, auf den fünf bedeutende Straßen mündeten: die Dienergasse, die Wein- und Kaufingerstraße, die Rosen- und die Talstraße. Dazu noch einige Steige und Durchgänge.

Die Buben atmeten auf. Sie wollten noch den schönen Turm von St. Peter anschauen gehen und den von Heiliggeist. In der Mitte des Platzes staunten sie die rote Marmorsäule an, auf der ganz oben Maria stand, die Mutter Gottes.

Während der ganzen Woche, so fanden Simon und Carl, war der Platz langweilig. Die Wachparade und den Zapfenstreich hatten sie schon öfter mal beobachtet. Das war aber nicht sehr lustig. Mit den Fiakern, die um die Mariensäule herumstanden, war auch nicht viel anzufangen. Aber am Freitag, so wie heute, da begann das Leben zu rumoren auf dem Platz. Vierspännige Bauernwagen rasselten heran. Von denen wurden die Leinensäcke abgeladen, die man je nach Inhalt zusammenstellte. Auf dem Platz, in den Gassen, überall standen diese wunderlichen prallen Säcke beieinander. Sie waren so geschickt aufgestellt, dass sie Gassen bildeten, denn bald kamen die Käufer, die sich durch diese Gassen bewegten, sich manchmal auf die Säcke setzten, auf die man zum Schutz gegen Regen Bretter gelegt hatte.

Doch erst am nächsten Tag, dem Sonnabend, ging es richtig los. Die Kinder hörten schon im Wachwerden die Rösser und Wagen, die neue Vorräte herbeischafften. Und es kamen Leute vom Land, die man sonst nicht sah. Wenigstens nicht in so großen Gruppen. Wie sie gekleidet waren! Die mit den spitzen Hüten und der knapp sitzenden Gebirgstracht, das waren die Oberländer. Ihre Frauen hatten Jacken mit hochgepolsterten Schultern und lange Röcke. Die Mädchen vom Unterland kannte man an den weitschwingenden Röcken, dem knappen Mieder und den bunten Bändern und Tressen. Sie hatten enganliegende Spitzenhauben auf.

Für die Buben war es am interessantesten, wenn die Händler untereinander feilschten, sich anbrüllten, manchmal auch eine Rauferei begannen. Säcke wurden geöffnet, Proben genommen, abgemessen, aufgeladen. Die Müller, mit schweren Wagen und starken Rössern, holten die Säcke, um den Inhalt gleich zu vermahlen. Das Abmessen des Getreides besorgten alte Weiber, die geschäftig hin und her liefen, den Scheffel so temperamentvoll schwangen, dass reichlich Getreide auf den Boden fiel.

Um die Mittagsstunde hatten Simon und Carl wieder daheim zu sein. Doch der Geschäftsführer des Pschorr'schen Bräuhauses war noch nicht da gewesen. Der Vater hatte ihnen erklärt, dass der immer am Schluss käme, alles Getreide aufkaufte und wieder verschwand. Danach setzten sich die Arbeiter und die alten Frauen auf ein paar übrige Säcke, aßen Brot und tranken Bier. Der Platz wurde gefegt und die aufgelesenen Körner von armen Leuten gesiebt und in Taschen verstaut.

Als Simon und Carl sich aufmachten zum Mittagessen, kamen schon langsam die Fiaker wieder und versammelten sich um die Mariensäule. Hand in Hand gingen die Brüder über den Markt, schwadronierten miteinander und lachten über ihre eigenen Geschichten.

Mit den heranwachsenden Buben ging im Hause Spitzweg eine neue Sonne auf. Crescenz und ihre Eltern, die früher selten bei den Spitzwegs anzutreffen waren, kamen jetzt fast täglich in deren Wohnung vorbei, um sich mit den beiden größeren Enkeln zu beschäftigen. Natürlich wollten sie auch Franziska entlasten, denn die Geburt des Jüngsten hatte sie geschwächt. Sie erholte sich nur langsam. »Ich bin froh, dass meine Großen so gut miteinander spielen können«, sagte sie zu Crescenz.

Als Simon in die Schule kam und nach dem Mittagessen seine Hausaufgaben machte, wich Carl ihm nicht von der Seite. Während Simon seine Buchstaben und Zahlen sorgsam auf die Tafel schrieb, holte Carl seine Farbstifte, setzte sich zu Simon an den Tisch und begann zu zeichnen. Manchmal saß er lange, schaute ins Nirgendwo, war abwesend. Einmal malte er ein Trinkglas und brachte die Zeichnung Lisi, wobei er sie stumm anstrahlte. Die schaute verblüfft, fragte dann, ob Carl etwas trinken wolle. Der nickte. Lisi verstand ihn. Ein anderes Mal zeichnete Carl lange und sorgfältig an einem Viereck herum, bis er einen Kreuzerwecken zustande gebracht hatte. Wieder brachte er seine Zeichnung Lisi, wieder verstand sie ihn und gab ihm den Wecken. Irgendwann sagte Simon »male mir doch bitte einen Hund«, und Carl begann mit der Arbeit. Manchmal fing er mit den Ohren an, dann mit den Pfoten oder mit dem behaarten Rücken. Kam die

Mutter oder Tante Crescenz, schenkte er ihnen eine Zeichnung, auf der Getreidesäcke zu sehen waren. Oder eine Blume, von denen viele auf dem Markt verkauft wurden. Alle staunten über Carls Werke.

Der Vater dagegen war unzufrieden mit seinem Zweitgeborenen. Er solle lieber wie Simon Buchstaben und Zahlen lernen, dann habe er später einen Vorsprung vor den anderen Schülern.

Manchmal schnitt Carl seine Tiere und Blumen mit der Stickschere seiner Mutter aus. Da war der Mutter eine Idee gekommen. Sie klebte eine ausgeschnittene Glockenblume auf ein Papier und sagte, dass sie diese schöne Blume wunderbar als Lesezeichen brauchen könne. Daraufhin bekamen alle im Hause Spitzweg nach und nach Lesezeichen von Carl. Er traute sich aber nicht, auch dem Vater eines zu schenken. Dafür brachte er den Großeltern zwei besonders schöne Exemplare. Überrascht von seiner Kunstfertigkeit, lobten sie ihn.

Da wurde Carl verlegen. Lob vertrug er schlecht.

Vater Simon Spitzweg verdross es immer mehr, dass die Eltern Schmutzer und vor allem Crescenz ständig um seine Frau und die Kinder waren.

»Du, deine Schwester und deine Eltern, ihr verweichlicht die Kinder. Wie sollen meine Söhnchen wissen, dass das Leben völlig anders ist als ihr Zuhause. Das Leben ist hart, fremd und ohne Gnade. Darauf müssen sie vorbereitet werden.«

»Aber sollen sie denn der gleichen Willkür, Ungerechtigkeit und Grausamkeit ausgeliefert werden, wie du sie erfahren hast?«, fragte Franziska scharf. »Willst du ihnen die sinnlosen Quälereien deines Vaters und die Schikanen deiner Lehrer zumuten? Das werde ich zu verhindern wissen. Meine Eltern und ich wissen genauso viel über Kindererziehung wie du.«

Simon Spitzweg sah seine Frau überrascht an. Er sah, dass sie gesundheitlich immer elender wurde, doch ihr Widerstand ihm gegenüber schien umso stärker zu wachsen. Wenn er es auch vor sich selbst nicht eingestand, hatte er doch ein schlechtes Gewissen ihr gegenüber. Er verdankte ihr viel, aber sie hatte es ihm nicht aus freien Stücken gegeben. Und dennoch, die drei Söhne waren seine Söhne, sie waren Spitzwegs, und er wollte doch einmal sehen, ob er nicht ein Wörtchen mitzureden hatte bei ihrer Erziehung.

»Warte nur, bis sie einmal größer sind! Wenn Simon und bald danach Carl ins Wilhelms Gymnasium eintreten. Angemeldet habe ich sie schon, dann wird es vorbei sein mit der Verzärtelung.«

Spitzweg redete sich jetzt in Rage, sein hageres Gesicht rötete sich, er war aufgesprungen und stand selbst wie ein Schulmeister vor Franziska, die keinen Fluchtweg sah und stumm vor sich hin schaute. Lass ihnen doch ihre Kindheit, Spitzweg, sie haben doch noch so viel Zeit, dachte sie müde.

Spitzweg wies jetzt mit seinem langen dürren Zeigefinger auf sie.

»Du, Franziska, hast nie gelernt, dass der Lebenskampf durch Arbeit bestritten wird. Das heißt durch zielbewusste und zweckbestimmte Anspannung aller Kräfte. In der höheren Schule werden die Söhne arbeiten lernen, und zwar systematisch und grundsätzlich. Die Zeit eurer Spiele, des Cembalogeklimpers von Simon und der Kleckserei von Carl ist dann endgültig vorbei. Verstehst du, endgültig. Die Schule stellt Aufgaben, und dann ist es weiß Gott nicht egal, ob man sie löst oder nicht. Diese Aufgaben werden den Alltag meiner Söhne beherrschen, dafür werde ich sorgen.«

»Wann willst du dich denn um die Kinder kümmern, du bist doch den ganzen Tag außer Haus«, sagte Franziska, ermattet von der lautstarken Rede ihres Gemahls, die auch Crescenz angelockt hatte. Sie war bei der Tür stehen geblieben, und Simon Spitzweg hatte sie noch gar nicht wahrgenommen.

»Ich werde einen Hauslehrer für die Söhne anstellen, vom ersten Schultag an. Die Erziehung meiner Kinder wird dir damit aus der Hand genommen, meine Liebe.« Simon Spitzweg sah triumphierend auf Franziska herab, doch sie sah zur Türe, wo Crescenz immer noch stand.

»Du wirst schon einen Hanswursten auftreiben, der dir in allem zustimmt«, sagte Crescenz trocken, und Simon Spitzweg fuhr herum. Er wollte seine Schwägerin anschreien, brachte aber bei ihrem Anblick kein Wort heraus. Stattdessen starrte er sie nur stumm an und ging dann grußlos an ihr vorbei aus dem Zimmer.

Crescenz trug ein neues Hauskleid aus tiefroter Seide, das eng geschnitten war und umso weitere kurze Ärmel hatte. Das Rot ließ ihre helle, fast milchige Haut schimmern.

»Du hast ihn mundtot gemacht«, sagte Franziska lächelnd. »Du siehst wunderbar aus, Schwesterchen, das erträgt Spitzweg einfach nicht. Wenn mich nicht alles täuscht, ist er in dich verliebt. Aber er würde lieber sterben, als das zuzugeben.«

»Ich weiß«, sagte Crescentia lächelnd, »er haut immer ab, wenn ich in sein Blickfeld gerate.« Die Schwestern sahen sich an, sie prusteten los vor Lachen. »Wir benehmen uns wie Simon und Carl«, sagte Franziska. »Von wem sollen sie es denn sonst haben, wenn nicht von uns beiden?«, wollte Crescenz wissen.

Auch wenn Simon Spitzweg nicht zum letzten Mal aufbegehrt haben sollte – es bestand kein Zweifel, dass Franziska und Crescenz die Erziehung der Söhne übernommen hatten.

Immerhin, als Bürger der Stadt München war Simon Spitzweg auf Erfolgskurs. Er nahm es in Kauf, dass seine Ehe und das Familienleben sich völlig anders gestalteten, als er es sich vorgestellt hatte. Nichts, aber auch gar nichts glich der Hierarchie, die er aus seinem Elternhaus kannte. Er hatte eine kranke Frau, aber fügsam war sie nicht. An ihre Verwandtschaft konnte er nicht denken, ohne in Wut zu geraten. Doch das half ja nichts. Er musste ruhig und geduldig sein mit den Verwandten. Er hatte unbedingt dazugehören wollen, und schließlich wartete ein Vermögen auf ihn.

Vater Spitzweg vergaß offenbar, dass er selbst in seiner Jugend beileibe nicht getan hatte, was sein Vater von ihm erwartete. Er hätte das Anwesen der Familie und die Posthalterei als Erbe übernehmen sollen. Schließlich konnte er nur mit Hilfe des Pfarrers den Vater überzeugen. Der Pfarrer meinte, dass Simon in die Welt hinausmüsse, da er sehr begabt sei. Schließlich nahm sein Pate in München ihn bereitwillig bei sich auf, und so besuchte Simon Spitzweg das Alte Gymnasium, anschließend noch das Lyzeum in München.

»Unter den Besten ganz hervorragend« stand 1798 unter seinem Zeugnis. Anstatt zu studieren, wurde Spitzweg Kaufmann. Er ging nach Frankfurt und Wien, später zog es ihn über Passau, die Steiermark, Krain und Görtz bis nach Triest. Dann hatte er genug vom Alleinsein, vom Herumziehen.

Simon Spitzweg wusste, dass er den Erfolg nicht allein seinem Fleiß und seiner Tüchtigkeit verdankte, sondern seiner Angst. Oft, wenn er nicht schlafen konnte, bedrückten ihn Bilder seiner Vergangenheit, lebte er wieder in dieser Vergangenheit, in der Posthalterei.

Die Erziehung seines Vaters und seiner Lehrer hatte offenbar nur ein Ziel gehabt – die Kinder in Ängstlichkeit zu halten. Simon jedenfalls lebte in Angst. Vor der mächtigen Stimme des Vaters, der in Simon nur seinen Stammhalter sah, vor dem Rohrstock des Lehrers, vor den Strafen, die daheim und in der Schule dieselbe Funktion hatten. Simon Spitzwegs Vater war Wirt und Posthalter in Unterpfaffenhofen, wohlhabend, angesehen und einflussreich. Das stand auf dem Spiel. Simon hatte, seit er denken konnte, Angst gehabt, dem Vater nicht zu gefallen oder dem Lehrer eine falsche Antwort zu geben. Manchmal war er von seiner Angst wie besessen gewesen.

Am Stammtisch berichtete der Lehrer dem Wirt stets alles über den Sohn. Manchmal fühlte Simon sich wie ein Kutschpferd, das vor Müdigkeit nicht mehr laufen konnte, aber doch laufen musste, bis es zusammenbrach. Er war immer wieder nachts aus Angstträumen erwacht und am Morgen völlig verschwitzt in die Schule geschlichen. Mechanisch hatte er alles getan, was man ihm sagte. Das Abenteuer der Kindheit, die hochgradige Erregbarkeit seiner Seele, die Kräfte, die in dieser Erregbarkeit lagen, waren bei Simon Spitzweg Ängste. Angst formte seine Seele, und ein unheilbarer Minderwertigkeitskomplex, den er jeden Tag neu durch Tüchtigkeit und Raffinesse ersetzen musste, blieb ihm sein Leben lang.

Erst seine Heirat mit Franziska Schmutzer hatte ihn selbstbewusster gemacht. Immer wieder dachte Simon Spitzweg an den Tag, an dem ihn der Zufall in die Lage versetzt hatte, sein Leben in einem ganz bestimmten Sinne selbst zu lenken.

Bei einem langweiligen Spaziergang mit seinem Paten hatten sie am Sendlinger Tor die Familie Schmutzer getroffen. Der rotbackige Herr im hohen Zylinder und mit seidenen Rockaufschlägen war ein bekannter Münchner Früchtegroßhändler. Er war der größte Kaufmann in der Branche. Spitzweg wollte eigentlich nur grüßen, doch dann fiel sein Blick auf die beiden hübsch gekleideten Mädchen, die neben ihrer Mutter standen und ungeduldig von einem Bein aufs andere traten. Die Kleine mit den frech blitzenden Augen kam nicht in Betracht, aber die Ältere – mein Gott. Mit einem Male wusste er, warum er dort stand, wo er stand. Er war nicht mehr irgendwer oder irgendwo, er war ein Mann, der seinen Weg machte und unverhofft sein Idealbild von einer Frau vor sich hatte. Mit ihren rötlichen Haaren und den klaren blauen Augen machte das junge Mädchen einen tiefen Eindruck auf ihn, obwohl sie ihn nicht anschaute. Genau diese Frau wollte er haben. Ohne eine passende Ehefrau war an eine Karriere nicht zu denken. Ihr Name, so erfuhr er, war Franziska.

Oftmals hatte Spitzweg das Gefühl, für seine Frau und ihre Familie ein Fremder zu sein. Bei den Honoratioren der Stadt München dagegen wurde Simon Spitzweg geachtet. Er war in das Schützenkorps der Bürgerwehr eingetreten. Der verwitweten Handelsmännin Maria Anna von Bachmeyr kaufte er um eine Summe von 1200 Gulden ihre bürgerliche Handlungsgerechtigkeit ab. Ein Jahr später ging noch eine weitere Berechnung Simon Spitzwegs auf – der Erwerb eines eigenen Geschäftshauses, das er von dem Kurfürstlichen Hofrat von Zeitz kaufte. So konnte Simon an der Ecke der Neuhauser und Eisenmannsgasse im Kaufmann-Kapfer-Haus Nummer 14 eine repräsentative Materialwarenhandlung errichten, über deren Eingang auf einer großen schwarzen Tafel zu lesen stand:

Simon Spitzweg, Tuch – Wollen – Baumwollen, Seiden- und Spezereiwaren, Kommission und Spedition.

Da Simon Spitzweg weit gereist war und Erfahrungen in mehreren Ländern gemacht hatte, brachte er sein Unternehmen rasch in Schwung. Er war freigebig mit Rat und Tat, und die Münchner Geschäftsleute vertrauten ihm bald und übertrugen ihm die Würde eines bürgerlichen Magistratsrates. 1818 wurde er als Vertreter der Stadt zum Landtagsabgeordneten gewählt. Seine Stimme galt. Später stellte er einen Antrag auf Gründung einer Erziehungs- und Bildungsanstalt für künftige Bürger. Er verlangte die Einführung von Redeübungen an der Universität im Interesse des öffentlichen und mündlichen Strafverfahrens. Er setzte die Errichtung einer höheren Töchterschule durch. Da er das Italienische und das Französische beherrschte, holte man ihn als Assessor an das Wechsel- und Mercantilgericht. Franziska und Crescenz waren sich darin einig, dass Spitzweg sich nach außen hin modern gab und allem Neuen aufgeschlossen. Er machte Karriere im wirtschaftlichen und öffentlichen Leben der Stadt.

Jede Phase seines Aufstiegs berichtete er Franziska und ihrer Familie in allen Einzelheiten. Stets mit dem wütenden Unterton, dass man überall auf seinen Rat höre, ihn ehre, nur zu Hause nicht.

»Ihr seid unerfahren«, schalt er Franziska und meinte damit auch Crescenz. »Weil ihr nicht wisst, wie es aussieht in der Geschäftswelt. Es kommt euch schließlich allen zugute, wenn ich in der Stadt zu Ansehen gelange.«

»Wir kennen uns bestens aus, was die Münchner Kaufleute und den Handel angeht«, wies Franziska ihn zurecht. »Du willst doch wohl nicht behaupten, dass du unserer Familie Ansehen verschafft hättest«, griff Crescenz ihren Schwager an. »Das ist ja wohl das Lächerlichste, was ich je gehört habe. Ohne unsere Familie wärst du immer noch der Garniemand, zumindest gesellschaftlich!«

Diese Auseinandersetzungen schlossen Spitzweg immer mehr aus vom familiären Glück, das er durchaus wahrnahm, wenn er daheim war. Doch er war und blieb allein, denn naturgemäß blieb ihm wenig Zeit, sich um Frau, Kinder und Schwiegereltern zu kümmern.

Der Familie war das nur recht. Unter der Obhut ihrer Mutter und ihrer Tante lebten die Söhne nach deren Vorstellung vom Leben. Dazu gehörte möglichst viel Freiraum für die drei Jungen. Simon, als der Älteste, beschützte seine Brüder und wollte dafür das Kommando. Carl folgte ihm willig, denn Simon beschaffte ihm Material zum Zeichnen. Gemeinsam gaben sie auf den kleinen, immer noch zarten Bruder acht. Sie durchstreiften ihre Stadt, kannten sie im Licht und im Schatten. München hatte viele Gesichter. Im Laufe der Zeit unterschieden die Brüder ihre mannigfaltigen Umgebungen, ihre Menschen, Tiere, ihre Gerüche und Geräusche. Die Brüder schauten die Bäume an, den Himmel mit seinem geheimnisvollen Gestirn. Alles gehörte ihnen.

4

War der Vater nicht im Haus, saß Carl oftmals auf dem Boden im Salon und versuchte eines der Bilder, die an der Wand hingen, abzuzeichnen. Auf dem ersten waren zwei Pferde zu sehen, eine weiße Stute und ein brauner Hengst, die nebeneinanderstanden. Der Hengst hatte seinen Kopf wie liebkosend auf den Hals der Stute gelegt.

Der Großvater hatte seinem Enkel Zeichenkohle geschenkt, und nun machte Carl sich daran, die Stute zu zeichnen. Wieder und wieder versuchte er es. Die Beine waren besonders schwierig, und der Körper des Pferdes glich eher dem eines Hundes. Bei dem Hengst gelang es ihm schon besser, seinen Vorstellungen von einem Pferd nahezukommen. Es war aufregend für Carl, auf dem Papier ein Wesen entstehen zu sehen, das er geschaffen hatte.

Doch er wusste, dass er es noch besser machen konnte, machen musste. Er würde wieder die Pferde malen. An einem anderen Tag. Aber für heute legte er seine Pferdezeichnungen beiseite und begann, sich mit dem Gemälde einer Felsenlandschaft zu beschäftigen, deren hochaufragendes Massiv ihm schon immer imponiert, jedoch auch mit Furcht erfüllt hatte. Er wollte seinen eigenen Felsen malen, so wie er ihn empfand, er wollte lernen, von einem Bild zum anderen immer mehr lernen. Er wollte ein Maler werden.

Auch das in München übliche rautenförmige Vierkreuzerbrot hatte schon früh Carls malerisches Interesse geweckt. Wegen seiner Form auch Spitzwecken genannt, gab es die Brote fast täglich zur Suppe und zur Vesper am Abend. Die Bezeichnung *Spitzweck* war es, die Carl aufmerksam werden ließ. Sie kam dem Namen Spitzweg gleich. *»Spitzweg – Spitzweck«*. Der Vater erklärte, dass es in früheren Zeiten, im 17. Jahrhundert, schon die Familie Spitzweg gegeben habe. Sie hätten sich aber anders geschrieben, nämlich »Spizwek« und später »Spitzweck«. Carl benutze also nur den ursprünglichen Namen, wenn er aus dem Namen Spitzweg Spitzweck mache.

Carl begann, die Spitzwecken zu zeichnen, immer wieder die seltsame Rautenform. Dieser Rhombus würde ihm sein Leben lang als Signatur für seine Bilder dienen.

Die Mutter war entzückt von den Zeichnungen ihres Sohnes. Stolz hängte sie die Blätter in den Kinderzimmern an die Wände, und Carl war so glücklich, dass er gar nicht mehr aufhören konnte mit Malen.

Doch als die Jungen Tage später aus der Schule kamen, waren die Kunstwerke von den Wänden verschwunden und Carls übrige Bilder ebenfalls. Die Mutter hatte einen schmalen Mund, der des Vaters war gar nicht mehr auszumachen. Bei Tisch sagte der Vater, dass ein Maler und ein Taugenichts dasselbe seien.

Carl lief in sein Zimmer. Er kniete sich vor den Stuhl, der neben seinem Bett stand. Vergrub seinen Kopf fest in das Kissen. Er wollte nicht mehr da sein, nicht mehr denken, nicht mehr fühlen. Wut und Scham war alles, was er empfinden konnte. Da hörte er das Rascheln von Röcken. Es war seine Mutter, die sich auf sein Bett setzte und ihm leise übers Haar strich. Sie schwieg. Es war schön für Carl, die Mutter zu spüren. Ihre Nähe, ihren Duft.

»Der Vater meint das nicht so böse, wie es sich angehört hat«, begann sie. »Glaub mir, Carl. In München und auch andernorts sind Maler leider nicht sehr angesehen. Du wirst das auch noch erleben. Protestanten sind nicht gelitten, Schauspieler, überhaupt Künstler – ich verstehe das auch nicht, aber unsere Welt urteilt so. Für manche Leute sind Künstler sogar der Gipfel der Verworfenheit. Leider gibt es so viele Rückständige unter den ehrbaren eingesessenen Bürgersfamilien. Zu denen gehören wir nun einmal, Carl. Dein Vater will dich vor einem Schicksal als Ausgestoßener bewahren.«

Carl begriff es nicht. Aber er stand auf, setzte sich zu seiner Mutter aufs Bett und legte seinen Kopf an ihre Schulter.

In Anwesenheit des Vaters sprach niemand mehr über Carls Bilder. Er malte jetzt eben heimlich, und die Mutter versteckte seine Werke. Auch die Brüder hielten dicht. War der Vater für einige Tage verreist, hingen die Bilder an der Wand, und Mutter und Söhne lachten sich verschwörerisch an.

In Carls zehntem Lebensjahr wurde sein Vater neben seinen vielen Ämtern noch Landtagsabgeordneter. Man sah ihn noch seltener daheim als früher. Neben seinen kommunalen Tätigkeiten führte er seine Geschäfte, die er um den weitläufigen Spezereihandel seines Paten erweitert hatte, dem er eine Rente zahlte. Er versorgte Apotheker und Ärzte mit seinen Teesorten, Kräutern und exotischen Pflanzen. Auch in den Großhandel seiner Schwiegereltern war er stark eingebunden. Sie belieferten alle Geschäfte in München und Umgebung mit Früchten und konnten seine Unterstützung gut gebrauchen. Simon Spitzweg behielt über all das den Überblick, wo nötig, stellte er Gehilfen an, die er genauestens prüfte.

Diese absolute Auslastung des Vaters durch seinen Beruf und seine Ämter ermöglichte den Söhnen Freiheiten, die der Vater niemals zugelassen hätte. Crescenz und Franziska waren der Ansicht, dass die Spitzweg-Söhne selbst auf sich achtgeben konnten, und so bekamen sie die Erlaubnis, sich nach dem Schulunterricht frei in der Stadt zu bewegen. Natürlich mussten sie rechtzeitig zu den Hausaufgaben wieder daheim sein. Der Hauslehrer, ein junger, ängstlicher Mann Mitte zwanzig, war vom ersten Moment an Crescenz verfallen. Er betete sie an. Richtete sich erleichtert nach den Anweisungen der beiden Frauen. Vor dem Hausherrn empfand er zwar Furcht, doch zeigte er sich im Laufe der Zeit gewandt darin, Simon Spitzweg über die wachsenden Talente und abnehmenden Schwächen seiner Söhne auf dem Laufenden zu halten. So gab es keine unnötigen Gefechte an der Erziehungsfront.

Die Spitzweg-Buben gingen auf Entdeckungsreisen durch die Nachbarschaft. Allein der Geruch machte sie schon neugierig, denn in der nächsten Nähe ihres Elternhauses lagen das Augustiner- und das Pschorrbräu mit ihren Sudhäusern, der Malzdarre, deren schwerer Geruch oftmals das ganze Viertel erfüllte. All das gehörte ja zum Leben der Brüder; die ganze Neuhauser Gasse vom Karlstor bis hinunter zum Schrannenplatz. Da kamen Händler vom Land mit ihren hochbepackten Karren. Die Ehefrau hinter dem wackligen Gefährt wachte darüber, dass niemand Kartoffeln oder Obst einsackte, ohne zu bezahlen.

Wer mochte wohl in der Sänfte sitzen, die von zwei kräftigen Männern gerade vorbeigetragen wurde? Vorhänge verwehrten die Blicke, doch die Buben hielten sich nicht lange auf mit Überlegungen, wer da so faul sei, dass er sich tragen ließ. Sie bewunderten ein reichgeschmücktes Gespann, dessen Besitzer für einen Moment rasteten und sich von der Marketenderin eine große Maß bringen ließen.

Beeindruckt lauschten Carl und seine Brüder den Händlern, die ihre Ware in Körben mit sich trugen und lautstark anpriesen. Manche besangen förmlich ihr Obst, die Backwaren und das Gemüse, die das auch nötig hatten. Einige Angebote waren schon recht welk und wenig verlockend. Die resolute Frau, die Radis vor sich aufgehäuft hatte, rote Rüben und Zwiebeln, scheuchte Neugierige, die nicht sofort kauften, oder Kinder mit barschen Worten weg. »Geh weida, Hundsbankert, Saukrüppl!«

Drei Musiker kamen mit ihrer Flöte, der Violine und einem Kontrabass. Sie spielten das Lied von der grünen Isar, die durch die Münchner Stadt geht; ein paar Kinder hörten zu, Händler ruhten sich ein wenig aus und lauschten. Ein sehr beleibter Bürger versuchte, in eine hohe Kalesche zu klettern, schaffte es aber nicht. Simon und Carl schoben kräftig an, und schon saß er drin. Sagte aber nicht einmal danke schön. Eduard stand interessiert bei einem Schuhputzer, der fast nicht nachkam, die staubigen Schuhe der Bürger blank zu polieren. Eduard fragte den Schuhputzer und seinen Kunden, warum sie das Putzen auf der Straße erledigten. »Bei uns daheim macht das der Hias!«

Eine Wäscherin, die Körbe frischgebleichter Wäsche auf einer Schubkarre transportierte, begann Streit mit einer jungen Frau, die zwei schwere Fässer auf ihrer Karre balancierte und ihr in die Quere gekommen war. »Machs nächstmal die Augn besser auf, dumms Ding, dumms!«, rief die Wäscherin. Die Junge, mit spitzem grünem Hut und enggeschnürtem Dirndl, ließ sich das nicht gefallen. »Was wolln S' denn, Sie alte Schuxn; Eahnane Gsichtsfaltn san ja scho die reinsten Dachrinnen, da wärs gscheiter, sie täten an Packträger holn.«

Derart schimpfte die Babett manchmal mit dem Hias. Die ersten Minuten waren interessant, aber bald hatten die drei keine Lust mehr, zuzuhören.

Drüben, bei der Weiten Gasse, lag die Maut, und von dort kamen nach der Vermautung die mächtigen, mit schweren Rossen bespannten Fuhrwerke. Die herkulischen Männer der Trockenlader-Innung hantierten mit der schweren Fracht scheinbar mühelos. Wenn sie Zuschauer hatten wie die Spitzweg-Buben, brachten sie die schweren Kisten, die Rupfenballen, Kaffeesäcke und die großen, in Weidenkörben steckenden Glasballons wie spielerisch herunter von dem Gefährt, hinein in die Gewölbe der hinteren Lagerräume. Die Arbeiter kannten den Vater, die meiste Ware, die sie verluden, verschwand in den Kellern der Firma Simon Spitzweg. Daher verwehrten sie es den Buben auch nicht, wenn sie hineinluren wollten in die geheimnisvollen großen Gewölbe, wo auf Regalen Drogen und Seifen gestapelt waren. In allerlei Töpfen und Truhen waren die Spezereien aus fernen, fremden Ländern verwahrt. Simon und Carl bemühten sich, die unbekannten, aber wohllautenden Namen zu entziffern. Sie rochen die schweren, exotischen Düfte, atmeten sie tief ein. Manchmal berichteten sie dem jungen Hauslehrer davon, und er erzählte ihnen, dass diese wunderbaren Gewürze, die Mandeln, Rosinen und der Kakao, auf großen, bauchigen Schiffen hergebracht wurden. »Auf langer Fahrt über die großen Meere kommen die Schiffe mit den großen Segeln zu uns. Und eurer Vater lässt die Waren dann in die Verkaufsgewölbe bringen«, sagte einer der Lader zu den Buben.

Da kannten sie sich aus. Der Zuckerhut stand ganz oben auf dem Regal, die Gewürze waren in den tiefen Schubladen eingeschlossen, damit sie ihren Duft nicht verloren. Tüten aller Größen lagen auf dem großen Verkaufstisch. Trat ein Kunde ein, drehte sich die schwere Ladentür knarrend in den Angeln, und eine schrille Glocke meldete den Ankömmling. Der Vater erlaubte es nicht, dass die Söhne sich im Laden herumtrieben. Doch meist war Crescenz in der Nähe. Seltener die Mutter. Von ihnen bekamen die Brüder getrocknete Früchte und Mandeln, doch dann wurden sie aus dem Laden verbannt.

Simon, der Älteste, war mittlerweile dreizehn Jahre alt und Schüler des Alten Gymnasiums. Im August hatte er sein Klassenzeugnis der lateinischen Vorbereitungsklasse erhalten. Es war unterschrieben und mit einem Namenspetschaft versehen von Alois Nikl, Königlicher Professor. Laut las Simon vor, was dort stand: »Sein Fleiß war sehr groß, sein Betragen vorzüglich.«

Simon platzte schier vor Stolz auf dieses Zeugnis, das ihn selbst überrascht hatte. Er begann sofort, das Erlernte an seine Brüder weiterzugeben:

»München, die Haupt- und Residenzstadt von Bayern, liegt am Isarfluss, der in Tirol entspringt«, dozierte er. »Die Isar durchströmt das Land und vereinigt sich unterhalb der Hauptstadt mit der Donau. Stellt euch das einmal vor. Die Lage der Stadt ist 2136 bayerische Schuhe oder 520 m über dem Meeresspiegel erhaben. Das Klima ist etwas rau, die Luft scharf, aber sehr gesund. Deshalb müsst ihr viel an die Luft gehen. Nein, das hat der natürlich nicht gesagt. Die Witterung ist wechselnd wegen des Gebirges, welches südwärts in einer Entfernung von sechzehn Stunden den Gesichtskreis von München begrenzt. Gewöhnlich können sechs Monate, etwa von Mai bis Oktober, zur schönen Jahreszeit gerechnet werden.«

»Jaja, danke, das reicht!«, riefen Carl und Eduard.

Sie waren heute am Gasteigberg unterwegs, wo die Familie zwischen den doppelten Stadtmauern einen der großen Gärten besaß. Die Buben zogen Möhren aus dem trockenen Boden und pulten Erbsen aus den Schoten. Die Mutter hatte sie gemahnt, die Beete zu gießen, und sie machten sich daran, aus dem nahen Brunnen Wasser zu holen. Gießkannen standen in dem kleinen hölzernen Gartenhäuschen bereit. Sie vergaßen auch nicht, sich gegenseitig zu begießen, denn es war ein warmer Tag, und dann kletterten sie an der Mauer hoch und schauten auf die große Straße, begutachteten die schwankenden Kutschen und die Rösser, die hochbeladenen Fuhrwerke. Ganze Familien strebten mit ihren Kindern, Taschen und Körben der Stadt zu.

Carl verspürte Lust, dieses Bild zu malen. Eigentlich wollte er jeden Abend malen, was er am Tag gesehen hatte. Tante Crescenz hatte ihm ein Skizzenbuch geschenkt, doch Carl fand seine Skizzen nicht gut genug. Er musste viel öfter malen. Immer wieder neu versuchen. Dabei hatte er die Geduld eines Engels. Aber er sprach nicht darüber. Er wollte sich damit nicht wichtigmachen.

»Ich kenn den Dom von Unserer Lieben Frau und noch viele andere Türme«, meldete Eduard. »Aber wie sie heißen, weiß ich nicht.« – »Wir auch nicht«, logen die Brüder, denn sie hätten schon die eine oder andere Kirche gekannt, aber sie hatten keine Lust, dem Kleinen so viel zu erklären. Der vergaß es ja doch.

Lehrer Simon ließ sich wieder hören: »Die Fruchtbarkeit dieser Gegend ist an sich schlecht. Ganz schlecht. Kies und Flusssand sind die Hauptbestandteile des Bodens. Allein der Fleiß und die Industrie gewinnen der Natur so viel Überfluss ab, dass man hier im Ackerbau und in der Gartenkunst nur wenige europäische Produkte vermisst.«

»Was ist eine Industrie, was für eine Industrie haben wir denn?«, wollte Eduard wieder wissen.

»Industrie bedeutet, dass in Fabriken Leute arbeiten, die alles in großem Maße herstellen, was gebraucht wird. Es gibt Kattunfabriken, Leder- und Tabakfabriken. Wart mal, was haben wir noch – Gold- und Silberdrahtfabriken, Porzellanfabriken in Nymphenburg, Eisen – ach, es gibt noch viel mehr. Unser Lehrer wird gar nicht fertig damit. München ist eben eine große Stadt«, sagte Simon nicht ohne Stolz. »Fünfundvierzigtausend Menschen leben hier!«, sagte er gewichtig, und Carl staunte. So viele Leute konnte er sich nicht vorstellen.

Simon wusste, dass im Umkreis von einer starken Stunde vierzehn Dörfer lägen. »Das Lechel ist darunter, und die Au. Dort wohnen die Leute in so kleinen Häusern.« Simon zeigte die ungefähre Länge eines Zündholzes.

»Wie groß ist denn eigentlich München, weißt du das auch?«, fragte Carl. – »Ich weiß nur, dass man ungefähr in drei viertel

Stunden um München herumgehen kann«, antwortete Simon. »Man muss immer an der doppelten Mauer entlanggehen. Dazwischen liegen Gärten so wie der unsrige. Wir können ja einmal um die Stadt herumlaufen. Wollt ihr?«

Was für eine Frage. Klar wollten sie. Die Stadttore kannten sie bereits. Vier Haupttore führten in die Stadt. Von Nordost das Schwabinger Tor, das nach dem Dorf Schwabing genannt war. Am besten kannten sie das Karlstor, welches vormals Neuhauser Tor geheißen hatte und umgetauft wurde, nachdem der Kurfürst Karl Theodor es hatte verschönern lassen. In der Nähe dieses Tores wohnten sie, in der Neuhauser Gasse. Von Südwest erreichte man das Sendlinger Tor, welches zuerst nach Sendling führte, und von Südost das Isartor, das über zwei schöne Brücken nach dem jenseitigen Isarufer leitete. Als die Brüder am Sendlinger Tor vorübergingen, kauften sie bei der Brotsitzerin ein, die an ihrem Stand zwischen duftenden Wecken saß und sie schon freundlich anlächelte. Die Spitzweg-Buben hatten immer Appetit und Geld, solche Kinder mochte sie.

Begeistert erzählten die Brüder daheim von ihren Erlebnissen. Doch dort fühlte man sich bemüßigt, die Buben zu warnen. Vor allem sollten sie Fremde, die sie ansprachen, sofort daheim melden. Es gab eine besondere Kommission, hieß es, die sich mit der Beobachtung und Untersuchung aller Fremden, die in unserer Stadt wohnen, beschäftigte.

»Sind die Fremden gefährlich?«, wollte Simon wissen.

»Nun«, meinte der Vater, »manche wollen Unruhe in die Stadt bringen. Sie sprechen beleidigend über unsere Regierung und wollen die Münchner aufwiegeln. Solche Leute muss man sofort vor die Kommission bringen und ausweisen aus der Stadt. Genauso die fremden Bettler, die sich auf den Straßen und in den Häusern herumtreiben und um Geld oder Essen betteln. Wozu haben wir ein vorbildliches Armeninstitut, das die wirklich Bedürftigen unterstützt?«

Von wegen. Nicht immer kümmerte sich das Armeninstitut.

Bei der Fleischbank an der Heiliggeistkirche hatten die Brüder ein trauriges Erlebnis gehabt. Eine Mutter, offenbar arm, hob ihr kleines Kind hoch und rief den umstehenden Leuten zu, dass sie es billig verkaufe, weil sie es nicht mehr ernähren könne. Ehe die drei es richtig begriffen hatten, waren Gendarmen erschienen und hatten Mutter und Kind mitgenommen.

Als die Brüder mit ihrer Mutter darüber sprachen, zeigte sich besonders Eduard besorgt: »Wenn wir kein Geld mehr haben, verkauft ihr mich dann auch?« Seine Brüder brüllten sofort »Ja«, doch Franziska zog Eduard an sich. »Wir leben in einer Familie und sind mit allem versorgt, was wir brauchen. Diese Mutter ist sehr allein. Ihr müsst Mitleid haben mit der armen Frau. Sie hat kein Geld und kann ihrem Kind nichts zu essen geben. Anstatt die Hände auszustrecken und um Hilfe zu bitten, hat sie lieber damit gedroht, ihr Kind zu verkaufen. Sie wusste, dass ihr niemand helfen würde, wenn sie die Hände ausstreckt, und dass auch ihre Bitten nichts nützen würden. So eine Verzweiflung können wir uns gar nicht vorstellen.«

Carl und seine Brüder, die von der Mutter ihre Lektion gelernt hatten, unternahmen weiterhin ihre Streifzüge durch München. Unversehens waren sie dabei zu Fremdenführern geworden. Die Fremden, die bei ihnen nach dem Weg fragten, meldeten sie nicht der Kommission, sondern zeigten ihnen die Briefpost am Rindermarkt oder das Mauthaus auf dem Paradeplatz, die Stadtwaage am Rathaus, je nachdem. Natürlich auch die Trinkstube auf dem Platz und zahlreiche Gasthäuser, worunter der Schwarze Adler, der Goldene Hahn, der Goldene Hirsch, der Schwarze Bär, die Goldene Ente, der Römische König und der Londoner Hof die besten und bekanntesten waren.

Viele wollten wissen, wo die berühmten Kirchen und Klöster zu finden waren. Auch da konnten die Brüder helfen. Beim Eingang durch das Schwabinger Tor war das erste Gebäude rechts die Theatinerkirche und das Kloster. Das Gotteshaus hatten Kurfürst Ferdinand Maria und seine Gemahlin Adelheid erbauen lassen. Zur Franziskanerkirche gehörte auch ein Kloster.

Doch zuerst wollen alle die prächtige gotische Kirche zu Unserer Lieben Frau anschauen.

Das war nur ein kleiner Teil ihrer Vaterstadt, in der die Spitzweg-Brüder jede Kirche, jedes Kloster und jeden Turm kannten. Eines Tages, sagte sich Carl, eines Tages würde er alles malen, was er sah. Seine Stadt mit ihren Winkeln, aber auch die schönen großen Plätze. Und Rosen wollte er malen, die Lieblingsblumen seiner Mutter. Überall im Haus wuchsen Rosen in Töpfen oder leuchteten abgeschnitten in Vasen. Er wollte sie so malen, wie seine Mutter sie sah. Er wollte sich den Augen seiner Mutter unterwerfen. Das wäre für ihn das Schönste, Abenteuerlichste. Wenn Carl malte, spürte er manchmal, wie er atmete. Doch er musste immer noch den Vater täuschen. Er sollte ja Apotheker werden. Maler sind Taugenichtse. Dieser Spruch seines Vaters hatte ihn tief verstört.

Vater Spitzweg meldete seinen Sohn Carl 1818 im Wilhelms Gymnasium in der Herzogspitalgasse an. Er wurde in die lateinische Vorbereitungsklasse eingeschult. Carl war knapp elf Jahre alt. Er spürte schon in den ersten Wochen, dass er die Sprachen liebte. Vor allem Griechisch und Latein. Seine Mutter übte mit ihm, auch sie hatte in den Sprachen immer die besten Noten gehabt. Und in der Musik. Tante Crescenz war zur Stelle, wenn es um die Mathematik ging und um die Geometrie.

»Sie hat einen Männerverstand«, sagte der Großvater stolz über seine Jüngste. Die Großmutter schüttelte den Kopf. Nach all den Jahren hatte ihr Mann nicht verwunden, dass es keinen Stammhalter gab. Aber das hinderte ihn nicht, seine Töchter, besonders die jüngste, abgöttisch zu lieben.

Carls gute Zeugnisse waren nicht nur das Ergebnis familiärer Unterstützung. Ihm machte es Freude, zu lernen, Neues zu erfahren. Die Lehrer waren ihm im Wesentlichen wohlgesinnt. Sie bescheinigten ihm, dass er viele Fähigkeiten habe. Sehr großen Fleiß. Sein sittliches Betragen sei sehr lobenswürdig, der allgemeine Fortgang gut. Er erhielt die Erlaubnis zum Vorrücken. Einzig in Musik notierte der Lehrer: »Ich beobachte an Franz Carl Spitzweg eine allzu große Ängstlichkeit.« Ängstlichkeit?

Carl war über diese Bemerkung nicht sonderlich erstaunt. Er wusste, woher seine Angst kam. Es waren die harten Befehle des Vaters, die ihn schon getroffen hatten, als er noch klein war. Sein Vater hatte oftmals Wut in den Augen, eine Wut, die er offenbar nur mit Mühe zurückhielt, weil es die Mutter gab. Es kam vor, dass der Vater mit zwei, drei raschen Schritten auf Carl zuging, ihn zu sich herumriss und ihn anbrüllte. Einmal war dabei Carls Schulter ausgekugelt, sein Arm hing schlaff herab, als gehöre er ihm gar nicht. Doktor Trautner musste kommen und die Schulter wieder einrenken. Carl hatte das alles nicht verstanden, aber vergessen hatte er es nicht. Auch nicht, dass der Doktor leise gesagt hatte, er sehe viele Kinder, denen Ähnliches passiert war. War es an der Tagesordnung, dass Väter grausam waren?

Carl hatte auch Angst, wenn der Vater mit Simon und ihm allein ausging. Er nahm sie so fest bei der Hand, dass es Carl wehtat, dass er seine Finger nicht mehr spürte, wenn der Vater endlich losließ.

Unnennbares Glück war dagegen die geheime Vertrautheit, die ihn mit seiner Mutter verband. Die Mutter hatte ihm einmal von seiner Geburt erzählt, dass er eher widerstrebend und übellaunig auf die Welt gekommen sei. Er habe die Hände fest auf seine Augen gepresst. Doch als er die Augen dann aufgemacht habe, seien die von einem tiefen dunklen Blau gewesen, und Carl habe seine Mutter lange und rätselhaft angesehen. »Diesen Blick werde ich nie vergessen, ich glaube, er hat sich in meine Seele eingebrannt«, hatte sie gesagt, und Carl war unendlich glücklich gewesen. Die Mutter hatte das Gespräch nie wieder erwähnt und Carl ebenso wenig. Aber er wusste um das starke Band zwischen seiner Mutter und ihm.

Wenn sie am Cembalo saß, wenn sie ihren geliebten Bach spielte, dann vergaß sie für Momente, dass sie sich vorsehen musste. Sie hatte Carl einmal erklärt, dass ihr Herz immer so stark schlage. So stark, dass sie es bis in den Hals hinein spürte und bis in die Ohren. Dann schien es ganz zu verstummen, um danach umso härter wieder einzusetzen. Die Mutter fühlte sich dann besonders schwach, elend. Ihr war übel, und man konnte es sehen. Zumindest Carl konnte es sehen. Der Vater nahm keine Notiz davon, und die Brüder blieben scheu im Hintergrund. Carl fand das richtig. Nur er wusste, warum seine Mutter oftmals so schwach und müde war.

An guten Tagen war die Mutter eine ganz andere. Sie sang und machte sich in der Küche zu schaffen, denn sie kochte mit großer Leidenschaft und Raffinesse. Sie konnte Likör herstellen aus dem besten Rotwein und geläutertem Zucker. Dann röstete sie kleine grüne oder gelbe Pomeranzen, die sie vorher eingekerbt hatte, und fügte sie noch heiß dem gesüßten Wein hinzu. Davon durfte Carl natürlich nur kosten. Die Mutter kochte auch Suppen, die Tote wieder lebendig machen konnten. Das sagte zumindest Crescentia. Carl verstand, was gemeint war. Diese Suppe aus verschiedenen gekochten Fleischstücken wie Rind, Kalb und Hühnerfleisch wurde mit Basilikum gewürzt, einem Stück Parmesankäse, und dann fügte man Wirsing hinzu und Mohrrüben, Pastinaken, Sellerie und ganze Zwiebeln. Wenn man hatte, kochte man gesondert Kichererbsen und gab sie zum Schluss in die Suppe.

Carls Lieblingsessen aber waren die Nudeln, die seine Mutter aus einem ausgewalzten Mehlteig schnitt, über viele Stunden trocknete und dann in einem Gemisch aus Milch, Wasser und Salz aufwallen ließ. Seit Doktor Trautner einmal davon gekostet hatte, hießen die Nudeln »Dem Doktor Trautner seine Leibspeise«, und er kam öfter vorbei, auch wenn niemand krank war. Mutter machte immer so viele Nudeln, dass niemand zu darben brauchte.

Carl war noch ein Kind und hatte kein Gefühl dafür, was das hieß. Das war nicht wichtig für ihn. Es fragte auch niemand danach. Die Zeit stand still. Carl war glücklich gewesen, als er noch sehr klein war. Zusammen mit den Brüdern. Doch was war anders geworden, seit er die Schule besuchte? Er konnte es sich nicht erklären. Nur dass die wichtigste Person in seinem Leben seine Mutter war, daran gab es keinen Zweifel. Carl wusste es, und alle anderen konnten es auch sehen.

Und dann gab es Crescenz. Alle drei Spitzweg-Söhne waren gleichermaßen vernarrt in ihre Tante. Die schien einzig für ihre Schwester zu leben und für deren Kinder. Dabei gab es einige standesgemäße Bewerber für die schöne, reiche Schmutzer-Tochter. Doch sie scherte sich nicht darum. Worauf wartete sie?

Großmutter Schmutzer fragte sich das offenbar auch. An Silvester, als alle anstießen, sogar Carl und seine Brüder bekamen Wein, da platzte die Großmutter damit heraus, wann Crescenz denn ans Heiraten denke. »Oder wartest du auf jemand Bestimmten?« Tante Crescenz hatte nur gelacht.

Carl freute sich jedes Mal, wenn Großmutter Schmutzer kam. Seit seine Mutter oftmals schwach und müde war, hatte die Großmutter sich angewöhnt, fast jeden Tag bei der Familie ihrer Tochter vorbeizukommen. Zuverlässig erschien sie in ihren reichen, raschelnden Kleidern und der hohen, weißen, gefältelten Haube. Carl wusste, dass sie jeden Morgen um sechs Uhr aufstand. Dann las sie in ihrem geliebten *Faust*. Den hatte ein Dichter geschrieben, der Johann Wolfgang von Goethe hieß und den die Großmutter für sich entdeckt hatte.

So etwa gegen neun Uhr war die Großmutter zur Stelle. Sie hatte nur ein paar Schritte zu gehen. Um die Tochter Franziska zu entlasten, sah die Großmutter in der Küche nach dem Rechten. Sie konnte selbst ausgezeichnet kochen und beriet sich mit der Köchin darüber, was es zum Mittagessen geben sollte. Am frühen Abend kam sie wieder, um mit der Köchin das Abendessen zu planen. Dann hatte sie Zeit, den Enkelsöhnen vorzulesen oder Schach mit ihnen zu spielen. Nebenbei zeigte sie den Zimmermädchen den Staub auf den Bilderrahmen und in den Ecken. Der Waschfrau erklärte sie, wie man die Schmierseife richtig einsetzt, damit die Wäsche weiß wird und nicht grau. Die Schmierseife wurde im Hause Schmutzer selbst hergestellt. Die gekaufte war nicht gut genug. Alle hörten auf die Großmutter. Auch Carl und seine Brüder freuten sich, wenn sie bei ihnen saß und ein neues Geschichtsbuch mitgebracht hatte. Oder eines über fremde Länder wie Ägypten oder Samarkand. »Ich lebe für meine Familie«, sagte die Großmutter schlicht.

Tante Crescenz wiederum nahm Carl, Simon und Eduard häufig in den Englischen Garten mit. Dort hatte sie zwei Pferde in der Obhut eines Bauern stehen. Crescenz war eine gute Reiterin, und sie meldete alle Spitzweg-Buben zum Reitunterricht bei einem ehemaligen Offizier an. Manchmal ritten sie zu viert durch den großen Park. Carl sah Crescenz' Augen blitzen. Sie saß sehr gut im Damensattel und sah in ihrem langen eleganten Rock und der engen schwarzen Jacke so vornehm aus, wie sie war. Carl wünschte sich häufig, seine Mutter könnte bei den Ausritten ebenfalls dabei sein. Selten hatte er erlebt, dass die Mutter mit ihm und seinen Brüdern herumtollte. Beim Schlittschuhfahren war sie auch nicht mit von der Partie, bei fast allem, was ausgelassen und fröhlich war, durfte die Mutter nicht mittun. Doch je älter Carl wurde, desto besser konnte er die Hinfälligkeit seiner Mutter akzeptieren.

Carl sah ihr blasses, eingefallenes Gesicht. Die Arme der Mutter schienen immer dünner zu werden. Ihre Handgelenke waren fast schmaler als die seinen. Aber ihr Lächeln! – Niemand lächelte Carl so an wie die Mutter. Sie hatte zwei ganz zarte Grübchen neben den Mundwinkeln. Niemand sonst hatte das. Glühend vor Zärtlichkeit rief er sich Mutters Lächeln herbei. Lass mich nicht allein im Licht, wenn du hinuntermusst in die Dunkelheit.

Woher hatte er diesen Satz? Auf einmal war es da, dieses Wissen. Die Zeit bleibt nicht stehen, das wusste Carl, weil die Großmutter es immer sagte, wenn sie trösten wollte, weil etwas wehtat. Es geht vorbei, die Zeit bleibt nicht stehen. Doktor Trautner kam immer häufiger. Er sprach von Sanatorien in der Schweiz, doch die Mutter lehnte so heftig ab, dass er schwieg.

Wie froh war Carl darüber. Es durfte keine Reise geben, die ihn von der Mutter trennte. Seine Mutter wusste das.

5

Als am Mittag die Schule aus war, packte Carl seine Bücher sorgfältig zusammen. Er sah, dass es draußen stürmte und schneite. Auf dem Schulhof bewarfen sich einige Schüler mit Schneebällen. Carl fröstelte. Er zog sich seine Kappe tief ins Gesicht und wickelte den Schal fest um den Hals. Wenn er ganz schnell über den Schulhof rannte, würde er den Schneebällen entkommen. Tatsächlich schaffte er es unbehelligt bis zum Schultor. Er war gerade draußen, da hielt ihn eine Hand fest.

Tante Crescenz! Er sah die Schneeflocken auf ihrem schwarzen Mantel, dem schwarzen Hut. In Carl türmte sich die Angst auf. Obwohl er Bescheid wusste, fragte er: »Mutter?« Er war sich nicht darüber im Klaren, ob er wirklich gefragt oder nur den Mund geöffnet hatte.

An der Hand seiner Tante ging Carl nach Hause. Es schneite immer noch. Dicke, tanzende Flocken, die die Straßen so stille machten, als ginge man in Watte. Der Schnee reichte Carl bis an die Waden. Die Häuser hatten dicke Hauben, die Zäune ebenfalls. Carl spürte die Flocken auf seinem Gesicht, in seinem Haar. Noch heute früh hatte die Mutter ihm den grauen dicken Schal umgeschlungen, ihm die Kappe gereicht. Carl wollte sich ihren Blick zurückrufen, ihre Worte. Was hatte sie zu ihm gesagt? Pfüat di, Carl? Nur das?

Seine Mutter war tot. Diese Worte. Vielleicht müsste Carl sie hinschreiben, damit sie das Unbarmherzige verloren, das

Endgültige. Sie waren schwer wie Blei. Mutter. Tot. Sollte er schreien?

Als er mit Crescenz zum Zimmer der Mutter ging, als sie vorsichtig die Tür öffneten, stand sein Vater am Fenster und schaute hinaus. Behutsam schlossen sie die Tür wieder, und Carl lief in sein Zimmer. Er legte sich aufs Bett und vergrub den Kopf ins Kissen. So war es dunkel um ihn, und er stürzte immer tiefer in kalte, graue Ungewissheit.

Nachdem die schwere Eichentür ins Schloss gefallen war und der Vater das Haus verlassen hatte, ging Carl leise zum Zimmer seiner Mutter. Niemand war ihm begegnet, und er öffnete vorsichtig die Tür. Seine Mutter lag auf ihrem Bett. Kerzen waren um sie aufgestellt. Alle waren angezündet. Sie bewegten sich zitternd beim geringsten Luftzug. Eine seltsame Stille war im Raum. Als wollte die Zeit stehenbleiben. Die Tür öffnete sich leise, und Simon kam mit Eduard an der Hand herein. Der Vater hatte ihnen gesagt, sie sollten sich von der Mutter verabschieden. »Ist das Mutter?«, fragte Eduard, und er sah seine Brüder aus ratlosen Augen an. »Sie ist es, aber sie ist nicht mehr bei uns«, antwortete Simon, und Eduard fing laut zu weinen an. Tante Crescenz erschien, nahm den achtjährigen Eduard wie eine Puppe auf den Arm und ging dann zur Tür. »Sie ist im Himmel«, sagte sie im Hinausgehen mit tränenerstickter Stimme zu Eduard.

Carl wusste, dass die flackernden Kerzen ihn narrten. Trotzdem musste er immer wieder hinschauen, wenn das Licht die Züge seiner Mutter lebendig erscheinen ließ. Die Mutter. Es war seine Mutter, die hier lag. In den Nachmittagsstunden würde man sie hinaustragen und zum Friedhof fahren.

Er wünschte sich, dass er alles träumte, doch er war wach. Es tat weh, wach zu sein. Carl lauschte in sich hinein. Er fühlte nichts. Er hörte nichts. Alles in ihm war leer. Er stand nur da neben seinem Bruder Simon. Das Weinen Eduards war nicht mehr zu hören. Noch war seine Mutter hier, doch Carl wusste, dass man sie bald dahin bringen würde, wo Dunkel und Schatten herrschten. Er wollte nicht daran denken. Doch sein Geist blieb nicht still. Würde auch er nie mehr lebendig sein? Wie eine hohe Welle im Meer stand die Liebe zu seiner Mutter vor ihm auf.

Carl nahm Simon nicht mehr wahr, der mit seltenem Fleiß, vielleicht um sich abzulenken, heruntergebrannte Kerzen gegen neue austauschte. Er arbeitete stumm vor sich hin. Carl fühlte sich mit der Mutter allein in einem hohen weiten Raum. Als wohnten sie auf einem Stern, in schrecklicher Einsamkeit. Aber er hörte noch ihre Stimme. »Ich werde immer bei dir sein. Bei dir und deinen Brüdern. Auch wenn ich nicht mehr lebe.« Das hatte die Mutter mehr als einmal gesagt. Er konnte sich den Wortlaut zurückrufen, aber der Klang ihrer Stimme kam nicht zurück. Carl geriet in Panik. War schon jetzt die Stimme seiner Mutter verloren? Hatte er dann überhaupt noch ein Zuhause? Würde die Mutter alles mitnehmen, Luft und Sonne? Das war sie nämlich für ihn gewesen. Luft und Sonne.

6

Carl beeilte sich nicht, nach Hause zu kommen. Er betrachtete sein Zeugnis, denn das war das Erste, was der Vater heute sehen wollte. Obwohl er Sitzung hatte im Magistrat, würde er die Mittagspause nutzen, um Carl und sein Zeugnis zu erwarten. Der Vater hatte eine Kaufmannslehre gemacht, vorher aber das Alte Gymnasium und das Lyzeum besucht. Daher wollte er seine Söhne auch unbedingt in der Lateinschule sehen. »Ich will nur das Beste für euch«, sagte der Vater stets. Carl konnte sich selbst nicht erklären, warum er das nicht glauben konnte. Es war, als hätte er einen Stein im Schuh, der ihn drückte, doch er traute sich nicht, ihn herauszuholen.

Carl las in seinem Zeugnis, dass er sehr viele Fähigkeiten habe. Sein sittliches Betragen und sein allgemeiner Fortgang seien gut.

Er durfte in die nächste Klasse vorrücken. Dass er im Griechischen mehr Gewandtheit habe als im Lateinischen, erstaunte ihn nicht, denn er hatte Griechisch von Anfang an gemocht. Außerdem bescheinigten ihm die Lehrer gewissenhaftes Benehmen in der Schule, in der Kirche und Vorgesetzten gegenüber. Alles in allem erhielt er die Note »vorzüglich«.

Carl las aber auch wieder den Sondervermerk: »Zu große Ängstlichkeit.«

Er galt inzwischen allen als ängstlich. Am meisten sich selbst. Er wusste nicht, wann das angefangen hatte. Vielleicht nach Mutters Tod?

Früher, die Großmutter erzählte es ihm wieder und wieder, früher musste er ein Spaßvogel gewesen sein. Immer auf den Beinen und voller Energie. Alle habe er zum Lachen gebracht. »In dir war der Genius göttlicher Freude«, hatte Großmutter behauptet. Als er sich dazu bequemt habe, selbständig zu laufen, da sei er aber auch allem und jedem entgegengetreten. »Wenn die Katze einen Buckel gemacht hat oder der Hund knurrte, du bist auf sie zugegangen, ohne jede Furcht, und einmal hast du Cäsar einen Nasenstüber gegeben. Da haben wir gefürchtet, dass der Hund dich angreift. Hat er nicht getan. Vielleicht hielt er dich für einen Welpen.«

Damals war er in seinem vierten Lebensjahr gewesen, und er konnte sich an seine Heldentaten nicht erinnern. Er wusste nur, was er heute empfand, wo er elf Jahre alt war: zu große Ängstlichkeit. Es stimmte, er fürchtete sich in der Dunkelheit. Fühlte sich im Nacken gepackt und rannte atemlos, um ins Helle zu kommen, der Hand im Nacken zu entkommen. Statt des Hausburschen schickte der Vater ganz bewusst ihn in die großen Keller, um einen besonderen Wein heraufzuholen oder Bier aus dem Fass zu zapfen. Der Vater wusste, dass Carl alles daransetzte, um rasch den Keller zu verlassen. Diese Angst wollte er Carl austreiben, er mochte keinen ängstlichen Sohn. Manchmal, wenn Carl aus lauter Hast beim Zapfen zu viel Bier aus dem Fass strömen ließ, dann schalt der Vater ihn einen Buben, der nichts richtig macht. Obwohl die Keller peinlich sauber gehalten wurden, waren sie doch duster, man brauchte einen Kienspan, und manchmal begleitete ihn der Hausbursche und leuchtete ihm heimlich.

Obwohl Carl seine Mutter verloren hatte, fühlte er sich nicht völlig allein. Er hatte seine Brüder, er hatte die Großeltern und seine Tante Crescenz. Ihnen allen hatte der Tod das Liebste weggenommen. Der Vater war womöglich noch härter und barscher als vor dem Tod seiner Frau. Man sah ihn selten daheim.

Daher war Carl grenzenlos überrascht gewesen, als sein Vater nur wenige Wochen nach dem Tod der Mutter Tante Crescenz geheiratet hatte. Dabei hatte er die Tante doch nie gemocht. Jedenfalls war Carl das so vorgekommen.

Er konnte nicht wissen, dass sein Vater wenige Wochen vor ihrem Tod ein Gespräch seiner Frau mit ihrer Schwester belauscht hatte. Darin hatte Crescenz geschworen, die Söhne ihrer Schwester niemals zu verlassen.

Mochte Crescenz ihn auch verabscheuen, sie war schön und reich. Das war alles, was für Simon Spitzweg zählte.

Seither hatte der Vater jedenfalls in seinem Haus noch weniger zu sagen als früher. Das wurde ihm nach und nach bewusst, und seine Machtlosigkeit brachte ihn dazu, überall herumzuspionieren. Er wollte seiner neuen Frau und der Schwiegermutter, die das Regiment übernommen hatten, wenigstens nachweisen, dass sie ihre Sache schlecht machten. Vor allem mit den Söhnen wurden sie nicht fertig. Der vierzehnjährige Simon war seit neuestem von Desinteresse erfüllt gegen jede Art von Schulwissen – Crescenz konnte das verstehen. Natürlich!

Dabei musste ein Kaufmann doch rechnen können und in seinem Comptoir die Übersicht behalten, das war das Wichtigste, fand der Vater. Crescenz und ihre Mutter ergingen sich in Schilderungen des Unterrichts, wie sie ihn bei den Armen Schulschwestern erlebt hatten. Natürlich waren immer die Lehrerinnen und Lehrer fragwürdig, nicht die Schülerinnen. Crescenz meinte, es käme nur auf die Lehrer an, ob einem die Persönlichkeit und die Taten Karls des Großen gleichgültig blieben oder ob sie einem zur Offenbarung würden. Und Simon habe augenscheinlich derzeit Lehrer, die außer einem langweiligen Wortgesumse nichts zu bieten hätten.

Am meisten jedoch fürchtete Vater Spitzweg, dass seine Söhne sittlich verkommen könnten. Er selbst neigte zu scharfer, unerbittlicher Selbstkontrolle. Auf keinen Fall würde er riskieren, dass sich Simon und Carl, die beiden Größeren, Hals über Kopf in unmoralische Abenteuer stürzten. Er hatte sich früher enthalten. Eigentlich stimmte das nicht, er hatte sich früh in die Magdkammer von Mali geschlichen. Das war nicht gut ausgegangen, und diese Erfahrung sollten seine Söhne auf keinen Fall machen. Es war wohl richtig, was der Lehrer und der Pfarrer sagten. Wer seine Genitalien unsittlich berührt, der riskiert, dass Gefühle von diabolischer Wildheit in einem aufflammen. Zuletzt wird man sich selbst und andere in den Abgrund reißen. Wie nahe er am Abgrund gestanden hatte, wollte Simon Spitzweg nicht einmal sich selbst eingestehen. Seine Söhne gedachte er davor unbedingt zu bewahren. Er begann, abends an ihren Zimmertüren zu lauschen. Carl war der Erste, den er erwischte.

Es war spätabends, Carl onanierte in seinem Bett, deshalb hatte er den Vater nicht kommen hören. Der riss ihm die Decke weg, stumm, mit zusammengepressten Lippen. Seine Verachtung überraschte Carl nicht sonderlich, alle machten sie solch ein Gezeter. Alle Alten. Er wusste von seinen Mitschülern und von Simon, seinem Bruder, dass sie ihr Glied malträtierten, bis es spritzte. Und dass sie es immer wieder machten, obwohl ihnen mit den Qualen der Hölle gedroht wurde. »Wahrscheinlich fassen die Alten sich selbst zwischen die Beine«, hatte Simon kühl gesagt, »und je heftiger sie es treiben, desto mehr hacken sie auf uns herum.«

Und so war es denn auch. »Das ist doch das Verachtlichste von allem, das Unerträglichste«, zischte der Vater durch seine Zähne. »Du Elender, du feige Seele, jetzt weiß ich, warum du vor allem Angst hast. Die Sünde ist es, die dir Angst macht, aber ich werde jetzt besser auf dich achten. Und malen wirst du auch nicht mehr, dafür sorge ich. Deine arme Mutter, wenn sie wüsste, wie es um dich steht.«

Auch wenn der Vortrag Carl sittlich nicht gestärkt hatte, wie von seinem Vater erwartet, hatte die Erwähnung der Mutter genügt, dass er sich fühlte wie der einsamste Mensch auf Erden. Sie hätte verstanden, dass er sich ab und zu heiße Gefühle machen musste.

7

Es war in der Münchner Gesellschaft Brauch, dass nicht nur die Töchter tanzen lernten, sondern auch die Söhne. Simon hatte immer darauf bestanden, dass zumindest abgewartet wurde, bis auch Carl an der Reihe war. Das Beste wäre, wenn Eduard schon mittun könnte. Allein hätte er unter keinen Umständen an so einer albernen Veranstaltung teilnehmen wollen. Doch mittlerweile war Carl im siebzehnten Jahr, und nun gab sogar Crescenz dem Vater recht. Man hatte große Söhne, man führte ein großes Haus, und das Tanzen gehörte zum gesellschaftlichen Leben dazu. Keine Widerrede.

Simon und Carl ließen sich vom Schneider in enge Hosen zwängen, Pantalons genannt. Simon bekam eine gestreifte Weste, Carl eine geblümte. Die Kinnkrawatte wurde über dem Vatermörder gebunden. So nannte man den gestärkten Hemdkragen, der den Hals verhüllte. Es war die reinste Quälerei, man erstickte schier, und obendrein wurde erwartet, dass man sich unter diesen Umständen in eleganter Weise körperlich betätigte! Ein Trost war die Taschenuhr, die Großvater Schmutzer jedem Enkelsohn zur Tanzsaison spendiert hatte. Er saß dann auch, sorgfältig gekleidet, mit der Großmutter im Hintergrund, als die erste Tanzstunde bei ihnen im Hause abgehalten wurde. Er wollte auf jeden

Fall sehen, wie sich seine beiden Enkelsöhne schlugen. Er selbst hatte die Kunst des Tanzes nie erlernen können, was er immer noch bedauerte.

Getanzt wurde reihum in den Häusern der Tanzschüler. Als der Tanznachmittag im Haus Spitzweg stattfand, zeigte Mutter Crescenz wieder einmal, dass ihr Haushalt es mit den besten Kreisen aufnehmen konnte. Alles war sorgfältig, aber möglichst unauffällig arrangiert. Ein guter Pianist war ausgewählt worden. Der große Wohnraum, frei geräumt und reich mit Blumen geschmückt, war überfüllt mit scharfäugigen Müttern, Großmüttern und Tanten. Vereinzelt waren auch Väter und Brüder anwesend, die ihre Träume von einer äußerst schönen, aber fügsamen Kindfrau hinter hochmütigen Gebärden versteckten.

In den Pausen gab es Gebäck, Tee, Kaffee und Likör. Das meiste war im Hause hergestellt worden, denn es gehörte zum guten Ton, den Gästen zu zeigen, dass man erstklassig kochte und raffinierte Süßigkeiten herzustellen wusste. Die Damen konnten die Köstlichkeiten nicht genug loben. Besonders die Paderbörnische Kaltschale sorgte für Überraschung. Das Rezept aus Zucker, Zimt, Zitrone, Korinthen, Sahne und Bier war ein Geheimnis des Hauses, die mächtige Schüssel mit der kalten Creme war rasch geleert. Dazu gab es Holländische Waffeln, locker und duftend. Auch der Likör aus Holunder- oder Rhabarbersaft war unter Crescentias Aufsicht hergestellt worden und brachte ihr viele Ahs und Ohs ein. Der frisch importierte und geröstete Kaffee, mit ein wenig Kakao und einer Spur Salz vermischt, roch köstlich und belebte wunderbar.

Die jungen Leute tanzten Ländler oder Walzer, Galopp oder Kotillon. Alles nach Anleitung und unter der mäßig strengen Aufsicht des Tanzlehrers. Wenn Simon und Carl sich im Vorbeitanzen unverhofft ansahen, platzten sie schier vor unterdrücktem Lachen. Das war doch wie damals, als sie noch kleine Buben gewesen waren, die der Verwandtschaft vorgeführt wurden und dabei dauernd aus der Rolle fielen.

Die Tanzstundendamen fanden dieses belustigte Benehmen unmöglich. Da bemühten sie sich nach Kräften, den stolpernden Beinen ihrer Partner auszuweichen, und dann nahmen die Brüder Spitzweg das nicht einmal ernst. Es war durchaus nicht so, dass alle weiblichen Gäste großen Spaß am Tanzen hatten. Luise, eine hochgewachsene junge Dame aus der Nachbarschaft, verzog ihr feines Gesicht. »Diese Tanzerei ist ja genauso öde wie daheim das Klavierspielen, Singen oder Zeichnen. Oder – noch schlimmer – das Sticken, Stricken und Weißnähen. Ist doch sowieso für die Katz. Und dann verdirbt man sich noch seine neuen Schuhe.« Sie hob anklagend ihre rotseidenen feinen Schuhe hoch, auf denen ihre Tänzer angeblich herumgetrampelt hatten.

Luise war tatsächlich enttäuscht. Nicht wirklich wegen der roten Schuhe. Sie hatte sich von den Tanzstunden ein bisschen Freiheit erhofft. Einen winzig kleinen Flirt. Doch es war genau wie daheim. Ständig war ihre Mutter in der Nähe, plauderte, hielt Hof, aber sie ließ kein Auge von Luise, ihrer Einzigen. Der Vater war auch schon öfter mitgekommen. Luise hatte durchaus gemerkt, dass er die schöne Crescentia Spitzweg hofierte. Der hatte es nötig, Luise jeden Tag einzubläuen, dass sie eine Tochter aus bestem Hause sei und sich entsprechend benehmen müsse. Wie sollte sie da einen Mann finden, der ihr gefiel?

Außer Luise waren noch einige andere Mädchen sehr von den Umständen angestrengt. Sie tanzten hocherhobenen Hauptes, egal, was die jungen Männer mit ihren linken Füßen da unten machten. Manche hielten es nicht für nötig, freundlich zu ihren Tanzstundenherren zu sein. Sie waren schließlich nicht zum Vergnügen da. Eher waren sie darum besorgt, dass ihr teures Kleid vom Sitzen verknittert wurde. Am meisten traf das auf Luise zu. Jeder musste sehen, dass dieses kostbare Seidenkleid das exklusivste von allen war. Auch Luises Haar war aufwändig frisiert. Mutter und Vater waren gemeinsam mit der Friseurin vor dem Spiegel gestanden und hatten die Blumen ausgesucht, die der Tochter ins Haar gesteckt wurden.

Nun hofften alle inständig, dass Luise Simon Spitzweg gefallen würde. Wenn sie genau darüber nachdachte, himmelte sie ihn schon seit ihrer Kindheit an, wenn auch heimlich. Sie fand immer wieder, dass er liebenswürdig war. Einmal, im Winter, war sie auf der Neuhauser Gasse ausgerutscht und ziemlich derb hingeflogen. Simon, der gerade ins Haus gehen wollte, war rasch bei ihr gewesen, hatte ihr aufgeholfen und Schnee und Eisstücke von ihrem Mantel geklopft.

Doch Simon war zu allen Mädchen gleich freundlich. Alles war öde.

Carl und seine Tanzpartnerin Helene waren es, die am harmonischsten miteinander tanzen konnten. Der Tanzlehrer rief sie oftmals auf zum Vortanzen, wenn er Schritte nochmals erklären wollte. Sie wurden neidlos beklatscht, als sie einen temperamentvollen Ländler tanzten, und bekamen eine Ehrenrunde. Carl war verblüfft, denn er vergaß in der Regel die Tanzschritte auf der Stelle wieder. Es musste an Helene liegen, sie führte ihn, und dann fielen Carl die Schritte wieder ein.

Manchmal, wenn er mit Helene tanzte, wünschte er sich, mit ihr in Großvater Posthalters Pferdestall zu sein. Ganz hinten, wo das Heu in Haufen lag. »Ich will mit dir durchbrennen«, flüsterte er Helene zu. »Und wenn es nur bis Unterpfaffenhofen ist.« Helene wurde rot, musste aber ein prustendes Lachen unterdrücken. Carl fragte sich, ob sie einen Heuhaufen auch besser fände als die Tanzerei vor den versammelten Verwandten und Gästen.

Die Tanzstunde ging vorüber wie eine Jahreszeit, an die man sich später kaum noch erinnert. Wenn Carl später tanzende Paare sah, fiel ihm sein schönes Elternhaus ein, die geschmückten Räume. Und ein Mädchen, das erschrocken die Hand vor den Mund presste, um nicht herauszuprusten vor Lachen

8

Beim Silvesterpunsch hatten sich alle umarmt und einander Glück gewünscht. Doch es zeigte sich, dass das Glück dieses Jahresanfangs 1823 äußerst ungeschickt war. Für Carl und für München.

Carl konnte einfach nicht begreifen, dass sein Bruder Simon weggehen würde von zu Hause. Von ihm. Es war fast ein Kampf, den Carl mit sich führte, wobei er sich kindisch nannte. Natürlich musste Simon in die Welt hinaus. Auch wenn es zunächst nur Augsburg war, sechs Stunden Fahrt mit der Kutsche. Als Carl es erfuhr, hatte er sich auf den höchsten Dachboden verzogen und angefangen zu malen. In Staub und Dreck, aber umso trotziger. Als Mutter Crescenz Wind davon bekam, hatte sie eine Magd zum Putzen herbeigerufen. Nun stand eine Staffelei da, eine Glasscheibe zum Mischen der Farben, Pinsel in allen Stärken. Jetzt konnte es losgehen. Ein Porträt Simons sollte es werden, was sonst.

Kurz darauf stellte der Vater seinen Sohn zur Rede. Carl fragte sich, ob die Magd ihm von dem neuen Atelier erzählt hatte. Er versuchte, die Initiative von Crescenz geheim zu halten, aber Simon Spitzweg wusste auch darüber Bescheid. Er befahl seinem Sohn, sämtliche Malutensilien vom Dachboden wegzuräumen, ein für alle Mal. Als Crescenz alle Schuld auf sich nehmen wollte, bot Spitzweg ihr kühl an, zu ihren Eltern zurückzugehen, wenn sie annehme, sie könne sich über seinen Willen einfach hinwegsetzen.

Er trat nahe vor seine Frau hin: »Ich glaube, du kennst mich immer noch nicht.«

Simon versuchte, seinen Bruder zu trösten. »Glaub mir, Carl, unser Vater will uns unter allen Umständen absichern. Wir sollen gute, anerkannte Berufe haben. Auch wenn er starrsinnig scheint, unser Vater hat uns gern. Er will nicht, dass man auf dich herabsieht, weil du ein Maler bist. Dieser Gedanke ist für ihn unerträglich. Jeder von uns soll in dieser Stadt ein gutes Ansehen, ein gutes Auskommen haben. So wie er. Das ist es, was er will. Glaub mir, er ist in Wahrheit nicht böse. Er kann nur nicht heraus aus seiner Welt.«

Simons Worte taten Carl gut, doch er konnte dennoch nicht einschlafen in dieser Nacht. Immer wieder bedrückte ihn der Gedanke an die Härte seines Vaters. Er hatte zwei Väter. Einen, dessen fortschrittliche Gesinnung im Gemeindekollegium und in der Kammer gerühmt wurde. Der die höhere Töchterschule begründete, der beantragte, dass einheimische Ware vor der eingeführten bevorzugt werden müsse. Der einen überzeugenden Antrag für ein Denkmal des Königs Max I. Joseph ausarbeitete, der dem Handel mit Staatspapieren entgegentrat.

Der Vater Nummer zwei ließ daheim nichts von seiner fortschrittlichen Gesinnung spüren. Starrsinnig zwang er seinen Söhnen den Beruf auf, den er sich wünschte. Künstlerische Neigungen duldete er nicht.

Carl versuchte, tief durchzuatmen. Er würde so gern schlafen. Das unduldsame Gesicht des Vaters vergessen, der seine Stiefmutter demütigte. Wie oft stritt Crescenz seinetwegen mit dem Vater. Es gelang Carl nicht, zur Ruhe zu kommen. Im Gegenteil. Der Kummer wurde immer bedrückender. Sein Mund war trocken, der Kopf schmerzte. Er stand auf, um in der Küche Wasser zu trinken, da hörte er vom Turm der Peterskirche die Stadttürmer blasen. Wieso jetzt? Es war Mitternacht vorbei. Wie jeder in München wusste Carl, dass die Stadttürmer morgens und abends mit ihrer Trompete am Gitter standen und nach drei Seiten der Stadt hinschmetterten.

Da stimmte etwas nicht. Carl schlüpfte in Hose und Stiefel, nahm seinen dicken Mantel vom Haken und schlich, so leise er konnte, aus dem Haus und auf die Straße. Aus allen Türen kamen Männer gerannt. »Das Theater, unser neues Theater brennt!«, rief einer, und alle rannten die Neuhauser Gasse hinunter zur Residenz. Immer mehr Menschen kamen aus den Häusern, viele

Männer hatten noch ihre weißen Zipfelmützen auf, die Frauen ihre Schlafhauben, und unter den Mänteln schaute die Nachtkleidung heraus. Je näher die Menschen dem Theater kamen, desto mehr Polizei, zu Fuß und zu Pferde, stellte sich ihnen entgegen. Carl gelang es, durch die Dienergasse zu laufen, und stand nun wie gebannt vor dem Theater, aus dem die Flammen in den nächtlichen Himmel schlugen. Die Feuerwehren waren hilflos. »Das Löschwasser ist eingefroren«, riefen sich die Leute zu. Jeder versuchte, zu helfen, von den Brunnen Wasser zu holen. Die Polizei hatte den Platz schon abgeriegelt, sie versuchte, die Menschen mit ihren Pferden und Säbeln zu vertreiben, doch die Bürger, die nicht beim Löschen helfen konnten, blieben stehen, starrten in die Flammen. Niemand sprach, sodass auch die Polizei schließlich erschüttert und tatenlos mit ansah, wie einer der stolzesten Neubauten des jungen Königreiches Bayern in den Flammen zusammenstürzte.

»Heut war doch Vorstellung«, hörte Carl eine Frau neben sich sagen.

»Um Himmels willen!«, rief eine andere erschrocken aus.

»D' Leit san schon längst heraussen«, sagte ein Polizist beruhigend. »Alle. Das Theater war voll besetzt, aber der Architekt hat so viele Treppen und Ausgänge einibaut, dass d' Leit alle flüchten konnten.«

»Zwei Millionen Gulden sind da verbrannt«, sagte ein gutgekleideter Herr, und eine alte Frau bekreuzigte sich.

Carl machte sich beklommen auf den Heimweg. Sicher waren seine Leute inzwischen auch erwacht, und er würde vom Vater gescholten werden. Einmal mehr oder weniger, was machte das schon?

Als er noch ein kleines Kind gewesen war, fünf Jahre alt, da war in München eine Isarbrücke eingestürzt. Selbst heute noch kamen die Menschen auf dieses Unglück zu sprechen, bei dem mehr als hundert Menschen in der Isar ertrunken waren. Es war ein schöner Abend gewesen, die Menschen strömten gut gelaunt über die Brücke zu einem Spaziergang, als mit einem dumpfen Schlag unter Schreckensschreien der Menschen eine große Staubwolke aufstieg. Ein Joch der Brücke war in den Isarstrom gestürzt. Ein zweiter Schlag, und drei Bogen mit vielen weiteren Menschen krachten in die Isar. Ein Gewitter beschleunigte das Hereinbrechen der Nacht. Ohne die Brücke wurde die Hauptstadt von den Vorstädten Au und Haidhausen getrennt.

Daran dachte Carl jetzt wie an eine traurige Melodie. Was wäre, wenn seine Eltern über die Isarbrücke spazieren gegangen wären? Oder die Großeltern. Oder Crescenz. Carl lief durch die Nacht inmitten aufgewühlter Menschen, die Gedanken schossen wie Blitze durch seinen Kopf. Er gehörte in diese Stadt. Die Isarbrücke, längst wieder aufgebaut, war seine Brücke, das Theater, ein verkohlter Haufen Steine, war auch sein Theater gewesen.

Carl wurde zum ersten Mal bewusst, dass er ein Münchner Bürger war, in München geboren, und dass er mit dieser Stadt einen Bund eingegangen war. Für immer.

An einem windigen, kühlen Junitag half Carl, Simons Reisesack zu packen. Er reichte Simon zuerst die Leibwäsche. Chemisetten mit und ohne Jabot. Barttücher, Schlafhauben. Zwei schwarze Fracks, sechs Beinkleider, ein neuer Überrock. Des Weiteren Pomade, zwei Rasiermesser mit Strichleder. Alles wurde von Carl in die *Augsburger Allgemeine Zeitung* eingewickelt. Dann die Bücher: italienische und französische Grammatik, *Les Aventures de Telemaque* von Fénelon, zwei Bände von Schiller, Bücher über Wechselrecht und schließlich das Gebetbuch. Am Schluss die goldene Uhr, drei Tabakspfeifen, ein Tabaksbeutel, Schwamm und Stein.

»Lies mal, was sie mir geschrieben haben«, sagte Simon gerührt und gab Carl zwei Zettel. Einer war vom Vater, einer von Mutter Crescenz.

»Lieber Simon«, hatte der Vater geschrieben, »jetzt fängt Deine Zukunft an, Gegenwart zu werden. Aber meine Blicke sind umdüstert, denn ich kenne die Gefahren, denen Du entgegeneilst. Die Stürme, die Strudel, die Klippen auf Deiner Lebensfahrt. Meide die allgemeine Landstraße, meide die Üppigkeit, unnötigen Aufwand, fliehe vor allem böse Gesellschaft. Liebe die Arbeit Deines Berufes, andere Arbeit ist nutzlos, zwecklose Tändelei, Zeitverlust, Müßiggang.«

Damit meint der Vater die Malerei, dachte Carl.

Weiter mahnte er den Ältesten, er solle seinem zukünftigen Herrn stets Ehrerbietung entgegenbringen. Er solle ihm nützlich und wohlgefällig sein. »Tu stets, was ich Dir einzuprägen suchte: Erhalte Dich im Bewusstsein Deiner sittlichen Würde. Dies wird dein Leben froh machen und es verlängern. Es wird Dir den Schutz des Vaters im Himmel und meine Liebe bewahren. Geh nun in die Welt, begleitet vom Segen Deines väterlichen Freundes Simon Spitzweg. Schrieb's am Tage Deiner Abreise, den 21. Juni 1823.«

Carl überlegte, was sein Vater wohl geschrieben hätte, wenn es Carl gewesen wäre, der von daheim wegging. Er konnte es sich nicht vorstellen. Er holte den zweiten Zettel hervor. Hier schrieb Mutter Crescenz: »Lieber Simon! Du, Sohn meiner Schwester, wisse, ich erbte die mütterliche Liebe zu Dir von ihr. Deine Tugend und diese meine Liebe sind Geschwister, sie sind unzertrennlich und vereint – unsterblich. Erhältst Du Dir jene, so bleibt Dir diese. Erinnere Dich also, wenn eine Gefahr jene bedroht, der Liebe Deiner mütterlichen Freundin Crescenz Spitzweg. Bei Deinem Austritte aus dem elterlichen Hause am 21. Juni 1823.«

Crescenz, dessen war Carl sich völlig sicher, würde ihm einen ebenso liebevollen Brief schreiben, wie sie ihn an Simon geschrieben hatte.

An Ostern war Carl auf eigenen Wunsch aus dem Wilhelms Gymnasium ausgetreten. Ihm, der an gute Noten in allen Fächern gewöhnt war, der vorrückte wie von selbst, sogar eine Klasse übersprang, ihm gelang seit einiger Zeit in der Schule rein gar nichts mehr. Hing es damit zusammen, dass er Simon so stark vermisste? Manchmal glaubte er ihn in seinem Zimmer zu sehen. Oder er hörte Simons Stimme. Gestern Nacht hatte Carl geträumt, dass er auf dem obersten Boden saß und an Simons Porträt malte. Plötzlich schreckte er auf und schaute zur Tür. Was, wenn es der Vater wäre? Die Angst hielt ihn umklammert. Er horchte. Während er horchte und wartete, sah er, wie sich die Tür langsam öffnete. Dann schob sich ein Kopf um die Türkante, ein Kopf mit einer Fülle von Haaren. Carl konnte nicht erkennen, wessen Kopf es war, das Licht schien nur spärlich. Da öffnete sich die Tür weiter, eine Gestalt kam näher – und er erwachte.

War es die Mutter gewesen?

Fast fünf Jahre war es her, dass seine Mutter gestorben war. Konnte es sein, dass er deshalb immer wieder den Boden unter den Füßen verlor? Wie kam es, dass er in der Schule mit einem Mal nur noch jonglierte zwischen Wissen und Erraten, zwischen Verständnis und Herzlosigkeit der Lehrer? Alles, was ihm früher selbstverständlich gelang, schien ihm nun unerreichbar.

Der Vater verlangte, dass Carl die Schule mit dem Abitur beenden müsse. Was sonst. Er war erbost über diesen widerspenstigen Sohn. Doch Carl hatte sich innerlich schon so weit vom Regiment des Vaters abgelöst, dass er für sich allein beschlossen hatte, die Schule abzubrechen und nolens volens in der Apotheke eine Lehre zu beginnen. Das müsste seinen Vater doch zufriedenstellen. Da Simon Spitzweg auch den Jüngsten, Eduard, unbedingt im Wilhelms Gymnasium einschulen wollte, hatte Carl sich eingemischt, um den kleinen Bruder zu beschützen, der von morgens bis abends auf dem Pianoforte spielte und große Angst vor dem Gymnasium hatte. Einmal, als Carl ihn auf die nahe Zukunft, auf seinen Eintritt in die Lateinschule angesprochen hatte, war Eduard in bittere Tränen ausgebrochen. Nein, er könne nicht so viel lernen, in seinen Kopf passe das alles nicht hinein, was in Simons und Carls Büchern stünde.

Carl verstand Eduard, der stets eifrig bei allem mitgetan hatte, was die großen Brüder ausgeheckt hatten. Selbst wenn die Eroberungszüge strapaziös gewesen waren, wenn sie Strafe bekamen, weil sie sich durch Musizieren im Englischen Garten Geld verdient hatten, Eduard machte bei allem mit, ohne zu klagen. Daher wollte Carl ihm jetzt beistehen. Er übte mit ihm Argumente ein gegenüber dem Vater. Eduard solle sagen: »Lieber Herr Vater, die Lateinschule interessiert mich nur peripher.« Und wenn der Vater ihn vorstelle im Wilhelms Gymnasium, solle er den Lehrern genau dasselbe sagen.

Eduard befolgte alles treulich. Der Lehrer fragte Eduard, ob er auch so gern in die Schule gehe wie sein Bruder Carl. Eduard antwortete, wie Carl es ihm aufgetragen hatte: »Herr Lehrer, die Lateinschule interessiert mich nur peripher.« Konsterniert sah der Lehrer auf Simon Spitzweg, der seinen Sohn sofort fragte, was er denn da für einen Unsinn rede. Eduard begann wieder: »Lieber Herr Vater, die Lateinschule interessiert mich nur peripher.« Ratlos sah Simon Spitzweg den Lehrer an, der sich leise räusperte und sagte, der Junge gebrauche einen griechischen Ausdruck. »Na, der Carl soll mich kennenlernen«, sagte Simon Spitzweg aufgebracht und sah seinen Jüngsten an. »Nicht wahr, Carl hat dir das beigebracht?« Eduard schlug die Augen zur Decke, wie es Crescenz immer tat, wenn ihr etwas auf die Nerven ging.

Am Ende musste Eduard doch in die Lateinschule eintreten. Er trug es Carl nicht nach. Auch verriet er ihn nicht. Bei jeder peinlichen Befragung schlug er die Augen zur Decke. Oder zum Himmel. Je nachdem. Doch seine Stunde schlug, als die Posthalter-Großeltern aus Unterpfaffenhofen und noch einige weitere Verwandte zu seinem elften Geburtstag erschienen. Großmutter Posthalter war an diesem Tag offenbar nicht so rüstig wie sonst. Jedenfalls sprach sie Eduard mehrfach als Simon an oder als Carl. In aller Ruhe entfernte sich Eduard und erschien nach einer Weile wieder. Quer über seiner Stirn prangte ein Streifen Papier, auf dem mit kräftiger schwarzer Farbe geschrieben stand: EDUARD. »Siehst du, Großmutter Posthalter, jetzt musst du nur ablesen, wie ich heiße.«

Carl war stolz auf seinen kleinen Bruder, der sich zu behaupten wusste. Das war in der Spitzweg-Familie unabdingbar. Er selbst las ohne besondere Gemütsbewegung sein letztes Zeugnis vom Wilhelms Gymnasium, das immer nach demselben Muster geschrieben wurde: Fähigkeiten: sehr viele. Fleiß: sehr gut, Betragen: vorzüglich, allgemeiner Fortgang: gering. Der Schüler verlasse um Ostern freiwillig die Schule, um zu einem bürgerlichen Gewerbe überzugehen. Man sehe wohl, dass es ihm nicht an gutem Willen fehle, dass sein Geist jedoch zu unreif sei. Er trete aus, weil er sich zu schwach fühlte, einen ehrenvollen Platz in der Klasse zu behaupten.

Während Carl las, kam ihm der Text seines Zeugnisses immer mehr abhanden, und der Kopf seines Klassenlehrers schob sich in sein Bewusstsein. Lehrer Hauser hatte einen Schädel mit auffallender Stirnglatze. Der Mund war schmal und verkniffen, tiefe Falten zogen sich von der Nase und von den Wangen zum Kinn. Hauser war schwer beleidigt über die Unzulänglichkeit seiner Schüler, auch über die von Carl, in den er früher viele Hoffnungen gesetzt hatte.

Daher war das Schönste, was Carl sich vorstellen konnte, am Morgen aufzuwachen und nicht mehr ins Gymnasium zu müssen. Die herrliche Jugendzeit. So redeten alle. Carl wurde seiner Jugend nicht recht froh. Er saß immer noch am Porträt seines Bruders Simon, obwohl der Vater ihm das Malen verboten hatte. Wenn Carl an dem Porträt arbeitete, konnte er ausdrücken, was in ihm war. Er schrieb sozusagen das Tagebuch seiner Sehnsucht nach Simon. Carl wusste nicht, woher sein Talent kam. Woher die Kraft kam, mit der er Simons Abbild gestaltete. Er wusste nur, dass er Simon malen wollte. Unbedingt.

Der Vater machte ihm heftige Vorwürfe. Die Schule verlassen. Etwas beginnen und nicht beenden. Malen ist nur für Hungerleider. Nichts für einen Spitzweg.

Doch es gab Tante Crescenz. Mutter Crescenz. Sie hatte schließlich doch das letzte Wort darüber, was ihre Stiefsöhne tun oder lassen sollten. Und Crescenz konnte nichts Tragisches daran finden, dass Carl das Gymnasium verlassen wollte. »Er soll doch ohnehin Apotheker werden«, sagte sie zu ihrem Mann. Simon Spitzweg presste die Lippen zusammen. Doch dann sagte er knapp, dass Carl selbstverständlich Apotheker werden müsse. Das habe er bekanntlich schon bei seiner Geburt beschlossen. »Aber vorher hätte er das Gymnasium abschließen sollen. So war die Planung. Ich will keine halben Sachen.«

War der Vater auch verärgert und seine Laune denkbar schlecht, hatte er dem starken Willen seiner zweiten Frau wenig entgegenzusetzen. Carl wunderte sich jedes Mal darüber, dass der Vater schließlich verstummte, wenn Crescenz ihr Machtwort sprach. Er spürte, dass zwischen dem Vater und Mutter Crescenz ebenso wenig Zuneigung bestand wie früher zwischen seiner Mutter und dem Vater. Doch wo die Mutter sich in ihrer Schwäche manchmal untergeordnet hatte, erhob Crescenz die Stimme und stemmte notfalls die Hände in die Hüften. Dann gab sich der Vater oft geschlagen und ging aus dem Zimmer.

Carl brannte darauf, dass Simon ihm aus Augsburg berichtete, wie es ihm erging. Sein Bruder würde ihn nicht im Stich lassen. Simon hatte offenbar selbst Sehnsucht oder Heimweh, oder es machte ihm Freude, lange Briefe zu schreiben. Carl schätzte das umso mehr, als er von Crescenz erfahren hatte, dass Simon von sieben Uhr am Morgen bis halb acht am Abend im Comptoir der Firma Birett und Dreer saß, nur unterbrochen von zwei Stunden Tischzeit. Für Carl war Simons Ehrgeiz geradezu unerträglich. Man stelle sich vor, die Morgenstunden vor der Arbeit galten den französischen und italienischen Übungen. Und dann hatte er noch Zeit für Briefe.

Doch es gab offenbar auch Erholung: Mit der Familie seines Prinzipals Dreer machte Simon Spaziergänge am Schießgraben, nach den Stadtbergen, nach Göggingen, oder es ging gar nach Oberhausen und Mehring auf die Kirchweih zum Tanz. Daheim beim Prinzipal gab es von Zeit zu Zeit Hausmusik, und deshalb bat Simon um Zusendung seines kleinen Klaviers. »Der Buchhalter ist ein prächtiger Geiger, und Kollege Basler spielt Flöte«, berichtete er. Da wollte Simon natürlich mithalten, und das konnte er auch. Schließlich spielte er seit seiner Kindheit Klavier.

An Carl schrieb Simon: »Danke auch für das schöne Ölgemälde, das Du von mir angefertigt hast.«

Carl fiel ein Stein vom Herzen. Er hatte für Simons Porträt viele Stunden heimlicher Arbeit aufgewendet. Jetzt war er glücklich und befreit, dass es Simon gefiel.

9

Über all den Aufregungen um den Auszug des erstgeborenen Sohnes schien es vergessen, dass auch Carl einen neuen Lebensabschnitt vor sich hatte. Die Lateinschule lag jetzt hinter ihm.

»Du bist nach deiner Mutter geraten und auch nach deiner Stiefmutter«, warf ihm der Vater vor. »Immer nur tun, was man sich in seinem kapriziösen Kopf eingebildet hat. Ich kann nicht verstehen, warum der sonst so vortreffliche Kaspar Schmutzer seine Töchter nicht zum Gehorsam erzogen hat. Und gegen euch Enkelsöhne ist er auch viel zu nachsichtig.«

Vater Spitzweg war froh, drei Söhne zu haben. Simon war ein richtiger Spitzweg, ernst, aufstrebend, dem Vater nacheifernd. Der Jüngste, Eduard, schien ebenfalls wohlgeraten. Er war gefügig, vielleicht ein wenig zu melancholisch für einen Jungen. Er hatte eben zu früh die Mutter verloren. Doch auch der Kleine hing am Vater, wollte ihm alles recht machen. Mit den Capricen des Mittleren würde Simon Spitzweg auch noch fertigwerden. Obwohl Carl ihm von Anfang an eher fremd gewesen war.

Dennoch brachte er seinen widerspenstigen Sohn in der besten Apotheke unter, die in der Münchner Stadt zu finden war.

Der Weg vom Elternhaus zur Arbeitsstelle war auch nicht allzu weit. Endgültig befreit von der ungeliebten Lateinschule, begann Carl im Jahr 1825 eine pharmazeutische Lehre in der Königlich Bayerischen Hof- und Leibapotheke unter dem Prinzipal Doktor Franz Xaver Pettenkofer.

In der Nacht vor seinem Antritt schlief Carl schlecht. Er träumte, dass vor der Apotheke ein riesengroßer Mörser stehe und dass der Provisor mit dem ebenso riesigen Stößel an einer Ecke auf ihn warte. In dem Moment, als der Provisor ausholte, als Carl den Stößel auf sich zurasen sah, erwachte er und brauchte einige Zeit, um sich zu vergewissern, dass er sich in seinem Zimmer befand. Der Traum kam bestimmt daher, dass er in der letzten Zeit dauernd vor der Apotheke herumgelungert hatte. Einmal hatte ihn ein beleibter Provisor gefragt, was er denn eigentlich wolle. Carl hatte keine Lust gehabt, sich zu erklären. Er hatte sich einfach getrollt.

Heute jedoch wurde es ernst. In der Schule hatte Carl einmal gehört, dass der Mensch die Mitte zwischen zwei Unendlichkeiten sei. Alle Punkte, von denen wir herkommen oder auf die wir uns zubewegen, seien völlig gleichwertig. Das hatte Carl sich gemerkt, verstanden hatte er es nicht. Er hatte auch von den Entfernungen des Sternenraumes gehört, von Wegen, zu denen das rasend schnelle Licht Millionen Jahre gebraucht hatte. Dasselbe Licht, das in einer Sekunde etliche Male um den Erdball kreiste. Im Vergleich zu alledem ist der menschliche Körper ein Nichts. Kommt gar nicht in Betracht.

Das hatte Carl dann verstanden. Und genauso fühlte er sich an diesem Morgen. Seine Mutter, er nannte Crescenz schon lange so, seine Mutter hatte ihm eigens einen Salat aus Flusskrebsen zubereitet, der mit kleinen Stücken von Pampelmuse vermischt war. Carl liebte so fruchtige Salate. Doch er konnte nichts herunterbringen.

Er lief los, er marschierte die Neuhauser Gasse entlang, bog nach links in die Theatinergasse ab, und dann war er in der Residenzgasse. Die Königlich Bayerische Hof- und Leibapotheke, die ein Teil der Residenz war, lag vor ihm. Der Vater und auch Crescenz hatten ihm viel von dieser berühmten Apotheke erzählt. Sie gehörte zum Königshaus und war in erster Linie der Gesundheit der Mitglieder des Hauses Wittelsbach verpflichtet. Im Jahr 1750, so hatte er von Crescenz erfahren, war die damals schon zweihundert Jahre alte Apotheke durch einen Brand völlig zerstört worden. Nach den Plänen von François Cuvilliés, der auch das Hoftheater gebaut hatte, war sie wieder errichtet worden.

Schon oft hatte Carl vor der Apotheke gestanden. Sie sah direkt prächtig aus mit ihren Nebengebäuden, die an den Christophsturm angebaut schienen. Neben den Apothekenräumen und der Wohnung des Hofapothekers sah man einen großzügigen Hof und den gepflegten Garten mit Gewächshäusern für die Arzneipflanzen.

Jetzt war Carl richtig froh, ins Warme zu kommen, denn die Luft war kalt, Wind heulte, obwohl die Sonne vom hellblauen Himmel herunterstrahlte. Er trug nur eine gestrickte Weste über seinem Hemd, er fror und atmete auf, als er in die wohlriechende Wärme der Offizin eintrat, wo der Prinzipal, Doktor Franz Xaver Pettenkofer, ihn schon erwartete.

Sein Vater hatte Carl erklärt, dass Pettenkofer bereits mit Ende zwanzig bayerischer Militäroberapotheker war und an den Feldzügen Napoleons in Russland und Frankreich teilgenommen hatte. »Jetzt dürfte er um die vierzig sein. Letztes Jahr wurde er zum Assessor beim Medizinal-Komitee in München bestellt. Er hat mitgeschrieben am ersten großen Bayerischen Arzneibuch, an dem so bedeutende Männer wie Martius und Brentano beteiligt waren. Es ist eine Ehre für dich, dass du bei ihm lernen darfst. Ich hoffe, du weißt das zu schätzen.«

Carl, schwer beeindruckt, hatte gelobt, seinen Vater nicht zu enttäuschen.

Nun stand er in der Offizin, die Wangen brannten ihm von der Kälte, und er blieb erst einmal bei der Türe stehen. Von dort betrachtete er die Regale mit den Gefäßen aus Glas und Porzellan, die alle handbeschriebene Etiketten trugen. Der beleibte Mann, der ihn neulich verscheucht hatte, mischte Kräuter an einem Tisch und schaute immer wieder in einem großen Manual nach, ob auch alles stimmte. Plötzlich wandte er sich zur Treppe, und Carl folgte seinem Blick. Er sah einen großen gutaussehenden Mann herunterkommen, der einen Jungen an der Hand hielt.

»Sie sind der junge Spitzweg?«, fragte der Mann, stellte sich als Pettenkofer vor und wies auf den Jungen, der Carl neugierig anschaute. »Das ist Max, mein Neffe und Nachfolger. Er kommt aus dem Donaumoos, aber er ist lieber bei mir in München. Stimmt's, Max?« Der Apotheker sah den Jungen mit leuchtenden Augen an. Der Kleine nickte, antwortete aber nicht. Carl spürte, wie stolz der Apotheker auf seinen Neffen war.

Der Junge sah ihm auffallend ähnlich. Doch während Pettenkofers Haar dunkelblond war, hatte Max schwarze Locken. Das war aber auch der einzige Unterschied. Pettenkofer hätte leicht der Vater seines Neffen sein können. Beide hatten warme, braune Augen, die Augenbrauen liefen an der Nasenwurzel aus. Mit dem weichen Mund unter der geraden Nase wirkte Pettenkofer für sein Alter geradezu jungenhaft. Bei Max konnte man sich vorstellen, dass er mit vierzig wie sein Onkel auftreten würde, ebenso ruhig, intellektuell, überlegen, aber zugewandt.

»Der Provisor wird dich herumführen, um dir alles zu zeigen«, sagte Pettenkofer zu Carl. »Dann reden wir weiter und beschließen, was du als Erstes zu tun hast.«

»Darf ich mitgehen?«, fragte Max und nahm sogleich Carls Hand. Überrascht lachte Pettenkofer. »Da sieht man's, er will alles wissen, bei allem mitmachen. Also, Moser, hier sind die jungen Herrschaften. Die wollen unbedingt arbeiten. Tun wir ihnen den Gefallen.« Gut gelaunt verließ der Hofapotheker die Offizin und ging nach oben, wo die Wohnungen lagen sowie die Trockenböden für Tees und Wurzeln.

Der Provisor befahl Carl und Max, die Standgefäße zu reinigen. Er gab jedem von ihnen ein Tuch und wies sie an, sorgfältig den Staub wegzuwischen. Dann hielt er Carl einen Topf vor die Nase. »Radix, radicis?«

»Die Wurzel«, antwortete Carl.

»Radix Liquiritiae?«

Carl antwortete: »Süßholzwurzel«, und Max strahlte ihn bewundernd an.

Der Provisor ging wieder an seine Arbeit zurück, und Carl begann, die schönen, teilweise alten Gefäße sorgfältig abzustauben. Max reichte ihm vorsichtig ein Gefäß nach dem anderen und stellte es, abgestaubt, wieder an seinen Platz.

Carl sah das feine Gesicht des Jungen, seine dunklen Augen, die versuchten, die lateinischen Begriffe zu buchstabieren. E x t r a k t u m, las er und sah den Älteren fragend an, der beifällig nickte.

So, in Gesellschaft eines aufgeweckten Kindes, hatte Carl sich den ersten Tag in der Apotheke nicht vorgestellt. Da hatte er ganz umsonst Beklemmungen gehabt. Er hatte auch nicht damit gerechnet, dass der Herr Apotheker ihm in den folgenden Wochen von seinen Russlandfeldzügen erzählen würde. Sein Neffe Max konnte gar nicht genug davon hören, und Carl profitierte davon, denn auch er fand die Berichte Pettenkofers ungewöhnlich spannend. Spannender zumindest als das Abstauben von Standgefäßen. In der Schule hatte er von den Revolutionskriegen gehört, den Napoleonischen Kriegen, den Befreiungskriegen. Um Carls Geburt herum hatte der französische Eroberer allein drei Kriege gegen Österreich geführt.

»Wisst ihr«, hob Pettenkofer an, »der Russlandfeldzug war eine der Katastrophen, die an Grässlichkeit mit nichts zu vergleichen sind – die Vernichtung des französischen Heeres in Polen und Russland. Diese Armee hat an Umfang alles übertroffen, was man je in Europa gesehen hatte, und sie bestand nicht einmal zur Hälfte aus Franzosen. Für Napoleon, den man auch den Herrn Europas nannte, trugen viele ihre Haut zu Markte. Insgesamt waren es fast siebenhunderttausend Menschen, und es waren sogar Frauen und Kinder im Tross. Unter den achtzigtausend

Deutschen waren allein sechsunddreißigtausend Bayern. Daneben Österreicher, Schweizer, Dänen, Holländer, Italiener, Polen, Portugiesen, Spanier und Serbokroaten. Aber wir Bayern, wir haben am meisten gelitten, glaube ich. Jeden Tag habe ich Dutzende von meinen Landsleuten sterben sehen.«

Carl blieb stumm. Er ahnte, dass der Prinzipal immer wieder darüber reden musste, was er in diesem grausamsten aller Kriege gesehen hatte. Max dagegen unterbrach seinen Onkel ungerührt und sagte, dass er durstig sei.

Pettenkofer goss sich und seinen jungen Zuhörern Zitronenlimonade ein und fuhr fort. »Stellt euch vor«, sagte er gefasst und stand auf, um es den beiden Jungen an einer Karte anschaulich zu beschreiben. »Stellt euch vor, drei Monate lang zogen Soldaten aus allen Himmelsrichtungen quer durch Deutschland, und kaum einer zweifelte daran, als Sieger heimzukehren.«

»Und zu welcher der Armeen gehörten Sie?«, wagte Carl zu fragen, der sich vorstellte, dass es bei so vielen Ländern ganz unterschiedliche Armeen gegeben haben musste. Wie sollten die sich untereinander verstehen?

»Ich sehe schon, dass du mitdenkst«, meinte Pettenkofer erfreut. »Wir Bayern gehörten zum 6. Armeekorps der Grande Armée, doch wir hatten das große Unglück, zur Nachhut zu gehören. Als wir durch Ostpreußen marschierten, hatten die Franzosen vor uns schon ganze Dörfer verwüstet und ausgeraubt. Nicht mal die Frauen und die Kinder wurden verschont.«

»Aber Napoleon war doch ein großer Kaiser, hat der denn erlaubt, dass seine Armee so herumwütet?«, fragte Max, der mit großen Augen zuhörte.

»Leider hat niemand geahnt, dass der Russlandfeldzug in eine Katastrophe münden würde. Napoleon hatte generalstabsmäßig alles gut vorbereitet. Aber da die Natur mit Regen und Schnee mächtiger war als der Kaiser, endete der Feldzug in einem Chaos von Hunger und Tod.«

»Und am Ende habt ihr verloren, Onkel, oder?«, fragte Max gespannt.

»Nicht nur das. Wir fragten uns nach einigen Wochen, warum wir uns durch Kot und Morast quälten. Warum wir hungerten und froren. Wozu eigentlich, fragten wir uns, sind wir in diesem Krieg? Wir sahen nur Elend. Tote Zivilisten, tote Soldaten, tote Pferde. Verbrannte Häuser, verwüstete Gärten, alles öde und leer. Und Kranke! Für mich als Apotheker ein Albtraum! In elenden dreckigen Hütten lagen unsere Kranken. Ich hatte kaum noch Medizin. Alle hatten Diarrhoe, schweren Durchfall. Aus Kräutern habe ich Tees gebraut, Pfefferminze, Kamille, Melisse und Flieder. Dazu etwas Opium und Hoffmannstropfen für die, die schlimme Schmerzen hatten.«

Carl glaubte Pettenkofer aufs Wort, wenn der sagte, dass er vergeblich versuche, die schrecklichsten Bilder dieses Wahnsinnskrieges zu vergessen. Darüber sprechen würde er mit niemandem.

Etwa sechs Monate war Carl Lehrling in der Hofapotheke. Schon längst war der junge Max zurückgekehrt auf den Einödhof bei Lichtenau, sollte den Onkel aber bald erneut besuchen, um ganz nach München überzusiedeln. Doktor Pettenkofer wollte unbedingt, dass sein Neffe in München das Gymnasium besuchte. Dafür brauchte er zur Vorbereitung regelmäßigen Privatunterricht, den er daheim nicht bekommen konnte. Carl freute sich auf das Wiedersehen mit Max, er fehlte ihm. Doch in letzter Zeit hatte Max Konkurrenz bekommen.

Im Moment dachte Carl nämlich ständig an Wilhelmina. Sie war vor ungefähr zwei Wochen im Haus seines Prinzipals angekommen, eine junge Verwandte der Hausfrau, die ihr zur Hand gehen und eine anspruchsvolle Hauswirtschaft erlernen sollte. Carl wartete jeden Tag beim Mittagstisch auf ihr Erscheinen. Sie war groß gewachsen. Carl überlegte schon, ob sie länger sein könnte als er selbst. Bloß nicht. Im Café und beim Spazierengehen wollte er nicht unbedingt einen Leuchtturm neben sich haben. Lohnen würde es sich jedoch, Willa zu umwerben. Sie gefiel auch anderen, vor allem dem Provisor. Aber für den war Willa einfach zu aufregend. Ihr Gesicht war hell und die kleine

Nase noch kindlich gerundet, auffallend war der frische rote Mund. Aus ihrem hochgebundenen Haar, das von einem bestickten Band gehalten wurde, fielen immer wieder kleine Löckchen in die Stirn. Unter der langen Schürze sah Carl, dass sie feine, teure Kleider trug. Und einen Busen hatte sie – Carl vergaß schier zu atmen, wenn er sie ansah. Er hatte keine Ahnung, wie das weitergehen sollte.

Wenn es überhaupt weiterging. Es hatte ja noch nichts anfangen können, noch weniger als nichts. Manchmal schaute Willa ihn verstohlen an, rätselhaft, sodass ihm heiß und kalt wurde. Aber was nützte das, wenn alle ihnen auf die Finger sahen? Verließen Willa und er mal gemeinsam das Zimmer, lief sofort ein Aufpasser hinterher. Erst gestern hatte Carl wieder Mordgelüste gehabt. Willa musste einen Apfelkuchen auftragen, Frau Pettenkofer betonte, dass Willa ihn selbst gebacken habe. Jetzt servierte sie die Stücke sehr geschickt, und sie bekam nicht mal einen roten Kopf, als alle am Tisch den Kuchen lobten. Er war wirklich köstlich, aber Carl hätte aus Willas Hand auch reines Stroh gefuttert. Er ließ sie nicht aus den Augen und wartete angespannt darauf, dass sie den leeren Tortenteller in die Küche tragen würde. Er ging rechtzeitig hinaus und wartete mit pochendem Herzen im Flur. Und sie kam, ging auf Carl zu, dem der Herzschlag im Kopf donnerte. Doch da war auch schon der Provisor im Flur und rief mit schneidender Stimme, dass Carl sofort in die Materialkammer gehen solle zum Aufräumen. Alles sei in grober Unordnung. Im Teelager ebenfalls. Und morgen habe Carl den ganzen Tag Dienst in der Sudküche.

Der krumme Hund! Wollte Carl vor Wilhelmina rüffeln. Die sah Carl mit ihrem unbestimmten Lächeln an und verschwand in der Küche. Was sollte das heißen, verdammt? Er kam einfach nicht an sie heran. Auch die Pettenkofers wollten sie offenbar vor Carl beschützen. War er schon mal über ein Mädchen hergefallen? Er hatte eine gute Erziehung im Kopf, sein Verlangen war ihm schon mal anderswo hingerutscht, aber er hatte sich immer noch beherrschen können.

Er begann, von Willa zu träumen. Der Provisor beschwerte sich, dass Carl nicht bei der Sache sei, wenn er ihm helfen sollte beim Umfüllen der Simplificia, der einfachen Arzneistoffe, oder der Composita, der Mischungen. Nur weil der Provisor scharf aufpasse, habe Carl die Apotheke noch nicht ruiniert.

Es stimmte schon, dass man präzise arbeiten musste. Würde etwas verwechselt, könnte die Totenglocke für einen Kunden der Residenzapotheke läuten. Das zu verhindern war für alle oberstes Gebot. Carl war gern in der Rezeptur. Hier wurden die Mixturen, Pillen, Pulver oder Salben für die Kranken hergestellt. Er hatte gelernt, Zäpfchen und Globoli zu gießen oder Salben anzurühren. Er wusste Tees zu mischen und Drogen zu zermörsern. Wenn er daran dachte, dass seine Mixturen Schmerzen lindern konnten oder Wunden heilen, dann fand er seine Arbeit sehr in Ordnung. Wenn er nur nicht so gern malen würde. Aber wann?

Die Hofapotheke war dazu da, ausschließlich den Hof und die Staatsdiener mit Arznei zu versorgen. Doch der Prinzipal Pettenkofer hatte ein mitfühlendes Herz. Besonders für die Notleidenden. Wo auch immer er von Armut und Krankheit hörte, half er. Und Carl war dazu ausersehen, diese geheimen Botengänge zu tun. Der Prinzipal vertraute ihm, nachdem er ihm einen Vortrag über die wahre christliche Nächstenliebe gehalten hatte. Fast täglich musste Carl Medizin austragen. Doch er nutzte das auch für seine eigenen Interessen. War das Wetter schön, blieb er manchmal an Plätzen stehen, wo die Postkutsche ankam. Da liefen die Leute zusammen, um Verwandte abzuholen. Man lag sich in den Armen, weinte und lachte. Neue Reisende reichten dem Kutscher ihr Gepäck. Der Postillion blies in sein Horn. Münchner Bürger blieben stehen, die Fremden zu betrachten oder Post abzugeben. Andere warteten sehnsüchtig auf Post.

Carl wollte die beiden hübschen Mädchen malen, die an der Poststation Neuhauser Gasse in der Sonne auf warmen Mauersteinen saßen. Eine Blondlockige hielt einen hübschen Sonnenschirm in der Hand, was Carl graziös fand. Die Dunkelhaarige hatte ein Buch auf den Knien. Die weit ausgeschnittenen Sommerkleider in Blau und Braun gaben dem Morgen eine Festlichkeit, die er in seinem Kopf behalten wollte. Musste. Immer neue Details sah er vor sich, und er versuchte, das Bild in sein Hirn einzubrennen. Wer weiß, wann er wieder Ruhe zum Malen finden würde. So lange musste das Bild in seinem Kopf bleiben.

Einmal schickte ihn sein Prinzipal an den Frauenplatz. In dem Haus müsse er hinaufklettern bis unters Dach, sagte Pettenkofer. Da lebe ein alter Dichter, der in Wahrheit ein armer Hund sei, der für den Hausherrn allerlei Botengänge und Dienste übernehme und dafür in der Dachkammer kostenlos leben dürfe. »Jetzt ist er krank, der arme Teufel, er hustet zum Erbarmen, heißt es, aber er hat kein Geld für den Doktor. Und für die Apotheke auch nicht. Wir helfen ihm trotzdem. Schließlich sind wir katholische Christen und haben Mitleid mit dem Armen. Bring ihm den Tee und die Salbe zum Auftragen auf die Brust. Aber beeil dich, komm sofort wieder zurück, damit du dich nicht ansteckst. Wer weiß, vielleicht hat der Poet es auf der Lunge.«

Carl kletterte die Stufen der Treppe hoch, die zuerst breit und aus Stein war, wie in Carls Elternhaus, aber ab dem dritten Stockwerk war es eine hölzerne Stiege, die knarrte und lange nicht mehr geputzt worden war. Carl hörte das Husten schon von weitem. Als er die Tür öffnete, fiel ihm der Poet fast entgegen, so weit hatte er sich aus dem Bett gebeugt. Er bekam nie Besuch und wollte natürlich sehen, wer den Weg bis zu ihm heraufgefunden hatte.

In dem Dämmer des kleinen Zimmers mit dunklen, hölzernen Deckenbalken, einem ebenso dunklen Bretterboden kam nur durch ein kleines Fenster Licht. Aber bald sah Carl den Kranken deutlich, der eine Nachtmütze trug, ansonsten jedoch mit Vatermörder und Paletot im Bett lag. Wahrscheinlich fehlt ihm Nachtkleidung, dachte Carl. Als er sich an das Dämmerlicht gewöhnt hatte, sah er einen großen, alten schwarzen

Schirm, der aufgespannt unter der Decke hing, genau über dem Poeten. Carl sah auch, dass sich Tropfen lösten vom Schirm, also musste das Dach undicht sein. Den alten Dichter schien das nicht zu beunruhigen. Der hatte sich offenbar mit der Misere abgefunden und wollte in seinem Gram allein sein. Er beachtete Carl nicht weiter, schob sich den Federkiel zwischen die Zähne und schlug sein Manuskript wieder auf, das auf der Bettdecke lag. Es zeigte sich, dass eine Wanze dort spazieren ging, und Carl beobachtete fasziniert, wie der Poet die Wanze mit großer Selbstverständlichkeit zwischen seinen Fingernägeln zerdrückte.

»Ich bringe Medizin aus der Apotheke«, sagte Carl schließlich. Jetzt blickte der Alte doch auf und schaute Carl ungläubig an. »Medizin? Für mich?«, krächzte er. »Ich kann aber nicht bezahlen.«

»Keine Sorge, der Herr Apotheker Pettenkofer schickt sie Ihnen persönlich. Sie sollen das Pflaster auf die Brust auflegen und den Tee trinken. Möglichst heiß. Und gute Besserung«, sagte Carl.

Wie sein Prinzipal ihm geheißen, trollte sich Carl rasch. Doch als er die Stufen hinunterging, war ihm nicht wohl. Was sollte der Kranke machen, der so verlassen auf seinem Lager dalag? Wo sollte der sich beklagen? Der Dichter hatte versucht, vor Carl einen wenn nicht zufriedenen, so doch munteren Eindruck zu machen, aber es war Carl völlig klar, dass der Kranke an seiner Armut litt. Er war schließlich auch einmal jung gewesen, war in der Schule vielleicht im Deutschen gut, hatte gehofft, einmal ein großer Dichter zu werden.

Als er wieder auf die Straße trat, atmete er tief durch. Das Bild des Dichters in seiner Bude da oben ging ihm nicht aus dem Kopf. Eine Skizze würde er sich auf jeden Fall machen. Vielleicht würde er den armen Poeten irgendwann einmal malen.

Doch hatte Carl keine Zeit, weiter über den kranken Mann nachzudenken. Er war in der Fron seiner Lehrjahre. Musste praktisch Tag und Nacht zur Verfügung stehen. Lehrjahre sind keine Herrenjahre, sagte man ihm ständig. Brachte er Medizin in reiche Häuser, sah er oftmals Prunk und Überfluss. Ähnlich wie in seinem Elternhaus oder bei den Großeltern, jedoch viel großartiger, pompöser. Bei den Armen dagegen begegnete er in kleinen dumpfen Kammern Menschen wie dem armen Poeten, die manchmal noch kränker waren als er. Carl sah, dass sie vom Fieber des Typhus umnebelt waren, am Milzbrand dahinsiechten oder an Diphtherie, wie viele Kleinkinder, deren Anblick ihn am meisten bedrückte.

Er bemühte sich stets, die Häuser der Kranken so rasch wie möglich wieder zu verlassen. Doch die Angehörigen sahen in ihm einen Arzt, sie wollten ihn nicht gehen lassen, er sollte mitkommen ans Krankenlager. Carl war dann froh, dass Crescentia ihn immer großzügig mit Geld versah. Er wusste, dass er vermögend war, dass er vermutlich bis an sein Lebensende keine finanziellen Sorgen haben würde. Daher gab er den Armen, die kaum ihr Leben bestreiten konnten, Geld für ein Huhn oder für Obst, für warme Betten oder Kinderkleidung, was gerade dringend nötig war. Crescenz, die Armenhäuser unterstützte und besonders viel Geld für Waisenkinder übrig hatte, ermunterte ihn, hier gegen die Anweisungen des Prinzipals zu verstoßen. »Aber gib nie große Summen auf einmal«, mahnte sie ihn, »sonst entsteht nur Streit und Missgunst.«

Manchmal hatte Carl überlegt, ob er die Chirurgische Schule besuchen sollte, um mittellosen Kranken auch medizinisch helfen zu können. Seit er jedoch im Mai letzten Jahres mit einem Freund der Familie, dem Botaniker Carl Friedrich Philipp von Martius, und seinem Mitarbeiter, Johann Baptist Spix, eine Woche im Mangfallgebirge gewandert war, hatte er begonnen, sich brennend für die Botanik zu interessieren. Kein Wunder, wenn man mit Männern unterwegs war, die Koryphäen der Botanik waren und Mitglieder der Akademie der Wissenschaften. Mit seiner analytischen Sprache und der absoluten Hingabe an seinen Beruf hatte Martius wie ein Magnet auf Carls empfängliches

Gemüt gewirkt. Der junge Gelehrte zeigte ihm an jedem Tag einen solchen Reichtum an Blumen, Kräutern, Vögeln und Insekten, wie Carl es noch nie erlebt hatte.

Auf einer duftenden Waldwiese war Martius aufatmend stehen geblieben. Er bückte sich nach einer Pflanze, die gerippte Blätter hatte und feine zartrosa Blüten. »Kennst du die Pestwurz?«, fragte er und zeigte Carl das schöne Exemplar. Carl hätte geschworen, dass es sich um Salbei handelte, aber dann überzeugte ihn das gerippte Blatt, denn er wusste, dass ein Salbeiblatt oval und glatt war. Den gelbblühenden Huflattich, den Spix ausgestochen hatte, kannte Carl nur von Bildern, und er fand ihn so schön, dass er ihn malen wollte.

Während einer kleinen Vesper auf der Wiese nahm Martius von einem Blatt ein großes Insekt, das Carl zu seinem Glück als Moschusbock identifizieren konnte. Er wollte vor den beiden prominenten Wissenschaftlern nicht als unbedarft dastehen, obwohl sie sich keineswegs autoritär zeigten.

Eine besonders schöne Pflanze, die weder Martius noch Spix noch Carl benennen konnten, gruben sie ebenfalls aus, und Martius legte sie in seine Botanisiertrommel. Man beschloss, die Pflanze wegen ihrer kleinen roten Beeren vorläufig »Preiselbeerzweig« zu nennen und daheim in den Werken großer Kollegen danach zu suchen. Auf dem Rückweg gegen Abend sahen sie in einem kleinen Bauerngarten rotblühende Stockrosen und Thymian, die ihnen als Heilpflanzen bekannt waren.

»Es gibt nichts Interessanteres als das Leben der Pflanzen«, sagte Martius. »Es ist auf die geheimste Weise mit dem Menschlichen verwoben.«

Er blieb bei dem Bauerngarten stehen. Seine Augen glänzten hell, und er schaute seine Gefährten fröhlich an. Sein feines Gelehrtengesicht mit den tiefen Augen, der kräftigen Nase und dem schmalen Mund war vom Gehen stark gerötet, auf der Stirn bildete sich Schweiß – doch er spürte es offenbar nicht. Er war ausdauernd und zäh, die lange Fußreise schien ihm nichts auszumachen. Spix dagegen mahnte öfter Ruhepausen an. Er kam rasch außer Atem, doch sein Wissen war ebenfalls schier unerschöpflich.

Die drei sprachen angeregt davon, dass Leonardo da Vinci Studien von Pflanzen gemalt habe, seine *Lilien* oder die *Löwenzahnstudien* seien großartig. »Und erinnert ihr euch an *Das große Rasenstück* und *Die Schlüsselblumen* von Dürer?«, fragte Spix. »Der kannte offenbar auch all die Pflanzen, die uns bis heute wichtig sind.«

Auf dieser Reise durchs Mangfallgebirge erzählte Martius, wie er im Auftrag des Königs eine Forschungsreise nach Brasilien gemacht hatte. Carl hörte von seinem Schiffbruch auf dem Amazonas, von seiner Rettung, die so dramatisch gewesen war, dass er, wieder in Deutschland, seinen Rettern zum Dank ein großes Kreuz anfertigen ließ, das zum Amazonas versandt wurde. Martius berichtete auch von den Forschungen in der tropischen Pflanzen- und Tierwelt des Amazonasgebietes. Unfassbar, was der Botaniker alles in seinem Kopf abgespeichert hatte. Wie viel er allein über das Leben der brasilianischen Indianer wusste. Carl hörte atemlos zu. Er wollte bei Martius studieren, auch so ein Leben führen wie er. Im nächsten Wintersemester würde er sich an der Münchner Universität einschreiben.

10

Carl schreckte hoch. Er bekam keine Luft, sein Körper war mit kaltem Schweiß bedeckt. Was war das? Ein Alb? Nein, er war wach. Gott sei Dank, er war wach. Seine Zudecke lag zerknüllt auf dem Boden. Carl stand auf, trocknete sich ab und zog ein frisches Nachthemd an. Jetzt fühlte er sich besser und kletterte zurück ins Bett. Schlafen konnte er nicht mehr. Früher hätte er zu seiner Mutter kommen dürfen. Mutter hatte selbst oft nicht schlafen können. Sie hätten miteinander geflüstert, Geschichten erzählt.

Carl liebte es, an seine Mutter zu denken. Seine Liebe zu ihr war in den tiefen Schichten seiner Kindheit verborgen. Er lebte immer noch mit seiner Mutter, so als gäbe es eine Insel, einen Ort, der nur ihnen beiden gehörte. Sie war eine erwachsene Frau gewesen, er ein Kind, aber sie gehörten zusammen, waren Verbündete, waren eine Einheit. Carl war mittlerweile sicher, dass seinem Vater das immer bewusst gewesen sein musste. Bis heute ließ der Vater ihn dafür büßen.

Ein Gewitter war heraufgezogen, der böige Wind rüttelte am Fenster, und der erste Blitz erhellte für einen Moment sein Zimmer. Jetzt war er endgültig wach. Er war durstig. Carl stieg aus dem Bett und ging in die Küche. Aus einem Krug goss er sich Apfelsaft ein und schnitt sich ein Stück Brot und eine ordentliche Scheibe Schinken ab. Leise ging er wieder zurück in sein Bett. Wer nicht gut schlafen konnte, sollte wenigstens gut essen. Seine Gedanken waren wieder bei seiner Familie.

Bruder Eduard brütete in der Lateinschule vor sich hin und sprach Carl gegenüber davon, dass er so bald wie möglich weggehen würde von München. Weit weg von der Lateinschule. »Mindestens nach Augsburg will ich, wie Simon. Oder ich geh gleich nach Triest, wo früher der Vater gewesen ist.«

Carl sah seinen kleinen Bruder vor sich, dessen Haare nach allen Seiten zu Berge standen, als müssten sie Eduard unterstützen in seinen rebellischen Gedanken. Eduard war der Liebling aller im Hause Spitzweg. Obwohl er schon längst nicht mehr auf sein Kindermädchen hörte, lief Lisi stets beschwörend hinter ihm her. In ihren erhobenen Händen entweder warme Strümpfe, ein frisches Hemd oder die Haarbürste, mit der sie einen aussichtslosen Kampf gegen Eduards Borstenhaare führte. Der Hausbursche Hias, der lange vergeblich um Lisi geworben hatte und jetzt in Bitterkeit erkaltet war, hielt ihr die Vergeblichkeit ihrer Mühe nur zu gern vor. »Moanst, der Eduard will so a Mohnweckerlfrisur wie deine?«

Wenn Simon zu Besuch nach München kam, war das ein Fest, an dem auch die Großeltern Schmutzer teilnahmen. Natürlich vermissten sie den ältesten Enkelsohn und waren froh, wenn sie sich davon überzeugen konnten, dass er gesund und fröhlich war. Doch meistens musste die Familie sich damit begnügen, dass Carl nach dem Essen den neuesten Brief von Simon vorlas:

Meine Rückreise ging glücklich aus, obwohl es anfangs nicht so aussah. Die Reisegesellschaft bestand aus einem württembergischen Käsestecher, einem Rabbiner, einem absolvierten Tübinger Studenten, einem Händler aus Passau, einem französischen Pflanzenforscher oder Botaniker und einem Courier, der auf dem Bock saß. Zwei Gendarmen zu Pferd begleiteten uns. Es entstand eine lebhafte Diskussion im Wagen. Bis Fürstenfeldbruck war die Rede von den Staaten, demagogischen Umtrieben, Steuern, Zöllen, bisherigen Kriegen, neu aufbrechenden Rebellionen und so weiter. Der Käsestecher berief sich eifrig auf seine Erfahrungen im letzten Krieg, der Student renommierte mit seinen Duzfreunden, den Professoren und Staatsräten. Der Rabbiner berichtete von geheimen Berichten seiner Kollegen in Polen, Frankreich, Österreich, England und Amerika, der Botaniker sprach von den Freiheitskriegen, denen er beiwohnte. Der Courier, ein Russe, schlief die ganze Nacht fest, er stieg nie ab, lag immer oben auf dem Bock.

Bis Mehring war lediglich ein lebhafter Diskurs im Gange, von dem mir schon die Ohren wehtaten, aber dann fielen alle über den bedauernswerten Rabbi her, beschimpften das Judenvolk, das uns Deutsche unterwandere und übers Ohr haue, es war zuletzt ein ernsthafter Streit, sodass ich froh war, der Kutsche heil zu entkommen. Die beiden Gendarmen griffen nicht ein, sie ritten lediglich etwas rascher, sodass sie die Kutsche bald hinter sich ließen.

Carl erinnerte sich daran, dass Simons Brief eine anregende Unterhaltung ausgelöst hatte. Simon schrieb nicht nur gern Briefe, er schrieb sie auch lebendig, anschaulich. Vielleicht hatte Carl das Glück, in den nächsten Tagen wieder einen Brief von Simon zu bekommen. Er hatte Simon nämlich noch am gleichen Tag geantwortet.

Draußen war es nächtlich still geworden. Das Gewitter war vorbeigezogen. Es hatte sich über der Stadt ausgetobt. Die Hitze war erträglicher geworden. Sogar zudecken könnte man sich jetzt wieder, dachte Carl und klaubte sein Bettzeug vom Boden auf. Er war jetzt aus seinen Erinnerungen aufgetaucht und hoffte, endlich schlafen zu können.

11

Der Sommer 1825 weckte in Carl große Hoffnungen. Allerdings musste er diese Freude für sich behalten. Dass Simons Augsburger Aufenthalt sich seinem Ende zuneigte, kam für alle überraschend. Das angesehene Handelshaus Dreer & Birett hatte Bankrott gemacht. Simon hatte schon seit Februar davon gewusst, aber auch er hatte aus Loyalität nichts nach außen dringen lassen. Jetzt war es endgültig aus: Kaufmann Dreer wurde überall bedauert, über seinen Kompagnon Birett aber wurde übel gesprochen.

»Stell dir vor, Carl«, hatte Simon geschrieben. »Das Stadtgericht hat mich unter Eidespflicht genommen und mir die schwierigen Abwicklungsgeschäfte anvertraut. Sobald ich diese Aufgabe gelöst habe, komme ich nach München zurück.«

Nicht nur Carl hatte sich auf die Rückkehr des Bruders gefreut. Auch der Vater, Crescenz, die Großeltern und Eduard freuten sich grenzenlos.

Carl erwartete Simon an der Poststation. Schon im ersten Moment sah er, dass das ein anderer war, der da aus der Kutsche stieg. Einer, der einen großen, unerwarteten Erfolg gehabt und wichtige Dinge geregelt hatte, die eigentlich für ihn noch zu schwer gewesen waren.

Carl war verunsichert. Aber er bemühte sich, das nicht zu zeigen. Simon umarmte den Bruder herzlich. »Und – was macht die Malerei?«, wollte er wissen. Doch er wartete kaum eine Antwort ab. »Carl – jetzt oder nie! Ich gehe nach Triest. Wie unser Vater. Ich will sehen, was in mir steckt, ich will mich wieder bewähren. Du, ich habe in Augsburg ein großes Desaster wieder in den Griff gekriegt. Jetzt will ich dahin, wo unser Vater seine Kenntnisse über Deutschland hinaus erweitert hat!«

Carl sah die leuchtenden Augen Simons, der mit raschen, weitausgreifendenden Schritten dem Elternhaus zustrebte. Er sah den vor Energie sprühenden Bruder an. »Was wird der Vater dazu sagen?«

Vater Spitzweg zögerte. Er hatte sich in letzter Zeit oft matt und antriebslos gefühlt, da war ihm die Entwicklung in Augsburg gerade recht gekommen. Doch als er von Simons Plänen hörte, gab er dem Sohn schließlich recht, denn auch er hatte in dessen Alter die Grundlagen gelegt für seinen späteren Erfolg. Er erinnerte sich an das Triester Handelshaus Leopold Marinitsch, in dem er gute Erfahrungen gemacht und Geschäftsfreunde gefunden hatte. Also schrieb er schweren Herzens einen Empfehlungsbrief für seinen Ältesten. Mit Beginn des Jahres 1826 wollte Simon die Reise nach Triest antreten.

Seine Schwäche, die Vater Spitzweg für vorübergehend gehalten hatte, war nicht harmlos gewesen. Über viele Wochen hinweg litt er an diffusen Schmerzen im oberen Bauchbereich, an Krämpfen, Durchfällen. Der Hausarzt und sogar Doktor Martius hatten ihn untersucht. Martius ließ ihn zur Ader und verordnete vielerlei Tees. Über die Krankheit äußerten sich beide Ärzte nicht eindeutig.

Spitzweg wurde immer bleicher, hinfälliger. Schließlich war sein imponierender Kopf nur noch ein knochiger Schädel, von dünner Haut überspannt. In dieser Zeit wich Carls Angst vor dem Vater. Die Zärtlichkeit, die Carl für seine Mutter empfand, heute noch, neun Jahre nach ihrem Tod, hatte er für den Vater nie gefühlt. Doch jetzt, wo er sichtbar leiden musste, wo das Gesicht immer mehr einfiel, wo er stumm und tapfer versuchte, dennoch seiner Arbeit nachzugehen, veränderten sich Carls Gefühle für ihn.

Eine Besserung trat nicht ein. Philipp Martius, der Hausarzt Trautner und Carls Prinzipal Pettenkofer berieten sich lange. Dann verordneten sie dem Kranken eine so strenge Diät, dass Crescenz fast Mitleid mit ihrem Mann bekam. Er sollte nichts Fettes haben, aber auch wirklich kein Gramm. Gemüse- und Getreidebrei, fein püriert, durften nur mit Wasser und frischen Küchenkräutern zubereitet werden. Zum Trinken sollte der Kranke lediglich Tee bekommen und abgekochtes Wasser. In der Folge magerte Simon Spitzweg ab, bis er Arme und Beine hatte, die so dünn waren wie Besenstiele. Aber seine Lebensgeister kamen zurück, und nach einigen harten Wochen ging er wieder seinen Geschäften nach. Er brauchte neue Hemden mit engerem Kragen und sogar neue, schmalere Schuhe, aber geistig war er der Alte.

König Max I. Joseph hatte nicht dieses Glück. Die Majestät sah zwar seit längerem blass und krank aus. Doch hatte der König allen, Familie und Freunden, erklärt, dass er darauf nicht mehr angesprochen werden wolle. Er fühlte sich müde und musste immer öfter Pausen einlegen vom königlichen Geschäft. Am Abend seines Namenstages, am 12. Oktober 1825, besuchte Seine Majestät in der Herzogspitalgasse einen Ball, der vom russischen Gesandten Woronzeff zu seinen Ehren gegeben wurde. Der König sah den Tanzenden zu, beteiligte sich an dem von ihm hochgeschätzten Kartenspiel, doch er war kraftlos und müde. Bereits zwischen zehn und halb elf fuhr er heim nach Nymphenburg. »Nicht wahr«, sagte er zum Posten, »ich bin brav, dass ich so früh nach Hause komme.«

Am nächsten Morgen fand ihn sein Leibdiener tot in seinem Bett.

Der neue Souverän, vormals Kronprinz Ludwig, nunmehr König Ludwig I., war äußerst ungestüm. Er hasste Napoleon, den Grafen Montgelas und überhaupt alles Französische mit Inbrunst. Schon zu seines Vaters Lebzeiten hatte er keine Hemmungen gekannt, seinen Vater in fast allen seinen Entscheidungen zu kritisieren. Eine Zofe der Prinzessin Auguste, die oft Arznei in der Residenzapotheke holte und mit dem Prinzipal Pettenkofer gut stand, hatte berichtet, dass, nach Ansicht ihrer Herrin, der Kronprinz unter der Hand gegen die Absichten der Majestät arbeite. Und das in einem Maße, dass man denken könne, er sei der Souverän des Landes.

Nun, seit dem 13. Oktober 1825, war er der Souverän. Man hörte vom Hofe, dass Ludwig I. so viel verändern und verbessern wolle, dass man gar nicht mehr mitkomme. Keine Reform ginge diesem König weit genug, hieß es, er schwärme von vielen Freiheiten, von einer neuen, liberalen Welt.

12

Carl saß auf der Terrasse des Schlössls und betrachtete das Treiben um sich herum. Viele hübsche Mädchen gab es in Bogenhausen, er sah die eine oder andere, die für die Schönheitsgalerie des Königs wie gemacht schien. Vielleicht sollte er es selbst versuchen, eine der Schönen auf Pappe zu malen, wenn er wieder daheim wäre. Aber noch hatte keine in ihm jene Begeisterung oder Erschütterung geweckt, die ihn zum Malen brachte.

Carl holte das Zeugnis seines Prinzipals Pettenkofer aus der Tasche. Er las es zum x-ten Mal, glücklich und erleichtert. Pettenkofer hatte geschrieben, dass er, Carl Spitzweg aus München, sich drei Jahre hindurch alle Mühe gegeben habe, in der Königlichen Hofapotheke dahier die Apothekerkunst zu erlernen. Er habe vorzügliche Fähigkeiten mit einem ausgezeichneten Fleiße und sehr lobenswürdigem sittlichen Betragen gezeigt. Ihm wird vom Unterzeichneten der Wahrheit gemäß bezeugt, dass er ein vorzüglicher Pharmazeut geworden ist. Für sein weiteres Fortkommen empfahl Pettenkofer ihn bestens.

Carl dachte mit großer Dankbarkeit an seinen Lehrherrn, der ihn nach Kräften gefördert und ihm auch geholfen hatte, die härtesten Übungen zu überstehen. So hatte er ihn schon nach einem Jahr von den beschwerlichen Arbeiten in der Sudküche befreit. Carl konnte sich auf die Tätigkeiten im chemischen Laboratorium konzentrieren, ein großes Privileg für einen Lehrling.

Die Stimmung von Leichtigkeit, die Farben, die sorglosen Menschen – wie lange hatte Carl nicht mehr gemalt. Er dachte an Willa. Die große, auffallend hübsche Wilhelmina. Von ihr hatte er eine Skizze angefertigt. Zu seinem Erstaunen war ein Kind in bäuerlicher Tracht entstanden. Das war auf keinen Fall Wilhelmina. Die Hitze, die ihn in den ersten Tagen über ihn gekommen war, wenn er an sie gedacht hatte, war abgeklungen. Weder Wilhelmina noch er wollten dem anderen seine Gefühle gestehen. Willas Blicke schienen Carl auch nicht mehr rätselhaft. Eher ablehnend. Mehr als ein paar Küsse hatte er nicht von ihr bekommen, denn sie wusste, dass sie bald wieder heimfahren würde. Fast schien Willa ihm kalt, berechnend. Aber seltsam – es war ihm nicht mehr wichtig.

Sein Herz war bei seinem Vater. Hätte er ihn mitnehmen sollen auf die Bogenhauser Terrasse? Die Sonne hätte ihm vielleicht wohlgetan. Es war für die Familie nicht mehr neu, dass man den Vater unpässlich erlebte. Dass er bei Tisch nur ganz wenig nahm, am liebsten Püree von Gemüse, das er von seiner strengen Diät kannte. Seit er sich von seiner schweren Krankheit erholt hatte, arbeitete er wieder mit großer Hingabe, doch seit einigen Tagen war er wieder matt und sah blass aus. Carl machte sich Sorgen um den Vater.

Auch von Simon kamen keine guten Nachrichten. Seine hohen Erwartungen, die Arbeit im Handelshaus Marinitsch betreffend, waren bitter enttäuscht worden. Entweder hatte das Haus Marinitsch sich seit Vaters Zeiten sehr verändert, oder Vater war nicht lange genug dort geblieben, um die Machenschaften in dem Unternehmen zu durchschauen. Jedenfalls war Marinitsch gar nicht mehr der Prinzipal, er hatte nur noch eine untergeordnete Stellung.

»Er ist ein intriganter, alter Mann, der in der ganzen Stadt verhasst ist«, hatte Simon geschrieben. Nach einer erfolgreichen Geschäftstour war Simon zurückgekehrt, jedoch nicht belobt worden, sondern herabgestuft. Er sollte nur noch Schreibtischarbeiten machen und nicht mehr reisen. Als er darüber Rechenschaft wollte, hatte man ihm gesagt, er könne seinen Hut nehmen und machen, dass er weiterkomme.

Wütend hatte Simon sofort Erkundigungen eingezogen, und es wurden ihm zwei Stellen angeboten. Eine in Klagenfurt, die andere in Alexandrien. »Da sind sehr viele Deutsche«, schrieb Simon, »und eine gute Stelle wird frei für einen, der neben deutsch auch italienisch korrespondieren kann. Das Gehalt ist sehr hoch.« Die Eltern warnten den Sohn, doch er glaubte keine andere Wahl zu haben und war am 8. März 1826 mit der Brigg *Svegliatore* in See gestochen, die ihn nach Alexandrien brachte.

Carl spürte dankbar die Sonne auf seinen Schultern. Er musste die Gedanken an Simon verdrängen und die Wärme dieses schönen Tages genießen. Vielleicht war Simon schon im nächsten Jahr wieder in München.

Es war schön hier auf der Terrasse. Paare flanierten im schimmernden Licht. Die leichten Kleider der Frauen aus weißem, hellblauem oder sanftgrauem Musselin ließen keine bloße Haut sehen, doch sie bewegten sich bei jedem Schritt, und die Offiziere in ihren Gardeuniformen zwirbelten ihre Schnurrbärte. Carl fiel ein großer roséfarbener Hut auf, der ein feines Gesicht überschattete. Dunkle, große Augen, die, so schien es Carl, für einen Moment nur ihn anschauten. Carl redete sich ein, dass der elegante Begleiter des Mädchens ihr Vater war, und er begann wieder zu träumen. Alles, was sonst noch promenierte oder auf Bänken saß, die arroganten Militärs, junge Familien mit ihren spielenden Kindern, alles verschwamm in den seltsam fragenden Augen des Mädchens, und erst die Bedienung, die ihm sein Bier brachte, ließ ihn wieder daran denken, dass er eigentlich verabredet war. Mit seinem Bruder. Eduard gedachte hier seine neue Liebe Anna Nanette Moralt zu treffen, die mit ihren Eltern oft die Terrasse besuchte. Er hatte Carl gebeten mitzukommen. Zu zweit könne man besser vor den Augen künftiger Verwandter bestehen. Der Vater Annas sei Besitzer der Musikalienhandlung Josef Aibl.

»Diese Moralts sind das? Ich habe gehört, dass allein an der Oper fünf Moralts im Orchester engagiert sind. Da machst du ja eine richtig musikalische Partie!«, hatte Carl den Bruder geneckt.

Die Moralts kannte Carl. Das Geschäft war in der Rosengasse. Fast alle Instrumente im Hause Spitzweg waren von Moralt geliefert worden. Da hatte der kleine Bruder ja richtiges Glück gehabt. Nur – warum kam er dann nicht?

Carl gähnte verstohlen. Er war nicht ausgeschlafen. In aller Frühe hatte er einen Katzenkampf im Hof des Hauses mit anhören müssen. Und schließlich auch ansehen. Die Kontrahenten waren so laut gewesen, dass es ihn aus dem Bett getrieben hatte. Sie hatten geschrien und miteinander gekämpft, als wären sie tollwütig. Erst als der Kutscher »Himmisappramant« aus dem ersten Stock einen Eimer Wasser über die Wahnsinnigen kippte, humpelte einer versehrt davon, der Gegner blieb auf dem Kampfplatz liegen. Er würde noch heute im Katzenparadies sein, dachte Carl. Das hatte seine Mutter immer gesagt, wenn eine der Spitzweg'schen Katzen gestorben war. Zum ersten Mal wurde sich Carl darüber klar, dass die Familienkatzen offenbar wehrhaft waren. Sie balgten sich auch mit Nachbarskatzen, hatten aber bisher keine sichtbaren Blessuren davongetragen. Nicht einmal Carls Liebling, die kleine ingwerfarbene Siamkatze, war je im Kampf unterlegen. Sie war bestimmt schon drei Jahre alt, sah aber immer noch aus wie ein ganz junges Kätzchen, und erst neulich hatte sie eine dicke Krähe heimgebracht und sorgsam auf dem Teppichboden seziert.

Die Hausmäuse wurden offenbar darüber vernachlässigt. Als Carl sich nach dem Mittagessen ankleidete und seine neuen Stiefel anziehen wollte, schrie eine Maus. Carl konnte sie gerade noch herausschleudern aus dem Stiefel. Was für ein Tag!

Die Bedienung trug einen Butterkuchen herum, doch Carl lehnte ausnahmsweise ab. Die tote Katze und die um ein Haar zerquetschte Maus – es ging nicht. Daher war er froh und erleichtert, dass sich ein eleganter Herr nach kurzem Gruß ihm gegenübersetzte. Es war ein noch junger Mann, dessen weiches Seidenhemd guten Geschmack bewies. Er trug dazu eine Weste aus demselben Stoff und darüber, lose um die Schultern gehängt, eine resedafarbene Jacke. Carl, der sich in den letzten Wochen immer mal wieder damit beschäftigt hatte, ein Selbstbildnis zu malen, wünschte sich, er sähe im Spiegel ein solches Gesicht wie das des Fremden. Über der hohen Stirn stand dichtes, hochgebürstetes Haar, das an den Schläfen anlag. Die Nase war auffallend gebogen und der Mund voll und weich. Das Gesicht strahlte Selbstbewusstsein aus, Geist. Wenn Carl daran dachte, was ihn selbst aus dem Spiegel anschaute, nein, das war nicht nach seinem Geschmack. Vielleicht sollte er das Bemühen um ein Selbstporträt einfach aufgeben.

»Hier hat man die Berge direkt vor Augen«, hörte er den Fremden bewundernd sagen. »Schon im Winter bin ich hier gesessen und hab die schneebedeckten Hügel betrachtet. Sie glänzten in der Sonnenbeleuchtung, als seien sie aus Silber gegossen. Damals war auch in meiner Seele Winter. Gedanken und Gefühle wie eingeschneit.«

Carl hörte zu, und ihm stand innerlich der Mund offen. Dieser Fremde redete ja wie ein Dichter. Sein Gegenüber fuhr ganz selbstverständlich fort, Carl mit seinen Gedanken zu überfluten:

»Aber heute ist alles anders, junger Mann, die Sonne bricht aus dem Himmel hervor, und in den Bergen fließen die Schneetränen. Die Eisdecken der Seen brechen auf, aus der Erde quellen Blumen und die klingenden Wälder, diese grünen Paläste der Nachtigallen. Die ganze Natur lächelt, und dieses Lächeln heißt Frühling. Auch aus den Herzen sprießen Blumen, Freiheitsgefühle schießen wie Rosen hervor, natürlich auch manch unnütze Nessel. Die Melodien der Poesie kommen wieder, wie Zugvögel, die den ganzen Winter im Süden verbracht haben.«

Der Fremde, den Carl für sich »Dichter« nannte, brach ab und schaute sein Gegenüber offen und traurig an. »Ich bin Schriftsteller und versuche, meine Gedanken zu formulieren, um sie einem Freund vorzutragen. Ich habe ihn bewundert und tue das immer noch. Es ist der britische Dichter Lord Byron, Sie werden ihn vermutlich nicht kennen, aber mir hat er viel bedeutet. Anfangs, er ist vor vier Jahren gestorben, war ich betroffen, traurig. Aber ich wusste noch nicht, dass ich ihn niemals vergessen werde. Er war der einzige Mensch, mit dem ich mich verwandt fühlte, und wir mögen uns wohl in manchen Dingen geglichen haben. Ich habe ihn zwar in den letzten Jahren nicht so viel gelesen, aber wenn ich schreibe, überlege ich immer, ob er meine Texte akzeptieren würde.«

Der Schriftsteller sah Carl in die Augen, als wollte er ihm ein Geheimnis anvertrauen. »Ich schätze Autoren, deren Charakter von meinem verschieden ist. Aber mit Byron war ich vertraut wie mit einem alten Spießgesellen. Mit Shakespeare zum Beispiel könnte ich nie vertraut sein, ich spüre zu stark, dass ich nicht seinesgleichen bin. Er ist der allgewaltige Minister, und ich bin ein bloßer Hofrat, und es ist mir, als ob er mich jeden Augenblick absetzen könnte.«

»Shakespeare, ja, den habe ich auch gelesen«, sagte Carl. »*Hamlet*. Wir haben ihn in der Schule oftmals vorgetragen, mit verteilten Rollen. Ich erinnere mich, dass ich einmal Königin Gertrude sprechen musste:

O Hamlet, Lieber, wirf dein Nachtschwarz ab, / Und lass dein

Auge wie ein Freund den Dänen sehn. / Such doch nicht ewig mit gesenkten Lidern / Nach deinem noblen Vater nur im Staub. / Du weißt, 's ist allgemein: was lebt, muss sterben / Kommt kurz zur Erd, um Ewges zu erwerben …«

Carl grinste bei der Erinnerung an seine Blamage. »Mein Lehrer verlangte von mir, mit hoher Stimme zu sprechen, und die anderen haben sich amüsiert.«

»Das passiert einem öfter bei den Künsten«, tröstete ihn der Schriftsteller. »Ich habe es bei den Musen nur deshalb so weit gebracht, weil sie alle Frauenzimmer sind. Freilich haben sie auch ihre Launen. Sie sind alte Jungfern, die in ihrer Jugend schön waren und das Athener Bürgerrecht hatten. Im Sommer wohnten sie in Thessalien auf dem Lande, und sie schlugen alle guten Partien aus.«

»Ich habe sie auch mal kennenlernen müssen, erinnere mich aber nur noch dunkel an Klio und Thalia«, meinte Carl sinnierend. »Ich weiß nichts Genaues mehr von ihnen, und deshalb ignorieren sie mich wahrscheinlich.«

»Junger Mann, ich sehe, Sie suchen noch nach Ihrer Bestimmung. Wie ich das kenne. Aber schreiben Sie doch über Ihre Stadt, über München! Hier gibt es für einen jungen wachen Geist wie Sie viel zu kritisieren. Die Kleingeisterei ist hier von der großartigsten Art. Sprechen Sie mal bei Schelling oder Görres vor. Ach, was rede ich denn! Klenze! Er ist doch wohl das größte Licht des Tages. Wenn ich seine Bauten ansehe, ist es mir, als würde mir eine schwere Perücke vom Kopf genommen, und mein Herz würde befreit von einer stählernen Fessel.«

Carl musste fast lachen. Er hatte nicht nur viel gehört von Klenze, sondern auch gesehen. Und davon war er ebenso begeistert wie sein Gegenüber. Klenze hatte Schloss Ismaning umgebaut. Und erst das prachtvolle Palais Leuchtenberg! Das Odeon am Hofgarten war gerade fertig geworden. Klenze war ein erwiesener Liebling des Königs, und man sprach jedes Mal über ihn, wenn es um repräsentative Bauten in München ging. Carl wusste noch mehr: »Er hat an der Berliner Bauakademie studiert und an der Polytechnischen Schule in Paris. Er wurde vor zwölf oder dreizehn Jahren nach München berufen und ist jetzt Hofarchitekt unseres Königs Ludwig. Er ist gerade dabei, eine Pinakothek zu bauen für die Gemäldesammlung und eine Glyptothek für die römischen und griechischen Skulpturen des Monarchen.«

»Woher kommen denn bitte all diese Gemälde und Skulpturen?«, wollte der Schriftsteller wissen.

»König Ludwig hat schon als junger Kronprinz begonnen, diese Schätze zusammenzutragen«, antwortete Carl. »Da ist mittlerweile ein durchaus ansehnlicher Haufen Kunst zusammengekommen.«

Eine Bedienung brachte ihnen frisches Bier, und der Dichter stieß mit Carl an. »Ich heiße Harry, Harry Heine, ich bin Doktor der Rechte und außerdem Schriftsteller, in der letzten Zeit sogar berühmt«, sagte er aufgeräumt, und Carl wusste nicht recht, ob Heine das selbstironisch oder ernst gemeint hatte. Er stellte sich ebenfalls vor. »Spitzweg?«, fragte Heine, »oder Spitzweck wie die Semmeln, die die Leute hier essen?« Carl erklärte, dass die zweite Silbe seines Namens wie der Weg heiße.

Ob Carl Münchner sei, fragte Harry jetzt, und Carl bejahte die Frage. »Sie Glücklicher, dann haben Sie bestimmt eine gute Natur und vertragen das Klima«, seufzte sein Gegenüber. »Ich kam vor einigen Tagen von einer Reise zurück und bin immer noch halb tot. Ich komme von Kassel, war in Frankfurt, Heidelberg und Stuttgart, und ich habe mir überall viel Zeit gelassen zur Erholung. Trotzdem bin ich so krank, dass ich bis heute das Zimmer gehütet habe. Kopfweh hab ich vor allem, immerzu Kopfweh.«

»Ich arbeite in der Residenzapotheke«, sagte Carl, »wir haben Globuli und Zäpfchen gegen Kopfschmerzen, aber Sie sind sicher durch gute Ärzte versorgt.«

»Ich kenne keinen einzigen. Aber wenn Sie Apotheker sind, können Sie mir sicher sagen, ob das Bier hier bekömmlich ist. Ich bin von England her an Porter gewöhnt.«

Carl nahm einen tiefen Schluck aus seinem Glas und erklärte, dass er noch nie Porter getrunken habe. »Aber hier haben sie das beste Bier der Stadt, und ich trinke nicht zu wenig davon. Ja, ich werde bald Provisor sein, gerade habe ich mein Zeugnis bekommen. Und ich versuche mich in der Malerei, eigentlich brenne ich dafür, doch der Vater wollte immer, dass ich Apotheker werde. Im Wintersemester gehe ich an die Münchner Universität und studiere dort Chemie, Mineralogie und Physik. Im Sommer kommt noch allgemeine Botanik dazu. Die interessiert mich besonders. Und Zoologie. Wir haben berühmte Professoren an der Universität«, setzte Carl hinzu. Er hatte das Bedürfnis, mitsamt seiner Stadt von diesem Fremden anerkannt zu werden. Deshalb übertrieb er auch mit seinem Bierkonsum. Und was das Malen anging – niemand konnte wissen, wie er sich damit mühte. Diesem berühmten Schriftsteller wäre es ohnehin egal.

Harry Heine nahm jetzt einen vorsichtigen Schluck aus seinem Bierglas, Carl beobachtete gespannt seine Reaktion, doch Heine nahm einen zweiten Schluck, setzte den Krug ab und stützte den Kopf auf die Hände. »Soso, berühmte Professoren haben Sie in München. Nun, vielleicht werde ich bald auch einer davon. Sie kennen sicher Eduard von Schenk, Staatsrat und Innenminister – er hat mich beim König empfohlen, und ich hoffe, der König wird es ihm einst danken. Wissen Sie, Schenk ist der größte Dichter der Welt.«

Carl sah die Augen des Fremden halb spöttisch auf sich gerichtet. Heine wollte prüfen, ob Carl wusste, wovon er redete. Carl erklärte höflich, dass er natürlich den Herrn Minister kenne und auch von seiner Dichtkunst gehört habe. »Ich habe den Herrn Minister und auch Herrn Beer, der den *Struensee* geschaffen hat, schon in der Apotheke gesehen. Was ihnen gefehlt hat, weiß ich nicht. Natürlich hat Herr Apotheker Pettenkofer sich persönlich um die Herren bemüht.«

Der Spott aus den Augen Harry Heines war einem milden Interesse gewichen. »Gut, dass ich Sie getroffen habe. Kann sein, dass ich mal in Ihre Königlich Bayerische Hofapotheke komme, und dann lasse ich mich von Ihnen beraten. Mir haben nämlich viele gedroht, dass das Münchner Klima mich umbringen werde. Wenn meine Gesundheit wirklich gefährdet ist, packe ich meine Koffer und reise nach Italien.«

Heine erhob sich unbefangen, begann zu deklamieren: »Ich fühle mich angeweht von Orangen- und Zitronendüften, die von den Bergen herüberwehen. Sie wollen mich hinüberlocken nach Italien. Einmal, in der goldenen Abenddämmerung, sah ich auf der Spitze einer Alpe ihn ganz und gar, lebensgroß – den jungen Frühlingsgott. Er trug einen Kranz aus Blumen und Lorbeeren, er lachte mich an und rief: Ich liebe dich, komm zu mir nach Italien.«

Heine verbeugte sich knapp, einmal nach links und einmal nach rechts, bevor er wieder Platz nahm. Sotto voce sagte Heine zu Carl, dass er im Moment Bücher über seine Reisen schreibe. Er sprach weiter in dem gedämpften Ton, als verrate er ein Geheimnis: »Und ich verfasse Artikel für Zeitungen. Aber die böse Welt will mich manchmal missverstehen. Sind Sie nicht heimlich auch von der schreibenden Zunft? Gestehen Sie, hab ich recht?«

Carl schüttelte den Kopf. Niemals hätte er zugegeben, dass er Gedichte schrieb. Tat er ja auch nur manchmal. Heimlich.

Ob er denn den Cotta'schen Verlag kenne, fragte Heine weiter, und als Carl nickte, berichtete er, dass er dort als Redakteur arbeite. »Unter meiner Leitung erscheinen hier zwei Bände der *Neuen politischen Annalen*. Wenn Sie interessiert sind, lasse ich sie Ihnen zukommen. Oder Sie kommen vorbei. Literarisch Artistische Anstalt der J. G. Cotta'schen Buchhandlung in München. Sie müssen wissen, Johann Friedrich von Cotta wird meine demnächst erscheinenden Bücher mitnehmen, wenn er zum König geht. Und er wird ihm sagen, dass ich, der Verfasser, sehr viel milder und besser, ja vielleicht ganz anders schreibe als in meinen früheren Werken.«

Heine sah jetzt auf seine glänzenden Schuhspitzen. Er war, mit einem Mal, fast traurig, als er sagte: »Wissen Sie, ich bin Jude.

Dabei bin ich Christ, getaufter Christ, doch das zählt nicht. Ich hab mich völlig umsonst taufen lassen, und ich habe viel auszuhalten an Verleumdungen. Man verbrämt es zwar, aber im Grunde ist es immer wieder dasselbe. Der Jude Heine. Den will man nicht zu Ehren kommen lassen. Das Unrecht hat viele Namen. Aber in München heißt es von Platen. August Graf von Platen. Er ist immer um den König herum, und ich fürchte, er wird mir schaden. Stellen Sie sich vor, er hat mich angegriffen. Mir jüdische Spottnamen gegeben. Herrlicher Petrarca des Laubhüttenfestes hat er mich genannt. Noch schlimmer ist fast, dass er mir einen Knoblauchgeruch nachsagt. Ich hasse Knoblauch. Deshalb habe ich mich gewehrt, habe zurückgeschlagen. Habe offen gesagt, dass der Platen ein warmer Bruder ist. Ich kann mir vorstellen, dass er mich jetzt beim König verleumdet. Dabei hat er mit der Infamie begonnen, ich habe mich lediglich gewehrt. Dafür gibt es Zeugen, bedeutende Männer mit bestem Leumund. Aber wenn der König dem Platen mehr glaubt als mir, dann reise ich wieder ab. Nach Italien, nach Florenz.«

Das verspannte Gesicht Heines leuchtete wieder auf. Er legte Carl seine Hand auf den Arm, sah ihn schwärmerisch an. »Stellen Sie sich vor, lieber Spitzweg, ich betrete bald den Boden, wo Dante, Machiavelli, Leonardo da Vinci, Michelangelo, Boccaccio und andere Große gewandelt sind.«

Heine trank wieder vorsichtig von seinem Bier, wischte sich den Mund ab und seufzte: »Ich bin heute ein krankes, altes Weib und schwatze. Ich fürchte, ich werde hier sehr ernsthaft, fast deutsch. Vielleicht bin ich in Bayern ein Preuße geworden. Ich glaube, das macht das Bier.«

Carl lachte. »Sie werden nie ein Preuße. Dann schon eher ein Italiener. Ich für meinen Teil finde Sie interessant, Gespräche wie diese führe ich sonst mit niemandem. In der nächsten Woche will ich in der Cotta'schen Buchhandlung nach Ihren Werken fragen.«

»So habe ich in München einen Leser gefunden, wie ich ihn mir wünsche«, sagte Heine liebenswürdig. Er stand auf, auch

Carl erhob sich. Er wusste, dass er der Sprachgewandtheit Heines nichts entgegenzusetzen hatte. Dafür wollte er ihm schlicht seine Gefühle offenbaren. »Ich wünsche Ihnen und mir, dass der König Sie als Professor an die Münchner Universität beruft. Ich könnte mir keinen besseren vorstellen.«

Sekundenlang schaute Heine ihn an, dann ließ ein überraschtes Lächeln sein Gesicht jung und offen wirken. »Ich hab das Gefühl, es ist Sonntag in meinem Herzen, und das kommt durch Sie.«

Carl schaute der schlanken, eleganten Gestalt Heines nach, und es war ihm, als erwache er langsam aus einer Verzauberung; als habe er in einer Welt gelebt, die er niemals wiederfinden würde.

Eduard. Er hatte seinen Bruder völlig vergessen. Doch er war offensichtlich nicht gekommen. Wenn er auf der Terrasse erschienen wäre, hätte er Carl und den Dichter sehen müssen. Wenn Eduard wüsste, mit wem Carl den Nachmittag verbracht hatte.

13

Vor fünf Monaten, am ersten Tag im Dezember 1828, war Carls Vater gestorben. Da Simon noch in Alexandrien war und Eduard zur Ausbildung bei einem Kaufmann in Triest, hatte Carl gemeinsam mit seiner Mutter Crescenz dem Vater in seinen schweren Tagen beigestanden. Am Schluss hatte Simon Spitzweg keine Kraft mehr gehabt. Carl war sofort herbeigeeilt, als der Vater vor dem Bett zusammengebrochen war. Doch der winkte schroff ab. Er wollte allein aufstehen. So wie immer. Doch er kam nicht mehr hoch vom Boden, Carl musste ihm gemeinsam mit der Mutter aufhelfen. Als sie ihn aufs Bett legten, sagte der Vater mühsam, dass er froh sei, eine große Grabstätte für die Familie gekauft zu haben. »Ich will in mein Grab«, murmelte er. Dann, noch leiser, »ich will zu Mali«. Carl wusste nicht, wovon der Vater sprach. Hatte er »Mali« gesagt. Oder »Marie«? Carl hatte es nicht deutlich hören können. Auch die Mutter fragte leise, was der Vater gesagt habe. Doch Carl schüttelte den Kopf. »Ich habe ihn nicht verstanden«, sagte er traurig.

Simon Spitzweg befand sich auf einer Reise, von der er nicht zurückkehren würde. Das spürte er, und er hatte das unsägliche Verlangen, Mali wiederzusehen, die einzige Frau in seinem Leben, der er seine Liebe hatte schenken können. Im Sommer 1794, den er im Haus des Vaters verbrachte, war sie ihm begegnet. Sie war neu auf dem Hof, zu Lichtmess eingetreten in den Dienst. Siebzehn Jahre alt, genau wie er damals, doch ihr blasses Gesicht und die weit auseinanderliegenden dunklen Augen ließen sie viel jünger erscheinen, fast wie ein Kind. Das Kind schien ebenso traurig und ängstlich wie Simon. Mali war eine Waise, sie musste sich verdingen, sie hatte nicht die Wahl. Daher wehrte sie sich nicht, wenn sie von Simons Mutter angefahren wurde und die gröbsten Arbeiten verrichten musste. Simon spürte Malis Angst. Ihre Angst war seine Angst. Es war ein süßes Gefühl in Simon, Mali gegen alle zu beschützen, die ihre Wehrlosigkeit ausnutzen wollten.

Über Simon kam das Gefühl der Zugehörigkeit zu Mali wie ein Schicksal, das wie eine fremde, seltsame und unverständliche Macht war. Woher kam seine Liebe zu Mali, die alle seine Sinne beschäftigte? Begründete die Angst eine Art Verwandtschaft? Simon war vom ersten Moment an klar, dass vor allem die Eltern seiner Liebe – und ja, es war Liebe, die er für Mali fühlte – verständnislos gegenüberstehen würden. Dennoch wusste er Zeit und Raum zu schaffen, wo Mali und er sich aneinanderschmiegen und Zärtlichkeiten austauschen konnten. Simon und auch Mali wussten um die Gefahr, die Abenteuerlichkeit ihrer Liebe. Sie wussten, dass sie jederzeit stürzen und fallen konnten.

Es dauerte daher nicht lange, bis ihre geheime, geheimnisvolle Welt zusammenprallte mit der Wirklichkeit. Bis die Katastrophe eintrat. Simons Mutter hatte die beiden beim Heumachen abgepasst und Mali auf den Kopf zugesagt, dass sie schwanger sei. Sie drohte ihr damit, sie rauszuschmeißen. In seiner Verzweiflung war Simon nach München gefahren, um seinen Paten um Hilfe zu bitten. Doch der riet ihm dringend ab, »sich mit der Dienstmagd weiter abzugeben«.

Als Simon zurückkam ins Elternhaus, war Mali verschwunden. Ihre Kammer gefegt, es gab keine Spur mehr von ihr. Die Eltern schwiegen, die Dienstboten sowieso. Als man von einer jungen Frau berichtete, die in einem See unweit von München ertrunken war, ritt Simon sofort zu dem See. Die Ertrunkene war nicht Mali.

Er bekam keine weitere Nachricht. Am meisten machte es ihm zu schaffen, dass er Mali nichts von der Reise zu seinem Paten erzählt hatte. Sie musste geglaubt haben, er stehle sich davon. Und nun wusste er nicht, wo er nach ihr suchen sollte. Sie waren so stark aufeinander konzentriert gewesen, Mali und er, sie hatten ihre ganze Kraft und Phantasie gebraucht, um ihre Liebe geheim zu halten. Was hatten sie gehofft? Nie war Zeit gewesen, über eine Zukunft zu reden.

Simon fragte sich, wie er ohne Mali überleben sollte. Sein Elternhaus war ihm kalt und fremd geworden. Das war ihm recht. Auch als er um Franziska Schmutzer warb, wollte er keinerlei Liebesgefühle in sich zulassen. Er wollte keine andere mehr lieben. Das war er Mali schuldig. Crescenz, die er eine Zeitlang körperlich begehrt hatte, stieß ihn zurück, und am Ende war er froh darüber gewesen.

Und so hatte ihn sein unerfülltes Verlangen, von Mali geliebt zu werden, in einen Abgrund von Einsamkeit gedrängt.

»Ich hole Doktor Trautner, bleib du bei ihm«, flüsterte die Mutter Carl zu. Der Kranke lag jetzt ruhig auf seinem Bett, und es schmerzte Carl, zu sehen, wie sehr der Vater abgemagert war, wie wenig noch übrig war von dem kräftigen Mann mit der sonoren lauten Stimme. Die faltige gelbliche Haut gab dem einst energischen Gesicht etwas Weiches. Die früher starken, knochigen Hände fuhren rastlos suchend über die Bettdecke. Plötzlich richtete sich der Kranke auf, er warf den Kopf hin und her, schien etwas zu suchen. Wieder rief er Mali oder Marie, es war nicht zu verstehen. Carl trat nahe zu seinem Vater, nahm ihn fest in die Arme und streichelte ihn, bis Simon Spitzweg ruhig wurde, lächelte, schwer wurde. Carl ließ ihn langsam auf das Bett zurückgleiten, der Vater lag still, um seinen Mund war ein zärtliches Lächeln, wie Carl es noch nie bei ihm gesehen hatte. Sein Gesicht schien jetzt jung, erleichtert, freundlich wie nie.

»Sie alle werden verwandelt werden«, heißt es in Kor. 15, 51. Carl wusste nicht, wieso ihm dieser Vers jetzt einfiel. Doch, er hatte es in einer Osterpredigt gehört, als es um die Auferstehung ging. »Noch ist es nicht offenbar geworden, was wir sein werden.« Auch das hatte Carl behalten, es war aus 1. Johannes 3, 2.

Dass der Vater in diesem Moment gestorben war, musste man Carl nicht erst sagen. Und wie war das nun mit der Auferstehung? Würde der allezeit sehr fromme, arbeitsame Simon Spitzweg auferstehen, oder hatte er Sünden begangen, die ihn dessen unwürdig machten? Der christliche Glaube an die Auferstehung schien Carl schon seit seiner Jugend eine erstaunliche und kühne Vorstellung. Wie sollte das denn passieren, dass alle Gerechten wiederauferstehen? Carl war ganz sicher, dass es dann eine Wirklichkeit geben musste, die in der jetzigen Welt unfassbar und unerreichbar blieb.

Carl fühlte sich fremd und scheu, der Todeskampf des Vaters hatte ihn erschüttert. Wer mochte Mali oder Marie sein, nach der sein Vater gerufen hatte? Carl erkannte, dass er über seinen Vater so gut wie nichts wusste.

Er dachte an seine Mutter. Was hatte sie wohl gespürt, als der Tod kam? Sie war allein gewesen in ihrem Zimmer, ohne einen Menschen, der ihr beistand. Carl spürte, wie sich seine Kehle zuzog. Der Tod der Mutter trat vor das Bild des Vaters, er sah nur noch sie. Mit ihrer ganzen Wärme war die Mutter immer um ihn gewesen, und dann war sie in so unermessliche Tiefen gestürzt, in die er nicht hineinsehen konnte, die alles verschlangen. Die Mutter war in einer Welt, die unendlich war, grenzenlos. War der Vater nun auch dort?

Mutter Crescenz stand am Fenster. »Nun habe ich umsonst nach Philipp Martius geschickt«, sagte sie hilflos. Unvermittelt fragte sie Carl, ob der Vater sich wohl jemals Zeit genommen habe, um aus dem Fenster zu sehen. »Hat er je über die Dächer unseres Viertels hinweggeschaut? Über diese schöne Landschaft von Dächern. Über die Berge, die der Föhn so deutlich ausmalt? Hat er es wirklich genossen, wenn wir im Nationaltheater waren oder im Konzertsaal oder in einer Bilderausstellung? Oder war er in seinen Gedanken immer woanders?«

Carl stand auf und ging zu Crescenz. Er spürte, dass sie durch den Tod des Vaters vielleicht noch niedergeschlagener war als er selbst. Crescenz drehte sich zu ihm, legte die Arme um seinen Hals. »Carl«, flüsterte sie, »wir hatten eine schlechte Ehe, dein Vater und ich. Im Grunde genommen war es überhaupt keine Ehe. Mir ging es nur um dich und deine Brüder. Nicht nur, weil ich es deiner Mutter versprochen hatte. Ich mochte Simon Spitzweg nie. Es hat nicht gestimmt zwischen ihm und Franziska, irgendetwas hat nicht gestimmt. Meine Schwester hat nie darüber gesprochen, aber ich bin mir sicher: Sie ist von ihm zur Ehe gezwungen worden. Ich weiß bis heute nicht, wie.«

Carl wusste nichts zu sagen. Er nahm seine Stiefmutter in die Arme, streichelte sanft ihren Rücken. Der Duft und die Wärme ihres Körpers erinnerten ihn immer an seine Mutter. In seiner Erinnerung würde die Mutter niemals sterben, niemals. Der Raum schien ihm voller flüsternder Stimmen. Es war ein Raunen, ein Lachen, und das Flammenlicht der Kerzen, die Crescentia angezündet hatte, sprang im Raum herum.

Der Posthalter-Großvater war aus Unterpfaffenhofen zur Beerdigung gekommen. Er konnte es nicht fassen, dass er seinem Sohn ins Grab schauen sollte. Er hatte schon hilflos mit ansehen müssen, wie seine Frau gestorben war. Und nun war er wieder dazu verdammt, tatenlos zuzusehen, wie sein Sohn hineingerissen wurde in den Strudel eines zu frühen Todes. Sein erfolgreicher, berühmter Simon würde niemals mehr heimkommen nach Unterpfaffenhofen, den Vater zu besuchen.

Der Blick Großvater Spitzwegs richtete sich auf Carl. Er war der einzige seiner Enkel, in dessen Zügen er nach Ähnlichkeit mit seinem Sohn suchen konnte. Der wurde also Apotheker. Doch es hieß, dass er am liebsten Bilder male. Großvater Spitzweg machten diese Gedanken nicht froh. Maler, die zählten doch nicht. Der Bub musste ja völlig durcheinander sein. Die Mutter tot. Und der Vater jetzt auch. Die Brüder im Ausland. Weit weg. Viel zu weit. Warum mussten sie in Alexandrien sein? In Triest?

Großvater Spitzweg quälte die Angst, dass ihm mit dem Tod seines Sohnes auch die Enkel entgleiten könnten. Er hatte noch weitere Söhne und Töchter, doch keines seiner Kinder hatte es so weit gebracht wie sein Ältester, zu dem er immer eine besonders große Zuneigung verspürt hatte. Und bei keinem hatte er eine so große Schuld auf sich geladen wie bei Simon. Manchmal dachte er an das Mädchen, es hatte fast noch ein Kindergesicht, aus dem verzweifelte Augen ihn anblickten. Hätte er damals seinem Sohn erlauben sollen, die junge Magd zu heiraten? Dann wären die beiden bestimmt in Unterpfaffenhofen geblieben, und alles wäre anders gekommen. Er hatte damals allzu hart gehandelt, nur an sein eigenes Ansehen gedacht. Heute wusste er das. Er hatte die junge Magd vom Hof gejagt. Es war ihm kein Gedanke daran gekommen, dass es sich um sein eigenes Enkelkind handelte, mit dem die Magd schwanger war. Er hatte nur seinen Stand als Posthalter und Wirt gesehen. Die schadenfrohen Gesichter ringsum. Seine Frau war auch gegen Mali aufgebracht gewesen.

Vielleicht ereilte ihn jetzt die Strafe Gottes. Durch seine Hartherzigkeit musste er die Frau und den Sohn so früh hergeben. In seinem Dorf war er allein. Alle, die ihm früher wichtig gewesen waren, deren Anerkennung er haben wollte, sie hatte entweder der Tod geholt, oder sie waren siech und lebten im Austrag. Und seine jüngeren Kinder, die auf den Ältesten immer eifersüchtig gewesen waren, kamen nur zu Besuch, wenn sie Geld von ihm brauchten.

Warum hatte er auf Menschen, die ihm im Grunde fremd waren, Rücksicht genommen?

Kaspar und Franziska Schmutzer bemerkten wohl die Erschütterung des alten Spitzweg. Dass um den früh verstorbenen Schwiegersohn ein Geheimnis war, etwas Dunkles, Unerlöstes, das hatten sie wohl gespürt. Dass sie ihm ihre Tochter Franziska überantwortet hatten, schien ihnen schon bald eine falsche Entscheidung gewesen zu sein. Erst durch die Geburt der Enkelsöhne war ihr schlechtes Gewissen erträglich geworden. Lange Jahre hindurch schien Simon Spitzweg alles zu gelingen. Ihm stand in der Münchner Stadt jede Türe offen. Durch ihn wurden auch die Schmutzers in große Häuser eingeladen. Kaspar Schmutzer hoffte hin und wieder sogar auf einen Orden. Wo er doch so viel spendete. Verdienstorden der Bayerischen Krone. Nobilitierung. Dafür kam zunächst der Schwiegersohn in Frage, aber dann vielleicht auch er, Kaspar Schmutzer. Diesen Traum konnte er heute gleich mit begraben.

Zur Beerdigung erschienen alle. Der Bürgermeister, der Magistrat der Stadt München, Vereinsabordnungen mit ihren Fahnen – es war eine unübersehbare Gemeinde, die sich um das Grab Simon Spitzwegs versammelte. Es hatte geschneit, die ganze Nacht hindurch waren die Flocken gefallen, und der Friedhof war vollkommen zugedeckt von einer dicken Schneeschicht. Selbst das Hufeklappern der Kutschpferde hörte man nur gedämpft.

»Liebe Trauergemeinde«, sagte der junge Pfarrer mit klarer, energischer Stimme. »An einem Tag wie heute könnte man den

Eindruck haben, dass alle Toten in ewiger Nacht liegen bleiben. Dass sie immer tiefer im Schnee versinken. Schiene aber heute die Sonne, ja, dann würden alle Dinge blühen und köstliche Früchte tragen. Das vollbringen die Samenkörner der Ewigkeit und des wahren Lebens.«

Kurz nach dem Jahreswechsel erfuhr Carl, dass auch der Vater des Dichters Heinrich Heine am 28. Dezember verstorben war. Als Erstes hatte der *Hamburgische Correspondent* die Meldung gebracht, dann berichteten alle Zeitungen darüber, wenn auch nur in einem kleinen Artikel. Carl war davon stark berührt. Er dachte wieder an den Sonnentag in Bogenhausen, der für ihn etwas unerfreulich begonnen hatte und dann so hoffnungsvoll zu Ende gegangen war.

Seither war er ein Verehrer Heines. Von Heines kultivierter Sprache war Carl vor allem deshalb gebannt, weil der Dichter es verstand, die Wahrheit lachend zu sagen. Alles, was er schrieb, war lebendig, frisch und ursprünglich, Carl hatte das Gefühl, er wäre Heines Reisebegleiter und sähe alles durch Heines Brille. Er wäre am liebsten nicht nur ein Bewunderer Heinrich Heines gewesen, sondern auch sein ständiger Leser. Aber dafür fehlte ihm einfach die Zeit. Eine Apotheke in Straubing wartete auf ihn, wo er offiziell sein praktisches Jahr abzuleisten hatte. Doch vor allem erhoffte er sich Abstand von München und dem Tod des Vaters. Vielleicht würde viel Arbeit und eine größere Selbständigkeit als in München ihm guttun. Sobald es ging, würde Carl zurückkommen und in München die Universität besuchen.

Carl dachte an seine Brüder. Sie waren vom Tod des Vaters benachrichtigt worden. Simon in Alexandrien würde sich ebenso hilflos fühlen wie Eduard in Triest.

Sowohl in Ägypten als auch in Italien fürchtete man sich derzeit vor der Cholera. Die Cholera war fast so schlimm wie im letzten Jahrhundert die Pest. Zuerst will keiner es glauben, dass es die

Choleraseuche ist. So wie man auch nicht glauben will, dass wieder ein Krieg ausbricht. Gegen beides sind die Menschen gleich wehrlos. Die Symptome der Cholera sind heftige Schmerzen im Hals oder auch im Leib, in den Achselhöhlen, in den Leisten. Dann Erbrechen, hohes Fieber. Bei manchen Patienten breiten sich auf dem Körper schwarze Flecken aus. Im Endstadium verfärbten sich die Kranken, der Mund schwoll grotesk an, die Betroffenen starben unter qualvollen Schmerzen.

Simon hatte offenbar keine Angst vor der Cholera. Zumindest berichtete er in seinen Briefen aus Alexandrien vor allem von den schneeweißen, prunkvollen Villen. »Stell Dir vor«, hatte er geschrieben, »nicht nur wir Münchner haben ein Sendlinger Tor und ein Isartor, hier in Alexandrien haben sie ein Sonnentor und ein Mondtor, verbunden durch einen besseren Wanderpfad, den sie Canopusweg nennen. Und übrigens – der Gründer und Namensgeber der Stadt, Alexander der Große, hat im Jahre 331 vor Christus den Marktplatz und die Hauptverkehrsachsen festgelegt. Hier ist alles Geschichtsunterricht.«

Simon hatte eine Anstellung bei einem Großhändler gefunden, mit dem die Firma Spitzweg schon lange in geschäftlicher Verbindung stand. Die Arbeit war interessant, und er hatte in kurzer Zeit eine leitende Position bekommen. Wegen Faulheit der anderen, wie er Carl erklärte. Er fühlte sich wohl in der Stadt und in seiner Stellung, aber die ständig hohe Luftfeuchtigkeit machte ihm zu schaffen. Regen gab es dagegen kaum, und wenn, dann nur in den Wintermonaten.

»Seit ich das Bild, das Du von mir gemalt hast, hier aufgehängt habe, ist mein Zimmer fast heimatlich geworden«, hatte Simon in seinem ersten Brief aus Alexandrien an Carl geschrieben. »Du hast mich ein wenig verschönt, was auch durchaus nötig ist. Als ich Mutter Crescenz mitgeteilt habe, dass Du mir ein Bild geschickt hast, schrieb sie mir zurück, dass sie fast beleidigt sei. Ich hätte zwei Bilder und sie noch kein einziges, das sei doch wohl nicht gerecht. Vielleicht solltest Du Dir überlegen, was Du für unsere Mutter malen könntest.«

Carl sann tatsächlich darüber nach. Schließlich kam ihm die Idee, die Mutter als Pallas Athene zu malen. Das Vorbild stand im Esszimmer der Großeltern Schmutzer und hatte ihn schon als Kind beschäftigt, weil Pallas Athene ihn an Crescenz erinnert hatte.

14

In seinem ganzen Leben hatte Carl sich noch nicht so malträtiert gefühlt. Er wusste nicht mehr, welche Seite seines Hinterteils stärker beschädigt war. Er war jetzt den dritten Tag verurteilt, tatenlos in einem dunklen, stinkenden, mühsam dahinholpernden Kasten zu sitzen. Der einzige Trost war, dass nach Auskunft des Postillions die heutige Tortur gegen Mittag beendet sein würde.

Und zwar mit der halbwegs planmäßigen Ankunft in Straubing. Na ja, einen Lichtblick gab es schon jetzt. Genauer gesagt, zwei Lichtblicke. Statt der lärmenden und oftmals auch stinkenden Mitreisenden, denen er in den vergangenen beiden Tagen ausgeliefert gewesen war, hatten heute Morgen eine Mutter mit zwei gutgelaunten Töchtern die Kutsche erklettert. Die drei brachten einen ausgesprochen frühlingshaften Duft in die Kutsche. Carl tippte auf Lavendel und Rosenwasser. Es bestand also Hoffnung für ihn, dass die letzten Stunden der Fahrt unterhaltsamer sein würden als bisher. Das Schönste für Carl wäre, die Damen hätten dasselbe Ziel wie er. Dann würde er schon jemanden kennen in Straubing.

Wie auch immer. Er freute sich auf die Stadt. Zuerst würde er die Klosterkirche aufsuchen. Das hatte er Crescenz versprochen, die ihm vorgeschwärmt hatte: »Da gibt es einen Engel, den Egid Quirin Asam geschaffen hat – so einen lebensfrohen Engel hast du noch nie gesehen. Den möchte man küssen! Und danach musst du unbedingt nach Rohr, in die Klosterkirche, da schwebt

Maria zum Himmel empor. Raffiniert. Die vollkommene Illusion! Spätestens hier hat Asam gezeigt, dass er ein Genie ist. Die Maria ist, glaube ich, ein Meisterstück.«

Crescenz wollte oft gar nicht mehr aufhören, Carl von den Asam-Brüdern und ihren Meisterwerken zu berichten. Als Schülerin hatte Crescenz mit den Armen Schulschwestern eine Studienreise zu den Kirchen der Brüder Asam gemacht. Seitdem war sie vernarrt in Asamklöster und -kirchen. Eine der schönsten gab es in München, in der Sendlinger Gasse, wo die Familie Spitzweg oft den Gottesdienst besuchte. Natürlich waren sie auch im Dom zu Unserer Lieben Frau zu finden, der nur wenige Schritte weit entfernt war. Auch in die St.-Peters-Kirche, in der die Brüder getauft worden waren, ging die Familie gern. Aber die Asamkirche, die dem heiligen Johann Nepomuk geweiht war, galt allen als etwas Besonderes.

Carl zog ein Blatt aus seiner Reisetasche, das Crescenz ihm mitgegeben hatte. Darauf war eine Art Landkarte zu sehen, auf der die Orte in der Nähe von Straubing aufgeführt waren, wo die Brüder Asam Kirchen und Klöster gebaut und ausgestattet hatten. Wenn er die alle besuchen wollte, dann wäre er ständig unterwegs. Das würde seinem Prinzipal in der Löwen-Apotheke bestimmt nicht gefallen. Und seit die drei Damen mit ihm in der Kutsche saßen, wurde es Carl klar, dass er am meisten auf die Menschen in Straubing gespannt war.

Die Mutter der beiden Mädchen hatte eine Art Notizbuch auf den Knien, obwohl die Kutsche gewaltig rumpelte. Wenn sie mühsam und konzentriert etwas hineinschrieb, sah das blonde Mädchen mit offenem Lächeln zu Carl hin. Die Schwester, eine zierliche Brünette, sah den Blick und zog die Mundwinkel herab. Daraufhin schenkte ihr Carl sein strahlendstes Lächeln, und augenblicklich bewegten sich die Mundwinkel der Brünetten nach oben. Ihr Lächeln, kurz aufgeblitzt und wieder verschwunden, hatte gezeigt, dass sie so hübsch war wie ihre Schwester. Wenn sie das wollte. Carl hatte sich schon für die Blonde entschieden, die jetzt aus dem Fenster sah, wo die Bäume sich in einem sanften Wind wiegten und das flache Land sich grün und braun dehnte.

Mutter Crescenz hatte ihm aufgetragen, sich unter den Töchtern der guten Familien umzusehen. »Dort im Gäuboden gibt es gute reiche Familien, deren Töchter vom Stand her durchaus für dich in Frage kämen. Hier in München scheint es ja keine zu geben, die deinen Wünschen entspricht. Und Simon wird sich nicht so leichttun, unter all den Ägypterinnen oder Türkinnen eine passende Frau zu finden. Unser Eduard hat ja noch ein wenig Zeit mit der Brautwerbung. Aber du, mein lieber Carl, solltest dich endlich mal mit dem Gedanken an eine Ehe befreunden.«

Ohne nachzudenken, hatte Carl gerufen: »Lieben – ja! Heiraten – nie!«

Crescenz hatte ihn überrascht angesehen. Plötzlich lachte sie laut heraus, und Carl stimmte mit ein. Sie lagen sich in den Armen. Als Crescentia sich von ihm löste, spürte Carl einen kleinen Kuss auf seiner Wange. Dass ausgerechnet seine Stiefmutter, als Ehefrau ein eher ungewöhnliches Exemplar, ihm zum Heiraten riet!

Im Grunde hatte Carl nur drei Ehepaare näher kennengelernt. Die Posthalter-Großeltern in Pfaffenhofen, die Großeltern Schmutzer und natürlich die Ehen seiner Mutter und Crescenz mit Vater Spitzweg. Hätte Carl auf eine dieser Verbindungen Lust gehabt? Ihm fiel auf, dass alle diese Eheleute schon alt waren und ihr Leben fast hinter sich hatten. Diese Ehen waren offenbar nicht im Himmel geschlossen worden.

Die Posthalter-Großmutter war von schlichter Art gewesen. Sie hatte nur den Elementarunterricht erhalten. Obwohl sie einiges an Geld in die Ehe gebracht hatte, spürte sie sehr wohl, dass der Großvater sie nicht besser behandelte als die Dienstboten. Daher war der Ton zwischen den Posthalter-Großeltern ständig gereizt gewesen. Eigentlich knurrten sie sich nur an. Carl und seine Brüder waren aber in den Ferien trotzdem gern in Pfaffenhofen, denn ohneeinander waren die Großeltern sehr liebenswert. Saßen die Brüder in der Stube bei der Großmutter, entwickelte sie überraschenden Witz und erzählte den Enkeln Geschichten aus ihrer Welt, die recht lustig waren – aber jäh endeten, wenn der Großvater in die Stube trat. Der holte die Enkel ab zu Kutschfahrten, zeigte ihnen geduldig, wie man mit Pferd und Kutsche umging. Jeder durfte kutschieren.

Zwei anziehende Menschen also. War die Institution Ehe schuld, dass die Posthalter-Großeltern nicht miteinander auskamen? Hätten sie andere Partner gebraucht? Bei den Großeltern Schmutzer dagegen gab es nie Streit. Sie sprachen höflich und freundlich miteinander, jeder lebte offenbar sein Leben, an dem der andere wenig teilhatte. So konnte Carl sich seine Zukunft ebenso wenig vorstellen. Und die Ehe seines Vaters mit Crescenz? Carl wollte lieber nicht zu lange darüber nachdenken. Auch nicht über die Ehe seiner Mutter mit dem Vater. Es gab Dinge, an die rührte man besser nicht.

Er würde das alles für eine Zeitlang hinter sich lassen. In München kannte er jede Ecke, jede Straße und all die Häuser, die alten wie die neuen. Auch seine Münchner Menschen kannte er lange genug. Straubing dagegen, die alte Herzogsstadt an der Donau, würde eine neue Welt sein für ihn.

Die Kutsche konnte einem wahrhaftig tiefsinnige Gedanken austreiben. Die Straße wies so viele Löcher und Bodenwellen auf, dass alle Reisenden regelrecht durcheinandergeschüttelt wurden. Carl profitierte unerwartet davon, als in einer Kurve plötzlich das blonde Mädchen gegen ihn geschleudert wurde. Nur zu gern hielt Carl sie fest. Kein Zweifel, der Rosenwasserduft kam von ihr.

Carl spürte, jetzt war die Zeit der jungen Leute. Er hätte so fröhlich pfeifen können wie die Vögel in der Luft. Vielleicht war die Hauptstadt des Gäubodens sogar ein Ort der Lebensfreude.

Die Mutter der beiden Mädchen zog wortlos ihre blonde Tochter von Carls Schoß und wies ihr den Platz an ihrer Seite an. Dann nahm sie Carl ins Gebet: Ob er denn nach Straubing wolle und was er dort anzufangen gedenke. Carl erklärte es ihr, dachte dabei aber daran, wie der Körper des blonden Mädchens gegen den seinen gedrückt worden war. Die Mutter, früher Lehrerin, informierte Carl jetzt liebenswürdig darüber, dass die Donauebene einen fruchtbaren Lössboden habe. Es wüchsen dort alle Getreidesorten, auch Kartoffeln, Zuckerrüben und alle nur denkbaren Gemüsesorten und Pflanzen. Ein Chronist hätte gar von einem ununterbrochenen Kornfeld gesprochen, das sich von Straubing nach Regensburg hin erstrecke. Es gebe dort Bauern so stolz wie Könige. Die Witterung sei meistens mild, und Niederschläge seien selten. »Nur im Frühjahr und Herbst, da kann es Nebel geben bei uns, dichten Nebel, besonders an der Donau. Aber die ist dann völlig verzaubert und fließt geheimnisvoll dahin. Manchmal machen wir dort lange Spaziergänge.«

Das konnte Carl sich gut vorstellen. Mit Sicherheit mussten dann alle die Bäume bestimmen, die Vögel und Gräser. Da würde Carl es mit der Mutter Lehrerin aufnehmen. Entweder würde es ihr imponieren und er bekäme Familienanschluss, oder –

»Straubing ist auf jeden Fall ein Ort der Geselligkeit«, unterbrach die Dame seine Gedanken. Man führe dort sogar Theaterstücke auf, und jeder könne dabei mittun.

Carl, der Opernaufführungen liebte und regelmäßig ins Theater ging, hatte sich darauf gefasst gemacht, in Straubing davon nichts vorzufinden. Umso mehr freute er sich, dass es dort offenbar auch kulturelles Leben gab. Er würde ja sehen. Auf jeden Fall wollte er Eduard bitten, ihm aus Triest italienische Hosen und Röcke zu schicken. Solche, die man hierzulande nicht so leicht bekam. Er hatte gehört, dass die derzeit in Straubing Mode seien. Da es noch kalt war, hatte er eher winterliche Gewänder eingepackt, die seine Reisetasche schnell überfüllten.

Bei seiner Abreise in München war er um sechs Uhr früh aufgestanden, um die Postkutsche zu erreichen. Ihm war, als hätte er die Nacht durchzecht. Sein Kopf fühlte sich schwer an, und nichts schien an seinem Platz. Stunde um Stunde hatte er auf die Uhr geschaut. Der Schlaf hatte nicht kommen wollen. Fast war

Carl froh gewesen, als es Zeit war, aufzustehen. Vor dem Spiegel streckte er sich die Zunge heraus. Er fand sich hässlich. Die Augen waren rot gerändert und schienen ihm kleiner als sonst. Die Augen eines Vogels. Seine neue Brille gefiel ihm auch nicht. Der Bügel über der Nase ließ ihn wie eine studierte Eule aussehen. Vielleicht sollte er den Schnauzbart doch wieder abrasieren. Zu blöd. Carl hatte sich die Haare ins Gesicht gekämmt. Unter dem Kinn, über dem weißen Hemdkragen, band er sich die seidene schwarze Kinnkrawatte zum Knoten und ließ die Enden nach beiden Seiten herausstehen, wie es bei Hofe getragen wurde.

Das größere Gepäck hatte er bereits vor Reisebeginn einem Paketwagen mitgegeben. Er hatte nur die Reisetasche aus Leder dabei, die Mutter Crescenz ihm an Weihnachten geschenkt hatte. Diese Tasche war eine wundervolle Arbeit. Der Ledersack schimmerte vom hellsten bis zum tiefsten Blau und war an einem starken silbernen Bügel befestigt. Carl hätte seine Tasche am liebsten auch auf den Abtritt mitgenommen, so wertvoll war sie ihm.

Mit einem Mal war ihm beklommen zumute. Sein Leben lang, immerhin einundzwanzig Jahre, hatte er in München verbracht. Wollte ein gebildeter Mensch in Bayern Karriere machen, dann ging er nach München. Oder? Auf keinen Fall ging er freiwillig von München nach Niederbayern. Überdies war München vor zwei Jahren Universitätsstadt geworden. König Ludwig I. hatte die Hochschule, die seinen Namen und den seines Vaters trug, von Landshut nach München geholt.

Dann wieder überlegte Carl, ob man seinen Beruf nicht auch in kleineren Städten oder in einem Dorf ausüben konnte. Aber ist nicht in jedem Dorf, in jeder kleinen Stadt die Welt ein wenig vernagelt? Er fürchtete, dass er in Straubing bequem werden könnte. In München musste man ein rasches Mundwerk haben, um von den Geistern aus dem Norden nicht über den Haufen geredet zu werden. Und hätte Carl nicht jeden Winkel seiner Münchner Stadt gekannt, wären ihm nicht die Strecken der Postkutschen geläufig gewesen, er hätte unmöglich die hohen Anforderungen seines Lehrherrn, des Doktor Pettenkofer, erfüllen können. Der war ein heller Kopf, und man musste jederzeit höllisch aufpassen, damit er nichts zu reklamieren hatte. Auch seine Arbeiten in der Apotheke – alles musste rasch gehen. Schließlich mochten die wirklich Kranken in der Residenz, und vor allem die eingebildeten, nicht lange warten. Die Medizin musste frisch sein, die Mixturen, die gerührten Salben. Zermörserte Drogen waren besonders empfindlich, sie mussten sofort verarbeitet werden.

Carls Leben in München war rastlos, zeitraubend und anstrengend gewesen. Nur selten konnte er sich zurückziehen und sich seiner geliebten Malerei widmen. Es gehörte zur Ausbildung, in einer anderen Stadt als Provisor zu arbeiten, und auf eine Empfehlung hin hatte Carl die Löwen-Apotheke in Straubing gewählt. Er stellte sich vor, dass er hier, ohne die überbordende Arbeit in der Residenzapotheke, endlich Zeit für seine Malerei finden könnte.

Seit dem Tod des Vaters fühlte Carl sich frei. Als ihm zu Bewusstsein gekommen war, dass es niemanden mehr gab, der ihm ernsthaft den Hang zur Malerei verübeln konnte, hatte er tief durchgeatmet. In Straubing würde er zeichnen, alles, was ihn beeindruckte, und er würde kein schlechtes Gewissen mehr haben. Nie mehr an der Verachtung des Vaters verzweifeln. Sein Tadel hatte ihn bis in die Tiefen seines Herzens verunsichert.

In Landshut hatte Carl umsteigen können in einen Eilwagen nach Dingolfing. Bis zur Abfahrt der Kutsche hatte er Zeit gehabt, sich in der früheren Hauptstadt Bayerns umzuschauen und die steifen Beine zu lockern. Die alte gotische Stadt mit ihren spitzgiebeligen Häusern zwischen Heiliggeist an der Isarseite und St. Martin am Burgberg gelegen, erinnerte ihn an Sonntage mit der Familie, wenn sie in Landshut zu Besuch bei einer Schmutzer-Tante waren. Carl und seine Brüder hatten den Turm von St. Martin bewundert, der über 130 Meter hoch war, der größte aller Backsteintürme. Für Carl war die Rosenkranzmadonna des berühmten Bildhauers Hans Leinberger am rechten Seitenaltar des Münsters mindestens ebenso staunenswert gewesen, und er hatte sie sich auch heute wieder angesehen. Wo gab es so einen verwegenen Faltenwurf aus Holz, ein derart bauschig wirkendes, faltenreiches Gewand! Ob er diese Üppigkeit des Stoffes auch würde malen können, fragte sich Carl.

Alles, alles wollte er malen, und zwar genauso schön, wie er es sah. Er wollte auch die Landschaft festhalten, durch die er soeben fuhr. Felder dehnten sich aus und vereinigten sich übergangslos mit großen Waldstücken.

»Gut, dass wir nicht auf einem Einödhof leben müssen«, sagte gerade die Brünette.

»Dabei haben sie ja durchaus etwas Heimatliches, Heimeliges, aber dort wartet harte Arbeit. Man braucht viele Dienstboten«, mischte sich die Mutter ein.

Carl gefiel die Dame. Sie kannte sich aus und hatte etwas zu sagen. Gerade erklärte sie, dass die Bauern im angrenzenden Bayerischen Wald oftmals in großer Armut lebten. Die Glashütten, die im Wald Tradition hatten, verdienten nichts mehr.

Die Dame legte Carl jetzt leicht ihre Hand auf den Arm. Sie schaute ihn eindringlich an, und Carl spürte, dass dieses Thema sie intensiv beschäftigte. »Die Armut auf dem Land, vor allem die der Glasbläser, rührt daher, dass die reichen Klöster und die Wallfahrtskirchen die prächtigen, mundgeblasenen Gläser nicht mehr kaufen, denn durch die Säkularisation sind viele Kirchen und Klöster verwüstet worden, die Mönche und Nonnen verjagt.«

»Ich habe in der Schule viel darüber gehört«, sagte Carl höflich. »Die Säkularisation hat ja schon lange vor meiner Geburt eingesetzt, aber die Spuren sind noch sichtbar, hier genauso wie in München. Umso mehr freue ich mich, dass ich unterwegs so viele Kirchtürme gesehen habe.«

Die Lehrerin blickte Carl etwas irritiert an. Sie hätte ihm gern noch einige wichtige Zusammenhänge erklärt. Aber dieser junge Mann war im Grund wie ihre Töchter. Nur die Oberfläche war interessant, wenn überhaupt, aber Einzelheiten hielten die jungen Menschen für langweilig. Gut, dass sie nicht mehr Lehrerin sein musste.

Carl fragte sich, ob die Menschen in Straubing immer noch unter der Säkularisierung litten. Niederbayern war fromm, äußerst katholisch. Wie die Familie Spitzweg. Wie Carl? Er hatte sich noch nie gefragt, ob er selbst ein frommer Katholik sei. Glaubte er an Gott? Früher, als er ein Kind war, gab es für ihn in der Kirche oder beim abendlichen Beten eher eine Unsicherheit, eine Dunkelheit um Gott, die ihn mit Bangen erfüllt hatte. Wenn es donnerte und blitzte, hatte er geglaubt, dass Gott jetzt im Himmel wütend herumpolterte, weil die Menschen böse waren. Für ihn war um Gott etwas Unberechenbares. Wunderbar sind Gottes Werke, so hatte er es gelernt, Gottes Ratschlüsse sind es auch.

Sein Bruder Simon war in Glaubensfragen immer praktisch gewesen. Als kleine Kinder hatten sie einmal mit der Mutter zur Nacht gebetet. Als die Großmutter später dazukam und sich still zu den Betenden setzte, sagte Simon lapidar: »Brauchst du was, Großmutter, wir beten gerade.«

Simon. Carl hatte ihn sich schon oft herbeigewünscht. Jetzt sehnte er sich nach ihm. Nach seinem Witz, nach seiner Art, die Dinge zuerst einmal nicht ernst zu nehmen. Erst nach Simons Abreise nach Alexandrien war ihm klar geworden, dass es sein Bruder gewesen war, der ihm im Elternhaus eine gewisse Geborgenheit gegeben hatte, die er nirgends sonst spürte.

Carl hätte gern gewusst, ob Simon auch so oft an ihn dachte. Wer wusste schon, welche Gefahren in Straubing und in der Löwen-Apotheke auf ihn warteten. Da hätte er den Bruder lieber in der Nähe gehabt.

In der Kutsche hatte Carl allerdings gerade einen Blick aufgefangen, der ihn endgültig wieder ins Hier und Jetzt brachte.

Das war höchste Zeit, denn der Eilwagen fuhr gerade rasselnd auf den Straubinger Ludwigsplatz und hielt nicht weit von der Löwen-Apotheke. Carl musste hastig seine Tasche und den Mantel an sich raffen, denn er war damit beschäftigt gewesen, eine geistreiche Antwort auf den Blick zu finden, der ihn gerade getroffen hatte. Doch die Damen stiegen ebenfalls aus, und Carl sah wieder ein Aufblitzen in den Augen des blonden Mädchens. Die waren von einem seltenen Grau, das ihm ausnehmend gut gefiel.

Die Damen wurden an der Kutsche vom Hausknecht abgeholt, der ihr Gepäck auf einen Leiterwagen lud.

Jetzt musste er sich beeilen, wenn er nichts versäumen wollte. Er wandte sich der Mutter zu und bedankte sich bei ihr für die liebenswürdige Reisegesellschaft. »Ich würde mich sehr freuen, wenn Sie mich gelegentlich in der Löwen-Apotheke aufsuchen würden.«

Carl sah sich um auf dem breiten, langgestreckten Platz, auf dem der Markt schon in vollem Gange war. Die Kutsche musste durch das Ludwigstor gefahren sein, leider unbemerkt von Carl, der Wichtigeres zu tun gehabt hatte, als aus der Kutsche heraus die Stadt zu betrachten. Das konnte er jetzt nachholen. Er wusste von seinen Studien her, dass der Stadtplatz oder Marktplatz das Herz Straubings war.

Einst waren der Kronprinz Ludwig und seine Braut Therese von Sachsen-Hildburghausen durch Straubing gereist und hatten die Stadt gelobt wegen ihrer Sauberkeit und der prächtigen Häuser, die den Marktplatz säumten. Das königliche Paar wurde von den Straubingern sehr verehrt, und als die Hoheiten leibhaftig in der Stadt Station machten, als sie so liebenswürdig über das Stadtbild sprachen, wurde beschlossen, das Untere Tor »Ludwigstor« zu nennen. Der obere und der untere Stadtplatz erhielten die Namen Ludwigsplatz und Theresienplatz.

Carl wurde an die Schranne erinnert, denn auch hier wimmelte es von Kaufleuten, Handwerkern und vor allem Bauern, die ihre Waren anboten. Auffallend viele Getreidesäcke wurden auf Schubkarren oder auf den Schultern transportiert. Bauern und Kaufleute feilschten um den Preis. Soldaten, beritten oder zu Fuß, wachten auch hier über Sitte und Ordnung.

Carls Blick wurde magisch angezogen von einem ungewöhnlich hohen, alle Bauten überragenden Turm. Das musste der Stadtturm sein, von dem ein Cousin so respektvoll gesprochen hatte. Carl schätzte, dass dieser gotische Turm mit fünf Spitzen mindestens siebzig Meter hoch sein müsse. Ein Riesentrumm. Es war, als schaute er selbstbewusst und ein wenig hochmütig auf Carl herab.

Im mittleren Turm konnte man den Wachgang und die Glockenstube erkennen. Von hier aus hatte man gewiss einen grandiosen Blick auf die gesamte Stadtanlage, auf die Donau, den Gäuboden und weit in den Bayerischen Wald hinein. Der Türmer brauchte diesen Blick, denn er musste darauf achten, ob in irgendeiner Ecke der Stadt Feuer ausbrach, er musste ein Signal geben, wenn mehrere Reiter sich der Stadt näherten oder wenn ein Schiff auf der Donau in Sichtweite war.

Carl hatte große Lust, die Stadt genauer zu erforschen. Die Bauten, die den Turm umgaben, beherbergten die Ratstrinkstube, die Stadtwaage und die Stadtwache. Es gab ein Brothaus und noch andere Ladengeschäfte. Und wahrhaftig einen Theatersaal. Das interessierte Carl am allermeisten.

Diese Dinge mussten jedoch noch warten. Jetzt hieß es erst einmal, sich in der Apotheke vorzustellen. Die Adresse war Ludwigsplatz 11, und nach wenigen Schritten stand Carl vor seiner neuen Wirkungsstätte. Ein Hausbursche sperrte gerade die zweiflügelige Tür auf, die einen hohen Torbogen verschloss. Die Tür war aus Metall und mit einer mattblauen Farbe gestrichen. Unbemerkt spähte Carl durch das Tor in einen großen Hof, von dem Treppen hinaufführten, wahrscheinlich zu der Wohnung des Apothekers. Durch die beiden Eingangstüren sah er schon Kunden ein und aus gehen. Zeit für mulmige Gefühle hatte er gottlob nicht mehr, die hatten ihm die Damen in der Kutsche schon vertrieben, und der Anblick des lebhaften Marktes hob Carls Laune beträchtlich. Entschlossen trat er in die Offizin ein, die ihn sofort mit einem vertrauten Geruch willkommen hieß.

15

In München war er freigesprochen worden. Sein Prinzipal Pettenkofer hatte ihm ein derart gutes Zeugnis ausgestellt, wie Carl es niemals erwartet hatte. Er war nun Provisor und wollte sich zunächst einen Überblick über seinen Arbeitsbereich verschaffen. Auf den ersten Blick unterschied sich die Löwen-Apotheke nicht allzu sehr von der Residenzapotheke. Es gab dieselben lateinischen Inschriften auf den Standgefäßen, dieselben Manuale, Carl sah die Pharmacopoea Borussica, die er von München her kannte. Er hatte keine Probleme damit, die Rezepte der Ärzte zu verstehen. Sein Prinzipal hatte ihm gesagt, es sei seine Hauptaufgabe, sich um die Verschreibungen zu kümmern, und er solle die Lehrlinge nur fest bei der Hand nehmen. Besonders Tilman.

Also zeigte Carl dem Tilman und seinem Kollegen, wie sie mit Stößel und Mörser umzugehen hatten. Sie mussten unter seiner Aufsicht Pillen anfertigen, medizinische Pflaster bestreichen, die unterschiedlichen Tiegel beschriften, die Flaschen und Dosen.

Tilman nahm die nächste Gelegenheit wahr, dem neuen Provisor von seinem großen Anliegen zu erzählen. Das war nämlich nicht die Ausbildung zum Provisor, sondern die Geschichte vom Mord an der schönen Herzogin Agnes Bernauer, der sich vor langer Zeit in Straubing zugetragen hatte.

»Du willst doch nicht behaupten, dass der alte Herzog die Ehefrau seines Sohnes hat ertränken lassen?« Carl sah den Lehrling ungläubig an, doch der schaute rasch um sich, ob der Provisor oder gar der Prinzipal in der Nähe wären, und dann sagte er, es sei alles wahr und noch viel schrecklicher gewesen. »Und ich kann's beweisen. Ich kann dir alles zeigen. Alles.«

Der Prinzipal Franz Xaver Attenhauser, unterer Stadtapotheker zum Löwen, der lediglich mehrmals am Tage in der Offizin nach dem Rechten schaute, selber aber nicht Hand anlegte, musterte Carl und Tilman mit strengem Blick. Wenn er sich auch nicht allzu viel oder eigentlich gar nicht um seine Apotheke kümmerte, genau genommen die Arbeit seinen Gehilfen und Lehrlingen überließ, vertrug er es schlecht, seine Leute miteinander plaudern zu sehen. Carl setzte sein Dienstgesicht auf und erklärte, dass er den Lehrling Tilman in den Arzneikeller einweisen wolle, damit er die Fette, Salben, Öle und alle anderen Flüssigkeiten kennenlerne. Selbstverständlich würden bei dieser Gelegenheit alle Substanzen geprüft und schriftlich festgehalten. Nach der Tischzeit wolle er den Lehrling mit der Arbeit auf dem Trockenboden vertraut machen. Es seien jede Menge frischer Kräuter geliefert worden, die inspiziert werden müssten.

»Wohl, wohl. Ihre Empfehlung aus München war vielversprechend und scheint sich zu bestätigen. Und du, Tilman, nimmst dir ein Beispiel.«

Der Prinzipal ging zur Treppe, schickte noch einmal einen mahnenden Blick zum Rezepturtisch, an dem der erste Provisor und ein weiterer Lehrling arbeiteten. Dann ging er wieder die steile Treppe hinauf in seine Wohnräume, die behaglich waren und reich ausgestattet. Attenhauser sah aber offensichtlich keine Notwendigkeit, die Zimmer seiner Gehilfen ebenfalls angenehm zu gestalten. Carl hatte noch Glück. Sein Zimmer war geräumig, und das Bett krachte erst nach einigen Wochen unter ihm zusammen. Die anderen Gehilfen mussten sich mit muffigen kleinen Kammern und Strohsäcken zufriedengeben.

Der Provisor war ein kümmerliches Männchen, von dem es hieß, dass er einen Versuch gemacht habe, sich in der Donau zu ertränken. Wegen unerfüllter Liebe, tuschelte man. Er war gerettet worden, nahm das aber offenbar nicht zum Anlass, sein neugeschenktes Leben zu genießen. Er widersprach ständig, ihm missfiel alles. Carl hatte das in der ersten Zeit interessant gefunden, doch bald hatte es ihn gelangweilt, denn er merkte, dass der Provisor offenbar Freude am Intrigieren hatte.

Carl war froh, dass ihm aufgetragen war, Tilman anzulernen. Tilman war ein hübscher Junge aus bestem Hause in Bamberg. Seine Eltern hatten dort eine eigene Apotheke.

»Die solltest du mal sehen, Carl, unsere Hofapotheke. Mein Vater ist nicht so beschränkt wie unser Prinzipal. Er sitzt an einem erhöhten Arbeitsplatz und kann alles überprüfen. Die Arzneiherstellung und überhaupt alles, was die Lehrlinge, die Gesellen oder der angestellte Apotheker so treiben.«

Carl lachte. »Wahrscheinlich wolltest du deshalb deine Lehre nicht daheim machen.« Sein Vater habe das auch nicht gewollt, meinte Tilman. Nach der Lehre werde er auch zuerst einmal studieren. »Dann haben wir ja die gleichen Pläne«, verkündete Carl, und Tilman sagte, er sei verdammt froh, dass Carl in die Löwen-Apotheke gekommen sei. »Vorher war die Stimmung ziemlich mies. Ich hatte schon Fluchtgedanken.«

Ein würziger Duft empfing die beiden auf dem Dachboden. Dicke Balken und Verstrebungen bestimmten die Decke des großen Raumes. Überall waren Stricke gezogen, auf denen die unterschiedlichsten Wurzeln aufgehängt waren. Hölzerne Kästen und Fässer enthielten Vegetabilien, deren Namen gut leserlich außen notiert werden mussten. Carl dachte an die Münchner Residenzapotheke. Dort hatte es ebenfalls einen Kräuterboden gegeben, einen Wurzelboden und einen Blumenboden. Die Fette und Öle, der Honig und die Liköre wurden in dem großen kühlen Kellergewölbe aufbewahrt.

Wenn Prinzipal Attenhauser verreist war, und das war er oft, dann zeichnete Carl auf dem Kräuterboden die Pflanzen: Knabenkraut, Aloe vera, Arnika und Kampferbaum, Tamarinde und Baldrian. Seine Pflanzenstudien mit Martius, ihre botanischen Fußreisen ins südliche bayerische Gebirge wurden wieder vor seinen Augen lebendig. Damals hatte er schon Blattstudien gemacht von Tausendgüldenkraut, Schöllkraut, Jesuitentee und so weiter. Carl seufzte. Sein Kopf schien ihm vollgestopft mit lateinischen Namen von Heilpflanzen, die zur Herstellung von Arzneimitteln gesammelt wurden.

Bei Dienstschluss am Abend liefen Carl und Tilman zum Schloss, zum Turm, der gemauert war und von Zinnen gekrönt. Carl brauchte gar nicht zu fragen, Tilman musste sofort die Geschichte der Agnes Bernauerin loswerden. »Hierhin hat man die Bernauerin verschleppt«, sagte er heftig, und seine vollen Lippen wurden schmal. »Hier musste sie hinter Schloss und Riegel sitzen, und dann hat Herzog Ernst ihr einen kurzen Prozess gemacht und sie zum Tode verurteilt. Zum Tod durch Ertränken. Ich sag dir, das war ein richtiger Hexenprozess. Alles erstunken und erlogen.«

»Wo war denn ihr Ehemann, der Herzog Albrecht? Der hat sich das doch wohl nicht gefallen lassen.«

»Die waren so abgefeimt, das kannst du dir nicht vorstellen. Sie haben Herzog Albrecht zu einer großen Jagd nach Landshut gelockt. Als er von dem Prozess erfahren hat, kam er zurück, doch da hatten sie seine Frau schon umgebracht.«

Tilman sah Carl erwartungsvoll an, sodass der fast verlegen war, weil er sich für die Geschichte nicht so recht erwärmen konnte. Carl verstand nicht ganz, warum Tilman nach so langer Zeit rote Ohren bekam, wenn er von der Bernauerin sprach. Er hatte berichtet, dass man sie im Oktober 1435 umgebracht habe, das war vierhundert Jahre her. Wen interessierte das heute noch? Doch Tilman erklärte ihm, dass viele Straubinger, und nicht nur die Frauen, wütend und traurig wären, dass der Herzog Ernst seine Schwiegertochter hatte umbringen lassen. »Die Leute haben sie geliebt. Agnes hat den Armen Essen gegeben und Geld und Kleider. Für viele Straubinger ist sie immer noch der Engel von Augsburg. Sie hat auch den Herzog Albrecht beeinflusst, sodass er gewillt war, den Armen mehr Rechte zu geben. Wenn sie Herzogin geblieben wäre, hätten die Straubinger ein leichteres Leben gehabt.

Das hat natürlich vielen Leuten nicht gefallen. Vor allem den Herzoglichen nicht. Sie haben die Agnes eine Badhure geheißen, eine Hexe, dabei soll sie sehr schön und vor allen Dingen unbescholten gewesen sein.«

Carl dachte, dass es immer wieder dasselbe sei. Wer der Macht eines Fürsten im Wege steht, den erschlägt er. Dafür hatte die Geschichte Beispiele genug.

Er ging mit Tilman zum Fluss hinunter. Tilman zeigte nach Osten, wo Carl zwei Türme stehen sah. »Da hinüber ging Agnes ihren letzten Weg«, sagte Tilman anklagend, und diesmal ging Carl mit.

Vorsichtig tasteten sie sich die Treppe hinunter, die nass und bemoost war und verdammt rutschig. Am Uferpfad in Höhe der Brücke bildete der Strom immer wieder Strudel, das Wasser schwappte auf moosige Uferplatten hinauf und wieder zurück.

Sie kamen an eine hölzerne Brücke. »Hier, genau hier war es«, sagte Tilman leise, und Carl stellte sich vor, wie ein Henker die junge hilflose Frau ins Wasser stieß. Der Gedanke bedrückte ihn jetzt doch. Obwohl das alles schon so lange her war.

Tilman und Carl stellten fest, dass sie beide nach dem Dienst in der Apotheke gern Leib und Seele auslüfteten. Sie machten Ausflüge in die Umgebung. Und während Tilman, nach kurzer Wanderung schon hungrig und durstig, nach den gemütlichsten Gasthäusern ausschaute, betrachtete Carl die Linien der bewaldeten Hügel, die sich in der Ferne verloren. Er machte sich Skizzen von abgestorbenen Baumriesen im Hochwald, deren Skelette die Äste wie um Hilfe rufend hochreckten. Umgeworfene Hochsitze, von Farn überwuchert, verdämmerten die Wildwechsel. Im Hopfenanbauland sahen sie im Dunst des frühen Abends die theatralische Schönheit der Kletterstangen für den Hopfen. Die Donau zeigte immer wieder ein neues verzaubertes Gesicht: durch das Spiel der Sonne auf ihrem Wasser oder wenn Nebel sich wie mit spinnwebfeinen Tüchern über die Ufer legte.

Aber auch die kleinen niederbayerischen Städte faszinierten Carl, sodass er sein Skizzenbuch gar nicht mehr aus der Hand legen wollte. Die schmalen Gassen, die Erker, die kleinen blumengeschmückten Plätze, die Bayerwaldhäuser aus graugewordenem unbehandeltem Holz. Anders als in den großen Stadten mit ihren Palästen sah Carl hier Bauernhäuser ohne Schnitzwerk und Ornament, die trotzdem von einer lakonischen Schönheit waren. Form und Funktion waren eins.

Er wollte am liebsten nur noch malen. Malen. Malen. Solche Lust hatte er darauf, dass ihm die Löwen-Apotheke bald wie ein Gefängnis vorkam.

Einige Tage nach seiner Ankunft in Straubing waren tatsächlich die beiden jungen Damen, die er in der Kutsche kennengelernt hatte, in die Apotheke gekommen. Der erste Provisor sprang sofort hinzu und umgab die beiden mit einer Geschäftigkeit, dass sein blasses Gesicht rot anlief und die Ohren zu glühen begannen. Carl sah aus den Augenwinkeln seinem Kollegen zu. Er gönnte ihm die Freude. Carl stellte überrascht fest, dass die Apotheke plötzlich einen Anschein von Jugend und Schönheit hatte. Die jungen Frauen brachten so viel Fröhlichkeit und Helligkeit herein wie niemand bisher. Carl hatte sie als sehr erfreulich in Erinnerung, aber erst jetzt sah er, dass die Blondhaarige, die ihm am besten gefallen hatte, wirklich auffallend schön war. Die jüngere Schwester, eine Zierliche mit dicken braunen Locken und dunklen Augen, wandte sich unbefangen an Carl und fragte ihn, wie ihm Straubing und die Apotheke gefielen. Nun standen beide Mädchen bei ihm und plauderten lebhaft, während der Provisor mit seinen Teesorten am Rezepturtisch stand und hilflos die Tüten hochhob.

Die Mädchen überbrachten Carl Grüße von der Mutter und eine Einladung zum Tee, dann gingen sie fröhlich plaudernd hinaus. Carl und der Provisor, aber auch die Lehrlinge und der Gehilfe schauten ihnen nach. Jeder hatte wohl seine Gedanken. Tilman flüsterte Carl zu, dass er ihn auf jeden Fall begleiten werde, wenn er zum Tee ginge. »Und sei es nur bis zur Haustür der Familie. Vielleicht lassen sie mich dann auch eintreten«, sagte er hoffnungsvoll.

Carl holte tief Luft. Gerade waren zwei weibliche Wesen gegangen, die ihm durchaus den Kopf verdrehen könnten. Vor allem die Blonde, die sich als Katharina vorgestellt hatte. Ihre Schwester hieß Dora. Dann wunderte er sich wieder, dass er für die beiden überhaupt in Frage kam. Sie könnten bei jedem Hofball in der Münchner Residenz bestehen. Was wollten sie mit ihm, einem unscheinbaren Apotheker?

Schon oft hatte er über das Abenteuer gegrübelt, das die Liebe zu sein schien. Die Vielfalt an Gefühlen hatte nicht erst mit Willa begonnen, ihn taumeln zu lassen. Doch als sie München wieder verließ, zurückreiste in ihr Elternhaus, war ihm nicht das Herz gebrochen, wie es doch eigentlich hätte sein müssen, nein, im Gegenteil, er konnte endlich wieder geradeaus schauen, weil Willas Spiel mit ihm ein natürliches Ende gefunden hatte. Ähnlich war es bei den Tanzstundendamen gewesen. Einige hatten Carl schon gefallen, aber sie wurden bewacht wie Haremsdamen.

Er wusste, dass der Mensch, zumindest der katholische Mensch, vor der Ehe keusch leben sollte. Das sagten die Stellvertreter Gottes, die selbst keusch leben mussten. Von einigen hieß es, dass sie sich um dieses Gebot nicht scherten. Hatte Gott bei der Schöpfung von den Geschöpfen Keuschheit verlangt? Keuschheit vor der Ehe? Gab es bei den ersten Menschen die Ehe schon? Was sich einem da für Fragen aufdrängten!

Wenn der Prinzipal in seiner Wohnung im Obergeschoss war, zeichnete Carl im Hintergrund der Offizin immer mal wieder Kunden, die ihm auffielen. Mägde, Hausburschen, aber auch Lehrer oder reiche Kaufmannsfrauen. Er suchte sich diese Menschen nicht aus, sie suchten ihn aus. Die Zeichnung musste sich ganz von selbst entwickeln, nur dann blieb er dabei, brachte den Entwurf zu Ende. Manchmal hatte er das Gefühl, dass er nur beim Malen wirklich er selbst war.

Carl lernte, vielen neuen Gedanken, auch unbequemen, Raum zu geben. Manchmal glaubte er, vor lauter ungewohnten Gefühlen zu zerbersten. Diese gesunde, provinzielle Stadt, ihre Buntheit, ihre Menschen, die ihn, den Münchner, gutwillig aufnahmen. Er spürte überrascht, dass die Menschen ihn liebenswert fanden und sie auch ihm schon bald wichtig wurden: Katharina und Dora, Tilman und später die Leute beim Theater, die sich so langsam aus der Menge herausschälten, ihn ansprachen, seine

Gesellschaft suchten. Er spielte bei den Aufführungen das Pianoforte, das längere Zeit verwaist gewesen war.

In München war Carl oft ausgeritten. Manchmal mit Crescenz bis Augsburg. Das vermisste er hier. »Kannst du reiten?«, fragte er deshalb Tilman, und tatsächlich, er hatte Glück. Es war kein Problem, an gute Reitpferde zu kommen. »Kann ich mitkommen, wenn ihr ausreitet?«, fragte der Provisor. Überrascht schauten Carl und Tilman sich an. »Ausgerechnet der«, brummte Tilman später, aber er war ebenso wie Carl zu gutmütig, um den Kollegen auszuschließen. Es zeigte sich, dass der Provisor nicht nur ein guter Reiter war. Er kannte sich auch sehr gut aus in der Umgebung. Sie ritten über Weideland mit buntem Rindvieh, über Waldwege, auf denen sie über Stunden keinen Menschen trafen. Der Provisor führte. »Warum strahlt der so?«, fragte Tilman, der an Carls Seite ritt. In dem Moment gab der Provisor seinem Pferd die Sporen, er zog an Carl und Tilman vorbei. »Kommt mit!«, rief er und ritt zu einer Lichtung. Dort sahen Carl und Tilman einige Leute, die Tücher ausgebreitet hatten und dabei waren, Brot, Käse, Schinken und Wein aus Körben zu holen.

»Ihr seid unsere Gäste«, rief der Provisor stolz, und er stellte Carl und Tilman seinen Eltern und Geschwistern vor.

»Wir freuen uns, dass wir Sie kennenlernen«, versicherte der Vater, und auch die Brüder schüttelten Carl und Tilman die Hände.

»Ich bin froh, dass unser Sohn jetzt so gute Kollegen hat«, sagte die Mutter leise, und Carl spürte, dass sie sich Sorgen machte um ihren Sohn, der schon einmal sein Leben beenden wollte. Vielleicht war seine oftmals negative Haltung nur Hilflosigkeit.

Carl war zuversichtlich, dass er in Niederbayern bald heimisch sein würde, und er genoss das Gefühl, hier geschenkt zu bekommen, was in München nicht zu finden war.

Auf der Sollseite des neuen Lebens stand allerdings ausgerechnet sein Prinzipal, Apotheker Attenhauser. Carl hatte unbedingt das Gefühl, dass Attenhauser den Apotheker nur mimte. Immer mal wieder bekam er Wutanfälle. Dann warf er den Kopf zurück und schrie wie ein Esel. Anfangs war Carl erschrocken gewesen, hatte die Wut des Prinzipals auf sich bezogen, doch alsbald ließen ihn die Ausbrüche kalt. Sie sollten einschüchtern, Gehorsam hervorrufen, doch niemand war beeindruckt. Alle spielten die Beeindruckten. So ließ es sich leben, aber Carl hatte doch das Gefühl, fachlich auf der Stelle zu treten. So viele Fragen, die unbeantwortet blieben. Er musste wieder vermehrt Fachbücher und -zeitschriften zu Rate ziehen. Andererseits war es gar nicht so verkehrt, selbst nach Lösungen zu suchen.

16

Als er gerade am Rezepturtisch stand und im Manual für einen Rheumapatienten das Rezept für Cantharidenpflaster suchte, kam ein Bote und überbrachte ihm eine Nachricht aus München. Crescenz schrieb, dass Eduard in Triest schwer erkrankt sei. Sie selbst könne die Eltern nicht allein lassen, Eduard verlange ausdrücklich nach Carl – nicht nur wegen seiner medizinischen Kenntnisse.

Carl las den Brief ein zweites Mal. Er bekam Angst um Eduard. So schwer es ihm auch fiel, er musste den Apotheker sofort um Beurlaubung bitten.

Carl machte sich an die Vorbereitungen. Immer wieder ging es ihm durch den Kopf, warum nicht alles so bleiben konnte, wie es war. Warum musste er sich jetzt um den kleinen Bruder sorgen? Er wollte weiterhin geduldig sein mit dem Apotheker, wenn nur Eduard wieder gesund würde.

Das Theater fiel ihm ein. Er hatte ein Stück von Pocci für das Straubinger Theater umgeschrieben. Heute Abend würde die Premiere über die Bühne gehen. Ohne ihn. Er musste Tilman einweihen, er würde mit den anderen die Aufführung schon hinkriegen. Doch Carl war enttäuscht, er hatte sich so sehr auf die Premiere gefreut. Aber Eduard war natürlich wichtiger. Das würden alle einsehen. Vielleicht wurde seine Zeit in Straubing ja auch nur kurz unterbrochen. Er konnte das nur hoffen.

Was mochte Eduard fehlen? Hoffentlich war es nur ein heftiger grippaler Infekt. Es konnte alles Mögliche an Krankheiten sein. Diphtherie, Milzbrand – er mochte sich das alles gar nicht vorstellen. In München wusste man sicher mehr, doch Crescenz hatte ihm nur die paar nackten Worte übermittelt. Carl hatte erfahren, dass die Großeltern Schmutzer beide unpässlich waren, da hatte Crescenz, die ja auch die Geschäfte der Familien Schmutzer und Spitzweg führte, mehr als genug zu tun.

Ihm fiel ein Spruch ein, den seine Großmutter oft aus dem Prediger Salomon zitiert hatte: »Freue dich nicht auf die künftige Zeit, denn du weißt ja nicht, was morgen werden wird.«

Der Prediger Salomon musste Carl gemeint haben.

Zuerst einmal hieß es für ihn, so rasch wie möglich nach Triest zu kommen. Aber wie? Mit den ordinären Postwägen musste er es gar nicht erst versuchen. An den meisten Tagen schafften die keine zwanzig Kilometer. Da wäre er viele Wochen unterwegs. Es ging nur per Eilwagen. Wo es fahrplanmäßig keine gab, musste er sich selbst das Gespann und den Kutscher mieten. Auf die Art sollte es in einer Woche zu schaffen sein. Von Straubing fuhr ein Eilwagen nach Regensburg. Noch am Vormittag würde er vom Markt abfahren. Und von Regensburg nach München würde es auch einen geben. Gleich am nächsten Morgen. Wenn er nur erst am Neuhauser Tor wär! Da kannte er den Streckenpostmeister, bei dem er für den rechten Preis zu jeder Tageszeit einen Eilwagen buchen konnte.

Prinzipal Attenhauser hatte zunächst auf seine theatralische Art protestiert, dann aber ebenso pathetisch nachgegeben, und Carl erreichte gerade noch seine Kutsche.

Sie war mit sechs Leuten gut besetzt, doch Carl hatte nur seine Reisetasche und fand daher im hinteren Teil der Kalesche noch Platz. Er hatte heute keine Augen für die Landschaft, obwohl sie gerade um Regensburg herum sehr schön war. Carl kannte die Stadt mit ihren zahlreichen Klöstern, Stiften und dem Jesuiten-Collegium. Aber in diesem Moment war sie ihm gleichgültig. Er war in seinen Gedanken bei Eduard. Schade, dass ein Mensch nicht fliegen kann.

Carl hatte nicht lange Ruhe, denn in der Kutsche wurde es immer lauter. Bislang hatten die Männer Brotzeit gemacht. Es roch nach Geräuchertem und nach Bier. Seine Mitreisenden waren offenbar wohlhabende Bauern aus dem Gäuboden. Sie trugen Mäntel mit vielen Silberknöpfen und sprachen mit dröhnender Stimme, möglichst alle gleichzeitig. Es wäre nicht recht gewesen, sagte einer kauend, dass Seine Majestät, der König Max Joseph, die geringeren und niederen Feiertage abgeschafft habe. »Dass ihn der Teifi net holt.« – »Und am Heiligen Weihnachtabend hat er die Metten von abends zwölf Uhr auf morgens fünf Uhr verlegt«, dröhnte ein anderer. – »Das war einmal«, fiel ihm ein Dritter wichtig ins Wort: »Unser König Ludwig hat die Messe wieder auf abends zurückverlegt.« – »Manner«, rief einer mit vollem Mund. Er hatte gerade von einer Brezn abgebissen, wollte aber seine unterbelichteten Freunde zurechtweisen. »Manner«, wiederholte er, »das ist doch schon ewig her. Vier Jahr mindestens. Ich glaub, ihr schlaft immer ein in der Kirchn! Aber unser König, der Ludwig, der is gut katholisch. Mehr wie sein Vatter. Der hat unsere Klöster aufgelöst und bestohlen, aber der Ludwig, der versucht, vieles wieder zu retten. Den Ludwig, den mog i!«

Warum konnten die nicht endlich ihren Mund halten?, fragte sich Carl. Wo sie doch beim Essen waren. Einer der Bauern, der jetzt ein Stück Geselchtes im Mund hatte, rief mit vollen Backen, dass die Kirchweihfeste im ganzen Bayernland auf den dritten Sonntag im Oktober verlegt worden wären. »Aber unser König hat sie zurückverlegt auf den alten Brauch. Jetzt hat wieder jedes Dorf seine eigene Kirchweih. Jawohl!« – »Und die Kreuz- und Bittgäng hat der Ludwig auch eingestellt. Der weiß halt, dass wir arbeiten müssen und nicht allerweil beten.« – »Akkurad du«, rief wieder ein anderer, »akkurad du musst reden. Du schaust deinen Leuten höchstens zu beim Arbeiten.«

»Jetzt hört auf mit dem Plärren. Mir ist das alles eh wurscht. Aber dass mir für den Hopfen nur noch hundertvierzig Gulden kriegen, das stinkt zum Himmel.« Nun stimmten ihm die anderen alle zu. Offenbar waren die Herrschaften in der Hopfengegend daheim.

Daheim. Daheim war man in der Heimat, dachte Carl bitter. München. Wir Spitzwegs sind in unserem Herzen doch alle Münchner. Warum war Eduard so weit fortgegangen aus der Heimat? Vielleicht wäre er in München nicht so schwer krank geworden. Wer weiß, ob eine Seuche in Triest grassierte? In diesem Moment seiner Sorge um den Bruder erschien Carl nur Bayern als ein Ort der Sicherheit und Geborgenheit. Obwohl er im Grunde wusste, dass München, Straubing oder das Land Bayern keine Burg sein konnte, in der man sich verschanzt gegen die übrige Welt. Simon war schließlich noch weiter weg. Schon der Vater war zu seiner Zeit häufig nach Frankfurt, Wien und Triest gereist und hatte die Geschäftsverbindungen geknüpft, die heute noch bestanden. Carl wusste, dass es lächerlich war, sich die weite Welt als gefahrvoll und feindlich vorzustellen. Niemand sollte sich an die Heimat, an den Schoß der Familie klammern. Auch da konnte jederzeit tödlicher Kummer und Schmerz über die Menschen hereinbrechen. Das hatte Carl zur Genüge erlebt.

Spätabends in Regensburg erfuhr Carl, dass der nächste Eilwagen nach München tatsächlich früh am Morgen abgehen würde, und zwar schon um vier Uhr. Da lohnte es sich nicht mehr, nach einer richtigen Unterkunft zu suchen. Er setzte sich in den Warteraum und bettete den Kopf auf seine Reisetasche, denn darin hatte er sein Geld verwahrt. Irgendwann schlief er ein.

Obwohl es mitten in der Nacht war, als Carl am Neuhauser Tor ankam, hätte er sich sehr gewünscht, im Kaufmann-Kapfer-Haus Nummer 14 wenigstens grüß Gott zu sagen. Aber er wollte nicht das ganze Haus aufwecken. Und er hatte keine Zeit, auf den Morgen zu warten. Wenn er am nächsten Abend in Scharnitz sein wollte, und das wollte er unbedingt, dann musste er unverzüglich weiter. Der Streckenpostmeister sah das genauso, und gegen ein großzügiges Entgelt war innerhalb einer halben Stunde ein ortskundiger Kutscher gefunden und eine Kutsche eingespannt.

Welch ein Genuss, die Kutsche für sich allein zu haben, dachte Carl und streckte seine Beine lang aus. Ein wahrlich teuer bezahlter Luxus. Er war sich klar darüber, dass für die Kosten dieser Expressfahrt nach Scharnitz ein normaler Mensch, zum Beispiel ein Straubinger Provisor, einen ganzen Monat lang arbeiten musste. Wieder einmal wurde ihm bewusst, welch großes und dabei unverdientes Glück sein Erbe für ihn bedeutete und dass er in eine wohlhabende Familie hineingeboren war.

Im Winter wollte er mit seinem Studium beginnen. Doch, er wollte unbedingt wissenschaftlich arbeiten, um über das Handwerkliche hinaus dem Apothekerberuf gerecht zu werden. Aber die Malerei würde auch zu ihrem Recht kommen. Carl war sicher, seine Mutter hätte ihn mit Freuden als Maler gesehen, und Crescenz würde ihn ebenfalls unterstützen. Das war ein gutes Gefühl. Es gab ihm Sicherheit.

Dennoch war er bedrückt. Er hatte große Angst um Eduard, natürlich, aber es war mehr als das. Carl fühlte zum ersten Mal ganz bewusst die Loslösung von seinen Eltern, von den Geschwistern, vom Haus seiner Kindheit. Das Wetter war auch nicht dazu geeignet, ihn zu trösten. Im Wagen war es eiskalt. Schon gestern hatte ein heftiger Wind geblasen. Carl wickelte sich in seinen warmen Mantel und hoffte, ein wenig Schlaf zu finden.

Als er am folgenden Abend in Scharnitz an der Zollstation aus dem Eilwagen stieg, war er völlig zerschlagen. Außerdem war ihm übel von der ewigen Schaukelei. Die Fahrt war eine Tortur gewesen, um ehrlich zu sein. Für diese Nacht musste er unbedingt ein Zimmer finden, sonst konnte er sich bei der Ankunft in Triest gleich neben Eduard aufs Krankenbett legen.

Zunächst galt es jedoch, die Schranke zu überwinden, die ihn von Scharnitz und damit dem kaiserlichen Österreich trennte. Offenbar vom Kutschenlärm aufgeschreckt, trat ein mürrischer Uniformierter an die Schranke. Sein Rock war falsch geknöpft und die Hose verrutscht. Der hat genauso schlecht geschlafen wie ich, dachte Carl verständnisvoll. Auf die verdrießliche Frage des Uniformierten nach dem Wohin, antwortete Carl, er eile zu seinem kranken Bruder nach Triest. Er bitte den Herrn Offizier für die nächtliche Störung um Entschuldigung.

Der Zerknitterte ließ sich erweichen. Der dienstliche Blick in Carls Reisetasche blieb oberflächlich. Das zu entrichtende Wegegeld war ebenfalls zu verschmerzen. Carl zählte die Münzen großzügig ab. Im Gegenzug erhielt er Auskunft, dass der Brunnerhof, mitten in Scharnitz an der großen Straße gelegen, auch nachts noch die Türen öffne, wenn man beherzt genug klopfte.

Am Zirler Berg lernte Carl, dass die Anstrengungen einer Reise durch die Berge gar nicht zwingend im Aufstieg lagen. Hinunter musste man kommen! So herrlich der Ausblick ins Inntal auch war, so steil war die Straße, die hinabführte. Rasch wurde es gefährlich. Der Kutscher brüllte auf die Gäule ein, er riss an den Zügeln, um die Kontrolle über die Kutsche zu behalten, die immer schneller den Berg hinabrollte. Die Gattin eines Mitreisenden begann zu kreischen. Nicht grundlos, denn die Kutsche geriet in den Straßengraben und kippte zur Seite. Carl kam ausgerechnet unter die Gattin zu liegen. Ihm blieb fast die Luft weg. Alle drei Insassen waren auf die Tür geschleudert worden. Die zweite Tür war ihnen unerreichbar. Erst als der Kutscher sie nach geraumer Zeit öffnen konnte, kam wieder Licht und Luft in den Kasten. Als Ersten zog der Kutscher den Gatten durch die Türe nach draußen. Carl, der sich unter seiner Last hervorgearbeitet hatte, wurde ebenfalls ins Freie gezogen. Jetzt hielt er die Pferde im Zaum, und der Kutscher nebst dem Gatten wuchtete den Kasten wieder auf seine Räder. Die Gattin hatte alles überlebt.

Eine Bremse war verschlissen, so viel war klar. Carl und der Gatte mussten von nun an als Bremser in die Speichen greifen. Nie hätten sie geglaubt, das Inntal zu erreichen. Carl wusste noch nicht, dass er später eine umgestürzte Kutsche malen würde und dass dieses Bild einmal zu seinen berühmtesten zählen sollte.

Über Innsbruck und Bozen kam er schließlich nach Verona, wo er fast in den Straßendreck gefallen wäre, so steif und taub an allen Gliedern stieg er aus der Kutsche. Wie gern wäre er eine Weile in dieser wunderschönen Stadt geblieben. Doch er versorgte sich lediglich mit Panini, Schinken und Wasser, dann stieg er wieder in eine hoffnungslos überfüllte Postkutsche.

Die letzte Strecke legte Carl auf dem Wasser zurück. Er war umgestiegen auf ein breites, kräftiges Boot, das schon die Form einer Gondel hatte, aber mit einem großen überdachten Aufbau versehen war. Aus der Brenta in die Lagunen einfahrend, sah Carl bald darauf die weithin berühmte, wunderbare Inselstadt im Hintergrund auftauchen. Er wollte sich das Datum merken: 10. April 1829. Heute war er wahrhaftig in Venedig. Er, Franz Carl Spitzweg, Apotheker aus München. Wäre er lieber ein Maler aus München? Es war ihm, als schlüge sein Herz kräftiger, denn Venedig war bisher immer nur ein Traum für ihn gewesen. »Vönödig«, hatte er gesagt, als er ein kleiner Junge war und die Eltern von der Märchenstadt erzählt hatten, die mitten im Meer stehe. Das hatte er sich nicht vorstellen können, aber er glaubte es einfach und machte sich seine Bilder dazu. Und heute war er in dieser Stadt, und das verdankte er seinem Bruder Eduard. Es wurde Carl bewusst, dass er Eduard bald sehen würde, und er fühlte sich für einen Moment eher glücklich als besorgt.

Mehrere Gondeln näherten sich jetzt dem Schiff. Als Carl sie erblickte, überlegte er, wo er diese seltsamen Schiffchen schon einmal im Modell gesehen hatte. Es fiel ihm auch gleich ein. Die Posthalter-Großeltern in Unterpfaffenhofen hatten zwei dieser seltsamen, schmalen schwarzen Schiffe auf der großen Wäschetruhe stehen gehabt. Venedig. Das war für Carl schon lange mehr ein Gesang gewesen. Nicht nur ein Name.

Und nun war er hier und sah die kuriosen Boote mit ihren schnabelartigen Enden. Am Heck stand der Schiffsführer, der Gondoliere hieß. Er hatte nur ein einziges, dafür aber sehr langes Ruder.

Carl und seine Mitpassagiere stiegen um auf diese seltsamen Gondeln, deren schön gekleideter junger Gondoliere sie zur Rialtobrücke brachte. Mit Bewunderung beobachtete er, wie der Gondoliere sich mit einem Bein kräftig von einer Hausmauer abstieß oder einfach von einer anderen Gondel, die ihm zu nahe kam. Diese unbekümmerte Geschicklichkeit faszinierte ihn. Er sah auch Gondeln, die mit einer Fracht beladen waren. In denen saß vorn ein Vorschoter, der wahrscheinlich dafür sorgte, dass die Fracht nicht verrutschte. Unter einer niedrigen Brücke legte der Gondoliere einfach das Boot schräg, und man hatte Mühe, sitzen zu bleiben. Ein junger Italiener erklärte Carl, dass es in Venedig an die tausend Gondeln gebe.

Carl war vor Staunen über diese ihm so fremde Welt so sehr abgelenkt von allem Praktischen, Sachlichen, dass er beim Aussteigen aus der Gondel beinahe mitsamt seiner Reisetasche ins Wasser gefallen wäre. Ein Mitreisender half ihm auf die Mole, als er schon mit einem Bein im Wasser hing. Der junge Mann, er mochte in Carls Alter sein, grinste. Carl grinste zurück und bedankte sich. Er hatte als Kind mit seiner Großmutter oft Italienisch geübt, und seine Schuljahre mit dem Lateinunterricht erwiesen sich jetzt als hilfreich. Er konnte sich mit den Einheimischen recht gut verständigen, die überrascht waren, dass ein Deutscher Italienisch sprach.

Er nahm sich ein Zimmer in einem Hotel an der Rialtobrücke, auch wenn es ihm teuer schien. Doch er wollte ja nur diese Nacht bleiben. Aus seinem Fenster sah er den weißen Marmorbogen der Brücke, er sah so schöne Bilder, dass es ihn aus dem Hotel trieb. Auf einem großen Platz entdeckte Carl einige Zeichner, die dort kampierten und arbeiteten. Er ging vorsichtig näher, die Maler sahen ihn freundlich an. Ob er sich für Malerei interessiere, fragte ihn einer. »Ja«, sagte Carl. »Ja, ich interessiere mich sehr für Ihre Technik. Ich selber zeichne auch ein wenig.« Der Zeichner gab ihm bereitwillig einen Bogen Papier und eine Feder. Es war ein spezieller Zeichenstil, eine Art Punkt-Strich-System. In der Federzeichnung war noch die klassizistische Schärfe der Kontur zu beobachten. Carl jedoch versuchte eine Trennung von Vordergrund, Mittelgrund und Hintergrund. Vor allem bemühte er sich um die federspielartige Genauigkeit der Blattstrukturen. Die hatte er schon auf den Wanderungen in der Heimat geübt. Jetzt sahen ihm einige der Zeichner erstaunt und aufmerksam zu.

Carl war selbst verblüfft über seine Starnberger Baumgruppe, die so unverhofft mitten in Venedig entstanden war. Er fand sie selbst gelungen, und seine Kollegen, denen er die Technik verdankte, machten ihm Komplimente. Da Carl heftigen Hunger verspürte, kaufte er in den umliegenden Läden Wein, Brot, Käse und Salami und lud die Zeichner ein, mit ihm einen improvisierten Imbiss zu nehmen. Noch nie hatte er mit Fremden so angenehm getafelt. Er spürte überrascht, dass sie ihn als Kollegen anerkannten. Beschwingt ging er mit seiner Zeichnung ins Hotel.

Am Abend änderte sich das Wetter. Blitze und Donnergrollen kündeten ein Gewitter an, das auch mit dem allergrößten Getöse niederging. Und es brachte Regen mit, pladdernden, ausdauernden Regen, der den Markusplatz rasch unter Wasser setzte. Carl wusste, jetzt waren seine Reisepläne perdu. Er ging in die Rezeption und erkundigte sich nach dem nächsten Schiff nach Triest. Daran sei allerhöchstens morgen zu denken, und das sei auch noch nicht sicher, teilte man ihm mit.

»Und der Eilwagen, wann geht der nach Triest?«, fragte Carl, obwohl er die Antwort wusste. Und richtig. Der Eilwagen ging erst übermorgen. Aber der Herr müsse nicht um sein Zimmer furchten. »Sie können ruhig bleiben, wir haben Zimmer frei.«

Ein schwacher Trost. Carl packte seine wenigen Sachen aus, dann setzte er sich an den kleinen Schreibtisch neben seinem Bett und schrieb an Crescenz in München:

Liebe Mutter,
nach meinem Ankommen hier konnte ich mich lange nicht darauf konzentrieren, Dir zu schreiben, denn unter meinem Fenster war ein herrliches Getümmel von Gondeln und Menschen, die hier ankommen und abfahren, rufen, schreien, schnattern, die Schranne ist eine Andacht dagegen. Aber ich konnte mich nicht lange daran freuen – hier ist das Wetter umgeschlagen, die reine Sintflut, deshalb komme ich nicht so rasch, wie ich gehofft hatte, nach Triest. Die Pferde rennen hier zwar unglaublich schnell, aber ich komme erst übermorgen weg aus Venedig. Ich muss hilflos rumsitzen, dabei weiß ich gar nicht, wie es um Eduard bestellt ist. Ich hoffe zwar immer, dass es ihm besser geht, als wir glauben, aber die Hoffnung ist eben nicht zuverlässig. Vielleicht weißt Du aus seiner Depesche mehr als ich, obwohl ich hier praktisch schon vor seiner Haustüre sitze. Es ginge ja ein Dampfschiff nach Triest, aber auf dem Meer ist die Hölle los, und bei so einem Wetter ist es mehr als unsicher, auf das Schiff zu warten und dadurch den Eilwagen zu versäumen. Also wähle ich lieber die Sicherheit und komme später als früher und unsicherer nach Triest.
Wie immer in Liebe, Dein Carl

Endlich. Der Eilwagen hielt auf der Piazza Grande in Triest. Unterwegs war Carl die Fürsorge seiner Reisegefährten zuteilgeworden. Ein älterer Mann hatte unentwegt Mandeln geknackt und Carl davon gegeben, seine Frau bot ihm immer wieder von einem süßen Gebäck an, doch wirklich köstlich war der Rotwein, den sie an jedem Halt der Kutsche ausschenkte. Carl wusste, dass er aus dieser Kutsche betrunken aussteigen würde.

Seine Mitreisenden wurden von einer großen Gruppe Wartender überschwänglich begrüßt. Eine ganze Sippe, bis hin zu den Kleinkindern, schälte sich aus der Menge, und Carl musste achtgeben, dass er nicht auch abgeküsst wurde. Wortfetzen flogen um ihn herum. »Come stai?« »Va bene?« »Il viaggio era buono?«

Er stand ziemlich erschöpft neben der lärmenden Gruppe von Italienern und nahm seine Umgebung nur verschwommen wahr. Der Palazzo dort mit dem Turm erinnerte Carl irgendwie an die Nachthaube der Posthalter-Großmutter. Das machte der Rotwein, er würde sich jetzt zusammennehmen müssen. Schließlich wollte er so schnell wie möglich das Borgo Teresiano finden, eine Vorstadt, die unter der Kaiserin Maria Theresia von Österreich gebaut und nach ihr benannt worden war. Dort lebte Eduard.

Carl landete in einer äußerst belebten Gasse. Er hatte so viel Italienisch und andere Sprachen um die Ohren, dass er nichts mehr verstand. Nicht nur Italiener mit Frau und Kindern, Nonna und Nonno waren unterwegs, auch Engländer mit Tropenhut und elegante Französinnen hörte man im Chor, er sah fromme Pilger in Kutte und Sandalen. Doch er nahm alles nur ungefähr wahr, er suchte an den Häusern die Hausnummer Eduards.

»Jessas na, Carl. Dass du da bist!« Eduard versuchte, sich aufzurichten von seinem Lager, doch er fiel vor Schwäche gleich wieder zurück.

Carl wurde vor Reue und Mitleid sofort nüchtern.

»Eduard – wie schaust denn du aus? Bist jetzt unter die Künstler gegangen?« Liebevoll beugte sich Carl zu seinem Bruder hinunter, strich ihm eine Haarsträhne aus der Stirn. Eduard hatte seine Haare offenbar lange nicht schneiden lassen. Eine ungebändigte Mähne umrahmte sein bleiches Gesicht mit den geröteten Augen.

»Wie fühlst du dich, Eduard? Wirst du von einem Arzt versorgt?«

Carl machte sich Sorgen, denn sein Bruder wirkte auf ihn ausgesprochen melancholisch.

»Das Schlimmste ist vorbei«, sagte Eduard. »Der Arzt hat eine Influenza diagnostiziert und gesagt, dass sie auch in Venedig grassiere.«

»Deshalb waren im Hotel so viel Zimmer frei«, sagte Carl fröhlich. Eduard sollte nicht merken, dass er sich Sorgen um ihn machte. Er riss zuerst einmal das Fenster auf. Sogleich verkroch sich Eduard tief in seine Laken.

»Keine Angst«, sagte Carl, »die Luft hier drinnen steht direkt. Das ist nicht gesund für dich. Wir müssen die Luft immer frisch verdünnen. Das tut dir gut, und es vermindert die Ansteckungsgefahr.«

»Du musst es ja wissen, du bist ja ein halber Doktor«, murmelte Eduard zufrieden und atmete tief durch.

Carl stellte einen abgelebten Paravan um Eduards Bett. Auf den erstaunten Blick des Bruders sagte er: »Zugluft brauchen wir trotzdem nicht. Gleich wird es nass!«

Er begann, den Bruder mit kühlem Wasser zu waschen, was Eduard gerade noch über sich ergehen ließ, und bezog sein Bett neu.

»Nein, keine Wadenwickel. Bitte nicht«, flehte Eduard, als Carl mit zwei nassen Tüchern anrückte. Doch Carl bestand darauf. »Du wirst sehen, die Temperatur fällt dann deutlich, und du schläfst auch besser.«

»Also gut«, meinte Eduard ergeben. »Ich hoffe, das Schlimmste ist überstanden und du steckst dich nicht an. Hast du keine Angst vor Ansteckung?«

»Mach dir keine Sorgen, Eduard.« Carl wickelte jetzt behutsam die nassen Tücher um Eduards magere Waden. Dann packte er noch trockene Laken darum und deckte Eduard wieder zu.

»Es ist jetzt nur wichtig, dass es dir besser geht. Vielleicht kann ich dir mit meinen Apotheker-Weisheiten etwas schneller auf die Beine helfen. Angst vor Ansteckung hab ich nicht. Weißt du noch, in München, da musste ich täglich die Arznei zu den Kranken bringen. Und ich hab mich auch nie angesteckt.«

Er nahm jetzt Eduards Arm und fühlte den Puls. »Hattest du Schüttelfrost?«

»Allerdings«, seufzte Eduard, »Schüttelfrost und Schmerzen am ganzen Körper. Mir ging es so dreckig, dass ich an die Mutter schreiben ließ.«

»Und wie steht es mit Kopfschmerzen?«, wollte Carl wissen.

Na ja, die habe er schon ziemlich stark gehabt, aber inzwischen gehe es auch damit schon besser, erklärte Eduard. Er sah Carl liebevoll aus seinen geröteten Augen an: »Ich freu mich so sehr, dass du gekommen bist, wirst sehen, ich bin bald wieder auf den Beinen. Vor ein paar Tagen noch hab ich gedacht, ich sterbe unseren Eltern hinterher.«

»So etwas darfst du nicht einmal denken«, sagte Carl erschrocken. »Das wichtigste Heilmittel bei jeder Krankheit ist Mut und Zuversicht, du darfst nicht an den Tod denken, hörst du. Ich mache dir jetzt einen Salbeitee.«

Carl wollte das Gespräch übers Sterben abbrechen und verschwand in der Küche, die im Wesentlichen aus einem großen offenen Kamin bestand. Unmittelbar beim Kamin befand sich ein großer Herd, auf dessen Sims allerlei Kannen und Töpfe standen, die aber offensichtlich selten gebraucht worden waren. Töpfe, Teller und sogar Backformen hingen an den Wänden. An der hinteren Seite des Herdes befand sich eine offene Feuerstelle. Nun musste sich zeigen, ob Carl ein Feuer zustande brachte. Das war eine Kunst, die nicht jeder verstand, und er zählte sich zu der eher unfähigen Gemeinde. In seinem Elternhaus war keine Magd und auch kein Hausbursche angestellt worden, der es nicht verstand, Feuer zu schlagen.

Carl sah sich skeptisch um. Doch siehe, auf dem Kaminsims stand ein Kästchen, das ihm bekannt vorkam. So ein längliches, viereckiges Behältnis hatten sie daheim auch. Dieses hier war aus Holz, das heimatliche aus Blech. Carl fand einen Stahl, ein Stück Feuerstein, Schwefelfaden und in einem gesonderten Teil des Kästchens eine braunschwarze, trockene Masse, die Zunder hieß. Carl hatte oft zugesehen, wenn die Babett Zunder hergestellt hatte. Sie erklärte ihm damals, dass man Zunder auch aus bestimmten Pilzen herstellen könne, die an Baumstämmen wachsen. Sie jedoch bevorzuge alte Socken, wie sie in jedem Haushalt vorkämen. Sie zeigte Carl, wie man sie an der Lampe ansengte. Dabei durfte er aber fast nicht atmen oder die Babett erschrecken, denn sonst verbrannte der Socken zu stark, oder er war zu wenig angesengt, um den Funken zu fangen, wie die Babett es ausdrückte. Dieser schwarzbraune Stoff, der beim Ansengen entstand, fiel leicht auseinander, und man musste ihn in ein Behältnis stopfen. Das war der Zunder. Babett war immer sehr stolz gewesen, wenn ihr die Kinder oder Tante Crescenz beim Lichtmachen zugeschaut hatten. Doch sie gab ihr Werkzeug nie aus der Hand. Die Oberhoheit übers Licht lag bei der Babett. Nur wenn sie keine Zeit hatte, durfte der Hausbursche Hias Feuer schlagen.

Hoffentlich hatte er noch alles richtig im Gedächtnis. Carl schlug nun Stahl und Feuerstein über dem Zunderkästchen kräftig zusammen, bis einer der heraussprühenden Funken hineinfiel und als glühendes Pünktchen so lange darin verblieb, bis es Carl gelang, durch vorsichtiges, aber stetiges Blasen den daran gehaltenen Schwefelfaden zu entzünden, bis ein blaues Flämmchen entstand, mittels dessen die bereitstehende Lampe angezündet werden konnte.

Verdammt, Carl bekam Schwefeldampf in die Kehle und hustete so stark, dass er sich abwenden musste, um sein schwer erkämpftes Licht nicht zu gefährden. Er hörte Eduards schwache Rufe aus dem Schlafzimmer und ging hinüber, damit der Bruder sich nicht ängstigte.

»Du hast Feuer gemacht, nicht wahr?«, sagte Eduard bewundernd. »Mein Bursche ist vor lauter Angst vor der Influenza nicht mehr erschienen. Er macht sonst immer das Feuer an. Aber gehustet hat er nicht. Und die Babett auch nicht, oder?«

Carl lachte. Er wusste, der gutmütige Eduard wollte ihn nicht verspotten. Außerdem war Carl stolz, dass er ein Feuer zustande gebracht hatte.

Eduard sah Carl fragend an.

»Kannst du auch ein Omelett machen? Ich hab solchen Hunger, Carl, ich hab seit einer Ewigkeit nichts mehr gegessen.«

»Ein Omelett. Hast du denn Eier vorrätig?«

»Ich glaube nicht«, sagte Eduard mutlos.

Carl ließ sich erklären, wo er in der Nähe Marktstände finden würde. Er machte sich auf den Weg, und schon als er aus der Türe trat, bemerkte er das Licht. Die Straße, die Häuser, alles glühte in einem magischen Licht, wie es Carl noch nie gesehen hatte. Die Wände der Gebäude schienen ihm wie aus Pergamentpapier gemacht. Da leuchtete alles. Die Fenster, die Dächer, sogar der Staub. Es war ihm, als schwebte er durch dieses Triest. Er fand einen Bäcker, der Fladen mit Thymian anbot. Eine Frau mit einem Korb voller Eier sah er an der Straßenecke, bei einem anderen Händler kaufte er Öl und eingelegte Oliven. Carl hätte stundenlang in diesem Licht durch Triest laufen mögen, das gesamte Borgo Teresiano anschauen, den Canal Grande. Alle großartigen Schönheiten, von denen er so viel gehört hatte.

Kurz vor Eduards Haus kam Carl ein Trauerzug entgegen. Offenbar war ein Reicher gestorben. Die Kutsche mit dem Sarg quoll über von Blumen und Kränzen, drei Kutschen folgten der ersten, und dann kam ein langer Zug schwarzgekleideter Menschen, die beteten oder sich unterhielten. Ob der oder die Tote an der Influenza gestorben war?

Beim Anblick dieses Totenzuges musste Carl denken, dass es auch Eduard hätte treffen können. Dass sein Bruder sich dem Tod nahe gefühlt hatte, war kein Hirngespinst gewesen. Eine schwere Influenza konnte einen durchaus das Leben kosten. Viele Menschen starben daran, junge und alte. Doch Eduard hatte die Krankheit überwunden, davon war Carl überzeugt.

Als er kurze Zeit später das Rührei schlug, es in die leicht rauchende Pfanne gleiten ließ, überlegte er, ob es Gott war, der Eduard wieder ins Leben zurückgeschickt hatte. Noch eine Woche Ruhe und Pflege, und er würde wieder teilnehmen können am Leben in Triest, dieser wunderbaren Stadt und ihrer vielfältigen Kultur.

Eduard aß ein wenig von dem Rührei, schaute Carl überrascht an. Es schmeckte vorzüglich. Auch Carl spürte Hunger, er aß und schenkte sich und Eduard ein Glas von dem einheimischen

Roten ein, den er in einer Trattoria gekauft hatte. Carl empfand mit einem Mal Dankbarkeit und unverhoffte Lebenslust. Er spürte sich stark in der Gesellschaft seines Bruders, in der Schönheit dieser Stadt, dieses Landes.

17

Carl musterte in seinem Zimmer die paar Hosen, Hemden und den Rock, den er dabeihatte. Er liebte seidene Stoffe, weiches Tuch, duftendes Leinen. Oftmals vermisste er die reiche Garderobe, die in München hing, und er überlegte, ob er sich ein Gewand anfertigen lassen sollte, wie man es hier in Niederbayern trug. Zum Beispiel einen Lodenrock mit einer Reihe von Silberknöpfen – doch er verwarf den Gedanken rasch wieder. Schließlich war er Münchner. Ein Städter. In der Apotheke trug er, wie sein Prinzipal, den Vatermörder, einen hohen Stehkragen mit Krawatte. Oder er hatte, wie heute, eine englische Halsbinde an, die er in Weiß besaß und in Braun und Grau. Darüber ein Gilet aus leichter Seide und noch ein wärmendes aus Ziegenhaar. Dazu trug er karierte Pantalons und einen Gehrock aus dickem Tuch. Diese städtische Mode lag ihm mehr als die ländliche. Carl holte den Gehrock und die Kappe aus der Garderobe. Zylinder konnte er an sich nicht leiden. Aber er hatte eine Kappe aus Leder gefunden, die ihm taugte, denn es war noch empfindlich kalt, obwohl ein makellos blauer Himmel über Straubing stand wie ein aufgespanntes Tuch. Es blieb kalt. Dieser Frühling verdiente seinen Namen nicht.

Carl betrachtete kritisch ein Gemälde, an dem er in den letzten Wochen immer mal wieder gearbeitet hatte. Es zeigte den Innenhof der Löwen-Apotheke mit der Säule und dem Treppenaufgang dahinter, der zu den Wohnräumen führte. Dieses Bild wollte Carl dem Herrn Stadtpfarrer von Straubing bringen, der ihm schon in den ersten Tagen einen Besuch abgestattet hatte. »Wenn der Herr Provisor nicht ins Pfarrhaus kommt, komme ich halt in die Apotheke.« Und: »Ich habe Sie im Gottesdienst sofort als Neuzugang in meiner Gemeinde entdeckt.«

Überraschend schnell kamen sie ins Gespräch. Redeten vom Sinn des Lebens und von der Frage, was nach dem Leben kommt. »Es gibt auch in Straubing eine Gemeinschaft der Gläubigen«, sagte der Pfarrer. »Und es gibt den Chor derjenigen, die einfach nur leben wollen.«

Der Pfarrer hatte sich für Carls Bilder interessiert und besonders die neuentstandene Studie des Innenhofes gelobt. Carl hatte daraufhin das Bild noch in seinen Farben verstärkt und verbessert, und jetzt wollte er sich auf den Weg machen, es dem Stadtpfarrer persönlich vorbeizubringen. Er hoffte und wünschte sich, mit diesem Geistlichen noch viele Gespräche zu führen.

Carl schloss gerade ab, als eine junge Frau über den Platz herbeieilte. Schon ehe sie bei der Tür war, fielen ihm die großen dunklen Augen auf, die bittend auf ihn gerichtet waren. Mit leiser Stimme, die ihm bedrückt erschien, bat sie um Einlass. »Ich weiß, es ist spät. Es tut mir leid.«

Carl hörte nicht, was sie noch vorbrachte. Er dachte flüchtig, dass sie eine Italienerin sein müsse. Mit dieser bräunlichen Haut, den dunklen Augen, die ihm so schwarz erschienen, wie er es noch nie gesehen hatte. Sehr fein war sie, empfindsam, leidend auch, das sah Carl, und er bat sie zuvorkommend in die Offizin. Sie war von guter Familie, das sah man nicht nur an ihrer Kleidung, die für Straubinger Verhältnisse ungewöhnlich wirkte. Ihr langer Mantel mit den oben gebauschten Ärmeln war aus dunkelrotem Samt gearbeitet und mit Pelz gefüttert. Die weite Kapuze verdeckte nicht das volle dunkle Haar, das glatt gescheitelt und über den Ohren in vielen Locken gebändigt war. In dieser Frau waren Eleganz und Einfachheit ineinander verschmolzen. Doch den stärksten Eindruck machten auf Carl ihre Augen, die ihn schon auf den ersten Blick faszinierten. Die hohen Backenknochen, die dichten Wimpern waren ungewöhnlich, fremdartig. Dabei war sie nicht wirklich schön. Vielleicht war sie zu traurig. Doch dass sie nicht wirklich schön war, dachte Carl, das war gerade das Besondere an ihr. Hatte er schon einmal ein so ungewöhnliches Gesicht gesehen?

Sie könne nicht schlafen, habe ständig Kopfschmerzen, sagte die Frau leise. »Ich habe schon vieles versucht. Schlafsalbe, Pflaster, Umschläge, nichts hilft.« Mutlos sah sie Carl an. Er war damit beschäftigt, sich aus seinen schwärmerischen Gedanken zu lösen. Er sah, dass der Körper dieser Frau sehr zart war, wenn nicht mager. Der schmal geschnittene Mantel fiel locker von ihr ab.

Carl nahm sich zusammen. Er war als Apotheker gefragt, er musste helfen, und das konnte er. Zuerst wollte er wissen, ob auch Fieber vorliege, was ein ratloses Schulterzucken auslöste. »Darf ich«, fragte Carl so souverän, wie es ihm möglich war, und legte leicht seine Hand auf die Stirn der Frau, die hoch war und leicht gewölbt. Nein. Fieber hatte sie nicht. Die Haut war kühl, der Puls matt, aber nicht beunruhigend. Diese Frau schien ihm nicht wirklich krank, litt aber trotzdem, so viel war klar.

»Wenn alle Schlafmittel nichts nützen«, sagte Carl jetzt betont sachlich, »dann möchte ich Ihnen zu einem neuen Heilmittel raten, das wir erst seit kurzer Zeit kennen. Es ist Morphium, das wird aus Opium hergestellt, der getrockneten Milch des Schlafmohns. Haben Sie davon schon gehört?«

Die junge Frau nickte, sah Carl dankbar und dennoch rätselhaft an. Carl spürte, dass sie den Tränen nahe war. Sie schaute auf die Rezeptur und zahlte aus einer hellgelben Lederbörse. Sein Impuls, sie in die Arme zu nehmen, überwältigte Carl fast, doch er kannte die Grenzen des Anstands, geleitete sie stumm zur Tür und sah ihr nach, wie sie mit eiligen, graziösen Schritten zu einer wartenden Kutsche lief. Der Kutscher sprang ab, half ihr in die Kalesche und legte mit fürsorglichen und dennoch gemessenen Bewegungen warme Decken um sie.

Als die Kutsche anfuhr, sah Carl sich immer noch an der Tür stehen und schauen. Er schloss die Tür und war mit seiner inneren Anspannung allein. Die Sanftheit und Anmut dieser Frau – ach, einfach alles an ihr war eindrucksvoll. Er schalt sich einen Idioten, obwohl er wusste, dass er keiner war. Ihm war es nur unmöglich, alle auf ihn zugaloppierenden Gedanken in seinem Kopf zu ordnen. Ihm war etwas passiert, für das es kein Beispiel gab. Er fand sich in einer berauschenden Lage, aber Gott allein mochte wissen, was daraus wurde. Er hatte das Gefühl, als wollte ein vorlautes Schicksal in sein Leben eingreifen und es gründlich ummodeln. Carl kam sich vor wie ein Blatt, das bisher von einem Windhauch mal hierhin und mal dahin geweht wurde. Willa hatte ihm heiße Träume beschert, sein ganzer Körper war geflogen, wenn sie einander im dunklen Flur umarmten. Es waren Sekunden, und doch hatte er jedes Mal gehofft, die unbekannte Welt der Liebe endlich zu entdecken. Willa biss ihn in den Mund, und am nächsten Tag schauten ihn alle mit gefurchter Stirn an, wenn er am Rezepturtisch erschien. Dabei war er unschuldig. Nichts war passiert. Leider.

War er wirklich schwach wie die Fahne im Wind? Konnte eine Frau, die ein Schlafpulver von ihm brauchte, konnte ein bisher fremder Mensch ihn aus den Angeln heben? Sein innerstes Wesen verwandeln, sein Denken beherrschen? So wie es bei den Begegnungen Jesu mit seinen Jüngern gewesen sein musste, als er sie anschaute und sagte: »Folgt mir nach.« Die schöne Frau in der Offizin hatte nichts dergleichen gesagt, gar nichts, und dennoch hatte Carl das Gefühl, dass sein bisheriges Leben sich zu ändern begann, sein bisheriges Empfinden ausgelöscht wurde.

Carl packte sorgfältig sein Bild ein, das er dem Stadtpfarrer bringen wollte. Er freute sich jetzt regelrecht auf sein Gespräch mit dem Geistlichen, dem er zutraute, dass er auch für radikale Veränderungen im Leben Verständnis hatte. Nicht nur der Stadtpfarrer war ihm vertraut. Die Pfarrei St. Peter erinnerte ihn an seine Münchner Taufkirche. Carl atmete tief durch und machte sich auf den Weg.

Am nächsten Morgen arbeiteten Carl und Tilman in der Stoßkammer. Sie zerkleinerten Heilpflanzen in dem großen Mörser. Als der Prinzipal Carl zu sich rief, ihn bat, in sein Arbeitszimmer zu kommen, war Carl völlig arglos. In der Tür blieb er stehen, er sah Mutter Crescenz, wie sie sich aus dem Sessel erhob. Er erstarrte vor Angst.

»Eduard?«, ächzte er. Seine Stimme wollte ihm nicht gehorchen.

»Simon«, sagte die Mutter, und sie blieben voreinander stehen, unfähig, sich zu rühren. Unfähig, einander zu umarmen.

18

Jetzt saßen sie in seinem kargen Zimmer. Carl auf dem Bett, dessen hartes Holz er an seinem Schenkel spürte. Crescenz saß auf dem einzigen Stuhl, der am Tisch stand. Lange sah sie aus dem Fenster, biss sich auf die Lippen. Simons Briefe lagen auf dem Tisch. Darunter waren auch einige, die von der Familie Spitzweg nach Alexandrien gesandt worden waren. Simons Prinzipal hatte die Briefe nach dem Tode Simons an die Familie in München zurückgeschickt.

»Ich möchte sie mit dir gemeinsam lesen«, sagte Crescenz leise. »Was ist eigentlich mit den Briefen passiert? Die sind ja total durchlöchert.« Carl erklärte ihr, dass die Behörden, um die Cholera nicht weiter zu verbreiten, die Briefe mit scharfen Säuren und Dämpfen ungefährlich machen wollten.

Crescenz und Carl lasen sich gegenseitig vor, was sie noch an Lesbarem fanden. Beide waren von der Nachricht, dass Simon in Kairo an der Cholera gestorben sei, tief erschüttert. Jetzt war es ihr einziges, gemeinsames Ziel, so viel als möglich von Simon zurückzuholen, sich eine Welt zu erschaffen, in der Simon lebte.

»Weißt du noch – Simon war gerade erst in Alexandrien angekommen, da hat ihn der Vater schon mit Ratschlägen für seine Gesundheit versorgt.«

»Und mit Verhaltensmaßregeln für den Umgang mit seinem neuen Prinzipal Dumreicher«, ergänzte Carl. »Außerdem wollte der Vater wissen, warum Simon einen Esel brauche. Dabei war doch klar, dass in Alexandrien alles weit auseinanderliegt. Die Maut ist im alten Hafen, der Ausladeplatz im neuen, der Nil aber liegt auf der anderen Seite. Dazu ist das Gehen in dem ewigen Sand ermüdend.

Und dann wollte der Vater noch wissen, ob der Herr Konsul verheiratet sei. Vielleicht mit einer Ägypterin? Ob er Kinder habe? Der Vater kümmerte sich um Sachen, die ihn eigentlich nichts angingen.«

»Ja«, seufzte Crescenz. »Das kann man wohl sagen. Der Vater wollte über alles Bescheid wissen. Und alles anschaffen. Im Französischen solle Simon sich üben. Ob er auch Arabisch und Türkisch lernen werde. Das wäre sicher gut für seine Karriere. Und mindestens alle vier Wochen solle Simon einen Brief nach Hause schreiben.«

»In zweifacher Ausfertigung. Auch das hat sich der Herr Vater ausgebeten. Einen solle Simon gleich nach der Niederschrift absenden und am übernächsten Tag den zweiten. Dann käme wenigstens einer auch wirklich an. Der arme Simon hat das natürlich ernst genommen. Er wollte es dem Vater immer recht machen.«

»Weißt du noch, wie wir ihm das Paket geschickt haben? Der Vater hatte ihm seinen Ring geschickt mit den Diamantrosetten, ich gab ihm meine Vorstecknadel mit den Perlen, du hast ihm auch eine Vorstecknadel geschenkt, mit einem Mosaikstein in Blau, Grün und Gelb. Eduard steuerte ein Halstuch für kältere Zeiten bei.«

»Und für seinen Prinzipal hatten wir als Erinnerung an Deutschland Lithographien eingepackt von München, Biederstein, Nymphenburg, Bogenhausen, Schwabing, Tegernsee. Wir wollten den Dumreicher bestechen, damit er Simon gut behandelt.«

»Ja, und für ihn selbst hatten wir kleine Landschaften ausgesucht von Maria Eich, Hesselohe, Ammerland, die Insel Wörth, den chinesischen Turm. Er sollte in seiner Wohnung ein Stück Bayern haben.«

»Simon hatte überhaupt keine Angst vor der Cholera«, erinnerte sich Carl. »Er schrieb, dass Ägypten in diesem Jahr völlig davon befreit sei, denn wenn die Cholera nicht bis März aufgetreten sei, käme sie nicht mehr. Simon war ganz arglos.«

»Ich glaube, er wollte uns nur nicht ängstigen. Denn warum konnte er uns keine Bilder und Beschreibungen von Alexandrien schicken? Weil alles durchräuchert und verdorben ankommen würde. Das hat er einmal erwähnt. Daraus kann man doch schließen, dass in Alexandrien Schwefelräucherungen als Schutzmaßnahme gegen die Cholera durchgeführt wurden.«

Carl reichte Crescenz mit einem verlegenen Lächeln ein Blatt Papier, auf dem ein Gedicht stand. »Ich habe es für Simon geschrieben, mir aber eine Abschrift gemacht:

Weithin über Meere schwebst Du fort
Einsam stehst Du schon im fernen Lande
Doch in süßen Fesseln halten dort
Dich der Bruderliebe treue Bande.
Weißt ja, dass selbst übers kühle Grab
Unser beider Bruderliebe schwingt.
Bis hin, wo uns im verklärten Licht
Vereint, ew'ger Ruhgesang erklingt.

Denke zuweilen noch über Meere herüber an Deinen aufrichtigen Bruder Carl, der Dich herzlich liebt. Geschrieben am 16. März 1826.«

Crescenz sah Carl an. »Hast du denn etwas geahnt? Dein Gedicht klingt mir prophetisch.«

»Nein, natürlich nicht. Ich habe nicht daran gedacht, dass Simon sterben könnte. Und wenn, dann habe ich diese Gedanken weggeschoben. Weit weg.«

Crescenz lächelte traurig. »Zumindest ist Simon in Alexandrien einmal glücklich gewesen. Hat er dir auch von seiner Braut geschrieben?«

»Ja – im Zusammenhang mit den kleinen Lithographien, die wir ihm geschickt haben. Da schrieb er mir, dass er eine Braut habe und dass er ihr nun endlich zeigen könne, dass es nicht nur in Paris schön sei, sondern auch am Tegernsee und in Bogenhausen. Er war offenbar stolz auf sie, denn er betonte, dass seine Braut die Tochter des französischen Konsuls sei, ein hübsches Mädchen, in Paris erzogen, sehr kultiviert und dennoch warmherzig. Sie beherrsche auch die ägyptische Sprache.«

»Mein Gott«, seufzte Crescenz. »Und jetzt ist der Bräutigam tot. Die Arme. Wie mag es ihr wohl gehen?«

Crescenz hatte sich zu Carl aufs Bett gesetzt. Da ihr die Kante auch zu hart war, legte sie ihre Hände unter die Oberschenkel, und Carl fand, dass sie aussah wie ein kleines, trauriges Mädchen. Zärtlichkeit stieg in ihm auf. Crescenz liebte ihn und seine Brüder. Immer schon. Er dachte für einen Moment daran, dass es gut war, dass seine Mutter Franziska den heutigen Tag nicht erleben musste.

»Zum Schluss hat Simon ehrlich von seinem Heimweh geschrieben«, sagte Crescenz und legte ihren Kopf leicht an Carls Schulter. »Ich habe es so satt hier«, hat er geschrieben. »Ich sehne mich danach, Euch alle wiederzusehen. Das Leben hier wird mir mit jedem Tag unangenehmer.«

Sie schüttelte den Kopf. »Simon ist nicht an sich selbst gescheitert, sondern an den unerträglichen Verhältnissen in Alexandrien. Man hat ihm dort viel zu viel aufgehalst. Er hatte ja nicht einmal Zeit, sich an die klimatischen Verhältnisse zu gewöhnen. Schon im Mai letzten Jahres schrieb er davon, dass ihm die Prokura von Herrn Dumreicher übertragen worden sei, der eine

Europareise machen wolle. Und dass ihm die Arbeit, die er jetzt völlig allein zu bewältigen hatte, zu viel würde. Dass er nach Hause wolle, je eher, desto besser. Auch euer Vater wollte, dass sein Ältester heimkam. Er hatte eine Unruhe, schrieb immer wieder an Dumreicher, Simon doch heimzuschicken. Aber der war zu egoistisch, so sehe ich das jedenfalls heute. Er hat sich auf Simons Kosten die Cholera vom Leib gehalten.

Und wahrscheinlich hat Simon die Nachricht von der schweren Krankheit des Vaters auch noch geschwächt«, schluchzte Crescenz, und wieder liefen ihr die Tränen übers Gesicht.

»Ja, ganz bestimmt. Es muss unerträglich gewesen sein für Simon, dem Vater nicht beistehen zu können.« Carls Stimme wurde hart. »Ich bin mir sicher, dass Simon nach Vaters Tod sofort heimkommen wollte. Aber Dumreicher wollte ihn nicht gehen lassen. Der hatte nur seine eigenen Interessen im Sinn! Ich habe nicht übel Lust, ihm zu schreiben, was ich von ihm denke.«

Carl hatte sich in Wut geredet. Er stand am Fenster, hatte die geballten Fäuste gegen die Zähne gepresst. »Simon hat immerfort gegeben. Er wollte uns immer beschenken. Jetzt hat er sich selber verschenkt. Einem Fremden, der keine Rücksicht auf den jungen, unerfahrenen Geschäftsmann genommen hat. Was meinst du, Mutter – sind diese Briefe alles, was uns von Simon übrig bleibt? Gibt es sonst keine Andenken? Ist all sein Hab und Gut verkauft worden?«

Carl schlug mit den Fäusten gegen das Fenster. Crescenz stand auf, trat hinter ihn und zog ihn sanft an sich. Sie sah sein aufgelöstes Gesicht, die geröteten Augen, aus denen Tränen strömten, er erinnerte sie schmerzlich an Franziska, seine Mutter. Ihr hatte sie auch nicht helfen können, und jetzt stand sie ebenso hilflos vor ihrem Sohn, dessen Schmerz um den Bruder noch verstärkt wurde durch die egoistische Haltung des Prinzipals. Carl hatte völlig recht – der persönliche Besitz Simons wurde nirgends erwähnt. Wer hatte sich daran bereichert?

Crescenz holte aus ihrer Tasche ein weiteres Bündel Papiere. Schwefelgeräucherte Amtspapiere, vergilbt und brüchig, sodass man sie kaum entziffern konnte. Immerhin erfuhren sie daraus, dass Simon Spitzweg am 29. April 1829 von dem Pfarrer Bartolomeo di Braciliano der Parrochialkirche Maria Himmelfahrt in Kairo beerdigt worden war.

Nach zwei Tagen war Crescenz wieder zurückgefahren nach München. Carl saß am Tisch, hatte ein Glas Wein vor sich, starrte aber nur auf das weißgescheuerte Holz des Tisches und auf die Krümel, die in den Ritzen zu sehen waren. Simon. Bruder. Er sagte es, und er sagte es auch nicht. Vielleicht dachte er es nur. Warum hatte der Vater Simon nicht verboten, nach Alexandrien zu gehen? In ein so fremdes Land. Vater war doch sonst so unnachgiebig gewesen.

Carl starrte schon die ganze Zeit die *Augsburger Allgemeine Zeitung* an, die Crescenz ihm aus München mitgebracht hatte. Allmählich lösten sich die Buchstaben aus seiner umwölkten Sicht. Er las wenig interessiert von der geplanten Grundsteinlegung der Walhalla bei Donaustauf. Im Herbst sollte sie erfolgen, und Seine Majestät König Ludwig von Bayern würde als Gast zugegen sein. Nun ja, Carl konnte es erwarten.

Aber hier, was las er, ausgerechnet heute? »Die fürchterliche Krankheit Cholera regiert in den Ländern Polen und Ungarn. Das ist gefährlich nahe an unserem Vaterland. Es herrscht in Polen und Ungarn ein entsetzlicher Jammer. Alle Krankenhäuser auf dem Land, in den Dorfgemeinden, in den Städten und Märkten sind aufgefordert, sich darauf einzurichten, dass die Seuche womöglich auch unser Vaterland erreicht. Im Königreich Bayern werden in allen Kirchen öffentlich Bittgebete zu Gott, dem himmlischen Vater, abgeschickt, um Ihn, den allmächtigen Vater der Barmherzigkeit, zu versöhnen.

Auf diese Weise, so glauben wir, wird unser Vaterland bisher von der schrecklichen Plage verschont. Dem allmächtigen und allbarmherzigen Gott sei Lob und Dank.«

Der Gedanke, dass Simon noch leben könnte, wäre er nicht nach Alexandrien gegangen, ließ Carl nicht los. Er wusste genau, dass sein Bruder auch in München an der Cholera hätte sterben können. Und dennoch. Carl wäre da gewesen und hätte vielleicht einen Ausweg gewusst.

19

»Der Attenhauser ist doch nicht ganz bei sich! Du bist der beste Apotheker, den die Löwen-Apotheke jemals hatte, und dann redet der so einen hanebüchenen Unsinn über dich! Willst du den nicht anzeigen, Carl?«

Tilmans weiches Jungengesicht war erhitzt, seine Augen funkelten empört. »Wenn du gehst, Carl, fahre ich am gleichen Tag ab nach Bamberg. Ohne dich bleibe ich auch nicht hier.«

Carl legte Tilman die Hand auf die Schulter. Er war ruhig, gelassen, ein wenig spöttisch. »Weißt du, auch wenn Attenhauser sich diese Geschmacklosigkeit nicht geleistet hätte, wäre ich nicht länger hiergeblieben. Ich habe es wirklich satt, mit Attenhauser zusammenzuarbeiten. Er hat zwar eine Apotheke, ist aber kein Apotheker, sondern ein Esel. Das zu verkünden, darf ich mir jetzt leisten. Attenhauser hat zwar Gehilfen, aber ein Prinzipal ist er nicht.«

»Wieso hast du ihm das nie gesagt? Ich wäre dir sofort beigesprungen und hätte dich unterstützt.«

Carl klappte das Manual zu und machte sich daran, das Rezept gegen die Gicht zusammenzustellen, das für einen reichen Bauern bestimmt war, der wegen eines roten aufgeschwollenen Großzehs nicht mehr laufen konnte.

»Attenhausers Dummheit ist vielleicht ererbt, was weiß ich«, sagte Carl gleichgültig. »Ich habe rasch bemerkt, dass er seine Examina als Apotheker wahrscheinlich auf dem Gäubodenfest abgelegt hat. Aber warum sollte ich ihm das vorwerfen? Im Gegenteil, ich habe ihm meine Kenntnisse so verkauft, als wären es die seinen. Vielleicht glaubt Attenhauser heute noch, dass ich bewundernd zu ihm aufblicke. Dabei lernt man nichts von ihm, gar nichts – das hast du ja auch erfahren.«

»Weiß Gott«, bestätigte Tilman, »ich habe meinem Vater berichtet, dass der Prinzipal den Salbei nicht von der Küchenschelle unterscheiden kann. Mein Vater meinte, das fände man öfter unter den Kollegen und ich solle doch heimkommen und meine Zeit nicht in Straubing vertun. Wenn ich es recht bedenke, Carl, bin ich nur deinetwegen in Straubing geblieben.«

»Was das angeht – von München nach Bamberg ist es ja nicht so furchtbar weit. Wolltest du nicht auch studieren? Dann komm doch auch nach München. Ich jedenfalls freue mich auf die Universität.«

Als Carl in München aus der Kutsche stieg, wartete Crescenz auf ihn. Carl umarmte sie fest. Ihm war bewusst geworden, dass seine Stiefmutter neben den Großeltern der einzige Mensch war, der ihn in München erwartete. Sie war seine Familie. Nur sie und Eduard waren ihm geblieben.

Crescenz löste sich von ihm, leicht verlegen, wie es Carl erschien. Er begriff sofort, als sie ihm den untersetzten, gutgekleideten Mann vorstellte, der sich gerade Carls Koffer vom Dach der Kutsche herunterreichen ließ.

»Neunerdt«, stellte sich der offenbar energische Mann vor, »Herrmann Neunerdt, ich bin der Verlobte Ihrer Frau Mutter, wir werden noch in dieser Woche heiraten. Selbstverständlich sind Sie nach wie vor in der elterlichen Wohnung willkommen. Aber ich bin sicher, dass Sie bald eine neue Bleibe finden werden. Alt genug sind Sie ja.«

In Carls Gehirn schien sich ein Karussell zu drehen. Crescenz, zum Heiraten angeblich zu intelligent, seine Stiefmutter, die getrennt vom Vater geschlafen hatte, Crescenz, die Witwe, die jede Woche einen anderen Bewerber abblitzen ließ, Crescenz würde bald Frau Neunerdt heißen? Und der Zukünftige erlaubte

Carl, in seinem eigenen Elternhaus zu wohnen, wie kam der dazu, so gönnerhaft zu sein, warum hatte Crescenz Carl nicht vorbereitet?

Mit der Hochzeit veränderte sich alles. In Carls Zuhause regierte Neunerdt so ungeniert, dass Carl die Mutter nicht mehr verstand. Wo war seine souveräne, in allem selbständig entscheidende, wie der Sturmwind herumbrausende Crescenz? Bemerkte sie nicht, dass Neunerdt, wenn auch höflich und leise, sie in allem bevormundete? In Geld- und Geschäftsentscheidungen ohnehin, aber auch bis in die Hauswirtschaft hinein ordnete er an oder änderte die Anordnungen seiner Frau ganz selbstverständlich. Häufig, wenn Carl den Blick seiner Stiefmutter suchte, begannen ihre Augenlider zu flattern. Kaum sichtbar, aber Carl sah es trotzdem. Und er hätte seinen Kopf verwettet, dass die Augenlider seiner Mutter Crescenz nie zuvor geflattert hatten.

Er konnte es nicht lassen, Neunerdt hin und wieder zu kritisieren. Es kam zu Krisen, denn Crescenz war stets auf der Seite Carls, verteidigte ihn gegen ihren Mann. Bei Tisch ging man oft noch vor dem Dessert auseinander. Carl spürte die Gefährdung, die Verletzungen, auch seine eigene Verletzlichkeit. Als klar wurde, dass Crescenz ein Kind erwartete, freute er sich für sie, aber der Abschied von ihr wurde umso nötiger und bitterer. Eines würde Crescenz trotz allem bleiben: die Schwester seiner geliebten Mutter.

Die Universität rückte in den Mittelpunkt von Carls Plänen und Wünschen. Dreimal schon war er wieder mit Philipp von Martius im Wendelstein gewandert, und die Schönheit der Landschaft hatte ihn aufs Neue gepackt. Er konnte viele Pflanzen benennen, und Martius war nicht mehr nur sein bewunderter Lehrer. Er ließ sich von Carl genau erklären, wie die einzelnen Pflanzen für die Medizin zubereitet wurden. Martius lehrte auch an der Ludwig-Maximilians-Universität. Er gab Carl Ratschläge, seine Fächerwahl betreffend, und so schrieb sich Carl für die Studienfächer Chemie und Pharmazie bei Hofrat Buchner ein, für Mineralogie bei dem bekannten Professor von Kobell. Physik bei Hofrat Nahl. Auch Toxikologie, Botanik und Zoologie wollte er belegen.

Gut, dass ich wieder in München bin, dachte Carl. In seiner schönen alten Stadt flüchtete er sich förmlich in die Straßen und Plätze, als müsse er sie sich wieder aneignen. Besonders am Abend, wenn die Laternen angezündet wurden, ging er mit Crescenz in Konzerte, da Neunerdt keine Neigung dazu hatte. Gelegentlich besuchten sie auch Bälle, wie sie in der Wintersaison abgehalten wurden. Zuerst glaubte Carl, er tue damit nur seiner Mutter einen Gefallen, die ein wenig Glanz brauchte. Doch bald begann er, die leuchtenden, funkelnden Stunden zu genießen, den Duft der schweren Parfüms, auffallend elegante oder lächerlich plumpe Roben, ein Paar schöner Augen hier und da, dazu Champagner, der ihm mit zunehmendem Alter immer besser schmeckte. Wenn sogar der Hof in seiner Loge erschien, die gesamte königliche Familie, dann erhoben sich alle, und die Seelen schwangen sich mit hinauf in die Seligkeit der Monarchie. König Ludwig I., sein altes Lausbubengesicht umrahmt von zerzausten Strähnen, aber im vollen königlichen Ornat, Königin Therese in prachtvoller Robe mit Kindern und Gefolge.

Ins Hotel zum Schwarzen Adler waren sie von Carls Paten Franz Xaver Lauterer eingeladen gewesen, dem Branntweiner vom Promenadenplatz, der wegen seines Vermögens und seines betonten Münchnertums überall gern gesehen war. Obwohl schon um die fünfzig, war er schlanker als früher und ausgesucht elegant gekleidet. Er kannte den neuesten Münchner Klatsch, gerade auch den bei Hofe, sodass Carl und Crescenz sich sehr gut unterhalten fanden.

Der Hochzeit des Königspaares im Jahr 1810 verdankten die Münchner bekanntlich das beliebte Oktoberfest. Was wenige Leute wussten, Lauterer aber schon: Die königliche Braut hatte während des ganzen Hochzeitstages und auch in der Hochzeitsnacht qualvolle Zahnschmerzen gehabt. Schrillere Alarmglocken hatten ja gar nicht läuten können. Doch ungeachtet dieser schlechten Vorzeichen tat Therese stets das, wozu sie ihre Herkunft bestimmt hatte.

Franz Xaver Lauterer hatte großen Respekt für seine Königin Therese. Die war eher klein von Statur, aber durchaus hübsch und einnehmend. Und das nach all den Geburten! Doch war sich der Lauterer sicher. Das königliche Lächeln war ein wenig gefroren. Man konnte es auch verstehen. Ihre Majestät durfte nie sicher sein, welche der glänzend gewandeten jungen Damen die derzeitige Favoritin ihres königlichen Gemahls war. Es war die alte Geschichte, doch blieb sie immer neu: Hoheit traf junge Frau. Wer mochte da nachzählen? Und wenn das alles gewesen wäre. Jetzt begann König Ludwig auch noch damit, diese Frauenzimmer von dem großen Künstler Josef Stieler malen zu lassen. Der Beste war ihm gerade gut genug für die Weibsbilder, die auf den Gemälden viel schöner aussahen als in der Wirklichkeit. Wahrscheinlich ärgerte sich Königin Therese genau darüber am meisten.

Das Gespräch über die Porträts der jungen Favoritinnen erinnerte Carl daran, dass er seit seiner Rückkehr nach München damit beschäftigt war, die junge Frau zu malen, die spätabends in die Löwen-Apotheke gekommen war und ein Mittel gegen ihre Kopfschmerzen wollte. Für ihn war durch diese junge Frau seine unbewusste Suche nach der vollkommenen Prinzessin auf wundersame Weise in Erfüllung gegangen. Manchmal spürte er sogar eine gewisse Sicherheit, dass er seiner Traumfrau wiederbegegnen würde. Noch in der Nacht, nachdem sie in die Kutsche gestiegen war, hatte Carl eine Zeichnung angefertigt. Er hatte ein Brustbild gewählt, das den Kopf fast frontal zeigte. Hals und Schultern blieben entblößt. Er gab ihr eine zarte Nase und einen etwas wehmütigen Mund. Die Augen sahen Carl an, ja, es war ihm gelungen, dass seine Prinzessin ihn anschaute. Ganz gewiss würde er dieses Porträt irgendwann einmal in Öl auf Karton malen, doch dazu fehlte ihm noch Erfahrung.

Sein Patenonkel stieß ihn freundschaftlich in die Seite. »Nun, Carl, interessierst du dich überhaupt nicht für die Freuden und

Leiden am Königshof? Außerdem – du malst doch auch, wie ich höre. Was sagst du denn dazu, dass der Stieler die jungen Mätressen des Königs malt?«

»Davon habe ich zum ersten Mal in Straubing gehört. Manche Leute dort mögen das nicht glauben, andere sind heftig entrüstet. Alle haben Mitleid mit der Königin.«

»Ich habe aber auch gehört, der König mache schwärmerische Gedichte auf sie. Aber ob sich Königin Therese damit trösten lässt?«, überlegte Crescenz laut.

»Um Ausreden verlegen ist der König sicher nicht«, meinte der Pate. »Gut, dass ich nicht verheiratet bin.«

Carl hatte kein großes Interesse an dem Thema. Er machte sich nichts aus der Monarchie, behielt das aber innerhalb der Verwandtschaft für sich. Großvater Schmutzer pflegte zu sagen, dass Bayerns Fürsten und Könige mit dem Volk auf das innigste verbunden seien. Dass sie Freud und Leid im gleichen Maße miteinander teilten. Sosehr Carl den Großvater verehrte – an dieses liebevolle Bild von Bayerns Herrschern konnte er nicht glauben.

Wenn er nur daran dachte, was die Lisi ihm neulich vom Kurfürsten Karl Theodor erzählt hatte. Lisi war natürlich längst nicht mehr Carls Kindermädchen. Sie hatte durch ihre Wachheit und Umsicht die Stelle der Babett bekommen, als die sich verheiratet hatte. Wenn es sich ergab, dass Carl spät heimkam, dann beeilte sich Lisi, ihrem Liebling noch ein Abendessen herzurichten. Bei solchen Gelegenheiten kamen sie oftmals ins Gespräch, und unlängst war die Lisi auf den Kurfürsten Karl Theodor zu sprechen gekommen:

»Der hat die Münchner Ratsherren auf den Knien Abbitte leisten lassen für nichts und wieder nichts. Vor seinem Kurfürstenstuhl mussten die knien. Und der Kurfürst war gar nicht drin gesessen.« Lisis Vater hatte persönlich gehört, wie ein Hofrat im Wirtshaus erzählte, dass der Kurfürst keine Gnade kannte. »Er will immer nur einsperren, henken und rächen«, hat der Hofrat gesagt. »Und Weiber hat der gehabt«, schnaubte Lisi verächtlich. »Die kann keiner mehr zählen, heißt es. Und die Bankerten gehen an die hundert. Sein eigener Sohn hat nur einen Tag lang gelebt. Kein Wunder, bei dem Vater.«

Carl hatte von seinen Eltern, vor allem vom Vater und von den Großeltern gelernt, die Königsfamilie mit Respekt und kritischer Sympathie zu sehen. Lisi schwärmte heute noch von König Max I. Joseph. »Der war immer furchtbar unglücklich, wenn er ein Todesurteil unterzeichnen musste. Dann konnte er tagelang nichts essen. Aber es half ja nichts.«

Der heute amtierende König Ludwig I., so schien es Carl, passte in die neue Zeit. Er wollte, dass München nicht den Anschluss verlor. Das war bestimmt sehr lobenswert. Aber in der Kunst, zumindest in der Malerei, bewies der König einen Geschmack, den Carl nicht teilen konnte. Ludwig liebte den Klassizismus. Sehr gern in großen und größten Formaten.

Mit seiner Ablehnung der königlichen künstlerischen Vorlieben stand Carl nicht allein. Schon vor Jahren hatte sich der Münchner Kunstverein gegründet. Das war ein Zusammenschluss kunstsinniger Bürger und vieler Künstler, die mit ihrer Arbeit vom Hofe nicht gefördert wurden. Damit war ein Forum entstanden für all diejenigen, die sich nicht mit dem begnügen wollten, was bei Hofe beziehungsweise in der Königlichen Akademie honoriert wurde.

Carl hatte erst vor wenigen Monaten von der Existenz dieses Vereins erfahren, als ihm Pettenkofer davon berichtete. »Stellen Sie sich vor, Spitzweg, jetzt bin ich schon in dreiundzwanzig Vereinen, und grad gestern bin ich auch noch dem Kunstverein beigetreten.

Die haben ihre Vereinsräume gleich ums Eck in den Arkaden, Sie wissen schon. Wenn Sie wollen, schauen wir heute Abend kurz vorbei. Dann führe ich Sie ein. Stimmt's, ein bisserl malen Sie doch auch.«

Seit diesem Abend gehörte ein Besuch des Kunstvereins zu Carls Gewohnheiten. Immer gab es dort interessante Debatten. Carl lernte neue Leute kennen. Der Umgang mit den anderen war ganz zwanglos.

Gerade neulich hatte Carl dort beim Betrachten eines Bildes zugehört, wie zwei höfisch gekleidete Herren sich mit wichtiger Miene unterhielten:

»Der König hat schon wieder ein Bild der englischen Schule gekauft. Von einem schottischen Maler namens David Wilkie.«

»Ich weiß, ich weiß«, unterbrach ihn der andere, »es heißt *Testamentseröffnung*. Ich selbst verstehe ja nicht allzu viel von Malerei, doch nach dem Urteil renommierter Kritiker soll es ein langweiliges und rührseliges Werk sein.«

Der andere lachte ein wenig hämisch. »Ich wette, dass viele Münchner Künstler sich veranlasst sehen, diese Form nachzuahmen.«

»Gewiss, gewiss«, bestätigte der zweite, »wie ich hörte, herrscht an der Akademie das Streben nach heroischer Bewältigung religiöser, mythologischer oder historischer Themen. Alles soll jetzt repräsentativ sein, monumental. Peter von Cornelius, Sie wissen schon, der Direktor der Akademie, favorisiert ein kommerzielles künstlerisches Schaffen. Er will dem König gefallen.«

»Wie man hört, verschafft er nur den Künstlern, die ihm in seiner Auffassung folgen, lukrative Aufträge.«

»So ist es, die anderen haben keine Chancen. Es soll ja mittlerweile viel Armut und Elend geben unter den Landschaftsmalern. Aber wird einer gezwungen, Maler zu sein?« Die beiden Höfischen entfernten sich lachend.

Carl interessierte sich viel mehr für die realistischen, auf verschiedene Genres spezialisierten Künstler, die an kleinen Staffeleibildern arbeiteten und im Kunstverein ausstellten. Sie waren unabhängig von der Akademie. Nicht nur das. Sie opponierten geradezu gegen das sterile Nachzeichnen von Gipsfiguren, das sie die »Mumienbeschwörung« nannten.

Die alten Niederländer wurden von allen Münchner Malern als ihre wichtigsten Vorbilder angesehen. Wahrscheinlich gäbe es ohne die gar keine Münchner Kunst. So hatte Carl es im Kunstverein gehört, als er dort Gemälde anschaute, vor allem aber den Wortführern zuhörte. Er erfuhr, dass junge Künstler, die Originale kopieren wollten, das strenge Verbot des Königs zu spüren bekamen. Ihnen wurde gar die Ausweisung angedroht. Nicht einmal bei der Besichtigung durften sie sich Notizen machen. Auf diese Weise versuchte der König, der sich auch als Beherrscher der Münchner Kunst verstand, eigenwillige Künstler zu unterdrücken. Und seine Untergebenen, allen voran Cornelius, waren nur zu willfährig.

Carl verstand das nicht. Die wunderbaren alten Bilder waren ohnehin in den staubigen Ecken der Hofgartengalerie zusammengepfercht. Teilweise waren sie in schlechtem Zustand. Warum bekamen sie keine repräsentativen Räume, wenn sie sogar dem König wichtig waren?

Cornelius ging schließlich so weit, die Landschaftsmalerei aus dem Lehrbetrieb zu entfernen. Das war auch der Grund, warum einige dieser Maler gemeinsam mit kunstliebenden Bürgern den Kunstverein gegründet hatten. Jedes Mal, wenn Carl dessen Räume aufsuchte, fühlte er sich wie ein Hochstapler. Seine eigenen Bilder schienen ihm dilettantisch. Er mochte sich nicht als Maler zu erkennen geben. Lieber blieb er still im Hintergrund, wurde hier und da als Herr Apotheker begrüßt. Manchmal traf er einen Kommilitonen. Gemeinsam sah man Bilder von Christian Heinrich Hanson, dessen Arbeiten ihn ebenso beeindruckten wie die von Bernhard Stange. Er war ein großer Bewunderer von Eduard Schleich und Heinrich Bürkel, die in Carls Augen beide Meister der Landschaftsmalerei waren.

Bei einem seiner Besuche fragte man den Herrn Apotheker, ob er Mitglied werden wolle im Kunstverein. Man sei ein junger Verein, brauche Kunstbegeisterte, auch wenn sie selbst nicht malten. Carl trug sich sofort ein. Nun war auch er schon dem zweiten Verein beigetreten. Als Apotheker war er bereits »Wirkliches Mitglied des Pharmazeutischen Vereins in Bayern«. Als Maler bin ich zunächst einmal unwirkliches Mitglied, dachte Carl. Er fand, das passe gut zu ihm.

Sein Studium faszinierte ihn allerdings so sehr, dass er kaum mehr zum Malen kam. Selbst ein Porträt seiner Großmutter

Schmutzer, an dem er schon ewig arbeitete, hatte er noch nicht vollendet. Das Licht, das auf die reichen Falten ihrer Haube fallen sollte, passte noch nicht. Die Großmutter saß ihm aber gern Modell.

»Studierter Apotheker und sorgfältiger Maler – was mein Carl nicht alles sein kann«, sagte sie voller Stolz. Obwohl sie aus einer Gesellschaftsschicht kam, für die Künstler suspekt waren, hatte sie immer zu der Fraktion in der Familie gehört, die Carls Malerei ernst nahm und verteidigte. Als sie ihm zuletzt gesessen hatte, wollte sie wieder seine sämtlichen angefangenen Zeichnungen und Ölbilder anschauen. Carl war verlegen, wollte sie davon abhalten. »Meine Bilder sind doch alles nur Versuche, plumpes Geschmiere.« Da schüttelte seine Großmutter den Kopf. »Nein, lieber Carl, du verstehst mich nicht. Wenn ich deine Bilder anschaue, habe ich das Gefühl, als blätterte ich in einem Zauberbuch. Vielleicht ist es mein Empfinden, meine Liebe zu dir, die deinen Bildern leuchtenden Glanz verleiht.«

Eduard war immer noch in Triest. Seit Simons Tod fühlten die Brüder sich noch stärker verbunden. Carl schrieb ihm regelmäßig. Zuletzt über die Faschingssaison in München, für die Eduard sich besonders interessierte.

Lieber Bruder,
Carneval war nicht so lang und schön wie im letzten Jahr. Ein Schützenball im »Frohsinn« war allerdings ausgezeichnet. Alles erschien in Charaktermasken, aber glaub mir, meist hatte das Innere mit dem Äußeren gar nichts zu tun. Die Masken waren nur aufgepappt. Aber dann erschien eine maskierte Menagerie, wie Du sie noch nie gesehen hast. Sie präsentierte sich zwischen dem zweiten und dritten Walzer, ich war überrascht, wirklich. Der Trompeter Maler, der Dir übrigens Grüße schickt, gab den Menageriediener. Die Käfige standen auf einem dreizehn Fuß langen Wagen; es gab einen Löwen (ein Metzgerhund mit einem dicken Pelz um den Hals), einen bengalischen Tiger mit seinen

Jungen (eine englische Dogge, wie ein Tiger angemalt, mit etlichen jungen Katzen, die man ebenfalls bemalt hatte). Bei den chinesischen Papageien hörte für mich der Spaß aber schon auf. Sie hatten welsche Hühner halb gerupft und bemalt. Maier stellte sie alle in seiner hintersinnigen Art vor und nahm zuletzt die Fütterung aller mit Bratwürsteln vor.

Die Walzer hatten wir in diesem Jahr alle aus Wien, von Strauß und Lanner. Der bekannte Couplet-Künstler Ferdinand Raimund aus Wien ist hier und gibt Gastrollen in Diamant des Geisterkönigs, Alpenkönig, Bauer als Millionär, Doktor Kramperl *und so weiter.*

Unser gewöhnlicher Spaziergang ist jetzt das Jägerhäusl. Da haben wir ein Zimmer für uns – ein Klavier, und da wird dann besonders in der heiligen Fastenzeit alle Nachmittage wacker getanzt, wobei ich meist das Orchester sein darf. Ich erwerbe mir unsterblichen Ruhm.

Felice notte. Dein Carl

Im Jesuitenkolleg war reger Betrieb. Studenten liefen herum, alle, außer Carl, schienen zu wissen, wohin sie gehen mussten. Im Hintergrund des Raumes stand ein großer, elegant gekleideter Mann mit lockigem Haar an einem Stehpult und schrieb in raschem Tempo etwas in ein Buch. Er war der einzige ruhige Pol in dieser Betriebsamkeit. Carl räusperte sich, es war ihm unangenehm, diesen Herrn bei der Arbeit zu stören, aber wenn er niemanden fragte, würde Carl noch am Sankt-Nimmerleins-Tag hier herumstehen. »Entschuldigen Sie, ich möchte mich bei Herrn Professor Buchner einschreiben, wissen Sie …«

Der Herr wandte sich Carl zu. Er lächelte ein wenig. »Wos, beim Buchner wollen S' studiern? Ja, da san S' selbst schuld.«

Carl schaute ihn irritiert an, doch der Herr klopfte ihm lachend auf die Schulter, gab ihm die Hand.

»Der Buchner, des bin i.«

Sie kamen schnell ins Gespräch, und Carl wunderte sich nur darüber, dass er sich in der Karlsstraße einzufinden hätte anstatt hier im Jesuitenkolleg Wilhelminum in der Neuhauser Gasse, das als Universität fungierte. Professor Buchner erklärte es ihm ohne Umschweife: »An dieser Universität habe ich wahrscheinlich keine Aussicht, je wieder zu einem anständigen Laboratorium zu gelangen. Sie hätten mein Laboratorium in Landshut sehen sollen. Das war hervorragend eingerichtet und sehr großzügig. Hier in München gibt es sogar drei Laboratorien, aber sie sind besetzt, und für mich ein viertes zu bauen, sieht man sich nicht in der Lage.«

Carl überlegte kurz, ob es für ihn Nachteile haben könnte, an einem Privatinstitut zu studieren, obwohl Professor Buchner sympathisch war und als Trommsdorff-Schüler mit Sicherheit Format hatte. Buchner sah ihn an und lächelte. »Keine Sorge, Herr Studiosus, ich bin ja nur deshalb in die Karlsstraße gezogen, weil ich mich ohne Laboratorium fühle wie ein Chirurg ohne Klinik und ohne Leichen. Schauen Sie, Spitzweg, an meinem Institut gibt es ein Privatlabor mit Chemikalienfabrikation. Dort lernen Sie unter meiner Aufsicht, chemische Präparate herzustellen, die dann an Apotheken verkauft werden. So finanzieren wir uns selbst, sind unabhängig. Sie werden schon noch erfahren, wie viel das wert ist. Es gibt im Übrigen einen eigenen Raum für die wöchentlichen Colloquien. Daran beteilige ich mich auch regelmäßig.«

Durch Pettenkofer wusste Carl, dass Buchner auch als Forscher schon Bedeutendes geleistet hatte. Er war es, der 1828 als Erster das Salicin aus der Weidenrinde isoliert hatte, die Vorstufe zur Gewinnung von Salicylsäure. Er hatte ein siebenbändiges Lehrbuch *Vollständiger Inbegriff der Pharmacie* herausgebracht, was Carl sich sofort anschaffte.

In den Vorlesungen freundete sich Carl rasch mit einem Kommilitonen an, der Anton hieß, Anton Gielg. Er hatte ein kantiges, aber offenes Gesicht mit tiefliegenden hellen Augen, die er lange und nachdenklich auf Carl richtete. Er redete bayrisch, sprach gelassen von seiner Haidhausener Grammatik, weil er in diesem Stadtteil aufgewachsen war. Natürlich war er der Schriftsprache mächtig, schließlich hatte er die Lateinschule abgeschlossen. Jetzt wohnte er in der Au, da seine Eltern bereits beide gestorben waren. Anton hatte nur noch einen älteren Bruder, Pankraz, auf dessen Zuwendungen er angewiesen war. Die waren karg genug, und Anton war froh, bei einer Handwerkerfamilie in der Au untergekommen zu sein, die glücklich waren über die paar Kröten, die er zahlen konnte.

Die Vorstadt Au war eher ein jämmerlicher Stadtteil. Freudlos. Auf den Gassen sah man verwahrloste Kinder. Hier wohnten vor allem Tagelöhner und ambulante Händler, die oft nicht das Nötigste zum Leben verdienten. Sie gehörten zu der durch die Stadtmauern abgegrenzten Unterschicht. Zuhälter und Prostituierte lebten hier, Dienstmägde, Kellnerinnen, Näherinnen. Gelegenheitsarbeiter, kleine Gauner und die Haderlumper. So nannte man Leute, die für die Auer Papiermühle Stofflumpen sammelten.

Anton lebte in einem hölzernen, ständig feuchten Haus am Mariahilfsplatz, und er scheute sich nicht, seinem Kommilitonen zu berichten, was er in den Mietshäusern, auch Zinskasernen genannt, sah: vor allem Polizei, die ständig Razzien durchführte. Für sie war die Au ein Ort der Prostitution, der Rebellion, der ansteckenden Krankheiten – kurz ein ekelhaftes Geschwür, das die schöne Münchner Stadt zu bedrohen schien. Ein Territorium des Abschaums und der Unkultur.

»Ich glaube, für die Regierung und für die reichen Bürger ist hier alles nieder, vulgär, unrein. In ihren Augen lebt hier nur arbeitsscheues Gesindel, das den Tag verschläft und am Abend auf Raub ausgeht, gewerbliche Unzucht betreibt. Hier, so glauben sie, holen sich die Männer Geschlechtskrankheiten wie die Syphilis. Die Prostituierten, oft unwissende Mädchen vom Land, sehen sie als reale Gefahr. Dabei kommen sie ja selbst hierher. Was glaubst du, wen ich nicht schon alles gesehen habe. Sie fahren vor in ihren Equipagen, um ungeniert ihre sexuellen Wünsche auszuleben. Sie schicken auch ihre Söhne her zur sexuellen Initiierung.«

Carl schwieg. Er kam sich dem gleichaltrigen Anton gegenüber vor wie ein verwöhnter Bürgersohn. Ob sein Vater, der allseits beliebte und verehrte, mit Orden dekorierte Simon Spitzweg, diese Verhältnisse gekannt hatte? Vielleicht auch in einer Equipage vorgefahren war? Das konnte sich Carl nicht vorstellen. Immerhin war klar, dass sein Vater keinen seiner Söhne zum Mariahilfsplatz geschickt hatte. Nach den Schilderungen Antons fühlte sich Carl wie ein weltfremder älterer Junge, der mit Scheuklappen durch sein Leben gelaufen war.

Als hätte Anton seine Gedanken erraten, sagte er grinsend: »Du hast nichts verpasst, Carl. Vielleicht solltest du mich einmal besuchen. Du wirst hauptsächlich Leuten mit gebeugtem Rücken begegnen. Diese Menschen haben nur die Kirche, die kirchlichen Feste, bei denen ihnen das Himmelreich versprochen wird, wenn sie schön brav sind. Auf den Dulten kriegen sie Schaustellertruppen, Gaukler, Tierbändiger, Wunderheiler, Zauberer und Bänkelsänger vorgeführt. Dafür dürfen sie ihre letzten Kreuzer ausgeben. Der Adel erlaubt es, die Kirche fördert es.«

Anton sah Carl forschend an. »Ihr habt doch auch Gesinde im Haus, oder? Die kriegen sicher gute Kost und Logis. Aber kriegen sie auch Lohn?«

»Natürlich«, sagte Carl bestimmt. »Wie viel, weiß ich allerdings nicht.«

Anton starrte Carl verblüfft an. »Dass i net rutsch!«, entfuhr es ihm.

Anton rückte jetzt näher an Carl heran. »Das sag ich dir, die Allerärmsten, das sind die Dienstmädchen, die vom Land in die Stadt kommen und in Dienst gehen. Oft werden sie vom Herrn vergewaltigt, und wenn sie dann schwanger sind, wirft man sie hinaus. Auf diese jungen Dinger haben die Polizisten ein besonders scharfes Auge. Wenn sie keine Arbeit finden und sich von Zuhältern zur Prostitution überreden oder zwingen lassen, werden sie sofort mit Gefängnis bestraft. Und dann – ade, du schöne Welt! Seit ich in der Au lebe, habe ich einige dieser Mädchen kennengelernt. Das waren zum Teil schöne, unverdorbene Mädchen. Ich hab sie gerngehabt, aber ich war noch zu jung, um ihnen zu helfen.«

Anton lachte bitter. »Jetzt wär ich nicht mehr zu jung, aber jetzt bin ich zu arm. Ich hab Wut auf die Oberen dieser Stadt, die so prächtig in ihren Chaisen herumfahren und vornehm tun.«

Carl bewunderte Anton vor allem wegen seiner klaren, maßvollen Sprache, so brutal die Bilder auch waren, die er heraufbeschwor. Anton hatte bestimmt schon als Kind viel Schlimmes gesehen, und doch hielt er seine Gefühle unter Kontrolle. Wie kam er zu dieser gebildeten Ausdrucksweise?

Dass Anton kaum ein Geld hatte, war Carl sofort klar. Seine Kleidung war ausgebeult, die Schuhe ausgetreten. Carl gab ihm von dem Brot und der Wurst ab, die er sich am Morgen immer mitnahm, denn er sah, dass der Kommilitone sich wegwandte, wenn die anderen zwischen den Vorlesungen ihre Brotzeit auspackten.

Als Carl ihm Brot und Wurst reichte, nahm Anton es an, und sein angespanntes schmales Gesicht leuchtete. Nachdem er hingegeben gegessen hatte, berichtete er, dass es ihm arg sei, gar so wenig Geld zu haben. Sein Bruder sei Schreiner, unverheiratet, er wohne im Haus seines Meisters und habe es sich in den Kopf gesetzt, dass »der Kloane« studieren solle. »Mein Bruder, so sagen sie, sei nicht richtig im Kopf. Er ist halt ein bisschen aufgeschossen, hat klobige Hände, und die Augen stehen ihm schräg im Gesicht. Seine Zunge rutscht oftmals zwischen die Lippen, besonders, wenn er sich eine Sache lange überlegen muss. Oder wenn er an etwas Kompliziertem herumprobiert. Aber du müsstest einmal sehen, was für schöne Sachen er schreinert!« Anton wurde jetzt lebhaft, seine Augen glänzten. »Er macht sogar Möbel aus Wurzelmaserholz, die nur ganz wenigen gelingen. Weißt du, die sehen dann aus wie Marmor, und mein Bruder macht auch noch die Beschläge selber, die sonst vom Hofgoldschmied gemacht werden. Sein Meister verdient viel Geld mit meinem Bruder«, meinte Anton bitter. »Er sagt aber, der Pankraz würde so viel essen, der höre gar nie auf, er könne ihm nicht auch noch viel Geld zahlen. Das wenige, was Pankraz verdient, gibt er mir. Aber es reicht kaum für die Miete.«

»Für mich hört sich alles, was du von deinem Bruder erzählst, gar nicht nach einer Beschränkung an«, sagte Carl. »Und wenn er sogar darauf besteht, dass du studieren sollst, kann er doch nicht einfältig sein.«

»Das sag ich auch immer. Schon seinetwegen werde ich mit aller Kraft versuchen, durch das Studium später so viel Geld zu verdienen, dass ich ihm einmal eine Werkstatt einrichten kann, und dann verdient er sein eigenes Geld und muss nicht alles beim Meister lassen.

Glaub mir«, sagte Anton nachdenklich zu Carl. »Natürlich bin ich, gemessen an euch allen hier, ein armer Hund. Aber ich seh das Ende der Fahnenstange, ich weiß, ich muss jetzt durchhalten, in ein paar Jahren hab ich es geschafft.«

Durch seine Erfahrungen in der Lateinschule war Carls Selbstbewusstsein, was das Studium anging, nicht allzu stark entwickelt gewesen. Doch jetzt, mit Anton an seiner Seite, spürte er, dass er mithalten konnte auf dem Feld der Wissenschaft. Diese neue Sicherheit erleichterte ihn, machte ihn zuversichtlich und auch mit jedem Tag selbständiger. Carl überlegte, wie er seinem Freund Anton das Leben leichter machen könne. Er musste es taktvoll anfangen, vorsichtig, um Antons Stolz nicht zu verletzen.

Im Juni kam die Tochter von Crescenz, Franziska, auf die Welt. Glücklicherweise waren Schwangerschaft und Geburt problemlos verlaufen, obwohl die späte Mutterschaft überall große Besorgnis ausgelöst hatte. Die kleine Franziska, genannt Fany, war bestens entwickelt, ein besonders hübsches Neugeborenes. Einzig Vater Neunerdt war zunächst etwas verschlossen. Er hatte auf einen Stammhalter gehofft.

Die kleine Franziska war für Carl die Antwort auf seine große Frage gewesen, was seine intelligente Crescentia in die Arme von

Neunerdt getrieben hatte. Es war die älteste Antwort der Welt: Crescenz war zweifellos schon schwanger gewesen, als Carl im vergangenen Herbst aus Straubing zurückgekommen war. Also schon vor der Hochzeit.

Für Carl war es jetzt höchste Zeit, aus der Neuhauser Gasse zu verschwinden. Im Graggenauer Viertel, in der Dienergasse 9, fand er eine Wohnung. Das Haus hatte einst seinen Großeltern gehört, Carl kannte sich gut aus darin, es war ihm noch vertraut. Sieben Gulden Miete hatte er zu bezahlen, aber die Wohnung im vierten Stock war es ihm wert. Er freute sich direkt auf das Treppensteigen, denn manchmal vermisste er Bewegung. Sein Studium hielt ihn oft für Stunden am Schreibtisch fest.

Nun war er zweiundzwanzig und besaß zum ersten Mal eine eigene Wohnung. Wäre nicht Neunerdt gekommen – mit Sicherheit hätte er noch lange die Bequemlichkeiten der elterlichen Wohnung genossen. Carl schwankte zwischen Groll auf Neunerdt und freudigem Erstaunen über sich selbst. Seltsam, ihm gefiel es, in den leeren Zimmern umherzugehen. Lediglich sein Bett war schon da, seine Kleider und die Utensilien für die Badestube. Das größte Zimmer sollte Studierzimmer und Maleratelier werden. Ein Zimmer einzig zum Malen, das hatte es in der elterlichen Wohnung nicht gegeben. Er hatte Antons Bruder Pankraz beauftragt, ihm einen großen Tisch anzufertigen, auf dem er seine Bücher ausbreiten und zeichnen konnte. Eine fensterlose Wand sollte Regale bekommen, mit unterschiedlich großen Fächern. Auf diese Weise wollte Carl seinen Hang zur Unordnung bekämpfen.

Am Fenster musste die Staffelei stehen! Carl atmete tief durch. Er konnte jetzt malen, wann immer ihm danach zumute war. Hier sollte sie stehn, hier, wo es hell war. Hier konnte er die Morgenröte malen oder die schweren Farben der Nacht. Hier konnte er – alles. Carl hatte das Gefühl, als wäre es diese Wohnung, dieses Haus, dessen eigenartigen Duft er schon als Kind geliebt hatte, die ihn erwachsen werden ließen. Frei machten. In den kommenden Wochen und Monaten würden ihm Flügel wachsen. Das hatte die Mutter ihm gesagt, wenn er kleinlaut von schlechten Noten berichtete. »Du musst es versuchen, Carl, immer wieder versuchen. Dann, mit einem Mal, wachsen dir Flügel.«

Das Schönste an der Wohnung war die Aussicht: die Frauentürme zu seinen Füßen, ringsum eine sich scheinbar unendlich fortsetzende Gebirgskette von Hausdächern, auf denen Kamine und Dachfenster im Schnee wie Schlösser und Ruinen aussahen. Manchmal meinte Carl, in ihnen ferne Sennhütten zu sehen, von denen der Rauch aufstieg. Und die Luft! So rein, so blau, so heiter. Es war einzig. Gerade vor seinem Atelierfenster standen zwei Blitzableiter wie Posten mit aufgepflanztem Bajonette.

Carl musste sich jemandem mitteilen, also schrieb er an Eduard. »Ich werde noch ganz stolz, weil ich so hoch über allen Menschen bin. Schau ich in die Tiefe, in den schwindelnden Schlund, so sehe ich ein Marionettentheater in Aktion. Kutscherl und Rösserl, Viecherl und Menscherln spazieren gravitätisch durcheinander. Der Lärm vom Abgrunde herauf dämpft sich und ist geradezu melodisch. Sanft und schmelzend klingt der Windgesang wie feine Elfenklänge. Die Uhr der Frauentürme höre ich dikdaken – weiß also immer, wie viel es geschlagen hat.«

Die Möbel für seine Wohnung fand Carl auf dem Dachboden des Elternhauses. Seit sein Großvater gestorben war, lebte Großmutter bei ihrer Schwester in Schwabing. Sie hatte nur wenige Stücke mitgenommen, sodass eine stattliche Anzahl des schönen großelterlichen Mobiliars den Dachboden füllte, jedes Teil sorgsam mit hellen Leinenstücken verkleidet.

Während Carl die Möbel sichtete, erschien plötzlich Neunerdt. Er fragte wie nebenbei, was Carl denn hier wolle. Von seinem Ton unangenehm berührt, antwortete Carl ihm nicht, sondern suchte weiter nach dem Schreibschrank der Großmutter, an dem er oft gesessen hatte. Die Großmutter hatte ihm das Abc schon beigebracht, ehe er in die Schule kam. Der etwa mannshohe Schrank war aus Kirschbaum, ein schlichtes Stück, von einem Würzburger Schreiner angefertigt.

Neunerdt ging um den Schrank herum, begutachtete ihn sorgfältig, prüfte die silbernen Schlösser, die wegen des teuren Kirschfurniers der einzige Schmuck waren. Auch die Kommode, genau passend zum Schrank, vom selben Würzburger Schreiner, betrachtete er von allen Seiten, meinte, dass ihm diese Stücke noch gut taugen würden. Als Carl, weiterhin wortlos, ein Magazinsofa auspackte und vier dazu passende Stühle, platzte Neunerdt heraus, man müsse das doch vorher absprechen. »So viele kostbare Möbel kannst du doch nicht einfach mitnehmen.«

Carl wäre am liebsten weggegangen. Der Kerl behandelte ihn wie einen Dieb. Was gingen diesen Menschen die Möbel seiner Großeltern an? Außerdem hatte Carl ein Fuhrwerk bestellt und Männer, die das Mobiliar abholen sollten, und zwar in der nächsten halben Stunde. Darum sagte er zu Neunerdt, dass er schon mit Crescenz gesprochen habe. Auch Eduard sei einverstanden. Und was er mitnehme, sei vorher vereinbart worden. So kühl, wie es ihm gerade noch gelang, fügte Carl hinzu: »Es sind schließlich Stücke aus meiner Familie. Die Großeltern wollten, dass wir Enkel sie bekommen. Vor allem die Großmutter erklärt uns immer, dass die schönen Stücke in der Familie verbleiben sollten.«

»Alles, was Carl für seine Wohnung braucht, gehört ihm«, sagte Crescenz bestimmt, die plötzlich in der Tür stand. »Für Eduard ist noch genug da, und die beiden sind von meiner Mutter als Erben eingesetzt worden. Die ist im Übrigen noch am Leben und vor allem bei klarem Verstand. Weiter gibt es dazu nichts zu sagen, und deine Anwesenheit hier oben ist nicht vonnöten.«

Carl sah, dass Neunerdts Mund sich verzog. Er ging an Crescenz vorbei wortlos zur Tür. Nein, er drehte sich nicht herum, um sich zu behaupten, wie Carl es erwartet hatte, er ging einfach hinaus.

Crescenz sah Carl an: »Ich habe doch so lange gewartet und

gezögert, was meine Verehrer anging. Ich war wie die Jungfer Liese auf der grünen Wiese.«

Carl musste grinsen: »Mag nicht tanzen, danke schön, wart auf einen König. Und zuletzt wird es dann der Schweinehirt.«

»Genauso schlecht hab ich gewählt.« Crescenz nickte trübsinnig. »Ich hab immer geglaubt, ich sei klüger als deine Mutter. Oder zumindest vorsichtiger. Und jetzt bin ich tatsächlich auf einen Mann hereingefallen, der mir so lang Honig ums Maul geschmiert hat, bis ich nachgegeben habe. Es ist immer wieder das alte Lied. Er hat sein Ziel erreicht und wird jeden Tag herrischer und anmaßender.«

Crescenz umschlang Carl, lehnte ihren Kopf an seinen und sagte so leise, dass er es kaum verstand: »Ich hab nie gedacht, dass ich so bitter hassen könnte. Ich hasse mich selbst. Es gab immer Stimmen in mir, die mich gewarnt haben. Ich wusste, es ist falsch, was ich tue – und trotzdem … Carl, was bleibt mir jetzt noch?«

Crescenz fragte ihn, Carl, um Rat? Wo er doch unter ihrem Schutz aufgewachsen war. Sie hatte ihn immer verteidigt, ihm zu seinem Recht verholfen. Der Tod der Mutter hatte auch Crescenz bis ins Innerste getroffen, doch sie war stark geblieben, hatte für alle und alles gesorgt.

Wie sollte er dieser Frau raten, auf die er selbst immer gehört hatte? Vielleicht hatte sie ihn gar nicht gefragt, um einen Rat zu erhalten. Ihr war bereits klar geworden, dass sie sich von Neunerdt trennen müsste, so bald wie möglich, und das wollte sie jetzt von Carl hören. Er sollte ihr nahelegen, das Unmögliche zu tun, das, was sie sich nicht getraute.

Carl begriff langsam, dass er Crescenz zu einer Frau stilisiert hatte, die in allem unfehlbar war, sich nicht irren konnte. Daher hatte er auch in Neunerdt immer das Besondere, das Wunderbare gesucht, was der Mann seiner Mutter doch haben musste. Warum sonst hatte sie ihn geheiratet, hatte von ihm ein Kind?

Carl musste Crescenz eine Lösung anbieten. Unbedingt. Schließlich hatte sie auch immer einen Ausweg für ihn gewusst.

Und so schlug er ihr unerschrocken vor, dass sie doch zu ihm ziehen könne. Seine Wohnung sei groß genug für sie beide, und für die kleine Fany würde sich auch ein Platz finden. »Lass den Neunerdt doch hingehen, wo der Pfeffer wächst. Du und ich, wir bleiben zusammen. Du, das Kind und ich, das wird lustig!«

Er glaubte fest an das, was er sich da so alles ausmalte. Nicht mal die Leute könnten reden, schließlich kann eine Mutter mit ihrem Sohn zusammenleben, solange sie will. Nie hatte er Mama Crescenz zarter und wärmer geliebt als in diesem Moment. Er musste ihr das sagen, sie musste wissen, dass er alles tun würde für sie und das Kind, alles. Er fühlte sich jedenfalls stark genug, auch wenn es jetzt verrückt klang.

Crescenz atmete tief durch und trocknete sich mit Carls Taschentuch die Tränen ab. Sie küsste ihn auf die Wange und faltete sorgsam das Taschentuch, um es ihm wieder zurückzugeben.

Als Carl am Abend den Brief an Eduard weiterschreiben wollte, überlegte er, ob er ihm von der Dachbodenszene berichten sollte. Davon, dass er sich Gedanken über Crescenz und Neunerdt machte. Doch dann ließ er es. Eduard kannte Neunerdt noch gar nicht persönlich, sie hatten aber Briefe getauscht, und es war sicher besser, Eduards unbefangene Haltung nicht zu beeinflussen. Carl wollte dem Bruder lieber über seine Sorgen, die Cholera betreffend, schreiben. Das machte Sinn, denn je früher Eduard gewarnt wurde, desto eher konnte er Vorkehrungen gegen die Seuche treffen.

Dass die Cholera durch ihr Herannahen den Leuten Furcht einflößt und die Geschäfte stocken lässt, las ich dieser Tage in den Zeitungen; aber uns ist die Seuche schon näher als Euch, sie wütet schon in Prag und an der böhmisch-bayerischen Grenze, und die Furcht vor ihr kann auch in Triest unmöglich so groß sein wie hier bei uns. Beinahe in allen Häusern wird tagtäglich geräuchert, und in jeder Haushaltung legen sich die sorgsamen und ängstlichen Hausfrauen Magazine von Hausmitteln an,

von denen sie sich Schutz versprechen. Das hat inzwischen dazu geführt, dass ein großer Mangel an diesen Artikeln herrscht, die Apotheken können teilweise nicht mehr liefern. Holundertee zum Beispiel kostet jetzt das Dreifache, und die Leute streiten sich darum. Pfefferminze kommt per Eilwagen von Sizilien, weil es hier keine mehr gibt.
Die Zeitungen schreiben alle über die Revolution, die nun auch in München Einzug gehalten hat, aber davon erzähle ich Dir ein anderes Mal.

Carl wusste, dass er Eduard keinen größeren Gefallen tun konnte, als ihn mit allen möglichen Neuigkeiten aus München zu füttern. Nun, da er seinen Bruder auf den neuesten Stand gebracht hatte, konnte Carl an seiner Zeichnung von der Storchen-Apotheke weiterarbeiten. Durch Zufall hatte er in der Apotheke neulich den Wismüller getroffen, einen Kommilitonen, der sich über das Wiedersehen richtig gefreut hatte. Noch am gleichen Abend waren sie gemeinsam ins Café Stubenvoll gegangen und hatten gefachsimpelt.

»Ich hab gar nicht gewusst, dass es Priester waren, die im Altertum Arzneimittel herstellten«, sagte Wismüller.

»Dann weißt du wahrscheinlich auch nicht, dass die Trennung der Pharmazie von der Heilkunde bis auf die Araber zurückgeht«, sagte Carl. »Schon im achten Jahrhundert bestand in Bagdad eine Apotheke, und im neunten Jahrhundert verfasste ein arabischer Arzt die erste *Pharmakopöe,* also das erste Arzneibuch.«

»Jawohl, und damit hat er den Apothekern das Recht auf Behandlung mit unseren eigenen Medikamenten gestohlen.«

Carl lachte. »Warum hast du nicht gleich Medizin studiert, Wismüller, Doktor bist du ja ohnehin, aber als Apotheker dürfen wir eben nicht den Medizinern ins Handwerk pfuschen. Wir sind an staatliche Vorschriften gebunden.«

»Und wenn Not am Mann ist? Dann fragt keiner, ob ich Apotheker bin oder Mediziner, dann wollen alle Kranken Hilfe, die richtige Arznei. Und die kennen wir beiden meist besser als die Herren Mediziner!«

Wismüller wurde abgelenkt durch die Bedienung, eine junge Frau mit rotem Rock, weißer Bluse und Schürze, die frisch und gepflegt aussah und offensichtlich gescheit war, denn sie parierte die plumpen Komplimente der ausschließlich männlichen Gäste mit kurzen, höflichen Zurechtweisungen, die Wismüller imponierten. »Die tat mir g'falln«, meinte Wismüller, und Carl fragte scheinheilig, ob sie wohl auch seiner Mutter gefallen würde.

Da schnaufte Wismüller tief und wechselte das Thema.

20

Professor Franz von Kobell hielt nach Carls Meinung besonders lebendige Vorlesungen. Er hatte ihn schon im Wintersemester 1829/30 vier Mal in der Woche gehört und versäumte nie seine praktischen Übungen in Bestimmung der Mineralien. Dazu ging der junge und nach Carls Meinung übertrieben gutaussehende Professor mit seinen Studenten in die Mineralogische Staatssammlung, die er als Konservator selbst betreute. Die chemische Zusammensetzung und die geometrische Struktur der Erze interessierte Carl besonders, denn er hatte von seinen Wanderungen schon eine stattliche Gesteinssammlung daheim.

Kobell spürte die Sympathie und Bewunderung Carls. Er wusste, dass dieser gelernte Apotheker auf dem Weg zum Wissenschaftler war. Nicht umsonst wanderte er häufig mit Martius ins Voralpenland und brachte Pflanzen und seltene Steine mit. Kobell freute sich, wenn er zwischen einigen verschlafenen Gesichtern Carls Augen sah, die gespannt und wach auf ihn gerichtet waren. Auch Anton Gielg hatte sich mit seinem scharfen, analytischen Verstand hervorgetan. Wenn Kobell über die Charakteristik der Mineralien auf Grundlage ihres chemischen Verhaltens sprach, waren beide Studenten sichtlich gebannt. Natürlich wussten die Studenten, wie angesehen ihr Professor war, und man war stolz, bei ihm studieren zu können. Das Mineral Kobellit, ein Wismut-Antimon-Bleierz, war nach ihm benannt.

Das, was den Professor für Carl so besonders interessant machte, war die jungenhafte Direktheit seines Wesens und die Vielfalt seiner Talente. Kobell schrieb neben seiner wissenschaftlichen Arbeit Erzählungen in oberbayerischer Mundart. Er trug aus dem Stegreif Spottgesänge vor, sogenannte Schnadahüpferl, die in Bayern zum Brauchtum gehörten. Auch schrieb Kobell Volksstücke, die, von Ignaz Lachner vertont, als Singspiel im Münchner Hoftheater zur Aufführung kamen.

»Im Sommer leben wir am Tegernsee«, hatte Kobell einmal erklärt. »Unsere besten Freunde sind die Bauern, die in der Nachbarschaft wohnen. Von denen lerne ich so richtig Bayerisch.«

Professor Kobell lud Carl und Anton in sein Münchner Haus ein, um sie näher kennenzulernen. Hier hörte Carl zum ersten Mal von den Dichter- und Gelehrtenkreisen »Altengland« sowie von den »Zwanglosen«, deren Mitbegründer Kobell war. Carl und Anton wurden auch mit dem Grafen Franz von Pocci bekannt gemacht, einem guten Freund von Kobell. »Was? Das ist der Graf Pocci?«, sagte Anton, als der Graf weitergegangen war. »Ist der nicht Zeremonienmeister beim König? Der ist doch gerade mal so alt wie wir!«

Anton hielt sich eng an Carls Seite. Was die Konversation anging, hatte er keine Not, nur die Tischgebräuche waren ihm fremd. Carl half ihm behutsam, und sie genossen beide den Abend. Sie waren beeindruckt davon, dass nicht nur Pocci, sondern auch ihr Professor so witzig und geistsprühend war. Carl und Kobell stellten fest, dass sie beide das Wilhelms Gymnasium besucht und vor denselben Lehrern Angst gehabt hatten. Seit der letzten Woche, als sein Vater Wilhelm von König Ludwig in den erblichen Adelsstand erhoben worden war, durfte sich der Professor sogar Franz Ritter von Kobell nennen. »Erwarten Sie jetzt bitte nicht von mir, dass ich in Tränen ausbreche vor Seligkeit«, sagte Kobell.

Carl und Anton waren ziemlich betrunken, als sie sich auf den Heimweg machten. Sie beklagten die Ungerechtigkeit der Welt. Carl mochte nicht einsehen, dass Graf Pocci schon Zeremonienmeister bei König Ludwig war, während er selbst immer noch studierte.

»Zeremonienmeister, Anton!«

»Bist du nicht Apotheker?«

»Apotheker, Apotheker, was ist das schon, Anton. Zeremonienmeister, das ist was.«

»Was soll ich da sagen, Carl? Ich bin nur ein Bierglas voll gähnender Leere.«

»Leer? Nein, Anton. Wir sind voll. Unsere Welt ist die Universität, nicht der Hof, Anton, nur in der Universität stehen uns alle Wege offen.«

»Du sagst es, die Welt der Mineralogie, das Reich der Steine.«

»Wer ist hier steinreich, Anton? Egal. Ich glaube, ich muss mich einfach schlafen legen.«

Carl begann, seinen Gehrock abzulegen, die Kappe, den Schal. Anton hob das Gewand geduldig wieder auf, klopfte den Straßendreck ab und half Carl wieder hinein. Es war doch empfindlich kalt, und so setzte Carl freiwillig auch die Kappe wieder auf, wickelte den Schal um den Hals.

Dann baute er sich schwankend vor Anton auf. »Wo ist unsere Zukunft, Anton?«, fragte er ernsthaft. »Du weißt doch sonst alles.«

»Im Bierfass. Wir sind besoffen, Carl.«

»Ich kenne dich nicht, und du kennst mich nicht.«

»Jawohl, Herr Provisor.«

Trotz allem standen sie irgendwann in der Dienergasse, auch vor der richtigen Haustür, aber Carl fand das Schlüsselloch nicht. Anton versuchte es, aber auch ihm blieb der Erfolg versagt. Sie wechselten einander ab, fuchtelten mit dem großen Schlüssel herum. Ein Polizist kam von der anderen Straßenseite herüber, nahm ihnen den Schlüssel weg und öffnete die Tür.

»Gengas her, Sie san ja bsuffa, alle zwoa. Und dass S' mir im Stiegenhaus net randaliern, sonst bring i Eahna auf d' Wache.«

Arm in Arm gingen Carl und Anton die Treppe hoch. Manchmal hatte Carl das Gefühl, dass Anton ihm von Gott geschickt war, weil er seinen ältesten Bruder, seinen geliebten Simon, hatte hergeben müssen. Mit Anton konnte Carl ebenso unbefangen reden wie früher mit seinem großen Bruder, mit ihm war es genauso vertraut. Gut, dass Pankraz ihm ein so breites Bett geschreinert hatte. Da passte Anton auch noch mit drauf.

Am nächsten Tag brummte ihm der Schädel, und er vermisste Anton erst nach einer guten Weile. Der war schon auf dem Weg in die Au. Hoffentlich konnte er wieder gerade gehen. Carl bereute den vergangenen Abend keineswegs. Kobell war liebenswert und interessant. Er wollte sich sofort hinsetzen und einige Skizzen von ihm anfertigen.

Inzwischen stand er vor seinem Examen. Carls Lehrer, besonders Kobell, hatten in den Vorlesungen immer wieder erklärt, dass die Apothekerkunst auf dem Wege sei zur naturwissenschaftlich fundierten Pharmazie. In ihr wirkten Botanik, Chemie, Mineralogie, Physik und Zoologie zusammen, die ihrerseits erst reformiert und akademisch neu etabliert werden müssten. Man brauche also spezialisierte Wissenschaftler, die sich zum Teil aus dem Apothekerstand rekrutieren ließen. »Der Apothekerberuf«, fasste Kobell zusammen, »ist die Keimzelle künftiger naturwissenschaftlicher Berufe.«

Manche Universitäten lehnten es ab, Apotheker auszubilden. Carl hatte das aus Gießen gehört, wo der Senat der Universität sich darin einig war, dass man Beamte ausbilden müsse, »nicht aber Apotheker, Seifensieder, Bierbrauer, Likörfabrikanten, Drogisten und Spezereikrämer«. Wenn Carl an seine sorgfältige, anstrengende Ausbildung in der Hofapotheke dachte, wurde er wütend über diese Einschätzung aus Hessen.

München dagegen war modern. Schon in Carls Geburtsjahr hatte Bayern als erstes deutsches Land das Universitätsstudium für Apotheker eingeführt. Carl hatte immer seine Examen im Blick gehabt, und nun war es so weit.

In der Nacht vor der Prüfung träumte Carl von seinem ersten Prinzipal Franz Xaver Pettenkofer, bei dem er wirklich viel gelernt hatte. Pettenkofer hatte Carl damals unbedingt behalten wollen. Nun wartete der alte Prinzipal sehnlich darauf, dass sein Neffe, Max Pettenkofer, eine Ausbildung zum Apotheker machen und sein Nachfolger würde.

In Carls Traum rief Pettenkofer, Carl solle ihm den Max bringen, immer wieder rief er: »den Maxl, den Maxl!« Neben Pettenkofer bewegten sich Carls Professoren Buchner und Kobell im wirren Tanz. Buchner streckte ihm Trichter, Gärröhrchen und Glasgefäße hin und verlangte, dass er sie für ihn male. Kobell rief, dass er Carls Zeichnungen durch druckbare Platten vervielfältigen könne. »Sooft Sie wollen. Ich werde Sie reich machen!« Das asketische Gesicht des Botanikers Philipp Martius tauchte vor Carl auf und schaute ihn streng an: »Was bedeutet die Wurzel für die Pflanze, und welche Arten von Wurzeln gibt es?« Carl wurde gewahr, dass sie im Botanischen Garten waren, der Himmel bezog sich dunkel, da kam ein Wetter auf, Carl sah Frauen unter Schirmen, Franz von Kobell schaute durch das Fraunhofer'sche Perspektiv, das doch Carl gehörte, doch Kobell rief, er brauche eine Erklärung der Reaktion von Kalkwasser auf das einwertige und zweiwertige Quecksilberoxid und die chemische Reaktion bei der Sodaherstellung.

Als Carl endlich erwachte, war er schweißnass, und die Bilder des Traumes verblassten nur langsam. Sein Kopf war voller Geräusche, ein wahres Konzert spielte sich in seinem Hirn ab, und er steckte den Kopf in die Waschschüssel mit kaltem Wasser. Langsam wichen die chemischen Fragen und die chemische Nomenklatur aus seinem Gedächtnis.

Carl zog seinen pelzgefütterten Mantel an, seine Kappe, den Schal. »Des können S' gut gebrauchen heut. Ich war grad beim Bäcker, es ist garstig kalt«, hatte die Nachbarin gesagt, die er im Treppenhaus getroffen hatte. In Gedanken war er schon in der

Universität, er fühlte sich gut vorbereitet, ja, er freute sich darauf, sein Wissen auszubreiten. Seine Professoren waren ihm alle wohlgesinnt, Franz von Kobell durfte er seinen Freund nennen, auch wenn es ihn eher verlegen machte.

Als Carl am übernächsten Tag die Universität verließ, spürte er die Februarkälte nicht mehr. Zwei Tage lang hatte er insgesamt zehn Fragen aus allen absolvierten Studienfächern bearbeiten müssen. Er hatte sich bemüht, seine Antworten sauber, in geschliffenem Stil und feiner Handschrift zu verfassen. Das Komitee fand es »äußerst lohnenswert«, seine Antworten einzeln durchzugehen. Die Prüfungsakte, die Carl schließlich in der Hand hielt, war ein großes, in sich geschlossenes Manuskript, umfangreicher als alle seine bisherigen Zeugnisse zusammen. Es versicherte wortreich, dass Carl sein pharmazeutisches Abschlussexamen mit Auszeichnung bestanden hatte.

Er konnte es noch nicht so ganz glauben. Wieso er und nicht Anton, der viel hellere Kopf. Anton hatte auch gute Ergebnisse, aber nicht so hervorragende, wie es allgemein erwartet worden war. Durch Vermittlung Carls arbeitete Anton schon seit längerem in der Residenzapotheke. Da musste er häufig Nachtschicht machen und konnte sich nicht konsequent auf sein Examen vorbereiten. Die Professoren Kobell und Buchner hatten Anton angeboten, an der Universität zu bleiben. Nun musste er sich entscheiden. Carl dagegen wollte noch eine Zeitlang bei Pettenkofer arbeiten und dann vielleicht in die Schweiz gehen. Sich entweder dort oder in München eine eigene Apotheke kaufen. In diesem Fall würde er Anton sofort bei Pettenkofer abwerben. Mal sehen. Er konnte sich Zeit lassen.

Als erste Belohnung hatte er sich teure Brasil-Zigarren gekauft, die er liebte, dann überbrachte er seiner Mutter die gute Nachricht. Crescenz, die gerade ihre Tochter Fany mit Brei fütterte, ließ den Löffel fallen, sprang auf und umarmte Carl so lebhaft, dass Fany empört brüllte. Erschrocken kam Lisi herbeigeeilt, und auch sie wurde von Carl durch das Zimmer geschwenkt.

»Du musst es sofort der Großmutter berichten, ansonsten werde ich es in die Welt trompeten«, sagte Crescenz stolz. »Ich richte dir eine Examensfeier aus, du wirst schon sehen.«

Zuallererst musste er an seinen Bruder Eduard schreiben, damit er es noch heut dem Postwagen mitgeben konnte. »Was meine Sache betrifft«, schrieb Carl, »mein Absolutori hab ich, und ich kann, wenn es mir einfällt, eine Apotheke kaufen, auch noch nach Jahren. Um aber die Zeit bis zu meinem Vierzigsten auszufüllen, könnte ich mir auch einen anderen Stand vorstellen, rate mal, welchen? Das heißt, ich hoffe, in meinem vierzigsten Jahr wieder gescheit und ein Apotheker zu werden. Na, raten Sie mal. Warum raten Sie denn nicht, Herr Bruder? (Schreib mir halt, was Du dazu meinst.) Übrigens bestimmte mich zu einem anderen Beruf keineswegs die Erbschaft. Der Keim lag, glaube ich, seit meiner Rückkehr aus Italien in mir.«

21

Es herrschte schönstes Wetter und beste Laune. Das Oktoberfest begann, und die Wiese wimmelte von Gästen. Neben dem beliebten traditionellen Pferderennen gab es freies Vogel-, Hirsch- und Scheibenschießen. In einem Glückshafen konnte man hoffnungsfroh sein letztes Geld verlieren, überall ertönten Lieder und Gesänge, an allen Ecken und Enden gab es kostenlos Wettläufe und Wettringen von Handwerksburschen und Gesellen. Fast an jedem Abend krachte und knallte ein Feuerwerk, das Kaskaden in Silber, Rot und Grün auf die staunenden Zuschauer herunterregnen ließ. Auch die Kunstausstellung der Akademie zog die Münchner und die Leute vom Land in erstaunlichen Mengen an. Schnurrbärtige Gebirgsbewohner standen in ihrer malerischen Tracht vor großen Tiroler Schlachtengemälden oder vor Pferdebildern.

Wohl weniger der Schlachtengemälde wegen als zum Besuch der landwirtschaftlichen Ausstellung strömten die Leute aus den Landgemeinden in ihrem Sonntagsstaat in die Stadt. Zum Zentrallandwirtschaftsfest. Das hieß, die Bauern stellten in München ihre Erzeugnisse aus. Städter, die nie im Gebirge waren, hörten jetzt in den Straßen Alpengeläute der Kühe, und das glänzend geputzte Preisvieh war mit Blumen und Kränzen geschmückt. Den Pferden wurden zumindest farbige Bänder in den Schweif eingeflochten. Die meisten Rösser jedoch trugen aufwändigen Kopfschmuck. Die Ställe füllten sich mit den herrlichsten Pferden und Rindern, die ihren Besitzern stolze Preise verhießen. In den umliegenden Gasthöfen war alles besetzt. Ganze Sippen hatten sich zusammengefunden und füllten die Bänke. Auf den Straßen begegnete man Leuten, die nach ihrer Tracht und ihrem Benehmen leicht das Fremdartige erkennen ließen, doch alle waren willkommen. Man war in großzügiger, festlicher Stimmung, die noch durch eine besondere Erwartung angeheizt wurde.

Beim Herrenfriseur hörte Carl, dass sich offenbar ein Gerücht bestätigte, das durch die Gassen eilte und auch ihm zu Ohren gekommen war: »Sie, Herr Nachbar, haben Sie es schon gehört, unser Prinz Otto trägt demnächst eine griechische Krone.« – »Geh, sag'n S', is des g'wiss?« – »Ham S' Worte?« – »Aber ja doch, glauben Sie mir, unser Prinz Otto ist zur Krone von Griechenland berufen worden! Der wird griechischer König.« – »Jawoll, eine Gesandtschaft aus Griechenland ist in Triest gelandet, aber da müssen s' erst in die Quarantäne z'wengs der Cholera.«

Eifrig mischte sich ein Lateinschüler ins Gespräch: »Der Lehrer hat's uns genau verzällt: Nach der Quarantäne werden sie sich nach München begeben, um die Huldigung ihrer Nation dem König von Bayern darzubringen!« Der Lateinschüler erntete verwunderte, aber meist stolze Blicke von seinen Zuhörern. Schau an, unser Prinz Otto!

Es lohnte sich, durch die Stadt zu flanieren, wo alle möglichen Völkerschaften herumliefen. Die Bayern in Weiß-Blau, die Griechen in Blau-Weiß. Es war Tatsache, was bisher nur gemunkelt wurde. Prinz Otto wurde König von Griechenland. Dabei war der Prinz erst sechzehn Jahre alt. Doch er hatte schöne Locken und ein hübsches Gesicht mit einem weichen Mund. Carl war ihm schon mehrfach im Englischen Garten beim Reiten begegnet.

Der König, ein großer Hellenist, wollte offenbar in der Gestalt von Otto einen Griechen in seiner Familie haben. Das ließ er sich was kosten. Zwei Millionen Gulden – es hieß, das sei die Hälfte seines Privatvermögens. Ludwig würde auch die Stadt München nach griechischem Vorbild aufbauen, wenn er bis dahin nicht auch bankrott war.

In diesen Tagen traf der königliche Hof von seiner Sommerresidenz in Aschaffenburg wieder in München ein. Der junge künftige König Otto von Griechenland erhielt seinem neuen Rang angemessene Räumlichkeiten in einem Flügel des Schlosses mit Blick auf den Hofgarten. Er bekam eine Hartschierwache und alle einem König gebührenden Ehren. Die ganze Diplomatie begab sich zur Aufwartung bei Otto in steifer Gala mit viel fremdländischem Gepränge.

Das königliche Zelt auf der Theresienwiese hatte einen orientalischen Anstrich. Es war solide gebaut mit einer Treppe, die in eine Art großes Kaffeehaus führte, von dessen Fenstern aus man das Pferderennen beobachten konnte. Fahnen und Wimpel gaben ihm ein festliches Aussehen. Es hieß, dass der Hof fast täglich dort erschien.

Crescenz hatte für die Familie Spitzweg einige Tische reservieren lassen, die in einer gemütlichen Loge festlich gedeckt waren. Carl, ansonsten allen Anhäufungen von Menschen und Tieren abhold, war entschlossen, alles wunderbar zu finden, denn Crescenz hatte es sicher nicht leicht gehabt, Platz für eine ganze Familie zu bekommen. Und das alles, weil sie ihm eine nachträgliche Examensfeier ausrichten wollte. Er war ihr dankbar und ließ sich anstecken von der erwartungsvollen Freude aller. Er führte die Großmutter am Arm, die sich bedankte für ihr Porträt, das tatsächlich fertig geworden war. »Ein bisschen zu alt hast du mich gemalt, aber wenn ich noch einige Jahre lebe, stimmt es«, neckte sie ihn und erzählte allen rundum, dass ihr Enkel in diesem Jahr sein Examen in allen Fächern summa cum laude bestanden habe, und außerdem sei er ein erstklassiger Maler. Franz Xaver Lauterer drückte ebenfalls seine äußerste Zufriedenheit mit dem Patensohn Carl aus.

Anton Gielg hatte auf ausdrücklichen Wunsch von Carl seinen Bruder Pankraz mitgebracht. Die Meisterin, inzwischen sehr stolz auf den erfolgreichen Pankraz, hatte ihn mit weißem gefälteltem Hemd und schwarzem Anzug ausstaffiert. Derart verschönert, saß er, aufmerksam um sich blickend, auf seinem Platz. Er schien keinerlei Scheu vor dem Rummel um ihn herum zu haben. Spontan und geschickt hatte er sich um den Posthalter-Großvater gekümmert, der auf der Treppe stolperte und gestürzt war. Pankraz hatte ihn hochgehoben und ihn ohne Umschweife an seinem Platz auf einem der gepolsterten Sessel abgesetzt. Großvater Posthalter hatte sich den ganzen Tag schon wacklig gefühlt, wie er erklärte. »I stirb lieber beim Oktoberfest als wie dahoam.«

Pankraz wurde gar nicht fertig mit Schauen. Wo er es unauffällig tun konnte, betastete er die Möbel, vor allem die Sessel. Er schüttelte fast unmerklich den Kopf. »Jessas, Jessas!« Dann vertraute er seinem Bruder an, dass die Möbel gar so windig seien. »Mit dem Zeug derfen s' sich genieren, die Königlichen. Des glaubst aber.«

Anton legte seinem hochgewachsenen Bruder den Arm um die Hüften. Er sah ihn liebevoll an. »Deine Möbel sind die schönsten und besten, Pankraz, das sagt ja sogar dein Meister.«

Schier erschüttert von diesem Lob, setzte sich Pankraz wieder, und als der Ober ihn fragte, ob er ihm einen Kaffee bringen dürfe, sagte Pankraz: »Naaa, i brauch jetzt a Bier.«

Das Kindermädchen Lisi trug Fany auf dem Arm, die im Moment sehr gut gelaunt war. Sie sah mit großen Augen um sich, der kleine Mund halb geöffnet wie bei einem Vögelchen. Ihr Vater war schon vorausgeeilt und traf die Anordnungen für den Kaffee und die Süßigkeiten. Bald jedoch wurde die kleine Fany quengelig. Ihre beträchtlichen Haare, die Lisi mit großen Ablenkungsmanövern oben auf dem Kopf mit einer Schleife zusammengebunden hatte, hingen ihr ungezähmt ins Gesicht, sodass sie ein wenig aussah wie eine betrunkene Sängerin. Von Lisi auf dem Arm herumgetragen zu werden reichte ihr bald nicht mehr. Sie zog die Mundwinkel bedrohlich abwärts, verrenkte ihren kräftigen kleinen Körper so stark, dass Lisi sie nicht mehr halten konnte. Kein Zweifel, ein Wutanfall stand kurz bevor. Alle waren miteinander beschäftigt, plauderten, aßen, tranken sich zu, waren vergnügt, nur Fany nicht. Sah denn niemand, dass ihr langweilig war? Sie konnte gerade laufen und wollte deshalb runter auf die Erde, um das zu demonstrieren. Aber im Zelt war viel zu wenig Platz für sie.

Carl sah, dass Lisi Verstärkung brauchte, da sein Liebling jeden Moment die Contenance verlieren würde. Er kannte Fanys Warnzeichen, da er sie oft besuchte, um mit ihr zu spielen. Er war verliebt in sie, spürte aber genau, wann das süße Geschöpf sich in eine Furie verwandelte, die, wenn es sein musste, sogar in der Kirche brüllte und tobte, dass die Scheiben klirrten. Das wollte Carl nicht riskieren. Er nahm Lisi sein Cousinchen ab und beschloss, ein wenig mit ihr hinaus auf den Platz zu gehen. Fany legte ihre dicken Ärmchen um Carls Hals und sah ihn erwartungsvoll an.

Als Carl mit ihr hinaustrat in das Licht des frühen Abends, sah er sie vor dem Zelt stehen. Die Frau aus der Apotheke in Straubing. Fast hätte er Fany fallen lassen, so gebannt war er wieder von ihrer zarten und kapriziösen Erscheinung. Er stellte die Kleine vorsichtig hinunter auf den Boden und sah die melancholischen Augen und den fast kindlichen Mund dieser Frau. Wie die Venus von Botticelli sah sie aus. Ihr Blick, traurig und sehnsüchtig. Wie einzigartig sie war.

Nein, er phantasierte nicht – es war die Frau. Es gab keine Zweifel. Ihr Gesicht war von leuchtender Blässe, die Augen geheimnisvoll mit den langen, dichten Wimpern. Carl starrte sie an, er war wieder überwältigt von ihrem Liebreiz, mein Gott, wenn sie nur nicht wegging. Sie durfte einfach nicht wieder verschwinden.

Aber nein, die Frau starrte ihn ebenfalls an, oder vielmehr Fany, die Carl wieder auf den Arm genommen hatte. Er spürte die warmen Lippen des Kindes an seinem Gesicht. Herrgott, steh mir bei, dachte er panisch. Die Frau muss ja denken, dass Fany mein Kind ist, dass ich verheiratet bin, nein, bloß nicht, sie darf jetzt nicht gehen, ich bin ihr schon ausgeliefert.

»Das ist Fany«, flüsterte er hilflos, »sie ist meine Cousine, das Kind meiner Tante, vierzehn Monate ist sie alt.« Carl stotterte herum, er hätte sich ohrfeigen können für seine Plumpheit. Sie musste ihn für einen Idioten halten.

»Sie ist süß, Ihre Fany«, sagte die Frau mit ihrer melodischen Stimme, die er genauso in Erinnerung hatte. Heute schien sie ihm noch schöner als damals, und er wünschte sich verzweifelt, ihm möge etwas einfallen, etwas, das sie beeindrucken würde, festhalten würde.

War er wahnsinnig? Und wennschon. Warum durfte er nicht ein Mal, ein einziges Mal, wahnsinnig sein? Er war schließlich fünfundzwanzig, wurde es da nicht langsam Zeit? Auf jeden Fall musste er jetzt zeigen, dass er kein hilfloser Tölpel war.

Lisi kam aus dem Zelt heraus, sah sich kurz suchend um und nahm Carl die Kleine ab. »Ich leg sie hin, vielleicht schläft sie dann.« Der jungen Frau, die sie selbstverständlich Carl zuordnete, verriet sie stolz: »Wir haben nämlich einen Kinderwagen dabei, einen neumodischen, sogar mit Verdeck.«

Die junge Frau schaute Lisi und Fany hinterher. Ein leichtes Lächeln erhellte ihr Gesicht. Sie hatte sofort gewusst, dass Carl nicht der Vater des Kindes sein konnte. Freundinnen, die Kinder hatten, waren wütend und enttäuscht darüber, dass die Väter oftmals die Kinderstube mieden, angewidert waren von Gebrüll und vor allem vom Stillen. Sie sahen in ihren Frauen nur noch das Muttertier und nahmen Geburt und Stillzeit als Grund, ihre geschlechtlichen Wünsche anderswo auszuleben. Sie erinnerte sich noch sehr gut an die Geburt ihres Bruders. Sie war fünf Jahre alt gewesen, und der Vater hatte ihr am Abend stolz das Brüderchen gezeigt, das in der Wiege schlief. Um die Mutter, die im selben Zimmer lag, machte er wortlos einen großen Bogen. Sie hätte so gern ihre Mama begrüßt, aber der Vater sprach nur von dem Kleinen.

Von Vätern hatte sie daher ein ziemlich klares Bild. Dieser Apotheker, der ihr überaus sympathisch war, ging so liebevoll mit dem kleinen Mädchen um, wie sie es einem leiblichen Vater nicht zutraute.

Carl war unendlich erleichtert, dass die junge Frau ihren Platz vor dem Zelt nicht verließ. Er sah erst jetzt, wie elegant und gleichzeitig dezent sie gekleidet war. Sie trug ein modisches Kleid aus hellgrauer Spitze, mit weißer Seide unterlegt. Ihr Haar war zu einer kunstvollen Frisur aufgetürmt, lange, kostbare Ohrringe schimmerten im Licht. Als sie lächelte, sah er ein Grübchen in ihrem Mundwinkel, das ihn hilflos machte. Wie begehrenswert sie war! Carl musste handeln.

»So ein glücklicher Zufall. Wir sehen uns heute schon zum zweiten Mal«, sagte Carl. »Was kann ich tun, dass Sie mir nicht wieder weglaufen?« Er war stolz auf sich. Drei Sätze hatte er herausgebracht, ohne zu stottern.

Plötzlich wandte ihr Blick sich von ihm ab, wurde starr, angespannt.

Carl schaute hinter sich. Ein großer, kräftiger Mann im Gehrock und hohen Zylinder stand auf der obersten Treppenstufe. Man muss sich um die Knöpfe an seinem Gehrock Sorgen machen, dachte Carl. Die waren kurz vor dem Abspringen. Der hohe Vatermörder mit der sorgfältig geknoteten Krawatte schnürte ihm den Hals wahrscheinlich arg ein, vielleicht sah der Herr deshalb mit erhobenem Kopf weit über alle anderen hinweg. An seiner Seite, die Fingerspitzen der Hand in seiner Armbeuge, stand eine Dame im gelben Seidenkostüm, es hatte so viele Falten, Biesen und Rüschen, dass kein modischer Stil erkennbar war. Carl hätte wetten können, dass diese Dame Verkleidungen liebte, das ganze Jahr Fasching, vielleicht war sie Mitglied einer Theatertruppe?

Der Herr schob mit einer kurzen Bewegung die Fingerspitzen seiner Dame aus der Armbeuge und ging raschen Schrittes die Treppe hinunter. Seine Begleiterin hatte Mühe, ihren Volantrock so weit zu bändigen, dass sie ebenfalls die Treppe unversehrt hinunterkam. Sie lief hinter dem Herrn her, der schon in der Menge zu verschwinden drohte.

»Das war mein Mann«, stellte die junge Frau an Carls Seite fest. Ihre Stimme klang bitter. Aus ihrem Gesicht war alles Leuchten verschwunden. Ihr voller, schön geschwungener Mund schien zu sagen, was geht es mich an? Aber es ging sie doch etwas an. Natürlich. Nur konnte sie nicht darauf reagieren. Jetzt jedenfalls nicht. Carl verstand das gut. Auch für ihn waren spontane Gefühlsäußerungen wie Fallgruben, vor denen er sich hütete. Es schien ihm ein besonderes Merkmal seiner Zeit zu sein, dass man seine Gefühle für sich behielt, sich stumm hinter ihnen versteckte.

Carl war das Blut zu Kopf gestiegen, als er ihre Worte hörte, und er spürte erleichtert, wie es wieder zurückfloss zum Herzen. Sie hatte also einen Mann. Wieso auch nicht? Eine so ungewöhnlich schöne Frau. Jeder Mann musste sie für sich haben wollen. Sie sah wie eine griechische Göttin aus. Die hohen Wangenknochen, die schwellenden Lippen. So schön wie sie war keine hier auf der Theresienwiese. Er hörte wieder ihre samtene Stimme.

»Er hat mich nicht gesehen«, stellte sie fest. Es klang nüchtern. »Das war mein Glück. Er ist unberechenbar, cholerisch. Er ignoriert mich zwar, seit er weiß, dass ich mich scheiden lassen will. Aber wenn er mich hier in Ihrer Gesellschaft gesehen hätte, wäre es möglicherweise zu einem Eklat gekommen. Ich habe meine Lektion gelernt. Seine Art, mit Frauen umzugehen, ist unanständig. Und er ist die Ursache meines Unglücks.«

»Da darf ich mir ja die schönsten Hoffnungen machen. Vielleicht wird Ihr Mann einmal die Ursache meines Glücks.« Carl fühlte sich plötzlich unbesiegbar. »Ich möchte mich aber erst einmal korrekt vorstellen. Franz Carl Spitzweg. Dass ich Apotheker bin, wissen Sie ja. Allerdings habe ich mein Straubinger Intermezzo mittlerweile beendet. Ich bin hier in München daheim.«

»Mein Name ist Clara Raab«, erwiderte die junge Frau lächelnd. »Jedenfalls im Moment noch. Wenn ich die Scheidung hinter mir habe, will ich meinen Mädchennamen wieder annehmen. Ich denke, das sollten Sie wissen, Herr Spitzweg. Sie haben doch sicher auf gesellschaftliche Verpflichtungen Rücksicht zu nehmen.«

Vom Zelt her rief Crescenz seinen Namen. Man wolle aufbrechen. Carl nahm Claras Hand und wusste später nicht, woher er den Mut genommen hatte. »Ich möchte mit Ihnen morgen in die Oper gehen. *Undine*. Darf ich die Karten schicken?«

»Ja, sehr gern«, sagte sie einfach. »Ich wohne zurzeit im Blauen Bock. Mit Mutter und Schwiegermutter. Doch die wollen morgen zurückfahren nach Bad Tölz.«

Schier taumelnd vor Aufregung, brachte Carl Clara zurück an ihren Tisch, wo sie von zwei älteren Damen in berüschten Hauben besorgt und mit leisem Vorwurf im Blick erwartet wurde. Carl stellte sich vor – die Damen waren Claras Mutter und die Schwiegermutter. Danach verabschiedete er sich gleich wieder. Clara gab ihm die Hand, bedankte sich höflich für die Zitronenlimonade, die er ihr gar nicht gebracht hatte. Scheinheilig stellte sie sich vor. »Ach, wie unhöflich von mir, ich habe mich ja gar nicht vorgestellt. Clara Raab.« – »Spitzweg«, sagte Carl, und er fühlte sich wie ein Verschwörer. Er sah Clara an, und ihm war, als schaute er in die Sonne. Er blinzelte heftig und nahm seine Brille ab.

Am nächsten Morgen wusste er nicht mehr genau, wie er in seine Wohnung und ins Bett gekommen war. Nach einem langen, ihm traumlos erscheinenden Schlaf wachte er mit klopfendem Herzen auf, und Clara war sofort in seinen Gedanken. Ihre Schönheit, die ihm so einzigartig erschien, machte ihm auch ein wenig Furcht. Aber er wollte sich nicht fürchten. Heute nicht und morgen nicht. Überhaupt nie mehr. Carl war entschlossen, sein Misstrauen in Liebessachen zu überwinden. Seinem Gefühl zu vertrauen.

Er sprang auf und trat ans Fenster, freute sich über die Sonne, die sein Zimmer hell machte. Sonntag in meinem Herzen! Die Worte von Heinrich Heine kamen ihm wieder in den Sinn. Jetzt wusste er, was sie bedeuteten. Er musste sich beim Herrgott bedanken, dass er ihm Clara geschickt hatte. Er glaubte das zwar nicht, jedenfalls nicht so direkt, aber an diesem herrlichen Morgen, an dem er sich frei und glücklich fühlte, musste der Himmel mit im Spiel sein. Es war zum Verrücktwerden. Carl war Clara dankbar, dass sie ihn und das nächtliche Kennenlernen in der Straubinger Apotheke ebenso wenig vergessen hatte wie er. Dass sie ganz selbstverständlich mit ihm in die Oper gehen wollte. Clara war es, der er dieses unglaubliche Glücksgefühl verdankte.

In seiner Hochstimmung gab Carl der Wirtschafterin Juli ein so reichlich bemessenes Haushaltsgeld, dass sie ihn spontan fragte, ob er denn wisse, dass das sehr viel Geld sei. Als er lachte, bekam sie einen roten Kopf.

Juli humpelte nachdenklich in ihr Zimmer, wo sie das Geld in einem gestickten Behälter, der ihre besten Taschentücher barg, sorgsam versteckte. Dann setzte sie sich für einen Moment auf ihr Bett und hielt sich den Kopf, als müsste sie ihn vor dem Zerspringen bewahren.

In ihren letzten Jahren ohne die Mutter hatte man sie gehetzt, angeschrien, man hatte sie zur Arbeit gejagt und jeden Bissen in ihren Mund gezählt. Sie war nicht angekommen gegen die Intrigen der Mägde, die Bosheit und den Geiz der Bäuerin und die Nachstellungen des Bauern. Mit dem Unfall war alles noch schlimmer geworden. Sie hatte nicht einmal mehr die Kraft zum Hassen gehabt. Ganz unten war sie angekommen, bei den Krattlern. Gut, dass es der Mutter erspart geblieben war, sie so zu sehen.

Doch dann hatte die Mutter ihr das Wunder geschickt. Direkt vom Himmel herunter.

Juli arbeitete jetzt seit fast drei Monaten bei ihrem Herrn Carl, der in ihren Augen ein so guter Herr war, wie sie noch keinen erlebt hatte. Er musste sehr viel Wissen und Verstand haben, denn manchmal arbeitete er in einer Apotheke. Daheim zeichnete er in Bücher hinein oder malte mit dem Pinsel auf Leinwand. Er war also auch Maler. Ihr Herr war nur knapp neun Jahre älter als Juli, aber er sprach mit ihr wie ein liebevoller Vater. Seine Stimme war leise, ruhig, freundlich. Inzwischen kannte Juli schon einige Mägde, die sie beim Metzger traf oder auf dem Markt. Zunächst waren die Dienstmägde skeptisch gewesen. Ein Krüppel wie die Juli und dann so einen Herrn? Juli konnte die Gedanken der Mägde hinter ihrer Stirn lesen, doch es kränkte sie nicht mehr. Sie hatte zum ersten Mal in ihrem Leben eine wichtige Aufgabe, die ihr am Herzen lag. Wochenlang war sie beschäftigt gewesen, die Wohnung ihres Herrn zum Glänzen zu bringen, damit die schönen Möbel auch zur Geltung kamen. Täglich arbeitete sie daran, dass es immer sauberer wurde in seiner Wohnung. Sie selbst befand sich ohnehin im Paradies. Ja, es gab ein Wunder in Julis Dasein. Sie hatte es erlebt.

Carl hatte Juli auf der Sommerdult kennengelernt, wo sie versuchte, kleine Blumensträuße zu verkaufen, die sie selbst zusammengesteckt hatte. Doch sowohl die vornehme als auch die einfache Kundschaft übersahen sie und ihre bescheidenen Wiesensträuße. Carl dagegen, der gegen Abend kurz über den Dultplatz gegangen war, fand die Gestecke ungewöhnlich und hübsch, er wollte ein Stillleben malen und außerdem Crescenz eine kleine Aufmerksamkeit erweisen, sodass er gleich zwei Sträuße kaufte. Er gedachte die Blumen schon am nächsten Morgen zu malen, solange sie noch frisch waren.

Bestürzt sah er, dass die Blumenverkäuferin in ein heftiges Schluchzen ausbrach, als er die Sträuße bezahlte. Ihr Weinen stieß und schüttelte sie derart, dass die Dultbesucher indigniert oder verächtlich auf sie schauten. Carl wusste nicht so recht, was er tun sollte. Warum zeigte die Blumenfrau ihren Kummer derart drastisch? Erst jetzt fiel ihm auf, dass sie arm und fast verhungert aussah. »Junge Frau«, sagte er deshalb so sachlich wie möglich, »ich habe großen Hunger. Wollen wir nicht etwas essen? Drüben bei der Bude?«

Gemeinsam hatte er mit der Blumenfrau auf einer rohgezimmerten Bank gesessen. Sie kaute stumm ein Stück Brot, wischte sich immer mal wieder mit dem Handrücken die Tränen von den Wangen. Es war klar, dass sie sich zusammenriss, um das Essen nicht in sich hineinzuschlingen.

Während sie gemeinsam aßen, versuchte Carl, so unauffällig wie möglich, das halbverhungerte Mädchen anzuschauen. Warum hatte sie nichts zu essen? Warum weinte sie derart verzweifelt, als er ihr Blumen abkaufte? Sie musste noch sehr jung sein. Ihre straff zurückgekämmten Haare, auf dem Hinterkopf zu einem kleinen Knoten gedreht, waren sehr dunkel, strähnig und glanzlos. Das schmale Gesicht mit der hohen Stirn wirkte scheu, verschlossen, die Haut des Gesichts rau und fleckig. Sie trug ein schwarzes Kleid unter einer dunkelblauen Schürze. Alles war sauber, aber geflickt und abgetragen.

»Woher kommen Sie eigentlich? Leben Sie in der Stadt?«, fragte Carl wie beiläufig. »Ich habe Sie noch nie auf dem Markt gesehen.«

Das Mädchen hatte den Bissen Brot rasch hinuntergeschluckt. Zum ersten Mal sah sie ihn offen an. Mit rauer Stimme, angestrengt um Hochdeutsch bemüht, sagte sie: »Ich gehör zu die Grattler, die am Abend die Stadt verlassen und am Sendlinger Tor in einem Schupfen d' Nacht verbringen miassn. Am Morgen dann such ich mir Bleameln und Gräser und steck sie zamm. Dann steh ich mit vielen Reisenden und den anderen Bettlern am Tor und hoff, dass mi einilassn mit meine Strauß. I hob koan Gewerbeschein. I derf nix verkaffa.«

»Aber Sie müssen doch irgendwo wohnen«, meinte Carl.

Das Mädchen schüttelte den Kopf. »Sie ham sicher gseng, dass i a Krüppi bin. Ich sollt' das Ross vom Bauern festhalten, da hat's mir einen solchenen Schlag mit der Hufe versetzt, dass meine Hüftn brocha is. Der Bauer hat nur brüllt wie a Ochs. Dass i schuld bin, hat er immer wieder gsagt. Koaner hot sich kümmert um mi. Mei Muatta war damals schon gstorm. Dem Pfarrer hab ich's zu verdanken, dass mich im Armenspital aufgnommen ham. Aber die Hüfte ist nie mehr richtig worn. Seitdem ziag i das linke Bein nach und koaner will mi als Dienstbot anstellen.«

Das junge Gesicht war verbittert. »I hob alles versucht, wirkli überall nachgefragt, i kann arbeiten, aber koaner will mi. Sie ham es ja gseng, net amol an Strauß Bleamerl nehmen s' mir ab. Als Sie dann so gut waren zu mir, da« – ihre Stimme erstickte.

Carl sah, wie sich ihre Augen wieder mit Tränen füllten. »Ich bin kein Bauer, sondern Apotheker. Aber ich könnte trotzdem eine Hilfe brauchen. Meine Wirtschaft daheim müsste besser besorgt werden«, sagte er und sah die junge Frau freundlich an. »Ich kann meine Mutter nicht mehr einladen, niemanden mehr, so schlimm sieht es aus bei mir. Mit dem Kochen ist es auch nicht weit her« –

»Aber i, i ko kocha«, fiel ihm das Mädchen plötzlich eifrig ins Wort. Dann erschrak sie über ihre Kühnheit und über ihren Dialekt, doch Carl bat sie, ihm ruhig alles zu sagen. Da wurde sie wieder lebhaft. »I koch guat, i hab's schon als Kind von der Muatta glernt, Fleisch, Gmias, Mehlspeis – und bacha ko i aa.« Die Augen des Mädchens wurden lebhaft, sie lächelte zögernd, konnte es noch nicht fassen, dass sie für einen Herrn wie diesen in Betracht kam.

»Am besten, Sie schauen sich alles erst einmal an«, schlug Carl vor, und das Mädchen packte ihr kleines Bündel. Gemeinsam gingen sie in die Dienergasse.

»I bin d' Juli, von Juliane, nach meiner Mutter«, erläuterte das Mädchen auf Carls Frage.

Als sie später lange genug staunend in der Wohnung herumgegangen war, blieb sie mit roten Wangen am Fenster stehen und schaute auf die Dächer und Türme. Andächtig und so leise, dass Carl es kaum verstand, sagte sie: »Herrgott, von oben is Minga schee, ganz arg schee.«

Inzwischen schien es ihr schon selbstverständlich, dass sie Herrn Spitzwegs Wirtschaft besorgte. Sie arbeitete unermüdlich und mit offenkundiger Freude. Dass sie ein eigenes Zimmer hatte mit einem Bett aus hellem Holz, einem Tisch, auf dem eine große Waschschüssel stand mit einem Krug, dass es einen Schrank gab, der Handtücher und Bettwäsche enthielt, das konnte sie lange nicht fassen. Beim Bauern hatte sie bei der Mitterdirn im Bett geschlafen und außer dem Strohsack nichts Eigenes gehabt. Manchmal war auch noch der Großknecht mit im Bett gelegen. Beide Mädchen hatten sich gegen den oftmals betrunkenen Bauern und gegen die anderen Knechte verteidigen müssen. Gut, dass die Bäuerin scharfe Ohren gehabt hatte. Sie hatte die gescherten Hammel mit dem Besen aus dem Zimmer getrieben.

Der neue Herr dagegen brachte ihr aus der Apotheke eine wohlriechende Creme mit für ihre Haut. Er sagte ihr genau, mit welchen Seifen und Teeaufgüssen sie ihre Haare waschen und spülen solle. Manchmal dachte Juli, sie sei in den Himmel gefallen. Dieser Satz war ihr in den Sinn gekommen. Sie fand ihn dumm, denn das ging ja nicht, niemand konnte in den Himmel fallen. Trotzdem gefiel ihr die Vorstellung, und sie behielt den Satz ja ohnehin für sich.

Juli beschloss, die tiefen Kränkungen der Vergangenheit endgültig zu vergessen. Dafür wollte sie ihren neuen Herrn so rein und selbstlos lieben, wie ihre Mutter sie geliebt hatte. Der Herr Apotheker hatte ihr eine andere Welt geschenkt, ein völlig neues Leben. In zwei Monaten wurde sie siebzehn. Aber ihr Geburtstagsgeschenk hatte sie jetzt schon bekommen.

Carl dachte indessen, was für ein Glück er mit der Wirtschafterin gehabt hatte. Die Wohnung, sogar die Fenster, alles glänzte, war immer, jawohl, immer, aufgeräumt, und es roch nach den Essenzen aus der Hofapotheke, die Juli mit großem Stolz beim

Putzen verwendete. Oder es roch nach Julis Kochkünsten. Sie bereitete zum Beispiel die Wurzelsuppe, ein Rezept von Carls Mutter, perfekt zu. Sie kochte mageren Schinken mit gelben und weißen Rüben sowie Porree in gleichen Teilen, gab noch Brühe von der Gans hinein und einige Löffel gekochten Reis. Wenn es nach Carl ginge, sollte mit dieser Suppe jedes Essen beginnen.

An Julis humpelnden Gang hatte Carl sich rasch gewöhnt. Ihre Erscheinung hatte sich in den wenigen Monaten verändert. Sie pflegte sich offenbar mit Hingabe, vor allem die Gesichtshaut, und die Wirkung war schon deutlich zu sehen. Auch das früher lieblos festgezurrte Haar glänzte nun und zeigte eine lockige Fülle, die von einem Band im Nacken zusammengehalten wurde.

Seit drei Monaten sorgte die Juli jetzt für ihn. Und noch nie hatte er eine Frau mit nach Hause gebracht.

»Juli«, sagte Carl und glühte innerlich vor Stolz, »Juli, heute Abend kommt meine zukünftige Frau zum ersten Mal hierher. Beziehe bitte mein Bett frisch und kaufe Blumen für alle Zimmer. Auch für deines.«

Für einen Moment sah Juli ihren Herrn Carl sprachlos an. Dann verwandelte sich ihr Gesicht in ein Fragezeichen. »Ich wusste ja nicht … muss ich – ich weiß nicht, wie man einen Knicks macht. Wie soll ich die Dame anreden?« Julis Gesicht war rot bis in die Ohren, es war Carl klar, dass sie Angst hatte.

»Juli, du brauchst keine Angst zu haben. Tu, was ich dir gesagt habe, und dann gehst du zu Bett. Meine Verlobte und ich gehen in die Oper und kommen erst spät nach Hause.«

Meine Verlobte. Meine zukünftige Frau. Wie kam er dazu, Clara so zu bezeichnen? Carl wagte einen Blick in den Spiegel. War er wahnsinnig geworden? War das wirklich er, der Apotheker von Beruf war und heimlich als Maler dilettierte? Hatte er tatsächlich seiner Wirtschafterin gerade die Verlobte angekündigt?

Carl eilte durch die Mittagssonne zur Residenz. Er hatte Glück, an der Kasse des Hoftheaters bekam er zwei Karten in einer Loge. Er schickte sie durch einen Boten an das Hotel Blauer Bock, in dem Clara logierte. Am liebsten hätte er die Karten selbst dorthin gebracht, aber er war nicht daran interessiert, Claras Mutter oder der Schwiegermutter zu begegnen.

Er ging lieber zum Hofjuwelier. »Ich möchte ein Armband, das wie ein überdimensionaler Ehering aussehen soll. Schlicht und aus Gold.«

»Ja, aber« – der Juwelier lief ein paarmal in seinem Laden auf und ab. »Aber Herr Spitzweg, ein Ehering hat ja keinen Verschluss – wie soll das gehen? Da muss ich genau die Maße der Hand und des Gelenks haben.«

Die Frau des Juweliers kam hinzu. »Herr Spitzweg, bringen Sie die Dame doch mit. Dann haben wir die Sicherheit, dass alles passt. Die Farbe des Goldes ist ja auch wichtig.«

Für einen Moment war Carl verstimmt. Er wollte eine Überraschung für Clara, eine echte Überraschung. Doch ein paar Sekunden später hatte er einen neuen Plan im Kopf. Eine völlig andere, noch viel wirkungsvollere Überraschung würde er Clara bereiten.

Carl lief durch die Residenzgasse zurück, rasch an der Apotheke vorbei, denn wenn ihn der Prinzipal Pettenkofer sah, war er für den nächsten Tag schon wieder mit Aufgaben betraut. Auch sein Freund Anton Gielg, den Pettenkofer als Provisor engagiert hatte, konnte nicht alles erledigen, was Pettenkofer plante. Es gab einfach zu viele schwer oder eingebildet Kranke im Graggenauer Viertel und in der Residenz. Der arme kranke Poet unter seinem undichten Dach fiel Carl ein, doch da rief schon eine frische junge Stimme Carls Namen. Es war Max Pettenkofer, Carls kindlicher Gehilfe, der jetzt auf ihn zueilte. Carl erkannte ihn sofort wieder, obwohl aus dem liebebedürftigen Lockenkopf ein offenbar selbstbewusster Junge geworden war. Sein dichter Schopf war gut geschnitten, die Ohren waren frei und die hohe Stirn auch. Kluge blaue Augen schauten Carl eindringlich an, die kräftige Nase und der volle Mund ergaben ein schönes, schon fast männliches Gesicht.

»Der Oheim will, dass ich auch ein Apotheker werde«, sagte Max und schaute Carl an, als müsse er sich bei ihm beklagen.

»Na und?«, lachte Carl. »Ist denn das so tragisch?« – »Aber ich will Schauspieler werden, Carl, wann immer ich kann, gehe ich ins Theater. Und wenn das partout nicht sein darf, möchte ich Philologie studieren, ein Lehrer werden. Verstehst du das?« Flehend sah Max seinen zehn Jahre älteren Freund an. Einer musste ihn doch verstehen.

Carl blickte in das schöne, blühende Jungengesicht. Herrgott. Warum konnte er nicht auch so gut aussehen wie Max? In den letzten Wochen hatte er wieder an seinem Selbstbildnis gearbeitet. Es war ihm ein Graus, denn der Bursche mit der langen dicken Nase, den geröteten Augen hinter der Brille und dem kleinen Schnauzbart – der war ihm nicht unsympathisch, aber wenn er diesen attraktiven Max besah, da hatte der Allmächtige schon sorgfältiger die Farben und die Form ausgewählt. So viel Mühe hatte er sich bei Carl nicht gemacht.

Trotzdem wurde es ihm warm ums Herz, wenn er daran dachte, dass Max als kleiner Bub schon aus seiner Familie herausgenommen wurde, nach München kam zu seinem ehrgeizigen Onkel. Der Prinzipal war keinen Deut besser als Carls Vater damals, der seinen Söhnen auch vorgeschrieben hatte, was aus ihnen werden sollte. Insoweit fühlte sich Carl mit Max verwandt. Er legte brüderlich den Arm um die Schultern des Jungen. »Max, hab ein bisschen Geduld mit deinem Onkel. Er meint es ja gut, will dir die Apotheke hinterlassen. Dann bist du ein reicher, angesehener Mann, denn dass du das Studium schaffst, daran zweifle ich nicht. Aber noch bist du Lateinschüler, noch ist nichts entschieden.«

Max strahlte Carl an, als wäre er ein Retter aus großer Not. »Kann ich dich besuchen kommen, Carl? Ich möchte so gern.«

Das Vertrauen des Jungen tat Carl gut. Er mochte Max sehr, das war ihm in diesem Moment klar.

»Max, ich habe im Moment sehr viele Dinge zu ordnen. Wenn das alles erledigt ist, dann kommst du zu mir. Ich zeige dir meine Bilder, und du wirst sehen, dass ich auch in einem beruflichen Konflikt stecke, der deinem gar nicht so unähnlich ist. Glaub mir, du kannst immer auf mich zählen.«

Natürlich hatte Anton Gielg bereits gesehen, dass Carl mit Max redete. Er kam aus der Offizin auf die andere Straßenseite gelaufen und umarmte Carl. Sie redeten über Antons wahrscheinlich anstehende Universitätslaufbahn und über Pankraz. Der schreinerte neuerdings nach Bildern japanische Kommoden. Die lackierte er dunkelrot, und seine Kundschaft war begeistert.

Carl riss sich los mit dem Versprechen, so bald wie möglich mit Anton und Pankraz zum Augustiner zu gehen.

Zurück in seiner Wohnung, fand er Juli auf einer Leiter, um zarte Blumengewinde über den Türen anzubringen. Wie anmutig sie Blüten und Zweige arrangierte. Carl holte seinen Zeichenblock

Aus dem Kochbuch seiner Mutter war schon ein weiteres Rezept angesetzt, ein Getränk, das es in sich hatte. Es hieß Bischof, und man brauchte dazu eine Flasche guten Burgunder, in dem Zucker aufgelöst wurde. Dann röstete man kleine grüne oder gelbe Pomeranzen, die man etwas eingekerbt hatte, über der Kohlenglut und tat sie dann sofort in den Wein.

Carl hätte Juli, die all ihr hauswirtschaftliches Können einsetzte, um die ihr unbekannte Frau willkommen zu heißen, gern herumgeschwenkt, aber mit Rücksicht auf ihr Bein ließ er das bleiben. Er sagte ihr aber, dass er froh sei, eine so gute Wirtschafterin zu haben. Doch jetzt müsse er sich sputen.

Undine von E. T. A. Hoffmann wurde aufgeführt, und Carl hoffte, dass die Oper Clara gefallen würde. Er las flüchtig das Programmheft. Undine, eine junge Schöne aus dem Meer, wollte einen Sterblichen heiraten, um selber eine Seele zu erlangen. Der Ritter Huldbrand verliebte sich in sie, und er lud sie ein auf seine Burg. Da er feinfühlig war, Undine seine Liebe phantasievoll und behutsam zeigen konnte, verliebte sie sich auch in ihn, und beide lebten miteinander wie in einem schönen Traum. Doch die Vergangenheit erwies sich als übermächtig …

Carl legte das Heft beiseite und dachte, dass er der Vergangenheit keinen Raum lassen würde. Er und Clara waren ein Paar. Er würde sogar noch weiter gehen. Doch, doch, er wollte Clara heiraten, er wusste, sie würden das durchsetzen. War es ihm je so gut gegangen?

In seiner ausgelassenen Freude wählte Carl den neuen Frack aus Seide als Garderobe, der von einem dunklen Pflaumenblau war, dazu eine blau und silbern gestreifte Weste und Pantalons, ebenfalls in Blau. Aus irgendeinem Grunde vertraute Carl darauf, dass Clara schon verantworten konnte, was sie tat, wenn sie mit ihm in die Oper ging. Clara hatte lächelnd gesagt, dass sie Herrn Raab überall in München treffen könne, aber nicht in der Oper. Die hasse er aus vollem Herzen.

Ihre Mutter und die Schwiegermutter dagegen könnten ein Problem sein, aber die würden sich ja bald auf dem Weg nach Bad Tölz machen.

Als Carl im Blauen Bock nach Clara Raab fragte, eilte ihm der Besitzer entgegen. »Es wäre besser, wenn Sie außer Frau Raab auch gleich ihr Gepäck mitnehmen würden. Herr Raab war hier und hat eine üble Szene gemacht. So etwas möchte ich nicht noch einmal erleben. Frau Raab tut mir wirklich leid, aber sie kann hier nicht länger wohnen.«

Bestürzt eilte Carl nach oben und fand Clara in ihrem Zimmer beim Packen. Sie war blass und sah Carl stumm an. Eine Weile blieben sie voreinander stehen. Carl war hin und her gerissen zwischen dem Wunsch, Clara einfach in den Arm zu nehmen, und der Sorge, sie mit seinen Gefühlen zu verstören.

Carls Blick fiel auf ein Bild an der Wand, das eine junge Frau zeigte, die ihre Schafe hütete. Sie stand auf einer weiten, völlig einsamen Ebene, und dahin hätte Carl sich jetzt mit Clara gewünscht. Nur sie und er. Aber leider befanden sie sich in einem

Labyrinth, aus dem sie so leicht nicht herauskommen würden. »War es schlimm mit Raab?«, fragte er.

Clara nickte. »Ich habe sein Lärmen bis hier oben gehört. Er wolle die Damen Raab und Lechner abholen, hat er in der Rezeption gesagt. Dort erklärte man ihm, für die zwei älteren Damen wäre eine Kutsche bestellt. Mehr wisse man nicht. Jedenfalls ist Raab dann ins Zimmer der Mütter geeilt und hat in seinem Kommandoton verkündet, dass er sie nach Bad Tölz bringen lasse. Mitsamt seiner Frau. Ich konnte alles hören, das Zimmer liegt ja neben meinem. Meine Schwiegermutter ist richtig wütend geworden, so kannte ich sie gar nicht. ›Clara kommt mit uns nach Bad Tölz‹, hat sie entschlossen gesagt.«

»Das hat Herrn Raab sicher noch mehr in Rage gebracht!«, sagte Carl. – »Und wie«, bestätigte ihm Clara bitter. »Der hat die alten Damen angeherrscht, sie sollten ihm auf der Stelle mein Zimmer zeigen. Aber das haben die natürlich nicht getan. Stell dir vor, da ist er auf den Flur gegangen, hat an jede Tür geklopft und meinen Namen gerufen. Als er zu brüllen angefangen hat, kam der Hotelbesitzer und hat ihm mit der Polizei gedroht. Daraufhin ist er endlich gegangen.«

Als Clara mit Carl zur Residenz fuhr, erzählte sie ihm, dass ihre Mutter, die verwitwet war und ihr Haus in Bad Tölz allein bewohnte, die Schwiegermutter bei sich aufgenommen hatte. »Das war wirklich ein Glücksfall. Beide Frauen waren sich von Anfang an sympathisch, sie haben sogar viele gemeinsame Interessen. Raab hat seiner Mutter Geld gegeben. Über diese Lösung bin ich froh. So haben die Mütter einen schönen Lebensabend.«

Sie sah Carl offen an und erklärte ihm, dass sie auf keinen Fall nach Bad Tölz zurückgehen könne. Je nach Laune würde Raab sie immer wieder auffordern, zu ihm zurückzukommen. »Ich traue ihm alles zu«, betonte sie. »Er steigert sich manchmal derart hinein in seinen Zorn, dass er sich selbst nicht mehr kennt.«

Carl hatte nur einen Gedanken: Diese sensible, mitfühlende Frau gehörte zu ihm, nur zu ihm. Dieser Gedanke war wie ein

Rausch, er füllte ihn völlig aus. Das frühe Abendlicht, das durch die Fenster in die Kutsche schien, warf einen puderigen Schimmer auf Clara und gab ihr etwas Unwirkliches. Sie trug ein schlichtes Kleid aus feinem Musselin, dessen halblange Ärmel sie mit Armreifen nach oben geschoben hatte. Diese Spangen waren mit den gleichen Steinen besetzt wie die Brosche, die das Kleid auf der Schulter zusammenraffte. Ein schmales, fast unsichtbares Diadem, mit den gleichen Steinen besetzt, hielt ihr Haar über der Stirn zusammen. Über dem Arm trug sie eine hellgraue Stola aus leichter Wolle.

Dem Kutscher war der Mund offen stehen geblieben, als Carl Clara zur Kutsche geführt und ihr hineingeholfen hatte. Carl sah den Blick, und er hielt Claras Hand fest, als müsste er sie sonst wieder hergeben, doch auch sie drückte seine Hand und rückte in der Kutsche nah zu ihm. Carl war völlig überrascht von alledem, sodass er begann, jeden ihrer Finger einzeln zu betrachten. Er musste sich ablenken, musste etwas tun, sonst würde er mit Sicherheit verrückt werden.

Das Premierenpublikum flanierte noch in der Abendsonne vor dem Theater. Es war für einen Tag im Oktober ungewöhnlich warm, das Licht sehr sanft. Einige Frauen schlossen die Augen und genossen die letzten sanften Strahlen der Sonne. Carl bot Clara seinen Arm, und sie hängte sich bei ihm ein. Er spürte wieder, wie nah sie sich bei ihm hielt, und das machte ihn stolz. Carl konnte und mochte sich eine Zukunft ohne Clara nicht mehr vorstellen, so stark war er von ihr erfüllt. Dabei war es nicht allein ihr wundervolles Aussehen, was ihn so sehr beeindruckte. Er bewunderte ihre Sprache, wie gefasst sie über die Probleme in ihrer Ehe sprach. Fast jede andere Frau, die Carl kannte, Crescenz ausgenommen, fügte sich und ließ sich ihr Leben lang bevormunden und manchmal auch drangsalieren. Auch seine Mutter hatte ihrem Mann nur selten widersprochen. Clara dagegen war tapfer und unsentimental. Mutig. Einer solchen Frau war Carl noch nie begegnet.

Er wollte dafür sorgen, dass Clara ihr bisher so schwieriges Leben vollkommen hinter sich lassen konnte. Gemeinsam würden sie in eine neue Welt eintreten. Liebe, Schönheit, Künste, Wissenschaften, das sollte zu ihrem Leben gehören.

Er würde Clara nicht wieder hergeben.

Carl sah, dass einige Bekannte überrascht auf sie zukamen, doch er blieb ruhig und stellte sie mit ihrem Mädchennamen vor. »Meine Verlobte, Clara Lechner.« Doch dann erschrak Carl über seine Kühnheit. Er hatte Clara nicht einmal gefragt, ob er sie so vorstellen dürfe. Doch Clara lächelte liebenswürdig Frau von Kobell an, die sie in ein Gespräch über Armreifen und Diademe verwickelt hatte.

Neben den Kobells war auch Buchner mit Gattin unter den Premierengästen. Graf von Pocci, ebenfalls mit Gattin. Auch seinem Prinzipal Pettenkofer stellte er Clara vor. In diesem Moment kam Crescenz in raschelndem Taft auf ihn zu, Neunerdt folgte.

»Carl, warum hast du mir nichts gesagt? Ich hätte für uns alle Karten besorgt, und wir hätten beieinandersitzen können! Bitte, stell uns doch vor!«

Crescenz sah Clara mit strahlenden Augen an. Sie hätte inzwischen jede akzeptiert, die Carl ihr gebracht hätte, so mürbe war sie schon geworden. Alles, nur kein Hagestolz sollte Carl werden. Aber dass er ihr eine so ungewöhnlich schöne Frau verschwiegen hatte, war allerhand. Sie schien kultiviert zu sein. Die Garderobe war schlicht, aber edel. Davon verstand Crescenz etwas. Sie hatte auch bemerkt, dass Carls Auserwählte größer war als er, obwohl sie flache Seidenschuhe trug.

Carl hatte es gewusst. Crescenz würde Clara lieben, er kannte seine Stiefmutter gut. An alles andere wollte er jetzt nicht denken. Er war im Hoftheater, er hatte die schönste Frau an seiner Seite, er wollte jede Sekunde dieses Abends genießen und ganz bewusst leben.

Als sie zu ihren Plätzen gingen, man war drei Reihen auseinander, tuschelte Crescenz, ob es denn immer noch gelte, »Lieben ja, Heiraten nie«.

»Nein«, sagte Carl kurz und vernehmlich zu seiner Mutter, »nein, das gilt nun nicht mehr.«

Clara und Carl hatten gute Plätze vorn in der Mitte. Als sie saßen, wagte Clara es nicht, ihre Hand in Carls zu legen, obwohl sie das brennend gern getan hätte. Sie fand diesen schmalen, gepflegten Apotheker, der dezent nach Toilettenwässern duftete, so anziehend, dass sie den kleinen Finger ihrer Hand ganz vorsichtig seiner Hand näherte. Carl begriff sofort, mit strahlendem Blick rückte auch er seinen kleinen Finger an ihre Hand hin, und beide spürten die Spannung, die durch diese kleine Berührung entstand.

So viel Glück, so viel Wahnsinn hatte er sich nicht einmal vorstellen können. Er wurde bald fünfundzwanzig und hatte noch niemals erlebt, dass ihn seine Gefühle schier überwältigten. Es war schön und schwer zugleich.

Werde ich bei ihm bleiben diese Nacht?, fragte sich Clara. Es gehörte sich nicht, natürlich nicht. Es war sogar ganz unmöglich. Aber wenn sie es richtig sah, blieb ihr nichts anderes übrig. Es war inzwischen viel zu spät, um ein Hotelzimmer zu reservieren. Außerdem wollte sie das überhaupt nicht. Ihre Ehe war zerrüttet. Sie musste nach diesem Opernbesuch so rasch wie möglich aus München abreisen. Sie wollte ihrem Mann unter keinen Umständen begegnen. Offensichtlich wusste er nichts von Carl. Gott sei Dank.

Carl. Unwillkürlich atmete Clara tief durch. Carl bedeutete etwas völlig Neues für sie, und darauf freute sie sich. Wenn sie ihn nur anschaute, seine kurzsichtigen Augen, die widerspenstigen Haare über der Stirn, den eigenwilligen Mund – Clara wusste nicht, was sie sich von Carl erhoffte, aber sie brauchte ihn, so viel war klar. Er gefiel ihr. Sein sanft bayrisch gefärbtes Hochdeutsch zog sie an. Und sein Intellekt.

Bei ihrer Hochzeit war Clara sechzehn Jahre alt gewesen, und niemand hatte sie vorher gefragt. Sie hatte ihren Ehemann zu Weihnachten bekommen, als Geschenk sozusagen. Es wurde ihr von den Eltern eröffnet, dass ein gutsituierter Geschäftsmann namens Raab sich um sie bewerbe. Vater und Mutter hatten sich lange miteinander beraten und den Raab als ihren Schwiegersohn willkommen geheißen. Noch in der Kirche, die Hochzeit war vor gut vier Jahren gewesen, fühlte Clara sich wie betäubt. Am Altar waren hohe Stühle für das Brautpaar aufgestellt gewesen. Clara hatte gebetet: »Lieber Gott, lass es nicht zu, lass mich lieber mit diesem Stuhl von der Treppe nach hinten stürzen. Ich will mir lieber den Hals brechen, als diesen Mann zu heiraten. Bitte, lieber Gott.«

Sie war nicht gestürzt, sie hatte vor dem Geistlichen alles Mögliche geschworen. Sie trug einen Ring, den sie nicht gewollt hatte.

Vor der Hochzeitsnacht hatte sie Angst gehabt. Niemand war da, der mit ihr darüber gesprochen hätte. Würde Raab schmutzige Dinge mit ihr tun? Sie hatte hier und da etwas aufgeschnappt. Auch, dass es wehtat. Schließlich saß sie im Schlafzimmer, Brautkleid und Schleier hatte sie ordentlich aufgehängt. Als ihr Ehemann in sie eindrang, hatte Clara gedacht, sie müsse sterben. Sie starb nicht. Das war aber auch alles, was ihr erspart blieb. Sie fühlte sich wie aus Stein. Am nächsten Tag lief sie zu ihren Eltern. Ihre Mutter jammerte, ihr Vater schalt sie mit ähnlichen Worten wie Raab, der sie verächtlich ein quengeliges Kind genannt hatte, mit dem er nichts anfangen könne. Tagelang spürte Clara das verdammte Brennen, den Schmerz, der sie immer wieder an diese Nacht erinnerte.

Eine Weile ließ ihr Mann sie in Ruhe. Es war klar, dass er sich bei Mätressen schadlos hielt. Clara war merkwürdig erleichtert, es schien ihr eine Lösung. Doch Raab sah durchaus die ungewöhnliche Schönheit seiner Frau, nicht zuletzt deshalb war sie ihm schließlich aufgefallen. Er nahm sich sein Recht, sein Eigentum. Claras Eltern und auch ihre Schwiegermutter waren erbost darüber, dass Raab zu Prostituierten ging. Für Claras unerträgliche Situation jedoch fehlte ihnen jedes Mitgefühl. Ihnen war es schließlich nicht anders ergangen.

Clara hatte einen Anwalt aufgesucht. Dass es Frauen gab, die sich scheiden ließen, hatte sie gehört. Und das wollte sie auch, egal, was daraus entstünde. Der Anwalt war sensibel, er hatte Tränen in den Augen, als Clara ihm ihre Situation schilderte. Sie wollte durchsetzen, dass ihr Ehemann sie künftig in Ruhe ließ. Niemand könne ihr zumuten, dass sie sich mit seinen Mätressen arrangierte. Sie habe auch Angst vor Ansteckung. Vielleicht könnte man ja einfach in einem gewissen Respekt nebeneinanderher leben.

Der Anwalt war nüchtern genug, ihr klarzumachen, dass ihre Sache schlecht stünde. »Wenn Sie Ihrem Mann nicht zu Willen sind, wird er Sie nicht mehr in seinem Haus dulden. Nach dem Charakter Ihres Mannes ist nicht zu erwarten, dass er auf Sie Rücksicht nimmt. Er betrachtet Sie als sein Eigentum, mit dem er tun kann, was er will.« Der Anwalt stand auf, bot ihr ein Glas mit Wein an. Clara spürte, dass ihr Mund trocken war, und sie trank durstig. »Ihnen bleibt nichts anderes übrig, als sich scheiden zu lassen«, sagte der Anwalt. »Es sei denn, Sie versöhnen sich mit Ihrem Mann. Wenn Sie sich ihm nicht verweigern, werden Sie wenigstens keine Existenzsorgen haben.«

Wütend platzte es aus Clara heraus. »Damit Sie es wissen. Mein Mann ist egoistisch, tyrannisch und triebhaft. Ich wiederhole es noch einmal: Er beleidigt mich fortwährend durch seine Affären mit Frauenzimmern aller Sorten. Ich kann und will mich auf diese Weise nicht mit ihm versöhnen.«

Clara drängte es nicht, diese unerfreulichen Dinge mit Carl zu erörtern. Sie war gerade zwanzig geworden und lebte schon in Scheidung. Doch Carl wusste ja inzwischen von der Existenz ihres Ehemannes. Er hatte mitbekommen, wozu Raab fähig war. Clara war überrascht, dass ihn ihre fatale Situation nicht irritierte. Mit einem Mann wie ihm konnte sie guten Mutes in die Zukunft blicken.

Sie wagte schon gar nicht mehr, Carl anzusehen, denn seine Augen sprühten derart glücklich, dass Clara spürte, wie sie rot wurde. Um sich abzulenken, schlug sie das Programmheft auf, las, dass sie in den nächsten Minuten ein Singspiel erleben werde, dessen Heldin Undine hieß. Die Uraufführung dieser romantischen Zauberoper hatte am 3. August 1816 in Berlin stattgefunden. Drei Stunden sollte die Oper dauern, Clara wartete gespannt, denn sie liebte Musik, Schauspiel und Gesang. Als sie während der Aufführung von den Sorgen der Fischersleute in ihrer Hütte erfuhr, die um ihre Tochter Undine bangten, als sie die zwei schönen Stimmen hörte, war Clara aufgewühlt. Was würde ihr das Leben künftig bringen? Sie dachte an die Wohnung Carls, die sie noch gar nicht kannte, sie versuchte, sich vorzustellen, wie es sein würde, wenn sie sich schlafen legten.

Da spürte sie Carls Schenkel an ihrem, nur für eine Sekunde, und sie wusste, dass er genauso durch Himmel und Hölle ging wie sie.

In der Pause tranken sie durstig ein Glas Champagner, als Mama Crescenz, gefolgt von Neunerdt, auf sie zueilte. Neunerdt, der diesen Auftrag mit Sicherheit von Crescenz bekommen hatte, verwickelte Carl in ein Gespräch über sein Guthaben, die letzten Rechnungsauszüge und so weiter. Clara hörte, dass die Bank nur drei Prozent vergüte, Neunerdt aber gebe ihm vier Prozent – da wurde sie von Crescenz in Beschlag genommen, die ihr Komplimente machte über ihr Kleid, dann aber, sich für ihre Neugierde geziemend entschuldigend, Clara fragte, wo sie Carl denn kennengelernt habe. Clara berichtete von der Nacht in der Löwen-Apotheke in Straubing, von ihrer Schlaflosigkeit, und davon, wie liebevoll Carl sie behandelt habe. »Ach«, klagte Crescenz heiter, »da hat er aber eisern geschwiegen. Kein Wort hat er mir erzählt.«

Clara blickte verwirrt auf die Spitzen ihrer Schuhe. Was wäre, wenn Carls Mutter wüsste, dass die Begleiterin ihres Sohnes in Scheidung lebte? Sie würde bestimmt kein Wort mehr mit ihr reden. Plötzlich kam Clara ihre Situation richtig zu Bewusstsein. Sie, obwohl noch verheiratet mit Raab, ging mit einem Mann aus guter Familie in die Oper. Wenn Raab das erfuhr, hatte er bei Gericht womöglich die besseren Karten.

Um sich selbst machte Clara sich keine Sorge. Sie hatte eine Zufluchtsstätte. Ihre Tante in Straubing, die ledig war und Clara liebte wie eine Tochter, hatte Claras Ehemann nie gemocht. Er war ihr zu bullig erschienen für Clara, zu cholerisch. Sie hatte ihr schon vor der Hochzeit gesagt, dass sie bei ihr immer ein Zuhause finden würde, wenn es mit Raab schiefginge.

Doch was war mit Carl? Würde seine Familie ihm Vorwürfe machen? Die Spitzwegs waren allesamt katholisch, das hatte Carl ihr gesagt. Aber sie solle sich keine Sorgen machen, man würde einen Weg finden, so oder so. Er könne notfalls konvertieren. Dass es einen katholischen und einen protestantischen Gott gebe, daran glaube er ohnehin nicht.

Der Gedanke daran half Clara gegen die Angst, die sie befallen wollte. Sie richtete sich auf, innerlich. Das weiche Licht, die wunderschönen Roben, die aufmerksamen Blicke, die Clara an der Seite von Carls Verwandten trafen, alles war im Grunde nicht wichtig. Wichtig war nur Carl. Sie würde auch die Rolle einer geschiedenen Frau spielen, wenn es ihr Schicksal sein sollte. Carl und sie würden zusammenhalten, selbst wenn seine Frau Mutter damit nicht einverstanden wäre. So erlesen und prächtig es in diesem Theaterfoyer war, so sehr ihr die bewundernden und fragenden Blicke gefielen – Clara war erleichtert, als die Pause zu Ende ging.

Carl fragte besorgt, ob ihr etwas fehle, und Clara nickte. Sie flüsterte, dass sie beide vielleicht doch verrückt seien. »Wenn es weiter nichts ist«, sagte Carl erleichtert, »dann lass mich nur machen. Vertrau mir.« Clara atmete tief durch. Ja. Vertrauen. Vertrauen hatte sie zu diesem ihr noch fast unbekannten Mann. Er würde sicherlich auch mit ihr hinabsteigen in die Welt der Wassergeister, wie Huldbrand mit Undine. Selbst wenn er dabei alles riskierte.

Beim Verlassen der Oper nahm Carl Claras Arm, und sie ließ ihre Hand sanft über seine gleiten. Dieses Zeichen der Vertrautheit rührte Carl. Er dachte an seinen Bruder Simon, der auch oft seine Hand genommen hatte, wenn er Carl nicht aus den Augen verlieren wollte. Mit einem Mal wünschte er sich, dass Simon ihn sehen könnte, wie er mit Clara über den Opernplatz ging. Er erzählte Clara, dass sein Bruder Simon sich damals in Alexandrien mit der Tochter des Konsuls verlobt hatte. »Das Gefühl, dass Simon vor seinem Tod glücklich war, das brauche ich, daran will ich unbedingt glauben.«

»Du musst mir noch mehr von Simon erzählen. Vor allem von eurer Kindheit«, sagte Clara liebevoll. Sie hatte außer dem früh verstorbenen Bruder keine Geschwister gehabt. Langsam gingen sie zu den wartenden Kutschen.

»Siehst du die Straßenlampen?«, fragte Carl. »Sie haben goldene Höfe wie die Heiligen auf den Kirchenbildern.«

»Du hast eine schöne katholische Phantasie«, lachte Clara, »außerdem bist du ein Maler.«

Juli hatte es nicht fertiggebracht, ins Bett zu gehen, ehe ihr Herr daheim war. Für alle Fälle hatte sie einen Teller mit ausgelöster Kalbsbacke, gedünstetem Bries und etwas jungem Gemüse angerichtet. Der Burgunder stand auch bereit, ebenso die kleinen Pomeranzen. Juli musste immer noch etwas verbessern, verschönern: Doch lieber die Spitzendecke nehmen, sie sah vornehmer aus als die damastene. Noch einmal über das Silber putzen – da hörte sie den Schlüssel, der sich im Schloss drehte. Jetzt nur alles richtig machen.

Clara sah sich verblüfft um in den Räumen, die geschmückt waren mit Blumen wie für einen hohen Gast. Die ganze Wohnung war sichtbar gepflegt und zeugte von einem guten Geschmack. Alle Möbel waren aus den besten Werkstätten, das sah Clara sofort. Dazu die seidenen Vorhänge, kostbare Gläser in den Vitrinen und wertvolle Teppiche. Das alles war sicher die Handschrift von Carls Stiefmutter, die um Carl überaus besorgt schien.

»Möchtest du etwas essen?«, fragte Carl. Crescenz und Neunerdt hatten sie geradezu bedrängt, mit ihnen im Restaurant zu essen, aber sie hatten sich entschuldigt. Carl wollte unbedingt in den Blauen Bock, das Gepäck Claras abholen, und er wollte mit ihr allein sein. Aber jetzt meldete sich bei ihm der Hunger, und er ging in die Küche, um Brot, Käse und Wein zu holen. Carl hatte sich schon gewundert über den würzigen Duft in der Wohnung, doch erst als er Juli auf der Küchenbank sitzen sah, wurde ihm klar, dass sie ein Essen vorbereitet hatte.

Clara war Carl in die Küche gefolgt und sah erstaunt auf Juli, die aufgesprungen war und etwas ängstlich auf Carl blickte, denn er hatte ihr ja gesagt, sie solle zu Bett gehen. Clara wusste nicht, wie sie sich die Hauswirtschafterin vorgestellt hatte. Jedenfalls nicht so wie dieses junge Mädchen mit dem ernsten, klaren Gesicht, das umrahmt war von dichtem, lackschwarzem Haar. So sah doch kein Dienstbote aus.

»Juli, das ist Clara Lechner«, sagte Carl gerade, und Juli versuchte, so etwas wie einen Knicks zu machen. Sie hatte niemanden gefunden, der es ihr hätte zeigen können, und sie war entschlossen gewesen, gar nichts in der Art zu machen. Doch dann, dieser schönen Dame gegenüber, hatte sie es doch versucht.

Am Tisch nahm Clara ein wenig vom Kalbfleisch und einen Löffel Gemüse. Es war zart und gut gewürzt, sodass sie noch eine Portion nahm, und sie trank auch von dem Burgunder, der stark war und aromatisch. Noch nie hatte Clara Burgunder mit heißen Pomeranzen darin gekostet, und sie trank gegen ihre Gewohnheit noch ein zweites Glas. Diese kleine köstliche Mahlzeit hellte ihre Seele auf, und sie schaute Carl so intensiv in die Augen, dass es diesmal er war, der rot wurde. Und wenn ich es büßen müsste, dachte Clara, wenn ich mein Leben lassen müsste wie Ritter Huldbrand in der Oper. Ich werde bei Carl bleiben, denn nur er liebt mich so, wie ich bin. Nur er gibt mir Sicherheit.

Juli trug das Geschirr in die Küche, und Clara sah erst jetzt, dass die junge Frau ein Bein nachzog, wodurch ihre linke Seite bei jedem Schritt förmlich zusammengeknickt wurde.

»Woher kommt sie, sie ist schön«, stellte Clara fest, doch Carl sah sie verwundert an. »Juli, schön?, darauf wäre ich nicht gekommen. Aber seit sie hier ist, hat sie sehr viel gelernt. Es macht ihr Freude, sich zu pflegen. Aber für ihre gebrochene Hüfte weiß ich noch keinen Rat.«

»Es gibt einen Arzt im Fränkischen«, überlegte Clara, »zu dem ist meine Mutter zweimal gereist mit ihrem gebrochenen Fuß, und ich habe sie begleitet, weil sie Krücken brauchte und sich nicht gut bewegen konnte. Bei diesem Arzt hängen Menschen von der Decke wie große Vögel, die man eingefangen hat und nun an der Decke frei schwingen lässt. Man hat sie in Lederstücke verpackt und dann oben aufgehängt. Sie schauen erschrocken oder geniert, in jedem Fall aber äußerst unglücklich auf einen herunter. Beim ersten Mal hab ich richtig Angst bekommen. Ein Folterkabinett, dachte ich. Aber den Fuß meiner Mutter hat der Doktor tadellos geheilt. Er hat einen guten Ruf. Vielleicht solltest du deine Wirtschafterin einmal zu ihm bringen. Vor vier Jahren hat er noch praktiziert.«

Schon etwas angeheitert, malte Clara aus, auf welche Weise der fränkische Doktor seine Patienten verschnürt hatte, dass sie aussahen wie Fabelwesen. Manche hätten auch hin und wieder gestöhnt, aber beklagt habe sich niemand.

»Juli hätte es verdient«, beharrte sie. »Allein wie sie die Wohnung geschmückt hat, das ist äußerst ungewöhnlich. Glaub mir, es ist nicht einfach dahergeredet, wenn ich sage, dass ich noch niemals ein so delikates Essen bekommen habe. Und der Burgunder, exquisit.«

»Du bist delikat und exquisit in einem«, flüsterte Carl, und er erschrak sofort über sein Vorpreschen. Musste er nicht darauf eingehen, wenn Clara so einfühlsam über Juli sprach? Und sollte er nicht vorsichtiger sein, nach allem, was Clara erlebt hatte? Er sah, dass sie ihr Rotweinglas sorgfältig leerte, anmutig und zart, aber er glaubte auch ein Zögern darin zu erkennen, ein Zögern, das er nun auch in sich spürte. Ihrer beider Gefühle waren in der Schwebe, einer wollte dem anderen folgen, wenn er nur wüsste, wohin. Er, Carl, würde alles tun, alles, was Clara von ihm verlangen würde. Wenn sie doch nur etwas verlangte! Innerlich zitternd wusste Carl, dass er kurz vor dem Ziel war, aber er wusste nicht weiter.

Plötzlich wusste er es doch. »Könntest du dir vorstellen, nach Venedig zu reisen? Ich fände es gut, wenn du für deinen Mann unerreichbar bist, wenn er vom Anwalt hört, dass du nicht zurückkommst.«

»Himmel«, sagte Clara überrascht, »ich bin noch nie in Italien gewesen! Wenn ich mir vorstelle, mit dir dorthin zu reisen, wird mir schwindlig vor Glück! Alles hinter mir zu lassen – in Venedig gelingt mir das bestimmt!«

Diese Reise wäre eine Erlösung, da war Clara sicher. Über ihre Scheidung würde bald Gras wachsen. Und danach mit Carl in Straubing zu leben, fand Clara eine wunderbare Vorstellung. Schon vor einiger Zeit hatte sie ihrer Tante Adel in Straubing geschrieben, dass sie in naher Zukunft gern bei ihr wohnen wolle. Gestern hatte sie noch einen Brief hinterhergeschickt, dass sie nicht allein käme.

»Ich finde deinen Plan wunderbar, nach Italien zu reisen. Von mir aus kann es sofort losgehen. Aber jetzt möchte ich etwas von deiner Malerei sehen«, sagte Clara.

Für einen Moment war Carl irritiert. An seine Bilder hatte er jetzt nicht gedacht. Aber dann fand er es liebevoll von Clara, dass es ihr wichtig war. »Ich habe ja noch nichts, was man zeigen kann«, murmelte er verlegen. Dann fiel ihm ein, dass er ihr vielleicht das angefangene Bild von der italienischen Zollwache zeigen könnte.

Clara stand aufmerksam da, betrachtete das Kunstwerk. »Stimmt es, dass es bei der Malerei auf die Gefühle des Malers ankommt? Oder eher auf das Motiv?«

Wieder verlegen, aber auch erstaunt über Claras Frage, die ihm intelligent erschien, antwortete Carl ausweichend. »Ich bin ja noch ein Anfänger, noch dazu ein Autodidakt. Ich muss mir meine Ausdrucksmöglichkeiten alle selbst erschaffen.«

»Und was ist mit der Akademie?«, wollte Clara wissen, »ist das nicht der beste Weg, die Malerei zu erlernen?«

»Ich habe so einiges über die Akademie gehört, was mich zögern lässt. Weißt du, ich möchte gern in meinen Bildern zum Ausdruck bringen, was ich sehe. Ich glaube, das ist schwer«, sagte Carl leise. »Vielleicht musst du dich doch mit einem simplen Apotheker zufriedengeben.«

Clara trat ganz nah zu Carl und legte beide Arme um ihn. »Du bist nun ich«, sagte sie leise, aber mit einer Sicherheit, die Carl beruhigte. »Du bist ich und ich bin du«, fuhr sie fort, »daher kann uns niemand trennen.« Damit versuchte sie, ihre eigenen Zweifel zu beschwichtigen, doch sie übertrugen sich auf Carl, der Unsicherheit in sich aufsteigen fühlte. Das Wichtigste war, dass sie zusammen verreisten. Er musste mit ihr weg von München, er musste allein sein mit ihr, damit ihre Zuneigung sich festigen und sie einander kennenlernen konnten. Carl wollte seine Zeit mit Clara verbringen. Nur mit ihr.

Clara stand auf, ging zum Fenster. »Du bist der Herrscher über die Münchner Stadt. Oder zumindest über ihre Dächer.«

»Und du bist die Herrscherin«, sagte Carl spontan. Er küsste Claras volle Lippen, die nach Himmel schmeckten und nach Pomeranzenburgunder. Er hatte Clara überall gesucht, in Straubing, in München, vielleicht schon von Anfang an, und er wusste, dass er sie mit jedem Tag mehr lieben würde. Er wollte alles für sie sein. Dazu gehörte aber auch, dass er sie beschützte. Vor ihrem Mann, der sie offenbar noch nicht aufgegeben hatte. Aber auch vor der Gesellschaft wollte er sie schützen. Wichtig war, sich mit Claras Anwalt zu beraten. Sie hatten Raab mit einer Mätresse gesehen. Carl war sicher, dass Clara schuldlos geschieden würde. Dann würden sie heiraten. Ja. Das war für Carl das Wichtigste: Er wollte Clara seine Liebe und Sicherheit für die Zukunft geben.

22

Am nächsten Vormittag gingen Clara und Carl gemeinsam zu Claras Anwalt. Clara berichtete offen über ihre neue Situation.

»Es ist gut, dass Sie kommen«, sagte der Anwalt überrascht. »Ich wollte gerade einen Brief an Sie diktieren. Ihr Mann war gestern da. Es hat mich erstaunt, wie freimütig er über seinen Auftritt im Blauen Bock berichtete. Ich glaube, er war verärgert, dass er dort Hausverbot bekommen hat. Aber das hat er sich allein zuzuschreiben. Er will im Übrigen, dass Sie zu ihm zurückkommen. Und zwar sofort. Er hat angedroht, dass er Sie suchen lassen wird. In Tölz bei den Müttern und notfalls auch in Straubing bei der Tante.«

»Ich gehe auf gar keinen Fall zurück«, sagte Clara ruhig. »Ich werde verreisen. Ich möchte Abstand zu diesen Dingen. Sie haben alle Vollmachten. Hier ist die Adresse meiner Tante in Straubing. Dort werde ich nach unserer Reise auch wohnen. Sie können alles nach Straubing schicken, was wichtig ist.«

Clara stand auf, Carl und der Anwalt ebenfalls. »Ich glaube, das ist im Moment die beste Lösung für Sie, Frau Raab«, sagte der Anwalt. Er schien erleichtert. Mit einer Verbeugung und einem angedeuteten Handkuss verabschiedete er sich von Clara. Carl gab er die Hand.

Nach einer Woche, in der Crescenz mit Fany zu Besuch kam und einmal auch Max Pettenkofer, nach einer heiteren Woche, umsorgt von Juli, nahmen sie den Eilwagen für die erste Etappe ihrer Reise, auf der sie ganz für sich allein wären. Sie brauchten nicht viel. Hier und da ein hübscher Gasthof. Sie beide unter lauter fremden Menschen. Mehr wollten sie nicht, nur die Farben der Welt sehen, die frische Luft spüren, die duftende Erde, das kristallene Wasser.

Jeder Tag begann mit einem bestimmten Geräusch. In Kirchseeon hatte eine Bäuerin unter ihrem Fenster einen Hahn eingefangen, der ihr offenbar entkommen war. Jetzt gackerte er hysterisch, und die Bäuerin rief: »Ja glaubst es – der freche Socka!« Und sie hörten den Protest des Federviehs immer leiser werden. Sie lagen in den mächtigen Betten eines Landhotels, und Carl fand Clara in den schneeigen Kissen noch zerbrechlicher als sonst, fast unkörperlich. Doch als sie die Augen öffnete, sich lachend auf ihn warf und verkündete, dass sie schreien könne vor Glück, da kam er vor Überraschung und Begehren kaum zum Atmen.

Ihre Zartheit konnte sich jeden Moment in Leidenschaft verwandeln, die ihn zu verbrennen drohte. Staunend ließ Carl sich mitreißen, nur flüchtig dachte er daran, woher Clara die unbändige Kraft und Lust nahm nach allem, was sie erlebt hatte. Einmal wagte er es, sie zu fragen, doch sie fragte zurück, ob er Beethovens *Fidelio* kenne, die Arie von Florestan und Leonore, »die verstehe ich jetzt erst richtig, weißt du. O *namenlose Freude nach unnennbarem Leide.* Ich singe das oftmals vor mich hin, seit ich dich habe.« – »Und wieso singst du nicht laut?«, erkundigte sich Carl, und Clara erklärte ihm, dass er ihr dafür zu musikalisch sei. »Wer so empfindsam Klavier spielt wie du, der erträgt es nicht, wenn ich singe.« Wenn es wirklich stimmte, dass Clara nicht singen konnte – was Carl im Übrigen bezweifelte, denn Clara hatte ihm schon einmal berichtet, dass sie in Musik, Französisch und Literatur unterrichtet worden war –, wenn das stimmte, sollte es Carl nicht stören.

Nach einigen Tagen, in denen es sonnig, aber schon sehr kühl war, machte starker Regen die Blätter glänzend und glitschig. Dennoch gingen sie über die Wiesen und bewarfen sich im nahen Wald mit nassem Laub.

»Mit dir ist es überall schön«, stellte Clara einmal ein wenig verwundert fest, und Carl wunderte sich auch, aber anders. Für ihn war es immer wieder eine Überraschung, dass Clara so glücklich war mit ihm. Was Clara erst sagen würde, wenn sie in Venedig waren. Am nächsten Tag würde die Reise weitergehen.

Als sie gefrühstückt hatten, packten sie die wenigen Toilettesachen und Kleider, die sie dabeihatten, in ihre Taschen. Clara hatte ein dickes zusammengerolltes Plaid unterm Arm, das von Lederbändern gehalten wurde. Das benutzten sie in der Kutsche als Sitzkissen oder Zudecke, je nachdem. Selbstverständlich liebten Clara und Carl es, in der Kutsche zu sitzen, sich durchschütteln oder aufeinanderwerfen zu lassen. Sie liebten schlicht alles, was sie gemeinsam taten. Carl hatte Claras Hand in der seinen, er spürte ihren Pulsschlag, roch den Duft ihres frischgewaschenen Haares, das sie unter einem lose um den Kopf geschlungenen Tuch trocknen ließ. Zwischendurch fuhr sie mit einem groben Holzkamm durch die Lockenpracht, fluchte leise, aber ihre Haare fielen irgendwann von einem Mittelscheitel in Locken und Wellen herab.

Carl fühlte sich wie in einen Kokon, eingesponnen von Claras Stimme, die ihm von ihrer Erziehung erzählte, von ihren Freundinnen, die fast alle in ihrer Ehe unglücklich waren. Eine Freundin war von ihrem Mann nach dem Hochzeitsfest in der Kutsche entjungfert worden, weil er nicht warten wollte, bis sie zu Hause waren. »Sie sei halb ohnmächtig gewesen, hat sie mir erzählt. Wir sind ja alle nicht aufgeklärt worden«, sagte Clara. »Alle haben wir geglaubt, dass die Kinder vom Küssen kommen oder irgendwie im Traum, wie bei der Marquise von O, wir hatten alle die alberne Vorstellung, wir könnten mit heiler Haut ein Kind bekommen. Unsere Mütter schweigen nach wie vor. Meine jedenfalls hat es nicht einmal für nötig gehalten, mir zu erklären, was auf mich zukommt. Glaub mir, Carl, wenn ich einmal eine Tochter habe, werde ich ihr alles erklären, alles.«

Carl konnte von der Seite ihre dichten Wimpern betrachten, die hohen Wangenknochen, die feine Haut, den Mund, den er noch auf seinem spürte – er musste sich zusammennehmen, dass er überhaupt zuhörte, so sehr beherrschte ihn dieses Wunder von einer jungen Frau, die mit ihm nach Venedig reiste und ihr Leben mit ihm verbringen wollte. Ob er überhaupt noch würde malen können? Clara war der erklärte Mittelpunkt in seinem Leben. Niemals, aber wirklich noch niemals, hatte er das Leben so phantastisch schön gefunden. Es traf sich auch gut, dass ihm sein Erbe ausgezahlt worden war und er mit Crescenz und Neunerdt nicht mehr über Geld reden musste.

Auch Clara verfügte über Geld. Ihre Patentante in Straubing hatte ihrer einzigen Nichte eine großzügig bemessene Summe in Banknoten und Münzen gegeben. »Wenn du es mit dem Raab nicht mehr aushältst, sollst du wenigstens keine Geldsorgen haben«, hatte die Tante gemeint. Clara hatte der Tante offen berichtet, wie ihr Mann sich verhielt und dass sie ihr Leben mit ihm nicht mehr ertragen könne. Die Tante, anders als Claras Mutter, zeigte Verständnis für ihre Misere. Sie bot ihr an, nach Straubing zu ziehen.

»Ich weiß immer noch sehr gut, warum ich nie heiraten wollte. Mir hat gereicht, was ich bei meinen Eltern mitbekommen habe. Du kannst jederzeit zu mir kommen. Ich fühle mich in meinem Haus oft sehr allein. Außerdem bist du nicht umsonst mein Patenkind. Ich hab dich vom ersten Tag an gerngehabt. Und bei deiner Hochzeit hab ich gespürt, dass du nicht glücklich warst, aber wie hätte ich dir helfen sollen?«

»Dann haben wir es auch deiner Tante zu verdanken, dass wir uns gefunden haben«, sagte Carl. Er erinnerte sich daran, wie verloren Clara gewirkt hatte, als sie nach dem Kauf des Schlafmittels von der Apotheke zur Kutsche gegangen war. Es kam ihm vor, als sei inzwischen eine Ewigkeit vergangen, in der sie unendlich viel Gemeinsames versäumt hatten. »Ich hätte dir damals schon nachlaufen sollen, dann wären wir schon längst verheiratet«, behauptete er.

»Und uns gegenüber säße die Juli und hätte unseren ersten Buben auf dem Arm«, lachte Clara, und Carl sah, wie sich vom Hals aus eine zarte Röte über ihr Gesicht ausbreitete.

Kinder. Darüber hatte Carl noch nie nachgedacht. »Willst du wirklich Kinder mit mir haben? Und wenn die dann auch so eine dicke Nase kriegen wie ich, was dann?« Carls Augen blitzten Clara an. Ja. Er wollte Kinder, er wollte alles mit Clara. Sein Körper und seine Seele wollten Clara – das war das Andere, das Neue an dieser Liebe. Wenn er Clara ansah, begehrte er sie ebenso heftig wie im Bett, wo er ihren schmalen Körper spürte, der für ihn von überwältigender Süße war. Der Gedanke an ein gemeinsames Kind mit Clara gefiel ihm.

»Aber mit dem Buben reisen wir nicht nach Venedig. Sonst kommt ihm in der Kutsche das Essen von der Kindstaufe wieder hoch.«

Clara lachte, doch sie musste an Raab denken, der schon bei der Werbung um sie davon geredet hatte, dass er einen Stammhalter wolle. Schließlich musste Clara ihm oft genug zu Willen sein, ungeschützt, doch schwanger war sie nicht geworden. Heimlich hatte sie sich glücklich gepriesen, doch Raab war mit jeder Menstruation unzufriedener geworden. Er machte ihr Vorwürfe, dass sie nicht gescheit esse, sich nicht warm genug anziehe und vor allem, dass sie sich immer sträube. »Du bist gar keine richtige Frau, du bist ein großes Kind, sonst nichts.«

Vorsichtig hatte sich Clara nach den jungen Frauen erkundigt, mit denen Raab Verhältnisse unterhielt. Eine Schwangerschaft war nicht bekannt. Das hätte Clara ihrem Ehemann gern vorgehalten, aber sie traute sich nicht. Stattdessen hörte sie sich an, dass sie ein Acker sei, der keine Frucht bringe. Ihre Schwiegermutter steckte heimlich in jede Ecke des Brautbettes Säckchen mit Getreide. Die Fruchtbarkeit des Korns sollte sich segensreich auswirken. Immer wieder kam Raab mit dem Vorschlag, dass Clara in ein bestimmtes Bad reisen solle, das dafür bekannt sei, die Fruchtbarkeit zu steigern.

Doch Clara sprach in grimmiger Heiterkeit mit ihren ungeborenen Kindern: »Wartet, bis ich einen besseren Vater für euch finde. Einen, der euch eure Freiheit und eure Träume lässt.«

Diese Zeiten waren jetzt vorbei.

Clara atmete tief durch. Sie hatte es immer noch nicht richtig begriffen. Carl hatte sie in dem Cabriolet, in dem sie unterwegs waren, auf die Bank gebettet, ihr Kopf lag in seinem Schoß. Trotz ihrer Freude war sie ein wenig müde, hustete leicht, und Carl hatte aus seiner Reiseapotheke ein Fläschchen geholt, aus dem er ihr einige Tropfen auf einen Löffel gab. Er umsorgte sie, deckte sie mit dem Plaid zu und hielt ihre beiden kalten Hände in seinen, die warm waren und weich. Bald schlief Clara ein.

Carl schaute zum ersten Mal bewusst aus dem Fenster der Kutsche. Er war schon mal im Rupertiwinkel gewandert, die Ache entlang, bis nach Kumpfmühle, wo sie gerastet hatten. Heute würden sie Quartier finden in einem der Bauernhäuser von Teisendorf, und Carl hoffte auf gute Betten und ein reichhaltiges Abendbrot. Mit Sicherheit würden die Hähne in aller Frühe krähen, und daher sollten Clara und er frühzeitig zu Bett gehen.

Am nächsten Tag weckten aber nicht die Hähne, sondern die Kirchenglocken von Teisendorf Clara, die aufstand und das Fenster aufstieß, um den milden Herbstmorgen hereinzulassen. Es war sieben Uhr, und der Himmel hatte unglaubliche rosafarbene Wolken mit schwarzen Rändern, wie Clara es eigentlich nur vom November kannte. Carl schlief noch fest. Er war mit dem Glockengeläut der Münchner Frauenkirche, der Peterskirche und der Asamkirche aufgewachsen, sodass Kirchenglocken ihn nicht störten. Clara wusste für den Moment nicht, welcher Tag war. Vielleicht Sonntag, denn auf der Straße eilten Männer, Frauen und Kinder in Tracht zur Kirche. Mein Gott, mir ist das alles unwichtig, dachte sie mit klopfendem Herzen. Wo sollte das hinführen? Sie sah Carl, der auf dem Rücken lag und ruhig atmete, er wirkte jung und zart, und sein Körper fühlte sich genauso an, wie Clara sich das erträumt hatte. Sie spürte kaum sein Gewicht, er war behutsam und geschickt zugleich mit seinen feinen Händen, die alles tun wollten, um Clara anzufeuern und mit ihr gemeinsam zu spüren, wie die Zeit stehenblieb.

Clara fröstelte, sie spürte die Kälte der hölzernen Dielen unter ihren Füßen, und sie nahm es erfreut zum Anlass, zurück ins Bett zu gehen, sich schlangenartig um Carl herumzuwickeln, seine Wärme in sich aufzunehmen.

»Clara«, murmelte Carl verschlafen, zog sie fest an sich, vergrub seinen Kopf an ihrem Hals und murmelte, dass er von ihr geträumt habe. »Du warst ganz nah bei mir, ich konnte dich sehen, dein schönes Gesicht, aber du erkanntest mich nicht.« Carl war nun wach, er spürte dem Schmerz seines Traumes nach und umklammerte Clara umso fester. »Clara, früher, weißt du, früher dachte ich, ich könnte mich überall verlieben und auch wieder loslassen. Doch seitdem wir uns kennen, weiß ich, dass ich dich nicht verlieren darf, weil mein Herz mir gar nicht mehr gehört. Es gehört dir, Clara.«

Das Wetter war wiederum sonnig, und sie liefen durch den Ort, kauften eine Brotzeit und gingen die sanften Wiesen hoch. Auf den Bauernhöfen wurde der Mist auf Wagen geladen, es roch kräftig, und die Männer sahen dem jungen Paar mit undeutbarem Gesichtsausdruck hinterher.

Bei einem anderen Bauern standen Rösser und Kühe. Kauflustige gingen um die Tiere herum, griffen ihnen ins Maul, und Käufer und Verkäufer schrien sich an, was aber offenbar nicht weiter tragisch war. Als Clara und Carl am Abend in einem Wirtshaus aßen, gerieten zwei Männer in Streit, und einer haute dem Kontrahenten den Maßkrug auf den Kopf. Es blutete, doch der Verletzte betrachtete seine Platzwunde, tupfte sie mit seinem Sacktuch notdürftig ab und setzte sich wieder auf seinen Platz. Einer holte die Karten heraus, und dann begann ein Spiel, das auch von Angehörigen verfolgt und mit lautem Geschrei kommentiert wurde.

Clara und Carl wurden interessiert betrachtet, und der Bürgermeister kam an ihren Tisch und wollte wissen, woher und wohin. Die Auskunft, man sei auf dem Weg nach Venedig, entlockte ihm ein respektvolles »Öha«. Doch als bei den Kartenspielern schon wieder ein Streit entbrannte, als Stühle und Zaunlatten als Waffen eingesetzt wurden, drückten sich Clara und Carl an die Wände und machten, dass sie davonkamen.

Am späten Nachmittag des nächsten Tages waren sie in Salzburg angekommen und in ein Restaurant gefahren, das Stiftskeller hieß und zum Benediktinerstift St. Peter gehörte. Der Kutscher hatte ihnen den alten Felsenkeller empfohlen, weil es dort eine Süßspeise gebe, die man auf der ganzen Welt nur in Salzburg bekommen könne. Das hatte Carl und Clara neugierig gemacht, und sie waren überrascht, als ein Ober jedem von ihnen mit dem Ruf »Obacht« eine heiße Schale vorsetzte, in der drei »Nockerln« genannte Schaumberge standen mit vom Puderzucker gebräunten Spitzen.

»Die Nockerln müssen vom Ofen heraus serviert und gegessen werden«, erklärte ihnen der Ober. »Die Herrschaften sind bestimmt auf der Hochzeitsreise, da sind unsere Nockerln genau das Richtige.«

Clara hob einen Löffel von dem schneeigen Gebäck ab und fütterte Carl damit. Der hatte die gleiche Idee und schob seinen Löffel Clara in den Mund. »So muss himmlisches Manna schmecken«, sagte Clara, und Carl wunderte sich, dass ein bisschen Schaum von Eischnee derart lecker sein konnte. Der Ober brachte noch eine Schale mit gezuckerten, zerdrückten Erdbeeren und berichtete nicht ohne Stolz, dass es diese Köstlichkeit schon seit dem 17. Jahrhundert hier in diesem Felsenkeller gebe, und nur hier. »Viele Köche versuchen, die Nockerl nachzumachen, aber meist kommt dabei nichts Rechtes heraus.«

Beim Bezahlen staunte Carl, dass man für ein bisschen Eierschaum so viel Geld verlangte, aber der Eierschaum war köstlich gewesen, Clara und er hatten sich dabei wunderbar erholt von den Strapazen der Kutschfahrt – was wollte er mehr. Sie überließen ihr Gepäck dem Kutscher und machten sich zu Fuß auf den Weg ins Hotel, das ihnen der Ober empfohlen hatte.

Sicher, dass in Salzburg niemand sie kannte, gingen sie Arm in Arm durch die Altstadt und kamen zur Salzach, die glitzernd und schimmernd dahinfloss. Sie staunten über Salzburg, diese schöne Stadt, in der jetzt, am beginnenden Abend, die Lichter angezündet wurden. Unwirklich schön schimmerten Häuser, Burgen und Kirchen. Clara drückte fest den Arm Carls. »In München war ich manchmal kleingläubig. Hatte Ängste. Hier, in dieser Stadt, weit weg von den früheren Albträumen, können wir alles füreinander sein.«

»Es ist verrückt schön«, ergänzte Carl und drückte seinen Mund für einen Moment in Claras Haar, »uns müssen doch die Götter beneiden.«

Am nächsten Morgen erwachten Clara und Carl ungefähr gleichzeitig. Sie hörten vor dem Hotel das ebenso sehnsüchtige wie melancholische Dudeln einer Drehorgel, und Clara erinnerte Carl daran, dass sie bisher an jedem Morgen von einem anderen Geräusch wach geworden seien. »Weißt du noch? In Kirchseeon krähte der Hahn richtig hysterisch, der kreischte fast wie ein altes Weib. Und in Teisendorf sind wir von den Kirchenglocken wach geworden. Du nicht, aber ich. Und hier ist es der Drehorgelmann, der uns weckt.«

Carl überlegte. »Mir wäre es nicht aufgefallen, aber jetzt, wo du es sagst, erinnere ich mich.« Carl zog Clara sanft zu sich. »Weißt du, was allen Tagen gemeinsam ist? Dass ich wach geworden bin und du deinen Kopf an meine Schulter geschmiegt hast. Manchmal tut es fast weh, die Liebe zu dir. Da ist der ständige Wunsch, dich zu berühren, mich deiner zu versichern.«

»Hilf mir bitte bei den Knöpfen«, sagte Clara leise, und sie wandte sich von ihm ab. Carl spürte, dass seine Worte sie irritiert hatten. Hatte sie etwas missverstanden? Der Gedanke, etwas falsch gemacht zu haben, quälte ihn. Er konnte kaum seine zitternden Finger beherrschen, obwohl er bei seiner Mutter oder bei Crescenz oft bei widerspenstigen Verschlüssen geholfen hatte. Er knöpfte Claras seidenes Nachtkleid vorsichtig auf. Wie schmal sie war. Sie stieg aus dem Hemd wie eine lebende Skulptur mit hohen Beinen und kleinen runden Pobacken.

Carl schaute ratlos auf den Rücken Claras, die dabei war, ihre hauchdünnen Strümpfe vorsichtig aufzurollen. Sie hielt sich immer noch von ihm abgewandt und konzentrierte sich auf den feinen Stoff, der an jeder rauen Stelle der Hände hängenblieb und zu reißen drohte. Carl versuchte sich abzulenken, indem er die Anatomie von Claras Rücken betrachtete, als wollte er ihn malen. Der Umriss des Halsmuskels war sogar in der Rückenansicht bei Clara ganz deutlich zu sehen. Der Deltamuskel am Oberarm war viel weicher als bei ihm selbst. Wenn Clara den Arm hob, wie jetzt gerade, bildete der breite Rückenmuskel die Rückwand der Achselhöhle. Carl konnte es deutlich sehen: die Schultermuskeln setzten am Schulterblatt an. Sie verbanden sich mit dem Arm. Hier konnte er klar die Teilung zwischen Bizeps und Trizeps erkennen.

Er seufzte unwillkürlich. Clara hatte eine Figur wie aus seinem Anatomielehrbuch: Zwischen dem Muskelbündel, welches das Rückgrat streckte, war ein tiefer Spalt, der wie die Wirbelsäule verlief. Da, wo der Beckenkamm nahe der Oberfläche war, sah Carl zwei Grübchen, die er bislang noch nicht wahrgenommen hatte. Er war sich vor seinem Studium nicht bewusst gewesen, dass es die unter der Hautoberfläche befindlichen Knochen und Muskeln waren, die die Formen des Menschen bestimmten. Würde es ihm jemals gelingen, von Claras vollkommenem Körper ein Abbild zu schaffen? Clara war mehr, als Carl jetzt sah. Viel mehr.

»Clara«, sagte er leise, und sie drehte sich zu ihm um. Sah ihn an. »Ich will bei dir sein, jede Stunde, jede Minute, Tag und Nacht. Es darf nichts zwischen uns stehen. Niemals.«

Am Morgen, ehe sie ihre Kleider anzogen, wuschen sie einander mit klatschnassen Tüchern ab. Das war Carls Ritual. Clara lachte über seinen Hygieneeifer, gab aber zu, dass sie sich nach dem Abtrocknen wunderbar fühlte.

Einmal hatte sie ihn übermütig bespritzt: »Zum Schutz vor der Cholera.«

Im nächsten Moment fiel ihr ein, dass ja Carls Bruder Simon an der Cholera gestorben war. Sie begann zu weinen und entschuldigte sich mit einer verzweifelten Umarmung, die in einen leidenschaftlichen Liebesakt mündete. Später stand Clara auf, um aus dem bereitstehenden Krug ein Glas Wasser zu holen. Sie schaute zufällig in den Spiegel, der über der Anrichte hing, und war über ihren Anblick erstaunt. Ein seltsames Wesen mit übergroßen Augen und einem sehr roten Mund in einem blassen Gesicht.

»Carl, schau mal, bin das wirklich ich?«

»Und wie!«, rief er überzeugt. »So schön bist du, und du weißt es nicht einmal.«

Doch während Carl fröhlich von ihrer Schönheit sprach, spürte er schon, dass Clara ihre Frage ernst gemeint hatte.

Clara schaute wieder in den Spiegel, fragte in den Spiegel hinein, ob Carl auch Angst habe, in einen Spiegel zu schauen. »Zuerst sehe ich da eine Frau, und schon nach Sekunden frage ich mich, wer diese Frau dort ist. Und je eindringlicher ich das frage, je weiter entfernt sich die Frau von mir. Sie ist kalt, undurchdringlich, öffnet sich nicht. Ich muss aber immer weiterschauen, suchen, fragen, mein Herz klopft bis in den Hals, und ich will vor dem Spiegel weglaufen, am besten hinaus auf die Straßen, wo Menschen sind, Kinder, Tiere, die mir mutig vorkommen, unbefangen, während ich keinen Ausweg mehr sehe.«

Clara drehte sich um, schaute Carl mit fremden Augen an. »Ich fühle mich oft fremd in mir selbst; dann habe ich Angst, finde keinen Boden mehr, der mich trägt.«

»Aber ich trag dich doch«, sagte Carl, nur um etwas zu erwidern. Er spürte, dass er jetzt vorsichtig sein musste, sehr vorsichtig. Wie wenig wusste er von Clara. Ihre Erziehung war mit Sicherheit so streng verlaufen wie seine eigene. Aber er hatte eine Mutter gehabt, die ihn aufgefangen, beschützt hatte gegen die rigorosen Gebote und Verbote des Vaters. Später hatte das Crescenz übernommen. Sie war mit ihrer Kraft, ihrem Mut und ihrem Eigensinn für ihn eingetreten. Zuletzt sogar gegen ihren Ehemann.

Doch – wer hatte Clara beschützt?

Clara kam wieder zu Carl ins Bett, schmiegte sich eng an ihn und sagte, dass er ihr schon durch seine physische Gegenwart helfe. »Weißt du, was mir gerade eingefallen ist? Eigentlich brauche ich gar keinen Spiegel mehr. Ich hab ja dich. Komm, Liebster, küss mich. Lieb mich, damit ich alle Spiegel vergesse. Du kannst mich heilen von meiner Angst, Carl.«

In Clara pulste plötzlich das Leben. Als sei sie aus großer Gefahr errettet, stieg eine Freude in ihr auf, der Wunsch, Carl für alles zu entschädigen, was ihm an Claras Wesen Angst machen musste. Sie warf sich so ungestüm auf ihn, dass Carl für einen Moment Hören und Sehen verging. Als er die schöne Wilde mit allen Sinnen wahrnahm, Augen, Mund und zerzauste Haarmähne – da wusste Carl, dass diese Kindfrau mit ihren Ängsten und Begierden, mit ihrer Melancholie und Leidenschaft gerade dabei war, seine Seele für immer zu erobern. Und genau das wollte er, darauf hatte er gehofft, er wollte sich an Clara verlieren, bedingungslos.

23

Die Fahrt im Postwagen von Salzburg nach Klagenfurt würden sie nie vergessen. In Klagenfurt, wo sie übernachteten, schrieb Carl einen kurzen Brief an Crescenz und Neunerdt: »Eine ausführliche Beschreibung unserer Fahrt über den Tauernpass (ungeheure Berge, vor allem der Katschberg, über den tatsächlich eine Straße führt) erspare ich mir lieber bis zu unserer Rückkunft. Genug, wenn ich Euch sage, dass unterwegs der Postwagen und wir abgepackt und auf mehreren Schlitten forttransportiert wurden. Der Schnee lag tiefer, als der Postwagen hoch war.«

In Klagenfurt fanden sie endlich wieder ein behagliches Gasthaus. Aufatmend bestellte Carl zuerst einen Zuber mit heißem Wasser. Er war auch durchgefroren, aber Clara war nur noch ein Eisklotz, wie sie versicherte. Carl setzte dem Wasser eine Dosis Kamillenöl zu, und nachdem Clara ungefähr eine Viertelstunde gebadet hatte, begann er, sie abzutrocknen und mit vorsichtigen Strichen zu massieren.

Während der mühsamen Schlittenfahrt war kein Laut der Klage von ihr gekommen, eine Fahrt, die Carl seiner Geliebten freiwillig niemals zugemutet hätte. Doch es war ihnen nichts übriggeblieben, als die Kälte, den eisigen Wind und das Holpern des Schlittens zu ertragen. Carl hatte Clara so fest in die Arme genommen, wie es seine Kräfte und das ständige Rumpeln zuließen. Sein Bart und seine Haare waren bald vereist. Clara versuchte, ihren Kopf mit Tüchern zu schützen, und auch sie hatte die Arme um Carl geschlungen und den Kopf an seine Schulter gedrückt.

Carl war froh, dass sie jetzt in der warmen Stube saßen.

Am nächsten Morgen, nach langem Schlaf in Betten, die mit Wärmflaschen ausgestattet waren, fühlte er sich wieder erfrischt und ausgeruht. Clara behauptete das auch von sich, aber schon beim Frühstück hustete sie und klagte über Schmerzen auf der Brust. Carl gab ihr Tropfen, die er selbst aus einem Efeublätter-Trockenextrakt hergestellt hatte.

»Am liebsten würde ich die Flasche austrinken, so weh tut mir der Husten.«

Carl erschrak, ließ es sich aber nicht anmerken. »Heiße Milch mit Honig kannst du eimerweise trinken«, sagte er bewusst lässig. Clara trank zwei Becher rasch hintereinander leer. Dann gingen sie wieder auf ihr Zimmer, und Clara schlief sofort wieder ein.

In der folgenden Nacht gab es Feueralarm. Carl rannte ans Fenster, sah den Feuerschein und zog sich rasch an. »Bitte, bleib im Bett«, rief er Clara zu, »soweit ich es sehen kann, brennt nur die Scheune!«

Dann hörte sie ihn die Treppe heruntereilen. Was, wenn das Feuer auf das Gasthaus übersprang? Clara zog zwei warme Röcke an, ihren Mantel, schlang sich die Tücher über den Kopf und lief hinaus. Viele Menschen riefen und rannten durcheinander. Carl hatte recht gehabt, es war das Heumagazin, das brannte. Vom Gasthaus war es noch durch eine weitere Scheune getrennt. Die Anwohner hatten bereits gemeinsam mit den Gästen eine Kette von Männern gebildet, die das Wasser eimerweise zum Löschen weiterreichten.

Carl arbeitete nach Kräften mit. Plötzlich sah er Clara, die unschlüssig zuschaute. Herrgott, sie musste sich vor der Kälte hüten! »Clara, bitte, geh ins Zimmer!« Als sie zögerte, rief er nochmals: »Das Feuer ist gleich gelöscht, du musst dir keine Sorgen machen!«

Clara befolgte seinen Rat nur zu gern, denn sie fror schon wieder jämmerlich. In ihren dicken Kissen betete sie wie ein Kind zum lieben Gott, dass das Feuer gelöscht und Carl rasch zurückkehren möge. Dann rollte sie sich wieder in ihre Decken und dachte, schon halb im Schlaf, dass Carl wie ein Licht in ihr Leben gefallen war. »Gott, lass ihm nichts geschehen. Bitte.«

Von Laibach aus wollten sie nach Triest fahren. In ihrem Hotelzimmer lagen die Kleider schon gefaltet auf dem Bett, und Clara war dabei, zu packen. Das konnte sie besser als Carl, der zu ungeduldig war. Seit Clara gesehen hatte, wie er alles in seine Reisetaschen stopfte, packte sie für ihn, und Carl ließ es sich gern gefallen. Er verwahrte seine Arzneimittel in einem Beutel und lachte leise. »Ich bin gespannt auf das Gesicht Eduards, wenn er dich sieht.«

»Wir sind ja fast gleichaltrig, Eduard und ich«, sagte Clara. »Ich freue mich auf ihn. Bestimmt sieht er aus wie eine jüngere Ausgabe von dir.«

»Das kann ich nicht recht beurteilen«, meinte Carl nachdenklich. »Ich habe schon einige Male damit begonnen, Eduard zu malen. Aber es kommt immer unser Vater dabei heraus.«

Carl erzählte ihr von seinem Besuch bei Eduard, von dem Zauber der alten italienischen Hafenstadt, die schon so lange unter österreichischer Herrschaft war. »Diese Stadt ist so reich an Schönheit. Viele Künstler aus aller Welt besuchen sie. Ich habe mir fest vorgenommen, Triest dieses Mal ausführlich zu durchwandern.«

»Konntest du das bei deinem ersten Aufenthalt nicht tun?«, fragte Clara.

»Daran war nicht zu denken. Als ich bei Eduard war, habe ich ihn gepflegt, sogar für ihn gekocht. Ich habe das Haus nur verlassen, um einzukaufen, und als Eduard dann auf dem Weg der Besserung war, musste ich zurück nach Straubing.«

Für einen Moment stockte Carl, dann nahm er Clara das Kleidungsstück, das sie in den Koffer legen wollte, aus der Hand und umarmte sie. »Vor allem habe ich zurückgemusst, um dich in der Apotheke zu treffen«, sagte er.

Bis Triest hatten sie noch fünf Stunden in der Kutsche vor sich, als sie an einen Kontrollposten kamen. Es stellte sich heraus, dass es eine Cholera-Contumaz-Anstalt war. Alle Kutschen wurden angehalten, die Reisenden wurden rüde aufgefordert auszusteigen. Carl wusste, dass Italien zu den choleraverdächtigen Gebieten gehörte, doch er hatte nicht damit gerechnet, dass auf ihrer Reiseroute eine Contumaz-Anstalt lag. Clara wusste überhaupt nicht, warum sie anhalten und aussteigen mussten.

»Was ist los, Carl, was sind das hier für seltsame Hütten? Was sollen wir hier?«

Es blieb Carl keine Zeit für Erklärungen. Sie wurden von Polizisten getrennt, Clara musste mit anderen Frauen zusammen in eine der Hütten gehen, Carl in die für die Männer zuständige Contumaz-Anstalt. So wurden die Quarantänehäuser im Österreichischen Königsreich Lombardo-Venetien genannt. Carl erklärte dem Beamten, dass seine Frau kein Italienisch verstehe und daher völlig hilflos sei.

»Was geht mich das an?«, knurrte der Beamte. Er sah misstrauisch auf Carl. »Sie können mit einer Gefängnisstrafe rechnen, wenn Sie sich hier in irgendeiner Weise widersetzen.«

»Sie können mir hoffentlich sagen, wie lange die Contumaz dauern wird.«

»So zehn oder zwanzig Tage«, meinte der Beamte gleichgültig.

»Unmöglich!«, protestierte Carl, »meine Frau ist erkrankt. Sie hat Fieber, sie muss sorgsam gepflegt werden.«

Carl hatte Angst um Clara, die wahrscheinlich nicht wusste, was das war, eine Contumaz.

»Ich will Ihr Reisegepäck, Ihre Dokumente, Banknoten und Briefe«, forderte der Beamte ungeduldig.

Carl wurde wütend.

»Und was, bitte schön, passiert damit?«, fragte er. Doch der Beamte meinte nur mürrisch im Weggehen, dass die Reisekleider, die Koffer und Taschen in Chlorwasser gewaschen würden und die Dokumente, Briefe und Banknoten mit Chlordämpfen geräuchert.

»Um Gottes willen!« Carl rannte ihm nach. »Das können Sie doch nicht machen, das wird ja alles verdorben!«

»Jetzt reißt mir aber die Geduld«, schrie der Beamte Carl an. »Wir wollen hier nicht die Cholera haben, verstanden, die Contumaz ist das einzige Mittel, die Seuche einzudämmen. Wenn Sie das nicht kapieren, müssen Sie zurück!«

Carl war verzweifelt. Er hockte in einem fensterlosen Loch, hatte seine Kleider gegen ein sackartiges Gewand eingetauscht und dachte an Clara. Verdammt, könnte er doch erfahren, wie es ihr ging! Nicht einmal Geld hatte er, um den Polizisten zu bestechen, der im Flur auf und ab ging, um zu verhindern, dass die verdächtigen Reisenden die Flucht ergriffen. Natürlich verstand Carl, worum es ging. Seit vor zwei Jahren die Cholera in Wien ausgebrochen war – mit Sicherheit kam die epidemische Brechruhr aus dem Russischen Reich –, versuchten Österreich und die von Österreich regierten Staaten alles, um die Verbreitung zu hemmen. Die Behörden errichteten Sperrlinien, die ein Eindringen der Seuche verhindern sollten. Dieser Kordon war lückenlos militärisch besetzt, und nur ganz bestimmte Orte waren zum Durchzug für Menschen, Tiere und Waren zugelassen. Aber auch in diesen Orten mussten sich die Leute einer Quarantäne und Überwachung unterziehen.

Doch die Cholera übersprang alle sanitären Kordone. Bei der großen Cholera-Epidemie 1830 waren in Wien weit über zweitausend Menschen gestorben. Bald darauf, auch das war Carl aus seinen Apotheker-Zeitschriften bekannt, war die Cholera in London ausgebrochen. Dort vermutete man den Erreger im Trinkwasser. Dennoch gab es in London die wenigsten Toten. In Paris dagegen meldete man eine schrecklich hohe Zahl.

Also ergab sich Carl in sein Schicksal. Er betete, dass Claras Erkältung nicht fortgeschritten war. Sie wusste hoffentlich, dass nicht einmal die längste Quarantäne sie von Carl trennen konnte. Ihre Schönheit und ihre Liebe machte seine elende Bude hell. Jeden Tag kam ein Arzt und untersuchte Carl, dem es körperlich gut ging. Nach vier Tagen, Carl kam es wie ein Wunder vor, sagte ihm der Arzt, er sei entlassen, könne weiterreisen. »Und meine Frau?«, rief er sofort, und der Arzt lächelte mitfühlend. »Die schöne Signora, ich weiß, sie wird auch entlassen. Aber ihr Husten gefällt mir nicht.«

»Aber ihr Husten gefällt mir nicht.« Carl bekam den Satz nicht mehr aus seinem Kopf. Falls Clara nicht genas, würden sie in Venedig einen Doktor aufsuchen.

An der Poststation trafen sie sich wieder. Clara brach sofort in Lachen aus, als sie Carl sah, und auch Carl konnte nicht fassen, was mit den Kleidern Claras passiert war. Von ungewisser Farbe und ohne jede Form hing der früher so prachtvolle Samtmantel an ihr.

»Schau mal, den schenken wir Tante Adel. Damit kann sie eine ihrer Vogelscheuchen ausstaffieren! Und hier, meine Blusen und Tücher, die können wir gut zum Abstauben gebrauchen«, sagte Clara lachend.

Carl freute sich, dass seine Liebste zwar struppig aussah, aber ziemlich munter war. Wieder sahen sie an sich herunter. »Wir schaun aus, als hätten sie uns für den Winter eingeweckt.«

Beide schwenkten erleichtert ihren Entlassungsschein. Damit konnten sie jetzt überall einreisen. Clara freute sich auf Venedig, die Stadt der vielen Gondeln, die sie noch nie gesehen hatte. Den Besuch bei Eduard mussten sie erst einmal streichen, weil sie so viel Zeit verloren hatten.

Sie nahmen den Dampfer *Erzherzogin Sophie*. Durch den Kamin des Schiffes jagten gewaltige Dampfwolken hinaus. Knarrend erwachte die Maschine, die Räder begannen sich zunächst schlotternd und träg in Bewegung zu setzen, aber dann, mit einem dumpfen Mühlengeklapper, schlugen sie schneller und schneller in die dunkle See. Sie übertönten das Geschrei der Reisenden und ihrer am Ufer stehenden Angehörigen, die sich unbedingt noch Wichtiges zurufen wollten.

»Schau, unser Schiff entführt uns blitzschnell, damit wir an den Ort unserer Sehnsucht kommen«, rief Carl lachend.

Sie gingen zum Bug des Schiffes, wo sie sich nicht sattsehen konnten an dem Schauspiel der durchschnittenen Meereswogen. Tausend und tausend schwimmende Funken umtanzten das Fahrzeug.

»Als wären die Geister aus dem Reich Neptuns gekommen, um uns zu schützen«, sagte Clara und kuschelte sich eng an Carl. Es wurde immer kühler. Der Nachttau fiel. Der Steuermann hatte seine wasserdichte Kutte angezogen und stand, unbeweglich wie eine Mönchsmumie, vor seiner Kompasslampe. Als Carl und Clara zu frösteln begannen, stiegen sie unter das Deck, um sich zu wärmen und etwas zu schlafen.

Bei dem andauernden Gepolter und Gerassel der Maschine und der Räder war allerdings kaum an Schlaf zu denken. Kaum waren sie bei der gleichmäßigen, betäubenden Bewegung eingeschlafen, weckte sie das lärmende Nachschüren des Kessels. Es war höllisch. Clara meinte, sie wolle lieber aufs Meer sehen, als von dem ständigen Lärm taub werden. So sah Carl das auch, und sie gingen wieder nach oben.

Warm in Decken eingehüllt, standen Carl und Clara an der Reling. Endlich – in der Ferne stieg sie nach und nach aus dem Meer hinaus: die Serenissima Venezia. Es war ein Wunder.

»Um eines solchen Augenblicks wegen hat wahrscheinlich Gott die Welt erschaffen«, sagte Carl.

»Wasser, Erde, Sonne, Mond und Sterne«, ergänzte Clara.

»Und Venedig, damit die Menschen dort die glücklichsten Tage ihres Lebens verbringen können«, fügte Carl hinzu.

»Nein«, lachte Clara, »er hat Venedig für uns beide gebaut. Nur für uns.«

Sie kamen noch an einigen kleinen Inseln und Befestigungswerken vorbei, dann ankerte die *Erzherzogin Sophie* im Hafen, mit dem herrlichsten Blick auf die Piazzetta San Marco. Es war acht Uhr am Morgen.

»Venedig«, sagte Clara, »ich glaube, der Name ist so schön wie die Stadt selbst.«

Wenige Schritte vom Markusplatz entfernt lag ihr gemütliches Hotel. Gleich am ersten Tag hatten Clara und Carl ihre von der Contumaz verdorbenen Taschen und Schuhe dem Hausburschen überlassen, der schon des Öfteren solche Rettungsdienste übernommen hatte. Dann gingen sie zum Einkaufen. Sie brauchten alles: Unterwäsche, Strümpfe, Nachtzeug, Kleider für Clara, Hemden, Pantalons und Röcke für Carl. Sie fanden leuchtende Farben und eine Stoffqualität, die sie in Münchner Läden noch nie gesehen hatten. Nachdem das alles geschafft war, nahmen sie im Hotel ein Bad. Immer noch spürten sie die Strapazen der Contumaz, und wie erlöst genossen sie ihre frischen Betten. Eng aneinandergeschmiegt schliefen sie bis in den Morgen. Clara hustete kaum, und Carl war zuversichtlich. Hier in Venedig würde der Husten schon verschwinden.

Am Canal Grande, in der Warenbörse *Fondaco dei Tedeschi*, wimmelte es von Läden und Lagerhäusern. Sie war von der Lagunenrepublik eigens für die Kaufleute aus deutschen Landen errichtet worden. Sie hatten nämlich nicht das Recht, als Kaufmann ein venezianisches Schiff zu betreten. Carl kannte diese Gebote noch von seinem Vater und Großvater. Sie hatten ihm auch oft berichtet, dass man in der Fondaco alles kaufen konnte: Kleider, Hüte und Schleier, Wollstoffe aus Frankreich, Pelze aus Russland. Alle nur denkbaren Gewürze wurden angeboten. Sie kamen aus Indien, und Carl kannte alle aus dem väterlichen Geschäft: Ingwer, Zimt, Muskatblüten, Safran, Pfeffer und Kümmel. Aus dem Orient kamen Mandeln und Rosinen, frische saftige Feigen.

Doch Carl hatte ein ganz bestimmtes Geschäft im Auge. Er ging zu einem Juwelier und berichtete ihm, dass seine Frau und er in einer Contumaz-Anstalt ihre Eheringe verloren hätten. Er zog einen anderen Ring Claras aus der Tasche und fragte, ob es für ihn und seine Frau passende Ringe gebe. Carl hatte Glück. Der Juwelier, unterstützt von Frau und Tochter, suchte in Schubladen und Schatullen. Für Carl war rasch ein Ring gefunden, ganz schlicht mit einem eckigen Saphir. Nur für Claras schlanke Finger fand sich nichts Passendes, doch der Juwelier versprach, bis zum Nachmittag einen Ring in der richtigen Größe zu schmieden. Er schlug vor, ihn auch mit einem Edelstein, vielleicht mit einem Amethyst, zu schmücken.

Carl war einverstanden, und am Nachmittag, nach dem Besuch eines hübschen Cafés, ging er mit Clara zu dem Juwelier, verriet ihr aber nicht, warum. Als sie das Geschäft betraten, war selbst Carl für einen Moment verblüfft. Der Juwelier, seine Frau und auch die junge Tochter waren festlich gekleidet. Auf den Glasvitrinen standen brennende Kerzen, aus einem Eisbehälter schaute der Hals einer Champagnerflasche. Clara, die auf ihrem frischgewaschenen, glänzenden Haar einen Hut aus schwarzem Samt trug, hatte ein neues Kleid an. Es war aus rosenholzfarbener Kaschmirwolle gefertigt, betonte ihre schmale Taille, und der weit schwingende Rock hatte geflochtene Atlasbänder als Schmuck. Eine Boa von Marderpelz hatte sie um den Hals geschlungen, um sich nicht wieder zu erkälten. Carl registrierte die bewundernden Augen der Juweliersfamilie, und auch er dachte, dass Clara wie eine Fürstin aussehe. Mindestens.

Die Tochter brachte Gläser, und der Juwelier schenkte Champagner ein, der süß war und doch erfrischend. Dann legte er Clara und Carl die Ringe auf einem Samtkissen vor. Clara umarmte Carl, sie konnte sich nicht fassen vor Freude. Frau und Tochter des Juweliers hatten Tränen in den Augen. Clara steckte Carl seinen Ring an, und dann versuchte Carl sein Glück. Auch Claras Ring passte tadellos. Sie bedankten sich herzlich bei der freundlichen und dabei taktvollen Juweliersfamilie, die ihre Geschichte von den verlorenen Ringen entweder geglaubt hatte oder auch nicht. Jedenfalls hatten sie sich an ihrem Glück gefreut.

An der Rialtobrücke lehnte sich Clara an das dicke, steinerne Geländer. »Es ist schön kühl und wirkt verlässlich«, sagte sie und streichelte das glatte alte Gestein. Hier am Rialto war der älteste Stadtteil Venedigs, das vibrierende Zentrum. Am Anfang gab es nur Inseln und Wasser, hatte Carl ihr erklärt. Dann hatten Flüchtlinge vom Festland hier gesiedelt, die Veneter, die dem Ansturm der Hunnen, Ostgoten, Franken und Langobarden nicht standhalten konnten. Sie flohen ins Niemandsland der Lagune, wo sie kaum mehr als Gestrüpp und Schlamm vorfanden. Doch sie waren in Sicherheit und verbündeten sich mit dem Wasser, das Venedig für lange Zeit unangreifbar machte. Nur die Venezianer konnten sich in den Untiefen der Lagunen bewegen. Sie hatten kein Land, also verbanden sie die kleinen Inseln durch Brücken oder Aufschüttungen. Aus der schlammigen Wasserwüste machten sie schiffbare Kanäle. Um eine Basis für ihre Häuser, Paläste, Brücken und Kirchen zu haben, trieben sie Millionen von Baumstämmen in den Schlick.

»Wo kamen denn die vielen Bäume her?«, wollte Clara wissen. »Ich sehe hier nirgends Wald.«

»In einer Lagunenstadt kann man das kaum erwarten.« Carl lachte. »Aber ich kann dir wenigstens sagen, wo der unsichtbare Wasserwald Venedigs herkommt – von den Küsten Istriens und Dalmatiens. Dort herrscht seitdem Kahlschlag, das kannst du dir denken.

Ich glaube, du bist müde«, sagte Carl dann und schaute besorgt in Claras Gesicht, das blass war. Unter den Augen hatte sie tiefe Schatten.

»Kann man auch aus lauter Freude müde werden?«, fragte sie, war aber sofort damit einverstanden, dass sie eine Gondel zum Hotel nahmen. Carl schob ihr die Kissen in den Rücken, Clara hüllte sich in ihr Schultertuch und rückte sich, bald wieder lebhaft und fröhlich, in der Gondel zurecht. Wenn der Gondoliere sich abstieß von der Mole oder von einer entgegenkommenden Gondel, dann klammerte sich Clara an Carl, denn es schaukelte kräftig. Einmal, im Gewirr vieler Gondeln, bog der noch junge Gondoliere nach links in einen anderen Kanal ab und stieß dabei einen Warnruf aus, der sich wie der Schrei einer Seemöwe anhörte.

Trotz dieser Eigentümlichkeiten genoss Clara die Gondelfahrt. Über ihr ragten geheimnisvolle Paläste aus dem Wasser auf, und dank des Geläuts von den Glockentürmen lag eine bizarr feierliche Stimmung über dem Canal Grande. Sie kamen an einer Insel vorbei, und der Gondoliere informierte sie darüber, dass dies die Insel der heiligen Clara sei.

»Ich freue mich, dass die Italiener eine Insel nach dir benannt haben«, sagte Carl fröhlich und legte seinen Arm um Claras Schulter. »Aber schließlich sind sie für ihren guten Geschmack bekannt.«

Er sah Clara an, die über seine Bemerkung lachte. Sie schaute umher und meinte, das Wasser gehöre zum Schönsten, was Gott geschaffen habe.

»Stimmt doch. Oder? Es ist herrlich, frisches Wasser zu trinken. Oder hineinzuspringen.«

Sie sah, wie Carl seine Hände durch das Wasser gleiten ließ. Sonnenlicht lag auf den Wellen; Brücken und Paläste spiegelten sich im Wasser. Carl wollte das alles malen, da war Clara sicher. Aber sie sprach ihn nicht an, wollte ihn nicht stören. Ausdrücken, was sie sah, war ohnehin unmöglich. Hier verstand sie, dass ein Mensch sprachlos sein konnte, keine Worte fand, um diese märchenhafte Kulisse zu beschreiben. Es ist ja doch jedes Wort nichtssagend.

Clara konnte die Pracht und all das Schöne kaum fassen. Selbst wenn man an Häusern vorbeikam, wo sichtbar ärmere Menschen lebten, war zumindest die Spiegelung im Wasser märchenhaft. Und die Girlanden von gewaschenen Bettlaken und sonstiger Wäsche, die zum Trocknen ausgespannt waren, sahen für Clara wunderschön aus. Sie zeugten vom Leben der Venezianer.

Straßen aus Wasser – wo gab es die schon? Und im Unterschied zu ihrer Stadt München gab es keine Kutsche, vor der man sich in einen Hausflur retten musste.

Mit einem Mal begann der Gondoliere zu singen. Clara horchte auf. Sie glaubte, die Melodie zu erkennen, dann doch wieder nicht, jedenfalls musste Clara achtgeben, dass ihr nicht die Tränen kamen. Noch nie und nirgends hatte sie einen ähnlichen Gesang gehört, so kraftvoll und zugleich auch melancholisch. Clara fragte sich, ob die Gondolieri zufrieden waren mit ihrem Leben auf dem Wasser. Mit den Menschen, die sie auf den Kanälen zu ihrem Ziel zu bringen hatten. Einer kam ihnen entgegen, der transportierte einen Sarg, bedeckt mit weißen und hellrosa Rosen. Hoffentlich war es kein junger Mensch, der dadrin lag.

Die Gondolieri hatten Kundschaft genug in Venedig. Allein auf den Brücken, unter denen sie hindurchfuhren, wimmelte es nur so von Leuten, die eilig irgendwo hinstrebten.

»Wie geht es dir, meine Liebste?«, fragte Carl und legte seinen Arm um Claras Schultern. Er war in Gedanken an seiner Staffelei gewesen, ihm war klar, dass er die Schönheit Venedigs, oder auch nur einen Teil davon, niemals malen könne. Für einen Moment war er traurig gewesen. Er hatte Bilder von Tizian und Canaletto gesehen. Sie hatten ihn erschüttert in ihrer großen Bedeutung, sie stellten alles in den Schatten, was Carl sich vorstellen konnte. Von dem englischen Maler William Turner hatte er ein Zitat gelesen über Venedig: »Eine Stadt aus Rosa und Weiß, die sich vor einem saphirblauen Himmel aus einer smaragdgrünen See erhebt.«

Goethe hatte von Venedig als einer Biberrepublik gesprochen. Auch ein geniales Bild, ein Bild aus Worten, fand Carl. Er würde mit Clara in die Gallerie dell'Accademia gehen, denn er hatte gehört, dass dort Gemälde des berühmten Vittore Carpaccio zu sehen seien. Darauf war Carl gespannt. Er hatte von diesem Maler schon viel gehört.

»Wieso sind diese Lagunenboote alle schwarz?« Clara holte ihn wieder in die Gegenwart.

»Das weiß ich auch nicht genau, aber ich habe mal gelesen, dass der Senat vor Hunderten von Jahren ein Gesetz gegen die Prunksucht von Adel und Großbürgertum erlassen hat, die sich in der Pracht ihrer Gondeln gegenseitig überboten. Seitdem sind die Gondeln so schlicht wie heutzutage.«

»Aber sieh mal, hinter unserem Sitz, da sind ganz schöne Ornamente aus Metall angebracht. Ist das vielleicht Gold?«

»Wenn das so ist, schleichen wir uns heute Nacht aus dem Hotel, schrauben die Teile von allen Gondeln ab, und in München verkaufen wir sie dann«, schlug Carl vor.

In einer Apotheke besorgte Carl Efeu-Extrakt für Clara. Er bekam auch Salbeitee, den er in der Hotelküche für sie zubereiten lassen wollte. Zusammen mit dem Efeu musste das den Katarrh vertreiben. Auch Kakao sah er im Regal. In heißer Milch mit Zucker verrührt, würde er Clara Kraft geben. Der Kakao enthielt Purin, Theobromin und Coffein, auch alles Stoffe, die einen Bronchialkatarrh lindern und heilen konnten. Am meisten hoffte Carl auf die Sonne Venedigs. Sie schien noch warm, und dieses milde Klima würde Clara guttun.

Am nächsten Morgen waren sie auf dem Weg zur Gallerie dell'Accademia. Ein stämmiger, braungebrannter Gondoliere brachte sie zur Ponte dell'Accademia, und von da hatten sie nur ein paar Schritte zu gehen.

»Mir ist schon wieder so schwindlig.« Clara lachte und hielt sich an Carl fest. »Gestern war das auch so. Wenn ich mich nicht sofort bei dir eingehakt hätte, wäre ich mit Sicherheit dahergeschwankt wie eine Betrunkene.«

»Solange ich stabil bleibe, darfst du ruhig schwanken. Wenn du ein paarmal tief ein- und ausatmest, hört das auf mit dem Schwindel«, meinte Carl. »Schau, das müsste die Gallerie sein.« Er zeigte auf ein unauffälliges Haus, darauf ein kleiner Turm mit drei Glocken. Während Carl sich umsah, ob sie hier wirklich richtig waren, rief Clara: »Komm, die Tür ist offen. Man muss nur einen Vorhang beiseiteschieben.«

»Was leuchtet da so?«, fragte Carl und war schon fasziniert von den Farben. Neun Bilder, von goldenen Leisten getrennt, hingen unter der taubenblauen Balkendecke. Der Maler Carpaccio erzählte offenbar neun Geschichten. Clara und Carl sahen Traumlandschaften: Kompositionen von Morgenland und Abendland, Jerusalem und Venedig.

»Carl«, flüsterte Clara, »er hat Venedig gemalt, wie ich es sehe.«

Spitzweg fand auch, dass dieses Gemälde eines der Bilder wiedergab, die er von Venedig im Kopf hatte: die Rialtobrücke, die Gondolieri, das Treiben der Händler, Reisenden und Klerikalen. Im Vordergrund sah man im dunklen Wasser des Canal Grande die Gondeln auf den Wellen reiten. Reiche Venezianer, kostbar gekleidet, ließen sich offenbar zu Abendgesellschaften fahren. Einer hatte sogar sein Hündchen, einen schneeweißen Pudel, dabei. Die Menschen auf der Mole flanierten unter dem leuchtenden Abendhimmel, der das ganze Quartier um die Rialtobrücke noch einmal in ein mildes Licht tauchte.

»Sieh nur«, sagte Carl zu Clara. »All das Gleichartige in seiner Vielfalt, das geordnete Chaos der Gondeln, tausend Kamine und keiner wie der andere.«

»Da, in der Gondel, die von dem Mohren gerudert wird, da sitzt bestimmt der Maler drin, der schaut mich so selbstbewusst an, als wollte er fragen, ob ich überhaupt was verstünde von der Malerei.«

Carl zog Clara zärtlich an sich. »Und was würdest du ihm antworten?«

»Nein, würde ich sagen, nein, ich verstehe nichts davon, aber mein Mann umso mehr!« Stolz schwang in der scherzhaften Bemerkung, und Carl küsste Clara ausgiebig, denn sie waren die einzigen Besucher der Gallerie.

»Aber hier, nein, das will ich nicht sehen!«, rief Clara plötzlich erschrocken, und Carl sah das unversehrte Gesicht und die makellosen Brüste einer sehr jungen Prinzessin, der eine Bestie von Drache den Unterleib zerfetzt und abgerissen hatte. Schlangen und Salamander fraßen an der wunderschönen Toten. Der junge Prinz, dessen Arme und Beine ebenfalls vom Körper abgerissen waren, hatte den Mund geöffnet zur unhörbaren Klage. »Nein!«, rief Clara, »nein, das will ich nicht sehen. Davon träume ich heute Nacht!« Sie rannte hinaus aus dem Raum, doch Carl konnte sich nicht losreißen von dieser Momentaufnahme eines Kampfes auf Leben und Tod, die Carpaccio hier gemalt hatte.

Als Carl schließlich aus der Gallerie kam, schaute er sich suchend nach Clara um. Sie lehnte an der Mauer der kleinen Kapelle und war sehr blass. Carl streichelte sie besorgt, doch Clara hatte sich schon wieder erholt. Sie atmete tief durch, blies sich eine Strähne ihres Haars aus dem Gesicht und lachte ihn an.

»Wo auch immer du in Zukunft mörderische Bilder anschauen willst, lasse ich dich allein hingehen. Ich bleibe derweil in einem schönen Café, wo es guten Kaffee und feine Kuchen gibt.«

Sie aßen im Hotel zu Abend, da ihnen der Portier die geschmorten Beinscheiben vom Kalb anpries. Sie waren auch vorzüglich, der Spinat auch, der dazu gereicht wurde. Allerdings schmeckten die Kartoffeln nach Seife. Doch eine köstliche Pannacotta tröstete sie darüber hinweg.

Carl beobachtete gerührt, dass Clara immer wieder ihre Hand mit dem dicken goldenen Ehering deutlich sichtbar auf den Tisch legte, besonders wenn ein Ober in der Nähe war. Sie sah Carl mit ihrem leuchtenden Blick an, und er spürte, dass sie glücklich war. Ihm schoss das Blut in den Kopf. Ihm, Carl, dem dürren Apotheker mit der dicken Nase, war es gelungen, diese Frau glücklich zu machen.

Später auf dem Zimmer schlief Clara ein, obwohl ein neuer Hustenanfall sie aufgeschreckt hatte. Carl überspielte seine Sorge, schalt sich, weil er geglaubt hatte, dass der Husten überstanden sei. Er sah Clara prüfend an, die Schatten unter ihren Augen, den matten Pulsschlag an ihrem langen Hals. Waren ihre Wangen eingefallen? Er fühlte sich schuldig, dass er nicht besser achtgegeben hatte. Er war immerhin der Mann, und hoffentlich so bald wie möglich der Ehemann; er war fünf Jahre älter, er war Apotheker. Er hatte die Verantwortung.

Angst beschlich ihn. Er musste sich zusammennehmen. Carl überzeugte sich noch einmal, dass Clara fest schlief, dann ging er in die Hotelküche. Der Hausdiener brachte ihm kochendes Wasser für die Tees und Aufgüsse, die Carl durch ein feines Sieb schüttete und in kleine Kännchen abfüllte. Wenn Clara aufwachte, sollte sie eine heiße Schokolade bekommen. Von der Zimmerfrau ließ er sich Handtücher geben, um Clara Brustwickel und Wadenwickel zu machen.

Er wusste, dass sie tapfer war. Über die Tage in der Quarantäne hatte sie sich mit keiner Silbe beklagt. Mit einem Mal verstand Carl auch, warum sie beide schon nach knapp einer Woche entlassen worden waren. Alle anderen Betroffenen mussten mindestens zwei Wochen ausharren. Carl hörte wieder den Arzt: »Der Husten gefällt mir nicht.« Deshalb waren sie entlassen worden. Claras überraschende Munterkeit hatte Carl abgelenkt, ihn getäuscht.

Er bewegte sich unendlich behutsam im Zimmer. Richtete alles her.

In diesem Moment erwachte Clara. Sie sah die Kännchen, den Kakao, die Handtücher. Sie schaute Carl an und sagte mit verschlafener Stimme, dass sie von ihm geträumt habe. »Du warst nicht älter als fünfzehn, du hast geweint, und ich habe dich getröstet. Aber es hat mich nicht erstaunt, dass du noch ein Junge warst, fast noch ein Kind.«

Seine Behandlung hatte Clara geduldig über sich ergehen lassen. Sie lachte und sagte, sie fühle sich wie ein Fatschenkindl. »Bist du gefatscht worden, als du klein warst?«, fragte Carl, doch Clara wusste es nicht. Sie kannte natürlich die Sitte, die Neugeborenen an Armen und Beinen eng mit Bändern zu umwickeln, sodass das Kind sich kaum rühren konnte. »Ich finde das Fatschen vollkommen widersinnig«, sagte Carl entschieden. »Es soll das Wachstum der Gliedmaßen fördern, ich weiß nur nicht, wie das gehen soll. Die Kinder können sich doch kaum bewegen. Sie liegen da wie eine Puppe, und die Familie ist noch stolz darauf, schmückt das Kind mit bunten Bändern und lauter so Unsinn.«

»Also – unsere Kinder werden einmal nicht gefatscht«, sagte Clara entschieden, und ihre Augen strahlten ihn wieder an.

»Wie viele willst du denn haben?«, fragte Carl, erleichtert, dass Clara so fröhlich war und ihren Kakao trank.

»Fünf«, sagte Clara entschlossen, »mindestens fünf. Meine Eltern haben nach dem Tod meines Bruders ihre gesamten Erziehungsvorstellungen an mir realisiert. Ich hab mich gefühlt wie angepfählt. Ich hab mir Geschwister gewünscht, damit ich nicht alles allein abkriege. Und deshalb bekommt unser erstes Kind noch mindestens vier Geschwister.«

»Trotz der Gefahr, dass sie meine Nase kriegen?«, fragte Carl. »Stell dir vor, drei von den fünfen wären Mädchen und hätten meine Nase.«

»Unsinn. Die Mädchen kommen nach mir, die Jungen nach dir. Dann ist das geregelt.«

Claras Eifer amüsierte Carl. Er begann zu überlegen, welche Namen die Kinder kriegen sollten, aber auch bei dieser Aufgabe war Clara schon weit gekommen, sodass Carl nur noch zustimmen musste. Franziska sollte das erste Mädchen heißen, nach Carls Mutter. Simon der erste Junge, nach Carls Vater und Bruder. Maria Anna würde das zweite Mädchen genannt, nach Claras Mutter, Carl-Eduard der zweite Junge, und das fünfte Kind, bitte ein Mädchen, müsse Antonia heißen.

»Warum Antonia?«, wollte Carl wissen, und Clara verriet ihm, dass es von klein auf ihr Wunsch gewesen sei, Antonia zu heißen. Warum, das wisse sie nicht, auf einmal sei dieser Wunsch und dieser Name da gewesen. Antonia könne er auch gutheißen, vor allem, weil er nach München ebenso gut passe wie nach Venedig. Wie Kinder, die das Vater-Mutter-Kind-Spiel immer wieder von neuem beginnen, planten sie ihr künftiges Leben, und Carls Erschrecken über Claras Husten verflüchtigte sich für den Moment wieder.

Zwei milde, sonnige Tage blieben sie noch in Venedig.

Carl war tief beeindruckt von den Galerien, den großen Malern. Allen voran Tizian. Es war für Carl geradezu unfassbar, zu sehen, was dieser Maler alles vermochte. Die Farben, die Carl auf seinen Wegen durch die Stadt gesehen hatte, fand er in den Bildern Tizians wieder. Das matte Türkis des Lagunenwassers, das Sonnige und Dunstige der Luft. Auch die sattgoldene Pracht des Ostens, die er auf alten Bildern des untergegangenen Byzanz gesehen hatte, fand er bei Tizian wieder. Wie war es diesem Genie wohl gelungen, die Personen auf seinen Bildern nicht mit den Insignien ihres Standes, sondern mit ihrer Ausstrahlung, ihrer Präsenz zu würdigen? Auf dem Gemälde mit dem Titel *Die Schöne* glaubte Carl ein Abbild Claras zu sehen. Obwohl diese reiche junge Frau vor dreihundert Jahren gelebt hatte, war sie modern, glich Clara von den schön geschwungenen Augenbrauen über die gerade Nase, den feingeschwungenen Mund und die langfingrigen Hände ganz frappant.

Clara war im Zweifel. »Sie ist klassisch schön. An mir ist der Mund zu groß, die Nase zu lang, die Stirn zu hoch. Du kannst mich ja demnächst malen, dann wirst du schon sehen, dass auf meinem Gesicht nichts zusammenpasst.«

»Was redest du da?«, sagte Carl empört, »genau das Gegenteil ist der Fall. An deinem Gesicht passt alles unendlich gut zusammen. Du gehst mit einem bezaubernden Gesicht durch die Welt und weißt es nicht?« Er umfasste sie, drehte ihren Kopf zu sich, damit sie ihn ansehen musste. »Gib es doch zu. Du weißt, dass du schön bist.«

Clara drehte sich wieder weg von Carl. Obwohl sie seine Komplimente gern hörte, war sie dennoch verlegen. Sie versuchte, ihn von sich abzulenken.

»Meinetwegen könnten wir noch lange in Venedig bleiben – allein die Geräusche, die Glocken, das Rufen der Gondolieri, der Geruch nach Wasser. Am meisten aber faszinieren mich die Menschen. Wie sie miteinander debattierend durch die Gassen rennen, wie sie unbekümmert lachen. Wie sie einen offen anschauen, ungeniert ihr Temperament ausleben. Sie scheinen ihr Inneres nach außen zu kehren.«

»Du hast recht, diese Stadt ist ein einziges großes Theater«, sagte Carl. »Überall ein Spektakel. Die Leute reden, nein, sie diskutieren miteinander, sie lachen, lamentieren, streiten – so etwas habe ich noch in keiner deutschen Stadt gesehen und gehört. Und alle singen, am meisten natürlich die Gondolieri, aber auch die Leute in den Gassen singen und pfeifen, sodass ich am liebsten mitmachen würde.«

Clara war sicher, dass sie diesen Lärm in Deutschland sehr vermissen würde. Aber sie mussten zurück. Carl wollte, dass sie Bettruhe bekäme, ausdauernde Pflege. Und er versprach ihr, dass sie die nächste Italienreise für den Sommer planen würden.

Die Rückreise ging über Padua, Vicenza, Verona, Trient. Im Eisacktal machten sie einen Tag Rast in Klausen. Clara und Carl waren beeindruckt von diesem so völlig anderen Charakter der Landschaft und von der eigenwilligen Architektur der Höfe, auch in den kleinen Orten. Nach der lärmenden, lebendigen Schönheit Venedigs erschien ihnen das Eisacktal wie eine Idylle.

Es war kalt geworden. Es regnete. Carl war froh, dass er in Venedig noch eine leichte, aber warme Wolldecke aus Kaschmir für Clara erstanden hatte. Sie setzten ihre Reise fort.

In der Eilkalesche nach Bozen saß ein geistlicher Herr mit im Coupé, der Clara und Carl mit strengen Augen musterte. Wenn er überhaupt etwas sagte, sich etwa über den ständig rinnenden Regen oder die allgemeine Unmoral der Menschen beschwerte, richtete er sein Wort ausschließlich an Carl. Er berichtete von einem Raubüberfall, dem er vor einer Woche auf dieser Strecke zum Opfer gefallen war. »Alles hat man uns genommen, Geld, die warmen Kleider. Ein gottloser Haufen«, sagte der Geistliche anklagend. »Beten Sie, dass wir dieses Mal verschont bleiben.«

Carl und Clara hatten zwar nicht gebetet, doch die Kutsche erreichte dennoch unbeschadet Bozen.

Am nächsten Tag bat Carl, dass Clara sich besonders warm anziehen solle. Zuletzt umwickelte er sie mit einer Decke. Sie lehnte sich zurück und schaute ihm mit dunklen, brennenden Augen zu. In der Nacht hatte sie stark gehustet. Carl hatte sie gefragt, ob die Brust auch wieder schmerze. Sie hatte nur genickt. Clara wirkte zerbrechlich in der warmen Hülle, auf ihren Jochbeinen breiteten sich rote Flecken aus. Sie war müde. Immer öfter war sie müde, und Carl machte sich Vorwürfe, dass er ihr diese anstrengende Reise zugemutet hatte. Sie ist ernstlich krank, dachte er plötzlich mit einem Entsetzen, das ihm den Hals zuschnürte. Er hatte die Vision eines unvergleichlichen, grandiosen Lebens mit ihr gehabt, und nun tat sich vor ihm ein Abgrund auf.

Er sah ihre schönen Hände, die langen Finger, die er so gern wärmte, die Schatten über den geschlossenen Augen mit den dichten Wimpern. Wie stark sie ihm noch vor wenigen Tagen erschienen war, stark und mutig. Doch heute hatte sie alle Anzeichen – Carl wollte es nicht zu Ende denken, er wollte Clara nur, so rasch es ging, nach Straubing bringen. So hatten sie es von Anfang an vorgehabt, schwankten aber immer wieder, weil Clara seine Münchner Wohnung so schön gefunden hatte. Weil dort Juli war, die Clara sicher gut betreuen würde. Dann aber war ihnen Raab eingefallen, der vielleicht inzwischen Recherchen angestellt hatte. Clara fürchtete sich regelrecht vor ihm.

24

Das alte Haus der Tante erschien Carl, als sei es aus der Erde gewachsen, wie die Bäume und Sträucher, die es umstanden. Sie waren fast unmerklich beschnitten, gingen über in den ungebändigten Wald und umrahmten den sorgsam gestalteten Garten. Hier standen Obstbäume inmitten von Gemüse und Kräutern.

»Du musst im Sommer hier sein, dann leuchten überall Dahlien heraus, Astern und Chrysanthemen.« Carl sah einen besonders schönen Strauch, dessen Blätter in starken Rottönen glühten. Er glaubte Clara aufs Wort, dass im Frühsommer hier ein wahrer Rausch von Blumen und Blüten den Garten schier sprengte.

In Carls Vorstellung war das Anwesen nicht so groß gewesen. Clara hatte immer von dem kleinen Haus der Tante gesprochen, doch es wirkte mit dem lang herabgezogenen Dach repräsentativ und geräumig. Über dem Eingang war das Dach noch um ein weiteres Stück verlängert und mit vier kräftigen Pfosten gestützt worden. So konnte man mit der Kutsche bis vor die Haustüre fahren und war selbst bei Regen geschützt.

Während Carl den Kutscher bezahlte, war die Tante schon herausgekommen und half Clara aus der Kutsche. Sie umarmte ihre Nichte, strich ihr das Haar aus dem Gesicht. »Dass ihr bei mir wohnen wollt, das freut mich über alle Maßen. Ich kann es noch gar nicht glauben. Besonders Sie, lieber Herr Carl, wo Sie doch das Leben in München gewohnt sind.«

Eine junge Frau mit freundlichem Gesicht trug das Gepäck ins Haus. Sie duldete nicht, dass Carl ihr dabei half. »Gehn S' nur nei, Herr Apotheker, der Kaffee is firti, und der Kuchn aa.«

Die Eingangstür führte in eine große Diele, die von Sprossenfenstern erhellt wurde, die fast bis zum Boden reichten. Daher konnte vermutlich auch der Kletterficus, der den Raum bald überwucherte, so üppig wachsen. Im Wohnraum war der Kaffeetisch gedeckt, und ein Samowar stand für den Tee bereit.

»Tante Adel ist eine Gärtnerin«, sagte Clara mit leisem Stolz, »aber eine sehr eigenwillige. Wo andere ihre Ziergärten haben, pflanzt sie Rettiche und Kürbisse.«

»Wundern Sie sich nicht, dass Clara mich Tante Adel nennt. Ich bin auf den befremdlichen Namen Adelrun getauft worden. Das konnte meine Nichte als Kind nicht aussprechen. Darum hat sie immer Tante Adel gesagt und ist dabei geblieben. Sie können sich denken, dass ich sie dabei sehr unterstütze. Sagen Sie selbst, möchten Sie Adelrun heißen?«

Carl mochte nicht. Aber Claras Tante Adel gefiel ihm auf den ersten Blick. Sie war vielleicht Ende vierzig, ihr dunkles Haar, das gleiche üppige Haar wie Claras, hatte sie im Nacken zu einem dicken Knoten locker zusammengedreht. Ihr längliches, klares Gesicht war vom Sommer noch leicht gebräunt, und die Wangenknochen zeigten eine gesunde Rötung. Über einem langen, enggeschnittenen Kleid trug sie ein roséfarbenes Fransentuch, dessen Enden sie lose verschlungen hatte.

Wenn Carl an Claras Mutter dachte, die Schwester von Tante Adel, wunderte er sich. Vielleicht war sie um einiges älter, jedenfalls hatte sie mit dieser ungewöhnlichen Frau nicht viel gemeinsam. Zumindest nicht äußerlich.

Carl sah, dass Clara müde war. Ihr fielen ständig die Augen zu. Auch Tante Adel hatte das bemerkt, und als Carl aufstand, um Clara ins Schlafzimmer zu begleiten, half sie ihm taktvoll. Clara schlief schon ein, als sie nur die Kissen berührte, und Carl ging mit Tante Adel leise aus dem Zimmer.

Tante Adel fasste Carl am Arm. »Was fehlt ihr? Sie hat sehr viel an Gewicht verloren, scheint mir.«

»Es begann mit einem leichten Husten, der sich aber immer wieder besserte. Clara war fröhlich, glücklich, voller Unternehmungslust, ich hatte keinen Verdacht. Aber inzwischen –« Carl stockte, sagte dann sehr leise: »Ich schwanke immer wieder, vielleicht belüge ich mich auch selbst, aber ich befürchte, dass sie … dass sie eine Lungenentzündung hat.«

Tante Adel blieb unter der Tür des Zimmers stehen. »Das kann nicht sein. Clara ist alles, was ich habe.«

Sie sagte es mit einer solchen Bestimmtheit, dass Carl sich wieder beruhigte. Die Tante hatte recht, es konnte nicht sein. Natürlich war es nur die Reise, die Claras Katarrh verschlimmert hatte. Das würde sich alles mit der Zeit geben. Immer wieder holte er sich Situationen ins Gedächtnis, in denen sie überraschend tapfer und gelassen geblieben war. In der Quarantäne zum Beispiel. In welch elenden Betten hatten sie schlafen müssen, jeder für sich allein, bewacht wie Schwerverbrecher. Clara hatte sich nicht beklagt. War fast belustigt gewesen.

Aufgestützt in große Kissen, saß Clara am nächsten Morgen in ihrem Bett. Vorsichtig nippte sie an dem dampfenden Kakao, den Tante Adel nach Carls Rezept zubereitet hatte.

Vom Fenster aus konnten sie in den Garten sehen, und Clara erklärte, dass Tante Adels Garten von vielen Leuten mit Staunen und Kopfschütteln betrachtet würde. »Ich hab dir ja beschrieben, wie sie alles durcheinanderpflanzt. Tante Adel sagt, sie liebe die Gärten, wo das Nützliche einträchtig neben dem Schönen stehe. Das ist eine Revolution, wenn man bedenkt, dass sogar Dahlien oder Malven, Akelei und Lupinen in den vornehmen Gärten als vulgär verschrien sind. Tante Adel behauptet dagegen, dass Rettiche mit ihren grünen Büscheln schöne Akzente setzen und Rhabarber sei ohnehin eine der dekorativsten großblättrigen Pflanzen, die wir hätten.«

Carl küsste die Hände Claras. »Also eine Revolution. Eine Gartenrevolution. Das ist mir sehr sympathisch.«

Clara sah ihn verliebt an. »Du kannst froh sein, dass der Winter kommt, sonst müsstest du mit Tante Adel im Garten arbeiten. Mich überredet sie auch immer dazu.« Tante Adel, die leise ins Zimmer gekommen war und die letzten Worte noch gehört hatte, geriet ins Schwärmen.

»Clara hat recht. Ich will immer die Menschen bekehren, sich eingehender mit ihrem Garten zu befassen. Nicht irgendetwas irgendwohin zu pflanzen, sondern genau zu überlegen, wo eine Pflanze sich wohlfühlt und gedeihen kann. Der Garten ist nämlich ein wunderbarer Lehrer. Er lehrt Geduld und die Gabe, zu warten, aber vor allem lehrt er Vertrauen in die Natur.«

Tante Adel setzte sich zu Clara aufs Bett, streichelte ihr über die Haare und über den Rücken. »Meine Clara, werde nur schnell gesund. Wir werden hier ein schönes Leben haben, wir drei. Ich freue mich schon auf den Winter, auf das Weihnachtsfest. Das ganze Haus werden wir schmücken. Wenn ihr Lust dazu habt, lade ich Gäste ein, ich lasse auch den Flügel wieder stimmen, auf dem können wir dann spielen.«

Clara wollte aufstehen. Unbedingt. Carl musste ihr in ein warmes Wollkleid helfen, sogar Strümpfe und Schuhe wollte sie anziehen. Carl legte den Arm um sie und half ihr die Treppe hinunter in den Wohnraum, der, ebenso wie die Diele, große schmale Fenster hatte mit duftigen Vorhängen, die das Licht ungehindert einließen. Zwischen den beiden Fenstern hing ein hoher Spiegel, und als Clara sich darin sah, schloss sie die Augen und legte ihren Kopf auf Carls Schulter. Er setzte sie auf das bequeme Sofa und legte ihr die Beine hoch.

»Siehst du, Carl, ich bin doch gar nicht krank. Nicht richtig«, sagte Clara und lächelte. Er sah die Panik in ihrem Lächeln, und er versuchte, die Wirklichkeit zu begreifen. Natürlich kannte er die Symptome von Lungenentzündung, er kannte auch die der Schwindsucht. Sie waren eingebrochen in seine und Claras Welt, wollten sie zerstören. Er bemerkte, dass Claras Kopf gegen die Rückenlehne des Sofas gefallen war. Sie schlief. Carl spürte, wie ihm die Tränen übers Gesicht liefen.

In der Nacht hustete Clara wieder heftig. Carl hatte sie in seinen Armen gehalten, hatte das Rasseln in ihrem Atem gehört. Um ihre Tante nicht zu wecken, hatte sie sich ein Handtuch vor den Mund gehalten. Es war voller Blut.

Carl lief in die Küche, machte Feuer, setzte einen Kessel mit Wasser auf. Tante Adel stand in der Tür. Wortlos machte sie sich daran, Kräuter für Tee vorzubereiten, Schmalz zu erhitzen, wie Carl es ihr auftrug. Er zog sich den dick gefütterten Rock an, die Stiefel, dann lief er los, zum Markt, den Doktor zu holen. Er war bei einem Patienten. Seine Frau, die Carl sofort erkannte, versprach ihm, ihren Mann zu schicken, sobald er den Patienten versorgt hatte.

Als Carl zum Haus zurückkam, wurde ihm bewusst, dass er auf dem Weg zum Arzt nichts gesehen und nichts gedacht hatte. Nur daran, ob jemand ihm aufmachen würde. Jetzt, auf dem Rückweg, sah er zum ersten Mal bewusst den Wald, der hinter

Tante Adels Haus aufstieg, er sah den Wind in den Bäumen, und er stellte sich das Leben vor, dass der Wald in sich barg. Zum ersten Mal seit Tagen dachte er wieder an seine Malerei, er wollte dieses Schimmern des Waldes malen, den frischen Geruch, alles, was man im Wald entdecken konnte. Carl wollte es für Clara malen.

»Bitte, Carl, ich will nicht weg von hier. Ich will nicht in ein Sanatorium!« Clara klammerte sich an ihn.

Er bestrich ihre Brust mit dem sehr warmen Fett, legte einen Wickel darum. Um die Waden legte er feuchte Tücher. Er hielt Clara fest, streichelte ihren Rücken, als könne er seine Kraft und Wärme in ihren abgemagerten Körper strömen lassen. Clara trank angestrengt den Tee, nahm den Honig vom Löffel, und sie bat Carl immer wieder, nicht auf den Doktor zu hören, wenn der sie einweisen wolle.

Sie hörten eine Kalesche und kurz darauf ein kurzes kräftiges Klopfen an der Haustür. Tante Adel lief die Treppe herunter und öffnete. Der Arzt schien müde, seine Augen in dem blassen Gesicht waren gerötet. Er blinzelte Carl an, gab ihm kurz die Hand, und dann setzte er sich auf den Stuhl neben Claras Bett.

Er schaute Clara an, legte ihr seine Hand auf die Stirn. »Wie fühlen Sie sich?«

Clara blickte zu Carl, dann sagte sie, dass sie ständig müde sei und oft husten müsse. Das habe sie aber schon seit längerem, und es sei immer wieder vergangen. Wie zum Hohn kam ein Hustenanfall, der Arzt holte aus seiner Tasche ein hölzernes Rohr, das an beiden Seiten einen trichterförmigen Aufsatz hatte. Carl sah es mit Bewunderung. Nur wenige Ärzte hatten schon solch ein Stethoskop, ein Hörrohr, das ein französischer Arzt entwickelt hatte und das noch nicht überall bekannt war. Der Arzt konnte damit Töne und Geräusche beurteilen, die im Zusammenhang mit der Funktion des Herzens, der Lunge oder des Darms entstanden.

Carl half Clara, sich auf den Bettrand zu setzen und das Nachthemd auszuziehen, damit der Arzt ihren Rücken abhören konnte.

Clara versuchte, so tief einzuatmen, wie der Arzt es verlangte, und dann sagte sie mit dem Rest ihrer Courage, dass sie keinesfalls in ein Sanatorium wolle, sie habe die beste Pflege hier im Hause, bei ihrem Mann und ihrer Tante.

»Sie können hier bleiben, Frau Raab«, sagte der Arzt, und für einen glücklichen Moment glaubte Carl, dass der Doktor Claras Erkrankung nicht so ernst nahm. »Trinken Sie viel frische Milch. Die Tees und die Umschläge, die Ihr Mann anwendet, sind das Richtige. Und bitte, versuchen Sie, immer wieder ein wenig zu essen, dann sehen wir weiter.«

Clara sank zurück auf ihr Kissen, ihre Augen schlossen sich, sie lächelte, und der Arzt schaute für einen Moment vor sich hin, nahm seine Tasche und ging schnell zur Tür. Carl folgte ihm. Schweigend standen sie neben der Kalesche. Der Kutscher hatte sich offenbar die Füße vertreten, jetzt stieg er ein, und das Pferd schnob durch die Nüstern und schüttelte sich leise.

Obwohl Carl die Antwort fürchtete, fragte er, ob Clara sich wieder erholen werde. Der Arzt, schon wieder in der Kutsche, beugte sich heraus, wiederholte, dass die Kranke hier bleiben dürfe. »Wenn ich das Gefühl hätte, dass es noch Hilfe gibt, müsste ich Ihre Frau in ein Sanatorium einweisen. Aber dieses Gefühl habe ich leider nicht.«

Der Arzt legte Carl für eine Sekunde die Hand auf die Schulter, dann fuhr die Kalesche los.

Als habe er einen Hieb mit der Peitsche bekommen, ging Carl in die Küche und setzte sich auf einen der Stühle, die den Küchentisch umstanden. Tante Adel brühte Kaffee auf. Sie sah Carl nicht an.

»Sagen Sie mir, was Sie mir sagen müssen«, brachte sie müde hervor. »Ich muss meiner Schwester eine Nachricht schicken.«

Nach einigen Tagen mit Schneematsch kam ein sonniger Wintertag. Am Morgen war der Arzt da gewesen, auf Claras Frage sprach er von einer überraschenden Besserung. »Das hätte ich nicht erwartet«, sagte er. Carl hüllte Clara in eine warme Decke und brachte sie hinunter ins Wohnzimmer. Dort saß sie in einem

Lehnsessel am Fenster, und die Sonne wärmte sie und ließ ihr Haar in Braun- und Rottönen aufleuchten. Clara sah sehr schön aus, und Carl musste wieder die Zähne zusammenbeißen, um nicht zu heulen.

»Carl«, sagte sie, »Carl, vielleicht hat der Doktor recht, und ich werde wieder gesund.« Carl legte den Finger an die Lippen. »Nicht reden, Liebste, das kostet dich so viel Kraft.«

Carl wusste, dass Clara es nur schwer ertrug, wenn er nicht bei ihr war. Er verstand sie vollkommen. Das war es ja auch, was er unter allen Umständen wollte – bei ihr sein.

Als später am Tag nach einem Hustenanfall eine starke Blutung eintrat, lief Tante Adel zum Markt, um erneut den Doktor zu holen. Clara klammerte sich so fest an Carl, dass er nicht aufstehen konnte. Er wollte das auch gar nicht. Er wollte bei ihr bleiben, sie festhalten, ihr Geborgenheit geben.

Es schien ihm eine Ewigkeit, bis Tante Adel mit dem Arzt zurückkam. Er hatte doch am Morgen noch gesagt, dass eine Besserung eingetreten sei. Verzweifelt gestand Carl sich ein, dass er sich selbst belog, dass er dabei war, verrückt zu werden.

»Nein«, sagte der Arzt, als er mit Carl allein war. »Nein. Wir hätten von Anfang an nichts mehr für sie tun können.« Er hatte Clara, die schon wieder schlief, vorsichtig abgehorcht. »Und die Reise nach Venedig?« – »Nein, auch die war nicht der Anlass. Hören Sie um Gottes willen auf, sich Vorwürfe zu machen, Herr Spitzweg. Seien Sie lieber froh, Sie haben ihr wahrscheinlich mit der Venedigreise das größte Geschenk gemacht. Ja, richtig, es handelt sich um die schnell verlaufende Form …«

Carl zog sich im Bad aus, wusch sich sorgfältig und legte sich zu Clara ins Bett. Für einen Moment öffnete sie die Augen, er nahm ihre kalten Hände in die seinen und rieb sie sanft. Clara lächelte, ihr Gesicht war zufrieden und entspannt.

Als Carl am nächsten Morgen aufwachte, kam von draußen zögernd der Tag herein. Er öffnete vorsichtig das Fenster und holte tief Luft. Draußen hörte er einen Hund bellen. Ein anderer antwortete, und Carl schloss rasch und behutsam das Fenster. Clara schlief noch, und Carl schlich sich in die Küche, machte Feuer im Herd und setzte Wasser für den Kaffee auf. Tante Adel, ebenfalls schon fertig angezogen, schnitt Brot, stellte Butter und Konfitüre auf den Tisch. Weder sie noch Carl konnten sich jedoch entschließen, etwas zu essen.

Plötzlich ging die Hausglocke. Erstaunt sah Tante Adel Carl an. »Der Doktor?«, fragte sie und ging nach draußen. Carl hörte eine kräftige Männerstimme, die Stimme der Tante wurde hoch, doch man hörte Adels Bemühen, leise zu sprechen. Carl zögerte. Wer könnte das sein? Sollte er zur Tür gehen, musste er Adel beistehen? Er stand gerade auf, da kam Adel in die Küche und sagte, dass Raab draußen sei. Sie sagte nicht Claras Mann, sie sagte Raab. Laut und hörbar.

Carl ging hinaus. Da stand der große schwere Mann, den er auf der Festwiese gesehen hatte. Beide starrten sich an. Raab machte einen Schritt auf Carl zu, doch der blieb regungslos stehen. Der Schrecken über das unerwartete Erscheinen Raabs lähmte ihn, seine angespannten Nerven drohten durchzugehen. Mit Raab schien die Außenwelt auf ihn einzudringen. Eine Welt, die in den letzten Wochen für ihn nicht existiert hatte.

»Was wollen Sie?«, fragte Carl schließlich. »Es ist völlig unangebracht, einfach hierherzukommen.«

Carl war auf einen Wutanfall Raabs gefasst. Doch er schien eher verlegen, stotterte. »Die Mütter, wissen Sie, sie sind völlig außer sich vor Angst um Clara. Sie können aber nicht kommen. Meine Mutter hat Grippe mit hohem Fieber, und Claras Mutter liegt mit einem Rückenleiden im Bett, sie kann nicht aufstehen. Im Moment jedenfalls nicht.«

Carl sah Raab mit Zorn und Verachtung an. Er wollte ihn davonjagen, aber irgendetwas in der Haltung und in den Augen Raabs hielt ihn davon ab. Carl konnte seinen Anblick nicht mehr aushalten. Er presste die Fäuste vor die Augen und machte ein paar Schritte zum Fenster.

Raab war sofort bei ihm. »Clara. Geht es ihr so schlecht?«

Carl nickte. Er ging die Treppe hoch. Raab blieb unschlüssig an der Treppe stehen.

Clara war aufgewacht. Sie streckte Carl ihre Hände entgegen, versuchte, sich aufzurichten. Doch sie fiel in die Kissen zurück. Ihre Augen schlossen sich.

Carl spürte, dass Raab im Raum war. Tante Adel, an der anderen Seite des Bettes, beugte sich über Clara, horchte, küsste ihre Lippen und richtete sich wieder auf.

»Unsere Clara ist tot«, sagte sie, berührte Carl kurz an der Wange und ging aus dem Zimmer. Raab folgte ihr.

Carl setzte sich aufs Bett. Er streichelte Claras Hände, obwohl er wusste, dass er sie nicht mehr wärmen konnte. Sie war jetzt auf dem Weg in eine andere Welt. »Clara, Liebste«, sagte er immer wieder. Er dachte, dass Clara ihn vielleicht noch hören könne. Ich will nur dort sein, wo du bist, hatte Clara einmal zu ihm gesagt.

Wohin sollte er jetzt gehen? Worauf sollte er sich freuen? Er wusste es nicht. Das Leben mit Clara war kurz gewesen. Sein Schmerz türmte sich auf wie eine jäh aufsteigende Welle, um dann plötzlich steil abzustürzen in unendliche Tiefen. Nichts mehr würde ihm bleiben von Clara, die eben noch in seinen Armen geatmet und gelebt hatte. Sie war ihm mit ihrer ganzen Wärme gegenwärtig gewesen, er hörte noch ihre Stimme, doch der Tod würde auch diese Erinnerungen verschlingen.

Vor dem Haus hörte er Raabs Kutsche abfahren. Er sah auf Clara. Auf ihr weißes, starres Gesicht. Er konnte ihre Zartheit spüren. Ihre Zerbrechlichkeit. Sie war schon weit weggegangen von ihm. Er konnte sie nicht mehr einholen.

Carl ging rasch durch den Keller hinaus in den Garten. Er holte tief Luft, schaute in den unentwegt fallenden, stürzenden Himmel. Er schien Carl wie aus Granit, und er dachte an Gott. War Gott noch da? War er in dem weiten, grauen Nebel, war er in der schweigenden Kälte des Himmels? Stand Clara nun vor Gott? Clara durfte nicht in das Nichts gefallen sein.

25

Niemand verstand, wie dringend Carl allein sein wollte. Am allerwenigsten Crescenz, die fast täglich in die Dienergasse kam, um ihrem geliebten Stiefsohn beizustehen. Juli hielt sich, unsicher und von ihrer alten Scheu beherrscht, zurück. Wie sollte sie ihrem Herrn begegnen? Durfte sie ihm ihr Beileid aussprechen wie die anderen, die Verwandten und Freunde? Sogar ein Professor, ein Herr von Kobell, war gekommen. Der Herr Hofapotheker Pettenkofer. Sie waren schließlich Herrschaften. Wussten, was von ihnen erwartet wurde.

Was schickte sich für Juli, die Hauserin, die Magd? In Julis Hals zog sich alles zusammen, wenn sie den Herrn sah. Sie begriff seine Verzweiflung. Auch sie hatte einmal einen geliebten Menschen verloren: ihre Mutter. Zwischen Tür und Angel hatte ihr der Bauer eines Tages mitgeteilt, dass die Mutter gestorben sei. Warum? Warum? Juli hatte gefragt, geschrien, es gab nur ein Achselzucken. Dass Juli zum Begräbnis fuhr, musste sie doppelt und dreifach durch Arbeit abbüßen. Immer wieder hätte Juli schreien mögen. Doch ihr waren nur stumme Schreie erlaubt, die niemanden störten.

Ausgerechnet ihrem Herrn musste dasselbe passieren. Juli hatte es so stark gespürt, sein Glück. Er hatte sich auch vor Juli nicht zurückgehalten, seine Anbetung zu zeigen, seine leidenschaftliche Zuneigung zu dieser Frau. Und nun hatte er sie verloren, und Juli wusste nicht, wie sie damit umgehen sollte. Sie traute sich kaum, den Herrn anzusehen. Warum hatte Gott ihm diese Prüfung geschickt? Wollte er auch Juli bestrafen? War ihr neues Dasein, für das sie Gott jeden Abend dankte, vielleicht schon wieder in Gefahr?

Im Anfang war alles selbstverständlich gewesen, Juli hatte den Haushalt nach und nach in Schwung gebracht und ihren Herrn umsorgt. Eines Tages hatte er Clara gefunden, und Juli hatte sich auf die Zeit gefreut, wenn sie von der Reise zurückkommen würden. Darauf, dass sie dann einen Herrn und eine Herrin hätte, wie andere Dienstmägde auch, nur viel, viel bessere. Juli hatte zuversichtlich in die Zukunft geschaut. Durch ihren Herrn hatte sie zwei weitere Menschen gefunden, die sich nicht daran störten, dass sie ein Krüppel war – Anton und Pankraz Gielg. Pankraz hatte von ihrem Herrn den Auftrag bekommen, für das Schlafzimmer ein großes Bett anzufertigen. Pankraz verehrte ihren Herrn fast so sehr wie Juli.

Alleinsein. Daran war Juli gewöhnt. Aber dass sie in der Wohnung des Apothekers Spitzweg allein leben durfte, während er mit seiner Frau nach Venedig reiste, das war etwas ganz anderes. Jeder Tag war ihr ein Aufatmen und eine Freude.

Doch jetzt war dem Herrn Carl das Schlimmste zugestoßen, das begriff sie sofort. Er war genauso arm wie sie damals, bevor sie ihn traf. Juli wusste, dass sie nichts anderes tun konnte, als zu kochen, zu backen und Pomeranzenwein anzusetzen. Doch nicht einmal das nützte etwas, denn Herr Carl mochte nichts essen. Oder fast nichts.

Es ging ihm nicht gut. Jeden Tag bekam Juli mehr Angst um ihn. Nicht nur, dass er blass war und seine Augen verquollen und gerötet. Seit Wochen wollte er nichts essen. Außer einem Kakao und einer leichten Reissuppe brauchte sie ihm nichts anzubieten. Ihr Herr würde doch nicht ernsthaft krank werden?

»Was ist das nun?«, fragte Juli Gott in ihrem Abendgebet. »Was ist das nun? Soll der Herr auch krank werden? Soll er gar auch sterben? Gott, ich weiß, ich habe einen schweren Stand, wenn es um Dich, Deine Ratschlüsse und Deine Werke geht. Da tu ich einen Sprung in die Finsternis, aber ich tue ihn. Es ist nicht für mich. Es ist für meinen Herrn, und ich bitte Dich, lass ihn aus. Du hast ihm Clara genommen, lass wenigstens ihn selbst leben. Ich brauche ihn, weil ich auch leben will. Amen.«

Carl ließ sich zur Ader. Das Gefühl der Vollblütigkeit beherrschte ihn. In seinem Kopf tobten kreischende Misstöne, sein Herz klopfte ihm oftmals bis in den Hals, nachts erwachte er völlig verschwitzt. Am Morgen hatte er einen metallischen

Geschmack im Mund, er mochte das Essen nicht einmal anschauen.

Als er sich in die Armvene gestochen hatte, als das Blut herausquoll, hielt Juli ihm die Schüssel, aber Carl wollte es ihr ersparen, weiter zusehen zu müssen. »Danke, Juli, ich kann die Schüssel allein halten«, sagte er, doch Juli meinte, sie habe immer beim Schlachten helfen müssen, ihr mache das nichts aus. Resolut stellte sie die Schüssel mit dem Blut weg, band den Arm mit einem sauberen Tuch ab, und dann brühte sie für Carl einen Salbeitee.

Nach wenigen Tagen wusste Carl, dass der Aderlass wahrscheinlich unnötig gewesen war. Ihn beherrschten Symptome, die er zunächst für sich behielt, weil er Juli und Crescenz nicht erschrecken wollte. Doch es gab eigentlich keinen Zweifel mehr. Die Krämpfe in seinem Leib kündigten einen Durchfall an, der fast stündlich stärker wurde und nicht mehr nachließ. Carl saß schließlich nur noch auf dem Abort. Als er Fieber bekam, erneute Krämpfe, als er in seinem Stuhl blutigen Schleim entdeckte, schickte er nach Doktor Trautner. Juli bat er, sich bei Anton und Pankraz Gielg einzuquartieren. Er habe eine Infektion, er sei ansteckend, er wolle nicht, dass Juli auch krank werde.

Juli war empört. Was er da von ihr verlange? Ob er denn glaube, dass sie kein Christenmensch sei? Wie könne sie ihn verlassen, jetzt, wo sie etwas zurückgeben wollte von dem, was er für sie getan hatte. Nie. Niemals würde sie weggehen.

Julis Gesicht bekam plötzlich wieder etwas von der früheren Herbheit, Trostlosigkeit. Carl begriff, dass hier mit Vernunft nicht beizukommen war. Gut, sagte er, Juli solle bleiben. Aber es würde hart werden für sie. Und wennschon. Julis Anspannung löste sich sofort.

»Was kann ich tun?«, fragte sie sachlich.

Carl wies sie an, seine sämtliche Unterwäsche auszukochen. Alle Handtücher, Küchentücher. Die Bettwäsche. Sie solle sich jedes Mal die Hände waschen, wenn sie Dinge anfasste, die Carl auch berührt hatte.

Carl wusste inzwischen, dass er die Rote Ruhr hatte. Er wusste auch, dass diese Infektion in vielen Fällen tödlich verlief. Er hatte dennoch keine Angst. Obwohl es qualvoll war, an der Roten Ruhr zu sterben. Die Krämpfe, die Leibschmerzen, die Austrocknung. Zuletzt würde er so entkräftet sein, dass sein Körper dem Gevatter Tod nichts mehr entgegenzusetzen hatte.

Er fragte sich, wo er sich angesteckt haben könnte. Die meisten Erkrankungen der Roten Ruhr trafen arme Leute, die eng gedrängt in dunklen, feuchten Räumen leben mussten. Unter den Betten befanden sich oftmals Gruben, wo die Familie ihren Kartoffelvorrat unterbrachte, die Rüben, das Kraut. Es gab keine Kanalisation, keine Güllegruben. Die Notdurft wurde hinter dem Haus verrichtet. Daher waren vor allem die kleinen Kinder Opfer, da sie mit allem spielten, was sie vorfanden.

Diese Verhältnisse waren förmlich ein Nährboden für die Ansteckung mit der Roten Ruhr – aber Carl fiel auch nach langem Nachdenken nicht ein, wo er sich angesteckt haben könnte.

Es war ihm auch gleichgültig. Seit Clara gestorben war, seit sie so unendlich weit weg war von ihm, so unerreichbar, war ihm sein eigenes Leben fremd geworden. Er hatte sich an Clara gewöhnt wie an die Sonne, die am Himmel aufgeht. Der Gedanke, dass Clara das Sterben hatte allein auf sich nehmen müssen, dass jeder Mensch das Ereignis des Todes allein ertragen musste, machte ihm lange zu schaffen. Die Mutter, seine zarte Mutter, war allein gestorben, und auch Simon, sein Bruder, der außer dem Sterben noch das Heimweh und die Sehnsucht nach dem todkranken Vater aushalten musste. Sie gehörten alle nicht mehr zu ihm, sie gehörten Gott. Gehörten sie Gott? Auf diese Frage gab es keine Antwort.

Und wenn er selbst stürbe? Carl fühlte sich elend genug. Wenn er hinüberginge in die Grenzenlosigkeit des Todes – würde er dann Clara wiederfinden? Die Eltern? Den Bruder? In seiner kindlichen Phantasie hatte Carl sich vorgestellt, dass die Toten in der Ewigkeit umhertanzen wie Lichtkügelchen, von denen eines das andere kennt.

Doktor Trautner war entschieden der Meinung, dass Carl nicht länger daheimbleiben könne. Er würde nicht nur sich, sondern auch Juli, seine Freunde und die Familie gefährden. Carl sah schließlich ein, dass sein alter Doktor recht hatte. Er konnte so nicht weitermachen. Auf den Rat des Arztes hin beschloss er, nach Bad Sulz zu fahren. Dort gab es eine Quelle, der heilende Kräfte nachgesagt wurden. Im Kurhaus erholten sich auch Gäste aus dem Hochadel, hatte der Doktor ihm berichtet. Eine russische Zarin soll dort gewesen sein, auch König Ludwig mit seinem Sohn Maximilian. Das interessierte Carl jedoch nicht sonderlich. Er hoffte auf die Spezialisten, die es dort gab.

Crescenz bot sich sofort an, Carl zu begleiten. Auf seinen Protest reagierte sie unnachgiebig. »Du bist der Sohn meiner Schwester. Ich habe ihr versprochen, auf dich achtzugeben, dir zu helfen, wenn es dir schlecht geht. Jetzt ist es an der Zeit, dass ich mein Versprechen einlöse.«

»Aber du hast ein Kind, einen Mann, wenn du dich ansteckst und auch krank wirst, dieser Gedanke allein bringt mich ja schon um.«

»Aber denk doch nach. Ich habe mich vielleicht schon bei dir angesteckt, da ist es doch besser, ich lasse Neunerdt und Fany daheim und fahre mit dir, dann stecke ich sie nicht auch noch an.«

Es half nichts. Gegen Crescenz kam er nicht an.

Bereits am nächsten Morgen fuhren sie mit dem Eilwagen nach Bad Sulz. Crescenz hüllte Carl in Decken. Er hatte Heilerde und Kohle in rauen Mengen eingenommen und betete zu allen Engeln, dass sein Darm Ruhe geben werde bis Bad Sulz. Mutter Crescenz war gelassen. »Ich werde immer nach geeignetem Buschwerk Ausschau halten.«

Carl hatte insgeheim gefürchtet, dass seine Mutter sich nach Clara und der Zeit in Venedig erkundigen würde. Doch sie fragte nicht. Stumm hatte sie neben Carl an Claras Grab gestanden, hatte verstohlen seine Hand gedrückt. In Tante Adels Haus war eine kleine Kaffeetafel vorbereitet gewesen. Auch dort hatte Crescenz deutlich gespürt, dass weder Tante Adel noch Carl ihren Schmerz aussprechen konnten. Beide hatten offenbar ihre Kraft, ihren Mut und ihre Hoffnung verloren. Sie erschienen ihr wie gelähmt. Unsagbar müde.

Raab war auch zur Beisetzung erschienen. Er stand im Hintergrund, und als der Sarg in die Erde gesenkt wurde, entfernte er sich.

Am Tag nach der Beerdigung waren sie zurück nach München gefahren. Und jetzt hatte eine gefährliche Krankheit Carl gelähmt.

26

Das Kurhaus von Bad Sulz war schon von weitem zu sehen. Es lag am Ausgang des kleinen Ortes am Fuß des Peißenbergs. Für Carl und seine Mutter waren zwei schlicht möblierte Zimmer reserviert, und Carl begann schon von dem Heilwasser zu trinken, als er noch nicht richtig angekommen war. Der Durst zerriss ihn fast, und der Durchfall auch.

Nach einer quälenden Woche des Pendelns zwischen Heilbrunnen, Bett und Toilette versicherte ihm Doktor Zeuss, dass Carl Glück gehabt habe. Er sei ein sogenannter leichter Fall. Heute dürfe er sogar, falls er dazu Lust verspüre, ein kleines Glas Bier zum Essen trinken.

Zeuss schrieb sich mit zwei »s«, hatte aber durchaus die Haarpracht des Göttervaters. Vor ihm schien sich die Menge zu teilen, wenn es auch nur die kleine Menge der geplagten Patienten war. Zeuss durchmaß sie mit festen Schritten. Wunderbar, schien es Carl, wie viel Sorgfalt er auf seinem privaten Olymp walten ließ. Er fragte sich, ob er Zeuss um sein Selbstgefühl beneiden solle, um die Glorifizierung seiner Persönlichkeit. Doch er wusste die Antwort schon. Eher nicht.

Seit Carl nicht mehr auf den Tod wartete, seit sein Körper sich langsam wieder auf die Normalität einrichtete, hatte er nur den Wunsch, in den Wäldern herumzulaufen, von seiner Zeit mit Clara zu träumen und im Übrigen zu schlafen.

Crescenz war inzwischen abgereist, grenzenlos erleichtert, Carl wieder gut beieinander zu finden. Seine Ruhelosigkeit legte sich, und aus dem Pulk der Kurgäste, die er nun morgens, mittags und abends sah, lösten sich Gesichter, die ihm auffielen, die er sich merkte.

Doktor Zeuss hatte es sich zur Regel gemacht, jeden Tag die Sitzordnung seiner Gäste zu ändern, damit sich alle kennenlernten. Eines Morgens brachte er einen älteren Herrn an den Tisch, und Carl erfuhr, dass er diesmal mit Professor Johann Nepomuk Fuchs frühstücken würde, einem königlich bayerischen Geheimrat und Oberbergrat. Er berichtete Carl, dass er im Jahr 1807 an die Universität Landshut berufen worden sei. Dort habe er Chemie und Mineralogie gelehrt.

Der war schon Professor, als ich noch gar nicht auf der Welt war, dachte Carl, aber ehe er überlegen konnte, ob das für ihn eine Bedeutung hatte, legte der Professor nach. »Und seit genau zehn Jahren bin ich Konservator der mineralogischen Sammlungen in München«, sagte er nachdrücklich, schlug sein Frühstücksei auf, fragte, den Löffel mit dem Ei balancierend, die Dame an seiner Seite, ob er wissen dürfe, wer sie sei und woher sie komme. Das wollte Carl auch wissen, unbedingt.

Während Nepomuk Fuchs, vielleicht in Aufregung wegen der weiblichen Tischgenossin, sich an dem hartgekochten Ei verschluckte, zog Fräulein von Dietrich entschlossen ihr Tuch über der Brust zusammen. Sie sei Vorsteherin des Königlich Adeligen Erziehungsinstituts für junge Mädchen, erklärte sie knapp und energisch, so als sei damit alles gesagt. Carl fragte sich, was denn an dem Fräulein verhüllt werden müsse. Sie war flach und eckig, mit hochgerecktem Hals und kleinen, unruhigen Vogelaugen.

Doktor Zeuss kam an den Tisch und erklärte gewichtig, dass es im Haus der Brauch sei, kleine Wettbewerbe in Malerei zu veranstalten. Er sehe sich in der glücklichen Lage, dass viele Maler, vor allem aus dem Orte Polling, in seinem Haus ein und aus gingen, obwohl ihr Gesundheitszustand durchaus erfreulich sei. Auch dieses Wochenende seien wieder einige Herren beisammen, und es sei beschlossen, dass Fräulein von Dietrich, Herr Professor Fuchs und Herr Apotheker Spitzweg sich an dem Wettstreit beteiligen sollten. Jeder dürfe zeichnen, was er wollte. Am Abend müsse das Werk fertig sein, denn morgen, Sonntag, wolle man die Siegerin oder den Sieger feiern. Keiner der Herrschaften sei Maler, der Wettbewerb daher gerecht.

Carl hatte schon am vergangenen Abend gedacht, dass einige der Herren, die an einer Tafel beisammensaßen, Maler sein mussten. Er schlug nach dem Essen die Zeitung auf, versuchte aber in Wahrheit, vom Gespräch der Männer, das immer lebhafter wurde, etwas mitzukriegen. Man nannte sich beim Vornamen. Bernhard, Philipp, Wilhelm, Eugen und Anton.

Immer wieder tauchte der Begriff »Corneliusschule« auf. Einer rief, dass doch die Münchner Schule nichts anderes sei als die Schule des Cornelius. »Stimmt«, sagte ein anderer, »wir Landschafter sind nur Begleiterscheinungen.« – »Was heißt da Begleiterscheinungen. Wir sind Moos und Flechtwerk am Stamme der Natur. So hat uns Cornelius erst neulich bezeichnet.« – »Daran sind wir aber selbst schuld«, kam es aus der Runde. – »Wir wissen ja nicht einmal, was wir eigentlich wollen«, meldete schließlich der, den sie Anton gerufen hatten.

Carl hatte in seiner Neugier die Zeitung sinken lassen, hielt sie sich aber sofort wieder vors Gesicht, als einer der Männer zu ihm hinsah. Nun konnte er nicht mehr erkennen, welcher der Maler gerade seinen Kommentar abgab, aber er hörte weiter zu. Natürlich waren ihm auch zu Hause immer wieder Berichte über bekannte Maler wie Professor Kobell, Lenbach oder Kaulbach zu Ohren gekommen. Manche, die Pettenkofer persönlich kannte, waren ratsuchend vorbeigekommen. Andere, wenn sie gerade kein Geld hatten, zahlten dem Prinzipal Pettenkofer die Arznei mit einem Bild. Carl war immer in Bewunderung und Ehrfurcht dabeigestanden. Lächerlich und unbedeutend war er sich vorgekommen, anmaßend sogar, dass er ohne jede Ausbildung heimlich vor sich hin malte.

Und nun war er hier, um wieder gesund zu werden, und am Nebentisch waren Maler versammelt, die sich schon einen Namen gemacht hatten, sich auskannten in der Malerszene. Gebannt hörte Carl weiter zu, traute sich aber nicht mehr, die schützende Zeitung zu senken.

»Cornelius hat in seiner Kunst ein so hohes Niveau, dass außer ihm keiner drauf gekommen ist«, sagte einer, und Carl meinte, widerwilligen Respekt aus seiner Stimme zu hören. »Unser König soll jeden Tag mehr begeistert sein, seit der Göttersaal der Glyptothek fertig geworden ist.« – »Er vergöttert Cornelius. Als er ihn zum Direktor der Akademie machte, soll er gesagt haben, dass er der Kunst in Bayern Glück wünsche.« – »Ich weiß genau, was der König gesagt hat, ich hab es mir damals aufgeschrieben«, meldete ein anderer, und er deklamierte: *Glück wünsche ich der Kunst in Bayern. Einen herzlich lichten Tag seh ich werden. Seit den Cinquecenti's gab's keinen Maler wie meinen Cornelius.* »Mit Cornelius hat die idealistische Kunst in München ihren Sieg errungen. Daran ist nichts zu deuteln«, vermeldete ein anderer. Und wieder einer knurrte: »Du warst ja sein Schüler, Neureuther, du musst ja so reden.« – »Ach was«, rief einer dazwischen, »er sagt doch nur die Wahrheit. Durch Klenze ist das in der Architektur befestigt worden. Und durch Schwanthaler in der Plastik.« – »Ihr habt völlig recht. Cornelius hat den Klassizismus durchgesetzt. Er hat für den Lehrkörper nur seine römischen Freunde vorgeschlagen: Overbeck, Schnorr von Carolsfeld, den Veit, den Hess und den Koch.«

»Nun, Overbeck hat abgelehnt. Philipp Veit war auch nicht zur Verfügung.« Die Stimme klang schadenfroh. »Und wie der Cornelius aufgeräumt hat bei seinem Amtsantritt, das war auch nicht sehr christlich. Er hat doch alle in den Ruhestand versetzt oder auf belanglose Posten verschoben. Denkt an Seidel und Hauber, an Robert Langer, alles vorzügliche Maler.«

»Verzeihen Sie, darf ich mich zu Ihnen setzen? Nebenan ist es mir zu laut.« Ein großer Mann war zu Carl getreten, sah ihn aus dunklen Augen an, die ein starker Kontrast waren zu dem weißblonden Haar. Diese Augen waren das Erste, was Carl bewusst wahrnahm. Dunkle, kluge, vielleicht sogar leidenschaftliche Augen. Der Mann stellte sich vor. »Ich heiße Hanson, Christian Heinrich Hanson, ich bin auch Maler, und ich kenne die Herrschaften da drüben sehr gut.« Er setzte sich Carl gegenüber und schaute ihn offen an. »Ich zähle mich zu den romantischen Historienmalern. Der Maler Wilhelm Kaulbach, von dem Sie sicher schon gehört haben, hat mich engagiert. Gemeinsam mit anderen, von ihm ausgesuchten Talenten male ich den Geist der Weltgeschichte auf die Wände des Königsbaus.«

Dieser selbstironische Ton gefiel Carl. Im Kunstverein hatte er schon oft den Namen Hanson gehört, und dort hielt man ihn für ein Genie. Dafür gab er sich ziemlich bescheiden. Nicht zuletzt deshalb fand er diesen Maler sofort sympathisch.

Hanson grinste jetzt ein wenig fatalistisch. Dann sah er Carl wieder mit seinem offenen Blick an. »Die heiter fabulierenden Romantiker vom Nebentisch schätze ich alle. Mehr oder weniger natürlich. Was mich angeht, fühle ich mich eher zum Lehrer berufen. Je älter ich werde, desto mehr habe ich Lust, mein künstlerisches Wissen weiterzugeben an die Jungen.«

Er sah Carl interessiert an. »Und Sie, darf ich fragen, was Sie beruflich machen?«

Carl antwortete, dass er Apotheker sei. Er hatte sich nicht getraut, zu erwähnen, dass er ebenfalls malte.

Und nun saß er da und überlegte, was er denn um Himmels willen für den Zeuss zeichnen könnte. Die Maler im Haus irritierten ihn. Ihm war klar, dass sie bei der Beurteilung der Zeichnungen ein Wort mitzureden hatten. Carls Stimmung verdüsterte sich, doch dann fiel ihm das Gespräch mit Hanson wieder ein. Der war ein Maler, der sein Wissen weitergab an einen Schüler. Das war es, was Carl brauchte. Vielleicht könnte Hanson ihn unterrichten. Diese Aussicht hob seine Stimmung beträchtlich. Sein Blick fiel auf den grüngekachelten Kaminofen, der den Speisesaal heizte. Schon gestern hatte er auf der umlaufenden Bank gesessen und die Wärme in seinem Rücken gespürt. Es war wie bei den Posthalter-Großeltern. Die hatten einen ähnlichen Kaminofen in ihrer Wohnstube.

Zeichenpapier und Stifte waren ihm mittlerweile gebracht worden. Jeder Künstler sollte dieselben Voraussetzungen haben. Carl ging hinauf in sein Zimmer. Es fiel ihm erstaunlich leicht anzufangen. Der Kaminofen hatte seine Gefühle in Schwung gebracht, seine Ideen. Er war das Werkzeug des Kaminofens. Der zwang ihm seinen Charakter und seine Erscheinungsform auf, wirkte intensiv auf ihn ein. Je länger Carl malte, desto verschwommener wurde seine Vision, die er von dem Ofen gehabt hatte. Als er spät in der Nacht fertig war, sah er nur noch Formen und Farben, und seine Gefühle für die Großeltern waren lebendig in ihm.

Am Sonntagabend dann, nach dem Essen, betätigte Doktor Zeuss die kleine Glocke und stand auf von seinem Stuhl. Noch bei keinem der bisherigen Wettbewerbe, aber wirklich bei keinem, sei sich die Jury so einig gewesen wie dieses Mal. »Den diesjährigen Bad Sulzer Sanatoriums-Kunstpreis erhält der junge Apotheker aus München, Franz Carl Spitzweg.«

Den zweiten Preis erhielt das Fräulein von Dietrich. Sie bescherte auf ihrem Porträt dem König Ludwig so reiches Kopfhaar, dass er aussah wie ein Pudel. Nepomuk Fuchs' künstlerische Produktion war dem Peißenberg gewidmet, mit dem Kurhaus im Vordergrund. Nepomuk Fuchs gratulierte Carl mit väterlicher Herablassung. Fräulein von Dietrichs Lächeln geriet etwas säuerlich. Dafür klopften die Maler Carl anerkennend auf die Schulter. Sie hießen ihn herzlich willkommen in ihrer Runde. Vor allem Hanson. »Da sitzen Sie höflich lächelnd vor mir und erwähnen mit keinem Ton, dass Sie malen«, beschwerte er sich. »Also ob Sie es nun wissen wollen oder nicht – Sie sind ein Maler. Sie haben Talent, davon hat mich Ihre Zeichnung überzeugt. Sie müssen malen.«

Carl überwand seine Scheu und fragte Hanson, ob er ihn unterrichten wolle. »Ich male schon seit längerem, ich habe schon viele Versuche gemacht, aber ich bin nicht zufrieden. Könnten Sie mich unterrichten? Ich habe die Mittel, Ihren Unterricht zu bezahlen.«

»Mit Vergnügen«, erwiderte Hanson überrascht.

Sie wurden bald einig, und Carl konnte es kaum erwarten, wieder zurückzukommen nach München. Der Zeuss riet ihm aber, noch eine Woche das Heilwasser zu trinken und die Diät zu halten. »Ein so gesundes Essen wie in meinem Haus bekommen Sie nirgends.«

Gott sei Dank, dachte Carl, aber er sagte dem Zeuss höflich zu, dass er noch einige Tage bleibe.

27

Aus Triest schickte ihm sein Bruder Eduard einen Korb Pomeranzen, und Carls schlechtes Gewissen bewog ihn, sofort an seinen Bruder zu schreiben. Wie lange hatte er ihn ohne Nachricht gelassen. Selbst von seiner Zeit in Bad Sulz wusste Eduard noch nichts.

Carl hatte Sehnsucht nach seinem Bruder. Er malte wieder an Eduards Porträt, aber je länger er daran arbeitete, desto mehr ähnelte Eduard dem Vater. Jedenfalls hatte Carl seinen Bruder nicht so in Erinnerung.

Seit einiger Zeit malte er bei Tag und Nacht. Bei Nacht gelang es ihm sogar besser. Es kam darauf an, wie gut es Morpheus, der Traummacher, mit ihm meinte. Carl war schon so weit, dass er daran glaubte, einmal ein richtiger Maler werden zu können – und das sei schon viel, sagte sein neuer Freund Hanson.

Hanson kannte stets den neuesten Klatsch. »Kennst du die schöne Hofstettin in München?«, hatte er Carl neulich gefragt.

»Johanna von Hofstetten. Sie heiratet den Maler Bürkel. Du kennst ihn bestimmt. Neulich, als ich im Kunstverein war, traf ich ihn persönlich an. Er war äußerst freundlich mir gegenüber, und wir konnten richtig über Kunst reden. Er kommt aus Pirmasens. Ja, du hast richtig gehört. Pirmasens.«

Carl erinnerte sich nicht, und er fragte Hanson, ob Bürkel auch ausstelle. »Natürlich, er stellt im Kunstverein aus, und ich habe Landschaftsbilder aus Italien von ihm gesehen, die ich gern selbst gemalt hätte. Ich glaube, er orientiert sich stark an der Malerschule Roms. Dahin zieht es mich auch. Aber ich habe einfach kein Geld für eine solche Reise.«

Zu Beginn der Unterrichtsstunden beschäftigten sie sich mit dem Grundieren der Leinwände. Umsichtig hatte Hanson alles mitgebracht, was Carl vielleicht noch nicht kannte.

»Wir grundieren die Oberfläche sorgfältig mit dieser dünnflüssigen Leim-Kreide-Bindung. Damit erreichen wir, wenn wir nochmals Papier über die Leinwandfläche kleben, die genügende Rauigkeit zur Festigung des Klebevorgangs.«

»Ich habe bislang noch nie Papier über die Leinwand geklebt«, erklärte Carl.

»Du musst aber die Malfläche richtig glätten. Natürlich kannst du statt Papier auch mehrere Schichten eines Leim-Kreide-Grundes auf die Leinwand auftragen. Dann musst du sie aber nach dem Trocknen mit Bimsmehl schleifen.«

»Eine optimale Glättung muss sein«, meinte Carl entschieden. »Welche Methode hältst du für die bessere?«

Da rief Juli zum Essen, und die Erörterung über das Grundieren musste vertagt werden.

Später beschäftigten sie sich mit den Farben. »Ich kann nicht so meisterhaft malen, wie ich es mir vorstelle«, sagte Hanson, »das ist mir seit langem klar. Weißt du, in jedem Bild ist auf geheimnisvolle Weise ein ganzes Leben eingeschlossen, mit all seinem Licht und seinem Schatten, seinem Leid und seinem Glück – nicht das zufällige Stück Natur auf Leinwand zu bannen ist die Kunst, sondern die ganze Natur in ihrer Glanz- und Prachterscheinung.

Die äußerlich toten Sachen müssen innerlich lebendig werden. Dazu musst du auch gut mit Farben umgehen können.«

Hanson wies auf Carls Farbpalette. »Wenn du auf deine Palette schaust, bist du bezaubert durch die Schönheit der Farben. Heute hast du Rot angemischt, wahrscheinlich für das rote Mieder eines Mädchens, ein Blau, übrigens ein sehr strahlendes Blau, brauchst du vielleicht für einen Himmel, vielleicht aber auch für eine Hose, und mit dem tiefen Schwarz malst du vielleicht einen Zylinder. Unser Auge wird stärker und schneller von den helleren Farben angezogen. Noch mehr von den helleren, aber wärmeren. Wie zum Beispiel dein Zinnoberrot. Das zieht den Blick an wie die Flamme, auf die wir sofort fasziniert schauen. Krapplack erscheint uns als eine weiche Farbe in seinem schönen pflanzlichen Rot. Kobaltgrün oder Grünblau wirken eher hart. Du darfst auch nicht vergessen, wie wichtig die Form für die Farbe ist«, fügte Hanson hinzu.

Sie machten sich daran, Dreiecke, Kreise und Quadrate mit Farben zu füllen. Carl füllte ein Dreieck mit Gelb aus, Hanson einen Kreis mit Blau, dann malte Carl ein Dreieck grün aus, Hanson ein Quadrat in derselben Farbe, Carl füllte einen Kreis mit Gelb, Hanson ein Quadrat mit Blau.

Carl war verblüfft, dass die Quadrate, Dreiecke und Kreise wie ganz verschiedene Wesen waren. Manchmal war das Blau durch die Kreisform noch leuchtender oder das Dreieck in Grün stumpfer. »Ist das Gelb im Dreieck nicht stärker durch die spitze Form?«, fragte Carl.

»Ja, und das Blau im Kreis wird durch die runde Form erhöht«, erklärte Hanson.

Rasch erkannte Carl, dass die Zahl der Farben und der Formen unendlich war, daher waren auch die Kombinationen unendlich und die Wirkungen ebenfalls. Dieses Material, dachte Carl, ist einfach unerschöpflich. Er hatte begriffen, dass alles Äußere Inneres in sich birgt, stärker oder schwächer.

Die Stunden mit Hanson waren für Carl wertvoll. Menschlich und künstlerisch. Carl überlegte, wie er Hanson entschädigen konnte. Sein Freund wollte für die Malstunden kein Honorar haben. Carl hatte rasch eine Idee. Er wusste, dass Hanson sich sehnlichst wünschte, nach Rom zu reisen. In die Stadt der Maler aus aller Welt. Dazu wollte Carl ihm das nötige Reisegeld schenken. Damit es nicht zu plump wirkte, schrieb Carl einen Dankesbrief an Hanson, dem er das Geld beilegte.

Carl musste wieder an Eduard denken, der mittlerweile im ungarischen Ödenburg lebte. Das begriff Carl nicht, und daher schrieb er an den Bruder:

Lieber Eduard, warum kommst Du nicht zurück nach München? Was willst Du denn in Ödenburg? Der Name klingt schon nicht betörend, und in Ungarn sprechen sie eine Sprache, die hakt und kracht und ist verdammt schwer zu lernen. Wenn Du Ungarisch lernst, kannst Du Dich auch in Finnland verständigen. Doch was willst Du in Finnland?
Im Ernst, Bruder, warum kommst Du nicht heim? In das Geschäft unseres Vaters, für das Du bestimmt warst? Hat Dir Herrmann Neunerdt das ausgeredet? Ich habe den Eindruck, der legt sich über unser Geschäft und über das Vermögen wie eine Krake, und Mutter Crescenz hat nicht die Kraft, ihn in seine Schranken zu weisen. Das sollten wir beiden gemeinsam machen, lieber Bruder. Komm heim, nach den langen Jahren im Ausland gehörst Du wieder hierher, zur Familie.
Seit ich male, Eduard, bin ich ein neuer Mensch geworden. Es bedeutet mir auch viel, Mitglied des Münchner Kunstvereins zu sein. Irgendwohin sollte der Mensch schon gehören. Für die Akademie bin ich mir zu alt. Ich hätte monatelang nach Stichen zeichnen müssen, dann nach Gipsabgüssen, dann noch nach Aktmodellen, ehe ich auch nur einen Pinsel hätte in die Hand nehmen dürfen.
Außerdem passt mir der Cornelius nicht, der seine Akademie ganz nach dem Geschmack unseres Königs ausrichtet. Ich halte es mit den Niederländern, die ich immer wieder kopiere. Inzwischen dürfen wir Maler das. Ich hätte es nicht geglaubt, aber die

Landschaftsmaler erkämpfen sich so langsam ihre Rechte. Sie wollen, was auch ich will: Anerkennung, Freiheit, Unterricht. Vor allem habe ich Licht und Luft nötig beim Malen und will immer dahin, wo die Berge und Landschaften unserer Heimat – oder auch anderer Länder – miteinander verschmelzen.
Und denk Dir – ich bin unter den Malern, die ich bisher kennengelernt habe, der einzige gebürtige Münchner. Nicht, dass ich mir darauf etwas einbilden würde. Vielleicht aber doch. Christian Heinrich Hanson ist ein Hamburger, Philipp Voltz ein Rheinländer, Bernhard Stange ein Sachse. Wo Bürkel herkommt, weißt Du ja schon.

Über Clara schrieb er kein Wort. Ihr Tod war wie ein Schwerthieb in ihn gefahren. Er war verletzt, und er fürchtete, für immer. Carl wusste nicht, ob andere darüber reden oder schreiben konnten. Er jedenfalls konnte es nicht.

Dass sein Schicksal ihm den Maler Christian Hanson zugeführt hatte, dafür war er dankbar. Anfangs begriff er nicht, dass der um mehr als zehn Jahre ältere Kollege, gebildet, kultiviert und äußerst beliebt bei den Kollegen, sich mit einem wie ihm abgab.

Carl durfte in Hansons Münchner Atelier Kopien von Gipsabdrücken herstellen. Sie besuchten gemeinsam eine private Schule für figürliches Zeichnen, woran Carl auch bald großes Interesse hatte. Geduldig fertigte er Kohlezeichnungen seines rechten Fußes an. Oder seiner linken Hand. Lehrer Hanson sparte nicht mit Lob. Er schleppte ein ausgestopftes Kaninchen an, das Carl detailgetreu zeichnen musste. Gegen Ende der Unterrichtszeit ließ Hanson ihn auch Figuren in seine eigenen Landschaften malen.

An einem Frühsommertag brachen sie in Richtung Garmisch-Partenkirchen auf. Hatte Carl vor Jahren mit Martius und Spix die Welt der Pflanzen und Blumen erkundet, so lenkte Hanson sein Interesse auf Waldlandschaften und Gebirgsbäche, von denen sie bei Ettal besonders markante antrafen. In einem Hochwald machten sie Rast. Sie aßen Brot und Speck, und Hanson schaute aufmerksam umher. »Siehst du, dass dieser Hochwald einen völlig eigenen Charakter hat?«

»Natürlich.« Carl sprang auf und ging zu einer alten Buche, deren Wurzeln bereits stark aus der Erde herausragten. Seine Hände berührten sanft die Äste und Wurzeln. Er betastete die aufgerissene Erde, die feuchten Moose.

»Ich sehe schon«, sagte Hanson nachdenklich. »Du musst nicht nur sehen, was du malen willst, du musst es auch fühlen.«

»So ist es«, bekräftigte Carl. »Erst wenn ich nahe hingehe, kann ich die Strukturen spüren, den Geruch der aufgerissenen Erde, ich entdecke die Moose und die vielen zarten Rinnsale in dem ansteigenden Gelände. Auch die Beleuchtung will ich genau erfassen. Jetzt haben wir das Licht des Morgens, heute Abend wird alles völlig anders aussehen. Das Licht ist für mich fast das Wichtigste. Ich muss das Licht aller Tageszeiten kennen.«

»Ich weiß bald nicht, ob ich der Lehrer bin oder du, Spitzweg.« Hanson sah seinen Schüler verblüfft an.

Carl bemerkte Hansons Staunen gar nicht. Er holte sein Skizzenbuch aus dem Malsack und begann zu zeichnen. Hanson stieg noch ein wenig höher ins Gelände und schaute sich dort nach Motiven um. Dann begann auch er, sich Skizzen zu machen.

Stunden später sah Hanson sich die Zeichnung Carls kritisch an. Er holte entschlossen eine kleine Flasche aus seiner Rocktasche und bot sie Carl an. »Auf diese Studie müssen wir trinken. Wenn ich nicht längst wüsste, dass du ein guter Maler bist, dann hätte ich es jetzt begriffen. Prosit.«

Carl klopfte das Herz. Hanson war ein allseits geschätzter Lehrer. Er redete niemandem nach dem Mund. Carl atmete tief durch. Diese Zeichnung wollte er nicht verkaufen. Nie.

Ein wunderbares Aroma hatte dieser Cognac. Carl nahm einen Schluck. Wärme breitete sich in ihm aus.

»Das ist Hennessy«, sagte Hanson stolz, nachdem er auch einen

Schluck getrunken hatte. »Ein Käufer hat ihn mir geschenkt, der gerade kein Geld daheim hatte, als ich ihm ein bestelltes Bild brachte. Ich trinke nur wenig davon, weil ich mir so etwas Teures selber nicht leisten kann.«

Carl war gerührt, dass Hanson ihm von seiner Kostbarkeit etwas abgab. Er beschloss, demnächst Crescenz zu fragen, ob die Firma Spitzweg auch Hennessy vertrieb. Oder er würde sich bei der Spezereienhandlung Dallmayr danach umschauen, die in seiner Nachbarschaft ein reiches Sortiment an Luxusartikeln anbot.

Am nächsten Morgen gingen sie an einem Gebirgsbach entlang. Die unterschiedlichen Gesteinsstrukturen faszinierten Carl. Basalt hob sich ab von Granitstein. Der Sandstein schien vom Wasser hell ausgewaschen. Carl machte sich sofort daran, die unterschiedlichen Steinstrukturen auch farblich genau wiederzugeben.

Hanson, der sich mit einem Buch zurückgezogen hatte, kam nach etwa zwei Stunden näher und betrachtete wortlos Carls Arbeit. Schließlich sagte er: »Du bist ein Künstler. Aber an erster Stelle ein Wissenschaftler und Intellektueller. Neugierig und interessiert. Es gibt wenige Maler hier bei uns, die so umfassend gebildet sind wie du.«

»Ach, so wichtig ist das nicht mit der Bildung. Davon werden meine Zeichnungen auch nicht besser«, wehrte Carl ab.

»Sag das nicht. Du kennst die Welt, die du zeichnest. Du schaust genau hin, so viel habe ich bei der Durchsicht deiner Bilder festgestellt. Da war viel Hintergründiges, Kritisches und Geistreiches dabei.«

»Die meisten sind noch gar nicht fertig«, wehrte sich Carl wieder. Er konnte es nicht leiden, wenn man ihn lobte.

»Umso besser. Ich kann dir nur raten weiterzumalen. Jeden Tag.«

Nach der für Carl lohnenden, aber auch sehr anstrengenden Fußreise war er froh, wieder daheim zu sein. Ab Garmisch hatte er sich in einen Eilwagen gesetzt. Hanson wollte noch auf dem Land bleiben. Er würde sich aber, sobald er wieder nach München kam, bei Carl einfinden. Das hatte er versprochen. Hansons Lob hatte dazu geführt, dass Carl zuversichtlicher geworden war, was seine Arbeit anging. Er schöpfte Hoffnung.

Juli war nun schon seit geraumer Zeit in Carls Diensten, und erst jetzt hatte er sie dazu gebracht, mit ihm in der gemütlichen Ecke des Wohnraums zu essen. Anfangs hatte sie unbedingt in der Küche bleiben wollen. Doch seitdem die Gielg-Brüder öfter zum Essen kamen und Pankraz polternd verlangte, dass Juli dabei sein sollte, überwand sie sich. Sie schaffte sich dafür eigens eine bodenlange weiße Schürze an, die sie rasch umband, ehe sie sich zu den Herrschaften setzte. Das Kopftuch, unter dem sie ihre Haarmähne verbarg, legte sie auch weg, und Anton und Pankraz versäumten nicht, sie nicht nur für das köstliche Essen, sondern auch für ihr gutes Aussehen zu loben. Das war eine schwere Prüfung für die junge Frau, doch sie gewöhnte sich auch an diese Komplimente, die sie ebenfalls zu den Wundern ihres neuen Lebens zählte.

»Juli, ich find den Schlüssel nicht zum kleinen Zimmer«, sagte Carl, nachdem er zweimal vom Blaukraut genommen hatte. Juli griff sofort nach ihrem Schlüsselbund, das an einem schmalen schwarzen Ledergürtel hing. Entschuldigend sagte sie, dass sie dort hätte putzen müssen. »Da liegt der Staub recht dick.« Nach einem Zögern fügte sie hinzu: »Des sind fei schöne Bilder, die Sie gemalt haben.«

Carl sah Juli an, und sie bekam wieder rote Ohren. »Hätt ich die Bilder nicht anschauen sollen?«, fragte sie beklommen, und Carl erklärte ihr, manche seien so schlecht, dass er sie niemandem zeigen wolle. »Aber heut kommen zwei bekannte Maler, die wollen meine Bilder anschaun, und da muss ich vorher aufräumen.«

Juli wusste genau, was damit gemeint war. Aufräumen bedeutete für ihren Herrn wegwerfen, und sie hatte schon öfter versucht, eine zerknüllte oder zerrissene Zeichnung zu retten. Als ihr Herr nach einer geraumen Zeit aus dem Zimmer herauskam, legte er einige Zeichnungen neben der Wohnungstür ab. »Die kommen weg«, sagte er kurz, und in diesem Moment ging die Türklingel. Carl Spitzweg lief die Treppe herunter, und Juli hörte, dass Mutter Crescenz gekommen war mit ihrer Tochter Fany. Rasch nahm sie die Zeichnungen an sich und trug sie behutsam in ihr Zimmer. Wenn sie Glück hatte, vergaß ihr Herr über dem Besuch das Wegräumen, und sie könnte die Blätter behalten.

Sie machte sich daran, Wasser für einen Kaffee aufzusetzen, als etwas um ihre Beine wuselte. Es war ein Hund, ein kleiner Spitz vielleicht, aber er war von einer nie gesehenen roten Farbe.

»Ja was!«, rief Juli spontan, »des is ja ein Füchsl, mei, is der liab.«

Fany kam in die Küche. Auf ihrem Arm hielt sie eine Zweitausgabe des kleinen Hundes. Sein Fell war schwarz. »Schau, Juli, den hab ich zum Geburtstag gekriegt. Und den anderen kriegt der Vetter Carl.«

Crescenz und Carl standen jetzt auch in der Küche. Carl sah zweifelnd auf die beiden Welpen, die sich miteinander balgten. Jetzt hatte der Füchsl die Schnauze seines Bruders im Rachen. Wenn der jetzt zubiss!

Über dem Entzücken der Frauen fiel Carl nur ein, dass so ein Welpe überallhin pinkelte, wenn man ihn nicht in aller Herrgottsfrühe hinausführte auf die Gasse. Wahrscheinlich musste man ihn, solange er noch klein war, zu jeder Stunde hinausbringen. Und füttern. Und mit ihm spielen. Was hatte sich die Mutter dabei gedacht? Carl brauchte jede Minute. Seit seinem Aufenthalt in Bad Sulz fühlte er eine unbändige Arbeitswut. Er musste seine Zweifel besiegen, die ihn jeden Tag kreuzigten. Er musste frei sein zum Reisen, zum Schauen, zum Skizzieren, zum Ausprobieren. Wenn er auch mit seinen Augen nur die Oberfläche der Dinge sah, seine Hände konnten mit ihrem Werkzeug das Verborgene erkennen, er konnte eindringen in die Geheimnisse der Erde, konnte von der Welt Besitz ergreifen. Nur er allein wusste das, und er wusste es auch nur, wenn er über seine Malerei nachdachte, möglichst weit weg von seinem Atelier. Vor der Staffelei starrte er dann oftmals auf die Leinwand. Alles war falsch, und er fühlte sich wie ein Nichts, völlig talentlos. Wenn er nicht immer wieder aufs Neue beginnen könnte, würde er wahrscheinlich verrückt werden.

Er betrachtete Fany, die ihren Welpen wieder auf den Arm genommen hatte und ihn schier auffressen wollte vor Liebe. Ihr hatte er es wahrscheinlich zu verdanken, dass jetzt so ein kleiner Verrecker bei ihm herumlief, der bestimmt in diesem Moment schon wieder eine volle Blase hatte und einen vollen Darm. Du lieber Himmel, dachte er panisch, ich bin nun mal kein Liebhaber von Schoßhündchen. Ich hab keine Zeit für den Füchsl.

Juli nahm den Kleinen hoch und stupste ihm mit ihrem Finger sanft auf die Schnauze. Dabei schielte sie beinahe vor Verliebtheit.

Carl war auf der Stelle beruhigt. Warum geriet er in Panik? Da war doch Juli, die treue Juli, die während seiner Reisen völlig allein in der Wohnung hockte. Juli freute sich, das war offensichtlich. Natürlich, warum war er nicht gleich darauf gekommen, Füchsl war ein geniales Geschenk für Juli. Er atmete auf.

Auf dem Markt traf Juli ihre Kolleginnen nun zu festgesetzten Zeiten. Immer am frühen Nachmittag, wenn die Wohnung aufgeräumt war, ging sie zum Einkaufen. Vor allem kaufte sie frische Milch und Brot, Eier und Fleisch. Alles, was sie für die feinere Küche brauchte, ließ die gnädige Frau Crescenz ihr nach wie vor aus der Spezereienhandlung bringen.

Mitunter glaubte Juli immer noch, dass sie nur träumte. Viel zu früh hatte sie gelernt, sich fraglos unterzuordnen, anzupassen, auch an die hoffärtigsten und widerlichsten Menschen. Seit der höllischen Leidenszeit bei dem brutalen Bauern und seit der gebrochenen Hüfte hatte Juli sich vollends leer gefühlt, ohne Hoffnung. Und nun? Wie eine Karussellfahrt erschien ihr das Leben. Immer rundherum und höher hinauf. Und dazu Musik. Jeden Tag gab es etwas zum Freuen. Wenn sie am Morgen wach wurde vom Läuten der Kirchglocken, blieb sie für eine kurze Zeit still in ihrem Bett. Dankte Gott für ihr neues Leben. Dann stand sie auf, wusch sich in der großen Schüssel, nachdem sie aus der Kanne Wasser eingefüllt hatte, das mit Kräutern versetzt war. Der Herr legte großen Wert auf Körperpflege. Er hatte ihr erklärt, dass es für den Blutkreislauf des Menschen wichtig sei, sich jeden Morgen mit kühlem Wasser abzuwaschen. Inzwischen war es Juli egal, ob es in ihrem Zimmer kalt war oder sommerlich, sie schrubbte sich ab, bis ihre Haut gerötet war und gut roch. Ihr Gesicht pflegte sie nach wie vor mit den Cremes, die ihr Herr für sie mitbrachte. Er hatte ihr auch gezeigt, wie sie aus Tee Kompressen für schmerzende Augen herstellen konnte. Jeden Tee könne sie nehmen, außer Kamille. Kamille habe am Auge nichts zu suchen.

In einem Buch, das Juli auf der Dult gekauft hatte, las sie: Schönheit ist Reichtum, Schönheit ist Macht. Sie erfuhr, wie viel Arbeit es machte, zu einer Pfirsichhaut zu kommen. Außerdem mussten die Linien edel sein. Und der Gang graziös.

Entmutigt ließ sie das Buch sinken. Sie war ein Krüppel, würde immer einer sein. Doch da kam sie zu den Anforderungen, die Haare betreffend. »Langes, gewelltes Haar ist der schönste Schmuck«, las sie interessiert, und Haar war bei ihr reichlich vorhanden. Aber dann hieß es wieder: »Schwarze Augen sprühen mehr Feuer als die blauen.« Was war denn mit ihren grünen Augen? Und erst die Nase. Sie war angeblich erst schön, wenn die Nasenlöcher von mittlerer Größe und nach hinten abgerundet waren. Doch dann kam das Heikelste: Ein klassischer Busen sollte es sein: »Venus von Milo, nicht etwa Cleo de Mérode.«

Juli kannte beide Damen nicht. Aber sie musste auf den Markt, gleich würde es drei Uhr schlagen.

An der Mariensäule warteten schon die Amrei und die Gustl. Die beiden waren Schwestern, angestellt bei einem Professor, der an der Universität lehrte. Seine Frau erwähnte das ganz nebenbei, dafür aber ständig. Amrei und Gustl konnten des Professors Güte, seine Großzügigkeit nicht genug loben, während sie an der Frau Professor jeden Tag etwas anderes auszusetzen hatten. »Er wäre ja recht«, hieß es, »aber Siiie!«

Als Amrei Juli kommen sah, rief sie schon von weitem, dass Juli heut aber »a greislige« Bollnfrisur habe. »Wer hat dir denn die Haar so aufidraht? Naa, Juli, du schaust aus wie aus dem zwölften Jahrhundert. Wo deine Haar das Schönste an dir sind.«

Juli lachte. Die Amrei sagte rundheraus, was sie dachte, und Juli wusste selbst, dass ihre Frisur gewagt war. Sie hatte das Haar nach dem Waschen sogar mit einem angewärmten Tuch getrocknet, aber es war so dicht, dass die Strähnen immer noch nass waren. Weil sie das feuchte Haar auf den Schultern störte, hatte Juli dicke Strähnen abgeteilt und sie auf dem Kopf festgesteckt, wie sie es in einem Journal gesehen hatte, das noch von Frau Clara stammte.

Gustl war sofort auf Julis Seite. Die Schwestern stritten ständig, sie schienen süchtig nach Streit, hingen aber dennoch in großer Zuneigung aneinander. »Was willst denn«, fuhr Gustl ihre Schwester an. »Schau mal auf deine gräußliche Mohnweckerlfrisur, damit war i net auf d' Straß auße. Du bist ja nur neidisch auf d' Juli. Und wennst jetzt net Ruh gibst, na pack i di so lang beim Schlund, bist an Geist aushauchst.«

Alle lachten, auch Gustl, aber man spürte immer, dass sie im Grunde stolz war auf die Schwester.

Die drei jungen Frauen gingen mit gewichtiger Miene an den Marktweibern vorbei, prüften das Gemüse, ließen sich die Eier zeigen und den Käse. Hier waren sie Kundinnen, konnten das Geld der Herrschaft ausgeben, und die Marktfrauen warben um sie. Eine bot Amrei einen Becher Milch an. »Die is fei ganz frisch, probiern S' mal.« Amrei zeigte sich wieder ungezogen: »Moanst, i bin im Säuglingsheim auskemma?«, fragte sie. Juli nahm den Becher, trank von der Milch, die wirklich frisch und süß war, und ließ ihre Milchkanne füllen. Gustl wies ihre Schwester zurecht. »Du muaßt, wähn i, an Anstandskurs mitmacha, di hauts doch immer wieder naus aus der Rolln, mit deiner Haidhausener Bildung.«

Amrei lachte, nahm gnädig eine junge gelbe Rübe aus der Hand einer Bäuerin, biss hinein und sagte großzügig, dass sie zwei Pfund kaufe. »Dann müassn unsere Professors halt zwei Tag lang gelbe Rüben essen.«

Gustl verwies es ihr sofort. »Naa, mir nehmen ein Pfund gelbe Rüben und ein Pfund Kartoffeln! Wennst net nur de Mannsbilder im Kopf hättest, wüsstest du, dass der Herr Professor überhaupts koane gelbe Rubn net mog, du Prachtdotschn.«

Amrei, die Schelte ihrer Schwester gewohnt, begrüßte inzwischen Annamirl, die Köchin bei einem Großkaufmann war und sich oft verspätete, weil ihrer Gnädigen im letzten Moment noch etwas einfiel, was Annamirl zu erledigen hatte. Entsprechend geladen kam Annamirl angehetzt: »Dauernd hat s' no Wünsche gehabt, obwohl i mit dem Schlag zwei Uhr freihab. Da bin i aufganga wia d' Morgensonne! Sehn S' net, dass mir pressiert, hab i gsagt. Glaubst es, i hätt ihr strumpfsockert in d' Nasenlöcher neifahrn kenna, damit s' dastickt.«

Die Mädchen prusteten heraus, hakten sich unter und marschierten zum Kaffeehaus Hammer, wo es Haferlkaffee gab und Apfelstrudel. Juli mochte den besonders gern. Als Kind hatte sie ihrer Mutter geholfen, wenn sie den Strudelteig geknetet und auf einer reinen Tischdecke ausgezogen hatte, bis er schier durchsichtig war. Bei ihrer Mutter war der Apfelstrudel immer knusprig und leicht gewesen. So gut war der hiesige nicht, aber was machte das schon.

Als sie sich ihre Holzstühle zurechtgerückt hatten, sahen die Mädchen Juli erwartungsvoll an. Sie war heute dran mit Berichten. Es hatte sich so ergeben, dass bei jedem Treffen eine von ihrer Herrschaft berichtete und von allem, was drum und dran hing.

»Geh zu, Juli, was macht der Herr Apotheker?«, wollten sie wissen. Juli erzählte, dass sie erst gestern einen kleinen Hund gekriegt hätten, einen roten Spitz namens Füchsl.

»Nächstes Mal bringst ihn fei mit!«, befahl Amrei.

»Wos – der is do no vui z' kloa«, protestierte Gustl.

Juli berichtete wahrheitsgemäß, dass ihr Herr Apotheker Spitzweg nicht mehr in der Apotheke arbeite, sondern male. »Ihr könnt es euch nicht vorstellen. Tag und Nacht malt der Herr Spitzweg.«

»Ja – aber – was malt er denn?«

»Bilder halt. Zum Beispiel malt er eine Kutsche, die in einem Hohlweg umgestürzt ist. Das hat er fei selbst erlebt. Das war gefährlich. Er is grad no außi kemma, bevor die Scheesn ganz zammkracht is.«

»Aha. Und – darfst du da zuschaun, wenn er malt?«

»Naa. Aber manchmal schleich ich mich rein, ganz leis. Und dann schaue ich, wie er malt. Das ist wie ein Wunder, so schnell geht das. Er malt ein paar Striche mit dem Kohlestift, und dann sieht man schon, was daraus wird.«

»Aber solchene Buildln haben doch nicht nur Striche, da ist doch auch Farbe dran.«

»Ja, schon, aber erst einmal kommen die Striche. Das nennt man Skizzen.«

»Aha – und was malt er nachher noch, außer der Kutschn?«

»So schöne Sachen. Neulich hat er gemalt, wie der Vater seine Tochter belauscht. Sie ist in den Klavierlehrer verliebt und er auch in sie – aber der Vater wird ihnen alles verderben. Das sieht man sofort.

Und dann hat er eine Prozession gemalt. In Italien war das. In Venedig. Dort war er ziemlich lange. Deshalb hat er eine Prozession gemalt, da siehst du die Frommen, wie sie durch einen schönen Torbogen laufen. Und ein anderer Italiener, der sitzt unter einer Markise und liest die Zeitung. Der ist überhaupt nicht fromm.

Aber mein Lieblingsbild ist wieder ganz anders. Da ist ein Mädchen drauf, das aus einem Fenster schaut. Wie alle Figuren, die mein Herr Spitzweg zeichnet, lebt sie richtig, man sieht sie fast atmen. Und du siehst auch, dass sie im Gebirge wohnt, allein, sie hat Sehnsucht, das spürst du.«

»Malt er vielleicht auch unseren König?«, wollte Gustl wissen, die eine große Neigung zum Königshaus hatte.

»Nicht direkt«, erklärte Juli, »aber er hat ein Vorzimmer gezeichnet, wo die Menschen warten, die beim König eine Audienz wollen. Da siehst du Militärs und hohe Herrschaften, ein ganz junger eleganter Offizier wartet neben einer einfachen Bauersfrau. Ein Diener in Livree bedeutet der Frau, dass sie sich gut benehmen müsse. Auf diesem Bild kann man ganz Bayern erkennen. Oder wenigstens die Münchner.«

»Und im Moment, was steht im Moment auf seiner Staffelei?«, fragte Annamirl, die mit großen Augen gespannt zugehört hatte.

»Etwas ganz Komisches«, lachte Juli stolz. »Mein Herr Spitzweg kann auch komische Sachen malen, die schaust du an, und dann musst du lachen. Wenn der Herr ausgegangen ist, dann schaue ich mir heimlich seine Bilder an und lache ganz für mich allein.«

»Also«, drängte Annamirl, »erzähl!«

»Ein Dichter ist das, an dem der Herr Spitzweg im Moment malt. Man kann auch sagen, ein armer Poet. Der ist nämlich so arm, dass er den ganzen Tag im Bett liegt und da auch dichtet. Mit der Zipfelmütze und dem Morgenmantel, um sich herum Bücher. Weil er kein Geld hat für Holz, verbrennt er seine Manuskripte, und über seinem Kopf hat er einen mächtigen schwarzen Regenschirm aufgespannt, weil das Dach undicht ist.«

Juli stockte einen Moment, suchte nach den richtigen Worten.

»Der Mann hatte auch noch eine Wanze im Bett. Oder einen Floh. Jedenfalls etwas Kleines, was man aber im Bett nicht haben will. Er knackt ihn zwischen Daumen und Mittelfinger. Und der Herr Spitzweg fängt immer wieder neu an mit dem Bild, weil er die Hände nicht richtig hinkriegt, die Finger, die den Floh knacken. Dann tut der Herr mir leid, denn er gibt sich so viel Mühe. Aber er lässt nicht nach, bis er zufrieden ist.«

Jetzt beugte sich Juli vor und flüsterte: »Neulich hat er in dem kleinen Zimmer aufgeräumt, und ich hab derweil geputzt, weil dort sonst immer abgeschlossen ist. Ins kleine Zimmer stellt er seine Zeichnungen, mit denen er nicht zufrieden ist. Er hat nämlich als Junge schon gemalt und als Schüler, und überhaupt immer. Und diese Bilder wirft er jetzt weg, weil sie, weil sie dilettantisch sind.«

»Was ist das, dilettantisch?«, fragte Gustl mit gekrauster Stirn.

»Ich weiß es auch nicht«, gestand Juli. »Ich glaube, es ist nichts Gutes. Aber ich werde den Herrn danach fragen. Auf jeden Fall passe ich auf, wo er die Bilder hintut. Einige habe ich schon in meinem Zimmer unter dem Bett. Die sehe ich mir immer an, wenn ich allein bin.«

Juli drängte es jetzt zurück in die Dienergasse. »Ich hab Angst, dass der Füchsl aufwacht und die Wohnung verwüstet. Der Herr kann jeden Moment vom Kunstverein zurückkommen. Ich hoffe, er geht noch ins Café Stubenvoll. Dann kommt er spät zurück.«

Juli konnte es immer noch nicht glauben, dass sie einem kleinen Hund ein Zuhause geben durfte. Sie sah sich in der bevorzugtesten Lage der Welt. Da tat es ihr nicht einmal sonderlich weh, wenn Amrei immer mal wieder betonte, dass Juli halt doch ein Krüppel sei.

Juli mochte Amrei trotzdem. Jedes der drei Mädchen war ihr lieb geworden, und das Gefühl, zu den dreien dazuzugehören, wärmte sie. Niemals hätte sie die Treffen missen mögen. Immer wieder dankte sie ihrem Gott, dass er mit einem Mal achtgab auf sie, dass er ihr nur noch Gutes tat. Jeden Tag lernte sie dazu, und sie versuchte vor allem, ihrem Herrn Spitzweg zu vergelten, dass er sie mit so viel Achtung behandelte. Auch sein Studienfreund Anton Gielg war höflich und liebenswürdig zu ihr. Und erst Pankraz, sein Bruder. Er arbeitete an einem Schrank für Julis Kleider. Japanisch sollte der werden. Und rot. Mit einem goldenen Kreis vorne drauf. Seit Pankraz Bilder mit Möbeln aus Japan gesehen hatte, wollte er nur noch solche Schränke anfertigen. Sein Meister hatte am Anfang wütend gerufen, dass das ein Schafkas sei, ein japanischer. Der Pankraz solle gefälligst weiter bayerische Möbel herstellen. Doch Pankraz war stur geblieben, und die vornehme Kundschaft bestellte einen Schrank nach dem anderen. Den nächsten würde Juli bekommen. Sie hörte schon

Amrei, wie sie rief: »Ja – des soll ein Schrank sein? Dass i net rutsch!«

Das Herrlichste in Julis Leben war jetzt Füchsl. Sie wusste nicht einmal, wie alt er war. Sie wurde ganz schwindlig vor Glück, wenn sie mit dem Kleinen allein war. Keine Frage, dass er ihr gehörte. Sie hatte es dem Herrn Apotheker gleich angemerkt, dass er sein Geschenk stillschweigend an sie weitergegeben hatte.

28

Carl und Hanson waren im Kunstverein, denn Hanson wollte Carl neue Bilder von Eduard Schleich zeigen, weil er Ähnlichkeiten zwischen den Arbeiten Carls und denen von Schleich entdeckt hatte. »Du wirst sehen, der Schleich ist interessant für dich.«

Der Münchner Maler war berühmt unter den Kollegen und bekannt unter den Kunstliebhabern. Er stellte regelmäßig im Kunstverein aus. Einmal war Carl ihm dort vorgestellt worden, und ihm war der breite Schädel des Künstlers aufgefallen, die hohe Stirn und die gescheitelten, sorgfältig gepflegten Haare. Er trug eine winzige Metallbrille ähnlich der von Carl, und er hatte ebenfalls einen Schnurrbart. Carl fand, dass sie beide, Schleich und er, einem traurigen Seehund glichen.

Er wollte von Hanson alles wissen über diesen Maler.

»Vor allem hat der Courage«, meinte Hanson. »Schon mit siebzehn Jahren hat er seine Bilder im Kunstverein vorgestellt, und heute ist er sehr angesehen. Er verkauft seine Bilder auch hier.«

Eduard Schleich musste Selbstbewusstsein haben, dachte Carl bewundernd. Der war offensichtlich überzeugt, ein guter Maler zu sein. Carl beneidete ihn darum.

Er selbst hatte fast Mitleid, wenn er an seine eigenen Zeichnungen und Ölgemälde dachte, weil sie niemanden hatten, der von ihnen begeistert war. Am wenigsten er selbst. Warum holte er sie nicht aus seinem Atelier heraus und rief: Hier, seht sie euch an. Das alles habe ich gezeichnet, und es ist gut. Carl hätte sich eher die Zunge abgebissen. Er war sich aber auch darüber im Klaren, dass er sich mit seiner Zurückhaltung schadete. In diesen Zeiten, die von einem König dominiert wurden, der einen eigensinnigen Kunstgeschmack hatte, in diesen Zeiten mussten die Maler selbst die Begeisterung für ihre Bilder wecken. Ohne Arroganz, ohne Hintergedanken. Aber mit Überzeugung. Die würde er niemals für seine Arbeit aufbringen, dachte Carl pessimistisch.

Gerade betrachtete er mit Christian Hanson eine Landschaft von Eduard Schleich, in der eine absterbende Eiche dominierte. Sie stand unter einem wunderbar blauen Himmel. Eine Wolke, in den Augen Carls unsagbar gut gemalt, hing in voller Schwere über dem Baum, der seine dürren, aber immer noch kräftigen Äste wie hilfesuchend in die Wolke hineinreckte.

»Siehst du, dass Schleich sich deutlich an Rottmann anlehnt?«, fragte Hanson, doch Carl sah das keineswegs. Er dachte einen Moment daran, ob er dem Älteren und Erfahreneren widersprechen dürfe, tat es dann aber. So selbstbewusst sein wie Eduard Schleich. Carl wollte üben:

»Rottmann ist für mich auf eine unheimliche Weise perfekt. Unerreichbar. Olympisch. Aber ich finde einfach keinen Zugang zu seinen Bildern, so berühmt sie auch sein mögen. Ja, sie sind gekonnt, makellos. Aber auch glatt und abweisend. Schleichs Landschaft dagegen ist völlig offen und unspektakulär. Die Eiche beherrscht diese menschenleere Landschaft. Mir kommt unsere Vergänglichkeit in den Sinn. Auch die Stimmung, das Licht, alles ist eigentümlich kalt ...«

Carl sah Hanson an. War der jetzt beleidigt?

Hanson zog an seiner Pfeife. Paffte ein paarmal. »Dass du vor Rottmann nicht in die Knie gehst wie die anderen, hm, hätte ich nicht gedacht. Alle hofieren ihn, am meisten der König. Aber du hast gelernt hinzuschauen, hast ein eigenes Urteil. Das ist sehr wichtig für einen Maler. Ob es nun von anderen geteilt wird oder nicht. Und was Schleich betrifft, hast du völlig recht; der Eduard hat was losgetreten in der Landschaftsmalerei.«

Carl fiel auf, dass Schleich die Proportionen des Geländes hervorragend eingeteilt hatte. Im Vordergrund nahm ein kleiner See die Farben des Himmels auf, dahinter erstreckte sich die Landschaft mit sanften Hügeln und Buschwerk, eine Gegend, die Carl irgendwoher zu kennen glaubte. Es hingen noch zwei weitere Landschaften von Schleich im Raum, und sie ähnelten einander wie Mitglieder einer Familie.

Carl war überzeugt, dass Eduard Schleich seine Landschaften um ihrer selbst willen malte. Er selbst malte die Dinge auch um ihrer selbst willen. Die Bedeutung von allem steckte wahrscheinlich in seinem Unterbewusstsein.

»Eduard Schleich rennt ja unentwegt in der bayerischen Landschaft herum«, bemerkte jetzt Hanson. »Hast du das gewusst? Stell dir vor, er geht immer allein los. Für mich wäre das eine Strafe. Keinen Menschen, mit dem man reden, sich austauschen kann. Grauenvoll. Und das Verrückteste: Er zeichnet oder skizziert dort nicht einmal. Der muss ein Gedächtnis haben – phänomenal. Was seine Kunst angeht, in meinen Augen ist er genial.«

»Ich kann mir das schon vorstellen«, meinte Carl nachdenklich. »Er nimmt die Eindrücke der Gegend auf, prägt sie sich ein, und dann malt er sie in seinem Atelier. Das wäre auch eine Erklärung dafür, dass er allein sein will auf seinen Touren.«

»Weißt du, dass Eduard Schleich adeliger Abstammung ist?«, fragte Hanson weiter. Er grinste dabei gutmütig. Carl verneinte. Er wusste überhaupt nichts von Schleich. Außer dass ihm seine Bilder seltsam vertraut waren.

»Man sollte es ja nicht meinen, so wie der Eduard sich manchmal aufführt. Als wäre er zum Raufbold geboren. Aber sein Vater war ein Baron von Schleich. Hofmarksbesitzer und Königlicher Appelations-Gerichtsrat. Mit seiner Frau, einer Freiin von

Gugl auf Brand und Diepoltsdorf, bekam er vier Töchter. Aber die Haushälterin auf Schloss Haarbach, eine ledige junge Frau namens Klara Käfer, brachte im Oktober 1812 einen Sohn auf die Welt. Und zwar nicht irgendwo versteckt in der Fremde, sondern auf dem Schloss Haarbach. Es liegt bei Landshut und ist der Stammsitz der Barone von Schleich. Der Junge wurde – und zwar ebenfalls im Schloss – auf den Namen Johann Eduard getauft. Er hat noch drei weitere Vornamen. Der Baron wollte offensichtlich nicht, dass sein einziger Sohn wie ein Bankert auf den Namen der Mutter getauft wurde, sondern er gab ihm außer fünf Vornamen auch den Namen der Familie. Das finde ich schon ziemlich ungewöhnlich. Mutter und Sohn zogen sogar mit nach München, als der Baron das Schloss verkaufte und wieder beim König in Dienst stand. Allerdings ist der Baron gestorben, als Eduard elf Jahre alt war. Da musste seine Mutter allein sehen, wie sie zurechtkam.«

Christian Hanson berichtete Carl nicht nur alles, was er über die Münchner Künstler wusste, er nahm ihn auch mit in die Kneipen, wo die Maler verkehrten. Man traf sich im Café Stubenvoll, beim Schaidel in der Kaufingergasse, beim Krois in der Dienergasse, sie waren im Englischen Kaffeehaus am Dultplatz zu finden und im Fink am Frauenplatz.

Von den einfachen Wirtshäusern hob sich nur das etwas anspruchsvollere Tambosi ab. Es lag unter den Arkaden am Eingang des Hofgartens. Die Maler ernannten es zu ihrem Kaffeehaus, schmückten es mit den Werken ihrer Phantasie. Sie kamen alle, um zu sehen und sich sehen zu lassen. Nicht nur die Maler, auch die Schauspieler hatten hier ihre Bühne, die Musiker, die Literaten und Studenten, reiche Offiziere, die besten Karten- und Billardspieler lernten sich im Tambosi kennen. Auch Fremde, die von dem Wirtshaus gehört hatten, kehrten hier ein. Sie beschwerten sich, dass sie von der Polizei peinlich kontrolliert und angeherrscht worden seien. Jeder hatte in diesen Räumen eine Stimme. Man übte dann vereint Kritik am Königshaus und an der Polizei, die mit rigiden Maßnahmen alles kontrollierte, was sich in der Stadt bewegte. Carl mochte die wache und vielstimmige Atmosphäre des Tambosi.

Unter den Kastanienbäumen des Hofgartens, wo bei Strafe nicht geraucht werden durfte, standen grüne Tische für die Wohlhabenden nahe beim Buffet. Am Samstag und an den Sonntagen drängten sich hier die Gäste, vor allem ab Mai, wenn Militärmusik geboten war.

Man spielte in diesen Künstlerkneipen neben Schach auch La banque und alle Würfel- und Hasardspiele, die in Bayern verboten waren. Carl musste sich an diese Lokale erst gewöhnen. Besonders an den Geräuschpegel. Doch im Laufe der Zeit hoben sich aus dem Lärm und dem Dunst der gerauchten Pfeifen einige Maler hervor, die Carl immer nur aus der Ferne fast ehrfürchtig wahrgenommen hatte. Darunter waren Persönlichkeiten, die ihm nach und nach vertraut wurden und viel bedeuteten.

Vor allen Eduard Schleich.

Obwohl er zum Stubenvoll nicht weit zu laufen hatte, ging Carl selten dorthin. Eigentlich nur, wenn Freunde ihn mitschleppten. Als er mit Hanson dort eintraf, wusste er wieder, was ihm hier nicht gefiel. Die niedrige Stube war ganz mit dunklem Holz vertäfelt. In Wandnischen standen große, reich verzierte Bierkrüge, kleine Statuetten von Künstlern wie Rubens, Dürer und Holbein zierten das Wandpaneel. Ausschließlich Männer in Jacken oder Gilets saßen so eng beieinander, dass Carl fürchtete, nirgendwo Platz zu finden. Doch in einer Runde, die vor dem zimmerhohen, grünen Kaminofen saß, rief einer nach Hanson, und sie rückten noch enger zusammen, machten Hanson Platz und nahmen auch Carl noch gutmütig auf. Die Gespräche, Dispute, das laute Männerlachen um ihn herum nahmen Carl zunächst wieder die Orientierung. Was tat er hier? Hatte er überhaupt etwas zu sagen?

Der Mann, der für ihn zur Seite gerückt war, fragte: »Wer sind denn Sie? Wenn der Hanson Sie mitbringt, müssn S' schon wer sein.«

»Spitzweg«, stotterte Carl verlegen, »Carl Spitzweg, ich bin Apotheker.« Sein Nachbar blickte ihn nachdenklich an.

»Spitzweg«, wiederholte er, »Spitzweg – san Sie net der, der in Sulz den Preis kriagt hat?«

»Genau der ist er«, mischte sich Hanson ein. »Spitzweg ist schüchterner als erlaubt, dabei ist er auf dem Weg, ein guter Maler zu werden.«

Carl war gerade dabei, seine Zigarre anzuzünden, da sagte Hanson, dass er ihm Eduard Schleich vorstellen wolle.

Carl war so perplex, neben dem berühmten Eduard Schleich zu sitzen, dass er sich fast am Rauch seiner Zigarre verschluckte.

»Ich hab nix anderes gelernt als malen«, sagte Schleich sarkastisch. »Sogar aus der Akademie haben sie mich rausgeschmissen. Ich solle lernen, Schuhe zu besohlen, hat der Cornelius höchstpersönlich zu mir gesagt. Aber Sie sind doch Apotheker, haben einen anständigen Beruf. Warum wollen Sie sich abquälen? Wenn Sie als Apotheker einen Fehler machen, deckt den bald das grüne Gras. Aber als Maler müssen Sie es selbst ausbaden, wenn Sie nichts können.«

»Ich hab im Kunstverein Ihre *Absterbende Eiche* gesehen«, begann Carl zögernd. »Ich beneide Sie um die Komposition, um die Farben, eigentlich um alles.«

Eduard Schleich sah Hanson an: »Meint der das ernst?«

»Ich denke schon«, sagte Hanson amüsiert. »Vielleicht könntest du von seiner Bescheidenheit lernen, und dafür bringst du ihm bei, wie man zielstrebig die Landschaftsmalerei weiterentwickelt.«

»Aber zuerst trinken wir auf die Freundschaft, und alle sind per du«, rief Eduard Schleich, und er winkte der Bedienung.

»Du musst mit uns ins Café Schaidel kommen«, sagte er ohne Umschweife zu Carl. »Das ist der wahre Malerhimmel. An dem gemessen ist das Stubenvoll ein Ort des Trübsinns. Stimmt's, Hanson?« Sie erhoben die Gläser, Carl freute sich über Schleichs Einladung. Als Hanson mit Carl anstieß, sagte er zufrieden:

»Jetzt bist du aufgenommen in den Kreis der maßgeblichen Münchner Maler. Dafür wird Eduard sorgen!«

Am Himmelfahrtstag 1836 schrieb Carl an seinen Bruder Eduard in Ödenburg.

Heute schreibe ich Dir aus der Mühle in Gern. Gern liegt nördlich von Eggenfelden, und es gibt wenige Orte, die ich so mag wie diesen. Ich habe das Anwesen schon oft gemalt. Es ist ein schönes Haus, solide, viel mehr Holz als Steine. Es hat ein ausladendes Dach mit Rinnen. Davor steht ein anmutiger Holunderbaum. Um das Haus herum duftet es immer nach den frischgeschnittenen Baumstämmen, die vor dem Haus lagern. Die Schneidebühne und das mächtige Wasserrad machen die Mühle aus. Auch ein großer Kamin, der im Innern des Hauses ständig mit trockenem Holz gefüttert wird, behagt mir sehr. Die drei Töchter des Müllers, Theresia, Anna und Lenerl Hillenbrandtin, kenne ich seit ihrer Kindheit. Sie sind liebreizend, eine wie die andere. Mich wundert's, dass sie immer noch in der Mühle leben. Bewerber gibt es genug, das weiß ich. Aber wenn ich nach Jahr und Tag käme, und eine der Töchter würde fehlen, tät ich mich grämen. Schade, dass Du sie nicht kennenlernst.

Carl war aus München geflohen. Die Cholera hatte dort hart zugegriffen. Sie kam Carl gefährlich nahe. Pankraz Gielg war von der Krankheit befallen worden. Anton hatte in aller Frühe geklingelt. Als Carl ihn hereingelassen hatte, war er noch außer Atem.

»Carl, der Pankraz, er hat die ganze Nacht erbrochen. Er hat Durchfall wie noch nie! Und Wadenkrämpfe! Er brüllt vor Schmerzen!«

Während er sich hastig ankleidete, sagte Carl, er müsse Pankraz sehen, sonst könne er nicht beurteilen, was ihm fehle. Ob Anton Tee im Hause habe?

Juli hatte sich ein Tuch über ihr Nachthemd geworfen. Hilflos sah sie von Anton zu Carl, presste ihre Hand vor den Mund.

Auf Carls Bitte lief sie sofort in ihre Küche, holte Tüten mit Kamille und Salbei, die sie dem verzweifelten Anton in die Hand drückte.

Obwohl er nicht unbedingt an deren Wirkung glaubte, besorgte Carl in der Storchenapotheke Cholera-Tropfen. Pankraz mochte es helfen, wenn er das Gefühl hatte, er bekäme eine rettende Medizin gegen seine Krankheit.

Anton und Carl nahmen eine Kutsche. Auf dem Weg in die Au blieben sie stumm. Sie wussten nicht, dass Juli ihnen folgte. Sie hatte eine große Flasche Kräutertee zubereitet für Pankraz und eine Tasche voller Handtücher gepackt. Sie hatte Pankraz liebgewonnen, und sie war sicher, dass die Männer ihre Hilfe brauchten. Sie waren auch gar nicht befremdet, als Juli kurz nach ihnen eintraf. Den hohen Preis für die Kutsche hatte sie selbst gezahlt, und mit einem gewissen Stolz dachte sie, dass sie sich dieses Geld verdient hatte. Für Pankraz würde sie noch mehr hergeben.

Anton war wie zerrissen vom Schmerz und von der Sorge um seinen Bruder. Er hatte ja nur ihn. Seit dem Tod der Eltern waren Anton und Pankraz ohne Verwandtschaft. Sie waren beide scheu und hatten Angst, dass man sie wegen ihrer Armut und ihres Herkommens aus der Au verachtete. Bei der Begegnung mit Carl war diese Angst gar nicht erst aufgekommen in Anton. Er hatte gespürt, dass Carl ihn mochte, so wie er war. Und dass er auch Pankraz einschloss in diese Freundschaft. Und dann war Juli noch dazugekommen.

Pankraz war fürchterlich zugerichtet worden von der Krankheit. Seine Haut schimmerte bleigrau, sie war faltig und nasskalt. Die Augen waren eingesunken. Manchmal wollte er etwas sagen, aber man verstand ihn nicht. Carl vermutete, dass er die Vox cholerica hatte. Er bat Anton, so viel Wasser abzukochen wie möglich. Mehrere Töpfe gleichzeitig. Juli gab Pankraz den leichten Tee zu trinken, zusammen mit den Tropfen, die Opium enthielten. Pankraz schlief ein. Danach wuschen Anton und Carl ihn mit dem abgekochten Wasser, Juli bezog inzwischen sein Bett neu. Sie hörte genau zu, als Carl und Anton über die Cholera sprachen. »Hast du eine Ahnung, woher die verdammte Krankheit kommt?«, fragte Anton.

»Ich hab in meinem Fachblatt gelesen, dass sie früher nur im Mündungsdelta von Brahmaputra und Ganges aufgetreten sei. Reisende aus Europa haben schon seit Jahrhunderten die Cholera beschrieben.«

»Aber wie kam sie dann nach Europa?«

»Stell dir die Ströme von Menschen und Waren vor, die nach Europa kamen. Sie brachten den Erreger mit. Und wenn du weißt, wie groß die Armut in den europäischen Großstädten war, Massen von Menschen in schmutzigen Wohnungen. Kein sauberes Wasser. Das war für die Seuche ein idealer Nährboden.«

Juli war dabei, für Pankraz eine dünne Reissuppe zu kochen. Ihre Mutter hatte auf dieses Heilmittel geschworen. Sie hörte, wie der Herr weiter versuchte, dem verzweifelten Anton Auskunft zu geben. Diesmal sei die Cholera aus Italien gekommen, sagte er gerade.

»Du weißt ja, dass ich in Italien überall mit der Contumaz Scherereien hatte. Ich bin froh, dass Eduard in Ungarn ist. Wenn ich an Simon denke.«

Eine Weile schwiegen alle. Dann sagte Anton leise, er habe gehört, dass in Mittenwald schon Cholerafälle gemeldet worden seien. »Und jetzt haben wir sie hier in München. Meinst du, dass Pankraz überlebt?«

Carl zog traurig die Schultern hoch. Juli dachte, dass wahrscheinlich nur Gott wusste, was mit Pankraz passieren würde.

Carl sagte, dass es auch am Wasser liegen müsse, dass sich die schreckliche Krankheit so stark verbreite. »Ihr glaubt nicht, wie hier in München manche Brunnen verschmutzt sind. Die Leute spülen schmutzige Töpfe und Eimer aus, weiß der Kuckuck. Ich habe auch gelesen, dass ein Wissenschaftler auf einer Karte den Verlauf der Brechruhr aufgezeichnet hat. Es hat sich deutlich gezeigt, dass die Cholera sich entlang der großen Flussläufe vorwärtsbewegt. Das ist einleuchtend, mit infiziertem Flusswasser gelangen die Krankheitskeime weiter flussabwärts. In Berlin, so hörte ich, hat die Cholera schon fast zweitausend Menschenleben gekostet. Auch der bedeutende Philosoph Georg Wilhelm Friedrich Hegel ist in seiner Wohnung an der Cholera gestorben.«

»Dann gnade uns Gott«, sagte Anton verzweifelt.

Pankraz kam wieder auf die Beine, obwohl er dem Tod so nahe gewesen war. Carl und Juli waren bei Anton geblieben, hatten in der Wohnung geschlafen, abwechselnd, damit immer einer wach war, der Pankraz zu trinken geben, ihn beständig mit abgekochtem Wasser abwaschen konnte.

Es zeigte sich, dass es diesmal die Begüterten waren, die in München der Cholera erlagen. Die Armen wurden von den Münchner Sozialbehörden offenbar so gut betreut, dass viele die Krankheit überwanden In der Au waren neben dem Pankraz noch andere Befallene davongekommen.

Nachdem Pankraz wieder gesund war, hatte Carl die Reise nach Gern angetreten. Hier war er schon oft gewesen, hier war das Wasser sauber. Er hatte Juli dabei, die, ohne zu zögern, mitgekommen war, und den Füchsl. Juli hatte erlebt, was die Cholera aus einem Menschen machte.

Der Müller und die Töchter sprachen Juli sofort mit »gnädige Frau« an. Carl überlegte für einen Moment. Juli führte ihm den Haushalt und umsorgte ihn, wie er es noch nie erlebt hatte. Was täte er ohne sie. Aber die gnädige Frau war sie nicht. Er sah, dass sie auch gleich puterrot wurde, verlegen, hilflos. Doch sie hatte sich rasch gefasst. Noch ehe Carl antworten konnte, klärte sie mit klarer Stimme die Situation. Sagte, dass sie die Hauserin vom Herrn Spitzweg sei. Dass sie sich auf alle Hausarbeiten verstehe und in der Mühle jederzeit mithelfen werde.

So war alles im Lot. Wenn nur sein Bruder auch hier sein könnte. In Sicherheit. Carl hatte ihn schon dem Herrgott empfohlen.

Über allem hatte Carl vergessen, dass er als Maler wieder einmal eine Enttäuschung erlebt hatte. Am Tag vor seiner Abreise nach Gern hatte er seinen *Besoffenen* zurückbekommen, den er nach Augsburg zur Ausstellung an den Kunstverein geschickt hatte. Er wusste nicht, ob das Bild den Verantwortlichen nicht gefallen hatte – gekauft hatten sie es jedenfalls nicht. Vermutlich, weil er zu viel dafür verlangt hatte. Gut, dass er nicht von der Malerei leben musste, sonst ginge es ihm schlecht.

Dennoch wollte er sich nicht entmutigen lassen. Er nahm seinen Malsack auf die Schulter und ging los.

Ein herrlicher Morgen. Es trieb ihn bergan, dort oben sollte es schöne Ausblicke geben. Plötzlich hörte er hinter sich ein Winseln und Keuchen. Der Füchsl, dieses Verreckerl, kam ihm nachgehechelt. War er doch der Juli ausgekommen. Sie konnte ihm halt nicht hinterher. Was sollte er machen? Er musste den Hund mitnehmen, wenn er nicht umkehren wollte.

Carl keuchte bald genau wie Füchsl. Immerhin war er ein paar tausend Fuß hochgestiegen. Er sah zu seinem Verdruss, dass das Ganze von unten vielversprechend ausgesehen hatte, aber hier oben gab es nichts, was ihn zum Malen gereizt hätte.

Derweil wurde es heiß. Carl trank aus der Wasserflasche und ließ auch den Füchsl aus der hohlen Hand trinken. Er setzte sich manierlich hin und schlabberte auch noch den letzten Tropfen. Eigentlich war es schön, ihn dabeizuhaben. Der Gedanke verwunderte Carl.

Er suchte das nächstbeste Motiv, schließlich wollte er nicht umsonst so weit den Berg heraufgerannt sein. Er fing an, ein Gesträuch mit hellroten Blüten zu malen, das er noch nie gesehen hatte. Eine halbe Stunde mochte vergangen sein, da hörte er dumpfes Getrappel. Eine Kuhherde kam heran. Hatte der Füchsl die auf Trab gebracht? Vielleicht hielt er sich für einen Wolf, seinen Vorfahren? Jedenfalls trieb er die Kühe vor sich her. Doch mit einem Mal wendeten sie sich gegen den Hund und attackierten ihn. Carl versuchte, ihn mit seinem Stock zu verteidigen, aber die Kriegsführung in den Bergen war ihm eher fremd. Er rutschte ab, spürte, wie seine Hose zerriss, und dann landete er in einem dornigen Gestrüpp. Wenigstens zog das Vieh ab. Der Füchsl drückte sich an Carl und zitterte.

Carl wollte gern weiterarbeiten, wenigstens eine kleine Skizze wollte er vom Berg mit herunterbringen, aber er zitterte nicht weniger als der Füchsl. Und dabei sollte er Linien ziehen, kleine Ästlein malen und Lichttüpferl, so klein wie eine Nadelspitze, aufsetzen. Aber nein. Die Linien wurden krumm, die Ästchen wurden Stämme, und die Lichttüpferl wurden unförmige Farbkleckse an Orten, wo sie nicht hingehörten. Und leider kamen mit dem Hornvieh auch noch andere Viecher. Eine Unzahl von Schnaken, Fliegen, Bremsen und anderem Gesindel. Ehe Carl reagieren konnte, hatte schon eine Bremse seine Hand angezapft, und er schlug sie auf der Stelle tot. Während er nach der zweiten schlug, surrte schon eine andere um seine Nase. Carl fuhr auf, wischte dabei mit dem Ärmel über seine nasse Ölskizze, sodass die sorgsam gemalten Ästchen und Lichttupfer jetzt auf seinem Ellenbogen saßen.

Carl hätte fuchtig werden können. Doch er nahm sich zusammen und begann, das Bild wieder auszubessern. Da kam ein Windstoß, riss ihm den aufgespannten Schirm weg und blies ihn durch die Lüfte. Carl rannte dahinterher wie besessen. Denn nur noch zehn Schritte, und der Wind würde seinen Malschirm in den Abgrund wehen, in den Waldbach, in den See. Den würde er nie mehr kriegen.

Da. Endlich hatte er den Schirm gepackt. Doch die Freude währte nur kurz. Auf dem Rückweg zu seinem Malplatz verfinsterte sich die Sonne. Carl befürchtete, dass ein Wetter kam. Als er bei seinem Klappstuhl angelangt war, wurde auch der vom Wind gepackt. Er fiel, wie die Staffelei, zu Boden, und Carls nasse Ölstudie lag mit dem Gesicht auf der Erde. Er hob sein Gemälde auf und hatte nun eine Sammlung von mineralogischen, botanischen und zoologischen Seltenheiten auf dem Papier kleben, die abenteuerlich aussahen, aber unbrauchbar waren. Carl versuchte, mit dem Messer etwas zu retten, solange das Papier noch nass war. Derweil kam das Wetter, aber wie. Patschnass, von Schweiß und Regen triefend, suchten Herr und Hund Schutz im nächstliegenden Wirtshaus. Carl hatte nicht einmal ein Hemd zum Wechseln.

Im Gastzimmer zeigte ihm ein Tischgenosse ein Bild von einem Maler namens Gauermann, der auch schon im Hause gewohnt hatte. Carl war betroffen. Wie dieser Maler arbeitete. Wie das gemacht war. Da war das Seinige doch Mist dagegen. Jede Linie mit Verstand, alles durchdacht, das Uninteressanteste interessant, das Kleinste groß, alles schön gedacht, schön gewählt, schön gefühlt.

Wer war dieser Maler? Dieser Teufelskerl. Carl war gefangen in seiner Mutlosigkeit. Umsonst suchte er unter seinen Studien etwas zu finden, was ihm gefallen, womit er einigermaßen zufrieden sein könnte. Aber es war alles ungenügend. Sein künstlerisches Selbstbewusstsein war wieder auf einem Tiefpunkt angelangt. Seine Leidenschaft für das Zeichnen und Malen hatte ihn zwar schon früh gepackt, wann aber kam der Durchbruch? Würde er überhaupt jemals kommen? Gauermanns Arbeiten setzten alles herab, was Carl je geschaffen hatte. Wo blieb auf Carls Studien das Licht, die Schönheit? Seine Bilder waren nicht gemalt. Sie waren zusammengeschmiert. Carl hatte das Gefühl, am Ende seiner Entwicklung zu stehen, nicht an ihrem Anfang.

Immer tiefer verstrickte er sich in seine Selbstkritik, seine Selbstvorwürfe. Schließlich war er so deprimiert, dass er sämtliche Skizzen und die vom Wind verdorbene Ölstudie zerriss und in den Stubenofen warf. Am Anfang hatte Füchsl wohl gedacht, Carl wolle mit ihm spielen, und er jagte jedem Papierschnipsel freudig hinterher. Bis Carl ihn wütend anschrie, dass er sich auf seine Decke scheren solle.

Carl saß da und starrte auf den Ofen, auf die leicht rußige Wand dahinter. Sein Durst trieb ihn noch einmal in die Gaststube, wo er eine Flasche Rotwein und ein Stück Käse auftreiben konnte. »Trink Rotwein, wenn du unglücklich bist«, hatte Clara einmal zu ihm gesagt, »niemals Branntwein. Der macht alles nur noch schlimmer.«

Clara. Wenn sie ihm geblieben wäre, könnte ihm ein Misserfolg nicht so viel anhaben. Komm zu mir, Clara. Ich bin sehr traurig.

Nach dem dritten Glas Rotwein ging es Carl ein wenig besser. Er hatte sich sogar im Spiegel des Kleiderschranks zaghaft zugetrunken. Prost, du Mörder deiner eigenen Schöpfungen, hatte er gedacht.

Zum Glück hatte Carl ein Buch von Jean Paul dabei, in dem Aphorismen gesammelt waren. Ein Gedanke darin lenkte ihn ab. Er musste mehrfach lesen, um begreifen zu können, was Jean Paul meinte:

Wenn Leute mit dunkeln Augen, bei denen es drei viertel Stunden eher als bei anderen Leuten Nacht wird, in einer Stube stolpern, worin nur durch ein Fenster dürftige Strahlen fallen, weil die Gemälde keine reichlichern vertragen – wenn ferner auch Maler von Profession und mit hellen Augen darin stehen – wenn die Leute mit dunkeln Augen sich über die Dunkelheit darin halb totfluchen, was soll der Inhaber da machen? Licht oder Gemälde oder Augen? – bloß grüne Brillen und eine ärgerliche Miene.

Ziemlich kompliziert, das mit den dunkeln Augen und den grünen Brillen. Aber er, Carl, war auch recht besoffen. Und der *Besoffene*, den er gemalt hatte, war von Augsburg zurückgeschickt worden. Vielleicht trinken die Augsburger nicht. Carl hatte ihn einfach nach Leipzig weiterexpediert, und nun war er gespannt, was sein Bild den Leipzigern wert sein würde.

Carl kannte sich nicht mehr aus. Nicht in der Malerei, in der Welt auch nicht. Nirgends. Er konnte nur noch eines tun – sich schlafen legen. Er stellte dem mit Recht gekränkten Füchsl eine Schale mit Wasser hin, das er laut aufschlabberte. Bei diesen Geräuschen schlief Carl ein.

Am nächsten Morgen notierte er ein paar Verse, die ihm zwischen Traum und Wirklichkeit eingefallen waren:

Bleiben alle unser Lebtag wir Studenten: Ich bin Doktor, meine Bilder Patienten! Dass auch viele mir schon in der Kur gestorben, hat die Lust mir am Kurieren nie verdorben: Aber leider sehen meine Patienten mich nicht als Doktor an, sondern als Studenten!

Es war Sonntag in der Gerner Mühle. Das Mittagessen, ein Kaninchenbraten, war wohlschmeckend und reichlich gewesen. Juli hatte das Braten des Kaninchens übernommen. Sie hatte aus dem Spitzweg'schen Haushalt einiges an Spezereien mitgebracht, darunter schwarze Oliven und Rosmarin, die Juli dem Kaninchenbraten zugesetzt hatte. Zusammen mit den Mehlknödeln, von Theresia auf heißer Milch gekocht, ergab es ein Mahl, wie man es nicht oft zustande brachte. Juli und Theresia kamen sehr gut miteinander aus. Theresia, die zauberhafte Stickereien machte, gab sich die größte Mühe, Juli in diese Kunst einzuweihen. Wie sich zeigte, fehlte der Schülerin anfangs die Geduld. Sie war gewohnt, in einem bestimmten Tempo zu arbeiten, ein Pensum zu schaffen. Doch Theresias Stickereien gefielen ihr so gut, dass ihr Ehrgeiz erwachte. Stunde und Stunde saß sie über dem Stickrahmen. Anfangs hörte man leise Flüche, doch nach einigen Tagen sah man zarte Blätter und Beeren auf dem weißen Leinen entstehen, und Juli hatte die größte Mühe, ihren Stolz zu verbergen.

Ihr war gar nicht aufgefallen, dass ihr Herr sich zu einem Spaziergang aufgemacht hatte und dass Anna, die zweite Tochter, ihn begleitete. Füchsl hatte sich hinter dem Ofen eingerollt, und Juli hörte ihn hin und wieder seufzen oder nach einer Fliege schnappen.

Die Sache mit Anton ging Juli nicht aus dem Sinn und machte ihre Seele schwer. Es ist unrecht, was ich empfinde, dachte sie und legte ihr Stickzeug für einen Moment auf ihre Knie. Es ist unrecht, und ich werde es büßen müssen.

Als sie geholfen hatte, Pankraz zu pflegen, da hatte sie schon gespürt, dass Anton ihr etwas sagen wollte. Dafür war aber keine

Ruhe gewesen. Bis sie im Aufbruch begriffen waren. Da hatte Anton ihr plötzlich leise zugeflüstert, dass sie alles für ihn sei. »Du bist die Mitte meiner Welt, Juli. Und wenn ich zurückkomme, frage ich dich. Du weißt, was ich mir wünsche.«

Ja. Juli wusste es. Und sie kannte keinen Mann, den sie so schätzte wie Anton. Sie wollte ihn in ihrem Leben behalten, ihn und Pankraz. Wenn Juli eine Heimat hatte, außer der bei ihrem Herrn Spitzweg, dann waren das die Gielgs. Sie hatte die Frage Antons erwartet, obwohl sie keineswegs begriff, warum Anton gerade sie ausgewählt hatte. Er war schließlich einer von den Herrschaften. Pankraz vielleicht nicht, der war zwar ein Künstler, aber trotzdem näher an Juli. Anton Gielg dagegen arbeitete in einem Privatlabor, in dem Chemikalien hergestellt wurden, mit Wissenschaftlern zusammen. Er war selbst ein Wissenschaftler, hatte gemeinsam mit ihrem Herrn studiert. Einmal, an einem Sonntagnachmittag wie heute, hatte er Juli mitgenommen in das Labor. Dort gab es Gärbottiche, Trichter, Gärröhrchen, Destillieröfen mit Retorte, Glasgefäße mit Hahn. Juli hatte nicht gewusst, wo sie zuerst hinschauen sollte. In Glaskästen sah sie wunderliche Steine, Pflanzen, alles war genau erklärt.

Sie war neidisch gewesen. Obwohl sie sich sofort undankbar schalt, blieb das Gefühl. Anton und ihr Herr hatten so vieles studiert. So viele Dinge, die man brauchte, um etwas von der Welt zu begreifen. Um für die Zukunft Neues zu schaffen. So viel begriff Juli, und es tat ihr weh, dass ihr das alles fremd war. Dass sie abseitsstand.

Sie hatte sich zurechtgelegt, was sie Anton sagen wollte. Ich will nicht, dass du einen Krüppel heiratest. Ich will nicht, dass du dich meiner schämst.

Herr, hilf mir, dass ich es fertigbringe, derart zu lügen, betete sie. Es ist eine Lüge, du weißt das.

Als Juli jetzt aus dem Fenster sah, war der Himmel, vor einer Stunde noch sonnig, von grauen Wolken bedeckt, die sich mit den nahen Bergspitzen vermischten, sodass man sie nur noch erahnen konnte. Von einem Moment zum anderen fielen dicke

Tropfen, ein Wind begann, alles vor sich herzujagen, die Gräser und Bäume tief zum Boden zu drücken. Im Haus blieb es still. Man hatte wegen des starken Sonnenlichts ohnehin die Fensterläden und Türen zur Mittagsruhe geschlossen. Mochte der Wind sich aufführen, wie er wollte.

Carl hatte zu viel gegessen. Das bedrückte ihn jedes Mal, doch er wusste, beim nächsten gelungenen Braten oder bei einem sahnigen Kuchen würde er wieder rückfällig werden. Es wäre das Beste, ein wenig nach draußen zu gehen. Dort gab es viel zu sehen für einen wie ihn, und er griff seinen Leinenrock und die Kappe, damit die Sonne ihn nicht blendete. Sie war heute stechend. Während Carl durch das kurze weiche Gras lief, fragte er sich, warum er sich in der Mühle so viel anders fühlte als in München, freier, fast wie ein anderer Mensch. Manchmal war es ihm, als sähe ihn die Stadt mitleidig an oder auch unzufrieden. Vielleicht nahm ihm die Münchner Stadt übel, dass er ständig fortstrebte. Zu Fuß oder in der Kutsche – hinaus aus der Stadt, dahin, wo die Berge sich zeigten, wo die Luft frisch war und das Wasser klar. So wie in der Mühle. Hier konnte er auch an Clara denken, ohne dass Schmerz und Angst ihn bedrückten, ihm allen Mut raubten.

Er dachte an die Hoffnung Antons, Juli zu gewinnen. Erst vor der Abreise hatte Anton sich dazu geäußert. War Carl blind gewesen? Er hatte weder an Juli eine Veränderung bemerkt noch an seinem Freund. So war das halt im Leben. Es brachte Veränderungen, die man kommen sah, aber auch völlig unerwartete Ereignisse, mit denen man dann fertigwerden musste.

Was, wenn Juli heiraten und zu Anton und Pankraz ziehen würde? Dass Anton seinen Bruder mit in die Ehe brachte, schien klar.

Als der Wind sich erhob und die ersten Tropfen fielen, vergaß Carl seine Überlegungen. Er fragte sich, ob er weitergehen oder umkehren sollte.

»Herr Carl, Herr Carl«, hörte er plötzlich eine helle Stimme hinter sich, und er sah Anna, die ihm offenbar auf dem Weg gefolgt war. Der Wind stülpte ihr den weißen Schirm krachend nach oben, ihre Röcke flogen, und Carl sah die kräftigen Beine in den weißen Sonntagsstrümpfen. Es war ein Geschenk, das er da vor sich sah, das Leben schenkte ihm dieses Bild. Genauso wollte er es malen. Vielleicht auch völlig anders, aber er wollte es malen. Carl spürte mit einem Mal eine Lust am Leben wie schon lange nicht mehr, und das verdankte er Anna und ihren weißen Strümpfen.

Wieder in München, hatte Carl eine intensive Malperiode, in der er fast jeden Tag mit einem neuen Bild begann, darunter auch *Herannahendes Gewitter oder das Mädchen mit dem Paraplui*. Juli hatte Anna aus der Gerner Mühle gleich erkannt, doch mit dem ihr eigenen Takt hatte sie es erst erwähnt, als Carl sie danach fragte. Er hatte außerdem endlich sein Bild *Nächtliches Ständchen* zu Ende gemalt, das er auch *Der enttäuschte Liebhaber* nannte. Er hatte es schon vor einigen Jahren begonnen, als ihn der Gedanke an seine vergebliche Liebe zu Willa beschäftigte. Es war er selbst, den er auf einer Leiter stehend malte, ein Cello in der Hand. Er war die Leiter heraufgeklettert, um Willa mit seiner Kunst zu zeigen, wie sehr er sich nach ihr sehnte. Doch als er in das Sprossenfenster hineinschaute, sah er, dass Willa nicht allein war. Ein Soldat hielt sie im Arm, und der Cellist blieb mit sich und der dunkelblauen Nacht allein.

29

In Sarnen stieg Spitzweg schwerfällig aus der Kutsche. Er stellte seinen Malsack und die Reisetasche auf den Boden und half der jungen Frau, die das Neugeborene in einen ihrer Röcke gewickelt hatte, langsam und vorsichtig auszusteigen. Der Junge hatte noch die Käseschmiere im Gesicht, schlief aber offenbar tief und fest. Acht Pfund wiegt der bestimmt, dachte Carl flüchtig, und plötzlich wollte ihn wieder das Gefühl unerhörter Ungerechtigkeit überkommen, das mit dem Verlust Claras einherging. Mit Clara hatte er alles verloren, was er an Kraft, Mut und Hoffnung damals in sich entdeckt hatte. Er, der über den Gedanken an eine Heirat immer nur gelacht hatte, wollte mit Clara alles: heiraten, Kinder haben. Mein Gott, sie mussten vor Glück fast schwachsinnig gewesen sein; so vertrauensvoll hatten sie in ihre Zukunft geblickt. Für fünf Kinder hatten sie Namen ausgesucht. Er wusste nur noch zwei davon – Franziska und Simon.

Überraschend hatte er Trost gefunden in den Worten des Dichters Hölderlin, der geschrieben hatte: »Einmal lebt' ich wie Götter, und mehr bedarfs nicht.« Das sagte Carl sich seither wieder und wieder.

Clara hatte ihm das Paradies geschenkt, jetzt konnte er nur noch davon träumen. Trotz seines Verlustes war Carl nicht hart geworden. So, wie er gerade dieser jungen Frau, Marie, geholfen hatte, ihren Sohn auf die Welt zu bringen, so fand er in sich immer wieder Gefühle von Kraft und Zartheit und Mitfreude für das Glück anderer.

Der Kutscher war aufgebracht. Niemals hätte er eine Hochschwangere mitgenommen, aber sie habe ihn listig getäuscht, ja, betrogen habe sie ihn. Wer würde jetzt seine Kutsche säubern? Er sei ruiniert. Könne den Fahrplan nicht einhalten. Marie suchte mit kurzen, knappen Bewegungen Geld aus ihrem Bündel, das der Kutscher mit ungläubigem Gesichtsausdruck einsteckte. Einige Reisende, die mit Taschen und Bündeln bepackt auf die Kutsche gewartet hatten, beschied er barsch, sie müssten auf den Kollegen warten. Oder morgen wiederkommen. Neugierige Kinder, die herbeigelaufen waren, scheuchte er weg. Dann fuhr er, auf die Pferde einschlagend, davon.

Bestimmt hatte Marie von ihrem Dienstherrn Geld bekommen, als ihre Schwangerschaft feststand und sie nicht mehr in seinem Haus bleiben konnte.

Spitzweg hatte unter dem weiten Reisemantel des jungen Mädchens die Schwangerschaft auch nicht sofort bemerkt. Er sah, dass ihre Augen trotzig schauten, vielleicht auch nur unglücklich, der Mund war verkniffen. Dazu passte, dass ihr dichtes, rötlich braunes Haar schmucklos, ja unordentlich im Nacken zusammengeknotet war. In München war der exakte Mittelscheitel in Mode, darüber ein Dutt aus Zöpfen. Oder die Damen trugen langgezogene Locken, die mittels einer Spange über den Ohren befestigt waren.

Carl war sicher, dass seine Reisegefährtin kaum Ahnung hatte von der Stadt München und ihren Moden. Sie war ein Bauernmädchen aus dem Kanton Obwalden, und momentan quälten sie Probleme, die offenbar nie aus der Mode kamen.

Am Anfang der Reise waren die Straßen in gutem Zustand gewesen, denn die Kutsche war ohne größeres Schaukeln gemächlich dahingefahren, so wie Carl es aus den Städten gewohnt war. Aber mit der Zeit wurden die Wege immer schlechter. Die Kutsche schwankte bedrohlich, und die junge Frau legte ihre Hände auf den Bauch und schaute besorgt nach draußen. Auch Carl spürte seinen Magen, so stark wurden sie durchgeschüttelt. Ständig drohte die Kutsche in matschigen Löchern stecken zu bleiben. Man hörte den Kutscher fluchen und auf die Gäule einschlagen. Das Mädchen stöhnte, sie stöhnte lauter, und mit einem Mal wurde es in der Kutsche unübersichtlich. Die zweispännige Berline hatte zwar Platz für vier bis fünf Personen, doch Marie und Carl trieben in der Kutsche wie auf dem offenen Meer, und Carl rief dem Kutscher zu, er solle gefälligst anhalten, und zwar jetzt, auf der Stelle.

Seit er sein Apotheker-Examen hatte, wurde Carl von seiner Münchner Familie gern als Doktor für alle Notfälle in Anspruch genommen. Jetzt rief er den heiligen Leonhard als Fürbitter an, denn sein Wissen war eher theoretischer Natur. Dass Carl Apotheker war, wusste Marie, denn sie hatten sich auch darüber unterhalten. Sie hatte nicht ohne Stolz von ihrer Familie erzählt.

Vom Leben mit vier Brüdern und zwei Schwestern auf einem Hof im Oberwallis. Carl fragte sich, warum sie nicht zurückgegangen war auf den elterlichen Hof. Aber er behielt die Frage für sich. Wahrscheinlich war es so, dass der Dienstherr scharf war auf einen Hoferben und deshalb die Kindsmutter in Kauf nahm.

Das Kind kam rasch, und als Carl das Köpfchen herauszog, musste er die Zähne zusammenbeißen, um nicht zu heulen. Auch Marie liefen die Tränen übers Gesicht. Doch schließlich stand sie, ihren Sohn im Arm, neben Carl auf dem Dorfplatz und sah ihn fast trotzig an.

»Wenn die Frau tot ist, holt mich der Herr«, sagte sie, »ich hoffe, das ist bald.« Ihre Stimme war leise, aber metallisch. Carl glaubte Abneigung oder gar Hass herauszuhören. Völlig anders als eben noch in der Kutsche. Doch er wusste, dass Marie völlig am Ende war. Sie musste dringend in ein Bett, musste gewaschen werden, auch das Kind. Die Nabelschnur wollte versorgt sein, die Käseschmiere abgewaschen. Carl sagte es ihr, und Marie nickte und schaute nervös um sich. Der Dorfplatz von Sarnen war heute nicht besonders belebt. Die Reisenden und die Kinder hatten sich entfernt. Carl schaute auf den Brunnen, nur, um irgendwo hinzuschauen. Die ungewöhnliche Intimität in der Kutsche machte ihn hier draußen verlegen. Hatte er Clara betrogen? Konnte er nie wieder unbefangen mit einer Frau zusammen sein? Nie mehr ohne Clara? Durfte Anna aus der Mühle ihm etwas bedeuten? Warum hatte ihm nie einer erklärt, wie man macht, was man für richtig hält? Er hätte Marie jetzt in ein Gasthaus bringen müssen, einen Arzt rufen. Oder sie selber versorgen. Aber der Gedanke an Clara riet ihm, er solle abhauen, auf der Stelle, bevor er in der Falle saß. Auch Marie schwieg, zögerte, wandte sich dann zum Gehen. Doch sie drehte sich noch einmal um, sah Carl an, der ihren Blick nicht deuten konnte. Sie wolle den Jungen Carl nennen, sagte sie, weil er ihn auf die Welt geholt habe.

»Und du?«, fragte Carl unbeholfen und mit schlechtem Gewissen. »Wohin gehst du?«

Sie habe eine Gotte, eine Patin, gleich in der Gasse dort drüben, zu der dürfe sie kommen, auch mit dem Kind. Carl meinte wieder, Kälte und Spott aus der jungen Stimme zu hören. Er spürte einen eigentümlichen Schmerz. Hoffentlich war die Patin gut zu Marie und ihrem Kind. Unschlüssig blickte er dem Mädchen nach, das mit vorsichtigen Schritten über den Dorfplatz ging und sich nicht mehr umsah.

Er hätte ihr wenigstens die Reisetasche tragen sollen.

Carl sah ihr unschlüssig hinterher, dann blickte er an sich herunter. Wie verdreckt er aussah. Er spürte, dass er hungrig war. Zwar hatte er noch Brot und harte Wurst, aber er wollte zuerst einmal aus dem Ort heraus. Er musste vor der Dämmerung droben auf dem Berg sein. Einen genauen Weg zu der Einsiedelei, von der er vor kurzem in einem Luzerner Wirtshaus gehört hatte, kannte er nicht. Hoch über Sarnen gebe es einen kleinen Ort, hatte er gehört, der aus wenigen Häusern bestehe und Flüeli heiße. Im Ranft, also am Rand dieses Ortes, habe im fünfzehnten Jahrhundert ein Eremit gelebt. Der habe Gott gesehen und Wunder gewirkt, hatte der Wirt mit Stolz berichtet. Die Menschen kämen in Strömen in den Ranft, aber eher im Sommer, dann nehme das kein Ende. Sogar die Bresthaften in ihren Betten bringe man in die Klause.

Carl hatte stumm dagesessen und zugehört. Auch von den Gästen hatten einige Geschichten über den Einsiedler gewusst. Sie nannten ihn Bruder Klaus. Er heiße eigentlich Niklaus von Flüe, komme aus einer bekannten Obwaldener Sippe und sei ein wohlhabender Bauer und Ratsherr gewesen, der eine Frau hatte und zehn Kinder. Dennoch hatte er sich eines Tages fest dazu entschlossen, sein Leben künftig allein mit seinen Gebeten zu verbringen. Seine Frau, so erzählte man sich, habe für seinen Entschluss Verständnis gehabt. Die älteren Kinder auch. Er habe sich im Ranft eine karge Hütte gebaut, in der er Visionen gehabt und Wunder gewirkt habe. Die großen Söhne und befreundete Einwohner von Flüeli hätten ihm geholfen, an seine Klause eine

Kapelle zu bauen. Dahin kämen die Menschen bis heute von überall her.

Danach war Carl entschlossen gewesen, in den Ranft zu gehen. Schon in seiner Kindheit hatte er von Männern gehört, die wie Mönche lebten, aber nicht in einem Kloster, sondern in einer Klause, die sie sich selbst erbauten. Überhaupt mussten die Einsiedler für sich selbst sorgen, für ihr Essen, die Kleidung – für alles. Das hatte Carl als Kind immer fasziniert. Besonders in der ersten Zeit nach dem Tod der Mutter hatte er sich gewünscht fortzugehen. Weit weg. Tief in einem Wald wollte er sich verbergen, um an seine Mutter zu denken, nur an sie. Er wollte allein sein mit ihr. Mit ihr reden, ihr von seiner Liebe sagen. Von dem grauen Leben ohne sie. Sie fehlte ihm in der Wohnung, im Garten, in der Stadt, wo er ihr oftmals entgegengelaufen war, wenn sie zurückkam von ihren Einkäufen. Er war einige Male einer Dame nachgelaufen, bis er innewurde, dass er verrückt war. Heimlich ging er allein zu ihrem Grab, wo er den ziehenden Schmerz am härtesten spürte. Er wollte ihn spüren, er wollte da sein, wo die Mutter war.

War es nun der Tod Claras gewesen, der ihn wieder sensibilisierte für das Leben der Einsiedler? Im Laufe der Zeit war nämlich sein Wunsch, Eremit zu werden, eingeschlafen. Allerdings nicht das künstlerische Interesse an den Einsiedlern und ihren Wohnorten. Sie lebten meist an schönen Plätzen. In Bergschluchten. In Felsengrotten. Orte, die sich zum Malen schier aufdrängten. Außerdem – was taten die Eremiten? Waren sie tatsächlich heilige Männer, die viele Stunden am Tag beteten wie Mönche im Kloster? Oder wollten sie allein sein, tun, was ihnen in den Sinn kam?

Schon als er seine Schweizreise angetreten hatte, stand für Carl fest, dass er Einsiedler in ihren Klausen aufsuchen wollte, wenn sich die Gelegenheit bieten würde. Er nahm sich vor, über Lausanne und Fribourg zu reisen, denn dort waren offenbar Einsiedeleien, die in Felsen am Ufer der Saane eingemeißelt waren. Die sollten sein erstes Ziel sein.

Als er nach der anstrengenden Fahrt und der anschließenden Wanderung todmüde und krank am Ufer der Saane ankam, ließ ihn der Anblick dieser Landschaft alle Mühen vergessen. Er war sprachlos gewesen. Ein kristallklarer Fluss wurde gesäumt von monumentalem Gestein. Nie hatte Carl derart mächtige Felsen gesehen, inmitten von grünem Buschwerk. Das alles wollte er unbedingt zeichnen. Staunend stand er vor einer Felsformation mit Türen und Fenstern, es schien ihm wie ein gewaltiges Haus mit einem Dach aus Büschen und Bäumen. Niemand würde ihm Glauben schenken, wenn er versuchen würde, eine Studie anzufertigen, um diese Felsbarrieren naturgetreu wiederzugeben. Das hatte er auch nicht vor. Er wollte eine eigene Technik entwickeln, mit gewissen malerischen Elementen, so wie er sie in Italien gesehen hatte. Carl wusste schon jetzt, wie er diese Zeichnung aufbauen wollte. Bäume, Büsche, aber auch die geologischen Strukturen wollte er in einem freien Licht festhalten, Einzelstriche sollten locker und leicht werden, andere wollte er durch Druck hervorheben. Eine eigenwillige, ungewöhnliche Arbeit sollte das werden, die dieser Landschaft gerecht würde. Er wollte es wenigstens versuchen. Wenn er nur nicht so fiebrig und matt gewesen wäre.

Dann wieder überwog die Freude, dass er ein solches Glück hatte. Eigentlich hätte seine Reise nur von München nach Schaffhausen gehen sollen. Er hatte einen Auftrag für eine Ölstudie, die sich ein wohlhabender Bürger von seinem Anwesen wünschte. Anfangs hatte Carl nicht viel Lust dazu gehabt. Schon da quälte ihn eine Bronchitis, er spürte schmerzende Stiche in der Brust und hätte das Bett hüten sollen. Dann dachte er, dass Luftveränderung ihm guttäte.

Er brauchte Erholung. Innerhalb der letzten Monate hatte er acht Bilder gemalt, wie um sein Leben hatte er gemalt und alles sofort verkauft – er wusste, dass er sich von diesen Bildern trennen musste, er war erleichtert gewesen nach dem Malmarathon, aber auch ermüdet. Er wollte raus, Neues sehen – trotz seiner Bronchitis.

Für Carl war es die erste Schweizreise, und als er in München die gelbe Kutsche mit dem schwarzen Dach sah, drei Schimmelhengste vorgespannt, als der Postillion in sein Horn blies, bevor er in seiner roten Jacke und dem hohen Zylinder stolz um sich blickte, da freute er sich plötzlich auf seine große Fahrt. Er wollte alles in München zurücklassen, alles: seinen Zorn, seine Enttäuschung, ja, auch seine Tränen. Carl wusste, dass sich in seiner Seele gern die schwarzen Gedanken versammelten und die fröhlichen verdrängten, er wusste jedoch nicht, wie er das hätte ändern können. Aber die Reise würde seine Einsamkeit besiegen. Das tat sie denn auch an einem Morgen, als die Sonne flammend aus hellen Nebelschwaden aufstieg und er in eine Landschaft sah, die er auf der Stelle malen wollte.

Tatsächlich begegneten ihm unterwegs so viele Bilder wie schon lange nicht mehr. Vor allem am Vierwaldstätter See und in Luzern – Bilder über Bilder. Den Pilatus, einen sehr schön geformten Berg, machte er zum Mittelpunkt einer Landschaftsstudie. In Luzern sah er einen außergewöhnlichen Brunnen. Krieger im vollen Harnisch hatten sich im Kreis aufgestellt, es war ein alter Brunnen, erbaut im fünfzehnten Jahrhundert. So hatte man es Carl erklärt. Und dann – unweit von Luzern – hielt Carl die Kutsche an, musste es tun, weil er einen Kornspeicher sah, derart liebevoll gestaltet mit geschnitzten Treppenaufgängen und schön verzierten Erkern. Hier hätte er gern mit Clara gelebt, hier wäre sie vielleicht nicht krank geworden, hier ganz sicher nicht. Er wusste, dass er gegen seine Klagen um Clara genauso ankämpfen musste wie gegen eine tödliche Krankheit. Aber immer wieder sah er ihre Augen vor sich, die Schwermut darin, ihr zögerndes Lächeln – plötzlich überfiel ihn ein Gefühl tiefer Heimatlosigkeit, er fand sich selber lächerlich, denn ihm war die Schweiz in vielem vertraut, fast deutsch. Carl zog die flache silberne Flasche aus seiner Reisetasche. Gut, dass er noch ein wenig von dem Himbeergeist hatte. Er brauchte jetzt einen Rausch, und wenn er auch nur flüchtig war.

Nun war er in Sarnen, und Marie mit ihrem kleinen Sohn ging ihm nicht aus dem Kopf. Doch er musste hinauf, aus dem Ort heraus und hinauf auf den Berg, in dessen tiefer Schlucht die Einsiedelei lag. Auch Marie hatte sofort gewusst, dass dort der Einsiedler Niklaus von Flüe gelebt hatte, im fünfzehnten Jahrhundert, genau von 1417 bis 1487. »Das habe ich schon im zweiten Jahr in der Schule gelernt«, hatte sie erklärt, und dass der Bruder Klaus seltsame Gesichte gehabt habe. Seine Gebete seien von Gott erhört worden. »Das ist keine Sage, das haben die Leute hier erlebt«, betonte Marie. »Bruder Klaus hat bei einer schrecklichen Feuersbrunst im Sommer 1468 den Ort Sarnen beschützt. Als der Brand im Ort aufloderte, sind die Männer sofort in den Ranft geritten. Sie haben den Bruder Klaus um Hilfe angefleht, und er hat dann durch seine Gebete einen großen Teil des Ortes gerettet.«

»Warst schon einmal in der Einsiedelei?«, hatte Carl gefragt. »Alle aus meiner Familie waren im Ranft«, hatte Marie knapp geantwortet. »Ich mag, ehrlich gesagt, Bruder Klaus nicht. Er hat seine Frau und zehn Kinder verlassen. Daran kann ich nichts Gottgefälliges finden. Man kann auch fromm sein, ohne gleich Einsiedler zu werden.«

Am Ortsrand von Sarnen stand eine Droschke, und der Kutscher fragte Carl, ob er auf den Berg wolle. Er könne ihm alles zeigen, auch die Klause.

Schon wieder in eine Kutsche? Carl überlegte kurz. Müde war er schon, aber nach dem stundenlangen Sitzen wollte er jetzt lieber gehen. Außerdem hoffte er, dass auf diese Weise seine Kleider auslüften würden. Es war jetzt drei Uhr am Nachmittag, die Sonne schien noch lange, auf den Hügeln lag ein Rest von Schnee. Der Kutscher hatte auf Carls Frage mürrisch mit der Gerte in eine Richtung gewiesen, aber Carl sah, dass der Weg im Schatten lag, und er gedachte einen nahen, sonnigen Hang hinaufzugehen, um abzukürzen. Die Richtung würde er leicht im Auge behalten.

Der Wirt in Luzern hatte Carl auch etwas von einem Pilgerweg gesagt. Nun, er würde nach einem Zeichen suchen. Er packte den Malsack und seine Reisetasche fester und ging den Hang hinauf. Die Sonne schien ihm auf den Rücken. Es war schön, wieder die Beine zu benutzen. Hier in Obwalden gab es riesige Bergmassive. Das ganze Tal war davon eingerahmt. Carl hatte gehört, dass zu den berühmtesten Bergen Obwaldens der Pilatus gehörte und der Rigi. Am Sarner See hatte er den Pilatus zum Greifen nah vor sich gesehen. Vielleicht konnte er demnächst einmal eine Bergwanderung machen. In Bayern kletterte er oft. Meist mit seinen Malerkollegen. Manchmal auch allein.

Er kam rasch vorwärts und doch, je höher er stieg, desto mehr Kraft brauchte er. Es zeigte sich, dass der Boden schwer war und nass, Carl brach ständig in den Schnee ein. Er musste seine Stiefel fest in den Boden setzen, sonst rutschte er ab. Bald half auch das nicht mehr. Seine Stiefel waren voller Schnee, Eis und Lehm, da war kein Stollen mehr zu sehen, und Carl hatte das Gefühl, als sei der Absatz seines rechen Schuhes abgerissen. Er schaute sich um, suchte am Boden nach dem Absatz und entdeckte dabei, dass er schon im oberen Drittel des Hanges stand, der von hier oben ziemlich steil wirkte. Zurück konnte er auf keinen Fall, er würde sofort stürzen.

Juli. Wenn Juli ihn so sähe. Sie würde alle Heiligen anflehen. Sie kannte für jede Bedrängnis einen speziellen. Seit sie in der Mühle in Gern gewesen waren, sah Carl mit den Augen der Müllersleute auf Juli. Sie war nicht mehr das zerquälte, unterernährte, hoffnungslose Wesen, das ihm auf dem Markt begegnet war. Sie war inzwischen offenbar eine »Gnädige«, was das Äußere anging. Clara hatte das sofort gesehen, doch damals war er darüber hinweggegangen, dass sie Juli sogar schön fand. Eine schmale, gutproportionierte Gestalt mit großen Augen, die unter dem üppigen Haar besonders stark auffielen. Doch das Wichtigste war, dass Carl mit ihr reden konnte. Sie stellte Carl überraschend gewitzte Fragen und hatte ein kluges Urteil. Es war ein gutes Leben mit Juli, zweifellos. Carl würde ihr ein Geschenk kaufen, wenn er aus dieser Bredouille jemals wieder herauskäme.

Der Droschkenweg war schon nicht mehr zu sehen, überhaupt war offenbar kein Mensch unterwegs. Die Stille schien Carl mit einem Mal feindlich. Er sah einen Teil des Sarner Sees, an dem er jetzt liebend gern wäre. Dann wurde er jäh aus seinen Gedanken gerissen. Er rutschte, konnte sich keine Sekunde länger aufrecht halten. Heiliger Turnvater Jahn, hilf! Er hatte Mühe, mit seinem Gepäck überhaupt im Gleichgewicht zu bleiben. Das war doch idiotisch. Gleich würde er abrutschen, und dann gnade ihm Gott. Oben, am Ende des Hügels, sah er zwei junge Bäume. Er versuchte, dorthin zu gelangen, sich vielleicht an einem Ast hochzuziehen, doch er rutschte wieder ab, diesmal so, dass er stürzte. Krampfhaft versuchte er, Malsack und Tasche festzuhalten, deshalb konnte er auch nicht aufstehen, er konnte gar nichts mehr tun, war auf blödsinnige Weise hilflos. Wie gut, dass niemand ihn sah. Beim Rutschen war der Lehm unterm Schnee hervorgekommen, Carls Mantel war verschmiert, die Hosen, seine Handschuhe, die Stiefel voller Lehm. Dann, durch eine ungeschickte Bewegung, schlug ihm die Kante seiner Reisetasche an den Kopf.

Später wusste er nicht mehr, ob er für einen Moment die Besinnung verloren hatte. Er dachte an seine Mutter. Sie war sehr zart und hilflos gewesen, aber er war stark und hatte sie beschützt mit der innerlichen lebendigen Kraft des Kindes, das er damals war. Ihm fiel ein, wie er die Mutter einmal einen Weg hinaufgezogen hatte. Sie waren für ein Wochenende am Schliersee gewesen. Die Eltern, seine Brüder und er. Der Vater hatte auf die Rotwand gewollt, aber die Mutter war bald erschöpft. Carl hatte gesehen, dass sie blass war und oft stehen blieb. Er hatte es dem Vater gesagt. Vielleicht könnten sie ja umkehren, seit einer Stunde waren sie bereits unterwegs. Der Vater war zur Mutter gegangen, höflich und bestimmt wie immer. Sie solle ihr Herz trainieren, das täte ihr gut. Dann ging er mit Simon weiter, obwohl der Weg schon stark bergan führte. Eduard und er hatten die Mutter bei der Hand genommen und sie gezogen. Andere Wanderer schauten neugierig, und das passte dem Vater nicht. Er hatte die Macht, das wusste Carl. Was er plante, wurde durchgeführt. Was er verbot, war verboten. Und jetzt wollte er nicht, dass die Mutter ausruhte. Dabei hatte der Arzt noch letzte Woche gesagt, dass ihm Mutters Herz Sorgen mache. Carl spürte, wie sein Kopf heiß wurde vor Angst um die Mutter. Und vor Wut auf den Vater. Sorgte er sich denn gar nicht um die Mutter?

Plötzlich hatte Carl sich sagen hören, er gehe mit der Mutter zurück in die Pension. Der Vater und die Brüder starrten ihn an. Der Vater ging den Weg weiter, die Brüder folgten zögernd. Die Mutter hatte Carls Hand genommen, und sie waren den abfallenden Weg zurückgegangen. Hand in Hand. Den ganzen Weg. Einmal hatte die Mutter ihren Arm um seine Hüfte gelegt. Tief innen wusste Carl, dass er nie wieder so stark und glücklich sein würde wie in diesem Moment.

In seinen Gedanken an die Mutter war Carl aufgestanden, er hatte sich aus seiner unheilvollen Lage befreit und wusste nicht, wie. Jedenfalls konnte er plötzlich einen starken Ast ergreifen und sich hochziehen auf den Kamm des Hügels. Seine Mutter musste ihn stark gemacht haben. Er war wieder elf Jahre alt gewesen, dürr und gelenkig und mutig, und er konnte alles, alles.

Carl atmete tief durch. Es half nichts, er war der dreißigjährige verdreckte Carl Spitzweg mit einem Stiefel ohne Absatz. Aber er hatte Hoffnung. Er sah wenige Meter weiter einen Fahrweg und einen Pfad, und er ging trotz seines ramponierten Schuhwerks fest und sicher in eine Art Schlucht hinunter, wo er Zeichen an einem Baum fand. Er war auf dem Pilgerweg.

Pilgern führt offensichtlich mitten hinein in das Chaos des Lebens, dachte Carl. Er ging den Weg bergan und wollte sich gerade an den letzten Sonnenstrahlen auf dem funkelnden Schnee freuen, als er an einem abseits gelegenen Gehöft vorbeikam. Er bewunderte das alte Schweizer Holzhaus, bis ein breitbrüstiger und breitschädeliger Hund herausschoss, um bellend und röchelnd an ihm hochzuspringen. Carl blieb stehen, äußerlich ruhig, doch innerlich verfluchte er alle Pilgerwege und Gehöfte. Er verfluchte sich selbst. Warum saß er nicht in der Kutsche?

Der Hund blieb schließlich mit triefenden Lefzen vor ihm stehen, musterte ihn, und da Carl langsam zurückging, trollte sich auch der Hund und lief wieder zum Gehöft. Carl beeilte sich, seinen Pilgerweg fortzusetzen. Ein kleines Schild hatte ihm versprochen, dass der Weg nach Flüeli führe. Allerdings führte er auch an einer Schlucht vorbei, die nicht gesichert war. Die Tritte waren vereist, und Carl tastete sich Schritt für Schritt voran, eine Handbreit an der unheilvoll tiefen Schlucht vorbei. Wäre er nur leicht ausgerutscht, hätte ihn die Schlucht verschlungen auf Nimmerwiedersehen. Pilgerwege waren Wege der Prüfung. Doch auch hier kam er davon, und nach einem weiteren halbstündigen Fußmarsch sah er den Kirchturm von Flüeli. Carl konnte sich nicht erinnern, je einen Kirchturm so freudig begrüßt zu haben. Die Kirche schaute vom höchsten Punkt aus weit über das Land. Niklaus von Flüe sei dort begraben, hatte er gehört, aber er wusste nicht mehr, wer ihm das erzählt hatte.

Er wusste eigentlich überhaupt nichts mehr. Wem sollte er derart verdreckt entgegentreten? Carl beschloss, bei der Kirche anzufragen. Sie hatten wohl am ehesten Verständnis dafür, dass er hier heraufgestiegen war, um nach der Klause eines Eremiten zu suchen.

Der Kaplan im alten Schulhaus musterte ihn schweigend, fragte dann aber doch, ob er allein gekommen sei. Täglich, so murrte er, landeten bei ihm Leute, die in die Einsiedelei wollten. Egal, ob sie neugierig wären oder ehrfürchtig, ihm wären sie ziemlich lästig, denn er habe nur drei Betten in dem alten Schulzimmer, und manchmal ständen ganze Gemeindeabordnungen vor seiner Tür. Carl hatte Glück, er war heute der einzige Bittsteller. Der Kaplan zeigte ihm den Schlafraum und den Abtritt. Als Carl nach seiner Gewohnheit im Voraus bezahlte, bekam er auch noch einen großen Topf mit heißem Wasser und ein paar saubere Lumpen, sodass er sich für den Rest des Tages mit der Reinigung seiner Kleider beschäftigen konnte. Der Kaplan hatte auch von einem Bauern berichtet, der Schuhe zu reparieren wusste. Und da Carl kein zweites Paar dabeihatte, hatte der Kaplan sich bereit erklärt, den lädierten Stiefel eigenhändig zum Schuster zu bringen. Später gab er Carl sogar von seinem Essen ab. Es war ein Teller Gerstensuppe, und Carl war beeindruckt von so viel Nächstenliebe. Er wollte nicht zurückstehen und teilte im Gegenzug sein Stück Hartwurst und das Brot mit seinem Gastgeber.

Am nächsten Tag stellte der Kaplan wieder den großen Topf, gefüllt mit heißem Wasser, vor Carls Tür. Der reparierte Stiefel stand daneben. Carl hatte bis in den Mittag hinein geschlafen. Bei einem weiteren Teller Gerstensuppe sagte der Kaplan plötzlich, Bruder Klaus habe am Schluss nichts essen können. »Er hat vor seinem Tod furchtbar gelitten.«

»Nichts essen?«, fragte Carl. »Warum konnte Bruder Klaus nichts essen? Hatte er einen kranken Magen?«

Der Kaplan blickte Carl flüchtig an und sah dann durchs Fenster. »Nein, das war ein anderes Leiden. Niklaus von Flüe litt unbeschreiblich darunter, dass die Oberen so üppig aßen und tranken, man konnte getrost von Prassen, Völlern und Saufen reden. Und er litt, weil die Armen jeden Tag ihre Plackerei auf sich nehmen mussten und nicht einmal eine Suppe für sich und ihre Kinder hatten. Deshalb, aus Protest, konnte Bruder Klaus nicht mehr essen.«

Der Kaplan stand auf, klopfte seine Pfeife aus und wandte sich zur Tür. Eher zu sich als zu Carl sagte er: »Wenn je einer, dann war er ein heiliger Mann.«

Nach dem Essen gingen sie einsilbig in Richtung Ranft. Das Bekenntnis des wortkargen Kaplans hatte Carl stumm gemacht. Wie sehr musste einer an der Welt leiden, dass seine Physis so stark in Mitleidenschaft gezogen wurde und versagte.

Sie kamen am Geburtshaus Niklaus von Flües vorbei und an seinem Wohnhaus, das er für sich und seine Familie hatte errichten lassen. Beides waren eindrucksvolle, gut ausgestattete Schweizer Holzhäuser, von denen Carl schon mehrere im Tal gesehen hatte.

Aus den Fenstern müsste man einen unvergesslichen Blick haben auf den Sarner See, auf Almen und verschneite Berggipfel. Vor allem der Himmel war von einem glühenden Blau, wie es Carl noch nie gesehen hatte. Es war das erste Mal nach Claras Tod, dass Carl wieder einen blauen Himmel wahrnehmen konnte.

Sie gingen in die Schlucht hinunter, und nach einem kurzen Fußmarsch gelangten sie zu der Kapelle mit der daran angebauten Klause. »Heute ist es gut«, meinte der Kaplan, »oftmals haben wir hier einen großen Volkszulauf. Viele kommen aus Ihrem Land. Andere Pilger suchen die Klause im Anschluss an ihre Wallfahrt nach Einsiedeln auf. Übrigens, das erste Buch über Bruder Klaus ist bereits kurz nach seinem Tod 1487 erschienen, und zwar in Deutschland, in Augsburg.«

Das ist es, dachte Carl. Aufschreiben, Malen – die pulsierenden Gedanken und Gefühle festhalten.

Der Kaplan hatte den Schlüssel, der sich knarrend in dem alten Schloss drehte. Carl kam in einen kleinen Raum aus rohgefügten Holzbalken mit einer Bank als Bett und einem Stein als Kopfkissen. Er sah den Kaplan an. »Ja – darauf soll er geschlafen haben, aber das kann ich mir nicht vorstellen«, meinte der, und Carl dachte, dass vielleicht jemand mit der Ausstattung der Klause übertrieben hatte.

Unvermittelt sagte der Kaplan, die Schweizer hätten in Niklaus von Flüe ihre Hoffnung für den Frieden im Land gesehen. Damit sei Niklaus nicht einverstanden gewesen. Er habe sich gegen solche Zumutungen gewehrt. Vergeblich.

Der Kaplan hatte sich für seine Verhältnisse in Rage geredet, und Carl sah ihn verständnisvoll an, äußerte sich aber nicht. Er fühlte sich in dem kargen Holzgehäuse nichtig und zerbrechlich wie nie zuvor, ein Abhängigkeitsgefühl von seinem Herrgott bemächtigte sich seiner. Er hatte gelernt, dass Gott im Himmel wohnte, dass er überall wohnte, auch wenn die Menschen ihn nicht sahen oder spürten. Gott vermochte alles, auch das hatte Carl gelernt. Vielleicht hatte Gott dem Niklaus von Flüe angeboten, sein Leben in die Hand zu nehmen, wenn er Frau und Kinder verlassen und ihm nachfolgen würde. Bruder Klaus hatte wahrscheinlich begriffen, was Glaube ist. Keine fromme Innerlichkeit, sondern eine Grundentscheidung über das ganze Dasein.

Carl überlegte, ob er mit dem Kaplan darüber reden sollte, doch der war schon wieder auf dem Rückweg. Er schloss die Klause ab, ging nachdenklich hinter dem Kaplan her, der so rasch den steilen Weg hochlief, als wolle er allein sein. Wieder bei der Kirche angekommen, bot er Carl an, mit ihm auf die Älggi-Alp zu gehen. Sie sei die markanteste Alpe um den Vierwaldstätter See, denn hier, auf einer Höhe von 1650 Metern, liege der geographische Mittelpunkt der Schweiz. Dort oben sei man den Bergen so nah wie dem Himmel, und Carl sah hinauf zu den Bergen, und er fühlte sich wie ein Fremder, obwohl die Berge seiner Heimat den hiesigen ähnlich waren.

Der Kaplan ging wieder voran, und Carl hätte gern gewusst, was er in diesem Moment dachte. Ihm selbst ging nicht aus dem Kopf, warum die Schweizer in bürgerkriegsähnlichen Situationen der Meinung waren, dass Niklaus von Flüe, wahrscheinlich der einzige nicht korrumpierbare Mensch in der Eidgenossenschaft, sich auf die eine oder auf die andere Seite schlagen werde. Nur weil er zugesagt hatte, für sie zu beten? Im Gegensatz zu allen anderen hatte er gewiss nicht vor, die Schweiz zu retten.

Diese Gedanken versuchte Carl dem Kaplan nahezubringen. »Frieden zu machen«, meinte er, »war für Bruder Klaus wohl weniger eine Angelegenheit der Politik als vielmehr eine des geduldigen Zuhörens und Beratens.«

Der Kaplan sah Carl überrascht an. »Ja, so ist es. Er hatte die politischen und sonstigen weltlichen Interessen in seinem mystischen Leben längst hinter sich gelassen. Die vier letzten Dinge waren für ihn maßgebend: Himmel und Hölle, Tod und Jüngstes Gericht.

Fragenden hat er geraten, den Weg der gütlichen Einigung in Liebe zu gehen. Oder, wie er es einmal in Abwandlung des Epheserbriefes ausgedrückt hat: Friede ist immer in Gott, denn Gott ist der Friede.«

Carl dachte, dass der Kaplan, wenn er diese Botschaft hinaustragen würde in die Schweiz und nach Deutschland, vielen Menschen neue Erkenntnisse vermitteln könnte. Genügte ihm sein Leben, das Unterrichten einer Handvoll Kinder, die Betreuung der Pilger, die ihm mit ihren Nöten und Hoffnungen viel Geduld abverlangten?

Carl würde es nie erfahren, und er hatte Grund genug, sich um sein eigenes Leben zu kümmern. Wer war er eigentlich? Hier, wo die schroffen grauen Felswände ihn zu erdrücken drohten, fragte er sich, ob er auf dem richtigen Weg sei. Er war kein schlechter Apotheker und hatte das pharmazeutische Studium mit Auszeichnung bestanden. Und doch – eine gewisse Begabung als Maler glaubte er auch bei sich zu finden, er war kein großes Licht, nein, aber konnte er nicht auch ein kleines Talent akzeptieren? Er war als Maler noch unbedeutend, er wusste es, es fehlte wohl der zündende Funke, den andere hatten, die Großen, Genialen.

Als sie aus der Klamm heraustraten, als Carl das sanfte Tal vor sich sah, umkränzt von den Felsenbergen, da wusste er einmal mehr, dass er nur noch Maler sein wollte. Ein unbedeutender Maler vielleicht, aber ein Maler.

30

In der *Augsburger Allgemeinen* las Carl, dass Graf Maximilian von Montgelas gestorben sei. In seiner Kindheit war im Haus Spitzweg oft von diesem Berater der bayerischen Könige die Rede gewesen. Er habe einen scharfen Juristenverstand, hatte Carl den Vater sagen hören. Aber richtig Deutsch zu sprechen, das habe der Sohn eines aus Savoyen stammenden Generals nie gelernt.

Ein Jahr nach Carls Geburt war Montgelas in den Adelsstand gehoben worden. Er hatte König Max in fast zwanzig Jahren zu all seinen Entscheidungen die Ideen geliefert. Das hatte jedenfalls der Vater immer behauptet, wenn aus der Verwandtschaft kritische Stimmen laut geworden waren. »Das moderne Bayern, das im guten Sinne moderner war als alle anderen Staaten, war das Verdienst Montgelas', war sein Werk!« Darauf hatte der Vater immer stur beharrt. Und er hatte aufgezählt, welche Ämter König Ludwig dem Maximilian von Montgelas anvertraut habe: Er war Chef der auswärtigen bayerischen Angelegenheiten, Innen- und auch noch Finanzminister.

Als Carl in der Lateinschule gewesen war, hatte der Vater sorgenvoll bei Tisch berichtet, dass der Kronprinz den König dazu überredet habe, seinen Berater Montgelas vom Hof zu entfernen, da er dem fortschrittlichen Geist der neuen Zeit den Weg versperre.

So einen verdienten Reformer schickte man doch nicht von einem auf den anderen Tag weg, hatte damals der Vater geschimpft. Und das alles nur, weil der Kronprinz den französischen Kaiser Napoleon nicht ausstehen konnte und Montgelas eine allzu frankreichfreundliche Politik unterstellte.

Der damals neunundfünfzigjährige Montgelas, so hieß es in der Zeitung, habe das Handschreiben des Königs gelesen, in dem der beteuerte, dass es die Umstände verlangten, den Grafen nicht länger in seinem Dienste zu belassen. Der Graf soll nach der Lektüre lange geschwiegen haben. Sein erstes Wort sei gewesen: »Warum nur 30000 Gulden Pension? Mein Jahresgehalt hat doch 36000 Gulden betragen.«

Carl las, dass König Ludwig verboten habe, in der Reichsratskammer an den Toten zu erinnern. Offenbar war Montgelas nicht an der Undankbarkeit des königlichen Hofes zerbrochen. Er hatte sich jedenfalls nichts anmerken lassen. An dieser Haltung, so dachte Carl, kann man sich getrost ein Beispiel nehmen.

Carl schaute auf die Uhr und warf die Zeitung weg. Er musste los, zum Dom. Sein Bruder Eduard feierte heute Hochzeit, und er, Carl, war Trauzeuge. Gut, dass Juli ihm alles zurechtgelegt hatte, was er anziehen wollte. Er stieg in seine engen Pantalons, das frische weiße Hemd, knöpfte eilig sein Gilet zu und warf den Rock über. Für Eduards großes Fest wollte Carl schließlich so gut aussehen wie nur möglich.

Sein kleiner Bruder wurde heute ein Ehemann. Eduard gründete eine Familie.

Carl fühlte sich so beschränkt wie nie zuvor. Als würde er dem Leben nur noch zusehen. Immer wieder versuchte er, Clara zu malen, so als könne sie dadurch auferstehen, zurückkommen zu ihm. Doch nur die farbige Abstimmung gelang ihm. Die blaue Schleife über dem weißen Spitzenkragen, dahinter der rote Samt der Stuhllehne. Der Steinbesatz auf Claras Kleid schimmerte im roten und hellen Licht. Ihr Hochzeitsring, den er ihr in Venedig geschenkt hatte, war authentisch. Alles andere jedoch entglitt ihm. Obwohl er Claras Gesicht vor sich sah, sich jede Einzelheit zurückrief, veränderte sich das Bild auf der Leinwand. Auch als er glaubte, fertig zu sein, veränderte sich Clara immer weiter, je nachdem, wie es Carl zumute war, wenn er sein Bild anschaute. Das Bild begann sein eigenes Leben zu führen, so als sei es ein lebendiges Geschöpf, und es wurde Carl mit der Zeit klar, dass er selbst es war, der durch sein Anschauen das Bild immer wieder veränderte. Eigentlich, dachte Carl, ist es ganz natürlich, dass Claras Bild nur durch mich Leben hat. Sie gehört mir. Nur ich habe sie geliebt. Er würde ihr Bild niemals verkaufen.

Auch von sich selbst hatte er ein Porträt gezeichnet. Er wollte mit Clara ein Paar sein, und so stellte er sich dar, wie er sich aus der gemeinsamen Zeit in Venedig in Erinnerung hatte. Sein Kopf, die hohe Stirn umrahmt von Locken, lugte aus einem schwarzen Rock mit hochgeschnittenem Kragen hervor. Seine Augen hinter der Stahlbrille schauten den Betrachter kritisch und zugleich traurig an. Carl spürte, dass er immer jünger geriet, als sei er noch der Lehrling in der Apotheke. Daran änderte auch der volle Schnauzbart nichts, sein Gesicht blieb das eines sehr jungen Mannes. Und wennschon, er würde weder sein Bild noch das von Clara jemandem zeigen. Sie gehörten ihm, wie auch Clara und ihre Liebe nur ihm gehört hatte. Er beschloss noch einmal, niemandem, wirklich niemandem von seiner Zeit mit Clara zu erzählen.

Carl beeilte sich, in den Dom zu kommen. Als er Eduard im Frack sah, die Braut im glänzenden weißen Kleid und Schleier, musste er sich zusammennehmen, um nicht wieder davonzulaufen. Wenigstens erfüllte sich einem seiner Brüder, was er sich ersehnt hatte. Um sich von seiner Trübsal abzulenken, versuchte Carl sich die nüchternen Daten von Eduards Braut einzutrichtern: Seine künftige Schwägerin Anna, von der Familie Nanette genannt, war sechsundzwanzig Jahre alt. Sie stammte aus der in Münchner Musikkreisen hoch angesehenen Familie Moralt. Anna lebte mit ihrer jüngeren Schwester Angelika bei ihrem Onkel, dem Hofmusikinstrumentaldirektor und Königlichen Konzertmeister Joseph Moralt. Es hieß, dass die Moralts bei Hofe sehr angesehen waren. So wies die Königlich Bayerische Hofkapelle in München damals sieben Moralts auf. Sie spielten Violine, Violoncello, Horn und Fagott.

Eduard war siebenundzwanzig, drei Jahre jünger als Carl. Er hatte das Glück gehabt, dass ihm Annas Onkel im Jahr 1837 empfohlen hatte, eine Musikalienhandlung zu erwerben, die in der Rosengasse Nummer 5 lag. *Josef Aibl, Musikalienhandlung* stand auf einem großen schwarzen Schild geschrieben, das über dem eher kleinen Laden hing. Die Witwe verzichtete auf ihre Konzession, das heißt, Eduard kaufte sie ihr von seinem Erbe ab, und so war er von Stund an Königlicher Hofverleger und hatte es nicht mehr nötig, den Stiefvater Neunerdt um eine Stellung in der elterlichen Spezereihandlung zu bitten.

Carl gönnte es seinem kleinen Bruder von Herzen, dass er es nach den langen Jahren der Plackerei in Triest und Ödenburg nun zu einem eigenen Geschäft in München und zu einer hübschen Ehefrau gebracht hatte. Die beharrliche Weigerung Neunerdts, dem Kaufmann und Spitzweg-Erben eine verantwortungsvolle

Stellung im väterlichen Geschäft einzuräumen, hatte Eduard nach anfänglich bitterer Enttäuschung am Ende sein Glück gebracht.

Dass Eduard sich in Anna Moralt verliebt hatte, konnte Carl gut verstehen. Sie war liebenswürdig, ließ sich keine Sekunde anmerken, dass sie die berühmteste Person der ganzen Hochzeitsgesellschaft war. Es lag ja nahe – bei dieser Familie –, musikalisch zu sein, vielleicht sogar hochmusikalisch. Anna hatte ihre Ausbildung als Pianistin bei den besten Lehrern in London erhalten und dort schon in jungen Jahren große Konzerterfolge errungen. Warum sie offenbar in letzter Zeit keine Konzerte mehr gegeben hatte – Carl wusste es nicht.

Anna sah reizend aus. Nicht annähernd so schön wie Clara, natürlich nicht, doch sie hatte ebenfalls dunkles Haar, das in der Mitte gescheitelt und oben auf dem Kopf zu einem geflochtenen Dutt aufgesteckt war. Hier konnte Carl mitreden, denn er hatte Clara immer geholfen, wenn sie ihre Haarfülle gewaschen, mühsam getrocknet und meistens auch hochgesteckt hatte. Für sie wäre nur eine protestantische Hochzeit in Frage gekommen, doch das hätte Carl nicht berührt. Er glaubte ohnehin nicht an einen speziell katholischen Gott.

Nach den kirchlichen Feierlichkeiten wurde im Hause Moralt ein festliches Essen gegeben, das, genau wie die Trauung, von Musik eingerahmt war. Vetter und Onkel der Braut hatten ihre Instrumente mitgebracht und ließen Phantasiestücke von Schumann hören, später Etüden von Chopin. Anna, offenbar informiert von Eduard, bat Carl, ebenfalls seine Künste vorzuführen, und Carl spielte einige Ländler. Er dachte an die erträumte Hochzeit mit Clara, und wieder kam der Abend zurück, an dem sie in die Apotheke gekommen war.

»Weißt du, dass du ein wenig wie Franz Schubert aussiehst?«, sagte Anna, die sich zu ihm setzte und ihn aufmerksam ansah. »Wirklich. Das Gesicht, die Nase, die Haare, als wärst du sein Zwilling. Und musikalisch bist du auch. Wir müssen bald versuchen, ob wir vierhändig spielen können. Willst du?«

»Um Gottes willen«, stöhnte Carl, »ich bin, an dir gemessen, ein Sonntagsspieler, sonst nichts.« Um Anna von ihren Plänen abzulenken, fragte er: »Und wem soll ich ähnlich sehen?«

»Franz Schubert! Wir haben in unserer Musikalienhandlung Bilder von ihm. Du kannst es mir glauben, du siehst aus wie er. Sogar die Haartracht stimmt.«

»Komm, Carl, tanz mit mir. Schau, alle tanzen!« Annas Schwester Angelika stand vor ihm. Er hatte schon in der Kirche gesehen, dass die Sechzehnjährige in ihrem lichtgelben Seidenkleid und dem dicken Blumenkranz im Haar Aufsehen erregte. Die Verwandtschaft, aus vielen Teilen Bayerns gekommen, beäugte die Familie Moralt, und da war neben der Braut ihre junge Schwester die größte Attraktion. Angelika hatte ein feingeschnittenes Gesicht, in dem sehr dunkle Augen auffielen, die mandelförmig geschnitten waren und von kurzen, steilen Brauen noch betont wurden. Der Mund hatte einen schönen Schwung, und beim Lachen sah man makellose Zähne, wie sie nur die ganz jungen Mädchen hatten. Plötzlich dachte Carl daran, dass Eduard, genau wie vormals sein Vater, die Ältere von zwei Schwestern geheiratet hatte.

Vor fünfunddreißig Jahren war seine Mutter mit dem Vater vor dem Altar gestanden. Und ihre junge Schwester Crescenz war Brautjungfer gewesen. Sie saß heute auch an der Tafel, mit ihrem Mann und mit Fany, die schon eine Weile auf Carls Schoß verbracht hatte. Dann war das Kindermädchen mit ihr heimgegangen. Crescenz' Anblick ließ das Bild seiner Mutter immer wieder vor Carl erstehen. Der Klang der Stimme, manche Gebärden, das anmutige Neigen des Kopfes beim Zuhören.

»Nun komm schon, Franz Schubert«, rief Angelika ungeduldig und zog Carl mit sich ins Nebenzimmer, wo einer der Moralts Hochzeitswalzer spielte. »Ich war fei in der Tanzschule, wir haben Walzer gelernt. Zuerst ganz langsam, eins, zwei, drei, nur so ein bisschen wiegen, aber dann musst du Zunder geben, Schubert, richtig Zunder.«

Carl war einen Moment verwirrt, dass die Sechzehnjährige ihn derart herumkommandierte. Doch dann überließ er sich ihr, denn sie konnte Walzer tanzen. Und wie. Nach kurzem wiegendem Beginn fuhr sie ihm mit energischen Schritten zwischen die Beine, und dann walzte sie mit ihm durch den Raum, ihr Rock flog hoch auf, sodass alle Platz machten und zuschauten. Carl war rasch im Rhythmus, wann hatte er das letzte Mal getanzt? Und nun ging es einszweidrei und einszweidrei, rechtsherum, linksherum. Die wilde Jagd. Irgendwann schien sich der Raum mit seinen vielerlei Einzelheiten vor Carls Augen widerzuspiegeln, wirkte verändert und fremd, aber voller Bewegtheit und gleißender Farben.

Zum Schluss ließ Angelika sich gegen Carl fallen und blieb japsend vor ihm stehen. Sie war kaum kleiner als Carl, eher gleich groß, er spürte ihren Duft, die Biegsamkeit und Weichheit ihres Körpers. Carl wusste nicht, ob ihm wohl war oder wehe. Er brachte Angelika zu ihrem Onkel zurück, der leise, aber bestimmt damit begann, ihr Vorhaltungen wegen ihres auffälligen Verhaltens zu machen.

Angelika drehte eine Locke zwischen den Fingern und hörte zu. Oder auch nicht. Carl dachte, dass sie eher nicht zuhörte. Jedenfalls wusste er, dass er Angelika nicht beschützen musste. Das besorgte sie schon selbst.

Als Carl nach Hause kam, fand er auf dem Esstisch ein Billett. Juli berichtete, dass ein Kutscher es abgegeben habe. Carl sah überrascht, dass der Absender Professor Franz von Kobell war, der ihn zum morgigen Treffen der »Zwanglosen« einlud. Carl hatte seine Malerkollegen schon von diesem Club reden hören, der im vergangenen Jahr gegründet worden war. Man konnte diesem Club nicht beitreten, man musste einen Paten haben, der Mitglied war und sozusagen für einen bürgte. Dreimal musste so ein Kandidat sich bei den Soireen sehen lassen, dann wurde per »Ballotage« darüber entschieden, ob er Mitglied werden durfte oder nicht. Ballotage war eine Abstimmung mit Kugeln, die schon die Benediktiner im frühen Mittelalter praktizierten.

Carl freute sich über die Einladung seines früheren Professors, den er verehrte wie nur wenige Menschen.

Wie in dem Billett angekündigt, holte Franz von Kobell Carl zu Hause ab, und dann gingen sie gemeinsam die wenigen Schritte in die Weinstraße zur Jungmann'schen Weinwirtschaft.

Es war für Carl eine Überraschung, dass Franz von Kobell sich um ihn bemühte. Nicht, weil er ein berühmter Wissenschaftler und Universitätslehrer war, ein vielbeachteter Schriftsteller außerdem – Carl spürte, dass Kobell sensibel war und Verständnis hatte für seine Situation. Er kannte die Menschen, das konnte man aus seinen Gedichten und Schnadahüpferln lesen, die leichtfüßig daherkamen, beim näheren Hinsehen aber von Ironie und genauer Beobachtung geprägt waren. Er schrieb auch Lieder im bayerischen oder oberpfälzischen Dialekt, voller Mutterwitz und Frische. Auch was er in Hochdeutsch dichtete oder für die Bühne schrieb, fand allgemein großen Beifall. Niemand versuchte, hier höchste ästhetische Maßstäbe anzulegen, so wenig wie an die Verse seines Freundes Pocci. Carl dachte, dass Kobell, nur fünf Jahre älter als er, in der Münchner Gesellschaft und weit darüber hinaus höchste Anerkennung genoss.

In diesem Zusammenhang fiel Carl ein, dass er es durch die Überredungskünste von Schleich und Hanson gewagt hatte, sein Bild *Der arme Poet* im Kunstverein anzubieten. Nun war er der quälenden Ungewissheit ausgeliefert, ob sein Bild den Ansprüchen des Kunstvereins genügen würde. Bei dem Gedanken, dass diese Männer hier, diese »Zwanglosen«, allen voran Kobell und Pocci, von einer Ablehnung seines Bildes erfahren könnten, schoss ihm das Blut in den Kopf. Seine Hände zitterten. Was wollte er bloß hier, unter dieser Elite des Münchner Geisteslebens?

Kobell nahm den zaudernden Carl ohne Umschweife beim Arm, und sie betraten die Weinwirtschaft. Beim Hereinkommen eilte ihnen ein hochgewachsener Mann entgegen, der trotz seiner kräftigen Gesichtszüge geistvoll und feinnervig zugleich wirkte. Carl erkannte ihn, den Oberstkämmerer, Zeremonienmeister und Hofmusikintendanten König Ludwigs, Graf Franz von Pocci, sofort wieder. Der musterte ihn kurz und eingehend, drückte dann aber freundschaftlich seine Hand. »Willkommen bei uns.« Im nächsten Moment wandte er sich Kobell zu und begann, auf ihn einzureden.

Um Carl kümmerte sich für einen Moment niemand, und er konnte Pocci näher betrachten, der in einer kleinen Gruppe von Männern stand und von seinem Schaffen erzählte. Da andere ungeniert weiter miteinander plauderten, verstand Carl nur Wortfetzen. »Hocherlauchtes Publikum mit und ohne Autorität«, begann Pocci. Er hob kurz seine Stimme, deklamierte: »Ich bin kein Maler und male doch! Bin kein Sänger und singe doch!«

Kobell widersprach ihm sofort: »Du hast eine so vielseitige Begabung, bestreite die doch nicht immer. Wir wissen, dass die Künste sich gegenseitig durchdringen können und vielleicht sogar müssen.«

»Aber dass er sein Talent an so ein veraltetes Genre wie das Puppenspiel vergeudet, das begreif ich nicht«, sagte kopfschüttelnd einer, der sich Carl zu späterer Stunde als Ernst Förster vorstellte, Kunstschriftsteller, Maler und Cornelius-Schüler. Im Laufe des Abends hatte er Carl einen Platz neben sich angeboten, und sie waren schließlich wieder auf Pocci zu reden gekommen, der nach einem Disput missmutig seinen Hut genommen und fortgeeilt war.

»Ich glaube«, sagte Förster leise und nachdenklich zu Carl, der hinter Pocci herschaute, »ich glaube, dass in diesem Mann ein beispielloses Chaos herrscht. Das droht fortwährend den Rahmen seines Geistes zu sprengen. In Pocci streiten sich die schärfsten Gegensätze, eine dämonische Melancholie und eine sprühende Heiterkeit, eine zügellose Phantasie und dann wieder ein rührend schlichtes Naturgefühl. Das alles prallt fortwährend in seiner Seele aufeinander, und es rüttelt an den Säulen seiner Existenz.«

»Aber er ist doch überall hoch angesehen«, wandte Carl ein, der sich sein Bild von Pocci nicht ohne weiteres zerstören lassen wollte. »Der Graf hat sich, obwohl Italiener, doch ganz uns Deutschen zugewandt. Er beschäftigt sich mit unseren Interessen, unseren Angewohnheiten und mit unserer Sprache. Und vor allem widmet er seine Kunst den Kindern und Jugendlichen. Wer tut das schon als Mann in seiner Stellung.«

»Jaja, von außen sieht das alles vielleicht edel aus«, gab Förster zu bedenken. »Doch wenn ich mir vorstelle, dass dieser belastete, gefährdete Mann im seidenen Galafrack hochoffiziell die Gemächer der königlichen Residenz durchschreitet, dann ist es – jedenfalls in meinen Augen – völlig absurd.«

Das war Carl zu viel. Wieso war dieser Mann, wohl um einige Jahre älter als er, so kritisch gegenüber Pocci eingestellt? Förster war mit seiner hohen Stirn, der üppigen Haartolle und dem männlich markanten Gesicht eine so sympathische Erscheinung, dass Carl sich in seiner Gesellschaft sofort wohlgefühlt hatte. Aber wenn er auf Pocci herumhackte, konnte Carl das nicht hinnehmen. »Ich hatte bislang immer nur davon Kenntnis, dass Pocci, obwohl von hohem Stand, sich den niederen Volksklassen, und dort auch vor allem der Jugend, zuwendet. Mir gefällt an ihm, dass er sich offenbar selbst in Frage stellt. Ich habe eine Karikatur von ihm gesehen, wo er sich als Narr mit der Maske gezeichnet hat, und diese Maske zeigt sein Antlitz. Offen gesagt – ich bewundere den Grafen.«

»Es ehrt Sie, junger Mann, dass Sie ihn verteidigen. Aber ich glaube dennoch, dass Pocci entweder zwei Gesichter hat oder dass er verrückt ist. Neulich hat er auf der Ludwigsstraße einen jungen Mann in tödliche Verlegenheit gebracht. Der ging da spazieren, und der Graf trat vor ihm beiseite und machte die Verbeugung, die man nur den höchsten Mitgliedern des Hofes gegenüber macht. Der junge Mann war völlig hilflos, das können Sie sich bestimmt vorstellen.«

Förster sah Carl erwartungsvoll an, der gerade versuchte, sich in die Situation des jungen Mannes hineinzuversetzen. »Natürlich hat Graf Pocci sich da einen Fauxpas geleistet, aber bestimmt aus Übermut und nicht aus Bosheit. Vielleicht weiß er nicht, wohin mit all seiner Phantasie und seiner künstlerischen Kraft.«

»Ich sehe schon, der Graf hat in Ihnen einen starken Anwalt. Halten wir es daher mit Friedrich Schlegel, von dem es einen schönen Aphorismus gibt: Nicht die Kunst und die Werke machen den Künstler, sondern der Sinn und die Begeisterung und der Trieb.«

Nachdem Förster sich verabschiedet hatte und Carl noch unter der Türe einlud, mit ihm bald einmal in den Englischen Garten zu gehen, fiel Carls Blick auf die Wand, an der ein großes Bild hing, zweifellos von Graf Pocci gemalt. Es zeigte Philipp von Martius in einem Kanu, das vollgestopft war mit Menschen und Kisten. Vorn im Boot saßen zwei Eingeborene. Sie schienen stolz und hochzufrieden, waren mit Federn und tellergroßen Ohrringen geschmückt. Sie pafften dicke Wolken und tauchten gemächlich ihre Ruder ins blaue Meer, wo ein großes Krokodil schon gierig das Maul aufsperrte. Hinter den Eingeborenen, inmitten dicker Folianten, saß der Forscher aus München in einer Art Schlafanzug und großem Strohhut. Er hatte einen Notizblock auf den Knien und arbeitete konzentriert. Hinter ihm hockten zwei große Papageien, und eine veritable Palme wurde backbords als Trophäe und Forschungsobjekt mitgeführt.

Carl muss daran denken, wie oft er als Junge mit Martius im Gebirge wandern und botanische Studien machen durfte. Die Szene, die Pocci gemalt hatte, erinnerte ihn lebhaft an die Erzählungen von Martius, dem die Geschichten seiner Forschungsreisen nie ausgingen.

»Eine Kalesche für Franz von Kobell«, rief eine Bedienung in den Raum, und Kobell verabschiedete sich von Carl. »Der Förster sagt, Sie hätten wacker mit ihm die Klingen gekreuzt und unseren Pocci verteidigt«, lachte Kobell. »Ich hab darauf gesagt, dass Sie schließlich auch bei mir studiert hätten. Sie sehen, ich bin stolz auf Sie. Ich werde Sie demnächst einladen. Sie müssen uns am Tegernsee besuchen.« Kobell umarmte Carl nur kurz, aber Carl ging dennoch erwärmt zurück in die Dienergasse, wo

Juli und Füchsl mit einem Imbiss zur Nacht auf ihn warteten. Es war ein guter Abend gewesen mit den Zwanglosen.

Nach dem Essen setzte sich Carl an seinen Schreibtisch, wo Füchsl sich schon postiert hatte. Carl schrieb auf, was ihm aus der Feder floss:

An Pocci. Was hebt und engt die Menschenbrust/Zu sagen ist euch unbenommen! Doch er, er singt voll Herzenslust: Die Kleinen lasst mir kommen.

31

Franz von Kobell lud Carl in der nächsten Zeit zu vielen Gelegenheiten ein in sein Haus. Der Wissenschaftler, vor dem Carl immer noch eine gewisse Scheu hatte, verbot Carl an einem lautstarken Abend im Stubenvoll, ihn mit seinem Titel anzureden. »Jetzt sagen wir endlich mal du. Du warst einer meiner begabtesten Studenten, hättest ein bedeutender Wissenschaftler werden können, aber jetzt bist du ein Maler von großem Talent und mein Freund.«

Auch bei der nächsten Maibockpartie war Carl eingeladen. In jeder Ecke von Kobells Arbeitszimmer stand ein frischgeschlagener Tannenbaum. Maiglöckchen und Wiesenblumen waren in dicken Sträußen auf den Tischen dekoriert. Selbst das Fass mit dem Bockbier war bekränzt, und es bescherte Carl einen der heftigsten Räusche, an die er sich erinnern konnte.

Schlag zwölf erschienen die Gäste. Kobell, in eine schlichte Joppe gekleidet, begrüßte alle fröhlich. Carl entdeckte Mitglieder der Zwanglosen und der Gesellschaft Altengland. Deren Mitglieder nannten sich »Lords«, der Vorstand war der »Lordmajor« und trug bei den Festdiners eine Allongeperücke. Aber heute nicht. Kobell hatte Carl gefragt, ob er Mitglied werden wolle, es seien neben Beamten, Künstlern und Gelehrten auch adlige Herren Mitglieder. Er stellte Carl vor, und der zählte allein sechs Grafen und Herzöge, deren Namen er sich aber nicht alle merken konnte.

»Graf Pocci hat natürlich die größten Verdienste um die Gesellschaft«, erklärte Kobell, und Carl konnte sich davon überzeugen, als Pocci eintraf und laut willkommen geheißen wurde. Wie konnten Kobell und Pocci bei all ihren Engagements noch Zeit für ihre eigentlichen Berufe finden?, fragte sich Carl.

Die Bratwürste zum Bock waren frisch und schmeckten sehr gut. Carl saß an einem langen Tisch mit den Malern Seitz, Kaulbach und vielen anderen Berühmtheiten. Sie unterhielten sich lebhaft miteinander, auf Carl achtete niemand. Ihm war das recht, er machte sich auf zu einem kleinen Rundgang. Nach den üppigen Jagdtrophäen, mit denen er nichts anfangen konnte, betrachtete er interessiert die Mineralien, die in Glaskästen ausgestellt und sorgfältig beschriftet waren. Das war sein Metier, hier kannte er sich aus. Auf einigen, an die Flügeltür gehefteten schwarz-weißen Bildern entdeckte Carl eine ihn verblüffende Neuheit, von der er bisher nur in den Zeitungen gelesen hatte. Er sah zum ersten Mal eine Fotografie.

Ein Physiker, so hatte er in der *Allgemeinen* gelesen, der Physiker François Arago, berichtete während einer Sitzung der Französischen Akademie der Wissenschaften in Paris über die Daguerreotypie. Einem Louis Jacques Mandé Daguerre war es gelungen, das optische Bild der Camera obscura chemisch festzuhalten und Fotografien auf Metallplatten herzustellen. Die Belichtungszeit bei Aufnahmen von sonnenbeschienenen Gebäuden betrug anfänglich fünfzehn bis zwanzig Minuten. Unabhängig davon konnte ein englischer Privatgelehrter, William Henry Fox Talbot, sein fotografisches Verfahren auf Papier bekanntgeben.

»Na, was sagst du, so als Mensch und Maler«, fragte Franz von Kobell nachdenklich, der gesehen hatte, dass Carl seine Fotografien eingehend musterte. »Schon lange vor Daguerre und Talbot habe ich mit Carl August von Steinheil gemeinsam zahlreiche Versuche über die Fixierung von Lichtbildern gemacht. Du kennst ja Steinheil und seine Zielstrebigkeit. Wir haben bereits im April der Akademie Proben unserer fotografischen Versuche vorgelegt.«

»Ich glaube, da war ich gerade verreist«, entschuldigte sich Carl.

»Selber schuld.« Kobell lachte. »Unsere Lichtzeichnungen, zwei Ansichten der Glyptothek, waren in den Räumen des Kunstvereins ausgestellt. Stell dir vor, wir durften die Bilder sogar der Königin Therese in Nymphenburg vorstellen.«

»Wenn du demnächst alles fotografierst, was soll ich dann noch malen?«, fragte Carl, halb im Spaß, aber doch auch beeindruckt, schwankend zwischen der Freude an einer neuen Entwicklung und seinem beruflichen Interesse.

»Geh zu«, sagte Kobell. »Die Malerei stirbt nie aus. Vielleicht werden sie mal Geschwister, die Malerei und die Fotografie. Komm, darauf trinken wir!«

Seitdem war Carls Aufmerksamkeit für die Daguerreotypie geweckt. Die Münchner wurden über die neue Kunst umfassend informiert. Der Maler und Kupferstecher Johann Baptist Isenring wurde in den nächsten Jahren einer der berühmtesten Daguerreotypisten Münchens. Er zeigte im Königlichen Odeon eine Kunstausstellung von Lichtbildern, und zwar größtenteils Porträts nach dem Leben. Bald darauf richtete er sich am Maximiliansplatz ein heliographisches Atelier ein, das erste bodenständige Atelier eines Berufsfotografen in Deutschland.

Während mit der Fotografie ein neuer Stern aufging, der bei vielen Menschen großes Interesse weckte, erlebte Carl den ersten richtigen Einbruch in seiner Malerlaufbahn. Sein Gemälde *Der arme Poet* war im Kunstverein durchgefallen. Die Jury hatte das Werk nicht angenommen. Carl erhielt die lapidare Nachricht, dass er sein Gemälde baldmöglichst abholen solle.

Er spürte, wie seine Lippen bebten. Was für ein Narr war er gewesen, dass er, was aus seinem Innersten herausströmte, Fremden zur Beurteilung überließ. Er wusste doch, dass es zu viele

Kritiker gab, die alles hassten oder nicht verstanden, was nicht in ihrer Richtung lag. Besonders schmerzlich war, dass diese Absage ausgerechnet seinem *Armen Poeten* galt, den er seit mehr als zehn Jahren mit sich herumtrug, von dem er so viele Skizzen und Vorstudien angefertigt hatte wie bislang von keinem seiner Bilder. Am liebsten wäre Carl schnurstracks in den Hofgarten marschiert, um dort alle Schwachköpfe der Jury des Kunstvereins zu beschimpfen, die ihn und sein Bild verraten hatten. Er wollte diese Schwindler mundtot machen, ihre Tricks offenlegen, die Manieriertheit und allen falschen Zauber zerstören!

Angeschlagen rannte er im Wohnraum auf und ab. In sein Atelier mochte er nicht gehen, er hatte Angst, dass er alles kurz und klein schlagen könnte. Füchsl begann ihm bei seinen Wanderungen durch die Wohnung zu folgen, doch Juli nahm ihn sofort hoch, verzog sich mit ihm in die Küche. Dort saß sie zitternd, streichelte den Füchsl so heftig, dass es ihm zu viel wurde. Juli wusste nur, dass der Herr eine wichtige Nachricht erhalten hatte, aber sie wusste nicht, worum es ging. Doch dass es ihren Herrn schlimm getroffen hatte, das war klar.

Die Hausglocke ging. So schnell war Juli noch nie auf der Treppe gewesen, um einen Besucher einzulassen. Gott sei Dank! Der Herr Eduard Schleich kam die Treppe herauf. »Ein Glück«, sagte Juli leise, »ein Glück, dass Sie kemma!«

»I woaß scho, i woaß scho«, sagte Schleich, zog seine vom Matsch verdreckten Galoschen aus und reichte Juli seinen Rock und den Hut. »Heut is fei sakrisch kalt, wennst denkst, dass scho Mai is«, teilte er mit. Dann ging er rasch hinein in die warme Stube und schlug die Türe hinter sich zu.

Aufatmend machte sich Juli daran, die Semmelknödel zu formen und das bereits fertige Rahmgulasch auf den heißen Herd zu stellen. Sie hatte schon gefürchtet, dass der Herr heute nichts anrühren würde. Aber der Herr Schleich, der ließ keine Gelegenheit aus, Julis Küche zu genießen. Sie hörte den Herrn Schleich reden, der hatte ein kräftiges Organ. Es ging um die Bilder, wie immer. Sollte er nur reden, der Herr Schleich. Juli würde in spätestens einer halben Stunde melden, dass das Essen bereitstünde.

»Hör bloß auf, an deinem Talent zu zweifeln«, beschwor Schleich seinen Freund, als Carl ihm klarmachen wollte, dass es keinen Zweck habe, dass er wahrscheinlich doch eine Apotheke kaufen werde.

»Dass ich ein guter Apotheker bin, das habe ich schriftlich.«

»Nix da«, rief Schleich wieder. »Nix da! Dort drüben, in deinem Atelier, da stehen Bilder, die sind mindestens so gut wie meine, mindestens. Und du malst weiter, Carl, sonst will ich nicht mehr dein Freund sein. Und weißt du, was, ich male dir in deine Bilder meine blauen Himmel, denn bei deinen Bildern ist der Himmel oft aus Granit. Und du malst mir in meine Gemälde die Menschen hinein, die ich nicht gescheit kann. Komm, schlag ein!«

Carl, noch etwas matt, schlug ein. Wie auf ein Stichwort erschien Juli mit ihrem großen Servierbrett.

»Das duftet ja, Fräulein Juli, damit können S' Tote aufwecken!«, rief Eduard Schleich, und er half eilfertig, die Schüsseln, Saucieren und Karaffen auf dem Tisch abzustellen. »Ich muss Ihnen meine Schwester schicken, sie soll bei Ihnen einen Kochkurs machen. Sie ist übrigens Jahrgang 1814. Sie sind a bisserl jünger, oder? Meine Xaveria kann Hüte fabrizieren, auch den Haushalt auf Hochglanz bringen, aber in der Küche gefällt es ihr nicht.«

Der Frankenwein schmeckte Schleich außerordentlich gut, und nach dem dritten Glas schlug er Carl vor, gleich nach diesem köstlichen Essen zum Kunstverein zu gehen. »Dann klären wir die mal auf, was für ein gutes Bild *Der arme Poet* ist.«

Schleich hütete sich, seinem Freund davon zu berichten, dass er zum gleichen Zeitpunkt wie Carl vier Arbeiten eingereicht hatte. Alle vier wurden verkauft, über zwei musste das Los entscheiden, weil so viele Angebote vorlagen. Ein Bild gewann der Hofsilberarbeiter Weishaupt, das andere die Palastdame Gräfin Lerchenfeld-Köferin.

Davon sollte Carl nichts erfahren. Dafür wollte Eduard sorgen.

Er spürte, dass sein Freund immer noch tief deprimiert war. Daher sagte er, dass Carl ihm ruhig glauben könne. »Wenn ich nicht vollkommen sicher wäre, dass du auf dem Weg bist, ein bedeutender Maler zu werden, dann wäre ich jetzt nicht so schön besoffen von deinem Frankenwein. Aber so besoffen bin ich nun auch wieder nicht. Der Münchner Kunstverein kann dir gestohlen bleiben. Den brauchst du nicht. Vielleicht sehen die in dir nur den reichen Apotheker, der jetzt auch noch malen will. Carl! Kollege! Wir schicken deine Bilder an die Kunstvereine von Hannover, Karlsruhe, Leipzig, Nürnberg und Prag. Und ich gehe mit dir jede Wette ein, dort fällst du nicht durch.«

Carl, noch einigermaßen nüchtern, bestand darauf, Eduard Schleich heimzubringen in die Frauenstraße, wo er mit seiner Schwester lebte. Eduard war sofort einverstanden. »Einen so weiten Weg mag ich nicht allein gehen. Nachher bleib ich noch in einer Kneipe hängen.«

Juli brachte Schleich seinen Rock und die Galoschen, er stülpte sich den Hut auf, und die beiden Männer verließen die Wohnung. Draußen zeigte ein Maientag, was er an Kälte zu bieten hatte, und die beiden liefen fröstelnd über den Viktualienmarkt, wo Eduard Schleich an einem Weinstand unbedingt noch einen Schoppen bestellen wollte, aber Carl nahm ihn energisch beim Arm und bugsierte ihn Richtung Frauenstraße. Dort angekommen, wollte Schleich partout nicht, dass Carl allein zurückging in die Dienergasse.

»Mei, du tust mir ja so leid, Carl, komm, ich bring dich heim. Ich mag dich jetzt einfach nicht allein lassen!« Es half alles nichts, Eduard nahm seinerseits Carl beim Arm und drängte ihn wieder Richtung Viktualienmarkt, wo Schleich um ein Haar in den Kartoffelkorb einer Bäuerin gefallen wäre. Carl konnte ihn gerade noch auffangen.

»Wos?«, rief die Bäuerin perplex. »Schon am helllichten Mittag besuffn? Naaa, die Mannsbilder, die werden auch nimmer g'scheit.«

Schleich bemühte sich, aufrecht zu gehen, und schaffte das

auch für einige stolze Meter. Da waren sie schon wieder in der Dienergasse, und jetzt fand Carl, dass er das besuffene Waagscheitl keineswegs wieder allein zurückgehen lassen könne in die Frauenstraße. Eduard würde womöglich unter eine Kutsche geraten oder unter ein Fuhrwerk. Seufzend hakte er sich bei dem Freund unter, und als sie in der Frauenstraße angekommen waren, klingelte er rasch, und bis Eduard seinen Schlüssel im Schloss stecken hatte, kam auch schon Xaveria Schleich aus dem dritten Stock heruntergerannt. Sie schaute Carl und ihren Bruder ernst an. Sehr ernst. Aber sie sagte nichts, und Schleich ging ohne ein weiteres Wort ins Haus.

Am Abend kam Hanson. Ohne Umschweife erklärte er, dass Carl realistisch sein müsse, wenn er von den Haifischen im Meer der Malerei nicht aufgefressen werden wolle. »*Der arme Poet* ist eines deiner frühesten Bilder, nicht wahr? Dazu sag ich später noch Genaueres. Hättest du dem Kunstverein dein Gemälde *Der umgestürzte Wagen* geschickt, das hätten sie vielleicht nicht durchfallen lassen. In meinen Augen ist das dein bisher bedeutendstes Bild. Das hat auch noch Derbheiten, die werden aber aufgehoben durch die ausgezeichnete Physiognomie der verschiedenen Gesichter. Noch stärker finde ich das Bild, das du *Im Fenster* nennst. Diese Klarheit und die Intensität der Farben, wirklich beeindruckend.«

Hanson holte für einen Moment Luft und zündete sich eine Zigarre an. Genussvoll sog er den Rauch ein, dann legte er leicht seine Hand auf Carls Schulter.

»Carl, ich hoffe, du nimmst mir das nicht übel. Ich könnte dir jetzt noch an einigen deiner letzten Bilder erklären, warum *Der arme Poet* noch nicht ausgereift ist. Auch der Witz ist etwas fad ausgefallen – ich rate dir, an dem *Poeten* noch zu arbeiten. Schleich hat völlig recht«, sagte Hanson nach dem ersten tiefen Schluck Bier, das Juli gebracht hatte. »Ich werde dabei behilflich sein, deine Arbeiten an weitere Kunstvereine zu senden. Du bist als Maler noch im Werden, und das ist völlig in Ordnung. Aber was du heute schon kannst, und das können nicht viele, du erzählst mit jedem Bild eine Geschichte. Und du wirst sehen, eines Tages merken das die Menschen. Vielleicht sogar der Kunstverein.«

Als Hanson sich auf den Heimweg machte, drehte er sich auf der Treppe um und sah zu Carl hoch, für den das völlig ungewohnt war, denn Hanson war mindestens einen Kopf größer als er. »Eines musst du mir versprechen, Carl, eine Vernichtungsorgie, wie du sie mir geschildert hast, die kommt nicht mehr vor. Nie mehr. Lass dir das von deinem alten Lehrer sagen. Du musst zu deinen Bildern stehen, wie du zu deiner Familie stehst. Deine Bilder sind deine Kinder, du kannst sie nicht einfach umbringen.«

32

Heute wurde sein Neffe Eugen Spitzweg getauft. Carl war Taufpate, und er hatte dem kleinen Eugen einen silbernen Becher geschenkt, in den der Silberschmied Namen und Geburtsdatum eingraviert hatte. Dazu hatte er mehrere Goldstücke in einer blausamtenen Geldbörse übergeben. Seinem Neffen sollte das Geld nicht ausgehen.

Carl selbst floss das Geld nur so aus den Händen. Er hatte sich schon bei seinem Bruder und der Schwägerin beklagt, dass er nur noch imaginäre Reisen machen wolle. »Allein in der letzten Woche habe ich dreißig Gulden verpulvert. Glaubt mir, ich werde nur noch Einbildungsreisen im Zimmer machen. Die kommen bedeutend billiger als die ausgebildeten.«

Schon bald darauf hatte Carl seine Vorsätze vergessen und eine Reise ins Fränkische angetreten. In Nürnberg, wo er bei seiner Ankunft gerade den Zapfenstreich hörte, fühlte er sich gleich wieder daheim. Sollten andere Erding schön finden oder Ebersberg – ihm gefiel Nürnberg besser. Er nahm sich vor, Eduard und seiner Frau zu raten, den ersten Hochzeitstag unbedingt in Nürnberg zu feiern, in echt mittelalterlicher Atmosphäre. Die zackigen Häuser und Zinnen, die alten Türme und Brücken waren ungewöhnlich schön, außer in Venedig hatte er noch keine Stadt in dieser Art gesehen. Das Pflaster ähnlich dem in Wien, hohe Paläste wie in Florenz und dazwischen wieder lustigstes Grün von Akazien und Pappeln mitten in der Stadt. Die Tore erinnerten ihn auch an Wien, durch die Wälle ging man unterirdisch und im Finstern, und oben Glacis und Glacé. Hier war alles gotisch, die Fenster, Häuser, Kirchen, Türme, sogar die Hausfräuleins, bei denen er sich eingemietet hatte. Er wohnte privat, auf eine Empfehlung von Hanson, und die beiden Damen schienen ihm ebenfalls voller Erker, Zinnen, Spitzbögen, Arabesken und Schnörkel, sodass man an ihnen seine Kappe aufhängen könnte.

Auf der Herfahrt hatte er eine lustige Gesellschaft in der Kutsche gefunden. Schöne junge Mädchen und Männer, die allesamt nichts Gotisches an sich hatten. Sie waren bis Nürnberg auf das ergötzlichste in ihre Späße vertieft gewesen, sodass Carl gar nicht den Mund aufzutun brauchte. Trotzdem war er jetzt müde, und er freute sich auf das blütenweiß bezogene Bett.

Sappradi. Der Nachtwächter schrie gerade unter seinem Fenster. Wenigstens wusste Carl nun, dass die Glocke zehn geschlagen hatte.

Nach der Nürnbergreise verbrachte Carl ein paar Tage in Ambach am Starnberger See. Das Gefühl, hier heimisch zu sein, war in Ambach noch stärker als in Nürnberg. Ihn störte nur die Kälte, und er schürte den Ofen in seinem Quartier so kräftig, dass man es wahrscheinlich in ganz Ambach wärmer hatte. Bei der Fischmeisterin war Carl gut aufgehoben und ganz eingewöhnt. Die alte Frau freute sich, ihn wiederzusehen. »Diesmal bleiben S' aber länger, Herr Spitzweg«, sagte sie energisch. Carl wusste, sie hielt besonders große Stücke auf ihn, ihren »Zoachna«. Sie brachte ihm Fische, gedünstet oder gebraten, in solchen Mengen, dass Carl sich wünschte, er könne sie mit Juli, Anton und Pankraz teilen. Heute hatte sie ihm Renken gebracht, so viele er wollte, während andere Leute, die bei ihr anfragten, leer ausgingen. Carl zeigte ihr seine Zeichnungen, von denen die Fischmeisterin sich ein paar Blätter aussuchen durfte. Es war für ihn eine Freude, wenn er sah, wie die sonst so resolute und zupackende Frau vorsichtig und fast andächtig seine Zeichnungen betrachtete.

»So wie Sie unsern See malen, so seh ich ihn auch«, sagte sie einmal. »Akkurat so.«

Nun war Carl aber weit abgeglitten in seinen Gedanken, dabei musste er sich sputen, um rechtzeitig an der Kirche zu sein. Schließlich war er der Pate des kleinen Eugen und konnte unmöglich zu spät kommen. Die Taufgesellschaft war schon versammelt, als Carl heranhastete, nur der Priester fehlte noch. Wie hilfreich, dass auch Geistliche unpünktlich waren. Carl ließ sich von allen zu seinem Neffen und Patensohn gratulieren, da fauchte ihn Angelika an, dass er bei ihr und dem Täufling stehen solle. »Du bist schließlich auch Pate, nicht nur ich. Hier, nimm du mal den Eugen, den haben sie nicht richtig gewickelt. Meine Hände sind feucht.« Mit gerunzelter Stirn wandte sich Angelika an ihre Schwester. Anna, die von der Verwandtschaft Nanette oder Nani genannt wurde, hatte eine Tasche dabei mit dicken Tüchern, die sie jetzt sorgfältig dahin drapierte, wo sie den Po ihres winzigen Sohnes vermutete. Der Täufling steckte in einem wahren Ballkleid. Darin waren schon alle Spitzweg-Buben getauft worden.

»Du und Angelika – ihr seid ein schönes Paar«, flüsterte ihm eine Dame aus der Moralt-Verwandtschaft zu. Und wennschon, er musste sich jetzt seiner Aufgabe als Pate widmen. Was Angelika anging – sie war mit Sicherheit gefährlich für einen Mann. Sie war lebhaft, ja stürmisch, vielleicht konnte sie auch sanft sein. Verführerisch war sie ohne Zweifel. Sie glich ihrer Schwester Anna – und auch wieder nicht. Anna hatte einen weichen, eher schmalen Mund, der von Angelika war trotzig und voll.

Durch die dunklen Augen hatte sie ein südländisches Aussehen, sehr apart, allerdings galt sie als eigensinnig, und ihr Oheim beklagte sich über sie.

Doch jetzt, als sie den Täufling über das Taufbecken hielt, sah Carl, dass zwei Tränen sich aus ihren Wimpern lösten und über ihre Wangen liefen. Sie hatte ja keine Hand frei, sie wegzutupfen, und Carl sah mit Rührung, dass Angelika offenbar nicht ganz ohne Sentiment war. Sie reichte ihm seinen Patensohn, der natürlich angefangen hatte zu brüllen. Wer will schon aus friedlichem Schlaf von einem Guss Wasser, und sei es auch noch so geweiht, geweckt werden.

Carl hätte heute die Welt umarmen können. Schleich und Hanson hatten recht behalten. Die schroffe Ablehnung seines *Armen Poeten* durch den Münchner Kunstverein wurde vollkommen wettgemacht durch die Anerkennung seiner Werke in den Kunstvereinen der Städte Nürnberg, Hannover, Karlsruhe, Leipzig und Prag. Ihm gingen bald die Bilder aus, die er geeignet hielt zum Verschicken. Immer noch hatte er Komplexe, doch seine Starre löste sich allmählich. Ausstellungen seiner Gemälde wurden in Kunstblättern besprochen, neulich erst im Schorn'schen und gleich danach im Egger'schen Kunstblatt.

Private Käufer sprachen bei ihm vor. Carl musste jedes Mal lächeln, wie aufmerksam Juli potenzielle Kunden behandelte. Obwohl Carl das nie mit ihr besprochen hatte, hielt Juli nun stets einen ihrer selbstgebrauten Liköre oder Limonaden bereit, oder sie bot einen leichten Rotwein an und dazu Gebäck. Das schien sich herumzusprechen, denn die Anzahl der privaten Verkäufe nahm zu. Und die Käufer brachten oftmals ihre Gemahlin mit oder Freunde. Niemand schien sich daran zu stören, dass Juli hinkte. Sie wurde offensichtlich als Hauswirtschafterin anerkannt, und einmal brachte ihr eine Kundin sogar Blumen mit.

Carls Bilder wurden auch für Verlosungen angekauft, die im Stubenvoll, im Schaidel'schen Kaffeehaus in der Rosengasse oder an fidelen Nachmittagen in Neuberghausen stattfanden.

Ihm wurde von einem Fest in Nürnberg berichtet, wo für die Verlosung seine *Hosenflickende Schildwache* angekauft worden war. Gewonnen wurde das Bild von der Vorsteherin eines Dessauer Mädcheninstituts, die das Bild aber entrüstet zurückgewiesen hatte.

Carl war verblüfft, ja erfreut, dass sein hosenflickender Polizeisoldat derartige Gemütsbewegungen ausgelöst hatte. Er konnte sich nicht mehr genau erinnern, wo er den Korporal angetroffen hatte. Er trug die Uniform der fränkischen Kreistruppen, gehörte zur Landwehr. Es musste also eine fränkische Stadt gewesen sein, wahrscheinlich war er auf einer seiner Reisen nach Nürnberg an der Stadtwache vorbeigekommen. Carl erinnerte sich, dass er vorgehabt hatte, in der Wache nach Wasser zu fragen. Als er sich dem Gebäude näherte, sah er einen Soldaten im blauen Rock mit silbernen Knöpfen, roten Epauletten und hohem Kragen, der dabei war, seine Beinkleider auszuziehen. Dann hielt er plötzlich inne, warf über einen Vogelkäfig, der an der Wand hing, ein großes Tuch. Da begann Carl, sich für den Wachsoldaten zu interessieren, der sich jetzt ohne Hose hinsetzte und ungelenk damit begann, seine Beinkleider zu stopfen. Carl sah das Weinlaub, das sich wie schützend vor dem Soldaten hochrankte, dahinter die Straße, von Giebelhäusern gesäumt. Er sah sein Bild. Am Abend im Gasthof hatte er den Korporal schon skizziert, und um einige Wochen später hatte er ihn in Öl auf Leinwand gemalt.

Der Krieg war weit weg, doch die Soldaten waren noch bewaffnet. Sie fristeten oft ein elendes Dasein, da niemand sich dafür verantwortlich fühlte, wie es ihnen erging. Aber die Bilder, die Carl von diesen Männern malte, waren begehrt. Es hatte sich auch längst ein Käufer für den *hosenflickenden Wachsoldaten* gefunden, der die Bedenken der Instituts-Vorsteherin nicht teilte. Gut, dass Carl außer der Skizze noch eine weitere Fassung im Atelier hatte.

Am Heiligen Abend, den Carl in der Familie des Bruders verbrachte, wollte Eduard wissen, ob Carl tatsächlich so viele Bilder verkaufe, wie man höre. Carl bestätigte, dass er an einem Tag der vergangenen Woche acht Bilder verkauft habe. »Stellt euch vor, die Bilder gingen nach Königsberg, Mannheim, Karlsruhe, Straßburg, Regensburg, Hannover. Ich habe in der letzten Zeit so viele Bilder verkauft, dass ich kaum noch eine Auswahl habe. Nun muss ich dringend wieder an die Staffelei. Vielleicht sollte ich besser sagen, ich darf wieder an die Staffelei.«

Nach dem Essen, als Carl neben Anna im Wohnzimmer saß, fragte sie ihn, ob er manchmal vom Malen träume. Carl wollte spontan verneinen, aber dann besann er sich. Er sah Annas blasse Haut, die dunklen Schatten unter ihren Augen. Anna war wieder schwanger, aber diese zweite Schwangerschaft machte ihr schwer zu schaffen. Der kleine Eugen, inzwischen gut zwei Jahre alt, gesund und äußerst munter, stapfte auf dicken Beinen durch die Räume. Er erkundete am liebsten die Küche. Man musste ihn ständig dort herausholen, ihm verwehren, Schubladen zu öffnen oder Türen von Schränkchen, die er erreichen konnte. Seine Mutter hatte ihn jüngst mit einem Topf erwischt, in dem Scheuerpulver aufbewahrt wurde. Er hatte schon den Finger reingesteckt und wollte ihn abschlecken, als Anna dazugekommen war.

Sosehr sich alle freuten, dass Eugen ein Geschwister bekommen würde, so sehr nahm auch die Sorge um Anna zu. Je weiter die Schwangerschaft fortschritt, umso schwächer wurde sie. Oftmals konnte sie das Bett nicht verlassen, weil ihr schwindlig war. Essen nahm sie nur zu sich, weil sie wusste, dass sonst das werdende Kind nicht gedeihen würde. Carl hatte gesehen, wie sie sich beim Essen quälte. Alle, Eugen voran, wollten ihr die besten Bissen vorlegen, doch Carl sah, dass Anna sich nicht mehr lange beherrschen konnte. Man musste sie in Ruhe lassen.

Er entschloss sich, seiner Schwägerin Gesellschaft zu leisten, während die Familie und die Verwandtschaft in die Christmette ging. Angelika sagte daraufhin, dass sie unbedingt ebenfalls bleiben wolle. Dann könne auch die Kinderfrau in die Kirche gehen.

»Ich werde meinen Neffen hüten«, sagte Angelika entschieden, und Carl sah das leise Erstaunen, eine leise Unsicherheit in Annas Augen.

Carl hob Anna auf und trug sie zu dem breiten, weichgepolsterten Sofa. Er deckte sie zu, und Angelika brachte Tee und Weihnachtsgebäck.

»Du wolltest mir berichten«, sagte Anna, »ob du manchmal vom Malen träumst. Ich denke, wenn du Tag und Nacht malst, entweder in deinem Kopf, auf der Leinwand oder auf Papier, dann musst du doch davon träumen. Ich jedenfalls träume oftmals, dass ich am Flügel sitze und Chopin spiele und dass viele Menschen mir zuhören.«

In Annas Stimme waren Tränen. Angelika hatte ihre Schwester umfasst und streichelte ihre Schulter. Carl fiel nichts anderes ein, als seiner begabten Schwägerin die Hand zu küssen. Sie hatte so viele Menschen durch ihr Klavierspiel reicher gemacht. Carl fühlte sich hilflos. Wie konnte er Anna die Hoffnung geben, dass sie bald wieder öffentlich auftreten werde? Zumindest im Moment hatte sie nicht einmal die Kraft, an ihrem Piano ein komplettes Stück zu spielen.

»Also, was ist«, wollte Angelika wissen, »träumst du nun vom Malen oder nicht? Ich will meinen Traum schließlich auch noch loswerden.«

Carl hörte sehr wohl den aggressiven Ton, den Angelika ihm gegenüber anschlug. Sie war auf ihn nicht gut zu sprechen, das wusste er. Aber warum? Sie war kein kleines Mädchen mehr, es gab stets neue Bewerber um ihre Hand, die man ihr schmackhaft machen wollte. Sie aber lehnte ab. Sie sehe ihre Aufgabe darin, sich um ihre Schwester und den kleinen Eugen zu kümmern, dem Haushalt vorzustehen. Ihr Schwager Eduard sei ja unsichtbar, von morgens bis abends im Geschäft.

Endlich fiel Carl ein, dass Clara ihn damals auch einmal nach seinen Träumen gefragt hatte. Er träumte immer wieder von seiner Mutter, die ihn beim Namen rief. Einmal, im Aufwachen, hätte Carl schwören können, dass es die Stimme seiner Mutter gewesen war. Allerdings – seit dem Tag, an dem Clara ihn danach gefragt hatte, versuchte Carl beim Aufwachen, sich seinen Traum zurückzurufen.

»Doch, Anna«, sagte er, »ich habe neulich vom Malen geträumt, habe mir sogar Fetzen des Traumes aufgeschrieben, weil der Traum mir seltsam, aber doch auch wieder realistisch vorkam. Ich war in einem Raum, der sich dauernd veränderte. Mal war er kleiner und eng, dann wurde er wieder weit. Und alle Wände im Raum waren mit kleinen, großen oder mittleren Leinwänden behängt. Tausende von Leinwänden, immer kamen neue dazu. Darauf malte ich aus großen Farbtöpfen Tiere in Licht und Schatten. Sie tranken vom Wasser, standen am Wasser oder lagen im Gras, daneben eine Kreuzigung Christi, von einem anderen Maler gemalt, der aber gar nicht an Christus glaubte.

Ich malte Blumen, Menschen, die saßen, standen oder umhergingen, auch oft nackt, viele nackte Frauen, meistens von hinten gesehen. Ich malte Äpfel in silbernen Schüsseln, die Abendsonne, eine Dame in Rosa, fliegende Enten, Kälber im Schatten mit grellgelben Sonnenflecken, eine Dame in Grün.

Alle diese Bilder befanden sich auch in einem Buch. Titel der Bilder, überall mein Name. Menschen haben diese Bücher in der Hand und gehen damit von Bild zu Bild und lesen immer wieder meinen Namen. Dann gehen sie fort, und draußen haben sie alles vergessen. Warum sind sie gekommen?«

»Ein Traum wie ein Bild, wie viele Bilder«, sagte Anna noch ganz gebannt. »Ich kann sie alle vor mir sehen, jedes einzelne.« Ihre Augen glänzten, sie sah Carl liebevoll an. »Du wirst all diese Bilder malen, alle, dessen bin ich mir ganz sicher. Sobald ich wieder kräftig bin, aufstehen und herumlaufen kann wie früher, komme ich zu dir, in dein Atelier. Darf ich?«

Carl küsste Anna diesmal auf die Wange, ganz leicht, er spürte, dass er seine Schwägerin in den wenigen Jahren so liebgewonnen hatte wie nur wenige seiner neuen Verwandten. »Du bist mir immer willkommen, Anna. Und Juli wird es eine große Ehre sein, dich zu bewirten.«

»Weißt du, dass viele Leute reden?«, mischte sich jetzt Angelika ein. »Ich meine, über Juli und dich. Deine Wirtschafterin schaut ja aus wie eine Hofdame. Sie ist auch genauso frisiert und angezogen. Ich glaube sogar, dass sie sich schminkt.«

»Nein, Angelika«, sagte Carl erstaunt. »Schminken tut Juli sich nicht. Sie pflegt sich sorgfältig mit den Cremes, die ich nach wie vor für ihre trockene Haut herstelle, aber Schminke besitzt sie nicht. Das wüsste ich, denn sie fragt mich immer, ob es mir recht sei, wenn sie sich ein Kleid näht oder eine neue Frisur ausprobiert. Ich weiß, Juli ist eine schöne junge Frau geworden, wenn man davon absieht, dass sie eine verkrüppelte Hüfte hat. Wenn du sie gesehen hättest, als ich sie kennenlernte, würdest du ihr hoffentlich gönnen, dass sie es jetzt besser hat. Sie ist im Übrigen einer der fleißigsten Menschen, die ich kenne. Sie arbeitet vom Morgen bis in die Nacht.«

Angelika drehte wieder ihre Locke um den Finger. »Trotzdem. Sie ist ein Dienstbote. Sie darf nicht aussehen wie eine Hofdame.«

»Hast du nicht gelernt, dass mit der Französischen Revolution schon im letzten Jahrhundert alle Ständeunterschiede aufgehoben worden sind?«, fragte Carl schärfer, als er das beabsichtigt hatte. Aber das trotzige, hochmütige Gesicht Angelikas ärgerte ihn. »Seitdem gibt es auch keine nach Ständen festgelegte Kleidung mehr. Dein Hochmut ist nicht nur unchristlich, er ist auch dumm. Sei froh, dass du in die Familie Moralt hineingeboren bist, dass du niemals Sorgen hattest und vermutlich auch nicht haben wirst. Wärest du durch grausame Verhältnisse verkrüppelt worden wie Juli, wer weiß, ob du dich überhaupt im Leben hättest behaupten können. Du hast allen Grund, Respekt vor Juli zu haben.«

»Du redest ja, als hätte ich die Königin beleidigt«, sagte Angelika schnippisch.

»Kein Wort mehr jetzt!«, sagte Anna entschieden zu ihrer Schwester. »Ich muss mich ja für dich schämen.«

»Trotzdem stimmt etwas nicht mit Carl und der Juli. Sie sind wie ein Ehepaar, und Carl unterstützt sie, damit sie jeden Tag noch vornehmer aussieht.«

Angelika sprang auf und lief schluchzend aus dem Zimmer. Anna sah Carl mit großen Augen an. »Ach du lieber Himmel, Carl, jetzt begreife ich erst – Angelika ist eifersüchtig! Eifersüchtig auf deine Haushälterin!« Anna schüttelte den Kopf. »Darum«, sagte sie leise, wie zu sich selbst, »darum ist sie so ungerecht, wenn sie von Juli spricht.«

Daheim fand Carl eine Nachricht von Hanson vor, dass der König seinen langjährigen Vorzugskünstler Peter von Cornelius entlassen habe. Daraufhin musste sich Carl erst eine Zigarre anzünden, dann konnte er über diese verblüffende Neuigkeit nachdenken. Er wusste noch, wie fürstlich man Cornelius 1825 in München in Empfang genommen hatte. Es hieß, dass es Kronprinz Ludwig gewesen sei, der seinen Vater dazu gebracht hatte, den berühmten Nazarener von Rom nach München zu holen. Carl musste bei sich feststellen, dass er keinerlei Trauer verspürte über die Entlassung des Mannes, der durch seine Vetternwirtschaft viele Kollegen in existenzielle Not gebracht hatte.

33

Carl war in Prag gewesen, und er hatte die Reise mit der Eisenbahn genossen. Die Verbindung nach Prag war unkompliziert, und es überraschte ihn jedes Mal, wie international die Stadt Prag sich zeigte. Sie schien ihm eine richtige Künstlerstadt, und es war kein Zufall, dass er bei seinem Besuch in einem alten Café gleich zwei Malerkollegen kennengelernt hatte, Josef Mánes und Josef Navrátil. Sie hatten über Malerei geredet und davon, dass Deutschland für die tschechische Malerei von Bedeutung sei.

Mánes und Navrátil hielten sich gegenseitig vor, vom Klassizismus und Romantismus beeinflusst zu sein, bekannten sich aber beide zum Realismus. Carl hatte erklärt, er sei von Moritz von Schwind geprägt, den beide Maler kannten.

Bald taten das gute Bier, der Braten, das Kraut und die Knödel ihre Wirkung. Carl erinnerte sich noch gut daran, wie erleichtert er gewesen war, dass die beiden Kollegen ihn zu seiner Unterkunft begleiteten. Er hätte sie allein kaum gefunden.

Als Carl dagegen später in Venedig eintraf, begegnete er keinem Menschen, mit dem ihm ein richtiges Gespräch, geschweige denn so ein herrliches Fachsimpeln wie in Prag möglich gewesen wäre. Und doch. Als er nach einem frühen Abendessen durch die Lagunenstadt lief, schienen ihm die Häuser, die Brücken, der Kanal wieder vergoldet. Er sah Gruppen von jungen schönen Frauen, die beieinanderstanden und in ihrer melodischen Sprache diskutierten und lachten. Ihre Kinder tollten um sie herum und spielten mit einem kleinen Hund, der ein rundes Köpfchen hatte und braunes, glänzendes Fell. In den verzauberten Tagen mit Clara hatte Carl das alles nicht wahrgenommen. Doch nun hellten vor allem die Kinder in ihrer unbekümmerten Freude seine Stimmung auf.

Auf der Rückreise legte Carl einen Zwischenhalt in Verona ein. Er wollte unbedingt die Bürgerhäuser zeichnen mit ihren aufwändigen Einlassbögen zu den Höfen. Auch die vielfältigen Straßenarchitekturen hatte er vor zu skizzieren. Aber er kam nicht so recht zum Arbeiten. Dafür aber zu einem unglaublich guten Roten und zu einigen neuen Bekannten. Dennoch – um wirklich die besondere Atmosphäre eines italienischen Ortes auf die Leinwand zu bringen, müsste er wesentlich länger im Land sein und die Charaktere des Volkes studieren. Kleider und Häuser anzuschauen reichte nicht aus. Carl würde vermutlich zurückkommen, viel Geld ausgegeben haben und wieder deutsche Schullehrer und Pfaffen malen.

Aber über Vicenza und Padua würde er dennoch reisen.

Immer wenn er nach einer seiner Reisen in München die Türe aufschloss, freute er sich auf Julis strahlendes Gesicht, auf das Essen, das sie ihm kochen würde, und vor allem auf sein Bett. Und morgen, morgen würde er anfangen zu arbeiten. Von der Früh bis in den Abend würde er malen, malen, malen. Einige erfreuliche Skizzen hatte er schon angefertigt. Aus einem schönen alten Laden in Vicenza hatte Carl Farben mitgebracht, einige neue Pinsel, Leinwand.

Er trat in die Diele und wollte seine Tasche und den Malsack abstellen, da schauten ihm drei Gesichter bedeutungsvoll entgegen. Pankraz, auf dessen Kopf eine alte Mütze von Carl thronte, trabte auf ihn zu, nahm ihm sein Gepäck aus der Hand und trug es in den hinteren Teil der Wohnung. Anton nahm Carl seinen Reisemantel ab mit der Bemerkung, er wolle ihn gleich in eine Kiste packen.

Juli, mit Kopftuch, Kittel und Schürze verbrämt, berichtete Carl in aller Hast vom Herrn Vermieter, der vor zwei Tagen angerückt war und von ihr verlangt habe, dass die Wohnung innerhalb von längstens drei Tagen leer sein müsse. Dann rannte sie wieder in ihre Küche, rief den Männern zu, dass sie in einer halben Stunde essen könnten. Ihre Gedanken kreisten darum, wie sie den Schaden eines Umzugs so klein wie möglich halten könnte. Einmal umgezogen, dreimal abgebrannt. So hatte sie es gelernt.

Jetzt sah Carl die Veränderung. Pankraz und Anton waren damit beschäftigt, hölzerne Kisten aufzustellen. Juli packte das Geschirr in herausgerissene Seiten der *Augsburger Allgemeinen*, die sie sorgsam aufbewahrt und in ihrem Zimmer aufgeschichtet hatte. Füchsl rannte beleidigt herum, suchte vergeblich einen Platz, an dem er Ruhe hätte vor der mörderischen Hast seiner Angehörigen

»Eahm is sei Haus abbrennt«, ließ sich Pankraz vernehmen.

»Das muss eine gefährliche Situation gewesen sein«, erläuterte Anton. »Dort am Einlass, wo der Herr Vermieter wohnte, stehen die Häuser arg eng beieinander.«

»Die Feuerwehr is glei kemma«, rief Pankraz aus den Tiefen einer Kiste, die er für Carls Atelier bereitstellte. »Aber es war ois hi!«

»Nun«, erklärte Anton, »nun will der Vermieter so rasch wie möglich in deine Wohnung. Er ist mit seiner Familie in einen Gasthof gezogen und jammert, dass alles so teuer sei dort. Er will am liebsten schon morgen hier einziehen.«

»Na, da wird er sich aber schneiden«, rief Carl entrüstet. »Was können wir dazu, wenn es bei dem brennt!«

Für eine Sekunde ging es Carl durch den Kopf, dass er im Plural sprach. Und dass er das auch so meinte. Carl, Juli, Anton und Pankraz – sie gehörten zusammen. Und der Füchsl, jaja.

Füchsl umwuselte Carl, dass der fast über ihn stolperte. »Ist ja gut, Füchsl, geh weider, übertreib net.«

»Der Herr Vermieter meint, dass du reich bist, deine Verwandten in großen Wohnungen wohnen, da könntest du doch leicht unterkommen«, sagte Anton sarkastisch.

»Den werde ich nicht fragen, der wird schön in seinem Gasthaus hocken bleiben, bis wir was Geeignetes finden. Und zwar ganz hier in der Nähe!«

»Des wär fei schee, Herr Spitzweg«, rief Juli aus der Küche.

Nun wohnten sie im oberen Stockwerk des Fladhauses in der Pfandhausgasse 3, schräg gegenüber dem Himbselhaus, das auf dem Eckgrundstück des langgestreckten Maximiliansplatzes stand. Nach dem temperamentvollen Umzug, von Pankraz strategisch geleitet, hatten sie umso bedächtiger begonnen, sich in der neuen Wohnung einzurichten. Carl war zufrieden mit seinem neuen Atelier, denn es hatte ein großes Fenster zum Maximiliansplatz hin, war hell und luftig. Dahinter eine geräumige Kammer, die seine fertigen Bilder aufnahm und vor allem die Gemälde, die Carl niemals vorzeigte und niemals verkaufen würde. Alle Bilder wurden in den Umzugskisten aufbewahrt, in denen sie auch die kurze Reise von der Dienergasse in die Pfandhausgasse problemlos bewältigt hatten.

Carl konnte nun wieder in Ruhe malen. Endlich. Er hatte inzwischen erstaunt festgestellt, dass er beim Malen kaum ermüdete. Oftmals war er am Morgen schon matt, das waren aber meist die Auswirkungen des Cafés Schaidel. Beim Gehen und Klettern in den Bergen ermüdete er auch, obwohl er, gemessen an Schleich, ziemlich gut durchhielt. Aber beim Malen war seine Ausdauer schier unerschöpflich. Es wunderte ihn, dass er auch weit nach Mitternacht noch Kraft und Energie hatte, um weiterzumachen. Gerade war Carl besonders hochgestimmt, weil Eduard Schleich sein Bild *Mädchen mit dem Paraplui* gelobt hatte. »Wie du die Öffnungen zu einem blauen Himmel in die graue Fläche hineingezaubert hast, wie du den Vordergrund, den Mittelgrund und den Hintergrund komponiert hast – alle Achtung.«

Es war gegen elf Uhr in der Nacht.

»Er schaut ja schön aus, der Mond, aber wann er so rund ist, lässt er mich nicht schlafen«, sagte Juli. Dennoch war sie zu Bett gegangen, und Füchsl schniefte auch schon schläfrig.

Carl ging ans Fenster und sah den Mond, leuchtend und voll. Zarte Wolken hatten die Sicht auf ihn preisgegeben, es war, als posierten sie für ihn in ihren feinsten Schleiern. Carl dachte nach. Doch, er hatte ein Bild gemalt, vor Jahren schon, eine Nachtlandschaft – war er nicht nach einer Erzählung von E. T. A. Hoffmann auf diese Idee gekommen? Natürlich, ja. Er musste das Bild suchen, jetzt, sonst würde er es vergessen. Ein Glück, dass Pankraz die Gemälde nach ihrer Größe geordnet hatte. Carl hatte dazu keine Zeit gehabt, er war mit lästigem Papierkram beschäftigt gewesen, die so ein Umzug mit sich brachte.

Als das Bild auf der Staffelei stand, war Carl überrascht. Er hatte eine Kleinstadt gemalt im Licht der Nacht, mit Häusern, einem Denkmal und einer alten Mühle. Die Mühle war auf dem Fundament eines Befestigungsturms gebaut. Das war so üblich geworden, denn auf diese Weise konnten die vorhandenen Fundamente genutzt werden, und die neuen Gebäude standen sicher darauf und blieben trocken.

In der Erzählung von E. T. A. Hoffmann war der Held Kater Murr, der Hund Ponto und eine Taube hatten Respekt vor ihm. Auf dem Treppengiebel des Müllerhauses hatte Carl den Kater Murr hingemalt, wie er majestätisch auf den Hund Ponto herunterschaut, der sich eng ans Haus des Müllers gedrückt hatte. Die Taube hatte sich vor Kater Murr in das Fenster zum Zimmer des Vater Abraham geflüchtet, der auch in der Erzählung vorkam.

Carl kratzte behutsam am Nachthimmel herum. Er sollte eine ins Bläuliche schimmernde Farbe bekommen, der Mond einen roséfarbenen Hof. Es war das erste Mal, dass Carl in eine Landschaft derart viele Gebäude eingefügt hatte. Er wünschte sich, dass sich die poetische Färbung der Erzählung um den Kater Murr mit all seinen menschlichen Talenten und Schwächen in seinem Bild widerspiegeln würde.

Es war schon fast wieder Morgen, als Carl die *Mondscheinlandschaft* erst einmal als fertiggestellt betrachtete. Er wollte Hanson oder Schleich nach ihrem Urteil fragen. Gegen Mittag erreichte ihn die Nachricht, dass der Gießener Kunstverein gleich zwei Bilder von ihm erwerben wollte. Na bitte. Das waren gescheite Leute, die in Gießen. Die in Karlsruhe auch, sie wollten auch einiges von Carl kaufen: »Wir schätzen Ihre Bilder sehr.« Am meisten interessiert waren sie an Gemälden mit einem Mönch und mit einer Kutsche. Doch auch andere Werke seien willkommen. So hatte es in dem Schreiben geheißen. Carl war auf einem guten Weg. Er hatte große Lust, wieder auf Motivsuche zu gehen.

Als habe Schleich es geahnt, kam er am nächsten Tag bei Carl vorbei und fragte, ob sie ihre Stadtfräcke nicht wieder einmal auslüften sollten. Und ob Bernhard Stange mitdürfe. Der habe ihm in letzter Zeit oft beim Malen geholfen, weil er von seinen eigenen Bildern zu wenig verkaufe.

So war Carl mit seinen Kollegen nach Partenkirchen gereist. München hatte unter der Augustsonne geröchelt, und Schleich pries ständig seine Idee, das Weite zu suchen. Am Abend der

Ankunft schrieb Carl an Eduard, denn er hatte sich von Bruder und Schwägerin in der Eile des Aufbruchs nicht mehr verabschieden können.

Ich wohne neben der Post privat. In meinem Zimmer stehen zwei Betten, sodass Du gut bei mir wohnen könntest. Wie geht es Dir? Was macht Anna? Der Eugen und der kleine Otto? Lass mich nicht lange warten, schreibe mir, und wenn's nur auf ein Fleckerl Papier ist. Nur nichts Schlimmes! Hat Anna schon eine Wärterin? Oder hat Angelika das Amt immer noch allein auf sich? Dieser Tage ein Näheres. Stange und Schleich grüßen Dich. Gestern machten wir eine höchst beschwerliche Partie in das Höllenthal am Waxenstein, die ich nicht so schnell wiederholen werde. Grüße alle Deine Leute, und dem Eugen kannst Du erzählen, dass der Onkel todesmutig auf den Bergen herumsteigt.

Schon in der Nacht regnete es. Carl hoffte auf den Morgen, doch das Wasser rauschte noch heftiger herunter. In der Gaststube traf er Stange und Schleich schon beim Frühstück. Sie fluchten nicht schlecht. Der Wirt berichtete, dass die Kutschen voller Wasser schlügen und das Fahren eingestellt hätten.

Carl ging auf sein Zimmer und begann zu malen, denn ihm war eine Idee gekommen. Was wäre, wenn jetzt einer versuchte, auf seinem Pferd fortzureiten aus dem überschwemmten Tal? Carl stellte sich vor, dass der Reiter auf seinem Gaul verzweifelte, weil das Wasser um ihn immer weiter anstieg. Also malte er den Unglücklichen im Sattel stehend, die Knie leicht eingeknickt. Er trug einen feinen Rock, tadellose Bundhosen und elegante Schuhe. Der Zylinder und ein roter Schirm waren ihm schon abhandengekommen, schwammen aber aus Solidarität noch ein Stück mit. Füchsl kam mit paddelnden Bewegungen hinterdrein, seine rote Zunge anklagend rausgestreckt.

Sonntagsreiter nannte Carl sein Bild. Er fand, dass er unbewusst seinen Großvater Spitzweg gemalt hatte. Es rührte Carl, wie er mit dem spärlichen Haarkranz und der kräftigen roten Nase bang, aber gefasst seinem Schicksal entgegenritt.

Genauso unverhofft kam Carl zu seinem *Schmetterlingsfänger*. Das war ein komischer Kauz, der ihm in einem Hohlweg nahe Garmisch-Partenkirchen entgegengekommen war. Schleich und Stange waren im Gasthaus, genauer gesagt im Bett geblieben, ihnen war das Wetter zu unberechenbar. Carl dagegen hatte es hinausgedrängt. Nicht weit entfernt von ihrem Gasthaus lag ein Waldstück, und hier, in einem Hohlweg, war ihm der Schmetterlingssammler entgegengekommen. Carl hatte gleich bemerkt, dass der Mann höchst kurzsichtig sein musste, denn seine Brillengläser waren so dick wie der Boden einer Flasche. Ansonsten war er mit einem viel zu kleinen Kescher bewaffnet, mit dem er vergeblich nach Schmetterlingen schlug, die sich über ihn lustig zu machen schienen. Er sah mit seiner großen Botanisiertrommel, der Wasserflasche und dem umfangreichen Rucksack aus, als nähme er an einer naturwissenschaftlichen Expedition teil.

Carl überlegte lange, wie er die Unzulänglichkeit der Brillengläser zeigen sollte, und er entschloss sich, dafür einen weißlichen Farbton zu verwenden. Zu seiner Freude gab die weiße Brille dem Fänger tatsächlich die tapsige Hilflosigkeit, die Carl angerührt hatte. Er gab dem Jäger auch einen roten Regenschirm in die linke Hand. Carl liebte große rote Regenschirme, seit er selbst einen besaß, der aus Claras Besitz stammte und auf allen Wanderungen und Fahrten Carls dabei war.

So. Nun aber die Schmetterlinge. Sie gerieten Carl größer und größer, weil die wundervollen Farben und Zeichnungen der Flügel sonst nicht sichtbar wurden. Carl stellte sich vor, wie der Kurzsichtige seine Umgebung wahrgenommen haben musste. Auf keinen Fall scharf umrissen, alles musste ihm doch groß und undurchsichtig erschienen sein. Also pflanzte Carl mittels seiner Pinsel eine große Bananenstaude im Vordergrund seines Bildes ein, dahinter mehrere kleine, die den blauen Himmel durchschimmern ließen. Er malte auch noch einen dicken Stein in den

Vordergrund, aber so weit an den Rand, dass der Schmetterlingsjäger nicht darüber stolpern konnte.

Das Wetter änderte sich nicht. Schleich und Stange waren nur noch im Bett zu finden, doch das wurde ihnen dann auch zu blöde. Sie erklärten Carl, dass sie zurückfahren würden nach München. Sie hatten sich davon überzeugt, dass die Kutschen wieder fuhren. Eine große Anzahl von Soldaten hatte die Straßen vom Wasser befreit, und Carls Kollegen wollten keinen Tag länger in Partenkirchen bleiben.

Als Carl in München eintraf, lief Juli gleich zum Markt und brachte ein frischgeschlachtetes Hühnchen mit. Sie briet es zum Abendessen, und ausgelöst durch den intensiven Geruch, erinnerte sich Carl an die Einsiedelei, in der ein Mönch auf einem Spieß zwei Hühnchen gebraten hatte. Zwei für einen. Das war Carl seltsam vorgekommen. Vielleicht erwartete der Mönch Besuch. Vielleicht sogar weiblichen. Das war nicht Carls Problem. Aber das Bild des Mönchs, wie er da breitbeinig gesessen und hingebungsvoll an seinem Spieß gedreht hatte, war ihm nicht mehr aus dem Kopf gegangen. Carl überlegte, ob er das Bild wirklich in Öl malen solle. Wegen zweier Hühnchen ein ganzes Bild malen? Jawohl. Carl begann mit den Hühnchen, versuchte, ihre fettglänzende Haut durch eine besonders glatte Oberflächenstruktur sinnlich zu gestalten.

Juli schlug die Hände über dem Kopf zusammen. »Die schaun ja aus, als könnte ich sie gleich tranchieren. Mei, san die echt!«

Carl war bester Stimmung, seine Arbeit ging ihm leicht von der Hand. Er verschob sogar seinen täglichen Spaziergang durch den Hofgarten, weil er nicht abgelenkt werden wollte.

Es war ihm etwas Besonderes gelungen – er hatte seinen Schmetterlingsfänger gut getroffen. Die Gefühle der Zweitrangigkeit, des Nichtgenügens, die ihn oftmals niederdrückten und behinderten, waren für den Moment in den Hintergrund gerückt. Viele Bilder türmten sich auf in seinem Kopf, lauter Motive aus der engen Welt, die ihn umgab. Die Welt der Philister, der satten Bürger und der Serenissimi. Doch näher waren ihm die Landstreicher, oftmals bettelnde Philosophen, die Orgeldreher und Handwerksburschen. Die Pfarrherren, wie sie außerhalb ihrer Kirchen allzu menschlich wurden. Natürlich wollte er keinen von ihnen nur abbilden, er wollte jeden von ihnen karikieren, so wie er sich über sich selbst lustig machte. Carl liebte die Veteranen der Befreiungskriege, die derzeit um die Aufsicht des Hofgartens kämpften. Hier konnten sie sich ein wenig Geld verdienen. Aber es wurden immer nur zwei von ihnen gebraucht. Mit ihren Uniformen und Medaillen, mit ihren von der Kälte oder auch vom Alkohol roten Nasen mussten sie die Säbel schwingen gegen die Schulbuben, die über sie spotteten.

Carl lud öfter einen von ihnen mit ins Stubenvoll ein, um ihre Geschichten zu hören, sie dadurch lebendiger vor seinem Malerauge zu haben. Manchmal fühlte er sich richtig schlecht, wenn ein Alter mit roten tränenden Augen vor ihm saß und erst einmal gierig und zugleich beschämt das von Carl bestellte Essen in sich hineinschlang. Doch die meisten redeten gern und eifrig von sich, da ihnen sonst niemand mehr zuhörte, und Carl beruhigte sich damit, dass er jedes Mal ein großes Geldstück zum Abschied parat hatte.

34

Es klingelte an der Tür, und Carl hörte, dass es Crescenz war, die die Treppe heraufkam. Er wusste sofort, es ging um Anna. Sein Herz klopfte mit einem Mal heftig. Er blickte sich in seinem Atelier um. Alles war noch an seinem Platz. Trotzdem sah er es anders, so als läge ein Schatten darüber. Oder als sähe er es zum ersten Mal. Für einen Moment spürte Carl sich nicht mehr.

»Ich wollte niemanden schicken«, sagte Crescenz verzweifelt.

»Anna – Eduard war bei ihr, als sie starb. Er ist zusammengebrochen. Komm bitte mit.«

Sie gingen rasch den kurzen Weg, und Carl war verstört über die Sonne, die hinter Schleiern verborgen schien, als sei nichts geschehen. Nie mehr würde er mit Anna reden können. Sie war ihm so nahe, als sei sie seine Schwester. Ihre tapferen, blassen Lippen. Seit sein zweiter Neffe Otto auf der Welt war, hatte Anna sich schonen müssen. Es hatte bessere Tage gegeben und schlechtere. Aber keine richtig guten Zeiten mehr. Carl war verzweifelt, aufgebracht, dass sich alles wiederholte. Seine Mutter war nach der Geburt Eduards nicht mehr zu Kräften gekommen. Und nun war es Eduards Frau, die hinübergeglitten war in eine Welt, wo niemand sie je wieder erreichen konnte.

Schleich und Stange kamen zu Carl, um ihm in seiner Trauer beizustehen. Schon in Garmisch hatte er ihnen berichtet, dass er sich Sorgen mache um seine junge Schwägerin. Und nun war sie tatsächlich so rasch verstorben.

»Wir können nichts anderes tun, als weiterzuleben«, hatte Schleich zu Carl gesagt. Dabei hatte er ihm den Arm um die Schulter gelegt. Mit solchen Gesten war Schleich zurückhaltend. Das wusste Carl.

Schleich hatte einige Zeitungen mitgebracht.

Um Carl abzulenken, begann er zu jammern: »Wenn du die Zeitung aufschlägst, gerätst du aus der Fassung. Schau dir das an. Ich weiß nicht, was die von mir wollen. Da werden zwei Bilder von mir zu einer Ausstellung angenommen, eine Hochalpe und eine Gegend an der Isar, beide werden schon am ersten Tag verkauft, und dann schreibt so ein Finsterling: ›Mehr Grazie und etwas poetischer Sinn möchte dem Maler noch zu wünschen übrig bleiben.‹«

Carl nahm ihm die Zeitung aus der Hand und las selbst. Der erste, weitaus größte Teil des Artikels lobte Schleichs Arbeiten. Aber Schleich liebte es, sich zu beklagen. Carl berichtete daher nicht, was er im Café Schaidel gehört hatte: »Der Schleich ist doch der langweiligste und ödeste von allen Landschaftsmalern.« Noch ehe Carl protestieren konnte, hatte der Kritiker nachdrücklich hinzugefügt: »Wenn auch nicht ohne Talent!«

Bernhard Stange wollte auch etwas dazu beitragen, Spitzweg auf andere Gedanken zu bringen. Er war ein Schüler von Caspar David Friedrich, war mit einem Empfehlungsschreiben seines Lehrers an die Münchner Akademie gegangen. Dort hatte man ihn abgewiesen, wie seine Kollegen auch.

Nun wollte er Carl von den Wanderungen berichten, die er mit seinem Lehrer im Erzgebirge und in der Sächsischen Schweiz unternommen hatte. Er vergötterte Caspar David Friedrich und verstand nicht, warum man ihn in München nicht erwähnte.

»Schade, dass mein Lehrer und du euch nicht kennengelernt habt«, sagte er. »Du hättest ihm, glaube ich, gut gefallen in deiner Sensibilität und Bescheidenheit. Caspar David Friedrich ist ein Visionär, er ist neuerlich zu der Erkenntnis gelangt, dass die Landschaft nicht das ist, was wir gemeinhin darin sehen. Es sei vielmehr die Topographie unserer eigenen Seele, sagt er. Und er sagt auch, dass der Maler nicht bloß malen solle, was er vor sich sieht, sondern auch, was er in sich sieht.«

Stange spürte, dass seine Freunde beeindruckt waren von seinen Erläuterungen. Sogar Schleich gab sich nachdenklich, und daher wandte Stange sich wieder an Carl.

»Du hast ja selbst erfahren, dass der Münchner Kunstverein sinnlose Urteile fällt. Es scheint sich eine Art Kunstmarkt zu entwickeln, der die Künstler beeinflusst, wenn sich ihre Bilder nicht so leicht absetzen lassen. Ihr wisst ja, dass Caspar David Friedrich nicht überall anerkannt und verstanden wird. Ein privater Kunsthändler, der sich anmaßt, die Vermittlung zwischen den Künstlern und dem Kaufpublikum zu übernehmen, hat meinem Lehrer doch wahrhaftig geraten, er solle doch endlich einmal etwas Lustiges bringen, das man übers Kanapee oder übers Aquarium hängen kann. Was sagt ihr dazu?« Stange sah von Schleich zu Carl, der den Kopf schüttelte. Schleich klopfte Stange beruhigend auf die Schulter. »Was ich von deinem Lehrer gesehen habe, eine Winterlandschaft, die Ansicht eines Hafens, eine Ruine im Riesengebirge – da bleibt einem nur das Niederknien. So ausdrucksstark, wunderbar komponiert – das wird uns alle überleben. Uns alle! Und schon gar solche Haderlumpen, die sich Kunsthändler nennen.«

Eduard Schleich hatte das ruhig gesagt, schlicht, aber so nachdrücklich, dass Carl erstaunt auf den Freund schaute. Dass Schleich derart überzeugt war von der Kunst eines Malers, das gab es sonst nur bei Berühmten, den alten Niederländern, den Franzosen oder bei den großen Italienern.

»Ich habe im Übrigen einen Vorschlag«, sagte Schleich geheimnisvoll.

»Da wir in Garmisch-Partenkirchen fast ertrunken wären, sollten wir diese Reise nachholen. Aber nicht zum selben Ziel. Immer wieder reden wir von Südtirol. Lasst uns endlich einmal dorthin fahren.«

Aber auch bei dieser Tour hielt das Wetter sie zum Narren. Wenn sich auch nicht die Schleusen öffneten wie in Garmisch, nieselte es doch immer wieder. Dabei brauchte Carl klare Luft und Helligkeit, denn er hatte jetzt auf allen Reisen sein Fraunhofer'sches Perspektiv dabei, ein Fernglas, das ihn begleitete. Teilweise arbeitete er nun mit einem Fernrohrblick, wie er das nannte, mit einem runden Bildausschnitt, der ihn zu besonderen Motiven anregte. So hatte er für örtliche Schützenvereine runde Schießscheiben gemalt. Eine Arbeit, die ihm richtig Freude gemacht hatte. Er hatte bäuerliche Motive gewählt, sogar eine veritable Sau, auf der ein Schütze in sichtlichem Tempo geritten kam.

Die drei Maler hofften von einem Tag auf den nächsten. Doch das Wetter brachte immer wieder die heftigsten Regenschauer, Carl und seine Freunde waren froh, den Brenner ohne sonderlich große Abenteuer zu passieren. Abends saßen sie im Elefanten in Brixen und hatten ungeheuren Appetit. Wegen des miserablen Wetters konnten sie ihre geplanten Bergtouren nicht antreten. Eduard Schleich lamentierte am meisten darüber, doch Carl hatte gelernt, dass sein Freund überglücklich war, wenn er nicht laufen musste.

In Bruneck konnten sie immerhin ein Konzert besuchen. Man sagte ihnen, es sei das Regiment Baden, siebzig Mann stark. Carl freute sich nahezu kindlich auf dieses Konzert. Wenn ihm etwas fehlte auf seinen Wanderungen, dann war es die Musik. Daheim in der Familie wurde Carl verwöhnt, denn Eduard hatte eigentlich nur Gäste, die musizierten oder über Musik redeten. Diese Atmosphäre gefiel Carl außerordentlich.

Vor dem Konzert gingen sie noch zum Essen, und alle drei verzichteten sie auf die Nachspeise, um nur ja pünktlich zu sein. Sie hörten Nachtmusik, die Carl am meisten genoss, da es ungarische Tänze gab, auch Strauß und Lanner, pfiffig ausgeführt. Der Ordonanzzapfenstreich der Jäger war anmutig in eine Art Phantasie verwoben. Carl schien es gut gesetzt – die Hälfte Klarinetten und Flöten, großes Fagott und Tuba.

Als sie zurückgingen in ihr Gasthaus, regnete es nicht mehr. Carl war beschwingt von der Musik und hätte am liebsten laut gesummt und dazu dirigiert. Doch er stimmte mit seinen Freunden ein, die den Himmel anriefen, ihnen für die morgige Reise besseres Wetter zu bescheren.

Bei der Einfahrt in das Ampezzanertal bei Toblach konnte Carl nicht anders – er weckte seine beiden Genossen, die in der Kalesche saßen und schnarchten.

»Ihr müsst schauen!«, rief Carl. »So etwas großartig Wildes haben wir bisher noch nicht gesehen.«

Schleich öffnete mühsam die Augen. »Ist irgendetwas in Sichtweite, was ich sehen sollte?«, murmelte er, und dann sank er wieder zurück auf seine Bank und schlief weiter.

Wollte er denn nicht die ungeheuerlichen Felsen mit ihren fürchterlichen Zacken und Zinnen sehen? Der Ortsname, der auf Deutsch Höhlenstein hieß, machte neugierig. Carl studierte genau die Dunstluft. Sonnenbeleuchtet, rötlicher Sandschnee, grünblau das Eis, grauer Schnee ins rötlich Graue spielend, dann wieder rötlich gelb, Felsen, gelb-rot und grau, beinahe fleckig. So schrieb er es sich auf, denn sonst würden sich diese ungewöhnlichen Schattierungen in seinem Gedächtnis zu rasch verflüchtigen.

Als sie nach Ampezzo einfuhren, sahen sie wieder nur durch Nebelwolken, in welchem Paradies sie sich befanden. Schleich war erwacht, aber noch nicht völlig. Er streckte seinen Kopf für einen Moment aus dem Fenster der Kutsche.

»Diese herrlichen Gebirgsformen. Ganz verschieden von unserem bayerischen Gebirge«, rief er enthusiastisch.

Carl und Bernhard Stange sahen sich an. Schleichs Begeisterung musste man nicht unbedingt ernst nehmen.

Nach zwei weiteren trostlosen Regentagen beschlossen sie, ihr Glück in Venedig zu suchen. Sie hatten die Hoffnung, hier einen Strahl Sonne zu sehen. Logis fanden sie im Hotel Stadt Laibach.

Die Freunde beobachten fasziniert, wie Eduard Schleich, ohne das Italienische zu beherrschen, drauflosschnatterte.

»Du bist ein Meister der Sprache«, sagte Stange verblüfft. »Nur – warum lernst du sie nicht?«

Schleich sagte ständig »sì« und redete dann auf Bayerisch weiter. Auch optisch wandelte sich Schleich zum Italiener. Carl saß mit Stange beim Frühstück, als Schleich schon vom Friseur zurückkam. Wahrscheinlich war das Ganze ein Missverständnis zwischen Schleich und dem Friseur gewesen, denn der hatte ihm die Haare gewaschen, geschnitten und zu Locken gebrannt, sodass Schleich aussah wie Amor persönlich. Carl sagte ihm das, und Schleich entgegnete stolz: »Hat mich aber auch viel Geld gekostet.«

Carl hatte Glück. Er kam schon wieder zu einem Konzert. Eine öffentliche Standmusik spielte Stücke, die er später nicht genug loben konnte. Jedem musste er davon erzählen, dass er völlig unverhofft einen hohen Musikgenuss erlebt hatte: Das erste Stück war ein Marsch, das nächste die Ouvertüre aus *Fra Diavolo*, aber in einem Tempo, wie er es noch nie gehört hatte. So schnell, so rein, dass ihm schier der Verstand stehenblieb. Die Soldaten spielten mit so viel Gefühl, wie Carl es ihnen nie zugetraut hätte. Jeder musizierte mit Ehrgeiz, aber ohne durch ein zu starkes *forte* auffallen zu wollen. Der Trompeter, der später noch eine italienische Arie blies, ließ die Töne in den Läufen wie Perlen herabrollen.

So viele Eindrücke, so viele Bilder – so viel Regen. Und nur wenige kleine Skizzen. Höchste Zeit, dass Carl zurückkehrte in sein Atelier.

35

Juli hatte Nudeln gemacht, wie Carls Mutter sie früher oft zubereitet hatte. Ein schlichter Nudelteig wurde ausgewalzt und in sehr schmale Streifen geschnitten. Nach dem Trocknen ließ man sie in einem Gemisch aus Milch und Wasser aufwallen. Das war das Geheimnis.

Ebenfalls nach einem Rezept von Franziska Spitzweg hatte Juli ein Ragout gekocht von Kalbfleisch, in kleine Stücke geschnittenem Kalbskopf, etwas von der Schulter eines Hammels, etwas Fischfilet, gewürzt mit Basilikum, Petersilie, Cayennepfeffer und Madeirawein. Auch Füchsl bekam sein Festessen – verschlang konzentriert die Abfälle von Fleisch und Fisch.

Carl liebte es, mit Juli zu essen. Er erfuhr dann einiges aus ihrem Alltag, davon, was sie beschäftigte. Nur wenn er Gäste hatte, bestand Juli darauf, in der Küche zu essen. Heute berichtete sie davon, dass sie mit Anton und Pankraz Gielg nochmals mit dem Zug nach Augsburg gereist war. Juli hatte diese Fahrt schon gemeinsam mit Carl gemacht, als die Bahnstrecke zwischen München und Augsburg gerade fertig geworden war.

»Damals haben mich meine Freundinnen beneidet, und auch die Gielgs. Und nun war ich schon zum zweiten Mal in Augsburg. Ich denk immer noch an die feinen Polster. Und an den Dampf. Und an das Schnaufen. Tschtschtsch. Und wie schön der

Münchner Bahnhof ist. Wie ein großer Dom schaut er aus, so vornehm. Und alles sauber. Die Schaffner sehen aus wie Offiziere. Fast.« Juli berichtete alles mit kaum verhohlenem Stolz. Dann setzte sie nach einigem Zögern und mit echter Verlegenheit hinzu, dass sie beide Male in der ersten Klasse gereist sei. »Mit Eahna san mir ja scho in der ersten Klass gesessen. Zur Feier des Tages, haben Sie gesagt. Anton Gielg wollte eigentlich Karten für die Holzklasse lösen, doch da hat Pankraz widersprochen. ›Mir roasn herrschaftlich!‹, hat er gerufen, und so saß ich schon wieder in der ersten Klass!«

Juli wusste auch, dass im Nymphenburger Schloss ein Prinz auf die Welt gekommen war. Am Montag, den 25. August 1845, um zwölf Uhr dreißig, war der künftige König Ludwig II. geboren worden, und es hieß, vor neunundfünfzig Jahren, am gleichen Tag und zur gleichen Stunde, sei sein Großvater, König Ludwig I., zur Welt gekommen. Beide, Großvater und Enkel, waren im Zeichen der Jungfrau geboren. Die Leute erzählten, König Ludwig sei mit der Uhr in der Hand im Nebenraum gesessen und habe darauf gebrannt, dass der Enkel erst nach Mitternacht, am Tag des Geburtstags Seiner Majestät, auf die Welt kommen möge. Sein Wunsch wurde ihm erfüllt, und er soll sehr glücklich gewesen sein.

Zufrieden deckte Juli den Tisch ab, als die Türklingel ging. Carl öffnete, und Angelika stürzte herein, rannte in jeden Raum, sah sich um wie eine Geflüchtete. Juli raffte noch die letzten Schüsseln vom Tisch und verschwand in der Küche, die Türe nachdrücklich hinter sich schließend.

Angelika warf ihren pompösen Hut auf den Boden, riss sich die langen Handschuhe von den Händen und warf sie hinterher. Ungeduldig knöpfte sie ihre Jacke auf, warf sie ebenfalls von sich und ließ sich in die Ecke des großelterlichen Sofas fallen. Sie hatte sichtlich Mühe, nicht in Tränen auszubrechen. Carl sah ihre Verzweiflung, konnte sie aber nicht deuten. Ihm fiel nichts anderes ein, als sich eine Zigarre anzuzünden. Er blieb stehen, an den Tisch gelehnt, und er glaubte jede Sekunde zu spüren, die verstrich. Carl dachte, dass Angelika verdammt schön aussah auf dem Sofa. Draußen der Himmel, ein richtiger Septemberhimmel mit unpassenden Rosafarben. Perfekt, wie sich die Äste der Bäume abhoben vom Horizont. Bis in die kleinsten Verästelungen. Alles perfekt.

Aber hier drinnen, hier stimmte etwas nicht. Morgen sollte Hochzeit sein. Eduard, sein Bruder, würde Angelika heiraten, Annas Schwester. Er, Carl, durfte wieder einmal Trauzeuge sein. Zweimal war er auch schon Patenonkel. Die Buben waren im Alter genauso weit auseinander wie früher Carl und sein Bruder Simon. Alles wiederholte sich im Hause Spitzweg. War es gespenstisch, ein Fluch? Oder nur ungewöhnlich? Carl wusste es nicht.

Er musste zu sich selbst finden. Um ihn herum war alles vollkommen in Ordnung. Er war Mitte dreißig, mittlerweile ein anerkannter Maler. Auf der Staffelei stand ein Bild, das er *Sonntagsspaziergang* genannt hatte. Er wollte einen satten, dünkelhaften Bürger malen, der mit seinen Kindern, ergebener Gattin und Schwägerin unterm Schutenhut den sonntäglichen Spaziergang absolvierte. Jeder von ihnen hatte seine Geheimnisse.

Das traf auch auf Angelika zu. Jedenfalls wollte sie sein Leben durcheinanderbringen. Wie lange würde sie ihn noch mit ihren großen Augen anschauen? Da war sie auch schon bei ihm, umschlang ihn, drückte ihm ihren vollen Mund auf die Lippen, auf die Augen. Ihre Zunge kämpfte sich in seinen Mund.

Der Tag war plötzlich übergegangen in den Abend, in die Nacht, Carl spürte nur noch die Liebkosungen, den biegsamen, starken Körper Angelikas, die ihm ihre Beine, versteckt unter Röcken, in den Schritt geschoben hatte. Wie beim Hochzeitswalzer von Anna und Eduard. Bei allen Engeln, das durfte nicht passieren, dass er mit der Braut Liebkosungen austauschte, mit seiner Schwägerin, am Abend vor der Hochzeit.

»Was ist los, Angelika, sag mir, was mit dir los ist.« Carl spürte Blut auf seinen Lippen, er schmeckte das Eisen, nicht ohne Bewegung. Lange hatten seine Lippen nicht mehr geblutet. Weiß Gott.

Angelika hatte sich wieder aufs Sofa geworfen. »Es ist alles vorbereitet, die Gäste eingeladen, das Essen findet sogar im Bayerischen Hof statt. Aber ich kann Eduard nicht heiraten. Hörst du, Carl, ich kann es nicht. Ich hab es Anna versprochen, aber ich kann es trotzdem nicht. Ich will mich um die Kinder kümmern. Aber nicht um Eduard. Du bist der Einzige, der mir helfen kann, Carl.«

Sie will ein unmögliches Glück. Das war das Einzige, was Carl denken konnte.

»Ich lieb dich, Carl. Lass mich hierbleiben, auch wenn es verrückt ist. Ich werde alles für dich tun, alles!« Angelika umarmte ihn wieder so heftig, dass er taumelte. Er spürte ihre Lippen auf seinem Mund, ihre kundige Zunge. Das Echo seines Körpers war deutlich. Carl hätte so gern der Versuchung nachgegeben. Wann würde er wieder von einer so schönen jungen Frau begehrt werden? Er spürte heftig den Wunsch, ihr jeden Willen zu tun.

»Du heiratest morgen meinen Bruder«, brachte er stattdessen heraus.

»Carl! Du hast mich nicht verstanden! Ich will nicht Eduard. Du sollst mich heiraten!«

»Kind! Du weißt, dass es zu spät ist, dass es nicht geht. Wir könnten uns nirgends mehr sehen lassen«, murmelte Carl. Er hatte sich abgewandt und schaute aus dem Fenster, ohne etwas wahrzunehmen.

Plötzlich spürte er, wie Angelika sich an ihn drängte, ihm sein Hemd aufknöpfte. Sie hatte ihre Kleider auf den Boden fallen lassen und begann jetzt, Carl zu entkleiden. Sie schwieg, aber Carl sah, dass ihre Augen wie im Fieber glänzten. Angelika war dabei, alles wegzuwerfen: die Sicherheit ihrer Herkunft, alles, was sie gelernt hatte. Sie würde sich verlieren.

Carl hob Angelikas Kleider vom Boden auf. »Ich darf nicht der Anlass sein, dass du dein Leben zerstörst. Und das von Eduard und den Kindern. Du musst jetzt nach Hause gehen.«

Als die Wohnungstür hinter ihr zuschlug, atmete Carl tief durch. Er begehrte diese Frau, aber er wusste jetzt, warum er seinem Verlangen nicht nachgegeben hatte. Er fand Angelika schön, so wie er Willa schön gefunden hatte. Doch er hatte einmal in seinem Leben ein Geschenk erhalten, als er Clara begegnet war. Clara war ihm in allem ähnlich gewesen. Er gehörte zu ihrer Art und sie zu seiner. Sie hatten sich über dieselben Dinge freuen können. Über die Musik, die Literatur, die Malerei. Mit ihr hatte er die Vollkommenheit erlebt – alles, was er sich wünschte.

Am nächsten Tag stand Carl im Dom und sah die weißverschleierte Rückseite seiner neuen Schwägerin Angelika, in deren Erscheinung das, was bei Anna nur angedeutet gewesen war, in kräftigen Farben leuchtete. Carl sah jetzt, dass Angelika ebenso groß gewachsen war wie Eduard. Ihr weißer Rock unterstrich den Schwung der Hüften, glitt dann jedoch in weiten Bahnen züchtig bis auf den Boden. Das Oberteil der Brautrobe war gefältelt, und es war Carl so vorgekommen, als hätten die Falten über der Brust etwas nachgeben müssen. Unter der Brautkrone aus kleinen Wachsperlen war Angelikas dichtes dunkles Haar in einem Mittelscheitel geteilt und im Nacken zu einem Knoten gesteckt. Carl hatte flüchtig gesehen, dass sie mit einem schwarzen Stift an den Augen hantiert haben musste, denn ihnen haftete ein leiser sündhafter Zug des Verfalls an. So schien es Carl wenigstens, und es gefiel ihm. Auch der kurze, aber umso grimmigere Blick Angelikas hatte ihm gefallen. Er beschloss, seine neue Schwägerin Angélique zu nennen. Wenigstens etwas, was ihm gehörte. Angelika, das war für Eduard und die anderen. Er verbot sich den Gedanken, ob Angélique ihren starken, biegsamen Körper gern an Eduard verschenkte.

Das überschäumende Orgelspiel endete. Der Moment für die Treueschwüre war gekommen, für den Tausch der Ringe. Carl fand es an der Zeit, an seine Mutter zu denken und an Crescenz. Crescenz hatte, ebenso wie heute Angelika, die Position der früh verstorbenen Schwester eingenommen.

Carl würde seiner Mutter die Treue halten. Und Clara.

36

Bei den lautstarken Diskussionen im Stubenvoll hatte Carl gelernt, dass es als höchster Ruhm eines Landschaftsmalers galt, mit einem der gefeierten romantischen Dichter verglichen zu werden. Als Eduard Schleich wieder einmal bei ihm in Atelier war, sprach er ihn darauf an.

»Ja, ich weiß, ich bin der Nikolaus Lenau unter den Malern«, sagte Schleich halb ernst, halb sarkastisch. »Leider weiß ich aber nicht, warum. Die Herren Kritiker werden hoffentlich wissen, wovon sie sprechen. Den Langko haben sie gar zum Eichendorff der Münchner Landschafter erhoben.«

»Kennst du die berühmte Federzeichnung von Philipp Otto Runge?«, fragte Carl. »Sie wird Novalis' *Heinrich von Ofterdingen* zugeordnet, der in diesem Buch die Lilie exakt so beschreibt, wie Philipp Otto Runge sie gezeichnet hat. Oder denk an Franz Theobald Horny mit seinem Bild *Kinder unter weinbewachsenem Olivenbaum*. Den hat Joseph von Eichendorff in seinem Gedicht ›Seliges Vergessen‹ so genau beschrieben, dass du ihn vor dir siehst. Schade«, sagte Carl halb ironisch, halb ernst, »mit meinen Bildern hat sich noch kein Dichter beschäftigt.«

»Dabei schaut bei dir doch der Jean Paul aus jedem Bildl raus«, sagte Schleich, der dabei war, Carls halbfertige und fertige Gemälde anzuschauen.

»Du meinst, weil er mein Lieblingsschriftsteller ist? Davon weiß er ja nichts«, entgegnete Carl. »Ich denke darüber schon eine Zeitlang nach, und ich weiß nicht, ob es nicht eher eine Verquickung malerischer und poetischer Elemente sein könnte, wenn man beide Künste so in einen Topf wirft.«

»Und warum machst du dir da Sorgen?«, wollte Schleich wissen. Carl hatte verstanden. Schleich langweilte sich, wenn eine Theorie länger dauerte als einen Satz. »Na ja«, sagte Carl darum zögernd, »ich fände es nicht gut, wenn die realistische Klarheit hinter einer novellistischen Breite zurücktreten müsste.«

Eduard Schleich sah Carl mit offenem Mund an. »Seit wann redst denn du so geschwollen daher?«

»Eduard«, begann Carl wieder geduldig, denn er merkte, dass ihm etwas daran lag, mit Eduard auf der gleichen Linie zu sein. »Eduard, vielleicht hörst du mir einfach mal zu. Die Werke der romantischen Dichter werden begeistert aufgenommen, so weit sind wir uns einig. Aber hat es wirklich etwas mit Kunst zu tun, wenn die Maler auf Wanderschaft gehen, um die Bilder zu suchen, die bei der Lektüre vor ihrem geistigen Auge aufgetaucht sind? Durch die Schilderungen der Alpen- und Italienschriftsteller wird bei den Landschaftsmalern die Reiselust immer mehr gesteigert. Aber sie sehen dann doch die Bilder eines anderen, oder?«

Carl sah den Freund erwartungsvoll an, denn Eduard Schleichs Meinung war für ihn maßgebend. Schleich räumte pflichtschuldigst ein, dass auch er in dieser Entwicklung eine Stagnation der Münchner Landschaftsmaler sehe. Aber seine Aufmerksamkeit war woanders. Er schnupperte in Richtung Küche. »Du hast ein Glück mit der Juli. Das Kraut riecht ja himmlisch. Meine Schwester kriegt das nie so hin. Meinst, ich darf mitessen?«

»Naaa«, sagte Carl lachend, »die Juli und ich, mir lassen dich am Tisch verhungern.«

Eduard Schleich sagte nach dem Essen zu Carl, dass der König eine Neue habe. »Lola Montez hoaßt die. A Tänzerin is, a spanische. Jetzt werd der Ludwig spinnat.«

Carl hatte schon davon gehört. Der König war längst dafür bekannt, dass er Liebschaften hatte und dies für sein königliches Recht hielt. In der Familie Spitzweg war schon in Carls Jugend getuschelt worden, dass König Ludwig mit einer italienischen Gräfin einen Sohn und eine Tochter hatte. Graf Pocci hatte daraufhin den Ehemann, einen Marchese Florenzi, »Marchesel« getauft. Damals war Carl dreizehn gewesen. Er tat so, als interessiere er sich überhaupt nicht für die Geschichten, vom Vater leise angedeutet, doch er hatte die Ohren weit offen gehalten. Wenn der Vater aus der Residenz berichtete, wurde Carl ein lieber Sohn. Holte Wein, brachte Konfekt oder Salziges. Er wollte die Geschichten hören von der königlichen Familie und von dem König, der sich ungeniert mit fremden Frauen vergnügte. Im Laufe der Jahre ließ Carls Interesse nach, denn die Geschichten liefen immer ähnlich ab. Er hörte von einer englischen Lehrerstochter, der Wiener Beamtentochter Toni A., von einer Mannheimerin, einer Sängerin am Hoftheater, einer Schauspielerin und so weiter. Der Monarch schickte alle Damen irgendwann heim, bedachte sie aber in seinem Testament, damit sie ein Hochzeitsgut hatten und trotz ihres königlichen Galans noch einen Mann bekamen. Ein Hofbeamter hatte den Wortlaut des Testaments ausgeplaudert: »Sie darf es ohne Erröten annehmen, ohne Reue an mich denken. Tugendhaft bleibe Sie immer.«

Carl konnte sich noch deutlich erinnern, dass Crescenz zu bedenken gegeben hatte, dass der König doch gar nicht gut aussehe. Und dass er fürchterlich stottere. Doch Vater Spitzweg hatte gemeint, ein König sei ein König, egal, ob er stottere.

Das hatte sich die Neue, die Tänzerin, offenbar auch gedacht. Doch diese Affäre des Königs verlief anders als die früheren. Ganz anders. Das bayerische Volk, das die Eskapaden Ludwigs bisher in Kauf genommen hatte, geriet dieses Mal in Zorn. In der Stadt war eine Unruhe zu spüren, die Carl nicht unberührt ließ. Obwohl der Oktober kalt und windig war, obwohl die welken Blätter herumflogen, vom Nieselregen nass und glitschig geworden, versammelten sich die Handwerker und Bürger in den Straßen. Überall standen die Leute in Gruppen, redeten, schimpften. Ungefähr vor drei Jahren war es ähnlich gewesen. Da hatten die Münchner Bürger sich empört über die Erhöhung des Bierpreises, sie hatten bei Bierbrauern die Fenster eingeschlagen, das Pschorrbräuhaus wurde demoliert, trotz Polizei, Landwehr- und Kürassierabteilungen, die die Ordnung wiederherstellen wollten.

Kam jetzt das Krawallmachen in Mode? War der Gedanke des Widerstands gegen die Staatsgewalt in den Münchner Alltag eingedrungen? Das hatte die Obrigkeit nun von ihren vielen Willküräkten. Jedermann in München, ob er zu den Reichen gehörte oder zu den Ärmsten, jedermann wusste, dass die Polizei beim geringsten Anlass brutal vorging und dabei Rückhalt vom König hatte. Der wollte alles kontrollieren, was in München passierte. Gegen Bettler, arme alte Leute oder Kinder, die allein angetroffen wurden, ging die Polizei besonders rigide vor.

Carl sah die Gruppen der Murrenden, die sich versammelten. Die gereizte Stimmung hatte einen Namen: Lola Montez. Die Zeiten, als König Ludwig machen konnte, was er wollte, schienen vorüber. Das Schimpfen und Schmähen, die Unzufriedenheit der enttäuschten Bayern machte sich schließlich an dieser Person fest: »Ein König, dem eine Tänzerin wichtiger ist als das Land, kann nicht länger König sein.«

Carl hatte in den ersten Monaten, als Lola Montez die Geliebte des Königs geworden war, alles nur am Rande mitbekommen. Er war ständig auf Reisen gewesen, hatte Wanderungen gemacht.

Gemeinsam mit Eduard Schleich war er nach Bamberg und nach Schloss Pommersfelden gefahren und hatte die Schönborn'schen Sammlungen besucht. Erst als er wieder zurück in München war, hatte er das Ausmaß der Entwicklungen um die Montez so langsam erfahren.

Schleich saß sozusagen an der Quelle. Seine Schwester war mit einer Hofdame der Königin befreundet. Besagte Hofdame war wiederum mit der Familie des Barons von Schleich verwandt. Sie tat nichts lieber, als Xaveria Schleich mit ihrem Herrschaftswissen zu imponieren. Und Xaveria wiederum war es eine Genugtuung, ihrem Bruder all diese Neuigkeiten als großes Staatsgeheimnis aufzutischen. Schließlich war der Baron von Schleich auch ihr Vater, auch sie war nach ihm genannt, und es wurmte Xaveria, dass ihr Bruder ein berühmter Maler war und sie nur eine Hutmacherin, die ihm den Haushalt führte.

Die Tänzerin namens Lola Montez sei aufgetaucht, habe im Theater tanzen wollen, hieß es bei Hofe. Doch der Intendant habe daran kein Interesse gehabt. Wütend hatte die Tänzerin um Audienz beim König gebeten, doch der diensttuende Kammerdiener hatte sie nicht vorlassen wollen. Da hatte die Tänzerin derart heftig mit ihm gestritten, dass der König sich schließlich entschlossen hatte, selbst mit der Dame zu reden. Er muss dann von ihr sehr eingenommen gewesen sein.

Schleich, den weder der Adel seines Vaters interessierte noch die Mätressen des Königs, konnte über diese Affäre nur lachen. »Der König, der oide Depp, ist auf eine Hochstaplerin reingefallen. Es hoaßt sogar«, lachte Schleich, »dass er sich bei der Tänzerin erkundigt hat, ob ihr Busen wirklich so groß ist, wie es in dem Kostüm ausschaut.« Da habe die Tänzerin eine Schere vom Schreibtisch genommen und sich das Kleid vor der Brust aufgeschnitten. »Was sagst du jetzt, Spitzweg, des muaß a wüst's Frauenzimmer sein, die fürcht' koan Kaminkehrer!«

»Aber warum sind denn die Studenten so aufgebracht? Ich hab gehört, dass einige der Tänzerin anhängen, und andere sind ihr spinnefeind. Und diese beiden Lager bekriegen sich jetzt! Begreifst du, warum?«

»Der Ludwig hat fei einen der Professoren heimgeschickt, weil der gegen die Montez gred' hat. Da sind die Studenten vor dem sei Haus und ham ihm wie verrückt applaudiert. Dann marschierten sie in die Barerstraß', vor das Haus der Lola, und dort ham s' dann d' Sau rauslassen. Die Tänzerin is außi kemma, hat ein Glas Schampus an d' Wand gschmissn. Da san die Studenten noch narrischer wor'n. D' Lola is dann aber doch abgehaun, und die Studenten san bei ihr eing'stiegn und ham ois zammghaut.«

»Ich muss schon sagen, diese Frau ist ungewöhnlich«, sagte Carl nachdenklich. »Die muss eine Menge Courage haben. Stell dir mal vor, die ist völlig auf sich gestellt und fährt in der Welt herum. Kommt nach Deutschland, wo sie sich gar nicht auskennt. Und was hat sie in dieser kurzen Zeit alles erreicht. Unsern König wickelt sie um den Finger, er erhebt sie in den Adelsstand. Dazu brauchen andere ihr ganzes Leben.«

»Man kann auch sagen, sie ist unverschämt und gefährlich. Die bringt ja die gesamte Stadt gegen sich auf. Sogar Josef Görres hat sich eingemischt, heißt's, du weißt, das Haupt der Strengkatholischen. Der eifert wie wild gegen die Tänzerin, und dann schaut es für den König schlecht aus, der Görres hat Einfluss bei den Konservativen, und die Presse schürt das Feuer noch. Hier, lies, Schmähreden über Schmähreden. Sie sei gar keine spanische Tänzerin von adeliger Herkunft, schreiben s'. Dass sie geschieden sei, ein vogelwuides Leben geführt hat. Schau, hier steht's ganz genau: Lola Montez soll eine Missionärin der englischen Freimaurer sein, eine Feindin der Jesuiten, eine Kokette, die schon Liebesabenteuer in der ganzen Welt erlebt hat. Sie soll schon jetzt viel Einfluss auf den König haben. Der König habe sie ohne Umschweife in den Adelsstand erhoben, damit sie gesellschaftsfähig wäre.«

»Na ja, Liebe macht bekanntlich blind«, sagte Carl belustigt. »Das hat noch keine seiner Geliebten geschafft. Es sieht ja ganz so aus, als habe der König über Lola sein einzig geliebtes Bayern vergessen. Ich kann mir nicht helfen, Eduard, ich finde die ganze Affäre komisch. Unser alter König mit einem Haufen Kinder und Enkel – und dann so eine schöne Furie. Das ist ein Thema für die Oper.«

»Dir fehlt der nötige Ernst, das hab ich ja schon immer gesagt«, rügte ihn Schleich.

Als Eduard Schleich in Mantel und Hut in der Diele stand und sich von Carl verabschiedete, kam Juli vom Einkaufen. Füchsl schoss in die Küche, und man hörte ihn Wasser schlabbern. Juli stellte ihre Körbe ab, sie atmete tief, und gegen ihre sonstige Gewohnheit redete sie gleich auf Carl ein, während Schleich sich auf den Weg machte.

»Stellen S' sich vor – ich geh grad durch die Briennerstraß', da hab ich vor dem Bayersdorf-Palais eine Dame gesehen, Herr Spitzweg, eine Dame, schwarz gekleidet war sie, mit einem Schleier auf dem Kopf. So ein Schleier!« Juli machte eine ausgreifende Bewegung um ihren Kopf herum. »Sie hatte sogar einen Fächer in der Hand. Einen Fächer, jetzt, und das auf der Straß'!

Die Dame kam mir entgegen, kam ganz nah, und plötzlich, da hat es gefunkelt, so gefunkelt wie Sterne, mir pfeilgrad ins Gesicht. Da bin ich jählings stehen geblieben und hab in die Augen geschaut, von denen so ein Gefunkel kommt. Sie leuchteten, Herr Spitzweg, des können S' Eahna net vorstelln. Ich konnt' die Dame nur anstarrn. Dann war sie schon an mir vorübergeschwebt. Aber sie hat gelächelt. A bisserl.«

Juli wickelte sich aus dem Tuch, das sie um Kopf und Schultern trug, strich sich ein paar lose Strähnen aus dem Gesicht. Sie schaute Carl plötzlich ratlos an. »Ich bin dann weitergangen, da haben plötzlich Leute von der anderen Straßenseite herübergerufen: ›Da is sie ja, da is ja die Lola, die greislige Hyazinthn, der Hausaff'‹, und dann sind sie der Dame hinterhergerannt, aber die ist rasch in eine Kalesche gestiegen und davongefahren. – Moanes wirkli, dass i d' Lola Montez gseng hob?«

»Sei froh, Juli«, sagte Carl lachend. »Du kannst wenigstens noch geradeaus schaun, obwohl du ihr in die Augen gesehen hast. Unser König ist davon anscheinend blind geworden.«

Carl sah in Julis vom Eifer gerötetes Gesicht, das ein schönes Gesicht war, wie es sich ihm so offen und vertrauensvoll darbot. Wie gut ist es, zu wissen, dass Juli um mich ist, wenn ich daheim bin, dachte er. Wenn ich arbeite. Es ist mir vertraut, wenn sie in der Küche hantiert und klappert, wenn Kaffeeduft aufsteigt oder meinetwegen auch der Geruch nach Rosenkohl. Wie gut, dass Juli da ist.

Als Anton Gielg um Juli geworben hatte, war Carl gewärtig gewesen, dass sie seinen Antrag annehmen würde. Wieso auch nicht? Anton war ein geachteter Mann, ein Wissenschaftler, der Lehrbücher schrieb über Geologie und Mineralogie, über Chemie, Physik und Technik. Seine Bildung ging weit über das hinaus, was ein Akademiker in dieser Zeit aufweisen konnte. Er bewohnte neuerdings mit seinem Bruder ein schlichtes, aber solides Haus, das Pankraz mit wenigen, handgefertigten Möbeln immer schöner ausstattete. Carl war gern bei den Gielgs, und wenn die Brüder ihn einluden, war auch Juli immer willkommen gewesen. Dass sie in ihrem Korb einen frisch gebackenen Kuchen mitbrachte, war das mindeste.

Juli hatte Antons Antrag abgelehnt. Niemand verstand ihre Haltung, auch Carl nicht. Anton hatte sich nach der Absage für eine Weile zurückgezogen. Er war auch nicht bei Carl erschienen, selbst wenn er dort eingeladen war.

Die Juli war Carl damals blass vorgekommen und nicht so fröhlich, wie sie sonst war. Sollte er nachfragen? Nein, er würde sich nicht einmischen. Das war Julis alleinige Entscheidung. Anton war es dann, der Carl eine Erklärung gab. Carl konnte zwar nicht glauben, was Anton ihm schilderte, aber er nahm es hin. Anton hatte gesagt, dass Juli ihn, Anton, ablehne, weil sie Carl in unverbrüchlicher Treue anhänge. »Sie hat mir erklärt, dass sie, da sie ein Krüppel sei, sich keinem Manne zumuten wolle. Ich würde mich für sie schämen, sagte sie. Ich entgegnete natürlich sofort, dass es mir vollkommen gleichgültig sei, dass sie eine kaputte Hüfte habe. Ein Krüppel sei sie deshalb noch lange nicht. Ich habe mich dazu entschlossen, einschichtig zu bleiben, hat Juli dann knapp gesagt, und zwar so abschließend, dass ich es respektieren musste.«

Als Carl sein Bild *Reisende Komödianten* bearbeitete, wurde es ihm mit einem Mal klar, dass die Frauen auf dem Bild Juli darstellten. Immer wieder, insgesamt neun Mal, hatte Carl dieses Thema auf Papier oder Leinwand gebracht und die letzten beiden Bilder, nach einem Abstand von sechs Jahren, wieder überarbeitet. Damals hatte er eines dem Kunstverein Hannover geschickt mit einem Preisvorschlag von 14 Louisd'or, doch man hatte es ihm zurückgegeben.

Carl wusste inzwischen, dass sein Bild gewisse Schwerfälligkeiten aufwies. In den Wagenspuren, die ihm nicht weich genug erschienen, aber auch in den Gestalten der Reisenden, die ihm etwas zu plump geraten waren. Der gesamte Hintergrund auf der linken Seite gefiel Carl nicht mehr so recht. Dafür war er in die rechte Seite fast verliebt. In seine Distel, mit der er das Bild begonnen hatte. Carl wollte diese Distel malen und nur diese Distel, auch wenn wahrscheinlich kein Mensch sich dafür interessieren würde. Für Carl war die Distel die Hauptsache gewesen.

Die Reisenden waren zu dem Zeitpunkt des Wegs gekommen, als Carl sich bei einer Rast in der Gegend von St. Alban am Ammersee auf einem flachen Stein niederließ, um in seiner Tasche nach etwas Essbarem zu suchen. Unmittelbar neben sich sah Carl eine große kräftige Distel. Wirklich ein schönes Exemplar. Carl liebte Disteln, sie waren in seinen Augen von einer seltsam anrührenden, wenn auch sperrigen Schönheit. In jenem Moment hatte er nicht benennen können, ob es sich dabei um eine *Onopordon*, eine *Cirsium*, eine *Echinops* oder um eine *Silybum* handelte. Dann fiel ihm ein, dass sie auch von der Gattung *Carduus* sein könne. Seine früheren Weggefährten Philipp Martius und Johann Spix hätten ihm das auf der Stelle erklären können. Die Staude mit den vielen Rispen und Blüten stand am Wegrand zwischen Staub und Steinen. Jeden Moment konnte eine Kutsche kommen und sie niederwalzen. Carl begann noch während seiner Mahlzeit, die Distel in sein Buch zu zeichnen, als er das Rollen von Rädern hörte und die Stimmen von Menschen.

Es war ein überraschender Anblick gewesen, der sich ihm geboten hatte: Bisher war er bei seiner Wanderung völlig allein gewesen. Von einem leichten Hügel aus sah er auf einen Ort mit spitzen Doppeltürmen. Auch ein Schloss oder eine alte Festung schien im Tal zu liegen. Die Hügellandschaft war sanft und verlor sich am Horizont in zartfarbenem Gewölk. Erst als er von seiner Distel aufblickte, sah er eine hochbeladene Kutsche den Weg heraufächzen. Es mussten Künstler sein und Musikanten, die ankamen, denn oben auf dem Wagen sah man große Trommeln und andere Utensilien der Schauspieler.

Ein dürftiger Esel zog das Gefährt, in dem zwei Frauen saßen, eine fast noch ein Kind, die andere hatte zwei kleine Kinder, Puppen gleich, im Arm. Der Kutsche vorauf ging ein Mann in hellem Gehrock und engen Pantalons, der mit pathetischer Geste einen Lorbeerkranz vor des Esels Nase schwenkte. Wohl, um ihn zu animieren, den Rest des Hügels auch noch zu erklimmen. Zwei hilfsbereite Männer, von denen der eine, jüngere, mit der Kindfrau zu liebäugeln schien, versuchten die Kutsche von hinten anzuschieben. Am Schluss sah Carl eine junge Frau, einen kleinen Buben an der Hand, der seine andere Hand in den Rockschoß eines Mannes krallte, der offenbar für die Vorstellung des heutigen Abends übte. Mit großen Gesten und starker Stimme deklamierte er seine Rolle und störte sich keineswegs daran, dass Carl ihn dabei betrachtete.

Carl sah die klapprige Kutsche, wohl eher eine größere Karre, die ärmliche Bühnenausstattung, die über den Köpfen der Frauen und Kinder abenteuerlich befestigt war. Er sah mit Respekt und Sympathie, wie fröhlich und selbstverständlich alle ihr aufreibendes Dasein zu akzeptieren schienen. Selbst die kleinen Kinder schienen zufrieden. Jedenfalls murrten sie nicht, sondern stapften bergan. Unwillkürlich verglich Carl die Reisenden mit seiner Distel, die trotz ihres mageren Grunds tapfer in die Höhe und Breite wuchs – ein Sinnbild für anspruchslose Lebensfreude.

Als Carl das Bild noch ein letztes Mal überarbeitete, hatte er klar erkannt, dass die Distel perfekt war. Die Menschen jedoch musste er noch schärfer und deutlicher herausarbeiten. Die jungen Frauen hatten immer noch Julis Züge. So als seien sie Schwestern. Carl war sich dessen nicht bewusst gewesen. Es war schön für ihn, in Julis Gesicht zu lesen, es war nicht schmerzhaft wie bei Claras Porträt, bei dessen Anblick er immer noch traurig wurde.

Carl hatte das überarbeitete Bild der *Reisenden* schließlich nach Prag geschickt, wo er einige Verehrer hatte, und zwar aus den besten Häusern. Und richtig, Fürst Carlos Auersperg erwarb das Bild für seine Gemahlin, die sich für die Theaterkünste interessierte, insbesondere für das Singspiel.

Carl war glücklich, dass er in Gedanken an Juli auch Frauenfiguren entwickeln konnte, denn er musste bei den Arbeiten von Eduard Schleich immer wieder mal Männer und Frauen in die Szene malen, da Schleich beharrlich behauptete, er könne Menschen nicht richtig hinkriegen. Weil Carl seit Claras Tod oftmals graue Himmel sah, malte Eduard in seine Bilder die Himmel, strahlend blau.

Weniger schmerzhaft sind alle Defizite, wenn man Freunde hat, dachte Carl.

37

In einer Kalesche fuhren sie in das Atelier für Fotografie, das Franz Xaver Spiegl betrieb. Es lag in der Goethestraße 42, und Angelika hatte um eine Kutschfahrt gebeten, damit ihre Kinder einigermaßen manierlich ins Bild kämen. Der siebenjährige Eugen und der vierjährige Otto fanden auch bei freundlichem Wetter Pfützen, in die sie hineinspringen konnten. Oder sie kletterten jählings an einem Spalier hoch oder an einer zugänglichen Hausmauer, während die Eltern sich mit Onkel Carl unterhielten. Herrenlose Hunde waren auch eine willkommene Abwechslung, und die zweijährige Franziska wollte sofort hinterher, wenn die Brüder etwas Interessantes entdeckt hatten. »Franziska auch!«

Dank der Kalesche konnte der Fotograf sechs tadellos gekleidete Spitzwegs begrüßen, und er schien zu überlegen, welcher der beiden Herren denn zu der jungen Frau gehörte, die ihren Kindern noch rasch über die Haare bürstete und dann ihre seidenen, raschelnden Röcke ordnete. Sie sah aus wie eine Prinzessin. Der Fotograf dachte flüchtig, dass er noch nie eine Prinzessin gesehen hatte, obwohl es bei Hofe einige davon gab. Aber diese hier hielt Hof, und die beiden Herren knieten vor ihr, das schien sicher. Sie hatten etwas Wachsames – die Männer, aber auch die Frau. Die Söhne waren die Pagen, das kleinste Kind, die Kronprinzessin, hatte das Kapriziöse und Zarte der Mutter. Sosehr die Erwachsenen sich auch um Fröhlichkeit bemühten, der Fotograf spürte die leichte Gereiztheit zwischen ihnen.

Hm. Ja. Sollten sie sich selber positionieren. Der Fotograf deutete auf drei Hocker für die Erwachsenen, drei Stühlchen für die Kinder, dann verschwand er wieder hinter seiner Kamera. Er wollte sie ablichten, so oder so. Vielleicht würde man es dem Foto ansehen, wie verunsichert die Erwachsenen waren. Vor allem die beiden Männer – es kam ihm so vor, als würde er sie gut kennen. Sie waren reich, die Spitzwegs, das wusste er. Er würde sich bemühen. Hoffentlich hielten die Kinder still. Sie schauten neugierig zu den Kohlebecken, die er eigens für sie angezündet hatte, damit sie nicht froren, besonders die Kleine nicht. Immer wieder sahen die Kinder zu den Flämmchen hin, die hie und da aufsprangen, die Wand erhellten. Die Belichtung der Platte brauchte viel Zeit.

Der größere der beiden Buben war schon ein richtiger kleiner Herr. In seinem schwarzen Anzug, dem weißen Kragen und dem bunten, seidenen Halstuch hätte er auch zum Königshaus gehören können. Ein wenig traurig sah er aus. Aber er lächelte höflich. Der Jüngere, in einer Art Russenkittel, hatte noch ein kindlich rundes Gesicht. Er schmiegte sich an seinen Vater und sprach den anderen Herrn mit Onkel an. Ob der Onkel heute noch Märchen vorlese. Der nickte lächelnd. Der Vater hatte seine Haare über der hohen Stirn zu einem Schippel gebürstet. Das gab ihm zusammen mit dem schwarzen Vollbart etwas Verwegenes. Aber der Fotograf war sicher, dass dieser Herr Spitzweg aus irgendeinem Grund niedergeschlagen war. Dennoch trug er ein buntes Seidentuch zum weißen Hemd.

Die kleine Prinzessin, schätzte der Fotograf, war noch keine zwei Jahre alt. Er hätte sie mit ihrem feinen Gesicht, mit den auffallend großen, dunklen Augen gern einmal allein fotografiert. Das Kleidchen war auch anspruchsvoll und höfisch, ebenso die Ausstattung der Mutter, die in schwarzen Seidentaft gekleidet war und schönen Schmuck trug. Ihr dunkles Haar war glatt, und über den Ohren fiel es in dicken Locken auf die Schulter.

Es war für den Fotografen inzwischen klar, dass der Herr Spitzweg, der ohne Frau und Kind gekommen war, der Maler sein musste. Man kannte ihn, er stellte im Kunstverein aus und arbeitete mit bei den *Fliegenden Blättern*. Der Fotograf erinnerte sich an besonders witzige Zeichnungen Spitzwegs, die so originelle Titel trugen wie »Große Oper«, »Denkmäler für die Erfindung des Stiefelziehers und des Fracks«, »Reissuppenefendi« und die »Wachtstubenfliegen«. Der Mann konnte karikieren, originelle politische Blätter gab es von ihm. Doch der Fotograf schätzte die Bilder des Malers, die er im Kunstverein gesehen hatte, weit mehr als die Arbeiten für die *Fliegenden Blätter.* Es war für das Atelier Spiegl durchaus eine Ehre, die Familie Spitzweg und vor allem den Maler Spitzweg ablichten zu dürfen.

Nun hatten sie sich gruppiert, es konnte losgehen. Alle sechs saßen eng beieinander. Der Maler hatte den Arm um seine Schwägerin gelegt, sie schaute ihn kurz an. Und was machte der jetzt? Herrje, der verdarb ihm am Ende das Bild! Er nahm seinen Arm rasch wieder weg von der Taille seiner Schwägerin. Legte ihn rasch auf seinen Rücken. Wie ertappt. Die Anzeichen stimmen also, dachte der Fotograf, das Geheimnis war kein Geheimnis mehr. Hoffentlich war seine Aufnahme nicht vermasselt. Kruzifix.

Der Fotograf war enttäuscht. Dadurch, dass der Maler seinen Arm so unverhofft von der Frau weggezogen und hinter seinem Rücken versteckt hatte, war eine unschöne Leere auf dem Foto entstanden. Eine unschöne Leere, die er nicht zu verantworten hatte.

Der Fotograf Franz Xaver Spiegl verneigte sich stumm.

Eduard fragte Carl, ob er nicht Lust habe, zu Fuß heimzugehen. Das ewige Sitzen – er für seine Person wolle laufen. Carl stimmte zu. Man rief eine Kutsche für Angelika und die Kinder. Die Buben wollten lieber mit dem Vater und Onkel Carl zu Fuß gehen, doch Eduard beschied sie barsch, dass sie gemeinsam mit der Mutter und Franziska heimfahren sollten. Murrend stiegen die beiden in die Kalesche.

Die Brüder gingen eine Weile schweigend, und Carl spürte,

dass Eduard mit ihm reden wollte. Deshalb hatten Eugen und Otto nicht mitgedurft, obwohl die es liebten, mit ihrem Onkel die Stadt zu durchwandern.

»Was ist ein geschriebener Kuss?«, fragte plötzlich Eduard, und Carl war klar, dass er nicht ausweichen konnte. In sein geordnetes Leben als Bruder, Schwager und Onkel der Spitzweg-Familie hatte sich heimlich ein zweites Dasein eingeschlichen, das voll Unordnung und verbotener Leidenschaft war. Die helle Tagseite schien ihm nur noch eine immer schmaler werdende Zone, während die Nacht seines Unbewussten sich auszudehnen schien. Er begriff schließlich, dass es unrecht war, was er empfand. Er liebte seinen Bruder, und er durfte Angélique nicht mehr sein als ein Schwager. Doch er war ihr viel zu viel.

»Du schweigst aber gefährlich lange, Bruder«, setzte Eduard wieder an. »Kann es sein, dass du meiner Frau nachstellst?«

Eduard blieb stehen und zwang Carl dadurch, ebenfalls stehen zu bleiben und seinen Bruder anzusehen. Die Ähnlichkeit mit dem Vater schien Carl in diesem Moment stärker denn je, und sein Herz begann zu flattern. Nicht nur Eduard schaute ihn streng und feindselig an, sondern auch die Häuser; ganz München schien Carl verjagen zu wollen. Alles versank wie in einem Nebel, dabei hatte Carl gerade erst damit begonnen, sein Leben recht erfreulich zu finden mit allem, was es ihm gebracht hatte. Schönes und Grausames, Hoffnung und Liebe, Arbeit, Enttäuschung und Erfolg. Flüchtige Gefühle und tiefe, unauslöschliche.

Doch nichts ist von Dauer. Vielleicht war es ja besser, wenn er sich künftig in der Rosengasse rarmachte, sodass der Hausfrieden wiederhergestellt wurde.

Aber nun hatte sein Bruder ihn gefragt, und er musste Eduard Rede und Antwort stehen.

»Was willst du wirklich wissen? Dass ich Angelika nachstelle, kann nicht dein Ernst sein.«

Eduards Lippen wurden schmal, er kniff seine dunklen Augen zusammen und sah Carl grimmig an. »Weich mir nicht aus. Ich will wissen, ob du Angelika liebst. Man hat sie am Abend vor unserer Hochzeit zu dir ins Haus eilen sehen. Ich wusste nichts von einem Besuch bei dir. Also, hast du mich betrogen, hat Angelika mich betrogen?«

»Das solltest du sie längst gefragt haben. Immerhin ist eure Hochzeit fast drei Jahre her.«

»Weich mir nicht aus. Und schreib mir nicht vor, was ich tun muss.« Nach einer Pause brummte er widerwillig, er habe es erst kürzlich erfahren.

»Nein, Eduard, ich habe dich nicht betrogen. Das musst du mir einfach glauben.«

»Ich hätte es mir ja denken können. Von dir erfahre ich nichts. Du tust mir trotz allem leid. Dir ist deine große Liebe genommen worden. Du bist allein. Hast keine Frau, keine Kinder. Dennoch sollte meine Frau für dich tabu sein.«

Warum hatte Eduard kein Vertrauen zu ihm? Nach einem halben Leben voll brüderlicher Zuneigung und Zusammenhalt war sein Bruder offenbar nicht davon zu überzeugen, dass Carl ihn auch als Ehemann von Angelika ernst nahm. In guten wie in schlechten Tagen. Galt das nicht auch für Brüder?

38

Carl war, animiert von einigen Kollegen, in das Münchner Künstler-Freicorps eingetreten, stand sozusagen unter Waffen. Der Generalissimus des Corps war der Landschaftsmaler Wilhelm Gail.

Carl und Schleich saßen in dessen Atelier vor einer großen, bayerischen Vorgebirgslandschaft, und Carl wollte Schleich von seinem Eintritt ins Freicorps berichten. Dann war er aber so tief beeindruckt von der Kunst seines Freundes, dass er das Freicorps darüber vergaß.

»Du hast wirklich das einzigartige Talent, die Poesie, die über dieser bayerischen Landschaft liegt, meisterhaft einzufangen. Diese Gewitterstimmung, die die Bauern dazu bringt, rasch das Heu aufzuladen – das macht dir so schnell keiner nach.«

»Aber schau, die Bauern, die sehen noch aus wie Puppen. Versprich mir, dass du mir hilfst, aus denen arbeitende Menschen zu machen.«

»Das wird mir eine Ehre sein«, versprach Carl ernsthaft. »Sag mir, wann es dir passt, und dann machen wir uns an die Arbeit.«

Sie tranken noch einen trockenen Frankenwein, und Carl wollte sich schon verabschieden, da fiel ihm das Freicorps ein, und er berichtete Schleich, dass er nun dazugehöre. Niemals hätte er damit gerechnet, dass sein Freund sich darüber aufregen würde. Doch Schleich sah Carl verständnislos an.

»Was willst denn du im Freicorps? Du bist doch ein Pazifist, wie er im Buche steht. Malst Soldaten, die als Wachtposten fest schlafen, einer flickt seine Hose, ein anderer strickt, oder er jagt nach Fliegen. Deine Soldaten sind allesamt Karikaturen. Wenn ich du wäre, würde ich nicht einmal wagen, die auszustellen. Verkaufe sie lieber privat. Sonst hast du bald die Polizei am Hals. Außerdem – du fürchtest doch sonst Vereine wie der Teufel das Weihwasser.«

Carl war belustigt über Schleichs Entsetzen. »Ich bin zumindest schon in Gedanken wieder ausgetreten aus dem Freicorps«, beruhigte er den Freund. »Du hast ja recht. Kriege sind zwar so alt wie die Welt. Aber davon werden sie auch nicht sinnvoller. Wir Menschen sind und bleiben Kinder, die ihr Spielzeug zerschlagen und dann bitterlich weinen. Doch wir geben keine Ruhe, bis alles in Scherben liegt.«

Schleich goss Carl vom Frankenwein nach, denn er musste noch seine Kritik an den Staaten loswerden. »Allein wenn ich an unsere Reisen denke. Dauernd muss man eine Grenze passieren, die militärisch gesichert ist. Auch, wenn du nur von München nach Frankfurt willst. Wenn die Soldaten schlechte Laune haben, holen sie das Gepäck vom Dach der Kutsche und werfen alles aus den Koffern und Taschen auf die Straße. Das ist reine Willkür. Oder die Zollstationen. Reine Schikane. Du hast ja die Szenen an den Grenzen und Zollstationen in deinen Bildern festgehalten. Ich frage mich, ob die Obrigkeit was merkt, wenn sie eines deiner Bilder zu Gesicht bekommt. Du hast ja schon an Grafen und Fürsten verkauft. Sie haben alle Zugang bei Hofe und könnten dich anklagen wegen Landesverrats.«

»Ach was«, meinte Carl. Er sah wohlgefällig auf sein Weinglas, das golden schimmerte. »Fürst Salm, Fürst von Auersperg, Graf Nostiz, Fürst Colloredo Mansfeld, Fürst Rohan und wie sie alle heißen – sie kaufen schon seit Jahren Bilder von mir. Für die bin ich ein kleiner Maler, völlig unpolitisch und unbedeutend. Ich glaube, die sehen gar nicht meine Kritik an den Verhältnissen. Da habe ich vor einem gewissen Eduard Schleich aus München mehr Angst. Der hat meinen *Schlafenden Eremiten* gekauft und wird vielleicht beim Kardinal um meine Entfernung aus der Kirche ersuchen.«

Darauf tranken sie, und Carl verabschiedete sich. Er hatte heute noch keinen Pinselstrich getan, und Schleichs Meisterwerk hatte ihn angespornt. Auf dem Weg nach Hause fiel ihm ein, dass er außer seinem Freund Eduard Schleich noch einen bedeutenden Kollegen kennengelernt hatte. Den österreichischen Maler Moritz von Schwind.

Es war bei einem Fest der Liedertafel gewesen, der Carl angehörte.

Carl war unruhig herumgestanden, wollte schon wieder heimgehen an seine Staffelei, da sprach ihn einer an, der so gut aussah, wie Carl gern ausgesehen hätte. Er stellte sich als Moritz von Schwind vor und fragte Carl, wer er sei. Dabei war er so unbefangen und charmant mit seinem sanften Wiener Akzent, dass Carl sofort von ihm eingenommen war. Diese Sicherheit, diese Leichtigkeit, wenn er die doch auch besäße. Carl antwortete, wie meist, dass er eigentlich Apotheker sei, aber doch lieber als Maler dilettiere.

Schwind sah Carl verblüfft an. Damit er nicht weiter nachfragen konnte, sagte Carl gleich, oh ja, er wisse, dass Schwind Schüler von Ludwig Ferdinand Schnorr von Carolsfeld sei.

»Und woher wissen Sie das?«, fragte Schwind erstaunt, erzählte dann aber bereitwillig von der Akademie in Wien, wo er in seinen jungen Jahren studiert hatte. Er sprach von Franz Schubert und Grillparzer, und Carl konnte wieder mit seinem Wissen von sich ablenken, dass Schwind ja schon in den Jahren 1833 und 34 einige Beispiele seiner Kunst bei den Wandmalereien in der Münchner Residenz habe zeigen können. »Richtig«, sagte Schwind erstaunt und belustigt. »Sie sind aber gut informiert. Und ein gutes Gedächtnis haben Sie auch.« Cornelius habe ihm den Auftrag vermittelt, ergänzte Schwind. »Ich habe dann das Bibliothekszimmer der bayerischen Königin mit Szenen aus der Dichtung Ludwig Tiecks ausgemalt.«

»Sehen Sie, was für ein kleines Licht ich bin im Gegensatz zu Ihnen. Ich bin reiner Autodidakt, die Akademie war allen feindlich gesinnt, die sich mit der Landschaft beschäftigten.« Carl zögerte zunächst, sagte es dann aber doch: »Sie wissen, dass Cornelius die Landschaftsklasse an der Münchner Akademie aufgelöst hat. Wenn wir Landschaftsmaler die Kunstvereine nicht hätten, wären wir alle nicht präsent.«

»Aber Sie hatten das Glück, dass das bürgerliche Publikum sich für Ihre Arbeiten viel mehr interessierte als für die Götter von Cornelius oder die Heiligen von Heinrich Heß. Sie haben mit Ihren Kollegen die Liebe zur Kunst in der bürgerlichen Gesellschaft geweckt. Davor habe ich hohen Respekt.«

Moritz von Schwind hatte Carls Zuneigung im Fluge gewonnen. Mittlerweile waren sie gut befreundet, und Carl orientierte sich ganz offen an der illustrativen, poetischen Kunst Schwinds. Der feine, unaufdringliche Humor des Kollegen gefiel Carl außerordentlich. Es tat ihm gut, dass Schwind seinerseits nach dem ersten Besuch in Carls Atelier mit Lob nicht sparte. Besonders Carls Studien und Zeichnungen zum *Kaktusfreund* und zum *Hühnchen bratenden Einsiedler* faszinierten Schwind. »Was alle deine Arbeiten auszeichnet, was mir sofort ins Auge springt, ist die ironische Distanz, Carl, ich wette, du bist ein Anhänger Schopenhauers. Stimmt's?«

Carl wand sich innerlich. Er hatte lediglich die Farbenlehre Schopenhauers gelesen: *Über das Sehn und die Farben*. Das Lob Schwinds konnte er nicht einfach annehmen, wie er es gern getan hätte. Dieser noble Mann, der so viel erfolgreicher und bekannter war als Carl – er wollte halt freundlich sein, liebenswürdig, wie es seine Art war.

»Ich sehe schon«, sagte Moritz von Schwind lächelnd, »du bist eines der seltenen Exemplare, die immer das gut finden, was die anderen machen. Ihre eigene Arbeit erscheint ihnen zweitklassig. Carl, das musst du dir dringend abgewöhnen. Sonst rächen sich deine Bilder eines Tages an dir.«

Carl wusste, dass Schwind ihn gut analysiert hatte. Und das schon nach kurzer Zeit.

»Übrigens«, fragte Schwind noch. »Wer ist eigentlich dieser Dorfschulmeister Gottlieb Biedermaier, der immer in den *Fliegenden Blättern* veröffentlicht?«

»Der gute Mann ist rein fiktiv«, lachte Carl. »Der Name ist entstanden aus zwei Gedichten Victor von Scheffels. Das eine hieß *Biedermanns Abendgemütlichkeit* und das zweite *Bummelmaiers Klage*. Diese beiden Namen wurden zusammengesetzt, und so erfand man den dichtenden schwäbischen Dorflehrer *Weiland Gottlieb Biedermaier* mit dem einfachen Gemüt, dem seine kleine Stube, sein winziger Garten, sein mickriges Dorf und das dürftige Los eines verachteten Dorfschulmeisters zu irdischer Glückseligkeit verhelfen. Biedermaier besang den Alltag im hohen Ton des deutschen Idealismus.

Leider hat man ihn jüngst dahinscheiden lassen. Seine Freunde betrauerten ihn zutiefst und besangen ihn:

Welche Botschaft! Biedermaier, dieser Edle, lebt nicht mehr! Bindet Flor an seine Leier, denn der Vorgang schmerzt mich sehr.

Die Hauptschuldigen am Werden und Vergehen des Biedermaier sind ein Mediziner namens Kußmaul und der Jurist Ludwig Eichrodt. Die beiden haben diese Spottgestalt erfunden, mitsamt ihrem naiven Kunstschaffen, der gutmütigen Bescheidenheit und dem vergnügten Philistertum.«

»Verstehe«, lachte Schwind. »Im Gottlieb Biedermaier wird der Geist verspottet, der alles nimmt, wie es kommt, nur, um seine Ruhe und Gemütlichkeit zu haben. Es ist der Geist der Biederkeit und der Bürger, die mit Politik nichts zu tun haben wollen, sondern nur ihr Auskommen und das Leben genießen. Lieber Spitzweg, ich hoffe, wir beiden gehören nicht zu dieser Spezies.«

»Das wohl nicht, aber ich fürchte, meine Bilder werden oftmals gründlich missverstanden, sodass künftige Generationen an eine gute alte Zeit glauben werden. Wenn man sich nicht mit Malerei beschäftigt – und wer tut das schon? –, der sieht auf meinen Bildern nur eine schöne Welt. Ich male ja vorzugsweise alte kleine Städte mit Mauern und Türmen, in denen gutgekleidete Leute ihren Geschäften nachgehen oder miteinander Schwätzchen halten. Dass die Polizei stets über alles wacht, übersieht man gern. Ich zeige Postkutschen, die durch idyllische Landschaften fahren. Niemand sieht, dass es einem darinnen verdammt schlecht gehen kann. Der Magen opfert seinen Inhalt, die Knochen schmerzen wie die Hölle. Ich male hübsche Kinder, die miteinander spielen oder aber mit Hunden, Katzen. Oftmals hüten sie das Vieh oder mähen die Wiesen, haben ein hartes Leben. Niemand sieht die Bedrohung, die Krankheiten oder das Grobe, Hartherzige der Obrigkeit.

Denk nur an die Cholera, die Pest. An die große Armut. Diese Schrecken kann ich nicht malen. Da versagt mein Humor. Und ohne den bin ich hilflos. Nur deshalb habe ich den jähen Tod durch die Cholera nicht gemalt. Solange ich denke, habe ich Angst vor dieser Krankheit. Auch das Elend in unseren Vorstädten kann ich für die Nachwelt nicht künstlerisch festhalten. Es geht mir zu nah.

Heute sind wir alledem noch ausgeliefert. Morgen werden Wissenschaftler wie Pettenkofer und Liebig hoffentlich wirksame Mittel gefunden haben – zumindest gegen die Krankheiten. Was den politischen Sieg über die Armut angeht, fürchte ich, dass wir sehr viel mehr Geduld brauchen.«

»Meinst du, die Menschen von morgen werden sich nach unserer Zeit sehnen, obwohl sie alles andere als gemütlich war?«, fragte Schwind nachdenklich.

»Ja. Jedenfalls ist meine gemalte Welt genauso erfunden, wie weiland Gottlieb Biedermaier erfunden wurde.«

39

Beim Weihnachtsfest im Hause Eduards, bei dem viel musiziert und nicht zu wenig getrunken worden war, beschworen die Spitzwegs wieder den Zusammenhalt der Familie. Crescenz hatte gemeinsam mit Carl die alte geschnitzte Krippe unter dem Christbaum aufgebaut, und dabei hatte Crescenz, wie nebenbei, gemeint: »Du warst lange nicht mehr in der Rosengasse, oder?« Für einen Moment war Carl irritiert gewesen. Dann hatte er schlicht erwidert, dass Crescenz recht habe. »Ich war lange nicht hier.« Nach kurzem Zögern sagte Crescenz bestimmt: »Der Zusammenhalt der Familie ist wichtiger als irgendwelche Differenzen. Die können beigelegt werden. Doch wenn man sich fremd wird, ist der Bruch oft nicht mehr zu kitten.«

Carl wusste, dass Crescenz recht hatte. Spontan öffnete er einen mitgebrachten Champagner und reichte auch Eduard und Angelika, die den Baum schmückten, ein Glas. Dann stießen sie miteinander auf den Heiligen Abend an. Carl hatte das Gefühl, dass alle vermieden, sich in die Augen zu schauen.

Später las Carl den Kindern das Märchen von den Sterntalern vor. *»Es war einmal ein kleines Mädchen, dem war Vater und Mutter gestorben, und es war so arm, dass es kein Kämmerchen mehr* *hatte, darin zu wohnen, und kein Bettchen mehr, darin zu schlafen.«* Die Kinder verfolgten interessiert und mit großer Spannung, wie das kleine Mädchen, das keine Eltern mehr hatte und von allen Menschen verlassen war, auch noch alles herschenkte, was es auf dem Leib trug. *»Und als es das letzte Hemd hergab und nackt in der Kälte stand, da fielen lauter goldene Taler vom Himmel, und ein neues Hemd fiel gleich mit herunter. Darin sammelte das Mädchen alle Taler und war reich für sein ganzes Leben.«*

Fany, die Tochter von Crescenz, schlug sofort vor, das Mädchen könne doch zu den Spitzwegs kommen und bei ihnen wohnen. »Die Goldtaler tun wir auf die Sparkasse, und für das nächste Weihnachten können wir uns allen Geschenke dafür kaufen. Ich hätte dann gern eine Kutsche mit einem Pony davor zum Selberkutschieren.« Für ein Pferd konnten sich die Brüder Eugen und Otto notfalls auch erwärmen. Bloß ohne Kutsche, nur zum Reiten im Englischen Garten.

Carl dachte, dass der Nachwuchs nicht gerade zur Bescheidenheit neigte, aber es gefiel ihm trotzdem, wie sie in aller Unschuld die Goldtaler des armen Mädchens verteilten.

Crescenz sinnierte darüber, dass sie zwar nicht wirklich daran glaube, dass ihre lieben Verstorbenen aus dem Jenseits auf sie schauen würden, aber eine schöne Vorstellung sei es doch. »Wenn meine Schwester ihre Enkel sehen könnte, meine Eltern die Urenkel. Auch wenn sie nicht mehr bei uns sind, fühle ich, dass sie uns lieben.«

Die Bescherung war auch ohne Kutsche und Pony zufriedenstellend verlaufen. Das nachfolgende Menü, Ente mit Orange, war derart reichhaltig, dass Carl später mit einem Gefühl der Bedrückung und Reue seiner Wohnung zustrebte. Nie wieder würde er so viel essen. Aber da war noch mehr, was ihn belastete. Eduards frühere Freude, wenn die Brüder sich trafen, sein Wohlwollen, sein Vertrauen war brüchig geworden. Er war höflich wie immer, hatte aber kein persönliches Wort mit seinem Bruder gewechselt. Carl war beunruhigt. Ihm fehlte die gewohnte Vertrautheit. Eduard war nicht nur sein Bruder, er war immer auch sein Freund gewesen. Seine Gefühle für Carl waren zweifellos abgekühlt. Angelika stand zwischen ihnen, er hatte es noch nie so deutlich gefühlt wie an diesem Abend.

Was war das für eine Sehnsucht, die Angelika damals, am Vorabend der Hochzeit, zu ihm getrieben hatte? Seine eigene Leidenschaft, so viel glaubte Carl zu wissen, galt im Grunde Clara. Er musste sich aber eingestehen, dass sich sein Begehren an seiner Schwägerin leicht entzünden konnte. Ja, er begehrte sie. Da brauchte Carl sich nichts vorzumachen. Die Situation war ziemlich hoffnungslos.

Er schämte sich auch vor seinen Nichten und Neffen. Die vier hatten ihn gern, vertrauten ihm, waren anhänglich. Sie durften nie erfahren, dass zwischen ihren Eltern und dem Onkel nicht alles in Ordnung war.

Carl war froh, wieder in seiner Wohnung zu sein. Es war alles still. Juli war nicht zu Hause. Sie feierte mit Anton und Pankraz, doch der Baum stand geschmückt im Vorzimmer, und Carl fand darunter ein Paket mit der Aufschrift »Für Herrn Carl Spitzweg, Maler«. Gerührt packte er es aus und fand ein reich gefälteltes Hemd aus dunkelblauer Seide, ein Gilet passend dazu in Gold und Dunkelblau. Carl wunderte sich schon lange nicht mehr über den exquisiten Geschmack und die Kunstfertigkeit Julis. Eigentlich schade, dass Juli als Hauswirtschafterin arbeitete. Sie hätte das Talent, exklusive Gewänder herzustellen und damit gut zu verdienen. Carl hatte sie schon einmal darauf angesprochen. Er wolle ihr gern die Nähschule zahlen. Aber Juli hatte ihn erschrocken angeschaut und sich auf die Lippe gebissen. »Soll ich nicht mehr hierbleiben?«, hatte sie gefragt, und ihre Unterlippe zitterte.

Hatte Carl sich unsensibel verhalten? Schließlich war Juli erwachsen und alles andere als dumm. Sie würde schon wissen, was für sie das Richtige war. Er hatte auch ein Geschenk für Juli und bangte ein wenig, ob es ihr recht war. Da Juli die Farbe Perlgrau sehr liebte, hatte er bei einer Hutmacherin einen nicht allzu aufwändigen, aber doch eleganten Hut für Juli machen lassen.

Sie würde nun wirklich von einer vornehmen Dame nicht mehr wegzukennen sein. Jedoch – wenn seine Schwägerin Angelika Juli in diesem Aufputz sähe, wäre sie wahrscheinlich erbost.

Er ging in sein Atelier. Beim Anblick seiner Staffelei mit dem Bild *Zeitungsleser im Garten* ließ seine Spannung etwas nach. Moritz von Schwind war am Tag vor Heiligabend bei ihm gewesen, hatte das fast fertige Bild gesehen und es auf der Stelle gekauft. Das Gefühl, einer der Freunde Moritz von Schwinds zu sein, tat Carl gerade jetzt sehr gut.

Er hatte seine Malerei, seine Freunde und Juli. Er war nicht allein.

Gut eine Woche nach dem Weihnachtsfest besuchte ihn Angelika. Mit Hut und tief verschleiert kam sie die Treppen herauf, und es war, als ob ein großer Opernchor sie begleite oder eine Basstrompete, so rauschend war ihr Auftritt. Carl sah, dass Juli den Füchsl auf den Arm nahm und sich in ihr Zimmer verzog, ehe Angelika sie bemerken konnte.

»Verzeih den Überfall, Carl«, sagte sie und zerrte ihre Handschuhe von den Fingern, »aber ich konnte nicht anders. Du musst mir endlich glauben, dass ich nur deinetwegen lebe.«

Carl wusste nicht, was er darauf sagen sollte. »Angélique«, begann er, doch dann sah er, dass sie sehr blass war, und erschrak. Angelika sah ihn aus weitgeöffneten Augen an. Ihr Blick erschien Carl forschend, so, als erwarte sie von ihm etwas Neues, eine Lösung ihres Konflikts. Carl nahm ihr Parfüm wahr, es stieg zu ihm auf und ließ sein Blut schneller pulsieren. Sein Herz klopfte.

Angelika dagegen fand Worte: »Du hast doch, ich meine, Clara, sie hat doch auch ihren Mann verlassen. Du hast sie trotzdem geliebt. Und du wolltest sie heiraten.«

»Was ist das für ein Vergleich?«, fragte Carl hilflos. Die liebe Angélique hatte sich verrannt. Carl nahm sie in die Arme, streichelte und küsste sie. Sie sprachen leise miteinander, intime Sätze, die Carl abbrach, wenn er an Eduard dachte. Doch Angélique flüsterte, dass sie ohne die Liebe Carls weglaufen werde, alles aufgeben. »Ich liebe dich wie mein Leben«, beteuerte sie immer wieder, und Carl fragte sich verzweifelt, ob das wahr sein könne. Es durfte einfach nicht wahr sein. Auch wenn Carl sich grausam vorkam, er musste fest bleiben. »Wir dürfen nicht alles füreinander sein, Angélique! Denk an Eduard, denk an die Kinder! Wir würden alles zerstören. Du musst jetzt nach Hause gehen, bevor es zu spät ist!«

Zitternd vor Zorn schrie Angélique ihn an: »Ich hätte alles aufgegeben für dich, alles. Aber du hast ja nur mit mir gespielt!«

Am nächsten Morgen klingelte es schon sehr früh. Juli hatte die Öfen angeschürt und fragte Carl durch die Türe, ob sie öffnen solle. Er sagte, sie solle sich nicht stören lassen, er werde nachschauen.

Eduards Stimme war rau. Sein Gesicht schien Carl wächsern und unbeweglich. »Ich mache es kurz, aber bleib bei der Wahrheit«, sagte er. »Habt ihr oder habt ihr nicht?«

Eduard drängte sich an Carl vorbei die Treppen hinauf. Er machte es gar nicht kurz, er sagte im Gegenteil sehr viel. Seine Worte umschwirrten Carl wie Amseln, die beim Anblick einer Katze plötzlich emporflattern. Er konzentrierte sich auf Eduards dunkles Sakko mit den vier silbernen Knöpfen, ein ähnliches hatte er auch im Schrank. Aus der schwarzen Halsbinde heraus stieg der weiße Kragen, vorn in zwei Spitzen abgeknickt. Zumindest waren sie ähnlich gekleidet, Eduard und er.

Erst jetzt wurde Carl gewahr, dass sein Bruder vier Stufen über ihm stehen geblieben war und ihn strafend ansah. Im Fieber seiner Erregung versank die Welt um ihn, und er schaute in die Nasenlöcher Eduards, auf die starke, vom Vater geerbte Nase, auf den vollen weichen Mund mit der bebenden Unterlippe, den dünnen, fusseligen Bart unterm Kinn und an den Wangen. Und auf die Bügelbrille, die immer schlecht saß. Der Hut mit dem starken, nach oben gebogenen Rand ließ Eduard noch düsterer erscheinen.

Bruder, bleib stehen, Bruder, halt still! – Carl wollte seinen Bruder malen, so, wie er ihn noch nie gesehen hatte. Seine Liebe zu Eduard bäumte sich auf in ihm. Es drängte ihn, ihm alles zu erklären. Das Gesicht seiner Mutter mit ihren traurigen blauen Augen verfolgte ihn. Ihren Schmerz, den er als Kind erahnt hatte, verspürte er jetzt selbst. Carl hatte nichts getan, was seine Mutter hätte kränken können. Doch wie sollte er sich verteidigen, ohne Angélique bloßzustellen?

»Ich werde verreisen«, sagte Carl müde. »Du glaubst mir nicht, ich weiß. Doch klammere dich nicht nur an das, was Angelika dir erzählt. Denk auch daran, dass wir Brüder sind und uns früher viel bedeutet haben. Für mich hat sich daran nichts geändert.«

Carl wollte wieder umherstreifen. Reisen. Wandern. Gehen. Er wollte nach Leipzig, weil dort die Kunstausstellung bald begann. Er hatte gehört, es gebe dort Cholerafälle, aber im Moment war Carl davor nicht bange. Mit der Eisenbahn wollte er aber zunächst nach Nürnberg reisen und nach Amberg. Vielleicht noch durch ein paar oberpfälzische Nester wandern und den Bayerischen Wald passieren, ehe er nach Prag käme. Von da wollte er die Elbe hinunter nach Dresden, in Leipzig einige Tage Station machen. Zurück womöglich nach Bamberg, in diese äußerst liebliche Stadt. Dom und Umgebung wären wohl wert, eine Weile zu bleiben. Aber dann zog es Carl in die Gräflich Schönborn'sche Gemäldesammlung in Schloss Weissenstein. Das war die größte fränkische Bildergalerie, berühmt und großzügig den Malern gegenüber. Carl hatte schon öfter dort kopiert. War er auf seinen Frankenreisen erst einmal in der Nähe von Pommersfelden, das südlich von Bamberg lag, dann wollte er in die herrliche Sammlung.

Im großen Saal entdeckte er Tintorettos *Auferweckung des Lazarus*, und er machte eine Skizze von dem großartigen Gemälde. Als er im Gelände umherwanderte, fertigte er eine Studie an über pittoreske Häuser und grünschillernde Baumgruppen. An einem besonders schönen Tag spazierte er nach Oettingen und malte dort kleine Bilder von der Landschaft.

Erst im Hochsommer kehrte er zurück nach München. Er war immer noch wie im Rausch – wanderte nach Schäftlarn und verliebte sich dabei aufs Neue ins Isartal, sodass er Zeichnung um Zeichnung anfertigte. Er war auch in Brannenburg, sah die schönen alten Bauernhäuser und die Burg mit ihrem Treppengiebel. Er fertigte mit großer Sorgfalt eine Ölstudie an.

Seit Hanson sein Lehrer war, kopierte Carl auch in der Alten Pinakothek, war aber wegen der häufigen Reisen nach Pommersfelden schon seit längerem nicht dort gewesen. Jetzt setzte er seine Kopiertätigkeit fort. Nachdem er sich mit Tizians *Himmelfahrt Mariä* intensiv und bewundernd auseinandergesetzt hatte, begann er selbst eine Himmelfahrt zu malen, natürlich in einem steilen Hochformat. Unten eine weite Landschaft, am Horizont abgestufte weiße Wolken. Darüber dann eine mächtig aufziehende Wolke, die er in vielfältigen Farbmischungen schimmern ließ. Der Himmel war zunächst coelinblau, die Wolken in einem cremigen Weiß, das die Farben Gelb, Rot, Grau und Weiß völlig natürlich in sich aufnahm, bis der Himmel ockerfarben aufstieg. In der Mitte stand die Mutter Gottes, Carl kleidete sie in einen tiefroten Habit, der ab der Taille gehörigen Schwung nahm. Genau unter ihren Füßen fand sich das Rot ihres Kleides in der Wolke wieder. Maria hatte die Hände gefaltet, so wie Carl es auf einer Romreise gesehen hatte an Raffaels *Madonna von Folignos.*

Beim Malen der Madonna kam ihm immer wieder seine Mutter in den Sinn. Was würde sie zu dem Konflikt zwischen Carl und Eduard sagen? Das war eigentlich keine Frage – seine Mutter würde ihm raten, sich zurückzuziehen von Angelika, konsequent. Das hatte Carl auch getan, und seine Reisen halfen ihm, lenkten ihn ab. Er wollte so bald wie möglich wieder verreisen.

40

Überall entstanden Baustellen, wurden Steine geschleppt und Mörtel gekocht. Bewegte man sich aus der Altstadt heraus, traf man statt des unlängst noch großen freien Platzes auf Quader von Sandsteinen, auch einfache Ziegelsteine lagen haufenweise parat. Weißer Kalkstein für die Fassaden wurde vorbereitet, eiserne Gerüste aufgerichtet. Kubikmeter von Holz lieferten die Sägewerke. Holz wurde vor allem für den Innenausbau gebraucht, für Fenster, Türen und Deckenbalken.

Jeder wusste, hier begann man mit dem Bau der Neuen Pinakothek. Diesmal war nicht mehr Leo von Klenze, sondern der Baurat August von Voit verantwortlich.

»Als der Grundstein für die Alte Pinakothek gelegt wurde, war ich achtzehn Jahre alt, und heut bin ich achtunddreißig. Ist doch schier unfassbar«, sagte Carl zu Schleich, als sie Jahre später zum ersten Mal gemeinsam das Museum besuchten. Schleich war bisher noch nicht dazu gekommen und hatte Carl gebeten, ihn zu begleiten.

»Ja, mir san scho oid«, stellte Schleich betrübt fest. Doch dann fasste er sich wieder. »Woher hat der König überhaupt diesen Haufen Bilder?«, wollte er von Carl wissen.

»Im Gymnasium haben sie uns gesagt, dass der König schon als Kronprinz eine der reichsten Gemäldesammlungen jener Zeit besaß«, erinnerte sich Carl. »Er hat Sammlungen aus ganz Deutschland zusammengeführt. Und nach seiner Thronbesteigung hat er sofort damit begonnen, die Alte Pinakothek zu bauen.«

»Der Klenze hat's doch baut, oder?«, fragte Schleich.

»Ja. Als eröffnet wurde, war ich in der Mühle in Gern – aus Angst vor der Colera.«

Sie hatten ziemlich weit zu laufen, denn die großzügigen Grünanlagen, auf denen die Pinakotheken errichtet wurden, lagen ein gutes Stück außerhalb der Münchner Stadtmauern. Es verging einige Zeit, bis sie schließlich vor dem neuen Gebäude standen. Das missfiel Schleich außerordentlich.

»Mir san ja scho fast in Dachau!« Er bewunderte daher nicht den wunderbaren, nach dem Vorbild der italienischen Hochrenaissance errichteten Museumsbau, sondern meinte respektlos: »Also das ist jetzt die Dachauer Gemäldegalerie.«

Carl lachte, und er nahm sich vor, dieses Bonmot seines Freundes überall zu erzählen. Es wurde dann auch in Malerkreisen zu einem geflügelten Wort.

Beim Rundgang durch die Sammlung blieb Eduard Schleich seltsam in sich gekehrt. Er wirkte auf Carl glücklich und traurig zugleich.

Auf dem Rückweg waren sie noch bei einem Antiquar vorbeigekommen, der neben alten Büchern auch Neuerscheinungen verkaufte. Als Carl den Laden wieder verließ, hatte er ungefähr einen halben Zentner Bücher gekauft, die der Antiquar versprach, umgehend in seine Wohnung zu liefern. Reisebücher waren darunter, ein Band über die Stadt Nürnberg, zwei Bände Jean Paul, Gedichte von Heinrich Heine und die *Reisebilder* (München – Genua), auf die Carl sehr gespannt war. Ob der Herr auch etwas brauche, fragte der Antiquar Eduard Schleich, der ein Buch über die Anatomie des Körpers in der Hand hielt. Schleich legte es rasch wieder zurück und sagte, indem er mit dem Daumen auf Carl wies: »I brauch nixn, i leih mir ois bei eahm.«

Als sie an der Kunstakademie vorbeikamen, zeigte Schleich auf das Gebäude und verzog den Mund: »Da hat meine Mutter mich angemeldet. Die Kunstakademie hat nämlich nichts gekostet.«

»Es ist doch grandios, dass sich dort ein vierzehnjähriger Junge anmelden konnte und sich im Fach Historienmalerei einschreiben«, meinte Carl ehrlich.

»Schon. Leider war der Leiter der Akademie Peter von Cornelius, wie du weißt. Ich glaub, der hat von der ersten Zeichnung an alles gehasst, was ich gemacht hab. Später wurd ja klar, dass er die Landschaftsmaler grundsätzlich hasst. Er hat gemeint, ich soll mich einem andern Fach zuwenden, vielleicht könnt ich's ja mal mit lederner Fußbekleidung versuchen. Ich hab's dir schon berichtet.«

»Was wir von dem zu halten haben, das wissen wir ja«, sagte Carl und legte Eduard die Hand auf die Schulter. »Es war das einzig Richtige, dir die Malerei selbst anzueignen. Du hast die Landschaftsmalerei gewählt und hast sie konsequent und zielstrebig entwickelt. Du giltst überall als genial, bist hochgeachtet.«

»Aber bin kein reicher Erbe so wie du. Ich muss jeden Kreuzer umdrehen.«

»Na, na, na«, lachte Carl. »Da würdest du aber mit dem Umdrehen nicht mehr fertig. Deine Landschaften werden ja immer teurer. Du bekommst doch dreihundert bis vierhundert Gulden für jedes Bild, manchmal auch mehr. Wenn ich denke, wie viel du allein im Kunstverein verkaufst. Wenn du zehn Bilder verkaufst, verkaufe ich vielleicht eines.«

»Ich sammle aber auch Bilder junger Kollegen, so wie du auch. Und im Verein für in Not gekommene Künstler engagieren wir uns auch beide. Also – in Gulden schwimmen tu ich nicht.«

»Mein Vermögen vermehrt sich auch nicht, mein Lieber. Außerdem will ich, dass für meine Neffen und Nichten etwas bleibt.«

»Da machst du dir aber umsonst Sorgen. Wenn deine Nachkommen die Bilder verkaufen, die du jetzt schon gehortet hast, werden sie reich sein. Carl – ich frag mich schon immer, warum du dir nicht ein geräumiges, repräsentatives Haus baust. Genug Geld hast du doch. Und das Haus könntest du deinen verwöhnten Schratzen auch hinterlassen. Du könntest dir ein Atelier einrichten, so groß wie ein Theater. Und einen geräumigen kühlen Platz für all die Bilder, deine eigenen und die angekauften. Und, übrigens, in dem Atelier könnten wir leicht zu zweit malen, Herr Kollege.«

»Du willst doch nur deiner Schwester auskommen«, entfuhr es Carl.

»Ach was«, wehrte Schleich ab. »Wenn ich erlebe, wie du an deinem Bruder hängst – ich kann da nicht mithalten. Xaveria und ich haben nichts Gemeinsames. Nicht einmal über unsere Mutter können wir miteinander reden. Xaveria hat nichts im Kopf als den Hof, die königliche Familie, und sie lebt nur davon, dass sie manchmal mit der Halb-Cousine mitkommen darf in die Residenz oder nach Nymphenburg. Irgendetwas in ihrem Hirn muss anders sein als in meinem. Sie ist neidisch, weil ich meine Malerei hab und damit gut verdiene, während sie mit ihren Hüten für einen Hungerlohn arbeitet – wir leben aneinander vorbei. Ich fühl mich in ihrer Nähe einfach nicht wohl. Aber ich habe es unserer Mutter versprochen, dass wir beieinanderbleiben.«

»Und deshalb soll ich ein Haus bauen? Wenn ich nur daran denke, werd ich dumm und dappig. Da müsste ich mich ständig mit dem Architekten und mit den Bauleuten herumstreiten. Außerdem würde das Haus mindestens doppelt so teuer wie gedacht. Naaa, schöner als in meiner Wohnung kann ich es gar nirgends haben.«

Schleich zündete sich eine Zigarre an. Spitzweg kramte sich sogleich auch eine aus dem Kistchen. Dann hielt Schleich plötzlich inne, sah Spitzweg an. »Carl – ich schiebe es den ganzen Tag vor mir her, ich konnte mich nicht entschließen, es dir zu sagen, aber ich glaube, du musst es wissen: Dein Prinzipal ist gestorben.«

Carl fuhr erschrocken hoch, vergaß, seine Zigarre anzuzünden. »Pettenkofer? Apotheker Pettenkofer?«, fragte er ungläubig. Schleich nickte beklommen, sah Carl unsicher an. »Xaveria hat die Nachricht heut Morgen vom Markt mitgebracht. Letzte Nacht muss er gestorben sein. Hätt ich lieber nichts sagen sollen?«

Schleich wirkte unsicher. Dann sprach er auch immer hochdeutsch. Als Carl abwesend schwieg, wollte Schleich ihn zurückholen in die Realität: »Wie alt war Pettenkofer? Er war ja schon in den Napoleon'schen Kriegen dabei, wie ich hörte, in Russland und Frankreich. Stimmt das?«

Carl nickte beklommen. »Pettenkofer müsste um die Mitte sechzig sein. Ich hab ihn immer mal wieder getroffen, und ich fand nie, dass er krank ausgesehen hätte. Danke, dass du es mir gesagt hast. Da kann ich der Frau Prinzipalin noch rechtzeitig kondolieren.«

Daheim setzte sich Carl in sein Atelier, schloss die Augen und dachte an Pettenkofer. Der hatte Carl bei jedem Treffen nach seinem Befinden gefragt, auch nach dem von Crescenz und Eduard. Nie hatte er von sich selbst berichtet, und Carl hatte auch nicht gefragt. Prinzipal bleibt Prinzipal. Carl spürte, dass der anhaltende Exodus, die vielen Beerdigungen, in ihm eine Art Endzeitstimmung auslösten. Er dachte an seine Eltern, den Bruder. Die Münchner Großeltern waren gestorben, und auch die Posthalter-Großeltern. Seine Münchner Großmutter hatte Carl noch besonders frisch in Erinnerung. Nicht nur, weil sie am längsten gelebt hatte. In ihrer Hingabe an die Familie hatte sie vor allem das Leben ihrer Enkelsöhne aus der Nähe begleitet, ihnen vorgelesen, mit ihnen Hausaufgaben gemacht. Sie war die Einzige im Spitzweg'schen Haushalt gewesen, der die drei lebhaften Knaben offenbar nicht zu viel wurden. Sie brachte Pfirsiche mit aus Italien, rieb deren samtige Haut an den Wangen der Kinder, die den Duft auf diese Weise besonders intensiv spürten. Oder die Pflaumen. Manchmal versuchte Carl, dies geheimnisvolle Blau zu malen, es schien ihm wie Tinte, durch die die Sonne scheint. Es war ihm nicht gelungen, aber das Blau, das er hervorbrachte, war auch nicht schlecht. Schleich bewunderte es sogar.

Am nächsten Tag ging Carl sofort in die Hofapotheke. In der Offizin begegnete er einem großen, besonders gutaussehenden Herrn mit dunklem Haar und dunklem Schnauzbart. Der fixierte Carl diskret.

Es war Max Pettenkofer, der Neffe des Verstorbenen, den Carl lange nicht mehr gesehen hatte. Aber gedacht hatte er oft an den anhänglichen Buben, der so intelligent und offen gewesen war. Nach einem glänzenden Abitur hatte Max Lehrer werden wollen. Darüber war es zum Streit mit dem Onkel gekommen, der ihn als seinen Nachfolger in der Apotheke sehen wollte. Nach einem Abenteuer als Schauspieler hatte Max schließlich eingelenkt. Er hatte Medizin, Chirurgie und Geburtshilfe studiert und war promoviert worden. Das hatte Carl noch von seinem ehemaligen Prinzipal erfahren. Später brauchte Carl diese Informationen nicht mehr, denn der junge Pettenkofer machte eine derart steile Karriere, dass man sie in den Zeitungen verfolgen konnte. Pettenkofer hatte in Gießen als Assistent von Justus Liebig gearbeitet, parallel dazu am Königlichen Hauptmünzamt in München. Vor drei Jahren war er von der Ludwig-Maximilians-Universität München als Professor für medizinische Chemie berufen worden.

Und jetzt, nach dem Tod seines Onkels, würde man ihn ganz sicher zum Vorsteher der Königlich Bayerischen Hof- und Leibapotheke in München wählen. Von nun an würde Carl seinen Freund Max wieder öfter sehen.

In diesem Moment kam eine auffallend schöne Frau die Treppe herunter. Max Pettenkofer stellte sie Carl vor. »Meine Frau Helene. Sie ist das Zauberlicht, das mich schon als Knabe geblendet hat. Seit fünf Jahren sind wir verheiratet.«

Das Zauberlicht, das für immer blendet. Wer verstand das besser als Carl.

Zurück in seinem Atelier, ging Carl sofort an die Arbeit. Sie war das beste Mittel gegen die Verwirrungen in seinem Leben. Carl trank ein Glas Rotwein in einem Zug herunter. Der Traubengeschmack auf der Zunge tat ihm gut. Er musste sich trennen von all den Gedanken an den Tod. Er hatte eine Aufgabe. Er konnte etwas tun.

Drei Themen hatte er in Vorbereitung. Eines stellte eine Straße in Venedig dar, das andere einen Maler auf einer Waldlichtung, und das, von dem er schon zwei verschiedene Fassungen gemalt hatte, sollte *Der Bücherwurm* heißen.

Mit diesem Bild wollte Carl seiner Liebe zu den Büchern ein Denkmal setzen. Er malte eine Bibliothek, die er in einem Kloster gesehen und nie vergessen hatte. So alt, so schön und prächtig war sie. Vor braunen hölzernen Regalen, mit Schnitzereien verziert und vollgestellt mit Büchern, hatte Carl eine Stehleiter gemalt. Er ließ die Leiter aus dem Dunkel herauswachsen, man konnte nicht sehen, auf welchem Boden sie stand. Daher schien der alte, weißhaarige Bibliothekar, der oben auf der Leiter stand, höchst gefährdet. Er schwebte zwischen Himmel und Erde. Von oben fiel Licht in breiten Bahnen auf die sorgfältig eingeordneten Bücher, deren Rücken Carl liebevoll in den unterschiedlichsten Farben ausmalte. Der Bibliothekar hatte mit Carl gemeinsam, dass er sich jedes Mal festlas, wenn er im Regal etwas suchte oder ordnen wollte. Da klemmte auch Carl sich rasch mal ein Buch zwischen die Knie, ein zweites unter den Arm, das dritte hielt er noch aufgeschlagen in der Hand, während das vierte Buch nah ans Auge gehalten werden musste. Carl war genauso kurzsichtig wie sein Bibliothekar.

Während Carl die unterschiedlichen Farben für die Buchrücken anrieb, dachte er an Max Pettenkofer. So wie Max nach einigen Verirrungen ein in der Welt der Wissenschaft berühmter Mann geworden war, hatte Carl sich nach dem Umweg über den Apothekerberuf einen Platz unter den Malern erarbeitet. Carl hatte das Gefühl, dass er nach seinen häufigen Studien in der Alten Pinakothek, nach all den Gesprächen mit seinen Lehrern und Vorbildern Schleich und Moritz von Schwind, neu anfangen, mehr wagen konnte. Mit dem *Bücherwurm*, so fand er, konnte er sich sehenlassen.

41

Paris, 24. August 1851. Carl fand es schade, dass Eduard schon wieder abreisen musste. Obwohl Morgenstern, Stange und Schleich lebhafte und gutmütige Reisegefährten waren, hatte es Carl doch gutgetan, seinen Bruder Eduard dabeizuhaben. Er war ihm besonders wichtig gewesen, denn er hatte gehofft, auf dieser

Reise endlich einmal mit Eduard reden zu können. Vielleicht wäre es ihnen dann möglich, zu einer Art zweitem Leben zu finden. Sie hatten doch so viel gemeinsam. Eduard reiste ebenso gern wie Carl, also hätten sie Paris doch noch etwas länger gemeinsam genießen können. Sie hätten gemeinsam Briefe scheiben können, an die Kinder, an Crescenz und an Angelika. Ja. Auch an sie. Gleichsam als erstes Abenteuer dieser Parisreise. Bei diesem Gedanken hatte Carl zwar das Herz geklopft, doch er war bereit gewesen, mit Eduard über Angelika zu reden.

Sie hatten in einem kleinen Café im neunten Arrondissement gesessen. Carl hatte Morgenstern, Stange und Schleich gebeten, ihn wie rein zufällig mit seinem Bruder allein zu lassen. Doch Eduard trank mürrisch seinen Kaffee und sagte: »Glaub nur nicht, dass ich dich nicht durchschaue. Du hast eine Ausrede gebraucht, damit die anderen uns allein lassen. Aber ich will nicht mit dir reden. Ich werde meinen Kaffee trinken und gehen.«

»Ich möchte alles wiedergutmachen«, sagte Carl, und er versuchte, Eduard anzuschauen, doch der blickte sofort weg.

»Eduard«, begann Carl wieder, »ich hab heute Nacht einen langen Brief an dich geschrieben, aber dann sah ich, dass ich gar nichts davon ausdrücken konnte, was ich dir sagen will. Ich hab den Brief verbrannt.«

»War auch besser so«, brummte Eduard. Als Carl sah, dass sein Bruder einfach nicht mit ihm reden wollte, wurde er wütend.

»Jetzt klammere dich doch nicht auf ewig an deinen Verdacht! Uns verbindet so viel. Ist dir das denn gar nichts mehr wert?«

Eduard stand auf. Er zündete sich betont langsam und sorgfältig eine Zigarre an. Dann wandte er sich zum Gehen und teilte Carl mit, es sei das Beste, sich nicht mehr zu sehen.

Als Eduard gegangen war, blieb Carl noch eine Weile sitzen. Auf Eduards Seele lag offenbar ein tiefschwarzer Schatten. Nur Eduard selbst konnte ihn verjagen. Mit dieser neuen Wirklichkeit musste Carl sich erst abfinden. Seltsamerweise fiel ihm gerade jetzt eine Bemerkung von Schleich ein, der einmal gesagt hatte, Carls Bilder seien tragikomisch. Carl fand, dass zumindest er selbst eine tragikomische Existenz war.

So halb hatte er damit gerechnet, dass Eduard unversöhnlich sein und abreisen würde. Für diesen Fall hatte Carl ein Buch mitgenommen, das ihm schon lange am Herzen lag. Es war John Burnetts *Principles of Art*. Carl wollte es schon so lange aus dem Englischen übersetzen. Immer wieder hatte er es hinausgeschoben. Doch nun schien es ihm eine willkommene Ablenkung von seinem Streit mit dem Bruder.

Nach einem ausführlichen Mittagessen machte Carl sich an die Arbeit. Immerhin fühlte er sich im Hotel Favart an der Opéra comique, vor allem aber in der Gesellschaft seiner Freunde sehr wohl. Und alle waren sie gespannt, was die Kunstausstellung ihnen bringen würde.

Man konnte deutlich spüren, dass die große Kunstausstellung die erste war, die unter der Regierung des Präsidenten Louis Napoleon stattfand, denn man wollte alles perfekt machen und war überaus zuvorkommend den ausländischen Besuchern gegenüber. Das konnte man im Allgemeinen von Paris nicht sagen. Nach Eduards Abreise hatten Carl und seine Freunde noch das Palais du Luxembourg, das Palais Bourbon, den Louvre und Versailles angeschaut. Doch was ihm unauslöschlich im Kopf blieb, waren die Eindrücke der Exposition.

Barbizon! Barbizon war die Reise tausendfach wert! Wie oft hatte Carl mit Schleich und anderen davon gesprochen, dieses berühmte Künstlerdorf aufzusuchen. Zunächst fuhren sie nach Fontainebleau, genauer gesagt, in den Wald von Fontainebleau. Am Rand dieses Waldes lag das Dörfchen Barbizon. Carl und seine Freunde sahen sich voll freudiger Erwartung an. Hier lebten und arbeiteten die Künstler, die sich um den Maler Théodore Rousseau versammelt hatten. Ihre Namen waren schon berühmt: Corot, Courbet, Díaz de la Peña, Dupré und Delacroix, der, so glaubte Carl, der genialste unter diesen Malern war. Sie alle lebten in Barbizon schon seit Mitte der dreißiger Jahre, und inzwischen kannte man sie in den Künstlerkreisen Europas. Sie trafen sich in diesem Ort, um die reine Natur in der Natur zu malen. Es galt für sie nicht mehr die genaue Komposition, die sich ein Künstler in seinem Atelier ausdenken mochte. Das Licht und seine Farben in einer sich ständig durch die Jahreszeiten wandelnden Natur lieferten ihnen die Vorlagen für ihre Gemälde.

Der Umschwung von der klassizistischen Kunst zur malerischen Freiheit, das Aufsuchen und das Studium der Natur, die rein sachliche Freude am Objekt, das traf mit Carls Intentionen wunderbar zusammen.

Carls großes Vorbild Delacroix hatte fünf Bilder in der Pariser Kunstausstellung ausgestellt, darunter die *Auferweckung des Lazarus*, den *Barmherzigen Samariter* und *Lady Macbeth*. Díaz de la Peña war gleich mit sieben Gemälden vertreten, besonders stark fand Carl das Gemälde *Badende Mädchen*. Er hatte gleichsam versucht, sie in seine Augen einzubrennen. So wie diese Großen werde ich auch malen, nahm Carl sich vor. Gleichzeitig wollte er aber Spitzweg bleiben. Dieser Vorsatz kam ihm allerdings anmaßend vor, er wollte zu niemandem davon reden.

Eduard Schleich fragte Carl um Rat, da er sich nur schwer entschließen konnte, einen kleinen Díaz de la Peña zu erwerben. Er fürchtete mit Recht, dass er ihm auf der Reise verlorengehen könnte. Oder dass er verdarb. Schließlich kaufte er das Bild aber doch.

Carl wäre das Risiko nicht eingegangen. Ihm war wichtiger, dass er hier möglichst viele Anregungen für seine Landschaften fand. Er wusste – nach diesen Eindrücken würde er seine Landschaften anders malen.

Gerade fing es an zu regnen. Eduard Schleich war schon wieder pessimistisch. »Wir wollen doch morgen abreisen Richtung London. Wie wird es dort erst regnen!«

Carl erinnerte sich daran, dass sie bei einem der Ausflüge nach Schloss Versailles einen Münchner getroffen hatten. Es war der Silberschmied Weishaupt, ein Nachbar, der an der Ecke Marienplatz und Rosenstraße seinen Laden hatte. Er war mit dem Kammmacher Erl und noch drei weiteren Münchner Bürgern gerade von London gekommen und stürmte freudestrahlend auf Carl zu. »Ja das ist eine Gaudi, dass man sich hier trifft, und in München sieht man sich das ganze Jahr nicht.« Da er seinen Londonbesuch schon hinter sich hatte, klärte er Carl auf, dass er sich auf etwas gefasst machen müsse. »Gegen London ist Paris ein Ort der Erholung.«

Er sprach von einem Spektakel, da werde man rein des Teufels. »Da schaugn S' auf in London, da wann einer ausrutscht, ist er hin, der wird datrett'n und dafahr'n!«

Carl ertappte sich bei dem Wunsch, das Abenteuer London möge bereits überstanden sein. Er sehnte sich schon jetzt danach, wieder die frische Luft in Bayern zu atmen, das saubere Wasser und all die anderen Herrlichkeiten daheim genießen zu können. Doch diese Gedanken verflogen ebenso rasch, wie sie gekommen waren.

Bernhard Stange und Christian Morgenstern waren am Vortag abgereist. Jetzt waren sie nur noch zu zweit. Carl und Eduard Schleich hatten Mühe, Billetts für die Fahrt nach London zu bekommen. Zuletzt akzeptierten sie an der Cassa Billetts um 54 Franken in der zweiten Klasse. Sie hatten noch Zeit, in einem Café etwas zu trinken und dem Treiben auf den Boulevards zuzuschauen. Schleich murrte über das erbärmliche Gesöff, wie er den Kaffee nannte, dann machten sie sich auf, um den Zug nicht zu verpassen.

Sie hatten Glück, waren in ihrem Coupé allein bis tief in die Nacht, als noch einige Engländer und ein Wiener eintraten. Carl fand, dass eine Nachtfahrt wie die andere sei. Die Gegend lag im tiefen Schatten, manchmal sah man ein paar hellere Linien oder Punkte im Fahren aufblitzen. Eine Straße leuchtete auf, ein Weg, ein weißes Bauernhaus. Manchmal sprühten von der Lokomotive glühende Funken, und in den Tunnels wurde das Heulen und Stampfen der Maschine lauter. Kohlenrauch fuhr an den Fenstern vorbei, vermischt mit weißen Dampfwolken.

Der Zug fuhr langsamer, die Lokomotive pfiff, und Carl vermutete, dass nach dem Tunnel eine andere Landschaft auftauchen würde. Es begann zu regnen, und ein feiner Schleier bedeckte die Gegend.

Die Mitreisenden hatten die Beine ausgestreckt, so gut das gehen wollte. Die Arme vor der Brust gekreuzt, versuchten sie zu schlafen, wobei meist die Köpfe auf die Brust fielen. Schleich schlief mit seinem brummigsten Gesicht, und Carl dachte verschwommen, dass das Leben eigentlich nur eine einzige, ziellose Reise sei von hier nach da, von der Geburt bis zum Tod. Vieles erschien zufällig, und diese Erkenntnis tröstete ihn. Endlich kam er auch noch zu einem kurzen Schlaf. Doch bald erwachte er wieder, und es schien ihm, als käme ihm der Geruch nach Meer in die Nase. Auch Schleich erwachte, natürlich missmutig. »Hier ist es ja saukalt«, mäkelte er, und dann wollte er von Carl wissen, wie spät es sei. »Zwei Uhr in der Nacht«, teilte Carl ihm mit, und Schleich äugte misstrauisch durch die beschlagenen Scheiben nach draußen. Er rief laut, als sei das eine Überraschung: »Carl, da draußen ist das Meer, da liegen jede Menge Schiffe – und die wackeln!« Fragend drehte er sich um zu Carl, doch der suchte sein Gepäck zusammen und sagte ruhig, das mit den Schiffen liege daran, dass sie nun in Calais angekommen seien.

Draußen auf dem Perron betrachtete Schleich mit einigem Grauen die schwankenden Mastspitzen der Schiffe.

»Oh Gott, mir ist jetzt schon übel. Ich weiß genau, dass ich speien muss. Ich hätte in München bleiben sollen«, teilte er Carl zum dritten Male mit.

Jetzt hieß es, auf das Dampfschiff *Undine* zu kommen, und sie mussten in der dunklen Nacht auf einer Art hölzerner Brücke hinaus ins Meer laufen. Schleich hatte einen Mann gefunden, der ihm das Gepäck trug, doch er stöhnte und hängte sich bei Carl ein, da er furchtete, schlaftrunken wie er war, ins Meer zu stürzen.

»Mensch, Eduard, ich hab an jeder Hand eine Tasche! Ich bin doch nicht dein Krankenpfleger!«, sagte Carl empört.

»Warum hast du dir keinen Gepäckträger genommen?«, protestierte Schleich.

»Wenn ich hier ins Meer falle, bist du schuld!« Er trottete dann aber still neben Carl her. Nach immerhin einer Viertelstunde kamen sie zu der Anlegestelle und stiegen drei Treppen hinunter, wobei Schleich wieder Verwünschungen ausstieß.

Das Wetter schien tatsächlich nicht so günstig. »Gestern hat es ziemlich gestürmt, und heute haben wir hohe See«, hörte Carl einen vorbeigehenden Steward sagen. Er beschloss, Eduard davon lieber nicht zu unterrichten.

In der Kajüte lagen schon einige Passagiere auf Sofas und auf Stühlen ausgestreckt. Auch die Damenkajüte war voll belegt. Das hatte Schleich festgestellt, der verärgert nach zwei guten Plätzen Ausschau hielt. Später fand er die Damen dann auf Deck, wo sie ängstlich den Kapitän und den Steward fragten, ob sie eine schreckliche Nacht vor sich hätten. Der Kapitän meinte, etwas Bewegung könne es schon geben.

»Da steht uns etwas bevor!«, raunte Schleich Carl zu und machte ihn darauf aufmerksam, dass die Kellner komische Sachen machten. »Schau doch, sie schrauben die Luken in den Kajüten fest! Und sie stellen überall diese weißen Waschschüsseln auf! Carl, ich will aussteigen!«

»Frag halt den Kapitän, ob sie dich in einem Rettungsboot zurückrudern«, sagte Carl, und daraufhin schwieg Eduard vorwurfsvoll.

Die letzte Eisenbahn war offenbar eingelaufen und brachte noch mehr Passagiere. Carl wollte Eduard ablenken und machte ihn darauf aufmerksam, welch schönes Bild sich bot. Da sie auf dem Schiff tief unter dem Kai lagen, zeichneten sich die Ankommenden unter dem helleren Nachthimmel scharf ab. Wagen mit Pferden trafen ein, Passagiere mit Koffern und Hutschachteln. Jeder war bemüht, rasch am anderen vorbeizukommen, einen guten Platz zu ergattern.

»Jessas na!«, rief Schleich, »wenn die alle noch auf unser Schiff kommen, ersaufen wir doch!«

Schließlich wurde das Kompasshäuschen erleuchtet, der Steuermann trat an seinen Platz, der Kapitän ebenfalls. Das Schiff wurde vom Ufer losgemacht, und sie fuhren dem Ausgang des Hafens zu, der durch zwei Leuchttürme markiert war.

»Carl«, sagte Schleich und sah ihn mit bleichem Gesicht an, »Carl, wir fahren ins Verderben.«

Solange sie zwischen den Hafendämmen fuhren, war die See glatt, und viele Passagiere ließen sich über die Schönheit des klaren Himmels und des glänzenden Wassers aus. Doch kaum waren die Leuchttürme passiert, hob sich die *Undine* vorn empor, neigte sich zuerst auf die linke Seite, dann auf die rechte, tauchte das Bugspriet fast ins Wasser, um sich hinten hochzuheben. Carl sah, dass Eduard noch bleicher wurde, seine Nase schien ihm plötzlich länger und spitzer, die Augen blickten starr auf die ersten Passagiere, die sich über den Schiffsrand beugten und opferten. »Ich will aussteigen«, murmelte Schleich, »Carl, ich will aussteigen.«

Carl fasste Eduard fest beim Arm. »Du musst breitspurig gehen, wie der Kapitän«, sagte er, denn er wollte Eduard zu einem der Deckstühle bringen. Carl selbst fühlte sich noch ziemlich gut, und er versuchte, mit Eduard am Arm anderen Passagieren auszuweichen. Das Schiff schaukelte jetzt stark hin und her. Von unten herauf schien es zu ächzen und zu stöhnen. Die Kellner liefen mit ihren weißen Schüsseln herum, und sie warfen Carl, der Eduard fest im Arm hielt, einen dankbaren Blick zu. Als sie endlich in den Stühlen saßen, fiel ein Herr wie ein nasser Sack ausgerechnet auf Schleich. Carl zerrte ihn hoch und brachte ihn an den Schiffsrand. Eduard hatte sich, dasselbe Ziel vor Augen, auch von seinem Stuhl fortgewagt, und Carl sah ihn beim Radkasten liegen. Wenn ihn nicht alles täuschte, war das im Moment die beste Lösung.

Carl hatte den Eindruck, dass mindestens die Hälfte der Passagiere über dem Schiffsrand hingen. Er wunderte sich, dass er immer noch fest auf den Beinen stand. Ein wenig übel war ihm aber schon, und er war froh, als der Morgen heraufdämmerte.

Wir Menschen sind eine leichte Beute für den Wind, dachte er. Wir sind arme Wichte. Angestrengt spähte er nach Westen in die Nacht. Er glaubte, hier und da einen weißen Streifen zu entdecken, das musste die Küste von Alt-England sein. Ja. Sie waren an den Kreidefelsen von Dover angelangt. Man muss sich nur diese Felsen ansehen, sagte er sich, sie sind aus einer anderen Materie als wir, sind stark, widerstandsfähig, ewig.

Lichter wurden sichtbar, zuerst die zwei von den Leuchttürmen, dem Eingang in den Hafen von Dover. Schiffe mit vielen Segeln huschten vorbei, still und fast gespensterhaft in der Morgendämmerung. Die Bewegungen des Schiffes wurden ruhiger. Carl, der seinen Freund nicht demütigen wollte, bat einen Steward, Eduard auf die Beine zu helfen und zu einem Sessel zu führen. Er setzte sich zu ihm, und sie blieben eine Weile schweigend sitzen. Carl dachte mitleidig, dass sein Freund, der vier Jahre jünger war als er, im Moment ziemlich alt aussah. Schleich, als habe er Carls Gedanken erraten, sann auf Rache. Er lebte ohnehin in dem Gefühl, dass Carl an allem schuld sei. Auch an dieser idiotischen Seefahrt. Natürlich kam man nur auf diese Weise nach London, aber er, Eduard, hätte diese Reise nicht gebraucht. Paris hatte ihm gereicht. Aber Carl war nicht zu bremsen, wenn es um Reisen ging.

Gegen halb fünf legte das Schiff an einer hohen Mauer an, und der Kapitän befahl allen Passagieren, auszusteigen, das Gepäck solle auf dem Schiff verbleiben.

Eduard Schleich erholte sich auf dem festen Boden erstaunlich rasch. Mit einem Steward ging er in einen Coffeeroom und trank Kaffee. Dazu aß er gemütlich ein Butterbrot, während Carl sich im Contumazhaus um die Pässe und um das Gepäck kümmerte. Er war froh, dass Eduard wieder mobil war.

Ein Express-Train brachte sie von Dover nach London. Es gab nur Wagen erster Klasse, und Carl dachte, dass er sich hier in einem großen Staat befand, in dem sich offenbar jeder um sich selbst kümmern musste. Das fing beim Gepäck an. Nur ein einziger Beamter begleitete den Zug, ein Packknecht klebte Zettel mit der Aufschrift »London« aufs Gepäck und schob es in den Packwagen. Das war aber auch schon die einzige Dienstleistung.

Aus dem Bahnhof von Dover fuhr der Zug langsam heraus, obwohl er ein Express-Zug war. Doch dann zog die Lokomotive scharf an, bald sausten sie förmlich dahin. Auf der linken Seite sah man das Meer. Rechts glitten Festungsmauern vorbei, dann weiße Felswände, die sich über die Gleise wölbten. Immer wieder fuhren sie mit unglaublichem Gerassel in Tunnels, aus denen sie nach wenigen Sekunden heulend hinausfuhren.

Carl und Eduard steckten sich Zigarren an und rauchten mit besonderem Genuss. Sehr grüne, saftige Wiesen flogen jetzt vorbei, mit Steinen oder Holz schön eingesäumt. Bäume huschten dahin, Häuser, Teiche und Brücken.

»Wie weit ist es denn noch bis London?«, wollte Eduard von Carl wissen. Seine schlechte Laune war tiefer Dankbarkeit gewichen. Er hatte ein gefährliches Abenteuer überlebt, und daran, dass er auch wieder zurückmusste, wollte er fürs Erste nicht denken.

»Ich glaube, von Dover bis London sind es achtundachtzig Meilen«, antwortete Carl, »aber du könntest ruhig selbst mal in den Reiseführer schauen.«

Schleich grinste zufrieden, und nach etwa zwei Stunden rollten sie in den Londoner Bahnhof ein. Ein freundlicher Gepäckträger, den Carl ansprach, nannte ihnen ein deutsches Gasthaus, das in der Leicester Street lag und »Langes Hotel« hieß. Sie bekamen ein gutes Frühstück mit Kaffee und Tee in großen Kannen. Dicke Zuckerstücke in quadratischer Form. Reichlich Brot und Butter waren vorhanden und ein Roastbeef, das sogar Eduard Schleich imponierte. Auch der Chesterkäse war gut, und sie schlangen wie die Wölfe.

Nach dem Frühstück machten sie sich sofort auf in die Stadt, die sie mit ihrem Lärm und ihrer Buntheit förmlich in sich einsaugte. Wahre Schluchten, umsäumt von teilweise dunklen Häusern, auf deren Mauern sich die Zeit verewigt hatte. Riesige Wohnwaben wechselten ab mit recht hübschen Reihenhäusern, in deren Untergeschossen Geschäfte ihre Waren feilboten: Fleisch- und Wurstwaren, Bücher, Musikinstrumente. Pubs fanden sich zwischen Kleidergeschäften und Schuhläden. Dann sahen sie wieder abgelebte Häuser, die vom Einsturz bedroht schienen, aber dennoch bewohnt waren. Alkoven hingen abenteuerlich über den unteren Stockwerken. Riesige Schornsteine beherrschten die Dächer. Manche Häuser waren mit Holz verschalt, das jahrhundertealt zu sein schien. Andere waren aus Ziegelsteinen errichtet. Es gab Häuser mit breiten Durchfahrten für die Kutschen. Natürlich mussten sie den Tower of London anschauen, die Themse, die Brücken, die Schiffe – alles von der Zeit und dem Leben gezeichnet. Eine harte, grausame Schönheit strahlten diese Bauten aus. Doch letztendlich war es wie überall: Luft und Erde, Feuer und Wasser. In den Häusern backten die Frauen das Brot wie in jeder Stadt. Die Lichter aus den Kellerfenstern erhellten das Pflaster, das in London oft feucht war. So auch heute. Es nieselte.

Am nächsten Morgen gingen Carl und Eduard zur Fleet Street, um Plätze auf einem der Omnibusse zu finden, die zur Great Exhibition fuhren. Vergeblich. Also gingen sie den Menschen hinterher, die zu Fuß durch Fleet Street in Richtung Piccadilly liefen. Nach einer Weile blieb Schleich protestierend auf einem Gehsteig sitzen. Carl setzte sich brüderlich zu ihm. Schließlich konnten sie in einen Omnibus zum Hyde Park einsteigen. Dort gingen sie in einer wahren Prozession von Menschen über die gelben Sandwege und über den Rasen zum Crystal Palace, der die Ausstellung beherbergte.

Carl konnte es nicht glauben, als er über den Wipfeln riesiger Ulmen ein Glasdach hervorblinken sah. Hunderte von kleinen Fahnen flatterten im Wind, in den Farben aller Nationen, die ihre Schätze im Crystal Palace ausstellten. In diesem Moment trat die Sonne aus dem Dunst heraus, es glänzte und funkelte – sie waren am Kristallpalast angekommen.

Der Weg mündete in einen freien Platz. Menschenmassen auf

dem Rasen, Zelte, Buden, zahllose Gruppen von Männern, Frauen und Kindern. Manche lagerten sich einfach auf dem Boden, Schleich wollte es ihnen augenblicklich gleichtun. Konstabler standen herum, Soldaten ohne Waffen, Grenadiere mit hohen Bärenfellmützen.

Und dann der Palast. Er war so groß und unbeschreiblich schön, dass Carl dachte, der Architekt müsse ein Zauberer sein. Ein Langschiff aus Säulen und Bogen, in Etagen oder Terrassen übereinandergebaut und so hoch, dass es einem schwindelte. Man sah die Tausende von Glasscheiben immer undeutlicher, bis zuletzt alles nur aus feinen Strichen zu bestehen schien, zwischen denen das Glas hervorblitzte, wenn ein Sonnenstrahl daraufﬁel. Von überall durchströmte das Licht diesen ätherischen Körper. Durch die gläsernen Scheiben ahnte man all die Schätze, die dieser Wunderbau barg. Und über alles hinaus ragte der glänzende, durchsichtige Bogen, der Kopf dieses Geschöpfes aus Glas und Eisen, der aus tausend Augen in die Welt schaute.

In schier endlosen Reihen rasselten die Wagen heran, zusammen mit den Strömen der Menschen entstand ein Tosen und Summen, das bettelte, klagte, schrie, lachte und befahl, das hineinwollte zu den Blüten der Künste und Wissenschaften, der Industrie und des Handels. Viele Völker hatten darin das Vornehmste und Neueste zur Schau gestellt, das sie hervorbringen konnten.

Malerei war allerdings von den Verantwortlichen nicht vorgesehen. Ausschließlich Fotografie und Graphik. Auch Skulpturen waren zugelassen, aber nur, wenn sie vervielfältigt werden konnten.

»Wir sind ja auch nicht hergekommen, um Malerei zu studieren«, sagte Schleich friedlich, »dafür gibt es schließlich die Londoner Museen. Es heißt, sie hätten während der Weltausstellung besonders lange Öffnungszeiten.«

Langsam hatten sie sich ins Innere des Palastes vorgeschoben. Hier erhoben sich die Wände aus Pfeilern und Bogen in die Höhe.

Im Langschiff glaubte man reiche Stoffe zu sehen in glänzendem Rot, Blau, Grün und Gelb, aber nichts war gewiss, alles verschwamm ineinander. Es war, als ob die Pracht, die einen hier umgab, zu einer Sage, einer Fabel gerann. Sie hörten erstaunt die mächtigen Klänge einer Kirchenorgel, die von irgendwo heranschwebte. Eduard und Carl ließen sich vorwärtstreiben, verwirrt, betäubt, wie im Traum.

Irgendwann kamen sie an einer Reiterstatue Gottfried von Bouillons vorbei, und über ihren Köpfen stand der kolossale bayerische Löwe auf einem Sockel, vor dem Männer, Frauen und Kinder stehen blieben und staunten.

Es war zu viel. Allein für den breiten Hauptgang würde man Tage, Wochen, Monate brauchen, um nur die wichtigsten Kunstwerke zu betrachten. Reiterstatuen, Fontänen in Marmor. Es wimmelte von Pferden, Drachen, wilden Tieren und Menschen, die alle möglichen Leidenschaften ausdrückten. Dann wieder ein Farbenmeer mit den bunten Mustern der Seiden, Samte, Teppiche, alle Arten von Spiegeln, Uhren, Kandelabern. Pyramiden künstlicher Blumen flimmerten durcheinander. Stände, an denen mehr als siebenhundert Seifen und Parfüms gezeigt wurden, waren umringt von Interessierten.

Tausende von Zuschauern, in den verschiedensten Trachten, riesige Damenhüte, schwarzlackierte Matrosenhüte, türkische Turbane, die kleinen Mützen der Chinesen mit dem langen Zopf. Alle Besucher redeten und lachten durcheinander, es wogte und brauste wie ein Strom, ohrenbetäubend, die Augen waren schier geblendet.

Die Vereinigten Staaten in ihrem Gewerbefleiß, Russland mit prächtigen Naturschätzen wie Malachit, das zu Türen oder Säulen verarbeitet war. Durch Österreich, Holland, Belgien riss sie der Strom nach Frankreich, wo alles glänzend war, gefällig und graziös. Von den feinsten Damenroben bis zu kostbaren Teppichen und Schmuck. Alles erlesener Geschmack. Nach Italien, Spanien und Portugal näherten sie sich der orientalischen Welt, gelangten in die Türkei, nach Ägypten, China und Indien mit ihren Gewändern und Waffen, die Carl und seine Brüder schon als Kinder in Büchern angeschaut hatten.

»Erinnerst du dich auch an deine Kinderbücher, Eduard?«, fragte Carl seinen Freund, der apathisch abwinkte. »Mit mir hat niemand Bücher angeschaut, schon gar keine orientalischen.«

Aus der Halle, wo schon das flüchtige Hinschauen zur Arbeit wurde, gelangten sie nun zu einem Feengarten, gekrönt von einem wundervollen klaren Gewölbe mit der berühmten Kristallfontäne in der Mitte, die ihre klaren Wasser heraussprudelte.

»Queen Victoria opens the Great Exhibition«, hörte Carl einen vornehm gekleideten Herrn ehrfurchtsvoll und stolz bemerken. Und da sah er auch schon den großen blaugoldenen Baldachin, der über einer Bühne schwebte, auf der sich schon reichlich Militär und ein beträchtliches Orchester versammelt hatten. Eduard und Carl beschlossen jedoch, nicht auf die Queen zu warten. Den Anstoß zur Ausstellung hatte ihr deutscher Gemahl Prinz Albert von Sachsen-Coburg und Gotha gegeben. Schleich sinnierte laut darüber nach, warum deutsche Prinzessinnen und Prinzen so gefragt seien bei den Höfen im Ausland. »Die russischen Zaren heiraten seit Generationen deutsche Prinzessinnen, selbst Katharina die Große war eine geborene Sophie von Anhalt-Zerbst. Und die Victoria hat sich auch einen Deutschen geangelt.«

»Vielleicht liegt es daran«, dozierte Carl, »dass unsere Adeligen mehr Würde haben, weil sie aus einer langen Tradition kommen, einer adeligen Vergangenheit sozusagen, deren Glanz oftmals im Dunkeln liegt. Vielleicht ist es dies Obskure, das wertvoller ist als das Neue. Du müsstest das doch eigentlich wissen, schließlich bist du adelig.«

Manchmal machte es Carl Spaß, seinen Freund Schleich mit seiner Herkunft zu ärgern. Er wusste, dass Eduard damit haderte.

»Adel hin oder her, ich muss jetzt dringend ein Pissoir finden«, sagte Schleich. Er fand dann unversehens ein Klosett mit einer nie gesehenen Wasserspülung, die seine Hinterlassenschaft mit einem Sturzbach wegspülte. Ohne es zu wissen, hatte er eine der größten Attraktionen der Weltausstellung entdeckt: das Wasserklosett. Damit war auch erklärt, warum die Schlange der Wartenden so endlos lang gewesen war, weshalb Schleich sich in seiner Not einen herumstehenden Eimer geschnappt hatte und eine Schaufel. Damit war er dann mit strenger Miene an der Schlange vorbei rasch in das Kabinett gelangt. Schleich war zwar ein Eigenbrötler mit einem nervösen Gesicht, aber wenn Not am Mann war, dann brach das alte Wegelagerergeschlecht derer von Schleich aus ihm hervor.

Sie hatten sich dann den hundertjährigen Ulmen zugewandt, die unter dem Glasgewölbe standen. Carl konnte es nicht fassen, dass diese riesigen Bäume ihre weiten, belaubten Äste ungehindert ausstrecken konnten. Unter ihnen waren kleine Gärten angelegt. Bananen wuchsen hier und Palmen. Die Statuen der Königin Victoria und des Prinzen Albert waren zu bewundern. Tausende von Menschen ließen sich in den Erfrischungsräumen nieder und verdrückten Stapel von Sandwiches und Gebäck. Die Pfropfen der Sodawasserflaschen knallten. Schleich gab keine Ruhe, bis sie zwei der begehrten Plätze ergattert hatten. Die Viktualien musste Carl besorgen, da Schleichs Kräfte nur noch zur Verteidigung der Sitzplätze reichten. Es lief aber alles ohne Störung ab. Von polizeilicher Aufsicht keine Spur. Die Konstabler im blauen Rock und runden Hut wandelten still und harmlos einher, sie schienen zuzuschauen wie alle anderen auch.

Carl erklärte dem kauenden Eduard, dass sie jetzt sozusagen eine Reise in den Orient machten. Man sah Besucher, Aussteller, Politiker und andere Abgesandte aus dem Osmanischen Reich und aus den Ländern des Vorderen Orients. Carl dachte an seinen Bruder Simon, der ihm oftmals Bilder und Bücher mit Impressionen aus dem biblischen Land geschickt hatte, in dem er lebte und gestorben war. Carl machte immer wieder Skizzen, zeichnete wie eine Maschine. Er war sicher, dass er an die hundert Zeichnungen nach Hause bringen werde.

Gut erholt, wollte Schleich unbedingt noch zum *Koh-i-Noor*, was »Berg des Lichts« bedeutet, doch sie konnten sich kaum bis dahin vorarbeiten. Damen aller Klassen umdrängten diesen großen Diamanten, angeblich der kostbarste Stein der Welt. Er stand hinter einem doppelten Gittergehäuse auf drei Füßen. Ein Untersatz aus Gusseisen sicherte ihn. Es hieß, der *Koh-i-Noor* werde in der Nacht in ein Gehäuse versenkt, das so kunstreich sei, dass niemand ihn berühren könne.

Schließlich zeigte Schleich aufgeregt zu einer Art Kutschenbahnhof. »Sieh mal die Equipagen, unvorstellbar elegant! Komm mit, Carl! Es gibt alles, was du dir vorstellen kannst. Zwei- und vierrädrig, bedeckt und unbedeckt, vom kleinsten Gefährt, um durch den eigenen Park zu fahren, bis zum großen, schweren Reisewagen für die gesamte Familie.«

Als Schleich auch noch die letzte Equipage begutachtet hatte, verlangte er kategorisch, in einem der eleganten Speiserestaurants einzukehren. Danach wollte er ins Hotel. Schachmatt, tat ihm Carl jeden Willen.

Am nächsten Tag gingen sie in die Museen und standen vor den Werken von William Turner und John Constable. Landschaftsbilder, wie beide sie noch niemals gesehen hatten. Die Farben glühten irrsinnig, oder sie waren hell wie Perlmutt. Berge sahen sie – als seien sie mit schwarzem Honig gemalt. Wasser, das schwärzeste Wasser mit einem tiefen Leuchten darinnen. Eduard und Carl konnten bald nichts mehr sehen, nichts mehr erfassen. Ein Bildnis Turners, ein Selbstporträt als junger Mann – unbeschreiblich, meisterhaft.

»Wir haben zu viele Götter neben uns, Carl«, murmelte Schleich, und sein Gesicht zuckte nervös. »Das sind ja Bilder wie ein Schwarm großer seltener Schmetterlinge. Ich glaube, ich fasse keinen Pinsel mehr an.«

Der liebe Gott ließ in London so viel Größenwahnsinniges, Ungeheures, Wunderbares und Märchenhaftes zu, so viel Betriebsamkeit, Verrücktheit. Wie winzig war vergleichsweise München. Zwar stand es an der Schwelle zur Großstadt. Angeblich lebten mittlerweile hunderttausend Einwohner in München.

Verglichen mit London war München dennoch ein Dorf. In der englischen Hauptstadt lebten an die drei Millionen Menschen.

Carl glaubte, dass auch in London jeder sein Kreuz trug. Abseits der glänzenden Ausstellung sah Carl müde Gesichter. Hungrige Kinder, die bettelten. Nachts weckten ihn die Wanzen aus dem Schlaf. Er konnte nicht mehr einschlafen, dachte an seine Familie und daran, dass die Cholera schon wieder in München grassierte. Mitten in London wurde seine Heimatstadt für Carl lebendig. Er freute sich auf München, auf seine Familie, auf Juli, Anton und Pankraz. Nicht zuletzt sehnte er sich nach seiner Staffelei.

42

Juli lief mit hochroten Ohren, in ihrem zweitbesten Gewand und um Gelassenheit bemüht, von der festlichen Tafel in die Küche, von der Küche wieder zur Tafel. Eine Schürze trug sie heute nicht, doch Carl wusste, dass Juli, was ihre Garderobe anging, unterschied zwischen ihrem schönsten »schea« und dem zweitschönsten »zwoatschea Gwand« und dass sie niemals in ihrem feinsten Putz am Kochherd stehen würde. Selbst wenn die Spitzweg-Familie eingeladen war, so wie heute. Carl wurde sechsundvierzig, und da er in den früheren Jahren am fünften Februar immer verreist oder sonst wie davon abgehalten worden war, wollte er diesen Geburtstag gemeinsam mit der Familie und seinen Freunden feiern. Anton und Pankraz Gielg waren schon eingetroffen, Eduard Schleich kam gerade herein und drückte Juli, die ihm den Mantel abnahm, ein Päckchen in die Hand. »Für dich«, sagte er verschwörerisch. Für Carl hatte er eine Aufmerksamkeit wohl unnötig gefunden.

Pankraz sah es als seine Aufgabe an, Juli bei ihrer Arbeit zu unterstützen. »Mir ist sonst langweilig«, behauptete er. Er trug

Schüsseln und Platten zum Esstisch und räumte sie mit der gleichen Ruhe und Umsicht auch wieder ab.

Carls Bruder Eduard, der sich gerade damit rühmte, erst dreiundvierzig Jahre alt zu sein, wollte alle dazu bringen, ihr Alter zu nennen, stieß aber auf Ablehnung. Als er schließlich verkündete, dass seine Frau erst fünfunddreißig sei, zog Angelika die Stirn kraus und zupfte mit kurzen, ungehaltenen Bewegungen am Festkleid ihrer jüngsten Tocher Caroline herum, die mit ihren sechs Jahren wie eine rosa Wolke der Jugend auf einem dicken Kissen thronte und eine Etagere mit feinem Gebäck und Pralinen im Auge hatte. Ihre Schwester Franziska, schon fast neun, rückte mit entsprechend strengem Gesicht die Etagere ans andere Ende der Tafel. »Des is fei der Nachtisch«, belehrte sie Caroline.

Die beiden großen Buben beobachteten die Halbschwestern mit nachsichtiger Überlegenheit. Sie warteten mit Ungeduld auf das Essen, das sie beim Onkel Carl immer besonders genossen. Und ebenso wie Carolinchen waren sie scharf auf den Nachtisch, denn die Juli stellte Süßigkeiten her, die man sonst nirgends bekam.

Carl sah mit heimlicher Freude auf die vier Kinder. Nicht zuletzt für sie arbeitete er, wollte er Erfolg haben, war es sein Ehrgeiz, das Geld zusammenzuhalten. Wenn Eugen lachte, erinnerte er ihn an Simon, auch Otto geriet nach den Spitzwegs, während Franziska nach ihrer Mutter kam. Alle Kinder seines Bruders waren Carls Patenkinder. Auf alle war er stolz, aber am meisten auf die Jüngste, Caroline, die nach ihm benannt worden war. Als er sie bei der Taufe im Arm gehalten hatte, glaubte er, noch nie ein so schönes Kindergesicht gesehen zu haben. Line hatte ein Schutenhütchen aufgehabt aus weißer Spitze, das lange Taufkleid hing fast auf den Boden hinunter. Als das Weihwasser kam, hatte sich der kleine rosafarbene Mund ein wenig bewegt, die Augen waren überrascht aufgegangen – Caroline war schon vom ersten Tag an ein Wunder an Schönheit und Haltung gewesen. Und dass Carl wieder als Pate ausgesucht worden war, schien ihm ein Zeichen der Versöhnung.

Damals hatte er Eduard daraufhin angesprochen. »Danke, dass ich auch Pate bei Line sein darf. Die Zeit, in der wir uns aus dem Weg gegangen sind, war für mich eine sehr unglückliche.«

Eduard hatte einen Augenblick gezögert und ihm dann versichert, dass er auch nicht froh werde, wenn sie sich nicht sähen. »Angelika hat mir erklärt, dass sie es war, die Fehler gemacht hat. Dass sie sich aber geschämt habe, das zuzugeben.«

Carl sprach nicht davon, wie sehr die Kinder ihm gefehlt hatten. Angelika auch, aber er hatte sich gezwungen, sich nicht bei ihr zu melden, und sie war auch nie mehr zu ihm gekommen. Er spürte immer noch eine Spannung, wenn sie in der Nähe war. Und sie schaute ihn, wenn sie allein waren, oftmals bedeutsam an. Carl dachte, dass sie einer Schimäre nachgejagt waren. Nun waren sie im Nirgendwo angelangt. Es war vorbei.

Wer sind wir, woher kommen wir, wohin gehen wir, hatte sich Carl schon oft gefragt. Er nahm an, dass alle Menschen sich diese Frage stellten, auch Angelika und Eduard. Am Geburtstagsmorgen hatte er wieder in seinem Jean Paul gelesen, im *Titan*. Nachdem er mit Vergnügen und Gewinn *Doktor Katzenbergers Badereise* durchgearbeitet hatte, *Siebenkäs* und *Schulmeisterlein Maria Wutz*, war er neugierig gewesen auf etwas Neues von Jean Paul, denn er hatte schon nach der ersten Lesezeit gespürt, dass der Dichter anders erzählte als bisher. Zuerst war es Carl humoristisch erschienen, wie die *Flegeljahre* zum Beispiel, doch dann hatte sich der Ton geändert. Auf jeden Fall war Carls Lektüre für dieses neue Lebensjahr gesichert – es würde spannend, aber anstrengend werden.

Pankraz riss Carl aus seinen Gedanken. Er war aus der Küche gekommen und hatte Carl gebeten, seine Gäste zu Tisch zu bitten, das Essen sei fertig. Carl hatte eine kleine Glocke geschwungen, die noch von der Großmutter stammte, und alle verteilten sich um den Tisch.

Plötzlich, deutlich hörbar, hatte Angelika ihren Mann gebeten, einen der Stühle vom Tisch wegzunehmen. »Da muss die Juli sich verzählt haben«, hatte sie gemeint. »Wir sind ja nur zu zehnt.«

Carl hatte den Stuhl wieder an seinen Platz gestellt. »Wir sind zu elft«, sagte er gelassen. »Juli sitzt neben mir. Das ist ihr Platz, da sitzt sie jeden Tag.«

»Unsere Juli ist doch kein Dienstbote nicht«, hatte Pankraz in seinem besten Hochdeutsch hinzugefügt. Und Eduard Schleich, der schon den Suppenlöffel eintauchte, fragte, was denn der Carl ohne die Juli wäre. »Doch nur ein tönend Erz, eine klingende Schelle.«

Carl konnte Angelika nicht böse sein. Ihre Liebe war wie ein Sturm über sie gekommen. Sie war verwöhnt, wollte Carl mit niemandem teilen, auch wenn sie niemals ein Liebespaar sein würden.

Juli und Pankraz tischten seine Lieblingsspeisen auf, und die wollte er trotz allem genießen. Nach einer Wurzelsuppe aus eingemachten roten und weißen Rüben, Sellerie und Porree, gekocht in Geflügelbrühe und einem Stück magerem Schinken, gab es Teile von Gans und Ente, gebackenes Hähnchen und Kartoffelsalat.

Angelika saß Eduard Schleich gegenüber und berichtete ihm liebenswürdig, dass er in einem neuen Münchner Reiseführer vertreten sei. »Sie sind als wichtiger Landschaftsmaler aufgeführt, und in der Neuen Pinakothek habe ich Sie auch entdeckt. Dort hängt Ihr Bild *Abendausssicht von einem Turmfenster.*« Carl reichte ihr die Sauciere und bemerkte, dass die fürstliche Thurn-und-Taxis'sche Sammlung in St. Emmeram in Regensburg sogar mehrere Bilder von Eduard gekauft habe.

Es war für Carl selbstverständlich, dass Eduard Schleich erfolgreicher war als er. Sein Freund hatte einen völlig anderen Werdegang, eine sehr harte Jugend, in der er zu spüren bekommen hatte, dass er nichts galt, ein Bankert war, und für sich selbst sorgen musste. Der Rauswurf aus der Akademie, das harte Urteil des Direktors Cornelius, hatte ihn nicht zerstören können. Vermutlich war Eduards Ehrgeiz, den er gern leugnete, sehr stark. Jedenfalls war Schleich ein hart und konzentriert arbeitender Maler geworden, der seinen Erfolg verdiente.

Schleich fragte Juli leise, ob von den köstlichen Backhendln noch etwas in der Küche sei, dann würde er guten Gewissens das letzte Stück von der Platte nehmen. Juli nickte erfreut, und Pankraz machte sich auf den Weg, die Platte aufzufüllen. Schleich sagte zu Angelika: »Wenn Sie sich für meine Bilder interessieren, dann wird Ihnen auffallen, dass meine Landschaften meist nicht bevölkert sind. Ich kann nämlich keine Menschen malen. Wenn es auf meinen Bildern welche gibt, hat sie mein Freund Carl hineingemalt. Ich bin bloß deshalb bekannter als er, weil ich ein großes Maul hab und kräftige Ellenbogen. Aber Carl kann noch mehr als ich, da bin ich mir sicher, und irgendwann werden die Leute das auch merken. Prost, Carl, auf die nächsten sechsundvierzge!«

Alle tranken Carl zu, und er leerte sein Glas mit einem Schwung, als wollte er alles in sich hineintrinken, was Eduard gesagt hatte. Er konnte es nämlich nicht glauben.

Carl bekam Lust auf eine Zigarre. Er ging in sein Atelier, holte ein Kistchen heraus, schnupperte an einer Zigarre und schnitt vom Ende ein kleines Stück ab. Während der ersten Züge fiel sein Blick auf die geöffnete Tür. Er sah die Familie und die Freunde in lebhafter Unterhaltung, umsorgt von Juli, Pankraz und Anton. Carl setzte sich in seinen Ohrenstuhl, den er von den Großeltern geerbt hatte, und paffte den Rauch heraus, der würzig durftete. Wie wäre es, wenn er jetzt sterben würde. Wer würde es zuerst bemerken, wer würde am meisten um ihn trauern? Richtig, sein Füchsl. Julis Füchsl. Er war lautlos gekommen, hatte sich an sein Knie geschmiegt. Carl klopfte dem Hund auf den Rücken und ging wieder zu den anderen.

Bevor alle aufbrachen, das Kindermädchen war mit den Kindern schon nach dem Dessert heimgegangen, berichtete Eduard von einem Doppelselbstmord in der Nachbarschaft, der am Morgen entdeckt worden sei. Eine wohlhabende Dame, Mutter zweier kleiner Kinder, verheiratet mit einem Hofbeamten, war in der Kutscherwohnung tot aufgefunden worden. Gemeinsam mit dem wesentlich jüngeren Kutscher, mit dem sie offenbar ein

Verhältnis gehabt hatte, war sie aus dem Leben geschieden. Todesursache: Gift.

»Es taugt einfach nicht, sich mit Dienstboten einzulassen«, verkündete Angelika. »Da sieht man es mal wieder.«

Später gingen Carl und Eduard Schleich noch ins Atelier.

»Dein *Kaktusliebhaber* hat bedeutende Fortschritte gemacht«, lobte Schleich. Das Hochformat des Bildes zeigte einen Aktuar, lang und schlank, der vor einem großen Bogenfenster stand, die Hände auf dem Rücken, und seine Kakteensammlung betrachtete, darunter ein stattliches Exemplar, das offenbar über Nacht eine rote Blüte bekommen hatte. »Sehr gut, wie du den Lichteinfall bei diesem hohen Fenster platziert hast, den Schlagschatten der Sonne. Bei deiner ersten Studie waren die Aktenberge nicht so nah an den Beschauer herangerückt. Ist aber besser so. Die Farbtöne scheinen mir auch kräftiger bei diesem Bild. Gratuliere.«

Eduard sah auch den *Bücherwurm*, ermunterte Carl, an diesem Bild noch mehr Farbe zu riskieren. Doch Carl merkte, dass sein Freund nicht so intensiv bei der Sache war wie sonst. Er holte seine Zigarrenkiste heraus, bot Schleich eine an, und dann setzten sie sich vor die Staffelei und pafften.

»Heut hab ich ja die Familie mal beisammen gesehen«, sagte Schleich nachdenklich. »Leider war meine Stiefmutter Crescenz krank, ihre ganze Familie schwächelt«, warf Carl ein, und Schleich nickte verständnisvoll. »Ich hab ja keine Familie, von der Xaveria einmal abgesehen. Doch wie du weißt, habe ich zu ihr eine kühle Beziehung. Ich sorge für sie, dafür erspart sie mir die Hauserin. Doch wenn ich deine Juli sehe, da tät ich gern tauschen.«

»Ich nicht«, entfuhr es Carl, und beide lachten. Carl kannte Xaveria Schleich, sie schien wirklich ein rechter Besen.

»Ich hab zwar keine Familie in dem Sinn, aber ich habe einen Sohn«, platzte es aus Schleich heraus. »Aber das weiß niemand, hörst du, Carl, das weiß nicht einmal die Xaveria, und sie ist doch schließlich die Tante. Aber wenn sie davon Wind bekäme, hätt ich keine Ruhe mehr.«

Schleich paffte temperamentvoll vor sich hin. Es arbeitete in ihm, sichtbar.

»Aber wo ist denn der Bub, und die Mutter«, stotterte Carl. Da war er nun seit so vielen Jahren mit Schleich befreundet – doch dann dachte Carl daran, dass sein Freund auch nichts Näheres über Clara wusste. Er hatte Carl ganz im Anfang ihrer Bekanntschaft gefragt, ob was dran sei an dem Gerücht, dass er eine Verlobte gehabt habe, die vor der Hochzeit gestorben sei. Carl hatte nur genickt, und Eduard hatte nie wieder nachgefragt. Daher musste Carl sich jetzt nicht wundern, wenn Eduard es für sich behalten hatte, dass er Vater geworden war. Carl gab zu, dass er nur zu gern gewusst hätte, wer die Mutter des Kindes war, aber er hielt sich zurück.

»Die Mutter kennst du«, sagte Schleich in diesem Moment. »Es ist Elise Zwengauer, die Schwester von Anton.« Den Maler Anton Zwengauer kannte Carl freilich, er war Cornelius-Schüler, hatte sich in seinen Staatsbildern auf sentimentale Sonnenuntergänge kapriziert. In kleineren Arbeiten dagegen fand man bei ihm Gediegenheit und Tiefgang. Carl kannte von ihm eine Vorgebirgslandschaft von echter malerischer Gestaltungskraft. Der Zwengauer war also illegetim Carls Schwager. Ob er Schleich die Leviten gelesen hatte? Carl an seiner Stelle hätte das getan.

»Ich kann mich leider an seine Schwester nicht erinnern«, sagte Carl.

»Wenn sie sich beruhigt hat, wird sie schon wieder mitkommen auf unsere Feste«, mutmaßte Eduard, »sie hat mir bisher noch nicht verziehen, dass ich nicht heiraten mag.«

»Und warum willst du nicht?«, wollte Carl wissen, »immerhin habt ihr einen Sohn. Das ändert doch einiges – oder?«

Schleich paffte wieder mit Nachdruck. Carl konnte den Freund schon verstehen. Er selbst hatte auch nicht die geringste Neigung zum Ehestand gehabt, bis er Clara getroffen hatte. Vorher waren ihm die Ehen, die er um sich herum beobachten konnte, nicht als nachahmenswert erschienen. Und seit seiner Liebe zu

Clara war er überzeugt davon, dass er alle Frauen an ihr maß, und es schien ihm sicher, dass es nie wieder über Geplänkel hinausgehen würde.

»Hast du dich gefreut, als du gehört hast, dass du Vater wirst?«, nahm Carl das Gespräch wieder auf.

»Naaa, damals noch nicht«, sagte Schleich ehrlich. »Aber dann bin ich doch zur Taufe hingegangen, die war am 16. Februar des letzten Jahres, also ungefähr um diese Zeit, und da hätte mich meine Sentimentalität doch fast überwältigt. Elise war noch sehr schwach, sie konnte nicht mitkommen zur Taufe, da hat der Zwengauer mir den Kleinen in den Arm gedrückt. Ja, doch, ich war dabei, als die Patin meinen Sohn übers Taufbecken gehalten hat, und ich hab für Elise einen Armreif gekauft. Jetzt ist Eduard fast ein Jahr, und ich hab ihn in der letzten Woche besucht und hab ihm Geld geschenkt. Er hat dieselbe klobige Stirn wie sein Großvater und ich, also, schön wird er nicht werden.«

»Und Zwengauer? Schimpft er nicht, dass seine Schwester nicht geheiratet wird? Du weißt doch, dass es für eine ledige Mutter nicht so einfach ist, sich in unserer Gesellschaft zu behaupten.«

»Da kennst aber die Elise schlecht. Die behauptet sich überall. Und der Zwengauer sagt, er mischt sich nicht ein. Er tät seine Schwester übrigens auch nicht heiraten, hat er gemeint, bei der Goschn, die sie hat. Aber ihm imponiert es immerhin, dass ich die Sorge für Elise und den Buben übernommen habe, was das Finanzielle angeht. Ich kann es mir leisten.«

Carl fragte sich, was es für einen Jungen bedeuten mochte, ohne den Vater aufzuwachsen. Ohne eine Familie, wie sie üblich war, mit Vater, Mutter und Kind. Oder vielen Kindern. Carl mochte vor Schleich nicht zugeben, dass es in seiner Familie kein gutes Aufwachsen gewesen war, obwohl nach außen alles stimmte. Das Familienleben hatte etwas Unnatürliches gehabt; die Angst vor dem alles beherrschenden Vater war bedrückend gewesen, ebenso das peinigende Schweigen zwischen den Eltern. War es Zufall, dass Simon so früh und so weit weg, bis nach Alexandrien, wollte? Dass Eduard nach Triest ging und blieb, dass Carl in eine Straubinger Apotheke flüchtete?

Wenn Carl versuchte, Bilanz zu ziehen, bekam er auf der Stelle Gewissensbisse.

Nachdem Schleich gegangen war und auch Juli sich zurückgezogen hatte, blieb er noch im Atelier. Mit dem Bleistift warf er auf Zeichenpapier, was ihm an Nachmittag durch den Kopf gegangen war. Das Bild stellte sein Lebensende dar, er nannte die Zeichnung auch *Das Ende*. Er malte einen Greis, der in seinem Lehnstuhl verstorben ist. Die Kerzen der beiden Leuchter auf dem Tisch sind erloschen, die lange Tonpfeife ist dem Toten aus der Hand gefallen und am Fußboden zerbrochen. Sein Trinkglas ist leer, der Ofen ist ausgebrannt. Der Hund berührt mit eingezogenem Schwanz den Reglosen mit der Pfote und wartet, dass sein Herr reagiert. Im Nebenzimmer sieht man die Familie feiern, die den Tod des Alten noch nicht bemerkt hat.

Wer weiß, dachte Carl, ob das bei mir nicht einmal so aussieht. Seit er Clara verloren hatte, fühlte er sich oft hin und her gerissen zwischen Lebens- und Todesgefühl.

Aber noch war er erst sechsundvierzig.

43

Moritz von Schwinds Frau Luise begrüßte Carl sehr freundschaftlich, obwohl sie einander noch nie getroffen hatten. Carl stellte sich vor, und Frau von Schwind sagte: »Nicht wahr, Sie haben den Kaktus mit der Blüte gemalt. Mein Mann sagt, das Bild sei auf eine Art komisch, die nachdenklich mache.«

Ein junges Mädchen balancierte auf einem Tablett gefüllte Weingläser, und die Hausfrau nahm eines davon und reichte es

Carl. Ein anderes gab sie einem Mann, der etwa in Carls Alter sein mochte und allein an einer Fensterbrüstung lehnte. Luise von Schwind machte ihn mit Carl bekannt. »Das ist der Maler Eugen Napoleon Neureuther«, sagte sie und wandte sich zu Carl. »Stellen Sie sich vor, Neureuther ist der Patensohn von Eugène de Beauharnais, deshalb muss er nach dem französischen Kaiser heißen und nach dessen Stiefsohn. Ich finde, das ist eine Prüfung, selbst wenn er davon profitiert hat.«

Carl war verblüfft, dass Frau von Schwind das so unverblümt heraustrompetete. Die meisten Frauen, die er kannte, hätten das, wenn überhaupt, nur hinter vorgehaltener Hand gesagt.

Sie war richtig informiert. Neureuther war von seinem königlichen Paten mit siebzehn auf die Akademie geschickt und dem Direktor ans Herz gelegt worden. Schon nach drei Jahren durfte der junge Maler im Heldensaal der Glyptothek Umrahmungen in Form von Blumen- und Fruchtgewinden übernehmen. Cornelius, vom König zur Eile gedrängt, ließ Neureuther freie Hand. Er nannte ihn sogar einen neuen Giovanni da Udine, der immerhin ein berühmter italienischer Maler der Renaissance war und aus der Werkstatt Raffaels kam.

Natürlich wurde darüber geklatscht.

Neureuther, offenbar unbeeindruckt von dem Gerede, kostete fachmännisch den Wein. »Das ist ein Frankenwein, schön trocken und erdig.« Zu Carl gewandt meinte er, dass er von Frankenwein etwas verstehe, sein Vater, der Maler Ludwig Neureuther, habe in Bamberg als Zeichenlehrer gearbeitet.

Neureuther interessierte Carl vor allem deshalb, weil der früh damit begonnen hatte, Zeichnungen zu Goethes Balladen und Romanzen zu entwerfen. Cornelius hatte das auch versucht, war aber von Goethe kühl abgelehnt worden. Es imponierte Carl, dass Neureuther sich damals nicht von Cornelius beeinflussen ließ, sondern seinen eigenen Weg ging. Mit erstaunlicher Leichtigkeit hatte er seine Randzeichnungen entworfen. Sie gefielen dem Publikum, aber allen voran Goethe. Der greise Dichter aus Weimar schrieb an Neureuther, dass er selbst versucht habe, diese Aufgabe zu lösen, da er ja zeitlebens male. »Doch dann habe ich vor Ihren Blättern erkannt, dass Sie mich bei weitem überflügelt haben. Ich werde öffentlich bezeugen, dass Ihre Randzeichnungen zu den Ereignissen gehören, die mir das Schicksal erfreulich machen, so hohe Jahre erreicht zu haben.«

Carl war beeindruckt von seinem Kollegen. Er bewunderte Neureuther, maß sich an ihm. Fand sich selbst, wie immer, unbedeutend. Auch Neureuthers sachliche Freundlichkeit imponierte ihm.

»Der scheißt sich um nix was«, war das respektvolle Urteil von Schleich über Neureuther gewesen.

»Haben Sie nicht auch gemeinsam mit Kaulbach den Gemäldezyklus im Salon der Königin verantwortet?«, fragte Carl, und Neureuther antwortete bereitwillig, dass es Wieland'sche Dichtungen gewesen seien, die ihn dazu inspiriert hätten.

»Die Malereien an der Decke der Hofgartenarkaden stammen doch auch von Ihnen«, erinnerte sich Carl. »Mir hat damals imponiert, dass Sie sich trotz Ihrer Jugend von Cornelius emanzipiert haben. Sie haben sich ungeniert mit Almhirten und Sennern des Gebirges beschäftigt, während er die Ilias im Sinn hatte. Statt homerischer Gesänge haben Sie Ihre Schnaderhüpfln vorgelegt. War er da nicht wütend?«

»Gefreut hat es ihn nicht«, räumte Neureuther ein, »aber er hat sich damit begnügt, mir zu raten, dass ich meinen illustrativen Hang doch auf bedeutungsvollere literarische Erzeugnisse kaprizieren solle.«

»Das haben Sie ja dann auch getan«, meinte Carl, und er fragte, ob Neureuther nicht in den Jahren 36 und 37 in Rom gewesen sei.

»Ach ja«, seufzte Neureuther, »das waren Zeiten. Da konnte ich nach meinem Belieben Studien machen zu den unterschiedlichsten Dichtern, doch jetzt bin ich unter dem Joch eines Leiters der Nymphenburger Porzellanmanufaktur – eher unglücklich als glücklich, obwohl man mir den artistischen Teil anvertraut hat.«

»Können Sie sich denn dort nicht ablösen lassen?«, fragte Carl. »Sie sind doch ein bedeutender Maler, da sollten Sie keine Blumenvasen oder Kaffeeservice kreieren.«

Jetzt lachte Neureuther. »Wenn Sie wüssten, wie nötig das ist! Aber es sollte vielleicht doch ein anderer machen.«

»Hier sieht man tatsächlich zwei echte Münchner beisammen«, sagte Moritz von Schwind, der sich den ganzen Abend darum bemühte, all seine Gäste persönlich zu begrüßen und mit ihnen zu plaudern. »Ich glaube, es gibt in München wenige Künstler, die durch Geburt Münchner geworden sind. Christian Hanson ist Hamburger, Philipp Voltz Rheinländer, Bernhard Stange ist ein Sachse und so weiter. Eigentlich könntet ihr mich, den geborenen Wiener, ein wenig vertraut machen mit Münchner Originalen, die muss es doch geben oder gegeben haben.«

Erwartungsvoll schaute Moritz von Schwind die beiden Münchner an. Carl und Eugen waren zunächst verlegen, doch Carl versuchte einen Anfang:

»In meiner Familie wurde immer vom Finessensepperl erzählt und von der roten Nanni, seiner Braut. Sie waren stadtbekannt, weil sie tagaus, tagein durch München spazierten, jeden grüßten und mit jedem plauderten, der dazu Lust hatte. An seinem Namenstag war Finessensepperl reich mit Blumen geschmückt, ebenso die rote Nanni an ihrem Namenstag. Dann gingen sie stolz umher und wollten bewundert werden. Das wusste man in der Münchner Stadt, und man beschenkte die beiden. Selbst die königliche Familie soll ihn gekannt haben«, erinnerte sich Carl. »Wenn er respektvoll am Straßenrand gestanden ist, hat man ihm ein Almosen aus der Kutsche gereicht.«

»Und die rote Nanni soll die große Liebe des Finessensepperl gewesen sein«, mischte Neureuther sich ein. Es hieß, sie sei eine Törin gewesen. Die Kinder sollen ihr nachgelaufen sein, sie verspottet haben. Er sei immer zur Stelle gewesen, um sie zu verteidigen.

»Mir scheint, als seien dieser Finessensepperl und seine rote Nanni die Grundheiligen der Isarstadt München gewesen«, meinte Moritz von Schwind lächelnd. »Solche liebenswerten Gestalten sterben aus, glaube ich. Oder gibt es auch heute noch ein Münchner Original?«

»Bei uns in den Straßen begegnet man immer wieder einem noch recht jungen Mann, der wird ›Der ewige Hochzeiter‹ genannt«, berichtete Carl. »Beständig trägt er einen Strauß frischer Blumen mit sich herum, und den bietet er immer wieder einer der vorbeikommenden jungen Damen an. Vorausgesetzt, sie gefällt ihm. Wenn sie dann nach dem Strauß greift, geht er rasch davon. Ich habe ihn erst vor ein paar Tagen wieder in der Rosengasse gesehen. Dort hat er seinen Strauß in ein Fenster gereicht, aus dem ein junges Mädchen neugierig herausschaute. Als sie zugreifen wollte, ist er rasch davongeeilt.«

»Na, der Mann müsste einen Preis für besondere Klugheit bekommen«, lachte Moritz von Schwind und sah sich gespielt furchtsam um: »Das dürfte meine Frau nicht hören, die würde mir über den Mund fahren, dass mir Hören und Sehen verginge.«

Auf dem Heimweg dachte Carl ständig an den ewigen Hochzeiter. Bislang hatte er ihn wahrgenommen, ihn skurril gefunden, aber mehr nicht. Nachdem er ihn jedoch Neureuther und Schwind geschildert hatte, war er für ihn lebendig geworden. In seinem Atelier begann er umgehend mit Vorstudien. Zunächst malte er einen pittoresken städtischen Winkel, wie man sie in München oder anderen schönen Städten fand. Vorgezogene Dächer und eine schützende Wand schufen eine Idylle, in der die hübsche junge Frau unbefangen auf den Hochzeiter zuging, der ihr seinen Blumenstrauß darbot.

Plötzlich durchfuhr es Carl – dieser ewige Hochzeiter, das war er. Er selbst. Er war es, der hübschen Frauen Blumen reichte und dann adieu sagte. Die erste Studie zum *Ewigen Hochzeiter* hatte Carl in Öl auf Leinwand gemalt. Er fand den Lichteinfall, der die gesamte Szene beleuchtete, gar nicht so schlecht, wollte jedoch noch weitere Fassungen erarbeiten. Doch er kam gar nicht dazu, die Stadt erlebte ein kulturelles Großereignis.

München hatte nun auch seinen Kristallpalast. Es war bekannt geworden, dass bei der Great Exhibition in London siebzehntausend Aussteller über sechs Millionen Besuchern ihre Exponate anpreisen konnten. König Maximilian II., der ungewöhnlich viel von Architektur verstand, war mit seiner Frau zur Weltausstellung nach London gefahren, hatte den Crystal Palace gesehen und wollte für seine Residenzstadt ein ebenso spektakuläres Bauwerk haben. Es sollte der Ersten Allgemeinen Deutschen Industrieausstellung 1854 den angemessenen Rahmen geben. König Maximilian hatte begriffen, dass sein landwirtschaftlich geprägtes Bayern neue Impulse brauchte. Die sozialen Zustände im Land waren nur mehr durch eine Industrialisierung im Zaum zu halten. Der Hof ließ wissen, die Ausstellung würde einen entscheidenden Beitrag leisten für die Entwicklung von Industrie und Handwerk in Bayern. Maximilian hatte angesichts der Great Exhibition in London entschieden, dass die erste nationale Gesamtschau des hohen Niveaus der deutschen Industrie und des Handels in München ihren Platz haben müsse.

Carl hatte interessiert verfolgt, wie das Riesenprojekt sich entwickelte. Es war ein deutliches Zeichen für die neue Zeit mit ihren Eisenbahnen und Maschinen. Die Münchner konnten mit der Bayerischen Staatseisenbahn, Ludwig-Süd-Nord-Bahn genannt, via Augsburg praktisch in die Welt hinausfahren. Mit der Ludwig-West-Bahn fuhr man über Würzburg nach Bamberg und Aschaffenburg. Wahrscheinlich gab man daher für den Ausstellungsbau einem Areal in der Nähe des Bahnhofs den Vorzug. Ursprünglich war der große, eher unwirtliche Maximiliansplatz als Standort geplant. Die an sich vernünftige Wahl der Bahnhofsnähe hatte einen empfindlichen Nachteil. Dort lag der Botanische Garten der Königlichen Akademie der Wissenschaften. Friedrich Ludwig von Sckell hatte ihn angelegt.

Carl dachte besorgt an seinen früheren Weggenossen Philipp von Martius. Was würde er zu der Entscheidung des Königs sagen, immerhin war er der Direktor des Botanischen Gartens, und das Königshaus verdankte ihm einiges an Reputation, was die Forschung betraf. Es überraschte Carl keineswegs, als wenig später bekannt wurde, Professor Martius habe beim König um seine vorzeitige Versetzung in den Ruhestand gebeten. Beide Seiten konnten einander nicht verzeihen. Carl fragte sich, was er anstelle seines Freundes Martius getan hätte. Er wusste es nicht.

Der Glaspalast wurde nach Plänen des Architekten August von Voit errichtet. Das Gebäude mit seiner Glas-Eisen-Architektur war einmalig im gesamten deutschsprachigen Raum. Ausgeführt hatte dieses Kunstwerk die Nürnberger Firma Kramer-Klett, die mit diesem spektakulären Bau ihren großen Namen noch bekannter machen konnte. Da der Palast aus vorgefertigten Eisengittern und Glassegmenten in weniger als neun Monaten errichtet wurde, war überall von einem gläsernen Wunder die Rede. Es breitete sich auf der Nordseite des Botanischen Gartens aus, zum Stachus hin. An die siebentausend Aussteller hatten sich angemeldet. Die meisten waren aus Bayern und Österreich.

Carl hatte sich vorgenommen, diesmal nicht einer von Tausenden zu sein, die sich durch die Straßen und Plätze drängten. Seine Erfahrung in London war ihm noch sehr präsent. Natürlich würde er die Ausstellung besuchen, aber erst, wenn die Neugierde der meisten Leute befriedigt war. Den Glaspalast hatte er auf seinen abendlichen Spaziergängen wachsen sehen. Er war auf seine schlichte, sachliche Art mindestens ebenso attraktiv wie Londons Crystal Palace. Jetzt, wo er eröffnet war, drängten sich die Fußgänger und Fuhrwerke. Es kostete äußerste Mühe, auch nur in die Nähe des Ausstellungsgebäudes zu kommen. Polizei und Militär versuchten mit gesammelten Kräften, die Ordnung aufrechtzuerhalten.

Dem Bau des Glaspalastes folgte eine Cholera-Epidemie, die wieder einmal schreckliches Leid über die Münchner Bevölkerung brachte. Auch das Königshaus blieb nicht verschont.

Drei Tage nach der Eröffnung am 18. Juli 1854 wurde im Hoftheater Goethes *Faust* aufgeführt. Carl hatte spät davon erfahren, konnte aber im letzten Moment noch eine zurückgegebene

Karte an der Cassa bekommen. Es war ihm nicht möglich, der Aufführung wirklich zu folgen, da eine Reihe hinter ihm sich ein Mann unruhig auf seinem Sessel hin und her bewegte und immer wieder unterdrückt stöhnte. Schließlich fiel er zu Boden, und jetzt konnte er sich nicht mehr zusammenreißen. Er wälzte sich, krümmte sich, die Premierengäste sprangen nach und nach alle auf, und manche schrien hysterisch. Carl beugte sich über den Kranken. Er dachte erschrocken, dass dieser Mann alle Anzeichen einer Cholera-Erkrankung aufwies. Leise bat er die Umstehenden, das Theater sofort zu verlassen. Der Direktor stürzte hinzu und rief, er wolle nach dem Theaterarzt schicken. »Der Polizeiarzt muss auch gerufen werden«, sagte einer.

Carl nahm seine Jacke, die er wegen der Julihitze nicht getragen hatte, faltete sie und schob sie dem Mann unter den Kopf. Eine Garderobenfrau brachte Wasser und ein Handtuch, sodass man dem Kranken zu trinken geben und ein kühlendes Tuch auf die Stirn legen konnte. Er wartete so lange, bis der Patient von zwei Trägern und dem Arzt abgeholt wurde. Dann unterrichtete er Eduard und Angelika. »Geht mit den Kindern aufs Land, hier wird es bald gefährlich für euch«, riet er ihnen.

Danach lief er zu Eduard Schleich, der sofort zustimmte, München zu verlassen. Er befahl auch seiner Schwester barsch, aufs Land zu Verwandten zu gehen. »Gleich morgen früh geh ich zu Elise Zwengauer und bringe ihr Geld. Sie soll mit dem Buben so schnell wie möglich aus München verschwinden.«

Carl ging bei Crescenz und Neunerdt vorbei und berichtete, dass mit hoher Wahrscheinlichkeit in München wieder die Cholera ausbrechen werde. Weit nach Mitternacht kam er in seiner Wohnung an und erzählte Juli, was er vorhatte. »Ich gehe mit Eduard Schleich wahrscheinlich nach Tirol. Fahre du bitte morgen früh zu Anton und Pankraz, nimm Kleider und Wäsche mit, dann könnt ihr morgen Abend schon in Niederaschau sein. Vielleicht haben die Gielgs ja auch einen anderen Vorschlag – auf jeden Fall sollen sie raus aus München. Und du auch, Juli.«

Beide machten sich daran, einige Sommersachen zusammenzupacken. Carls wichtigstes Gepäck war seine Maltasche, aber auch er legte leichte Hemden und Hosen zusammen.

Dann warf er noch einen Blick in die *Augsburger Allgemeine.* Auf der Titelseite sah er die Meldung, dass Elisabeth, die älteste Tochter Maximilians von Bayern, mit dem Kaiser Franz Joseph von Österreich vermählt werde. Also doch. Carl hatte in der Familie davon reden hören, dass die siebzehnjährige Prinzessin blendend schön sei und sehr regen Geistes. Reiten könne sie besser als mancher Mann. Dazu sei sie eine große Freundin der Natur. War die Familie im Schloss Possenhofen, habe man die Sisi bei jedem Wetter draußen gesehen, einfach gekleidet wie die Einheimischen. Sie war keinesfalls zu einer künftigen Kaiserin erzogen worden.

Carl konnte sich diese junge, gewiss idealistische Prinzessin nicht am Hofe des Kaisers von Österreich vorstellen. Dort gab es eine noch strengere Etikette als am Hof in München, das war bekannt. Aber – so viel hatte Carl gehört – man war miteinander verwandt. Die Kaiserinmutter war die Tante von Sisi. Die Schwester ihrer Mutter.

Carl kam die Vermählung wie ein Handel vor. Doch er kannte sich nicht aus in Königshäusern – vielleicht entzogen sie sich der Normalität.

Eduard Schleich und er hatten beschlossen, in Murnau Station zu machen, und zwar wollten sie es im Hotel Post versuchen, das sie von einigen Aufenthalten schon kannten. Sie hatten Glück, bekamen zwei geräumige Zimmer, und gleich nach der Ankunft gingen sie in eine der Badehütten, um München mitsamt der Cholera im Wasser zu ertränken.

Schon am nächsten Tag brachen sie frühmorgens auf, um nach Schlehdorf zu wandern. Carls Bruder Eduard hatte von diesem Ort gehört, der malerisch am Kochelsee gelegen sei und sich vielleicht für einen längeren Aufenthalt bis zum Abklingen der Cholera eignen könne. Carl solle doch einmal vorfühlen, vielleicht käme Eduard mit der Familie dorthin.

Als sie am späten Nachmittag ankamen, fanden sie den Ort mit dem schönen Kloster zwar herrlich zwischen den nahen Bergen gelegen. Aber bei genauerer Betrachtung zeigte sich der Flecken langweiliger als langweilig. Von Bademöglichkeiten war überhaupt nichts zu entdecken. Das Bräuhaus, als einziger Gasthof, war zwar neu erbaut, aber beim näheren Hinsehen war es nur ein dumpfes, finsteres Gebäude.

»Da wird deinen Leuten das Gemüt schimmelig«, brummte Eduard Schleich, und sie schauten sich um nach einer Kalesche, die sie zurückbringen würde nach Murnau.

Im Hotel Post logierte auch der Schriftsteller Berthold Auerbach, Verfasser der *Schwarzwälder Dorfgeschichten*, die in der *Allgemeinen Zeitung* abgedruckt wurden und beliebt waren. Auerbach las auf Wunsch nach dem Abendessen aus seinen Geschichten vor, was Carl und Eduard Schleich bei einem Wein genossen, denn die Geschichten waren heiter und hatten dennoch Sinn.

Später gesellten sich vorsichtig einige Männer der Privaten Feuerschützengesellschaft zu ihnen. Man sah ihnen ihr Leiden schon von weitem an.

Ein großes Schützenfest stehe bevor, berichteten sie. In der nächsten Woche. Viele Vereine wurden erwartet. Und nun war die Murnauer Schützenfahne, das heißt die Standarte der Privaten Feuerschützengesellschaft, von Mäusen zerfressen, zerrissen – absolut unbrauchbar. Der Verein stand vor seiner größten Blamage.

Die Herren seien doch Maler, vielleicht hätten sie, vielleicht könnten sie …

Carl sah sofort ein, dass Hilfe nottat. Alles, was man auftrieb, war ein großer Jutesack, in dem der Wirt einmal Kaffeebohnen heimtransportiert hatte. Auf eine Seite malte Carl das Marktwappen, auf die andere ein Spruchband und eine uralte Jahreszahl. Er bronzierte dicke Quasten als Schmuck. Alles andere besorgten der Schmied und der Schreiner. Drei Tage dauerte die künstlerische Zusammenarbeit. Die Murnauer Fahne wurde bestaunt wie keine andere, und sie wurde vom Verein gehütet wie eine Kostbarkeit.

Der Geschichtenerzähler Auerbach reiste ab, denn das Wetter wurde schlecht. Nach einer kannibalischen Hitze kam Regen und dicker Nebel. Carl und Eduard sahen sich bekümmert an. Jetzt blieb ihnen nichts übrig, als zu arbeiten. Jeder in seinem Zimmer. Carl versuchte zum ersten Mal, mit einer terracottafarbenen Untermalung zu beginnen. Doch bald fand er, dass das Braun der Berge lehmig wirkte und kalt. Auch das Aufleuchten der Bergwände wollte ihm nicht gelingen.

Schleich kam ungefähr alle zehn Minuten herein, um sich darüber zu beklagen, dass ihm in seinem Zimmer das rechte Licht zum Malen fehle. Ein anderes Mal kam er, um zu berichten, dass er einen Brief an Elise Zwengauer begonnen habe, aber mit dem komme er auch nicht weiter. Wegen des Buben dürfe er den Kontakt nicht ganz einschlafen lassen. Aber es koste so viel Anstrengung.

Schleich schien über dem Brief an Elise eingeschlafen zu sein, denn seine Überfälle blieben aus. Carl dachte daran, wie seltsam beziehungslos ihm Schleich und Elise Zwengauer erschienen waren, als er sie einmal gemeinsam auf einem Ball erlebt hatte. Verband sie außer dem kleinen Sohn wirklich nichts miteinander? Die Art, wie Elise sich an Schleich geschmiegt hatte, war doch die einer Verliebten. Ihre Sprache dagegen blieb spröde und abweisend. Und Schleich, dieser Stoffel, sollte den einer verstehen. Er musste Elise doch begehrt haben, zumindest am Anfang. Warum saß er dann aber wie ein Holzklotz neben ihr? Sollte Carl ihn danach fragen? Nein. Lieber sollte Eduard sein Geheimnis begraben in seinen einzigartigen Bildern. Das versuchte Carl schließlich auch.

So verbrachten sie einige Arbeitstage: am Morgen der Kaffee und die Zeitungen und mittags eine gemeinsame Tafel, an der laut Schleich »mehr gefressen als gegessen und mehr geschnattert als geredet« wurde.

Zu Carls und Schleichs Freude kam der Maler Johann Kirner

als Stadtflüchtiger ins Hotel. Allerdings brachte er schlechte Nachrichten. Er berichtete, dass in München an jedem Tag mehr als hundert Menschen an der Cholera starben. »Die Königin ist tot. Gestorben an der Cholera.«

Carl konnte es nicht glauben. Die Königing Therese von Bayern, Ehefrau König Ludwigs, war doch von Ärzten umgeben. Der Hof war in der Lage, alle Vorsichtsmaßnahmen zu ergreifen.

Carl fragte Johann Kirner, ob es noch mehr Todesfälle am Königshof gebe. Kirner wusste es nicht. Es war überall nur die Rede vom Tod der Königin gewesen. Sie war beliebt bei den Münchnern, sympathisch, freundlich und klug, wie sie war. Sie hatte sich trotz der Affären des Königs ihre Würde bewahrt. Und offenbar auch seine Zuneigung. Es hieß, König Ludwig sei außer sich. Er habe erlebt, wie seine Frau schreiend und delirierend vor Schmerzen gestorben sei. Nun schreibe er Liebesgedichte an sie, in denen er sie sogar um Verständnis bat für seine Amouren.

»In München herrscht allerorten Bitterkeit, Ohnmacht und Verzweiflung«, fuhr Johann Kirner fort. »Die Straßen sind leer. Wer es sich leisten kann, flieht aus der Stadt, auch die Messegäste. Die Ausstellungshallen mit ihren großartigen Neuheiten bleiben leer. Übrigens, Carl, du kennst doch den Wissenschaftler Max von Pettenkofer. Auch er ist an der Cholera erkrankt. Ich habe es in der *Allgemeinen Zeitung* gelesen.«

Die Auserwählten bleiben also keineswegs verschont, ging es Carl durch den Kopf. Dann bekam er Panik. Pettenkofer, sein kleiner Freund Max, er durfte nicht elend an der Cholera krepieren. Carl konnte ihm nicht helfen. Max war als Mediziner viel besser informiert als er. Es gab nicht wenige, die Pettenkofer als Genie bezeichneten. Apotheker war er geworden und Mediziner, der mit Justus von Liebig die Grundlagen der organischen Chemie erarbeitet hatte. Gemeinsam mit Liebig hatte er einen Würfel aus Rindfleisch und Kräutern erfunden, den man in kochendem Wasser auflösen konnte. Anfangs war er dazu gedacht, ihn gegen Cholera einzusetzen, um die Erkrankten vor der Austrocknung zu bewahren und zu stärken. Der Würfel sollte auch eine Hilfe sein für Hungernde. Nur Pettenkofers wegen ließ sich der hochberühmte Justus von Liebig dazu bewegen, in München eine Professur anzunehmen.

Und nun hatte die Cholera ihn in ihren Fängen. Carl betete bei sich, der Herrgott solle seinen Max beschützen, der trotz seiner rastlosen Arbeit und des glänzenden Erfolgs ein ausgesprochen bescheidener Mensch und guter Freund geblieben war.

Alle im Gasthaus wurden still und nachdenklich. Fast jeder hatte Angehörige in der Stadt. Carl hoffte, dass Eduard mit seiner Familie ein Ausweichquartier gefunden hatte, wo es klares frisches Wasser gab. Das schien Carl das Wichtigste.

Schleich hielt es trotz aller Todesgefahr nicht länger als zwei Wochen in Murnau. Er müsse im Kunstverein nach dem Rechten sehen, und vor allem in seinem Atelier. Schleich hatte einige junge Maler als Aushilfen angestellt, weil er mit seinen Aufträgen nicht mehr nachkam. »Die brauchen Geld, und außerdem tun sie nichts, wenn ich nicht im Atelier bin.« Carl fand es zwar leichtsinnig, jetzt schon zurückzureisen, wo man nicht wusste, ob die Cholera schon abgeklungen war. Doch er behielt seine Bedenken für sich. Er war nicht Eduard Schleichs Vormund.

Das schöne Murnau konnte zufrieden sein mit dem Aufkommen an Sommergästen. Das war nicht in jedem bayerischen Ort der Fall.

Carl hatte schon oft bei seinen Wanderungen und Reisen erlebt, dass es sehenswerte, ja idyllische Orte gab, wo die Bewohner schmerzlich darauf warteten, dass sie Feriengäste aufnehmen konnten. Die Landwirtschaft, wenn es sich nicht um einen großen reichen Bauernhof handelte, reichte kaum zum Leben. Söhne und Töchter mussten zu Fremden in Dienst gehen.

Obwohl Carl den Einheimischen fremd war, kamen sie auf ihn zu, wenn er stundenlang an einem Fleck saß und ihre Heimat malte. Zuerst kamen die Kinder, denen er Stifte und Papier gab, damit auch sie malen konnten. Dann näherten sich die Eltern, man kam ins Gespräch. Carl hörte geduldig zu. Das waren die

Leute ihm wert, und das spürten sie. Wer Fremdenzimmer hatte, klagte, dass so wenig Fremde in den Ort kämen. Und wenn, dann führen sie weiter nach Murnau oder in einen anderen, größeren Ort. Dabei würden sie so gern Gäste beherbergen. Sie müssten zwar nicht hungern. Aber man würde ein Zubrot dringend benötigen.

Carl konnte das gut verstehen. Er malte seine Bilder auch nicht nur aus Neigung. Er wollte sie durchaus verkaufen, wenigstens die meisten seiner Gemälde, um Geld zu verdienen.

Einmal hatte er einer Bauersfamilie angeboten, ein Schild für die Hauswand zu malen, das Pensionsgäste anlocken sollte. Für *Bett und Frühstück* malte er ein Bett mit einer dampfenden Kaffeetasse auf dem Kissen. Für *Zimmer mit Verpflegung* wollte der Bauer gern ein Ferkel auf seinem Schild haben. Carl malte es und steckte dem Schwein noch eine Gabel in den Rücken.

Hatte es den Bauern Gäste gebracht? – Carl wusste es nicht. Ihm hatte das Malen der Schilder Spaß gemacht. Und das Gefühl, ein wenig mehr als nur ein zahlender Gast zu sein, gefiel ihm auch. Schließlich war er nicht nur in München, sondern in Bayern zu Hause. Er wusste nicht, welches Tal oder welche Region ihm am besten gefiel. Jeder Winkel erschien Carl neu und liebenswert.

So auch das Werdenfelser Land. Leicht bucklige Wiesen, in der Senke ein hölzernes Haus mit tief herabgezogenem Dach, von Steinen beschwert. Carl setzte sich für ein paar Minuten davor auf die Bank. Das Haus war verschlossen, kein Hund, der bellte. Er sah auf einen See, von fedrigen Bäumen umstanden, dahinter beschützend und dräuend zugleich die Bergmassive. Wohin er auch kam, bei jedem Schritt warteten Überraschungen auf ihn. Sanftmäulige Kühe trabten gemächlich an, wenn er sich auf einen Stein setzte, um sie zu zeichnen. Schafe mit ihren schmalen, sympathischen Gesichtern musterten ihn flüchtig. Hasen flitzten über Äcker und Wege. Und die Vögel waren überall unterwegs, schmetterten und trillerten, eines der Tiere war schöner als das andere. Fand jedenfalls Carl, und er zeichnete noch einen Raben, der mit ihm gemeinsam Brotzeit gemacht hatte, bevor er zusammenpackte.

Nach einer Viertelstunde kam er an einen Bach, der über dicke Gesteinsbrocken sprang und ganz frisch war. Ein bemooster Steg führt zu einer Hütte mit Heu für den Winter. Carl setzte sich auf den Steg, schöpfte mit seiner Wasserflasche das gischtende Wasser, trank die Flasche sofort halb leer. Er hatte nicht gewusst, dass er so durstig war. Hinter sich hörte er helle Stimmen, aus einem Waldweg liefen ihm Kinder entgegen, sieben waren es, sieben sehr kleine Kinder, die jüngsten wohl drei, die älteren fünf oder sechs Jahre. Sie waren allein. Im Kinderzimmer von seinem Bruder Eduard hatte ein Bild gehangen, das einen Engel zeigte, der einen kleinen Jungen über einen schmalen Steg führte, damit er nicht in die tiefe Schlucht fiel.

Nehmen Schutzengel diese Kinder an die Hand?, dachte Carl.

Sie liefen auf dem schmalen Weg zwischen den Sonnenflecken, der Boden schien unter ihren kleinen Füßen zu glühen, der Wald wölbte sich über ihnen wie eine grüne Kapelle. Was für ein Bild. Es gehörte ihm, er musste es malen.

Rasch, fast fiebrig, zog er sein Skizzenbuch wieder hervor.

Als er später in Rottenbuch ankam, empfand er es als besonders schade, dass der Ort fast menschenleer war. Dabei war das Kloster mit dem freistehenden Turm so schön, dass Carl am liebsten laut gerufen hätte: Wanderer, kommt nach Rottenbuch. Hier steht eines der schönsten Klöster, eine Basilika aus dem Mittelalter. Und wenn ihr in diese Kirche hineingeht, verfallt ihr dem Rausch der Fresken. Die Idee des bayerischen Kirchenrokoko – hier könnt ihr sie leibhaftig erleben.

Carl machte Quartier in einem Gasthof. Die Einsamkeit, die er sich so oft gewünscht hatte – hier fand er sie im höchsten Ausmaß. Er war der einzige Gast im Wirtshaus, und er musste seinen Tag selbst gestalten. Er fühlte sich wie Robinson Crusoe auf seiner Insel, als er noch ohne Freitag war. Immerhin hatte der Schiffbrüchige Hund und Katze bei seinem Strandgut gefunden. Und er konnte Schildkrötenfleisch zum Frühstück futtern, zum

Mittagessen eine Ziege schießen und sich zur Nacht noch ein paar von den Schildkröteneiern genehmigen.

Carl dagegen gesellte sich schüchtern zu den Wirtsleuten, wenn er roch, dass es im Erdgeschoss etwas zu essen geben musste. Die Familie rückte am Tisch zusammen, und Carl aß ein gutes Kraut mit Wammerl. Nach dem Mittagessen promenierte er die Poststraße entlang, gut eine Stunde. Er sah keine Reisenden, niemanden, nicht einmal ein Fuhrwerk. Gut, dass er immer Lektüre in seinem Gepäck hatte. Diesmal ein kleines Buch von Jean Paul: *Leben des vergnügten Schulmeisterlein Maria Wutz*. Carl fühlte sich in den Texten von Jean Paul ganz zu Hause; für ihn war Lesen der Luxus seiner Seele.

In Rottenbuch gehörte Carl nun schon ein wenig zur Familie. Auf Carls Bitte hin hatte seine Wirtin ihm die Wäsche gewaschen. Sauber war sie nun, aber nicht gebügelt. »Koa Zeit net«, sagte die Wirtin. Carl dachte resigniert an Juli und an die Stapel frischer, glatter, duftender Wäsche, die sie in seinen Schrank legte. Hier hatten sie sein neues blaues Hemd, von Juli genäht, offenbar mit zu starker Lauge behandelt. Das Hemd war nun weiß und wies eine Art blauer Pockennarben auf. Dafür war die Gardine der Wirtin bläulich, und die ehemals weißen Hemden Carls auch.

Selbst seine Stiefel waren hin. Eine zu scharfe Bürste hatte ihnen jeden Glanz genommen, das Leder wies hässliche Kratzer auf. Juli pflegte seine Kleider und Schuhe sorgfältig. Vielleicht plante sie jetzt schon mit Anton und Pankraz die Rückreise nach München. Hoffentlich ging es allen gut.

Es war auch für ihn an der Zeit, nach München zurückzukehren. Auf dem Weg in die Stadt dachte Carl wieder an Max Pettenkofer. Wie es ihm wohl ging? Gestorben war er wohl nicht, das hätte man erfahren. Aber ganz sicher konnte Carl nicht sein. Ohne Max Pettenkofer würde sein Leben um einiges ärmer sein.

44

Juli war immer noch betrübt, wenn sie Hunde sah, die ihrem Füchsl glichen. Er war nun schon über ein Jahr lang tot, aber sie konnte ihn nicht vergessen. Manchmal erzählte sie Carl kleine Episoden, die sie mit Füchsl erlebt hat. »Er geht mir halt arg ab«, seufzte sie dann.

Auch Juli ist älter geworden, dachte Carl. Jetzt war er zweiundfünfzig und Juli knapp über vierzig. Carl hatte ein schlechtes Gewissen, weil er so wenig Zeit für Juli hatte. Er wollte aus der Apotheke mal wieder Rosenwasser und Lavendel, die Lieblingsdüfte Julis, mitbringen.

Gut, dass er in der Hofapotheke immer noch Hausrecht hatte. So konnte er jederzeit die heimischen Vorräte an Salben, Tees und Gewürzen aufstocken. Max Pettenkofer, noch etwas blass, kam herunter in die Offizin, und er freute sich, Carl zu treffen. Der gratulierte ihm zu seiner Genesung. Pettenkofer berichtete, dass er schon vor geraumer Zeit Mitglied der *Commission zur wissenschaftlichen Erforschung der indischen Cholera* geworden sei.

»Ich habe eine Wut auf diese Seuche. Ich hab mich gefühlt wie der letzte Wurm auf dieser Erde, auf dem ein Riese herumtrampelt. Weißt du, dass unsere arme Köchin an der Cholera gestorben ist? Sie ist gleich nach mir darniedergelegen. Dann unsere Tochter Anna. Sie erkrankte besonders schwer, verfiel in das Choleratyphoid – es schien hoffnungslos. Ich hab zu meinem Herrgott gesagt, wenn's schon sein muss, dann lass mich sterben, aber nicht das Kind. Sie hat schrecklich leiden müssen, unsere Anna, aber dann hat sie es doch geschafft, genau wie ich.«

Pettenkofers Stimme war brüchig, er räusperte sich, atmete tief durch. »Kannst du begreifen, Carl, dass ich in der gesamten Stadt herumgerannt bin, um dieser verdammten Cholera auf die Spur zu kommen? Und nicht nur hier in München. Ich war in den letzten Jahren einige Male in London, hab britische Ärzte gefragt, die in Indien waren, ich war in Lyon, Marseille, auf Gibraltar und in Malta. Ich habe die letzte Cholera 1836 ja auch schon miterlebt. Damals war ich in der Oberklasse des Wilhelms Gymnasiums. Mein bester Freund starb.«

»Und«, fragte Carl gespannt, »hast du durch deine Recherchen neue Erkenntnisse?«

»Ganz klar sehe ich noch nicht«, sagte Pettenkofer missmutig, »aber ich bin sicher, dass unsere Ernährung, vor allem auch unser Trinkwasser, unsere Körperpflege, reine Luft und reiner Boden von entscheidender Bedeutung sind.«

Carl betrachtete Pettenkofer mit einer Art von väterlichem Stolz. Aus seinem kleinen Freund Max war ein großer, gutaussehender Mann geworden mit einer selbstbewussten Aura, die ihn kleidete.

Max berichtete Carl, dass er manchmal zu sogenannten Symposien beim König eingeladen sei. »Da muss man im Frack und mit schwarzer Krawatte erscheinen. Auf der sogenannten Grünen Galerie nehmen einem Lakaien den Mantel ab, und man tritt in den Billardsaal, wo einen der Hofmarschall Baron von Zoller begrüßt und die Adjutanten von der Tann und Baron Leonrod. Ich hab da schon den Poeten Paul Heyse getroffen und natürlich Justus von Liebig, der inzwischen zu Münchens ersten Adressen gehört. Die Liebigs geben fast täglich Empfänge. Der König liebt den Justus und erscheint dort sogar manchmal.

Einmal fragte mich der König«, fuhr Pettenkofer fort, »woran ich gerade arbeite, und ich berichtete ihm halt auch von der Commission zur Erforschung der Cholera. Davon wusste er längst, er dankte mir, sprach auch vom schrecklichen Tod seiner Mutter. Dabei war er so gefasst, dass es mich wunderte. Der König war sehr liebenswürdig und versuchte, jedem zuzuhören.«

Pettenkofer berichtete auch von Königin Marie, die man gedrängt habe, wenigstens wöchentlich einmal einen Tee-Abend zu geben. Offenbar hatte sie nichts anderes im Sinn, als in den Bergen herumzuklettern. Die Tees, so wünschte es sich der Hof, sollten poetischer Natur sein.

»Als ich einmal eingeladen war«, berichtete Max, »las der Dichter Emanuel Geibel aus seinen Werken. Aber die Königin interessiert sich augenscheinlich nicht für Poesie oder sonstige Literatur. Jedenfalls blätterte sie, während Geibel las, die ganze Zeit in einem Fotoalbum, das Gebirgsansichten enthielt, und plötzlich schlug sie es vernehmbar zu, worauf Geibel seine Stimme ärgerlich erhob. Sogar der König warf seiner Gemahlin einen mahnenden Blick zu. Das hat Ihre Majestät aber keineswegs beeindruckt. Sie angelte sich das nächste Album, blätterte weiter herum, bis Geibel beleidigt aufhörte zu lesen.«

»Aber hübsch ist die Königin, oder?«, fragte Carl, denn er hatte sie einmal mit ihren Hofdamen bei der Schranne gesehen, da war er überrascht gewesen von ihrer auffallenden Erscheinung.

»Doch, man kann sie für schön halten. Sie hat ganz dunkles dichtes Haar, die Augen sind enzianblau, schauen aber kühl. Sie macht nur das, was sie wirklich will. Der König soll früher sehr verliebt in sie gewesen sein, wird erzählt. Ich glaube, das hat sich gelegt.«

Max Pettenkofer grinste in sich rein; es war klar, dass ihn die Teestunde bei der Königin amüsiert hatte. Carl dachte, dass er vielleicht auch einmal gern bei der Königsfamilie eingeladen wäre. Aber dazu war er nicht bekannt genug. Ach was, er war froh, wenn er in Ruhe arbeiten konnte.

Eduard Schleich war auch wieder in der Stadt. Bei seinen häufigen Wanderungen war er beim Abstieg umgeknickt und hatte sich den Knöchel bös gestaucht. Seine Schwester brachte Carl einen Brief von ihm mit der Bitte, ihn schleunigst in der Blumenstraße aufzusuchen. Schleich war mit Langko und Morgenstern im Gebirge gewesen und hatte sich nun geschworen, nie mehr Hochgebirgsmotive zu malen. In seiner ersten Phase war er deutlich beeinflusst gewesen von den Landschaftsgemälden des frühen Jahrhunderts, aber nun hatte er genug davon. »Das, was das Hochgebirge so imponierend macht, das Gigantische, Kolossale, das kannst du im Bild einfach nicht wiedergeben«, sagte er zu

Carl. »Zumindest ich kann es nicht. Stell dir doch mal unsere Kalkfelsen vor. Wie soll man die in ihrer Farblosigkeit bewältigen. Oder was meinst du?«

Carl war gehemmt, wenn Schleich von ihm ein Urteil wollte. Sein so viel berühmterer Kollege, dem man die Bilder schon von der Staffelei weg abkaufte, wusste eigentlich sehr gut, was er künstlerisch wollte. Er war 1855 sogar auf der Weltausstellung in Paris mit einer Landschaft vertreten gewesen. Die Tiere darin hatte ihm allerdings sein Freund Friedrich Voltz gemalt. Ein Jahr darauf war er zum Ehrenmitglied der Akademie der Bildenden Künste ernannt worden.

Damit waren aber die Ehrungen für Schleich noch nicht zu Ende. Seit dem letzten Jahr war er zum Leiter der Jury der Kunstausstellungen in München berufen worden. Und einer derartigen Koryphäe sollte Carl einen künstlerischen Rat geben.

»Deine Art zu malen hat sich in den letzten Jahren stark verändert«, begann Carl zögernd. »Ich glaube, dass dich die Landschaften von Peter Paul Rubens beeinflusst haben. Seither arbeitest du mit ganz anderen Farben. Du hast deine Farben jetzt mehr an die Natur angepasst. Und deine Technik ist jetzt auch eine andere.«

Carl hatte Eduard Schleich oft beim Arbeiten zugeschaut. Seit neuestem setzte Schleich den Spachtel als Malinstrument ein. Er trug damit die Farben so auf, dass sie Bewegung suggerierten. Helle Lichtreflexe setzte er durch Wegkratzen der Farbe mit dem Pinselstiel.

Am meisten faszinierte Carl, dass Eduard seine Landschaften von einem erhöhten Standpunkt aus malte. Er ließ den Betrachter von einer Anhöhe aus in eine flache Landschaft hinabblicken. Mit diesem Trick verlieh er ihr eine unendlich erscheinende Weite.

Carl wollte versuchen, sich an Schleichs tonige Auffassung anzunähern und an die Gliederung in seinen Landschaften. Doch da er kleinere Bildformate liebte, würde er am Ende doch wieder bei seinem eigenen Stil bleiben. Dennoch bewunderte er seinen

Freund Eduard Schleich. Auch dafür, dass er bei allen Ehrungen, Preisen und Ernennungen bescheiden und schlicht blieb. Nach außen hin gab sich Schleich oftmals sogar spöttisch oder abweisend.

»Ach ja«, sagte Schleich jetzt versonnen, »erinnerst du dich an den Kritikerkönig Pecht, der hat uns Münchner Landschaftsmaler nach der Ausstellung in Dresden überschwänglich gelobt.«

»Klar erinnere ich mich«, sagte Carl trocken. »Friedrich Pecht hat dich gemeint und noch einmal dich. Ich kann ihn zitieren, weil mir seine Formulierung gefallen hat: ›Schon 1850 überraschten mich auf der Dresdner Ausstellung ein paar kleine Bilder, die unter dem Spinatgrün und der kleinlichen Petersilie des Machwerks der übrigen Landschafter hervorleuchteten wie Juwelen.‹«

»Na, da hat der Pecht uns aber Honig ums Maul geschmiert.«

Eduard Schleich hatte sich von Xaveria eine Brotzeit bringen lassen, und er ermunterte Carl zuzugreifen. Doch der hielt sich zurück. »Juli hat zum Abendessen Grießknödel mit gehacktem Hühnerfleisch geplant«, sagte er.

»O mei«, klagte Schleich, »zwengs dem blöden Knöchel kann ich jetzt nicht mitkommen.«

»Sobald du wieder laufen kannst, bist du eingeladen. Garantiert.«

Schleich steckte sich ein Stück Schinken in den Mund und kaute nachdenklich. »Wenn ich denke, was des für eine Hetz war, als wir den Isabey kopiert haben. Da haben wir mehr gesoffen als gemalt.«

»Ja, vor lauter Heimweh nach Feldmoching«, lachte Carl. »Wir hatten unser geliebtes Schloss Pommersfelden nach der langen Zeit des Kopierens zum ersten Mal dick. Aus Verzweiflung kam ich dann auf die Idee mit dem Isabey. Aber du und Langko, ihr habt schon bald schlappgemacht.«

Carl sah das Bild *Frauenbad in Dieppe* von Eugène Isabey wieder klar vor sich. Schleich, Langko und er hatten es in der Sammlung Schönborn in Pommersfelden ausgiebig studiert. Sie fanden es großartig gemalt, in typisch französischer Technik. Und es war Carl, der auf die Idee kam, es zu kopieren. Das Thema des Bildes hatte er in dieser Form noch nicht gesehen. Auch er hatte badende Frauen gemalt, doch diese Arbeit war etwas anderes: Aus dem Meer ragte ein riesiger Felsen empor, der auf seiner Höhe in hügeliges Gelände überging, auf dem Bauernhäuser lagen. Zwei Wege wanden sich vom Meer zum Felsen empor; auf dem schmalen, der direkt vom Meer auf den Felsen hinaufführte, kletterten Kinder zu den Häusern hoch. Auf dem breiteren Weg, der vom Badeplatz hinauflief, schleppten Frauen ihre schweren Wäschekörbe hinauf. Am Meer standen Badehütten, einige Frauen hatten sich ausgezogen und ihre Kleider in der Mitte des Platzes sorgfältig aufeinandergelegt. Der meiste Raum wurde gebraucht, um die nasse Wäsche zum Trocknen auszubreiten. Die Frauen, in weiße Laken gehüllt, nahmen ein Bad im Meer, andere wuschen am Ufer ihre Wäsche und ruhten sich danach ein wenig aus von ihrer schweren Arbeit.

Carl fand die schwer arbeitenden Frauen dennoch königlich, wie sie sich anmutig in die Laken hüllten, von einer sah man die schöne Rückansicht – alles war natürlich und würdig.

Sie hatten beschlossen, dass jeder von ihnen eine Kopie anfertigen sollte, Spitzweg eine, Schleich eine und Langko eine.

Carl beschränkte sich beim Malen der Szene nicht auf eine genaue Wiedergabe. Er malte sozusagen den Eindruck, die Freude, die er beim Ansehen des Bildes hatte, und schaffte es so, die malerische Quintessenz hervorzuheben. Die Frauen, die ihre Last den Berg hinaufschleppten, ließ er als huschende Farbflecken auf dem Braun des Bodens haften. Er begriff mit einem Mal das Kopieren als ein Erforschen fremder Geheimnisse.

Schleich hatte sein Werk ebenfalls begonnen. Er modellierte den Felsen grau, den Weg dagegen in Braun, dann hatte er keine Lust mehr. Er überließ Carl den gesamten Vordergrund, die Frauen, die Kleider, die Wäsche, selbst den Himmel malte dieses Mal Carl.

Auch an Langkos Kopie hatte Carl einen großen Anteil. Auf

dessen Bitten malte er zunächst auch den Himmel. Carl fand, dass er insgesamt zu wenig sorgfältig gearbeitet hatte, und er überarbeitete nicht nur das gesamte Gemälde, sondern fügte schließlich die Bevölkerung des Frauenbades hinzu.

Die drei einigten sich darauf, dass alle Kopien mit der Aufschrift *»nach Isabey von Carl Spitzweg«* versehen wurden.

Aus der *Allgemeinen Zeitung* erfuhr Carl, dass Heinrich Heine in Paris gestorben war. Carl war so bewegt, als wäre ein Freund gestorben, ein naher Freund. Er spürte plötzlich, dass ihm kalt war, steckte die Zeitung in seinen Gehrock und lief rascher durch die Sendlinger Gasse, seine Kappe tief in die Stirn gezogen.

Beide waren sie noch jung gewesen, als sie sich getroffen hatten, der Dichter und er. Wie alt war Heine wohl geworden? Von Heines Erfolgen und Kontroversen hatte Carl immer wieder in den Zeitungen gelesen.

Warum hatte er nie an Heinrich Heine geschrieben? Über seinen Verleger Julius Campe wäre das ohne weiteres möglich gewesen. Carl machte sich heftige Vorwürfe. Es passierte ihm allzu oft, dass er Menschen verlor, die ihm wirklich wichtig waren. Er hatte es in der Vergangenheit schon oft bereut, sich nicht genug um Verwandte und Freunde gekümmert zu haben. Seine Posthalter-Großeltern gehörten dazu. Sein gütiger Pate Franz Xaver Lauterer, den er erst auf dem Krankenbett aufgesucht hatte. Oder Christian Heinrich Hanson – an ihn durfte Carl überhaupt nicht denken. Gewiss, er hatte seinen mittellosen Freund mit Geld versorgt, aber wie selten hatte er sich die Zeit genommen, ihn zu besuchen. Dabei war Hanson, sein großer, gütiger Lehrer, über seine Besuche erfreut und gerührt gewesen. Bei dem Gedanken hätte Carl heulen mögen. Aber es war sinnlos, der Tod kannte kein Verzeihen. Keine Wiedergutmachung.

Und nun Heinrich Heine. Carl hatte im Laufe der Jahre einige Bücher von ihm erworben. Gedichte, Reisebilder, Kunstbriefe, Gedanken und Einfälle. Besonders berührte ihn die Lektüre des *Buch Le Grand*, in dem sich Heine mit seiner rheinischen Heimat beschäftigte, nach der er sich wohl lebenslang gesehnt hatte. Bei keinem anderen Autor fand Carl so viel Witz, Satire und Ironie, aber auch tiefes Gefühl und Geist. Immer wenn er Heinrich Heine aufschlug, war er sogleich gefesselt von dessen ungewöhnlicher Begabung. Fand sich darin wieder.

Heine wollte mit der Feder, nicht mit dem Degen, für die Freiheit des Einzelnen und die Freiheit der Völker kämpfen. Dieser Meinung war Carl auch. Ganz entschieden.

45

Für Carl Spitzweg war diese Wohnung eine verborgene Perle. Heumarkt 3, dritter Stock. Das Haus gehörte dem Tandler Hasenmüller, und Carl war mit ihm schon lange einig gewesen, dass er diese Wohnung beziehen wollte. Doch die amtliche Erlaubnis dazu ließ lange Jahre auf sich warten, denn der Zuzug in die Innenstadt war so drängend, dass die Stadtverordneten sehr kleinlich waren mit der Genehmigung. Auch für Carl Spitzweg, immerhin zeitlebens Bürger der Münchner Innenstadt, wurde keine Ausnahme gemacht. Ein besonderer Anziehungspunkt war, dass der Maler Sebastian Habenschaden auch im Haus wohnte. Carl hatte ihn im Café Schaidel kennengelernt und war inzwischen mit dem Kollegen gut befreundet. Er hatte sich schon darauf gefreut, Habenschaden in seiner Nähe zu wissen.

Sollte Carl seinen bescheidenen Traum wegen der Münchner Bürokratie aufgeben? »Naaa«, fand Tandler Hasenmüller, der ein großer Verehrer von Carls Malkunst war. Hasenmüller war dafür, dass er sich auch ohne die amtliche Erlaubnis in seinem Haus einmieten solle. Carl entschloss sich, das Risiko einzugehen.

Wie in der alten Wohnung auch ging es drei steile Treppen hoch, und Carl fragte Juli schuldbewusst, ob die Zumutung für sie nicht allzu groß sei. »Ich hab ja Zeit jetzt, ohne den Füchsl«, meinte sie, die für Carl auch sechs Treppen hochgehumpelt wäre. »Ich kann ja langsam tun, und für meine Hüfte ist es vielleicht gar nicht schlecht. Da bleibt sie beweglich.«

Carl war wieder einmal beschämt von der Großherzigkeit Julis, die ihn auch nach all den Jahren noch überraschte. Welch mordsmäßiges Glück hatte er gehabt. Als er jetzt mit ihr in der leeren Wohnung am Fenster stand und auf die endlosen Dächer, Giebel und Türme schaute, auf den herrlichsten Horizont mit bizarren Luft- und Wolkenspielen, als er am liebsten laut gejubelt hätte, da meinte Juli völlig sachlich: »Hier drin müassen S' malen, Herr Spitzweg. Moanas net aa?« Der Herr brauche dann nur noch ein großes Fenster einbauen zu lassen, fuhr sie fort. Dann verteilte sie weiter: Das Zimmer gegen Süden, das einen majestätischen Ausblick bis an die ferne Alpenkette hatte, könne das Schlafzimmer des Herrn werden.

Wenn Carl sich vorstellte, dass es in seinem neuen Refugium viel weniger Lärm als in der Dienergasse geben würde, dass er noch mehr Ruhe zum Malen hätte, zum Rauchen und Lesen, dann war er glücklich, dass sein langjähriger Wunsch doch noch erfüllt worden war. Küche, Badestube und Julis Zimmer waren eher klein, doch Juli beteuerte, dass sie kleine Räume schön fände, dann müsse sie nicht so viel hatschen. Und die Diele, die als Wohnraum eingerichtet werden sollte, werde stattlich und vornehm aussehen.

»Pankraz hat's genau aufgezeichnet. Er hat fei scho an Plan.«

»Und ich hänge dort meine Bürkels auf, meine Grützners, Schleichs, Schwinds und Stanges«, freute sich Carl. Er war angekommen.

Für die Möbel waren berufsmäßige Träger und Packer engagiert, doch die Bilder und die Einrichtung des Ateliers betreuten Carl und Anton. Als Erstes stand die Staffelei vor dem neugestalteten Fenster. Der Tisch für das Anreiben der Farben fand seinen Platz gleich daneben. Die in allen Farben leuchtende Sammlung der Gläser mit den Pigmenten wurde in dem alten Regal aufgestellt, das Pankraz sorgfältig repariert und neu gestrichen hatte. Auch Leinöl und Verdünnung waren dort untergebracht und die große Anzahl der Pinsel.

»Was fängst du eigentlich mit so vielen Pinseln an?«, fragte Anton verwundert. »Das sind doch sicher hundert Stück.«

»Könnt schon sein«, meinte Carl, »ich hab sie noch nie gezählt. Aber sauber gemacht hab ich sie alle.«

Nach dem Umzug wollte Carl die sonnigen Oktobertage nutzen, um zum Malen noch einmal rauszufahren aus der Stadt. Es zog ihn nach Starnberg. Dort wollte er die schönen Häuser und das Schloss zeichnen, und im Hintergrund den See. Er fuhr mit der Eisenbahn und dachte daran, wie er früher oftmals den Weg zu Fuß gemacht hatte. Er vermisste die lehmfarbenen Fahrwege, die Fußpfade durch die Wiesen, die Felder oder durch den Wald. Oftmals war er im dämmerigen Forst über bröckelige Steinplatten hinwegbalanciert, froh, wieder ans Tageslicht zu gelangen, auf die Lichtung mit den duftenden Gräsern. Einmal war er aus dem Dämmer herausgetreten und fast einem Sonntagsjäger ins Gewehr hineingerannt, der majestätisch auf ihn zugeschritten war, sein Gewehr mit gespanntem Hahn im Anschlag. Der stark kurzsichtige Herr hatte geglaubt, er sähe eine Wildsau im Unterholz.

Diesen schießwütigen Blinden würde Carl malen.

Im fränkischen Hassfurt, auf dem Weg nach dem Städtchen Königsberg, hatte Carl schon einmal Ähnliches erlebt. Plötzlich pfiff im Laubwald eine Kugel sirrend an seiner linken Wange vorbei. Bald darauf traf er auf die Jagdgesellschaft. Es war die Frau Apotheker – ausgerechnet! –, die ihn fast erlegt hätte. Sie war sichtlich in ihren Fünfzigern und teilte Carl mit, dass ihre Augen nicht mehr so gut seien wie früher. Sie nehme es ihm aber nicht übel, dass er im Wald herumgelaufen sei, während sie zur Jagd ginge.

Nun war Carl trotz schießwütiger Zeitgenossen in die Jahre gekommen, und er fand es äußerst praktisch, dass die eisernen Dampfmaschinen das Land eroberten und ihm dadurch ermöglichten, auch im fortgerückten Alter seine Reisen zu unternehmen. Man wurde in den Waggons zwar auch durcheinandergeschüttelt, aber direkt gefährlich war die Reise nicht. Es sei denn, man wollte pünktlich irgendwo ankommen oder einen Anschlusszug erreichen oder eine Anschluss-Post. Da war man in der Hand höherer Mächte. Gerade war die Maximiliansbahn fertig geworden. Man konnte nun von Salzburg via München bis nach Ulm fahren. Das war eine unglaublich lange Strecke und bestimmt kein Vergnügen. Doch die wenigen Kilometer zwischen München und Starnberg mit dem Dampfross zu bewältigen war nicht schlecht.

Der Starnberger See war grandios in seiner Schönheit. Das dachte Carl jedes Mal, wenn er auf den geliebten See hinausschaute. Die Bäume und Büsche, die ihn einrahmten, glühten in den Farben der herbstlichen Blätter, von denen jedes einzelne ein Kunstwerk war – alles in allem war es für Carl eine Symphonie. Auf einer Seewiese kam er an einer Rinderherde vorbei. Eine junge Frau in weißer Bluse und rotem Rock hütete die Kolosse. Carl wollte gern ein Gespräch mit ihr beginnen, denn sie war jung und hatte ein helles Madonnengesicht. Also bot er ihr ein Stück von dem Kuchen an, den Juli ihm eingepackt hatte. Das Mädchen strahlte vor Freude, sie habe heute noch nichts Rechtes gegessen, meinte sie. Ein Stier hatte aber offenbar etwas gegen Carls Unterhaltung mit der Hirtin. Er kam mit gesenktem Schädel auf ihn zu. »Laufen S' rasch, der is spinnat!«, rief ihm das Mädchen zu, und Carl folgte ihrem Rat. Im Rennen sah er, dass der »Spinnate« wieder zu seinen Gefährten trottete. Carl winkte dem Mädchen zu, und sie winkte und rief etwas zurück, aber er beeilte sich jetzt, weiterzukommen.

Gerade um das Schloss Berg herum leuchteten der See, das Schloss, die Gehöfte in einem besonderen Licht, und Carl wäre gern länger geblieben. Doch der Himmel mit seinen hohen, fedrigen Zirruswolken mahnte ihn daran, dass er Moritz von Schwind versprochen hatte, ihn zu besuchen. Wenn er noch vor dem Regen in Niederpöcking ankommen wollte, musste er sich jetzt sputen.

»Seit ich hier wohne«, begrüßte ihn Moritz von Schwind, »seit ich dieses Haus gebaut habe, sehe ich mich als einen Bayern an. Auch wenn du ein gebürtiger Münchner bist, muss ich dir gestehen, dass ich mich lange dagegen gewehrt habe, als Bayer zu gelten.«

Frau von Schwind, die München und seine Gesellschaft doch ein wenig vermisste, berichtete Carl, dass sie auf dem Künstlerfest im Englischen Garten vergeblich nach ihm ausgeschaut habe. »Mein Mann hat die Kinder und mich dorthin ausgeführt. Das war wunderbar. Man sitzt oder liegt gemütlich im Wald, manchmal hält jemand eine Rede, auch wenn kaum jemand zuhört. Es gibt Gäste mit lustigen Masken, die singen, essen und trinken. Sogar der König war da, hat sich gar nicht hoheitsvoll aufgeführt, sondern prächtig unterhalten. Das hat mir gefallen, den Kindern auch. Es gibt nicht so viele Gelegenheiten, wo die gesamte Familie sich amüsieren kann. Die Männer haben dagegen jeden Tag eine Abwechslung.

Über die Münchner muss ich mich leider beklagen«, meinte Frau von Schwind. Es wurde Carl nicht klar, wie ernst sie es meinte, doch sie behauptete in ihrer lebhaften Art, die Münchner hätten den Sinn der Gastfreundschaft nicht menschlich genug erfasst. »Man ist nur bei Familien geladen, die in den letzten Jahren zugezogen sind. So wie die Familie Liebig. Sie haben jeden Abend Gesellschaft bei sich. Man kommt und geht, der Aufwand einer Tasse Tee und eines Butterbrotes sind die ganzen Kosten. Diese Gewohnheit könnten hundert Häuser des Bürgerstandes annehmen. Ohne jeden Luxus. Niemand würde sich darüber beklagen. Niemand würde ausbleiben.«

Frau von Schwind sah ihren Mann und Carl auffordernd an, doch beide zogen es vor zu schweigen. Zur Strafe setzte Frau von Schwind erneut an zu ihrer Philippika: »Dass sich abends mal Familien besuchen, dass sich junge Frauen einmal zusammensetzen und über Verschiedenes reden, dass die Männer nach Beendigung der Arbeit sich in die Unterhaltung der Frauen einmischten und dass dadurch ein freundschaftliches Ganzes entstünde – das erlebt man bei den Münchnern nicht. Man wird es hier wohl nie erleben, solange die Männer so bequem und trocken, die Frauen und Mädchen aber untereinander so feindselig und neidisch sind.«

Moritz von Schwind atmete tief durch. Auch Carl fiel auf, dass er während der Anklage der Hausfrau das Atmen vergessen hatte. Rasch fragte er, wie es den Kindern gehe, und Schwind sagte, denen gehe es prächtig. »Sie fressen wie die Wölfe und schlafen wie die Würste«, sagte er, und Carl traute sich nicht, Frau von Schwind anzuschauen. Dass Schwind seine Kinder als Wölfe und Würste bezeichnete, fand Carl ungewöhnlich. Wie würde Frau von Schwind dazu stehen? Aber das sollten die Schwinds unter sich klären.

Als Carl sich später auf den Heimweg machte, dachte er an die Fischmeisterin in Ambach, die ihren »Zoachna« so großzügig mit Fischen versorgt hatte. Er wollte unbedingt wieder einmal bei ihr wohnen.

46

Was war nur heute für ein schöner, lauer Vorfrühlingstag. Carl stand an seinem Atelierfenster, sah in den umschleierten, silbergrauen Himmel, den man nur in München sehen konnte. Wenigstens glaubte er das. Eine Stimmung lag in der Luft, er konnte sie nicht benennen, fast hätte er gedacht, es könnte auch herbstlich sein, aber es war ja März.

Juli kam herein. Sie war beim Bäcker gewesen um frische

Brezn, nun stand sie atemlos vor ihm und sagte, dass der König tot sei. »Die Leut laufen alle zum Schloss, sie rufen, dass der König tot sei, vergiftet worden, vergiftet. Stellen S' Eahna des vor. Man könnt denken, es is Revolution«, sagte Juli schwer atmend. Sie sah Carl aus großen Augen an. Er überlegte. Ihm war nicht bekannt geworden, dass König Maximilian krank sei. Pettenkofer hatte einmal von starken Kopfschmerzen gesprochen. Von einer Reise hatte Carl gelesen. Offenbar war der König vorzeitig zurückgekehrt. Und wenn die Menschen zum Schloss rannten, musste ja etwas passiert sein.

»Wir frühstücken jetzt, Juli, und wenn du willst, gehen wir zum Schloss. Wir sollten schon wissen, was passiert ist.«

Sie kamen nur bis zum Marienplatz, wo die Menge der Menschen schon undurchdringlich war. Sie wurden von dem Strom erfasst und mitgenommen. Überall schoben sich die Menschen stumm voran. Carl hatte Julis Taille fest umschlungen, sie hielt sich an seinem Rücken fest. Nach etwa einer Stunde waren sie vor der Residenz, wo die Münchner Kopf an Kopf standen. Carl und Juli konnten nicht zurück, sie ließen sich schieben und gelangten schließlich mit einem der vielen Ströme ins Treppenhaus der Residenz, das von Münchnern aller Stände besetzt war. Militär, Adelige, Handwerker, alle standen stumm und geduldig da und warteten auf den Adjutanten des Königs, Baron Moy, der von Zeit zu Zeit erschien, um Nachricht über das Befinden des Königs zu geben, der todkrank sei. Die Botschaften wurden immer trostloser. Trotzdem wurden sie lautlos entgegengenommen. In der großen Menschenmenge war Juli wieder eng an Carl herangeschoben worden, der sie festhielt. Sie stand anfangs ziemlich verkrampft, doch irgendwann legte sie ihren Kopf an seine Schulter.

Nach endloser Zeit erschien wieder Moy und gab mit erstickter Stimme bekannt, dass Seine Majestät soeben verschieden sei. Leises Weinen war zu hören, alle blieben zunächst wie gebannt auf ihren Plätzen stehen. Erst allmählich wurde es lichter, die Menschen verließen still das Treppenhaus und die Residenz.

Es war, als läge eine dumpfe Schwüle über der Stadt. Als plötzlich sämtliche Kirchenglocken zu läuten begannen, da wussten alle Münchner, dass ihr König gestorben war. Seine Regentschaft hatte schon mit einem Schock begonnen, dachte Carl. Unter dem Lola-Montez-Schock. Natürlich war die Tänzerin nur der berühmte Tropfen gewesen, der das Fass zum Überlaufen brachte. Maximilian II. hatte unter den Augen seines agilen Vaters regieren müssen, der nach wie vor in der Residenz lebte und vor allem im Bereich der Kunst und der Bauwerke so tat, als wäre er immer noch König. Wenn die Monarchen gemeinsam einen Ball besuchten, so erzählte man sich, klatsche der alte König stets in die Hände, wenn Maximilian und Marie frühzeitig aufbrachen. »Kinder, nun wird's erst gemütlich. Der Hof ist fort.« König Maximilian II. wurde von seiner Umgebung als trocken und pedantisch erlebt. Carl hatte das von Kobell und vom Grafen Schack gehört. Er war verwundert gewesen, zu erfahren, dass der König wenig Temperament hatte und wohl auch nicht viel Phantasie. An Klugheit und Bildung fehle es ihm jedoch keineswegs, hatte Schack betont. »Unser König ist an den Universitäten von Göttingen, Berlin und München ausgebildet worden, und er wäre am liebsten ein Gelehrter geworden, ein Professor. Sein Geld gibt er, anders als der Vater, vor allem für die Universitäten und Schulen des Landes aus. Aber er leidet offenbar darunter, dass seine Frau Marie, in die er einst so verliebt war, sich so gar nicht interessiert zeigt an seiner Welt. Dem Vater ist es doch mit seiner Therese ähnlich ergangen. Er soll sogar behauptet haben, dass ihn an der Lola Montez nur die geistvollen Gespräche interessiert hätten, die er daheim nicht hat führen können.«

Vor einigen Jahren war König Max in fünf Wochen von Lindau bis Berchtesgaden zu Fuß gegangen. Das war sogar ein Thema für die *Münchner Neuesten Nachrichten* gewesen. Ein König, der durch Bayern wanderte – wo gab es denn so etwas. Majestäten reisten nach Rom oder Griechenland oder Russland, aber zu Fuß durch Bayern, das war ganz und gar unköniglich. Begleitet hatten den König der Poet Riehl und Franz von Kobell, Carls Freund

und Universitätslehrer. Kobell, der über diese Reise ein Buch geschrieben hatte, erklärte Carl damals, dass er den König bemitleide. Er sei von angegriffener Gesundheit, seit er sich auf einer Ungarnreise mit Typhus angesteckt habe. Und dennoch wolle er alles richtig machen, den Bayern ein guter König sein. Nur gegenüber seinen Söhnen sei er unglaublich hart. »Ohne Stock und Rute wächst in Kindern nicht das Gute«, das habe Seine Majestät tatsächlich gesagt, und so verhalte er sich auch den beiden Söhnen gegenüber. »Diese Rohheit und Strenge hat ihm auch seine universitäre Bildung nicht austreiben können«, hatte Kobell kopfschüttelnd gesagt.

Und heute war Maximilian II., nur dreiundfünfzig Jahre alt, gestorben. Der ist ja drei Jahre jünger als ich, dachte Carl, und er fragte sich, was er für diesen König empfunden hatte. Viel mehr als freundliches Interesse war es nicht gewesen. Doch es tat ihm leid, dass dieser bemühte Monarch offenbar an einer so furchtbar quälenden Krankheit gestorben war.

Carl und Juli gingen zwischen den großen Menschengruppen wieder zurück zum Heumarkt. Es war alles still wie bei einer Prozession. »Er is doch vergift' worn«, rief plötzlich einer. – »Naaa«, rief beschwichtigend eine Frau, »ich hab es von einem Adjutanten gehört, Rotlauf hat er g'habt, unser König, Rotlauf.« – »Dadran stirbt mer doch net.« – »Doch, das ist eine schlimme Krankheit, die legt sich fei aufs Herz, und dann is ois z' spät.«

Carl spürte, dass Juli erschöpft war. Sie ging mit Abstand neben ihm her wie immer, doch Carl zog ihren Arm durch seinen und stützte sie. Noch nie war er so eng umschlungen bei ihr gestanden wie im Treppenhaus der Residenz. Er hatte den Duft ihres Haares, den er sonst nur flüchtig wahrnahm, intensiv gerochen und auch ihren schlanken Körper gespürt, die schmale Taille, den Busen. Juli war immer noch eine reizvolle Frau, das Leben war so kurz, unwiederbringlich. Ja – wollte er denn Juli, nach all der Zeit, die sie zusammenlebten? Er musste ehrlich sein, Juli gegenüber und auch vor sich selbst. Er hatte sie begehrt, im Treppenhaus, angesichts des sterbenden Königs hatte er sie begehrt. Vielleicht hatte Juli das gespürt. Wovor hatte er dann Angst? Carl wusste es nicht.

Juli richtete eine Vesper her, und Carl sah, dass ihre Hände zitterten. Sie tat ihm leid. Er legte seine Hand auf ihre, und sie saßen stumm am Tisch. Julis Lippen bebten, und auch Carl musste schlucken. Er hob Julis Hand an seine Lippen und küsste sie.

Am nächsten Tag ritt ein Herold in altdeutscher Tracht durch die Stadt. Neben ihm waren zwei Pauker zu Pferde, welche vor und nach der Rede des Herolds einen dumpfen Wirbel schlugen. Der Herold verkündete die Thronbesteigung König Ludwigs II. Der achtzehnjährige König, der zur Regierung berufen war, würde am 11. März, vormittags um zehn Uhr, unter dem Vorsitz seines erlauchten Oheims, Prinz Luitpold von Bayern, den Eid auf die Verfassung ablegen.

Tage später waren Fotos des verstorbenen Königs und des jungen neuen Königs in vielen Schaufenstern zu sehen. Es hieß später, siebentausend Fotografien der beiden Monarchen seien verkauft worden. Die Menschen drängelten sich in Trauben vor den Schaufenstern. Jetzt konnte ihn jeder anschauen, den neuen König. »Ein Engel auf dem Thron«, hieß es sofort. »Hochgewachsen, ein ebenmäßiges, adeliges Antlitz, eine Fülle dichten schwarzen Haars und so tiefblaue Augen, prachtvoll.« Dieser schöne König war der jüngste Monarch, der je auf Bayerns Thron gesessen hatte. Er eroberte die Herzen der Bayern, sie feierten ihn hymnisch:

Hebt ihn auf den Schild, tragt ihn auf euren Händen und ruft ihm zu in dichtgedrängter Schar: Was Max begann, du magst es nun vollenden! Fleug auf zum Licht, du junger Königsaar!

Bei der Fronleichnamsprozession zeigte sich der junge König zum ersten Mal der Öffentlichkeit. Und zum ersten Mal war nicht der Erzbischof mit dem Allerheiligsten im Mittelpunkt, sondern der bildschöne König. Auch Monate später, beim Oktoberfest, stellte er alles in den Schatten. Unter dem Donner der Geschütze traf er am Mittag auf der Theresienwiese ein, und die Menge jubelte ohne Ende.

Einzig die Königinmutter Marie, so erzählte man sich, war nicht glücklich über die Thronbesteigung ihres Sohnes. Sie habe skeptisch bemerkt, dass ihr Maximilian zu früh gestorben sei.

Als Carl davon hörte, fand er, dass es besser sei, mutterlos aufzuwachsen als mit einer kalten, abweisenden, völlig unsensiblen Mutter, wie Marie von Preußen es war.

47

Carl hatte sich schon am Morgen sorgfältig angezogen. Gut, dass er sich unlängst noch einen neuen Rock hatte machen lassen und eine passende Hose. Er war vom Hof benachrichtigt worden, dass Seine Majestät, König Ludwig II., dem Maler Franz Carl Spitzweg den Königlich Bayerischen Michaelsorden verleihen wolle. Er solle sich um fünf Uhr am Nachmittag in der Residenz einfinden, im Vorzimmer der Grünen Galerie, dort werde er abgeholt.

So recht konnte Carl es nicht fassen. Ehrungen bekam doch immer Eduard Schleich. Jedoch einen Orden? Hatte Eduard einen Orden? Carl wusste es nicht. Aber Schleichs Atelier in der Blumenstraße 9 wurde im *Allerneuesten Münchner Kunstführer* als Sehenswürdigkeit aufgeführt. Schleich hatte Carl berichtet, dass sich darüber am meisten seine Schwester aufgeregt habe. »Demnächst nehm ich fei Eintritt!«, hatte sie ihrem Bruder gedroht.

Zuerst hatte Carl gedacht, er sähe ein Mädchen in Gala-Uniform. Das feine Gesicht mit den vollen roten Lippen, die helle, porenlose Haut, die dicken glänzenden Locken. Dieser Cherub war tatsächlich Ludwig II., der neue König von Bayern. Wie konnte ein Mensch nur so schön sein? Und so hochgewachsen? Wer hatte diesem unwirklichen Geschöpf vorgeschlagen, dem Maler Carl Spitzweg einen Orden zu verleihen?

König Ludwig I., also sein Großvater, hatte den Königlich Bayerischen Michaelsorden geschaffen. Man bekam ihn nur, »sofern man sich durch Anhänglichkeit und Vaterlandsliebe und durch nützliches Wirken irgendeiner Art ausgezeichnet hat«, so stand es in der Einladung. Durch alle diese Tugenden wollte sich der junge König offenbar auch auszeichnen. Luise von Kobell hatte Carl erzählt, dass sich der Fürst jeden Morgen Punkt neun Uhr den Vortrag seines Sekretärs von Pfistermeister anhörte. Dass er jeden Tag einen anderen Staatsminister empfing, um eine Übersicht zu bekommen. »Mit wahrem Feuereifer, um nur ja alles pünktlich zu erledigen, lässt der König öfters am Tag im Kabinett nachfragen, ob es von den Ministerien keine Anträge zur Unterschrift gebe.«

Luise von Kobell musste es wissen. Sie war mit Kabinettchef von Eisenhart verheiratet, und sie hatte auch sonst die Gabe, durch scheinbar harmlose Fragen alles herauszubekommen, was sie wissen wollte. »Er hat in Bad Kissingen die russischen und österreichischen Majestäten aufgesucht. Alle sind von seinem Charme, von seiner gewählten Rede sehr beeindruckt. Es sind schon geflügelte Worte von ihm in Umlauf.«

Jetzt nahm der König auf einem Thronsessel Platz. Junge Trompeter rahmten ihn ein. Nach Fanfarenklängen rief ein Minister den Namen des künftigen Ordensträgers auf. Lakaien, die auf blauen Samtkissen die blaugoldenen Orden trugen, traten aus ihrer Reihe vor, und ein zweiter Minister heftete den Orden seinem Empfänger an. Ein weiterer Minister überreichte die Urkunde, vom König unterschrieben. Bei jedem Ordensträger hob der König grüßend die Hand. Als alle mit dem Orden behängt waren, wurde ein guter Wein gereicht und Kanapees. Carl nahm höflich einen Bissen, dann machte er sich davon.

Er hatte daheim und bei seinen Verwandten den Orden nicht erwähnt. Nur Crescenz hatte er unterrichtet, und sie war so voller Freude und Stolz gewesen, dass sie Carl einen Kuss geben musste. Dann war Neunerdt hereingekommen, mit den *Münchner Neuesten Nachrichten* unterm Arm. Dort stand schon drin, wer alles den Orden erhalten würde. Neunerdt gratulierte mit einer gravitätischen Verbeugung und erwähnte, man habe den Maler Carl Spitzweg besonders hervorgehoben. »Viel Ehre für unsere Familie«, betonte er, und Crescenz warf Carl wieder einen glückstrahlenden Blick zu.

Anton und Pankraz erschienen als Erste zum Gratulieren. Da hatte es für Juli kein Halten mehr gegeben. Sie war schon mit den Vorbereitungen für ein Abendessen beschäftigt, als Carl in die Residenz eilte. Er sah sie mit hochroten Wangen am Küchentisch stehen, die Hände bis zu den Ellenbogen im Teig. Juli verriet nicht die Speisenfolge. Das Menü sollte eine Überraschung werden. Sie war stolzer auf den Orden als Carl, hatte Anton und Pankraz eingeladen, gleich dazubleiben und mitzuhelfen, es solle ein ganz besonderes Essen werden. Bruder Eduard mit Familie kam, und natürlich Schleich. Seine Schwester Xaveria hatte ihm ans Herz gelegt, er solle doch so malen wie Carl, damit auch er einen Orden bekäme. Bald darauf erschien Crescenz mit Neunerdt und Fany. Neunerdt schleppte einen Korb mit Eis, in dem drei Flaschen Champagner steckten.

Es gab eine Münchner Brotsuppn, Dampfnudeln mit Böfflamod und kleinen Zwiebeln in Rotwein, zum Dessert eine Bayerische Creme mit Himbeersoße. Bei den Dampfnudeln ging die Türglocke, und es erschien der Vetter Heinrich Bronberger mit seinen Töchtern Anna und Marie.

»Grüß Gott!« – »Gut schaust du aus!« – »Und du, Annerl – bist richtig aufgeschossen.« – »Die Marie aber auch. Da fehlt sich nix«, riefen alle durcheinander. – »Ja, so hübsche Madeln«, ließ sich Schleich hören.

Wie lange hatten sie sich nicht gesehen? Alle wussten nur, dass es eine geraume Zeit her sein müsse und dass Vetter Heinrich offenbar sein Gewicht verdoppelt hatte. Das sagte aber niemand laut. Heinrich meinte, dass Carl ja nie in München anzutreffen sei, so rastlos, wie er sei, habe er wohl schon ganz Bayern unter den Füßen gehabt. »Warum bist denn gar so aushäusig?« Aber der Orden vom König, da müssten sie gratulieren, da wären seine Töchter nicht abzubringen gewesen von einem Besuch. Anna blieb im Hintergrund, aber Marie hängte sich an Carls Hals, küsste ihn und wollte wissen, wie denn der König aussähe. »Ist er so schön, wie alle sagen, Onkel Carl?«

Während Marie ihn küsste, begegnete Carl Annas Blick. Er hatte gespürt, dass sie ihn anschaute. Es traf ihn wie ein kurzer Schreck, der sein Herz zum Klopfen brachte. Das Blut stieg ihm zu Kopf, wahrscheinlich in die Ohren, die hoffentlich nicht glühten. Er versuchte, tief einzuatmen, verdammt, was sollte das? Warum reagierte er so narrisch. Er hatte Anna einige Jahre nicht mehr gesehen. War sie siebzehn? Allerhöchstens achtzehn.

Man rückte zusammen, Juli war erleichtert, dass sie so viele Dampfnudeln gemacht hatte, und vom Böfflamod war auch reichlich da. Die Bronbergers beteuerten, schon die Vesper hinter sich zu haben, doch zu einer Dampfnudel mit Böfflamod wären sie immer bereit. Die Mädchen, Anna und Marie, Franziska und Caroline saßen am kleinen Frühstückstisch und besprachen ausführlich die Mode der Krinolinenkleider, mit denen man ja nur Schlosstreppen hinuntergehen könne. »Aber schee sans scho, die Röcke«, meinte Anna, und es klang sehnsüchtig. »Die wippen bei jedem Schritt«, schwärmte Franziska, und Linerl ergänzte: »Schön luftig sind sie auch.« Marie nutzte sofort die Gelegenheit, ihren hoffnungslos altmodischen Vater herumzukriegen. »Hast du es gehört? Die Cousinen haben Krinolinenkleider. Wann kriegen Anna und ich endlich welche?«

Vor der Verwandtschaft konnte Heinrich Bronberger nicht anders, als zuzustimmen, und Marie wusste das.

Man sprach über Philipp von Martius, der vor kurzem verstorben war. »Du bist doch früher so oft mit ihm im Gebirge gewandert«, rief Eduard, und Carl sagte, dass er sich Vorwürfe mache. »Ich habe nicht einmal gewusst, dass er krank ist«, sagte er traurig. »Ich glaube, dass er sehr verbittert war und es nie verwunden hat, dass man ihm sein Lebenswerk, den Botanischen Garten, genommen hat.«

»Warum hat er auch den König um Entlassung gebeten«, fragte Angelika, »er hätte einen Kompromiss schließen können. Das müssen wir doch alle«, setzte sie hinzu. Aus ihren Augenwinkeln schaute sie kurz zu Carl, doch er hatte gelernt, diese Blitze mit einem freundschaftlichen Lächeln zu neutralisieren. Er nahm sich vor, im Hause Martius vorzusprechen, um wenigstens an der Beisetzung teilzunehmen.

Um die Stimmung bei Tisch wieder etwas zu beleben, erzählte Carl von seiner Reise durch Schwaben. Da habe er in einer Postkutsche gesessen, mit ihm eine Schwäbin, die genau drei Worte gesagt habe. Beim Einsteigen »Jetzetle«, beim Holpern über einen Stein »Hopsale« und beim Aussteigen »Sodele«. »Da soll noch einer sagen, die Schwäbinnen seien geschwätzig«, fügte Carl hinzu.

Anna Bronberger war unbemerkt in Carls Atelier gegangen, als sich die anderen verabschiedeten. Sie sah Carl mit einem Blick an, den er sich nicht erklären konnte, der ihn unruhig machte. Daher rief er ihr zu, dass Vater und Schwester heimgehen wollten. Sie sah ihn bittend an. »Verzeih, Onkel Carl, aber ich wollte so gern dein neuestes Bild sehen.«

Auf der Staffelei hing *Die Schauspielergesellschaft*, die Carl nach den unvergesslichen Eindrücken von Barbizon begonnen hatte und die er derzeit zu vollenden suchte. Er vergaß jedoch, Anna eine Erklärung abzugeben, weil er sie eigentlich nur anstarren konnte. Wohin hatte er den ganzen Abend über geschaut? Wie konnte er übersehen haben, dass Anna eine frappante Ähnlichkeit hatte mit Clara? Dieselbe Zurückhaltung, derselbe Zauber, dasselbe Alter wie Clara damals, als er sie kennenlernte. Mein Gott. Ein heißes Gefühl stieg in ihm auf. Warum hatte er in Anna nicht sofort Clara erkannt? Anna rief ihm das einzige Wesen zurück, nach dem er sich immer noch sehnte.

»Ich möchte dir gratulieren zu deinem Orden, Onkel Carl. Darf ich dir einen Kuss geben, wie Marie?«

Carl schaute Anna verblüfft an, sie näherte sich seinem Gesicht und küsste ihn dann vorsichtig auf die Wange. Carl dankte ihr spontan mit einem Kuss auf den Mund. Dann wich er zurück, als habe er sich schlecht benommen. In ihm breitete sich Bitternis aus. Dieses junge Mädchen war nicht Clara, und sie war es doch. Diese wunderbaren lackschwarzen Haare, die dichten Wimpern, die einen Schatten auf ihre Wangen warfen, wenn sie zu Boden schaute. Als er sie zuletzt gesehen hatte – vor fünf Jahren? –, war sie ein dreizehnjähriges Kind gewesen mit dürrem Körper und einem spitzen Gesicht, in dem die großen Augen aber schon aufgefallen waren.

Es war Anna, die Carl fragte, ob sie ihn hin und wieder besuchen dürfe. Sie würde gern das Werden des Bildes verfolgen, an dem er arbeite. Er sah sie ungläubig an, doch nach einer Sekunde glaubte er ihr.

Die Pariser Weltausstellung stand bevor, und Carl war eingeladen worden, Bilder zur Verfügung zu stellen. Eine hohe Ehre, die ihn freute. Er wählte *Spanisches Ständchen – Serenade aus dem Barbier von Sevilla*.

Anna, die alle paar Tage zu Besuch kam, war sofort fasziniert von dem Bild. »Wunderschön!«, rief sie, »dieser romantische Platz mit dem venezianischen Haus. Allein der Erker, Onkel Carl, ist schon ein Kunstwerk. Wer ist das junge Mädchen auf dem Balkon? Und warum hast du den so rot ausgeleuchtet?«

»Du darfst raten«, sagte Carl, dem Annas Fragen gefielen. Er glaubte, dass sie ein wenig rot wurde, und das sollte sie auch. Manchmal hatte sie eine Art, ihn herauszufordern, die er nicht einfach so hinnehmen wollte.

»Sie schaut auf Musiker, die vom Mondschein beleuchtet werden. Wer sind die?«

»Das sind alles Moralts, bedeutende Solisten in der bayerischen Hofkapelle. Joseph Moralt ist dort Konzertmeister«, sagte Carl vergnügt. »Sie spielen alle Instrumente, die man in einem guten Orchester braucht.«

»Wirst du mich auch einmal malen, Onkel?«, fragte Anna ernsthaft, und Carl antwortete, dass er das noch nicht wisse.

»Was muss ich denn tun, damit du mich malst?«, rief Anna ungestüm. Sie umschlang Carl und beteuerte kindlich: »Ich würde mich so sehr freuen!«

Carl war gerührt. Oder konnte es sein, dass er so etwas wie glücklich war? Anna, dieses schöne Mädchen, kam ihn besuchen, umarmte ihn. Anna, die Tochter seines dicken Vetters und seiner nicht eben hübschen Frau. Carl glaubte langsam wieder, dass doch der Storch die Kinder brachte.

Am Ende der Woche, Anna hatte sich gerade von einem Besuch verabschiedet, saß Carl mit Juli beim Essen. Plötzlich spürte er einen dumpfen Schmerz im linken Bein. Er stand auf, glaubte, ihm sei das Bein eingeschlafen, aber da war kein Kribbeln, sondern ein dumpfer, böser Schmerz. Beim Umherstapfen im Zimmer wurde der Schmerz immer heftiger, so heftig, dass Carl eine Thrombose fürchtete. Juli, die ihn beobachtet hatte, fragte, ob sie Umschläge machen solle, oder den Arzt holen.

Carl hielt beides für gut. Während Juli in der Küche Tücher in kaltem Wasser ausdrückte, zog er seine Hose aus, hüllte sich in den Morgenmantel und setzte sich auf seinen Stuhl vor die Staffelei. Einen Schemel hatte er so hingestellt, dass er sein Bein hochlegen konnte. Er half Juli dabei, seinen Unterschenkel mit den feuchtkalten Tüchern einzuwickeln. Und zwar genau dort, wo der Schmerz am heftigsten war, wo auch eine Rötung zu sehen war und die Haut sich heiß anfühlte.

Während Juli sich auf den Weg machte zu Doktor Helferich, der seit Trautners Tod Hausarzt bei den Spitzwegs war, versuchte Carl, sich so zurechtzusetzen, dass er noch einen gewissen Aktionsradius vor seinem Farbentisch und der Staffelei hatte. Für ihn war klar, dass seine Schmerzen im Bein nicht auf eine Thrombose hindeuteten, sondern auf eine Venenentzündung, denn die Kälte und Nässe des Umschlags milderten die Schmerzen schon etwas.

Anna. Carl wurde sich bewusst, dass er in den letzten Tagen sehnlichst auf ihre Besuche gewartet hatte. Ihre unbekümmerte Fröhlichkeit, die versteckten kleinen Zärtlichkeiten – für Carl war Anna ein Hoffnungsstrahl, der ihn scheu machte. Dann wieder stieg ein wildes Glücksgefühl in ihm auf. Die Zeit der Erstarrung schien vorbei.

Und nun saß er mit einem schmerzenden, bewegungsunfähigen Bein da und brauchte nasse Umschläge. War das nicht ein Albtraum?

Doktor Max Helferich, der mit Juli ins Atelier trat, schüttelte den Kopf. Er warf seinen Mantel Juli in die Arme und wickelte geschickt Carls Bein wieder aus dem Umschlag heraus. »Lassen Sie mich mal sehen, mein Lieber, Sie wissen, die Diagnose ist nicht so einfach.« Helferich runzelte seine hohe Stirn und zog angestrengt die Augenbrauen zusammen.

»Sie haben Glück gehabt, Spitzweg«, sagte Helferich, »Sie haben eine oberflächliche Venenentzündung. Also nichts Gefährliches, vorausgesetzt, Sie sind vernünftig. Sechs Wochen sollten Sie im Bett bleiben!« Helferich rief Richtung Küche: »Juli, komm doch mal bitte.«

Juli erschien mit leicht panischem Gesichtsausdruck, sodass Helferich gleich beruhigend abwinkte. »Es ist nicht kritisch, Juli, aber du musst dafür sorgen, dass der Herr Spitzweg im Bett bleibt. Wirklich im Bett. Wenn er aufstehen will, drohe ihm mit meinem Erscheinen. Ich komme regelmäßig vorbei und prüfe nach, ob er Bettruhe einhält.«

Juli versprach nichts. Sie kannte ihren Herrn Spitzweg.

Carl schimpfte in sich rein. Gerade jetzt, wo er an de *Schauspielergesellschaft* weiterarbeiten wollte. Durch Anna war ihm die Idee gekommen, sie zum Mittelpunkt der Gesellschaft zu machen, und er, er wollte auf der anderen Seite des Bildes sitzen und ihr zutrinken.

»Juli«, sagte Carl schließlich, »Juli, du musst mir helfen. Ich kann nicht sechs Wochen im Bett liegen, aber der Doktor hat natürlich recht, ich muss sechs Wochen im Bett liegen. Was könnten wir nur tun, damit ich an die Staffelei herankann?«

Juli überlegte nicht lange. »Ich hole Pankraz«, sagte sie schlicht.

Anton hatte es sich nicht nehmen lassen, Carl in seinem Missgeschick ebenfalls zu helfen. Pankraz bekam ganz unternehmungslustige Augen, als er von Carls Problemen hörte. Schon lange hatte es für ihn nichts Kompliziertes mehr zu bewältigen gegeben. Das Haus war ausgestattet, Aufträge nahm Pankraz nur noch sehr selten an, aber dieses Problem, das Carl jetzt hatte, kam ihm gerade recht. Auf Zeichenpapier begann er, eine Staffelei zu entwerfen, die so über Carls Bett gebaut werden konnte, dass er das Papier oder den Karton oder das Leinen bequem mit dem Pinsel erreichen konnte. Juli hatte längst gelernt, Farben anzureiben und mit Verdünnung zu arbeiten. Sie würde diese Aufgabe für die Zeit der Bettlägerigkeit hauptamtlich übernehmen. Pankraz und Anton wollten das Holz besorgen, in ihrer Werkstatt zuschneiden und so rasch wie möglich die Staffelei fertigstellen.

48

Carl haderte mit seinem Herrgott: Du siehst tatenlos zu, wie ein junges Mädchen, zart und sanft wie eine Schneeflocke, mir altem Deppen den Kopf verdreht. Dann schickst du mir eine Venenentzündung zur Strafe. Wofür eigentlich? Ist es Dir nicht recht, dass ich mich weigere, den Altersunterschied zwischen uns auszurechnen? Oder grollst Du, weil ich nicht oft genug in den Dom zu Unserer Lieben Frau gehe. Oder in die Asamkirche. In Heiliggeist. In St. Peter. Gott, Du müsstest ja sehen, dass ich so selten in München bin. Und auf dem Land, da zeichne ich

Deine Kirchen, und manchmal geh ich auch hinein und tu ein Gebet.

Du hast doch noch die ganze Ewigkeit, um mich zu bestrafen. Aber gib mir das bisserl Zeit, bis die Anna von selbst draufkommt, dass sie narrisch ist und ich noch mehr.

Carl machte auch zu schaffen, dass er Crescenz nun nicht mehr besuchen konnte. Das hatte er in den letzten Wochen regelmäßig getan, denn Crescenz, die bis dahin immer noch erstaunlich frisch und aktiv gewesen war, ging es mit einem Mal nicht gut. Alles hatte damit angefangen, dass sie auf einer nassen Stiege ausgeglitten war. Sie hatte sich in ihren Röcken verfangen. Von da an war sie mit einem gebrochenen Bein ans Bett gefesselt gewesen.

Zuerst war Carl jeden Tag zu ihr geeilt, bis sie es ihm verboten hatte. »Bub, ich bin ja glücklich über deine Aufmerksamkeit, aber du musst arbeiten. Malen. Schau, ich hab ein langes Leben gehabt, war nie krank, muss ich da nicht dankbar sein?«

»In guten wie in schlechten Tagen«, hatte Carl gemeint und gespürt, wie sich sein Herz zusammenzog. »Du warst so lange alles, was ich hatte. An dich habe ich mich immer gewandt, wenn mir etwas fehlte. Du darfst mich nicht verlassen.«

Dann, als Neunerdt gerade auf Reisen war, hatte Fany ihn eines Tages aufgeschreckt. »Carl, komm mit zur Mutter. Sie redet nicht mehr, ich hab schon nach dem Doktor geschickt, aber ich bin so allein mit ihr. Ich hab Angst, dass sie stirbt.«

Die Mutter hatte einen Schlaganfall erlitten. Carl konnte nicht mehr mit ihr reden, aber sie hatte immer noch seine Hand gedrückt, wenn er kam. Fany wich nicht mehr von ihrer Seite.

Juli hatte Carl zaghaft gefragt, ob sie vielleicht die Frau Mutter hin und wieder besuchen solle. Jetzt, wo er selbst im Bett liege. Sie könne vielleicht Fany ein wenig unterstützen. Ihm war das natürlich recht gewesen, und Julis Hilfe wurde von Fany gern angenommen.

Carl hatte sich mit der Staffelei des genialen Pankraz recht gut eingerichtet. Im Rücken dick abgepolstert, malte er fast sein ganzes Tagespensum, als wäre er nicht rekonvaleszent, sondern bei besten Kräften. Fast täglich begann er ein neues Bild, an zweien oder dreien arbeitete er weiter. Im Moment stand wieder die *Schauspielergesellschaft* auf seiner Staffelei. Seine letzte Fassung hatte er stark überarbeitet. Die Schauspieler, fast alle sehr jung und bunt gekleidet, lagerten im Vordergrund einer Waldlandschaft, im Hintergrund wartete groß und verlässlich der Postwagen. Links im Bild saß eine elegante Dame, die nachdenklich vor sich hin schaute, denn ihr Begleiter trank einer jungen Frau zu, die in ihrem weißen Kleid mit gelbem Überwurf offenbar der Mittelpunkt des Kreises war. Carl malte den Herrn, also sich selbst, etwas seriöser und vornehmer gekleidet als die anderen Künstler, und die angebetete junge Dame (Anna) strahlte in ihrer duftigen weißen Robe förmlich aus den anderen Frauen heraus. Carl wusste schon jetzt, dass er sich von diesem Bild nicht trennen würde. Nicht für alles Geld der Welt.

Die Türglocke ging, und Carl war froh, dass er seinen neuen seidenen Morgenmantel angezogen hatte. Man konnte ja nie wissen – und er hörte tatsächlich Annas silberne Stimme im Flur, als sie Juli fröhlich begrüßte.

Anna trug heute ihre Haare in einem Marienscheitel frisiert. So genannt nach der Königin. Carl hatte diese Bezeichnung irgendwo aufgeschnappt, und nun tat er, als kenne er sich aus bei der Frisurenmode.

»Du hast ja heut einen Marienscheitel«, sagte er, schon um überhaupt etwas zu sagen. Anna hatte ihm einen Kuss zwischen Mund und Wange gegeben, wo sie halt gerade hingetroffen hatte, aber Carl wurde es heiß und kalt. Anna war verwandtschaftlich zärtlich zu ihm, und er, Carl, er hatte Herzklopfen wie ein Lateinschüler, den seine erste Liebe anblinzelt. Er benahm sich, als klopfe das Schicksal an. Die ganze Zeit über plagte ihn die Frage, ob Anna braune Augen hatte mit grünen Sprenkeln oder ob die

Augen grün waren mit braunen Sprenkeln. Eine lebenswichtige Frage, die er sich nicht beantworten konnte.

»Ist das nicht das Bild, an dem du neulich gemalt hast, Onkel? Das sieht jetzt ganz anders aus. Hast du etwas verändert? Malst du jetzt weiter, und darf ich dir dabei zuschaun?«

Annas Fragen ratterten in Carls Gehirn, er kam zu keiner Antwort, Anna erwartete wohl auch keine. Sie holte einen Hocker an sein Bett, polsterte ihn mit einem weiteren Kissen und setzte sich so nahe wie möglich zu ihm. »Ich reich dir die Pinsel, ich tauch sie für dich in die Farbe, ich mach sie wieder sauber, ich tue alles, Onkel Carl, wenn du mir erklärst, wie du malst.«

In ihrem klaren Gesicht war so viel Ungestüm, so viel unbefangene Neugierde, dass Carl melancholisch wurde. Clara war damals nicht viel älter gewesen als Anna, aber Clara war wie in einem steinernen Käfig gefangen gewesen und unaussprechlich einsam. Sie suchte und brauchte jemanden, der sie liebte, denn sie konnte nicht leben ohne Liebe. Dann waren sie einander begegnet, und Clara hatte sich an Carl geklammert, und er sich an sie.

Der Wind war zurückgekommen. Schon in der Nacht hatte Carl den Wind um die Hausecken fegen hören. Gegen Morgen hatte der Sturm aufgehört, doch jetzt warf er den Regen gegen die Fensterscheiben. Der Sturm rauschte so auf, dass Carl meinte, er höre hinter sich den Zug nach Nürnberg herankommen.

Anna kuschelte sich an ihn. »Bei dem Wind erwartet niemand, dass ich heimkomme«, sagte sie zufrieden. »Die Eltern wissen ja, wo ich bin. Bitte, Onkel Carl, male weiter, lass mich einfach nur zusehen.«

Carl sagte, dass er und Anna sich jetzt entscheiden müssten. »Wenn ich malen soll, brauche ich Armfreiheit; das heißt, du musst dich wegsetzen. Was möchtest du?«

Anna, nicht verlegen, fragte zurück: »Was möchtest du?« Dann lachte sie. »Ich weiß, wie wir es machen, heute erklärst du mir, wie du malst, und ich kann nah bei dir sitzen bleiben, und morgen malst du, und ich halte Abstand.«

Anna hatte also vor, Dauergast in seinem Atelier zu werden. Das beglückte Carl, schmeichelte ihm, aber erklären konnte er sich Annas Anhänglichkeit nicht. Suchte sie Zuflucht vor ihrer Familie? Man sprach davon, dass der Vetter Heinrich ein Haustyrann war. Vielleicht hatte es ihn auch verbittert, dass er immer mehr an Körpergewicht zunahm. Bei ihm gab es keinen Hals mehr zu sehen, die Augen traten schon etwas hervor, weil das Fett sich auch hinter den Augäpfeln einnistete.

Carl würde auch das erfahren. Er wollte Anna ihren Wunsch erfüllen. Ihm fiel ein, dass er noch niemandem ausführlicher erklärt hatte, wie er malte. Er hatte keine Schüler, war immer selbst Schüler gewesen, hatte von anderen gelernt. Von den Niederländern, von den Franzosen, den Engländern. Vor allen jedoch war Hanson sein Lehrer gewesen, auch Langko und Neureuther. Eugen Neureuther war an die Kunstgewerbeschule berufen worden, hatte dort eine Klasse für dekorative Malerei übernommen – er wäre der Richtige gewesen, Anna die Kunst der Malerei zu erklären. Carl sah Neureuther ab und zu im Kunstverein. Manchmal kam er auf einen Sprung zu Carl hinauf, und sie fachsimpelten. Carl hatte ihn gern um sich. Er war trotz seiner frühen Erfolge und trotz seines Lehrauftrages ein bescheidener, kluger Maler geblieben, der sein Wissen und seine Theorie an die jungen Menschen weitergab. Kam er zu Besuch, waren das für Carl Gespräche, die sich in allen Einzelheiten in sein Gedächtnis einprägten. Wie auch mit Moritz von Schwind, einem von Carls treuesten Freunden.

Als ihn Anna jetzt so erwartungsvoll anschaute, kam ihm ein Gespräch in den Sinn, das er mal zu einem Vers verdichtet hatte: »O Himmel, ist die Kunst doch schwer! Die Göttin spröd, die dralle!« »Ja, Lieber, wenn so leicht es wär, die Luder malten alle!«

»Ist es schwer zum Erklären?«, fragte Anna jetzt mitfühlend. Carl schreckte auf aus seinen Gedanken, lachte. Ihm fiel es zumindest nicht leicht. Wo sollte er beginnen? Am besten am Anfang, so hatte man in der Familie gesagt, wenn jemand zögerlich war, einer Arbeit hilflos gegenüberstand.

»Zuerst streue ich die Farbe auf den Tisch, gebe Leinöl darauf und versuche, sie mit dem Spatel so innig zu vermengen, wie es nur geht.« Carl rieb die Farbe von außen nach innen, immer wieder, bis sie ihm homogen erschien. Er ließ auch Anna versuchen, die Masse immer wieder neu zu vermengen. Anna klemmte ihre Zunge zwischen die Zähne und arbeitete mit dem Spatel, wie Carl es vorgemacht hatte.

»Und wie ich male«, fuhr Carl fort, »das bestimme ich zuerst durch die Wahl der Farben. Du siehst sie alle hier im Regal. Dann suche ich mir die Bindemittel aus, die Werkzeuge, mit denen ich die Farbtöne auf dem Grund entstehen lasse.« Carl nahm ein Blatt weißes Zeichenpapier und gab eine erste Schicht rotglühende Farbe darauf. »Es sieht wie Blut im Schnee aus«, rief Anna fasziniert.

»Ja«, sagte Carl, »unsere Augen werden von warmen Farben angezogen. Das Zinnoberrot wirkt wie eine Flamme, die schon ein Kind fasziniert, aber auch erwachsene Menschen. Rot kann allerdings auch aufregend wirken, schmerzhaft, da es Ähnlichkeit hat mit fließendem Blut. Du hast es ja gerade spontan gesagt.«

Carl zeigte Anna jetzt in einem Glas grellgelbe Farbe. »Dies grelle Zitronengelb tut dem Auge fast weh, wie dem Ohr eine hochklingende Trompete Schmerzen machen kann.«

Anna sah gebannt, wie Carl immer neue Farbflächen den bestehenden zufügte. Sie verschmolzen miteinander zu einer Einheit und Gleichzeitigkeit.

»Schau, Anna«, sagte Carl liebevoll, denn Annas Interesse rührte ihn, »schau, die Farben reagieren aufeinander in ihrem unterschiedlichen Ton. Sie kommen sich nahe, legen sich übereinander oder mischen sich.

Manchmal«, sagte Carl und strich Anna liebevoll ein paar Strähnen aus der Stirn, »manchmal gehe ich dann zurück, gehe praktisch heraus aus meinem Gemälde. Ich schaue es an, erinnere mich an das, was ich malen möchte und dass ich es vielleicht auch anders machen könnte. Ich habe schon eine Vorstellung von dem, was ich machen will, versuche aber, alles noch offenzuhalten.«

Juli klopfte und sagte, das Essen sei fertig.

Obwohl Juli die Anna gernhatte, fand sie, dass das Mädchen ihren Herrn zu viel Zeit kostete. Juli wurde von einer unbestimmten Unruhe erfasst, wenn sie sah, wie Anna mit dem Herrn Spitzweg turtelte. Die beiden waren doch nicht so nah verwandt, dass man es für selbstverständlich nehmen konnte. Anna hielt ihn vom Malen ab. Juli wusste, dass ihr Herr viele Aufträge hatte. Und so sagte sie, nachdem sie gegessen hatten, dass der Herr jetzt Ruhe brauche. Der Doktor Helferich verordne es immer wieder. »Und es gibt ein paar wichtige Bilder, die noch fertig gemalt werden müssen. Der Prinz Luitpold von Bayern war in der letzten Woche da. Und die Prinzessin Adelgunde. Die Hoheiten haben sich Bilder angeschaut, auch die unfertigen, und dann haben sie zwei für das Königshaus bestellt.«

Juli sah Anna erwartungsvoll an. Anna riss denn auch wirklich Augen und Mund auf, und sie schaute fast ehrfurchtsvoll auf Carl. »Der Prinz Luitpold – wirklich, und die Prinzessin Adelgunde – die waren hier in der Diele und drüben im Atelier?« Anna schaute sich um, als seien die Räume durch den königlichen Besuch womöglich geweiht. So berühmt war der Onkel Carl. Ihr Vater erwähnte daheim jedes Mal, wenn Besuch kam, dass der berühmte Maler Carl Spitzweg sein Vetter sei. Früher hatte Anna sich dafür nicht interessiert, aber in der Höheren Töchterschule sprach man auch gelegentlich von ihm.

»Stimmt es, dass deine Bilder sogar auf der Weltausstellung in Paris zu sehen waren?«

»Ja, das stimmt.« Carl lachte. »Und vor allem die Bilder meines Freundes Schleich waren dort erfolgreich. Unser König Ludwig war in Paris, und zwar eine ganze Woche. Und er hat sich als Erstes die Bilder der bayerischen Künstler angeschaut.«

»Ich hab das in den Zeitungen gelesen«, sagte Anna ernsthaft. »Vom 20. bis zum 29. Juli war der in Paris. Der König hat bei diesem historischen Ereignis dabei sein wollen, das haben sie geschrieben. Und wie du den Orden kriegt hast, Onkel, da hast du unsern König Ludwig leibhaftig gesehen, nicht wahr?«

König Ludwig II., so berichteten die Zeitungen, sei völlig hingerissen gewesen von der Aufbruchsstimmung, die diese Messe vermittelte. Ohne Ermüdung brachte er jeden Tag sechs bis sieben Stunden en suite auf der Messe zu. Später schrieb er, dass ihm der Trubel allmählich doch zu viel geworden sei. Er beschwor die wohltuende Ruhe nach den Tagen der Hast, des Weltgeräuschs, wie er sie im modernen Babylon erlebt habe. »Und doch bereue ich nicht die dort zugebrachte Zeit.«

Damals in Paris, dachte Carl, war König Ludwig noch verlobt gewesen mit der liebenswürdigen Herzogin Sophie in Bayern. Ruck, zuck war das gegangen. In der Nacht, bei einem Ball, hatte der König beschlossen, um Sophie zu werben. Um sechs Uhr in der Früh wurde sein Antrag vorgebracht, um sieben Uhr war er schon angenommen. Um neun Uhr machte der König den Brauteltern seine Aufwartung. Um zehn Uhr wurde die Verlobung offiziell bekanntgegeben, am Abend zeigte sich das junge Paar in der Königsloge des Hoftheaters. Ganz München jubelte, ach was, ganz Bayern.

Mit welcher Hast war diese Entscheidung getroffen worden, hatte Carl gedacht. Fast so, als gelte es, einer flüchtigen Caprice Dauer zu verleihen. Hatte die Familie Angst, dass der Bund wieder gelöst würde? Rasch wurden Gedenkmünzen zur Vermählung geprägt. Eine Hochzeitskutsche wurde in Auftrag gegeben. Der Komponist Franz Lachner komponierte den Hochzeitsmarsch.

Dann wurde die Hochzeit verschoben. Und nach wenigen Monaten, im Oktober, hatte der König die Verlobung aufgelöst. Landauf, landab war man enttäuscht. Ein so schönes Paar.

49

»Henricus Vivat, lebe hoch!« Vetter Heinrich Bronberger feierte Namenstag, und Tochter Anna feierte Namenstag. Natürlich nicht am selben Datum, aber wer fragte danach. Auf Annas Wunsch sollte es ein großes, ein lautes Fest werden mit viel Musik, Tanz, und natürlich musste es eine feine, weißgedeckte Tafel geben. Carl war mit der gesamten Bronberger Familie nach Benediktbeuern gereist.

Zusammen mit Anna.

Sie war in den letzten beiden Jahren zu einem Wesen herangereift, das Carl nicht durchschaute. Oder fürchtete er sich, sie zu durchschauen? Anna erfand tausend Sachen, die ihn selig machten. Waren sie allein, kuschelte sich Anna an ihn wie ein kleines Kind. Dann wieder schaute sie ihm in die Augen wie eine erfahrene Frau. Jedenfalls waren Annas Augen Unendlichkeiten entfernt von den Blicken, die ihm seine Nichten Caroline oder Franziska schenkten.

Caroline war nach wie vor sein Ein und Alles, vom ersten Tag ihres Lebens an, und das würde sie auch bleiben. Line geriet immer deutlicher in die Spitzweg-Familie, sie sah Carls Mutter wirklich ähnlich. Auch Crescenz hatte das bestätigt. Carl war dabei, zu Carolines Hochzeit, die bald stattfinden würde, ein Kochbuch zusammenzustellen mit den Rezepten seiner Mutter. Er stattete es liebevoll aus mit Zeichnungen, Collagen und Bildern; seit einem halben Jahr arbeitete er immer wieder an dem Buch. Einen Titel hatte er auch schon:

Koch- und Haushaltsanweisungen von dem Maler Carl Spitzweg für seine Nichte Line.

Auch Line war ihm als Kind um den Hals gefallen. Genauso wie Franziska, Eugen und Otto. Carl dachte an das Weihnachtsfest, wo er für die Kinder ein Theater gebaut hatte. In dieses aufwändige Geschenk hatte er seine Liebe zu den Spitzweg-Kindern hineingebaut: Da war der Wald, der Marktplatz mit dem plätschernden Brunnen, den kleinen Seitengassen, den Häusern und Stuben. Auf dem Markt waren die Schauspieler, allen voran der Harlekin, der für den Spaß sorgte. Jedes der Kinder hatte ihn damals so stürmisch gedrückt und geküsst, dass er es nachher Juli berichten musste. So gerührt war er gewesen. Das Theater blieb lange lebendig im Haus der Familie. Inzwischen war es wohl auf dem Dachboden verschwunden.

So stand er mit den Kindern des Bruders. Aber was war mit Anna, der Tochter seines Vetters? Sie bereitete Carl Höhen und Tiefen, sodass er oftmals völlig verwirrt war.

Manchmal fragte er sich, was Anna im Sinn hatte. Schließlich wusste sie genau, dass Carl zweiundsechzig Jahre alt war. Anna war achtzehn.

Seit Ende der sechziger Jahre hatte die Familie Bronberger im Haus des Uhrmachers Rost in Benediktbeuern die Sommerzeit verbracht. Für Carl, der hin und wieder dabei sein konnte, war diese Zeit mehr gewesen als ein Ersatz für seine Bruderfamilie, die er nur noch an Feiertagen sah. Angelika hatte sich zurückgezogen in eine Melancholie, die sie gut kleidete. Sie war Anfang fünfzig, hatte aber immer noch etwas Mädchenhaftes. Das früher Ungebärdige, Stürmische war einem vielsagenden Schweigen gewichen. Jedenfalls fand Carl, dass Angelika vielsagend schwieg. Beim überraschenden Besuch der Bronbergers hatte sie Carl einen dieser Blick zugeworfen, der dann zu Anna gewandert war. Carl war sicher, dass Angelika verstanden hatte.

Und jetzt also Anna. Seine Anna?

Sie bat darum, ihn in den Kunstverein begleiten zu dürfen. In ihrem weißen Voilekleid mit den gepufften Ärmeln sah sie derart damenhaft aus, dass man sie wie ein Paar begrüßte, was Anna natürlich sehr genoss. Sie ging an Carls Arm, benahm sich musterhaft, und hin und wieder drückte sie Carls Arm fest an sich.

Carl sah natürlich auch, dass er Aufmerksamkeit erregte. Mit dieser schönen jungen Frau am Arm. Er genoss diese Blicke durchaus. Er war nicht so von Glück durchtränkt wie damals, als er Clara in die Oper ausgeführt hatte. Aber einen Schimmer von der früheren Seligkeit verspürte er dennoch.

In der Kutsche, mit der Carl Anna heimbrachte, schlang sie ihre Arme um seinen Hals und flüsterte: »Alle haben gedacht, dass wir verlobt wären, oder?« Dabei drückte sie sich so fest an Carl, dass er ihre Brüste unter dem dünnen Kleid spürte. Während der Fahrt vom Haus des Kunstvereins am Hofgarten bis hinunter ins Tal blieb Anna an Carl geschmiegt. Er genoss es, doch trotz des Zaubers ihrer Nähe mahnte Carl sich zur Vorsicht. Er und Anna konnten einander doch nichts sein! Carl war dreimal so alt wie sie, und trotzdem war sie ihm so nahe, dass er fühlte, wie sein Verstand sich abmelden wollte. Doch wenn noch ein Rest Vernunft in ihm war, dann begnügte er sich mit diesem Wissen und ließ Anna sein, was sie war – ein hübsches Mädchen, eine junge Frau, in der er aber die Tochter seines Vetters sehen sollte und sonst nichts.

Er war wie betäubt von dem rauchigen Ton, den Annas junge Stimme annehmen konnte. Gedämpfte, intime Worte. Ihr weicher Körper war der einer Frau. Er holte die Süße von Claras Körper zurück in seine Erinnerung.

Daheim in der Badestube zog er sich nackt aus und schaute in den Spiegel. Das war tatsächlich er, Carl Spitzweg. Fast dreiundsechzig Jahre alt. Carl hatte seinen Körper noch nie daraufhin angeschaut, ob er anziehend sein könnte. Was würde Anna sagen, wenn sie ihn nackt sähe. Sie müsste sich genauso damit abfinden, dass er nicht schön war, wie er selbst.

Carl ging in sein Zimmer und schrieb:

Du bist die schönste Arie, Der süßeste Wein, Wenn jung i wur, war i längst scho der dein.

Das Fest konnte im Garten gefeiert werden. Die Sonne stach heiß durch die Bäume, man musste sich auf ein Gewitter am Abend gefasst machen. Es war ein herrlicher Augusttag, die Nachbarhäuser standen leer, denn die nächsten Nachbarn waren eingeladen zum Fest. Man ging im Haus des Uhrmachers ein und aus. Die Frauen halfen in der Küche, hatten Kuchen mitgebracht, die Kinder spielten mit den Katzen. Die Männer sprachen vom Krieg 1870/71, vom gekrönten deutschen Kaiser, davon, dass die Franzosen wieder eine Revolution gemacht hatten. Eine sozialistische diesmal. »Zwanzigtausen Tote«, hieß es.

Carl hört nur Wortfetzen, er dachte, dass es die Religion der Soldaten sei, dem Tod ins Auge zu sehen. Ja – in Gottes Namen. War er, Carl, schuldbewusst, weil er den Krieg hasste? Die Uniform so schnell als möglich ausgezogen hatte? Die Vorführungen der Herrscher, die Schauen für das Volk, die Namen, die Hochrufe. Fest war der Tritt. Für wen du auch sterben musst – zu Befehl. Wo sind die Regenten der Soldaten, wenn die Schmerzen quälen, das Blut nicht gestillt wird? Wenn der Atem matter wird, kann der Einsame seine Seele nur mehr Gott empfehlen, dass er ihn hinüberhole. Werden die Toten drüben alle beisammen sein, wird es dort auch heißen: zu Befehl?

Carl hatte bei Tisch seinen Platz neben Anna. Sie lehnte sich an seine Schulter, und Carl war es, als öffne sich der grüne Garten, um ihn zu verschlingen. An seiner anderen Seite saß sein Vetter Heinrich. Er ließ Carl wissen, dass Anna gar so widerspenstig sei. Nicht auf ihn, den Vater, hören wolle. Und noch weniger auf die Mutter. »Ich sollte sie in ein Kloster bringen. Doch das kann ich nicht. Ich möchte auch Enkel, weißt du.«

Er würde Anna gern verheiraten, fuhr Heinrich nach einer Pause fort. »Sie ist ruhelos, ich sage es dir ganz offen, sie ist nicht wie andere Frauen. Sie braucht einen erfahrenen Mann, einen sicheren Hafen. Dich bewundert sie. Du bist berühmt. Ich weiß, das gefällt ihr. Sie wird nicht nein sagen, Carl, wenn du sie willst.«

Carl fühlte sich wie im Ensemble einer Komischen Oper, aber er hatte seinen Text nicht gelernt. Würde er das Wagnis eingehen, als eine Art alter Prinz? Anna mitnehmen in seine Burg? Er könnte ein Haus für sie kaufen. Er würde mit ihr reisen. Nach Ägypten. Dahin wollte er schon so lange. Oder auf eine Insel mit weißem Sand und Palmen. Dorthin, wo das Sonnenlicht wie Edelsteine funkelt, wo Zitronen und Oliven auf den Bäumen wachsen.

Die Gruppe der Musiker richtete sich ein. Lang ersehnt, vor allem von den Frauen und Mädchen, begann der Tanz. Himmel – wenigstens tanzen kann ich, sagte sich Carl. Viele Ballnächte hatte er als junger Mann durchtanzt, ohne je müde zu werden. Anna reichte ihm umstandslos die Hand und zog ihn auf den Vorplatz, wo sich die Paare schon jubelnd drehten. Anna konnte ebenfalls tanzen. Und wie. Sie war sofort eins mit Carl. Er spürte sie kaum, so leicht war sie, und doch brannten seine Hände und Arme und was alles sonst noch an ihm in Flammen stand.

Anna lehnte sich in seinen Armen zurück, er spürte ihr Vertrauen, ihre Kraft und Musikalität, mit der sie sich dem Rhythmus hingab. Furchtlos, atemlos. Noch ehe Carl außer Atem kam, klang der Tanz aus. Danke, Gott, dass du mir diesen Tanz noch geschenkt hast, diesen Triumph der Jugend, der mir gar nicht mehr zusteht.

Nun legte Anna ihre Arme um seinen Hals und atmete, ohne sich um die Blicke zu kümmern. Dann berührte sie mit ihrem Mund seine Lippen. Oder sie deutete es nur an. Als wäre es das Selbstverständlichste.

Am Abend kam das Gewitter. Früher, als man gedacht hatte. Zuerst zerrte der Wind an den Fensterläden und an den Tischtüchern. Die Musiker flüchteten als Erste, brachten ihre Instrumente ins Trockene. Frauen, die gerade noch ihre alten Lieder gesungen hatten, fingen die Kinder ein; die Männer, fluchend, packten Tische und Stühle und trugen sie ins Haus.

Anna tanzte durch den Garten, sie tanzte weiter, als der Wind alle zurückgejagt hatte in ihre Häuser. Nicht einmal die dicken Tropfen, die Boten des Gewitterregens, hielten sie ab.

»Anna, komm ins Haus«, riefen alle, rief auch Carl, doch Anna schien nicht zu hören. Man hatte ihr oft genug gesagt, dass sie anders sei als die anderen Mädchen, und das wollte sie nun beweisen. Der rasch einsetzende strömende Regen klatschte ihr das Haar ins Gesicht, ihr weißes Kleid klebte wie eine zerrissene Gardine an ihrem Körper. Die Eltern und auch Marie tippten sich an die Stirn.

»Carl, hol sie rein. Sag du ihr, dass sie reinkommen muss.« Der Vetter und seine Frau schauten Carl auffordernd an. Er sollte schon heute die Rolle des gestrengen Patriarchen übernehmen, der Anna als Einziger bändigen konnte.

Carl ging in den Garten. Anna stand da, die Arme ausgebreitet, den Kopf hoch erhoben, und trank den Regen. Ob ihre Schönheit ihn womöglich auch ertränken könnte?, dachte Carl. Ja, sie war anders als andere, aber er glaubte auch einen Teil von sich in ihr zu erkennen.

Er hob Anna umstandslos auf seine Arme und trug sie ins Haus.

In München erreichte ihn die Nachricht, dass seine Mutter verstorben war. Crescenz hatte nach dem Schlaganfall nicht mehr aktiv teilnehmen können am Leben. Und nun war sie tot.

Wie ein Schlafwandler lief Carl durch die Welt. Seit er wieder daheim war, seit die Bronbergers und er ihren Sommerurlaub im Uhrmacherhaus beendet hatten, wusste er nicht mehr, wohin mit sich. Und nun hatte er auch noch Crescenz verloren.

Er hatte es sich angewöhnt, durch das nächtliche München zu streunen, an Orte, die ihn an Crescenz erinnerten. Lange stand er im Dunkeln vor seinem Elternhaus. Zum Schluss war sie allein übrig geblieben in seinem Elternhaus. Das hatte sich geändert, als Neunerdt erschien. Wie fremd war Carl alles geworden. Er versuchte, sich die Menschen vorzustellen, die hinter den erleuchteten Scheiben als Schatten herumhuschten. Er sah, wie ein Betrunkener sich an den Hauswänden entlangtastete. Er hatte einige Besoffene gemalt, in unterschiedlichen Fassungen. Das erste Bild war ihm von einem Kunstverein zurückgeschickt worden. Von welchem? Wann? Carl musste daheim nachschauen. Er schrieb immer sorgfältig auf, welches Bild er an wen verkauft hatte, sonst verlor er die Übersicht. Das Vorzimmer war mit angefangenen Bildern gefüllt, mit fertigen Bildern, die er nicht verkaufen wollte, mit Bildern von Kollegen. Die Skizzenbücher, vom ersten Tag seines Malerlebens bis zum heutigen – sie waren alle dort aufgestapelt. Crescenz war immer voller Stolz zu ihm gekommen, um seine neuen Bilder anzuschauen. Früher hatte sie ihm sogar bei der Verpackung der Bilder geholfen. Er hatte sie immer geliebt, liebte sie auch jetzt, wo sie gestorben war. Nur konnte er es ihr nicht mehr beweisen.

Dann waren Carls Gedanken bei Anna. Er sah ihren Körper, den graziösen Gang. Ihr Gesicht, ihren Mund, der ihm Luftküsse zuwarf. Ihre Stimme, die sein Verlangen weckte. Waren sie ein Paar? Seit er Anna aus Wind und Regen ins Haus geholt hatte, seit er wieder daheim am Heumarkt war, hatten sie sich nicht mehr getroffen. Ihre früheren spontanen Besuche blieben aus.

Ein wenig war Carl in seine Traurigkeit verliebt, als er sie plötzlich wiedersah. Er hatte sich entschlossen, Eduard Schleich nach Hause zu begleiten, der nach langer Zeit wieder einmal bei ihm zu Besuch gewesen war. Auf dem Weg würde er noch auf den Viktualienmarkt gehen, um einzukaufen. Er wollte nicht, dass Juli so viel nach Hause schleppte. Er wusste, dass ihr das Laufen immer schwerer fiel.

So spazierten sie zum Markt und redeten darüber, dass ein gelb gemaltes Bild geistige Wärme ausströme, während ein blaues abkühlend erscheine. »Die Passivität ist die Eigenschaft des absoluten Grün, das du mir geschenkt hast«, lachte Carl.

»Jawohl«, trumpfte Schleich auf. »Dies Grün ist im Farbenreich wie eine dicke, sehr gesunde liegende Kuh, die nur zum Wiederkäuen fähig ist und mit stumpfen Augen die Welt betrachtet.« Schleich war sehr zufrieden mit seinem Vergleich.

Carl hatte die letzten Worte nicht mehr gehört. Ein anderes Lachen, ein unverkennbares junges Lachen hatte ihn abgelenkt. Ja. Es war Anna. Sie kam mit ihrer Schwester und einem dritten Mädchen direkt auf Carl und Eduard zu. Marie fasste Anna am

Arm und deutete auf Carl. Doch Anna ging an ihm vorbei mit erhobenem Kopf und den spöttischen Augen einer Katze. Carl sah, dass den Mädchen drei junge Herren folgten.

»Spitzweg, du zitterst ja. Was ist mit dir?«, fragte Eduard Schleich irritiert.

»Ich glaub, ich hab meinen Schlüssel verloren«, stotterte Carl und suchte in seinen Rocktaschen herum.

Eduard verabschiedete sich mit dem Rat, er solle rasch denselben Weg zurückgehen, dann werde er den Schlüssel bestimmt noch finden. Carl sah ihm hinterher. Ihm war, als schwände ihm der Boden unter den Füßen, als flöge er hoch und sähe von oben auf den Markt herunter, sähe Eduard, den Treuen, und sähe auf die Köpfe der drei jungen Frauen, auf die Verehrer, die ihnen tänzelnd folgten. Carl wollte, dass Anna von diesem Moment an nur noch ein ferner Traum wäre, einer, der nie wiederkehrte.

Als er mit ungeschickten Schritten zum Heumarkt ging, fühlte er sich wie eine Marionette, die von einem kleinen Kind sinnlos bewegt und zerstört worden war. Er wollte loskommen, sich abreißen von den Fäden. Er war alt. Seine Haare wichen zurück. Sein Körper – er musste doch eine Zumutung für Anna sein, das hatte er gespürt, den Gedanken wegen Annas Zärtlichkeit jedoch verdrängt. Dann wiederum – warum fühlte er sich so selten alt? Auch wenn er sich immer wieder sagte, dass er jetzt ein alter Mann sei – er fühlte es nicht. Schleich dagegen jammerte ständig übers Alter, dass er hässlich und gebrechlich sei. Wie ein hundert Jahre alter Mann käme er sich vor.

Carl ging das keineswegs so. Allerdings – als er jung gewesen war, hatte er sich auch nie jung gefühlt. »Gut schaust aus, bist ein fescher Bursch«, hatte Crescenz oft gesagt. Hatte Carl sich deshalb jung gefühlt? Niemals. Er hatte sich gar nicht gefühlt. Er war einfach er selbst gewesen, Carl, und das reichte. Wahrscheinlich war er in seinem Lebensgefühl nicht über das siebzehnte Lebensjahr hinausgekommen.

Carl schämte sich. Nicht vor der Familie. Nicht vor den Bronbergers. Er schämte sich vor sich selbst. Und vor Clara. Dass er sich belogen hatte und damit auch sie, dafür schämte er sich. Für jede Drehung des Tanzes schämte er sich. Wie konnte er sich dem Körper Annas ebenbürtig fühlen. Warum wollte er das überhaupt? War er nicht mehr ganz bei Trost?

Und – wie konnte Anna sich so verhalten? Was war das für ein triumphierender Blick, als sie an ihm vorbeizog mit dem Verehrer im Kreuz? Früher hatte er manchmal versucht, sich Anna in ihrem Bett vorzustellen. Jetzt musste er sich den Verehrer wohl dazu vorstellen.

Daheim dachte Carl an vertraute Gespräche mit seinem Bruder, der die Musik liebte und mit ihr lebte. Als Musikalienhändler und -verleger auch von ihr lebte. Carl hatte, wie in früheren Zeiten, Sehnsucht nach seinem Bruder. Und er brauchte die Musik dringend. In ein Konzert würde er mit Eduard Schleich gehen, in die Oper. Carl sehnte sich nach den geistreichen Erfindungen der Musik, nach Übereinstimmung zwischen Dichtung und Musik in der Oper. Er wollte sich von Rhythmen und Melodien mitreißen lassen, bewusst flüchten in eine phantastische irrationale Welt, und er wollte malen, malen, malen.

Als Carl sich an seine Staffelei setzte, brachte Juli ihm einen duftenden Verbenentee. Sie hatte Mandelbögen gebacken, Carls Lieblingsgebäck. Er stand auf, nahm das kleine Tablett entgegen und hauchte Juli einen Kuss auf die Wangen. Das hatte er sich angewöhnt, um Juli zu danken für ihr Verständnis und den Takt, mit dem sie ihm zur Seite stand, egal, in welchem Zustand er sich befand. Nicht ein Wort hatte sie verloren, als Angelika ihre heftigen Ausbrüche gehabt hatte. Oder wenn Anna – zuweilen fast täglich – gekommen war und Carl mitsamt der Wohnung in Besitz genommen hatte.

Die Wärme und der Duft des Tees milderten den Druck in Carls Kopf, der Schmerz schien sich zu verflüchtigen. Es war die Vertrautheit mit Juli, mit seiner Wohnung, seinem Atelier, die ihm half, zurückzukommen zu sich selbst. In der Nacht träumte er, in einem Haus zu sein mit verschiedenen Räumen. Alle Wände waren mit Leinwänden behängt – mit kleinen, großen, mittleren. Darauf hatte er gemalt. Tiere in Licht und Schatten, am Wasser trinkend, im Gras liegend, Blumen, viele nackte Frauen, Kälber mit grellgelben Sonnenflecken, eine Frau in Grün, die sich nah zu ihm hinsetzte. Carl fühlte im Traum ein heftiges Glück. Er spürte es im Aufwachen und noch einige Zeit danach. Clara. Sie war zu ihm zurückgekommen. Er war wieder frei.

50

Man schickte den Hausburschen. Carl solle zum Rindermarkt kommen, schnell. Soweit er wisse, gehe es der Frau Spitzweg schlecht.

Das nicht. Nein – nicht, bitte, das nicht auch noch. War er denn Hiob?

Carl rannte zum Rindermarkt, wo die Familie Eduards seit einiger Zeit wohnte. Doch eine unbestimmte Beklemmung schien ihm die Beine zu lähmen, er verspürte einen Schmerz im Schienbein oder in der Wade. Es war, als vergrößere sich die Distanz zwischen ihm und dem Haus seines Bruders mit jedem Schritt. Das dünne Gewimmer einer Glocke schreckte ihn auf. Läutete etwa die Pestglocke? Bitte nicht!

Angelikas Blick traf Carl, als er in ihr Zimmer trat. Er sah, wie spitz die Nase geworden war, die Wangen waren eingefallen, Falten traten scharf hervor.

»Wer bist du?«, flüsterte Angelika mühsam, dann schloss sie die Augen. Eduard saß am Fenster. Wie abwesend sagte er, dass nur er im Haus sei, die anderen habe er aufs Land geschickt. Aus Angst vor der Cholera.

»Hat meine Frau die Cholera, Carl?«

»Ich weiß es nicht. Schick sofort jemanden zu Doktor Helferich. Aber wir müssen ihr auf alle Fälle Wasser einflößen, sie ist völlig dehydriert, sie braucht Wasser mit Salz und Zucker. Du musst Wasser abkochen! Mach schnell!«

Hoffentlich ist sie nicht ins Koma gefallen, dachte Carl in Panik. Der Puls war nur schwach zu spüren. Er versuchte vorsichtig, Angelikas Hand zu streicheln, ihre Wangen. Sie musste erwachen. Er musste ihr Wasser einflößen, unbedingt.

Eduard erschien mit einer Schüssel voll heißem Wasser, das trüb war von Salz und Zucker. Carl bat ihn, ein Kännchen zu bringen. Auf Eduards ratlosen Blick hin sagte Carl: »Beim Service, beim Kaffeeservice sind Milchkännchen!«

Gemeinsam versuchten sie nun, Angelika die noch warme Lösung einzuflößen. Es war nicht möglich, sie reagierte nicht.

In die Stille hinein begann Eduard plötzlich seinen Angriff. »Ich dachte, du hättest dich gefreut, als ich Angelika heiratete. Bei jedem Kind habe ich geglaubt, dass du mir mein Glück gönnst.«

Eduard starrte Carl an, der hilflos sagte, dass er über Eduards Offenheit sehr froh sei. »Ich habe dir dein Glück selbstverständlich gegönnt. Immer.«

»Ich weiß nicht, was wirklich zwischen Angelika und dir gewesen ist«, sagte Eduard düster. »Manchmal denke ich, dass du mein Leben zerstört hast.«

»Warst du denn niemals glücklich mit ihr?«, fragte Carl zögernd. Er hatte immer noch den Vorabend der Hochzeit in Erinnerung, als Angelika zu ihm gekommen war.

»Angelika war immer in dich verliebt. So viel weiß ich inzwischen. Sie hat mich nur geheiratet, weil sie es Anna versprochen hatte. Eugens und Ottos wegen. Ich war immer darauf gefasst, dass sie mich eines Tages verlässt.«

»Das geht nur dich und Angelika etwas an. Wir haben darüber schon oft gesprochen, Eduard«, sagte Carl flüsternd und mit Blick auf Angelika, die immer noch reglos dalag.

»Du bist der Künstler, von dir spricht man, ich bin nur der Verleger mit meinen finanziellen Sorgen, wie langweilig.« Eduard stellte sich ans Fenster, schaute hinaus, oder auch nirgendshin.

Carl dachte, dass Eduard dem Vater immer ähnlicher wurde. Doch für ihn war sein Bruder immer sehr wichtig gewesen. Er wollte ihn teilhaben lassen, wo es nur ging. Was ihm auch passiert war – er hatte es Eduard mitteilen müssen. Bis heute war das so. Was Angelika anging, hatte Carl sich zurückgehalten.

»War es der Neid, dass ich zwei Kinder hatte und eine junge schöne Frau, während du deine –«

Carl sprang auf. »Jetzt gehst du zu weit, lass Claras Tod aus dem Spiel.«

Angelika stöhnte. Carl hob ihren Kopf leicht an, er versuchte, ihr mit dem Kännchen Wasser einzuflößen, Eduard fing die herablaufenden Rinnsale mit einem weichen Tuch auf. Plötzlich öffnete die Kranke die Augen weit, und dann ließ Carl ihren Kopf sanft ins Kissen sinken. Er fühlte den Puls, hielt Angelika einen Spiegel vor den Mund.

»Ist sie tot?«, fragte Eduard, obwohl er die Antwort wusste. Dann begann er zu schluchzen, dass sein Körper bebte. Carl nahm ihn in die Arme. Er konnte sich später an nichts erinnern, was ihm dabei durch den Kopf gegangen war, an keinen einzigen Gedanken.

Ob Angelika wirklich an der Cholera gestorben war? – Carl wusste es nicht. Helferich neigte zu der Diagnose, war aber auch nicht sicher. Einige Symptome trafen zu, andere wieder nicht, denn den furchtbaren Durchfall und den unerträglichen Brechreiz hatte sie nicht gehabt. Auch die äußerst schmerzhaften Bauchkrämpfe waren bei ihr nicht aufgetreten. Helferich hatte von der Möglichkeit eines Herzstillstands gesprochen.

So unklar die Diagnose bei Angelika war, für München war sie eindeutig. Die Stadt litt erneut unter einer regelrechten Cholera-Epidemie. In allen Stadtteilen gab es große Verluste. Die Zeitungen sprachen davon, dass die Epidemie noch weit heftiger wüte als in den Jahren 1836 und 1854.

Es hieß wieder einmal, München zu verlassen. Juli wollte mit ihrer Freundin Amrei ins Allgäu, zu deren Eltern. Bevor sie abfuhr, bat Carl sie, noch einige Zigarrenkistchen mit ihm auseinanderzunehmen, deren Boden und Deckel er gern zum Malen verwendete. Juli hatte schon gelernt, die Holzteile zu säubern und zu lasieren.

Carl und Schleich hatten sich beim Schreiner schon in den sechziger Jahren eine spezielle Tasche anfertigen lassen, in der sie ihre Holzteile sicher verwahren konnten. Sogar auf Wanderungen hatten Carl und Eduard die leichten »Zigarrenbrettl«, wie sie sie nannten, mitgenommen.

Seine *Wüstenlandschaft* hatte Carl auf UPMANNs Zigarrenkistenholz gemalt. Ebenso die *Nillandschaft mit Störchen*. Bei einer gemeinsamen Wanderung mit Schleich hatte er seine *Voralpenlandschaft* gemalt, ein Motiv an der Amper. Nicht jedes Mal kamen UPMANN-Brettchen zum Einsatz, denn Carl kaufte für seinen beträchtlichen Konsum an Zigarren auch andere Marken. Wie LA MARAVILLA, auf deren Kistchenbrettln er eine Flusslandschaft mit Burg malte.

An seinen Verkäufen spürte Carl, dass es unverhofft viele Liebhaber seiner Zigarrenbrettl-Gemälde gab. In den Wohnräumen seiner Kunden gab es stoffreiche Gardinen und Möbel, die die Wände füllten. Da waren die kleinen Holzbilder gerade recht, um auch Kunst im Hause vorzuzeigen.

Für Carl war das eigenartige kleine Format eine neue Herausforderung. Er begann, diese Form zu lieben und damit zu experimentieren.

In seinem Fluchtjahr, wie Carl es später nennen würde, hatte er wie um sein Leben gemalt. Eine Zeitlang war er bei so schlechter Gesundheit, dass er fürchtete, ebenfalls die Cholera zu bekommen, doch er hatte Glück. Seine Beschwerden rührten offenbar von schlechtem Essen in einem Wirtshaus her.

Bald hatte Carl nur mehr sich gespürt. Und seine Malerei.

Auf der Flucht vor der Cholera hatte er die längste Zeit in Taufers verbracht und in Sterzing, weil er in beiden Orten gute Unterkünfte fand. In Berchtesgaden war er einige Tage geblieben und auch in Salzburg, ehe er über den Reschenpass nach Tirol weiterreiste. Carl erinnerte sich daran, wie er mit Clara durch Salzburg gegangen war. Seit wann hatten diese Gedanken aufgehört wehzutun? Auch hatte er noch vor Augen, wie er zum ersten Mal eine Ansicht von Salzburg malte. Mit einer breiten Pinselspur, zu der ihm Hanson geraten hatte. Ach, Hanson. Er war ein begnadeter Lehrer gewesen, doch heute fand er weder Schüler, noch wollte jemand seine Bilder haben. Ehe Carl aufgebrochen war nach Tirol, hatte er Hanson ein Kistchen Zigarren geschickt, auf dessen Boden Geld versteckt war.

Carl hatte ihm viel zu verdanken. Er war der Erste, der ihn darauf aufmerksam machte, dass Farben ihr Eigenleben hatten. Hanson wusste so viel über Farbe wie kaum ein Maler. Warum hatte man ihn vergessen?

In Tirol fand Carl einen Ort, wo er sich fast nach Rothenburg ob der Tauber versetzt fühlte. Alles, was er gern zeichnete, fand er hier vor. Der Himmel jedoch war von einem seltsamen Weiß. Carl konnte das aber mittels der Ockerfarbe wunderbar tönen. Die Farbe hatte er von Schleich, und er musste schlucken. Auch Schleich war Opfer der grassierenden Cholera geworden, und der Gedanke an seinen jähen Tod machte ihm jeden Tag zu schaffen. Warum war Schleich nicht mit ihm aus München geflüchtet wie früher? Es schmerzte Carl tief, dass er seinem engsten Freund nicht hatte beistehen können. Ebenso die Tragödie mit Angelika. Warum konnte ihm Eduard nicht verzeihen, was er gar nicht verbrochen hatte? Konnte es sein, dass die Liebe zwischen Brüdern erlosch? Die Kinder Eduards waren Carl gegenüber liebevoll und anhänglich wie immer. Besonders die beiden Mädchen, die verzweifelt um ihre Mutter trauerten. Sie kamen mit ihrem Kummer auch zu Carl, der dann mit ihnen aufbrach in ein Café, wo er sie verwöhnte nach Strich und Faden.

Im Frühjahr 1875 kehrte Carl zurück nach München. Sein Vetter Heinrich Bronberger zeigte die bevorstehende Hochzeit seiner Tochter Anna mit einem Herrn Balthasar Frank an. Man lud Carl ein zu einer Kahnfahrt im Park und anschließendem Spaziergang mit dem Brautpaar. Carl würde es sich überlegen, ob er hingehen wollte. Er lebte in dem Gefühl, Anna nicht wirklich kennengelernt zu haben. Nicht einmal ihr Gesicht konnte er sich noch lebhaft vorstellen. Es blieb im Dunkel. Mit ihrer Stimme, Sirenengesang, hatte Anna ihn verführt. Dann war sie entflohen, weggeschlüpft wie eine Forelle.

Zu seiner Überraschung fand er einen kleinen Brief seiner Nichte Caroline vor, die in Bad Tölz verheiratet war. Den beantwortete er sofort:

Liebe Lina, wenn das Klima in Tölz auch weniger mild ist als in Reichenhall, so ist es dafür auch kräftigender. Für uns Münchner jedenfalls, die wir ja auch an der Isar logieren, ist es angemessener und gesünder als das Reichenhaller. Glaube ich. So sei vergnügt und atme die frische Bergluft in großen Zügen ein, bis Du wieder in unseren dicken Stadtqualm herunterkommst und den groben Staub hier schlucken musst, den die heiße Luft jetzt schon unangenehm fühlbar macht.

Froh, wieder an seiner heimischen Staffelei zu sein, malte Carl in rascher Folge eine kleinere Fassung seines *Ewigen Hochzeiters.* Er vollendete eine weitere Fassung von *Die Sonne bringt es an den Tag.* Mit besonderem Vergnügen malte er *Ballonfahrt*, ein Gemälde, zu dem ihn die Lektüre von Jules Verne inspiriert hatte. Sein Enthusiasmus und seine nicht nachlassende Phantasie bescherten ihm auf der Münchner Kunstausstellung so viel Lob und so viele Verkäufe, dass es Carl schwindelte.

Da passte es, dass er im Herbst die Berufung in die Central-Gemälde-Commission in München erhielt. Eine hohe Ehre. Vielleicht konnte er dort seine bislang erworbenen Kenntnisse zum Wohl der Maler in der Stadt München anbringen. Carl war bereits im Sommer 1870 geehrt worden. Er hatte das damals als »Alterserscheinung« abgetan, dass er Ehrenmitglied der Akademie der Bildenden Künste in München geworden war. Er konnte sich noch gut an Schleichs Worte erinnern: »Siehst du, Spitzweg, jetzt sind wir beide Mitglieder der Akademie, Ehrenmitglieder sogar. Man darf nur nicht zu früh sterben.«

Die Familie Humpelmayr, die in München ein exklusives Restaurant führte, hatte Carl schon in den sechziger Jahren entdeckt. Damals hatten sie das erste Bild gekauft, *Der Geolog*. Später hatten sie *Kapelle* erstanden und *Alpenhütte*. Dann war es immer so weitergegangen. Wenn Carl richtig zusammengezählt hatte, waren einundfünfzig seiner Bilder im Besitz der Familie Humpelmayr.

Kaiserin Elisabeth von Österreich hatte ebenfalls Bilder gekauft. Und seine *Gebirgsjäger* waren nach New York gegangen, ebenso sein *Mönch, zum Fischen gehend*.

Über manche Käufer war Carl besonders erfreut, wenn etwa Professor Grützner, ein sehr angesehener Malerkollege, seine Bilder kaufte. Und das hatte er schon mehrmals getan. Auch Generaldirektor von Lachner hatte bereits einige Bilder erworben. Carl war direkt verblüfft über so klingende Namen wie Prinzregent Luitpold, der zum dritten Mal in seinem Atelier erschienen war und mehrere Bilder erworben hatte. Oder Sedlmayr, Münchens berühmter Bierbrauereibesitzer.

Doch am meisten hatte es Carl gefreut, als sein Bruder Eduard kam, um ihm zu gratulieren. Er hatte sogar ein Kistchen Zigarren mitgebracht. »Wenn selbst Friedrich Pecht dich in den höchsten Tönen lobt, dann muss ich ja glauben, dass du ein guter Maler bist.«

Lieber wäre es Carl gewesen, wenn Eduard ihn als einen guten Bruder bezeichnet hätte, aber man konnte nicht alles auf einmal haben. Eduard war zu ihm gekommen, das war schon mal ein Schritt.

Noch eine Überraschung erreichte Carl. Der Dichter Adalbert

Stifter hatte ihm sein Lob ausgesprochen. Einige von Carls Bildern, darunter *Spaziergang*, war im oberösterreichischen Kunstverein ausgestellt worden. Stifter, der jahrelang zwischen Poesie und Malerei hin und her geschwankt war, hatte *Spaziergang* als das vollendetste und künstlerischste Bild der gesamten Ausstellung bezeichnet.

Als Carl sich zufällig im Spiegel sah, fragte er sich, wer dieser Mann dort sei. Das ist ein Maler, gab er sich zur Antwort, und dieser Maler bin ich. Mein Leben lang hielt ich mich für unbedeutend, und plötzlich kann ich dieses frühere Leben vergessen. Alle Welt will meine Bilder kaufen. Eine Kaiserin ist darunter, Könige, Prinzen, Grafen und reiche Bürger. Ich besitze ein wenig Geld, und wenn die Traurigkeit kommt, dann löst sie sich beim Kreieren meiner Bilder wieder auf.

Es war Zeit, sich eine Zigarre anzuzünden und mit der Münchner Luft den Rauch einzuatmen.

An Silvester fühlte sich Carl plötzlich allein in seiner Wohnung. Das hatte er noch nie erlebt. Juli war mit Amrei wieder ins Allgäu gefahren. Er hatte ihr freigegeben, obwohl er sich nicht gut fühlte. Es haperte gewaltig mit dem Laufen. Schon des Nachts wurde er wach, weil sein Rücken so wehtat, dass er sich aufsetzte und in seinem Cervantes las. Er wollte an seinen Bildern von Don Quixote und Sancho Panza unbedingt weitermalen. Aber wenn das nicht besser wurde mit den Rückenschmerzen, war auch das Sitzen an der Staffelei mühsam.

Carl raffte sich auf zu einem Spaziergang. Musste ja nicht lange dauern. Das halbe München war offensichtlich ausgeflogen. Doch in der Rosenstraße wäre Carl beinahe überfahren worden von zwei Kinderwägen. Die Kindermädchen hatten so intensiv miteinander geratscht, dass sie Carl übersahen und er sich nur durch einen Sprung beiseite retten konnte. Trotz des schlimmen Rückens. Carl fand, dass er gut reagiert hatte. Doch im Weitergehen kam ihm ein Gedicht in den Sinn:

Du bist jetzt alt, fort musst du bald, es kann dich nichts mehr retten! Nur mit Humor kannst du dich, Tor, noch ein bisschen fretten.

Das würde er aufschreiben, wenn er wieder daheim wäre.

Irgendwann im Laufe des Tages überkam Carl das Selbstmitleid, sodass er an Friedrich Pecht schrieb, wie es um ihn stand:

Wie von der Welt geschieden – wie ein Pestkranker abgesondert – wie ein Trappist zum Schweigen verdammt, drängt es mich aber doch, am Schluss des Jahres ein paar Worte des Dankes an Sie zu richten für Ihre teilnehmenden Besuche, die ich nicht erwidern konnte. Ich möchte Ihnen auch meine Wünsche für Ihr Wohl aussprechen, die sich im neuen Jahr bewähren mögen! Gesundheit und Zufriedenheit! Namentlich Erste! Nur keine solch unverschämte Bestie im Genick, wie ich sie jetzt habe. Sie würde in jedem zoologischen Garten Staunen hervorrufen. Bronchitis nennt man sie auf Deutsch. Hustend grüßt Sie Ihr ergebener Spitzweg.

Am Neujahrsmorgen quälte Carl sich aus dem Bett. Keine Juli, die ihm einen Tee brachte, heißes Wasser bereitstellte und dann mit dem Frühstückstablett an sein Bett kam. Warum hatte er bloß mit keinem Wort erwähnt, was mit ihm los war. Juli wäre dann auf keinen Fall weggefahren.

Eduard war nach Neujahr mit Husten und Atemnot aus Benediktbeuern zurückgekommen. Doktor Helferich meinte, die Lunge arbeite schlecht. Carl, der sich mittlerweile erholt hatte, ging jeden Tag zum Rindermarkt, seinen Bruder zu besuchen. Er las ihm vor, spielte für ihn auf dem Klavier. Eduards Zustand war sehr wechselhaft. Nach einigen hoffnungsvollen Wochen ging es im April dem Ende zu. Für Carl wurde es schwer, Eduard so leiden zu sehen. Sein Bruder lag hochgebettet in den Kissen und bekam keine Luft.

»Ich habe von Angelika geträumt«, sagte er mühsam zu Carl, als der an seinem Bett saß und ihm das schweißnasse Gesicht, den Nacken und die Brust mit einem kühlen Lappen abwischte. »Sie hat mich angelächelt. Im Traum. Es tut mir leid, dass ich euch verdächtigt habe.« Er konnte vor Anstrengung kaum sprechen.

»Bitte, Eduard, lass die alten Geschichten.«

»Ich bin so viel jünger als du, eigentlich wärst du zuerst dran.« Eduard versuchte, sich aufzurichten, er keuchte, winkte Carl näher zu sich heran. »Hab keine Angst, es ist gar nicht so schwer, das Sterben.«

Heute noch wirst du bei mir im Paradiese sein. So oder so ähnlich hatte Christus zu dem Schächer gesagt, der mit ihm gekreuzigt wurde. Carl wollte plötzlich seinen kleinen Bruder beschützen. Eduard sollte nicht allein sein im Tod. Zum ersten Mal glaubte Carl, den Tod auch in sich zu spüren. Ende April hatte Eduard dann ausgelitten.

Carls Rücken erholte sich glücklicherweise wieder. Und damit auch sein linkes Bein, das seit der Venenentzündung unberechenbar war. Juli legte ihm heiße Decken ins Bett, auch noch im Mai, und das hatte geholfen. Doch manchmal, wenn er zu lange malte, fühlte er sich kreuz- und lendenlahm. Er war ein hochgradiger Invalide. Gut, dass seit Tagen ein Prachtwetter herrschte. Carl humpelte so recht und schlecht aus dem Haus und nahm sich eine Droschke in den Englischen Garten. Auf einem Stück Wiese, das man nicht ohne weiteres einsehen konnte, legte er sich auf den Bauch ins Gras und meinte, in dem Duft nach Blüten und Erde davonzuschweben. Als er versuchte, wieder auf die Beine zu kommen, verfluchte er seine romantische Anwandlung. Wie er endlich in der Senkrechten stand, krumm und keuchend, fragte er sich, ob es noch jemanden gebe, der so bresthaft und dabei so wahnsinnig war wie er.

Bei seinen Spaziergängen als wankender Greis, wie er sich gern nannte, fiel ihm immer sein neunzigjähriger Nachbar ein. Wenn man ihn fragte, wieso er sich immer noch allein zu gehen traue, dann antwortete der: »Wissen S', in jeder meiner Taschen steckt eine Visitenkarte von mir. Da wissen die Leute gleich, wer ich gewesen bin.« Das gefiel Carl, jedoch – er hatte keine Visitenkarten.

Friedrich Pecht war zum treuesten Brieffreund geworden, seit Carl die Künstlerkneipen nicht mehr besuchte. An ihn schrieb er am liebsten, weil der Kritiker ihn verstand wie kein anderer. Pecht hatte bei einem Besuch einige Blätter mit Carls Gedichten gelesen und gemeint, dass Kielfeder und Tinte bei ihm verschwistert seien mit Pinsel und Palette. »Bezüglich des Pegasus ist es bei mir eine eigene Sache«, hatte Carl lachend gesagt. »Manchmal, wenn ich aufsitzen will, lässt er mich aufsitzen. Mehr kann ich nicht verlangen. Inzwischen reib ich mir in Jambenbewegung meinen Parmesankäs zur Reissuppe. Das ist jetzt schon bald die ganze Poesie meines Lebens.«

Daraufhin hatte ihm Pecht Glück in der Liebe gewünscht. »Danke!«, schrieb ihm Carl zurück. »Aber – ich bin sechsundsiebzig Jahre und Sie wünschen mir Liebesglück! Ja! Bauchbinden und Flanelljacken sind jetzt mein Jägerkostüm. Und ich beschäftige mich nur noch mit Herzen, wenn sie abgebräunt und gespickt sind!«

Pecht kam immer öfter zum Heumarkt. Als Carl behauptete, er sei nur wegen Julis Jägerschnitten da, leugnete Pecht das keineswegs. Außerdem unterhielt er sich ausgesprochen gern mit Juli. Wenn sie aus der Küche kam und schwarzen Tee mit Sahne servierte, dazu die Jägerschnitten aus Eiern, Mandeln und Anis, dann atmete Friedrich Pecht tief durch und sagte zu Carl: »Hätte ich gewusst, in welchem lukullischen Paradies Sie sitzen, dann wär ich schon früher gekommen. Ab heute melde ich mich wöchentlich einmal an. Mindestens.«

Carl stimmte ihm zu: »Ich bin wahrhaft glücklich, hier ein Asyl zu haben, wohin ich mich zurückziehen kann. Die ganze Woche in der Münchner Gesellschaft zu verbringen, die mich meistens langweilt, das ist nichts mehr für mich. Mein halbes

Leben habe ich mich nur in der Gesellschaft gelangweilt. Aber keine Minute allein.«

Pecht und Spitzweg hatten in den letzten Monaten einen lebhaften Grabdiskurs entwickelt. So nannten sie ihre Gespräche über das Sterben, das in ihrem Freundeskreis nicht aufhören wollte.

Pecht hatte sich in einem seiner Briefe Gedanken gemacht, wie ein Monument Carls aussehen könnte. Er wollte ihn in Lebensgröße auf seinem Sarkophag reiten lassen. Carl schrieb ihm flugs zurück: »Das Ganze kann von mir aus die Form einer Hanswurstenmütze haben. In der Mitte müsste ein Relief angebracht sein, auf dem alle Schreiber und Türken, Badergesellen und Bürgermeister, Mautner und Einsiedler in Städten, Sandwüsten und Alpenregionen, die ich in meinem ganzen Leben gemalt habe, auf einem Bild vereint wären. Sie würden wütend nach Rache an ihrem Urheber schreien. Auf der Spitze müsste eine Vase stehen für Salben, der Boden sollte geheftpflastert sein – zum Gedenken an die biedermännisch verlebten Apotheker-Jahre. Davor ein Weihbrunnkessel, gefüllt mit verdünnter Pariserblau-Ölfarbe, für die Leidtragenden. Herrgott, ich sehe Sie auch darunter.«

51

Im Erwachen hörte er die Stimme seiner Mutter. »Carl«, rief sie mit heller energischer Stimme. Unwillkürlich sah Carl sich in seinem noch schwach erhellten Zimmr um. Alles war an seinem Platz, Bett, Schrank und Kommode, Bilder, die er gemalt hatte – alles war wie immer. Carl richtete sich auf, um aus dem Bett zu steigen, da fühlte er wieder den stechenden Schmerz, der ihn oftmals nachts weckte.

Wer aufwacht und keine Schmerzen hat, ist tot, hatte Eduard

gesagt. Carls Rücken machte ihm immer wieder Schwierigkeiten. Holte er tief Luft, schmerzte es empfindlich zwischen den Schulterblättern. Stand er vom Sitzen auf, schoss ein Feuer hoch in seiner Wirbelsäule, sodass er innehielt und vorsichtig atmete, bis die Flamme wieder erloschen war.

So war sein Leben strukturiert. Werde siebenundsiebzig Jahre, und du erlebst es. Im Körper will alles reißen und brechen. Das Leben wird zur Anstrengung. Carl versuchte aufzustehen vom Bett, da spürte er, dass seine linke Seite taub war. Taubheit war Carl nicht neu. Mal waren es die Hände, die sich tot stellten, mitten am Tag wollten sie einschlafen und kribbelten vor Kälte. Und nun ließ ihn sein Bein im Stich, sodass ein Spatz ihn leicht umwerfen könnte. In der Badestube rieb er sich mit einem nassen weichen Tuch den gesamten Körper ab, so gut es eben ging. Dann verteilte er englisches Duftwasser großzügig über sich. Er hoffte, damit Juli von seinem desolaten Zustand abzulenken. Schließlich schob er sich seine Brille mit den kleinen runden Gläsern auf die Nase. Im Spiegel erblickte er einen alten Herrn mit gepflegtem Bart und gebürstetem Haupthaar, der ihn ziemlich verzweifelt anschaute. Hatte er immer schon diese große, dicke, etwas rötliche Nase gehabt? Er betrachtete sich und versuchte, über sich zu lachen. Wie war es möglich, dass er so aussah? Was hätte Clara dazu gesagt, wenn sie ihn heute sehen würde? Clara wäre viel schöner gealtert als er.

Carl ging in die Diele zum Esstisch. Das taube Bein ließ sich anstandslos mitziehen. Juli schien nichts zu bemerken, sie brachte wie immer Tee und Kaffee, Brot, Marmelade und Butter. Sie frühstückten, und Juli verriet ihm, dass sie geplant habe, die Fenster zu putzen. Und ob es ihm recht sei.

Er habe nicht so gut geschlafen, meinte Carl, er werde sich ins Atelier zurückziehen und vielleicht auch noch für ein, zwei Stunden ins Bett gehen.

Außer im Atelier hatte Juli jetzt alle Fenster geputzt. Ihr Herr Spitzweg konnte es nicht ausstehen, wenn die Fenster offen standen und beim Blankreiben der Scheiben diese Quietschgeräusche entstanden, die nur zusammengeknülltes Zeitungspapier auf feuchtem Glas hervorbringen konnte. Nein, das würde der Herr nicht aushalten, und Juli verschonte ihn damit. Sie hatte bislang immer einen passenden Zeitpunkt gefunden. Wenn der Herr sich in der Badestube aufhielt oder wenn er seine Gänge durch das Viertel machte, konnte sie immer noch die Fenster putzen.

Heute hatte ihr Herr seine Mittagssuppe im Lehnstuhl eingenommen. »Ich bin immer noch ein wenig müd«, hatte er zu Juli gesagt, und sie hatte ihm den kleinen Tisch, an dem er auch oftmals frühstückte, über seine Beine geschoben und ihm darauf die Suppe serviert. Eine passierte Reissuppe mit geriebenem Parmesan. Das gütige Gesicht ihres Herrn, das ihr so lieb war wie kein anderes, erschien ihr ein wenig blasser als sonst. Er aß auch nur einen Teil seiner Lieblingssuppe, schob den Teller weg. Dann legte er den Kopf ein wenig zur Seite, schloss die Augen.

In Juli stieg plötzlich Angst auf. Wieso hatte sie nicht gesehen, wie schlecht es ihrem Herrn ging? Sie hätte längst Doktor Helferich holen sollen. Bitte, Gott, lass ihn da, bitte, er lebt doch so gern, dachte sie verzweifelt. Sie spürte wieder das Übermaß ihrer Liebe zu ihm. Sie musste schlucken. Für sie war ihr Herr ein Heiliger, der einzige Mensch, außer ihrer Mutter, der sie respektiert hatte, wie sie war. Dafür gehörten ihm Julis reinste und schönste Gefühle. Sie fand ihn immer noch so vornehm wie am Anfang auf der Dult, wo er sie vor dem Verhungern bewahrt hatte. In der Zeit, als er seine schöne Frau gefunden hatte, sein »Traumglück«, wie er Frau Clara einmal nannte, da hatte er auch Juli eine Heimat gegeben.

Sie sah jetzt, dass ihr Herr eingeschlafen war, und die Angst um ihn machte sie mutig. Sanft legte sie ihre Hand auf seine feinen Hände, die Hände eines Künstlers, dann näherte sie ihren Kopf seiner Wange und tat zum ersten Mal, was sie sich in fünfzig Jahren nicht getraut hatte. Sie drückte ihre Lippen auf seine Backenknochen, dorthin, wo keine Barthaare waren.

Spitzweg wandte langsam seinen Kopf zu ihr. »Wir sind einander viel gewesen, Juli.« Er schloss die Augen wieder, und Juli war unsagbar erleichtert darüber, dass es für ihren Herrn kein Unrecht gewesen war, was sie getan hatte.

»Möchten S' nicht lieber zu Bett gehn? Ich hab's grad frisch bezogen. Vielleicht wird's Ihnen wohltun, und nachher sind S' nimmer so müd.«

Juli schöpfte wieder Hoffnung, als der Herr die Augen öffnete und sie bat, ihm seine geliebte Maß Bier zu holen. »Nimm den kleinen Krug, Juli, der reicht für heute.«

Sie lief durch die Gassen, so schnell es ihr möglich war. Ein Brauereigespann versperrte ihr den Weg, und es fuhr ihr durch den Kopf, dass schon bald wieder Oktoberfest sein würde. Sie dachte daran, dass ihr Herr auf einem der Oktoberfeste seine Clara gefunden hatte und schon bald darauf mit ihr abgereist war nach Venedig. Sie hatte die schönste und einzige Dame gesehen, die ihr Herr sein Leben lang geliebt hatte.

Juli hastete mit ihrem Krug die Treppe herauf. Während sie die Türe aufschloss, in die stille Diele eintrat, überfiel sie wieder die unsägliche Angst um ihren Herrn. Als sie zu ihm trat, lag er zurückgelehnt in seinem Sessel.

Er war tot.

Sie spürte es sofort. Juli nahm die Hände ihres Herrn, die schlaff herunterhingen, in die ihren. Kühl fühlten sie sich an, aber nicht kalt. Sie suchte den Puls zu fühlen, wie es der Herr hin und wieder bei ihr gemacht hatte, wenn sie fiebrig war. Aber da war kein noch so sanftes Klopfen mehr. Nichts.

So wie er dasaß in seinem Lehnstuhl – so hatte der Herr Spitzweg sich doch gemalt, schoss es Juli durch den Kopf. Vor langer Zeit war das gewesen. Das Gemälde musste im Atelier sein, unter den Bildern, die er nicht verkaufen wollte.

Gott, niemals mehr würde der Herr etwas verkaufen, nichts mehr würde er tun können.

Juli nahm wahr, wie alles um sie herum dunkel wurde. Ihr Herr war doch alles gewesen, was sie hatte. Sie machte sich Vorwürfe. War sie nicht schnell genug gelaufen? Hätte sie nicht bei ihrem Herrn sein müssen, als er starb? Aber der Herr hatte sie doch um sein Bier geschickt! Juli war konfus, fühlte sich hilflos wie ein kleines Kind. Vielleicht hatte der Herr auch seinen Tod kommen gehört und Juli weggeschickt? Wollte er allein sein und an Clara denken?

Wieder und wieder streichelte Juli die Hände ihres Herrn. Jetzt durfte sie das tun, solange sie wollte. Ein bitteres Gefühl stieg in ihr auf. Ein einziges Mal gehörte der Herr allein ihr. Wenigstens für diese Minuten, bis sie die Familie verständigen musste.

Die Türglocke ging. Juli schreckte auf, wischte sich über die Augen, zog ihr Gewand straff und nahm einige Haarsträhnen nach hinten, die sich gelöst hatten.

Vor der Tür standen der Herr Hofkapellmeister Lachner und der junge Herr Professor Grützner, ein bekannter Maler wie ihr Herr Spitzweg. Beide Männer stutzten, als sie Juli ansahen. Sie trat zurück, ließ die Herren eintreten wie sonst auch.

»Ist etwas geschehen?«, fragte Lachner, der im Alter ihres Herrn war, ein großer massiger Mann, der sie jetzt besorgt anschaute. Auch der junge Herr Grützner wollte wissen, warum Juli verweinte Augen habe. Jetzt stürzten ihr die Tränen aus den Augen, sie wies stumm in Richtung des Ateliers, und die Herren gingen rasch hinein. Juli blieb unter der Türe stehen, sie hatte ihre Schürze vor dem Gesicht zusammengeknüllt, damit ihr Weinen nicht so laut war.

Lachner und Grützner standen stumm neben ihrem Freund. Lachner legte Spitzweg die Hand auf die Schulter, Grützner schüttelte immer wieder stumm den Kopf.

»Wann denn?« »Und wie?« Ratlos blickten Grützner und Lachner Juli an. Sie sagte ihnen die Uhrzeit und dass der Herr Spitzweg eingeschlafen sei, während sie sein Bier geholt habe. Mehr sagte Juli nicht, und die Herren gaben sich damit zufrieden. Nun wurde beratschlagt, was als Nächstes zu tun sei, und die Herren kamen überein, dass Lachner die Totenfrau bestellen würde.

Grützner erbot sich, sofort zu den Verwandten zu gehen, um sie zu benachrichtigen.

Die Herren verabschiedeten sich rasch. Nicht einmal den Kaffee, den Juli aufgebrüht hatte, wollten sie trinken.

Juli schenkte sich eine Tasse Kaffee ein, zündete einige Kerzen an und setzte sich wieder zu ihrem Herrn, denn sie wusste, dass sie nur wenig Zeit mit ihm haben würde. Juli nahm die Mappe, in der ihr Herr seine Gedichte aufbewahrte. Sie hatte immer darin lesen dürfen, von Anfang an. Oben auf den Blättern lag ein kleines, neu entstandenes Gedicht. Immer wieder wischte sich Juli mit dem Handrücken die Tränen vom Gesicht, während sie las:

Oft denk ich an den Tod, den herben, Und wie am End ich's ausmach?! Ganz sanft im Schlafe möchte ich sterben und tot sein, wenn ich aufwach'!

Ein weiteres Gedicht kannte Juli schon. Ihr Herr hatte es im letzten Frühjahr, nach dem Tod seines Bruders Eduard, geschrieben:

Die gelben Blätter schaukeln
Im Sonnenlicht, dem fahlen,
Nicht Amoretten gaukeln
Wie Anno dazumalen.
In warmer Ofennähe
Filzschuhe an den Füßen,
Erwart' ich still und spähe,
Was bald wird kommen müssen.
Doch will getrost ich wandern
Und wird der Vorhang fallen,
so gönn ich gerne andern,
Den Frühling neu zu malen.

Die Mundwinkel bitter heruntergezogen, ständig kämpfend mit den Tränen, schaute Juli auf ihren Herrn, wie er immer noch in seinem Sessel lag und zu schlafen schien. Die flackernden Kerzen ließen sein Gesicht lebendig wirken, aber sie konnten Juli nicht täuschen. Wie gern hätte sie ihren Herrn in der Diele aufgebahrt. Dann wäre ihr noch ein ganzer Tag Zeit geblieben, sich von ihm, von ihrem Leben als seine Wirtschafterin, zu verabschieden. Doch wenn die Neffen und Nichten einträfen, würden sie genauso entscheiden, wie sie bei ihrem Vater Eduard Spitzweg vor einem Jahr auch schon entschieden hatten: Aus Gründen der Hygiene müsse der Tote in die Leichenhalle gebracht werden. Dort sorge ein Gebläse dafür, dass die Leichen nicht vor der Beisetzung verwesen konnten. Gegen diese Argumente, das wusste Juli, hatte ihre Liebe und Anhänglichkeit keine Chance.

Noch einmal legte sie ihren Kopf auf die Hände ihres Herrn, dann stand sie auf und machte sich daran, den besten Anzug aus schwarzem Leinen, das neueste Hemd und die seidene Halsbinde herzurichten. Sie bürstete die Schuhe, legte die Strümpfe parat und die Unterwäsche.

Mit der Totenfrau gemeinsam legte sie ihren Herrn später auf sein Bett, sie wuschen ihn und zogen ihn an. Er sah stattlich aus. Fand Juli. Lächelte er nicht ein wenig? Sie bürstete ihm sein Haar über den Ohren etwas hoch, so wie er es immer getragen hatte. Sein Bart war noch frisch gestutzt, sie brauchte ihn nur ein wenig zu kämmen. Aus den Sträußen in der Wohnung suchte sie die schönsten Blumen heraus und stellte einen kleinen Strauß zusammen, ähnlich dem, den sie vor so vielen Jahren an den jungen Herrn Spitzweg verkauft hatte. Sie steckte ihn ihrem Herrn in die Hände. Dann dachte sie an den Rosenkranz, der noch von der Großmutter Schmutzer da war, und wickelte ihn um die Hände des Verstorbenen.

Wie Juli es geahnt hatte, entschieden die Neffen und Nichten, dass der Tote sofort zum Südlichen Friedhof gebracht werde. Sie legten ihr ans Herz, dass sie, nachdem der Tote abgeholt worden sei, niemanden, aber gar niemanden in die Wohnung lassen solle. Vor allem dürfe niemand ins Atelier, und auch keines der Bilder, die in den Stuben hingen, dürfe angetastet werden. Sie müsse sich selbst darum kümmern, wo sie in Zukunft bleibe, denn die Wohnung werde möglichst im nächsten Monat wieder vermietet. Dann traten die Neffen und Nichten an das Bett ihres Onkels und verabschiedeten sich von ihm.

Juli wartete ruhig in ihrer Küche, bis die Verwandten in ihrer höflichen und freundlichen Art alle Bilder gesichtet und gezählt und sich auch von ihr verabschiedet hatten. Sie waren immer höflich und freundlich zu Juli gewesen, die sie von Kindheit an kannten. Aber Juli war für sie dennoch ein Dienstbote wie alle anderen auch, und sie waren sicher, dass sie Ersparnisse hatte, denn sie kannten ihren Onkel Carl als großzügigen Dienstherrn.

Zuletzt saß Juli wieder allein bei ihrem Herrn, und da fiel ihr ein, dass er ihr einmal gesagt hatte, dass sie nach seinem Tode ein bestimmtes Buch öffnen solle. Darin werde sie etwas finden, das nur ihr gehöre, und das solle sie ins Futter ihrer Handtasche einnähen. Zusammen mit ihren Ersparnissen müsse sie dann auch nach seinem Tod keine Not leiden.

Von Jules Verne war das Buch, der Herr hatte es ihr aufgeschrieben. Der Titel lautete *Fünf Wochen im Ballon*, und Juli musste nicht lange suchen, bis sie das Buch gefunden hatte. Sie schlug es auf und sah, dass die Seiten zum Teil herausgenommen waren. An ihrer Stelle waren Banknoten in einem Umschlag so geschickt eingeheftet, dass es von außen nicht sichtbar war, selbst, wenn man das Buch in die Hand nahm.

Ohne ihren Herrn mochte Juli in der Wohnung, die sie bisher so sehr geliebt hatte, nicht einen Tag bleiben. Rasch packte sie ihre wenigen Kleider und Schuhe in einen Koffer, die Mäntel und Jacken in einen zweiten. Ihre persönlichen Dokumente und das Erbe, das sie von ihrem Herrn erhalten hatte, verstaute sie tief in ihrer großen schwarzen Handtasche. Der Herr hatte sie ihr einmal zum Namenstag geschenkt. Im Laufe der Zeit hatte sie auch immer wieder ein kleines Zigarrenbrettl-Gemälde erhalten. Sie besaß zwei *Fränkische Landschaften*, eine mit dem Weg zur Kirche, das Juli besonders liebte. Auch die *Heimkehrenden Instituts-*

mädchen mochte Juli immer wieder anschauen. Vorsichtig schlug sie ihre kostbare Mitgift in Papier ein und steckte sie ebenfalls in ihre Reisetasche.

Zunächst wollte sie nach Haidhausen fahren, um die Gielgs zu benachrichtigen. Anton war immer einer der besten Freunde ihres Herrn gewesen, und Pankraz gehörte dazu. Die Gielgs kamen auch von den armen Leuten, so wie Juli. Anton hatte es zwar zum Professor gebracht, aber daheim war er der Anton. Davon, dass er Juli sogar hatte heiraten wollen, wurde nie mehr gesprochen. Doch für sie war es eine Ehre gewesen, dass er sie gefragt hatte. Und wenn ihr Herr für längere Zeit auf Reisen war, wie damals nach Paris und London, da war sie mit Füchsl oft zu den Gielgs gegangen und hatte für die Brüder gekocht.

Nun musste sie die beiden vom Tod ihres Herrn unterrichten. Bei allem Kummer stieg ein warmes Gefühl auf in Juli. Anton und Pankraz würden sie bei sich aufnehmen, bis sie eine passende Wohnung gefunden hatte, da war sie sicher. Und morgen würde sie ihr Erbe auf die Sparkasse tragen.

Anton Gielg wurde bleich, als Juli in ihren schwarzen Kleidern ankam. Pankraz begann sofort zu weinen. Anton half Juli, ihre Koffer hereinzubringen, und dann saßen sie schweigend beisammen.

Später rieb Juli mit Anton große Kartoffeln, sie drückte die Masse aus, gab ein wenig Mehl und Ei dazu, und dann briet sie die Reiberdatschi in der Pfanne, während sie mit Anton und Pankraz über die Zeiten sprach, die sie zusammen mit ihrem Herrn verbracht hatten. Bei den Gielgs fühlte Juli ihre Einsamkeit und den Schmerz um den Herrn nicht ganz so stark wie in der Wohnung am Heumarkt, die ihr völlig verdunkelt erschienen war.

Anton und Pankraz baten sie inständig, doch bei ihnen zu wohnen. Platz sei reichlich da, und sie seien doch sozusagen Spitzwegs engste Freunde gewesen.

»Hat Herr Spitzweg euch darum gebeten?«, fragte Juli, denn der Gedanke war ihr plötzlich gekommen.

Die Gielgs sahen sich an, dann nickten sie, und Anton erklärte, dass es auch sein Wunsch und der von Pankraz gewesen sei. »Seit wir das Haus gebaut haben, war immer ein Raum für dich reserviert.«

In der Nacht wurde Juli wach und fror erbärmlich. Auf dem Bett war eine eher dünne Decke, sommerlich, es war ja auch erst September, aber schon der dreiundzwanzigste. Jedenfalls fror Juli, und es half auch nicht viel, dass sie sich Strümpfe überzog und eine Jacke. Mit einem Mal kam ihr der Gedanke, ob ihr Herr in seinem Leinenanzug nicht auch jämmerlich frieren müsse. Er lag schließlich in der neumodischen Leichenhalle mit dem kalten Gebläse – wie sollte er da nicht frieren? Juli wusste sehr wohl, dass Tote nicht mehr frieren – aber wer konnte das schon genau wissen? Ihr Herr hatte sich einer Macht anvertraut, die niemand kannte, an die er aber geglaubt hatte. Juli hatte das gespürt. Ihrem Herrn war nicht bange gewesen vor dem Tod. Er hatte sich jetzt in das Dunkle gewagt, das für Julis Verständnis nach dem Tod wartete. Dort zählte nur Mut und tiefe Liebe zu dem unbekannten Gott.

Je mehr es Juli fröstelte, desto stärker wurde in ihr der Gedanke, dass auch ihr Herr frieren müsse und niemand wäre da, ihm zu helfen. Schließlich stand sie auf, zog ihren wärmsten Mantel an und rollte die Bettdecke fest zusammen. Leise verließ sie das Zimmer, die Wohnung, das Haus der Gielgs und lief in die Richtung des Südlichen Friedhofs. Bald fand sich eine Kutsche, die sie hinbrachte. Die Sorge Julis, dass die Leichenhalle verschlossen sein könnte, erwies sich als unbegründet. Dort brannten Fackeln, Männer waren da, die immer wieder nach den aufgebahrten Leichen schauten, ob sie nicht bloß scheintot wären. Sie hatten nichts dagegen, dass Juli ihren verstorbenen Herrn, den Maler Franz Carl Spitzweg, noch einmal sehen wollte. Sie führten sie hin, und Juli konnte klar erkennen, dass ihr Herr genauso friedlich in seinem Sarg lag, wie sie ihn in der Wohnung hineingelegt hatten. Auch der kleine Blumenstrauß und der Rosenkranz waren noch an ihrem Platz.

»Naa, naa, bei diesem Herrn fehlt sich nix mit dem Sterben«, sagte einer der Männer und führte Juli wieder hinaus aus der Halle.

Als sie vor dem Haus der Brüder Gielg aus der Kutsche stieg, standen die beiden unruhig und ratlos unter der Tür. Sie waren froh, dass Juli zurück war. Als sie berichtete, dass sie aus Sorge um ihren Herrn in der Leichenhalle gewesen sei, schauten sich Anton und Pankraz zweifelnd an. Pankraz zog schließlich seine breiten Schultern hoch, und Anton schüttelte den Kopf. Dann holte er eine Flasche mit Hollerlikör und verlangte auch von Juli, dass sie einen tüchtigen Schluck davon nehme.

»Besser bsuffn als spinnat«, meinte Pankraz und reichte dem Bruder nochmals sein Glas.

Am übernächsten Tag war die Beerdigung auf dem Südlichen Friedhof. Juli, Pankraz und Anton Gielg hatten sich früh auf den Weg gemacht, damit sie Carl noch einmal sehen konnten. Man erinnerte sich lächelnd an Juli und öffnete den Sarg noch einmal, um ihn dann endgültig wieder zu schließen. Der Tod hatte seine langsame Arbeit begonnen, Carl war auf dem Weg in das Schattenreich, wo er vielleicht auf sie warten würde.

Danksagung

Mein Dank gilt Dr. Cornelia Töpelmann und Dr. Ingrid Rückert von der Bayerischen Staatsbibliothek, die mir wichtige Hinweise zum Nachlass Carl Spitzwegs gegeben haben. Mein Dank gilt auch dem Münchner Maler Uli Zwerenz, in dessen Atelier mir Spitzweg am nächsten war. Professor Dr. Siegfried Wichmann, der durch sein brillantes Werkverzeichnis, seine umfassende Ausstellung im Münchner Haus der Kunst 1985/86 die Spitzweg-Forschung neu begründet hat. Dem Museum Georg Schäfer in Schweinfurt, dessen Sammlung in immer neuen Ausstellungen die Kunst Carl Spitzwegs auch der Öffentlichkeit zugänglich macht. Professor Thomas Zacharias, der mich in Fragen zur Kunst des 19. Jahrhunderts beraten hat. Dem Schriftsteller Pirmin Meier, dem Historiker Urs Altermatt und dem Journalisten Fabian Kramer für ihre Berichte über den Mystiker und Einsiedler Niklaus von Flüe. Meinem Sohn Henrik Scheib, der mich bei meinen Recherchen von Anfang an unterstützt hat.